Über dieses Buch

Vor historischem Hintergrund spinnt sich, verstrickt und abenteuerlich wie immer in den großen Frauenromanen der Erfolgsschriftstellerin Juliette Benzoni, der Schicksalsfaden um ein Liebespaar – Gilles und Judith. Man schreibt das Jahr 1779. Der junge, vaterlose Bretone Gilles verliebt sich in Judith, die Tochter eines verarmten Adeligen. Judith verspricht, in einem Kloster auf Gilles zu warten. Gilles flieht aus dem Priesterkolleg, läßt sich für den amerikanischen Unabhängigkeitskrieg anwerben und segelt in die Neue Welt. Mut und Loyalität lassen ihn bald zum Offizier avancieren, er gewinnt die Freundschaft Lafayettes und des großen Washington. Und er entdeckt seine Anziehungskraft auf Frauen. Eine leidenschaftliche Affäre mit einer indianischen Prinzessin verdrängt vorübergehend Judiths Bild aus seinem Herzen. Von den Indianern erhält er auch als Totem seinen ehrenvollen Beinamen: der Nebelfalke. Auf dem Schlachtfeld von Yorktown schließlich entscheidet sich für Gilles das Schicksal: Er trifft seinen verschollenen Vater, der ihm, schwer verwundet, kurz vor seinem Tode sein Vermögen vermacht. Gilles kehrt nach Frankreich zurück, um Judith aus dem Kloster zu holen. Doch Judith ist verschwunden, und bevor es zum Happy-End kommt, sind noch unglaubliche Abenteuer zu bestehen.
Ein spannender Unterhaltungsroman voller Liebe und Abenteuer, wie ihn sich nicht nur Frauen wünschen.

Die Autorin

Juliette Benzoni wurde in Paris geboren und studierte an der d'Hulet-Universität und am Institut Catholique Philosophie, Jura und Literatur. Später arbeitete sie als Journalistin. Ihre spannenden, abenteuerreichen Unterhaltungsromane in historischem Gewand (»Catherine«, »Marianne«) sind Welterfolge. Juliette Benzoni ist mit einem Oberst, dem Grafen Benzoni di Conza, verheiratet.

Juliette Benzoni

Der Nebelfalke

Roman

Fischer Taschenbuch Verlag

Aus dem Französischen von Hans Nicklisch

Titel der Originalausgabe:
›Le Gerfaut des Brumes‹
(Editions de Trévise, Paris)

Fischer Taschenbuch Verlag
April 1979
Ungekürzte Ausgabe
Umschlagentwurf: Jan Buchholz/Reni Hinsch
unter Verwendung eines Fotos (Foto G+J Fotoservice)
Fischer Taschenbuch Verlag GmbH, Frankfurt am Main
Lizenzausgabe mit freundlicher Genehmigung der
F. A. Herbig Verlagsbuchhandlung, München – Berlin

Gesamtherstellung: Hanseatische Druckanstalt GmbH, Hamburg
Printed in Germany
880-ISBN-3-596-22427-6

Inhalt

Für Michèle und Jacques Morice und die Bretagne . . .

Erster Teil

Ein Wind der Freiheit

Die Sirene der Flußmündung

Die Flut lief schon seit einer Weile zurück. Eine mächtige, schwellende Septemberflut war es gewesen. Sie zog die bläulichen Wasser des Blavet mit sich, vermischt mit dem Wasser der See, deren drängende Wogen zweimal täglich in die Doppelmündung einfielen, den kleinen Fluß überwältigten, sich ihm verbanden, um tief in das bretonische Land einzudringen, mehr als drei Meilen, bis Hennebont, stolz die Barken der Fischer mit den roten Segeln tragend.

Es war die Stunde, in der die orangefarbene Sonne hinter die dunkle Linie des Horizonts zu tauchen begann, die Stunde, in der die Stelzvögel langsam über dem Fluß kreisten und auf das Erscheinen der Schlammbänke warteten, auf denen sie sich niederlassen würden. Von Zeit zu Zeit verriet ein glitzerndes Aufspritzen des Wassers das blitzschnelle Tauchen einer Möwe, die nach Nahrung suchte. Der Himmel wurde malvenfarben. Die großen, dickbäuchigen Barken, zum Nachtfischfang unterwegs, glitten gemächlich, in majestätischer Prozession dem offenen Meer zu, begleitet von einem Lied, das die auffrischende Brise herübertrug.

Gilles bückte sich, um die im Gras zu seinen Füßen liegende, in konzentrischen Kreisen aufgerollte Leine aufzuheben. Er prüfte die Befestigung des gut zehn Unzen wiegenden Bleistücks, das sie beschwerte, brachte einen Sandwurm an jedem der beiden Angelhaken an. Dann packte er die Leine mit beiden weit auseinandergehaltenen Händen, schwang das Blei über seinem Kopf und schleuderte es, so weit er konnte, über das Wasser. Das Blei pfiff durch die Luft und versank.

Darauf spannte er die Leine zwischen zwei Fingern, um auch die leiseste Berührung durch einen Fisch wahrnehmen zu können, setzte sich ins Gras und wartete auf den ersten Fang.

Die Flottille der Fischerboote verschwand hinter einer Biegung des Flusses. Nur der Nachhall des Liedes blieb, ohne den Gilles sich als einziger Herr über Land und Wasser hätte fühlen können. Er liebte diese melancholische Stunde, in der die Sonne eine Welt verließ, um in eine andere einzutreten. Die Oberfläche des Flusses wurde glatt wie ein Spiegel, und der Himmel schmückte sich mit märchenhaften Farben wie ein Schauspieler, der für den letzten Akt eines Zauberstücks in sein prächtigstes Kostüm schlüpft. Die Geräusche des Tages verstummten

eines nach dem anderen, nur fernes Abendgeläut klang noch herüber . . . Ja, es war die süßeste, die köstlichste Stunde des Tages. Doch an diesem Abend hatte sie etwas Verzaubertes, etwas ganz und gar Ungewöhnliches, das der junge Mann nicht zu definieren vermochte. Es rührte vielleicht von den großen, pfeilförmigen Wolken her, die das Versinken der Sonne begleiteten, oder auch vom Duft des Grases, in den sich ein leiser Duft nach Engelwurz mischte . . .
Ein Zittern der Leine zwischen seinen Fingern erinnerte ihn an seine Pflichten als Fischer. Aber die Bewegung war zu winzig gewesen, als daß es sich um etwas Ernstliches handeln konnte, und er war schon dabei, wieder in seine Träumerei zu versinken, als er den Kahn sah.
Er trieb ganz allein inmitten des Flusses, in der Strömung, die ihn ins Meer führen würde, kaum höher als ein Floß und leer . . . absolut leer.
Da muß jemand sein Boot schlecht verankert haben. Er wird sich ärgern, wenn er merkt, daß es nicht mehr da ist, dachte Gilles. Die Strömung ist heute abend reißend . . .
Das kleine Boot glitt in der Tat schnell dahin. Im Gedanken an den Schaden, den sein Verlust irgendeinem armen Teufel verursachen mußte, sprang Gilles auf und befestigte seine Leine an einem Strauch.
Er schickte sich eben an, sein Hemd auszuziehen, als er ein paar Meter hinter dem Boot etwas bemerkte: Einen Kopf, in dessen Haar, viel zu lang, um einem Mann zu gehören, sich eine Spur vom Glanz der sinkenden Sonne fing. Es schwamm wie ein kupferner Fleck im dunklen Wasser . . .
Der flinke Verstand des jungen Mannes reimte sich sofort zusammen, was geschehen war. Das Boot hatte sich nicht von allein gelöst. Eine Frau hatte es offenbar genommen und war dabei, unerfahren oder ungeschickt, ins Wasser gefallen. Vielleicht hatte sie sich auch verletzt, denn sie machte nicht die kleinste Bewegung. Sie konnte offensichtlich nicht schwimmen. Vielleicht war sie schon tot . . .
Ohne sich noch die Zeit zu nehmen, sein Hemd abzustreifen, sprang Gilles ins Wasser, mit einem tadellosen Hechtsprung, der nicht einmal einen aschfarbenen großen Reiher bei seiner Suche nach Würmern aufstörte. Mit aller Kraft schwamm er auf den in der Strömung treibenden roten Fleck zu und erreichte ihn schnell.
Seine Finger griffen nach den langen Haarsträhnen. Mit einem

sofort vom Wasser erstickten Schrei tauchte der Kopf unter. Gilles' ausgestreckte Arme packten blindlings etwas Glattes, Schlüpfriges, einen Körper, von dem er nur Haut zu fühlen bekam, der sich wütend wehrte. Gemeinsam verschwanden sie unter Wasser.
Seit langem daran gewöhnt, mit offenen Augen zu tauchen, sah er dicht vor sich ein durch eine Grimasse entstelltes jugendliches Gesicht, und er beeilte sich, das Mädchen an die Oberfläche zu bringen, damit sie atmen konnte. Doch da sie weiter um sich schlug, wie das oft bei Ertrinkenden der Fall ist, glaubte er, sie wehrlos machen zu müssen, wenn sie ihn nicht mit sich in die Tiefe ziehen sollte, und betäubte sie mit einem kurzen Schlag auf die Kinnspitze. Nur mit einem Arm schwimmend, während der andere ihren Kopf über Wasser hielt, kehrte er sodann zum Ufer zurück, faßte nicht ohne Mühe auf dem schlammigen Sandboden Fuß und zog seinen Schützling aufs trockene Land.
Und erst jetzt bemerkte er verblüfft, daß das junge Mädchen – sie konnte gewiß nicht älter als fünfzehn sein – völlig nackt war. Ein Umstand, dessen sich ihr Retter im Eifer des Gefechts gar nicht bewußt geworden war, und der ihm augenblicklich das Blut in die Wangen schießen ließ. Er faßte sich jedoch und bettete die Unbekannte so sanft, wie er nur konnte, ins Gras, bevor er atemlos neben ihr niederkniete und nicht recht wußte, ob er davonlaufen oder bleiben sollte. Es schien ihm, als höre er plötzlich im Abendwind das Dröhnen der strengen Stimme Abbé Delourmes, des Inspektors der Saint-Yves-Klosterschule in Vannes, deren Zögling er war:
»Die Schönheit der Frau ist die verfluchte Falle, in der Seele und Verstand des Mannes zugrundegehen. Flieht vor der Frau, ihr, die ihr Gott allein dienen wollt . . .«
Erschreckt schloß er die Augen und bekreuzigte sich drei- oder viermal, während er das Gebet gegen die bösen Geister murmelte. Aber er rührte sich nicht, und im nächsten Moment öffnete er wieder die Augen.
Und er wußte, daß er, und sollte er hundert Jahre leben, nie mehr vergessen könnte, was er sah, denn es war das allererste Mal, daß er Gelegenheit hatte, einen völlig enthüllten weiblichen Körper zu betrachten, und das Schicksal wollte, daß er entzückend war. Nicht vergleichbar mit dem, was Gilles zuweilen im Hafen von Vannes hatte beobachten können.
Die Mädchen, die dort in der Nähe der Häuser mit den ge-

schlossenen Läden herumstanden und die vorübergehenden Matrosen anriefen, pflegten mit einer raschen Bewegung ihre Kleider zu öffnen und einen Schenkel oder eine Brust zu zeigen. Doch seitdem Gilles diese Schliche bemerkt hatte, hatte er sich stets mit einer Art Übelkeit von diesem schweren, oft verbrauchten, immer schmutzigen Fleisch abgewandt. Sein Anblick bekräftigte nur allzusehr die Drohreden des Inspektors, wenn es auch schwerfiel, darin eine Falle zu sehen. Doch bei dem Mädchen, das da in dem von der Sommersonne verbrannten Gras lag, verhielt es sich anders, es schien aus einem ganz anderen Stoff gemacht.
Sie war rosig und golden, und ihre Haut hatte die Zartheit von Blütenblättern. Ihr anmutiger Körper war zierlich, rassig wie der eines Vollbluts, mit unglaublich schmaler Taille über dem sanften Schwellen der schlanken Hüften und des golden schattierten Bauchs. Die Brüste waren noch klein, aber bezaubernd geformt und zart rosig gekrönt. Einziger Mißklang in diesem hübschen Gedicht: Die Arme und die langen Beine waren bis zu den Ellbogen und zu den Knien um eine deutliche Nuance dunkler getönt als der Rest des Körpers, als seien sie oft und lange der Sonne ausgesetzt gewesen.
Zweifellos ein Fischermädchen . . ., dachte Gilles, ohne selbst recht daran zu glauben. Erstens kannte er alle Fischerfamilien, und die süße Wassernymphe war ihm unbekannt, außerdem sprachen die Form der Hände und Füße, der lange, schlanke Hals, die durch ein flaches Tälchen mit der kurzen Oberlippe verbundene feine Nase, die unbewußte Grazie der Haltung eindeutig gegen diese vorschnelle Annahme. Dieses junge Mädchen hatte niemals das rauhe Dasein der Küstenmädchen durchmachen müssen. Sie kam aus einer anderen Welt.
Plötzlich öffnete sie die Augen, sehr große, dunkle, goldgefleckte Augen, über deren Farbe sich klar zu werden Gilles keine Zeit blieb, denn fast im selben Moment klatschten ihm ein paar saftige Ohrfeigen ins Gesicht, die ihn aus seiner knienden Haltung rücklings ins Gras beförderten, während sich die Gerettete wie besessen schreiend auf ihn warf, offensichtlich mit der Absicht, ihm die Augen auszukratzen.
Eine Weile kämpften sie, ohne daß es ihm des Ungestüms ihrer Attacke und der Lautstärke ihrer Beschimpfungen wegen gelang, auch nur ein Wort hervorzubringen. Schließlich jedoch überwältigte er sie, indem er sie gegen den Boden preßte und ihre Handgelenke fest unter ihren Rücken bog. Zur Wehrlosig-

keit, wenn auch nicht zur Resignation verurteilt, spie sie ihm ins Gesicht wie eine gereizte Katze und schoß ihm fast schon tollwütige Blicke zu.
»Dreckiger Bauernlümmel!« kreischte sie. »Wenn du mich nicht sofort losläßt, laß' ich dir die Haut vom Rücken reißen und werfe sie den Hunden vor!«
Das jugendliche Antlitz war so von Zorn entstellt, daß es nicht mehr gefährlich, sondern im Gegenteil eher komisch wirkte, und Gilles mußte lachen, ohne das Mädchen allerdings freizugeben. »Ihr habt eine seltsame Art zu danken, wenn man Euch das Leben rettet, Mademoiselle!«
Seine ruhige Stimme, seine gebildete Art zu sprechen, ließen die kleine Furie aufhorchen. Sie hörte auf zu schimpfen und beobachtete ihren Retter mit gerunzelter Stirn unter halb gesenkten Lidern.
»Wie kommt Ihr auf die Idee, daß mein Leben in Gefahr war?« rief sie, instinktiv das Duzen aufgebend. »Hat man nicht mehr das Recht, ein Bad zu nehmen, ohne daß sich ein Verrückter auf einen stürzt, einen halbtot schlägt und ans Ufer schleppt?«
»Ein Bad? In der Mündung? Bei diesen Strömungen und bei fallender Flut? Das ist purer Wahnsinn! Ihr seid nicht einmal geschwommen.«
»Nein! Ich habe mich treiben lassen. Es ist so angenehm.«
»Es ist sogar wunderschön. Unglücklicherweise führt es geradewegs ins Jenseits . . . Jedenfalls hätte jeder andere an meiner Stelle genauso gehandelt. Wo sind Eure Kleider?«
Ihr Lachen verriet den unterdrückten Zorn.
»Wo sollen sie schon sein? Im Boot natürlich! Es wird Euch nichts anderes übrigbleiben, als Euch hinterherzubemühen . . .«
Er richtete sich auf, spähte in die Dämmerung. Der Kahn war schon weit. In eine schnellere Strömung hineingerissen, war er kaum noch sichtbar, und in kurzem würde er das Meer erreichen.
»Das ist unmöglich«, murmelte er, während sein Blick wie von einem Magneten angezogen zum Körper des Mädchens zurückkehrte, das keinerlei Anstalten mehr machte, sich zu verbergen, sondern sich im Gegenteil im Gras mit einem Gähnen räkelte, das seine rosige Mundhöhle und seine kleinen weißen Zähne sehen ließ.
»Na, schön«, seufzte sie mit einem so anzüglichen Lächeln, daß Gilles sie in Verdacht hatte, insgeheim Vergnügen an der

Situation zu finden. »Dann bleibt mir nichts übrig, als in dieser offenherzigen Aufmachung ins Schloß zurückzukehren. Ich frage mich, was man dort dazu sagen wird.«
»Ins Schloß.«
Sie wies mit dem Kinn in die Richtung der über die Bäume ragenden hohen blauen Dächer.
»Das da! Das Schloß von Locguenolé, natürlich! Ich halte mich dort bei meinen Vettern Perrien auf, aber da sie in puncto Prinzipien ein wenig empfindlich sind, bleibt nur eine Lösung: Ihr werdet mir Eure Kleidung geben.«
Er hörte sie nicht. Sein Blick folgte fasziniert jeder geschmeidigen Bewegung dieses nackten Körpers. Irgend etwas Unbekanntes und Schreckliches erwachte in ihm und fegte alle ihm eingetrichterten Ideen beiseite. Das Blut pochte in seinem Hals, in seinen Schläfen, trübte seinen Blick, Willen und Vernunft vernichtend. Ihm war, als gehöre dieser Körper schon immer dem seinen, als müsse er sich an ihn schmiegen, mit ihm zusammenwachsen, sich nie mehr von ihm trennen. Es war ein fast schmerzhaftes Bedürfnis wie Hunger und Durst. Alles in ihm spannte sich, begierig, zu packen, zu umschlingen, zu unterwerfen.
Die Veränderung seines Gesichtsausdrucks alarmierte das junge Mädchen. Ihr Lächeln erlosch, plötzlich sprang sie mit einer schnellen Bewegung auf und lief hastig zu einem Gebüsch, hinter dem sie sich verbarg. Gilles sah nur noch ihr junges, zorniges, von einer Fülle rötlichen Haars umrahmtes Gesicht über einem Büschel Ginsterzweige.
»Nun? Habt Ihr nicht gehört?« fragte sie scharf. »Ich habe gesagt, Ihr sollt mir Eure Kleidung geben!«
Er stürzte jäh auf den Boden der Tatsachen zurück.
»Meine Kleidung? Und wie komme ich nach Hause?«
»Das ist mir gleich. Wichtig ist nur, daß ich nicht splitternackt im Schloß erscheine. Also vorwärts! Und sagt mir nicht, daß Eure Sachen naß sind! Das ist einerlei! Wenn Ihr sie mir nicht gebt, schreie ich so laut, daß man mich hören wird! Ich werde sagen, Ihr hättet mich angegriffen und mißhandelt . . . und wenn man Euch nicht hängt, wird man Euch wenigstens verprügeln!«
Unbeeindruckt durch ihre Drohung, zuckte er mit den Schultern, zögerte jedoch keine Sekunde länger. Sie hatte ja recht, wenn sie sagte, daß es unmöglich für sie sei, nackt ins Schloß zurückzukehren. Die Gräfin de Perrien, Schloßherrin von Loc-

guenolé, stand im Ruf äußerster Sittenstrenge und wäre imstande, einen Herzanfall zu bekommen. Er selbst konnte das völlige Hereinbrechen der Nacht abwarten und sich dann ohne Aufsehen nach Kervignac zurückschleichen.
Rasch zog er sein Hemd und die Leinenhose aus, beide durchnäßt, warf sie über den Ginsterbusch und behielt nur eine enge linnene Unterhose an. Er wandte dem Busch den Rücken, viel genierter, als es vorhin das junge Mädchen gewesen war. Paukte man ihnen nicht in der Schule ein, daß Nacktheit unter allen Umständen eine unerträgliche Schande sei? Es drängte ihn zu flüchten, aber etwas, das stärker war, hielt ihn zurück. Unversehens vernahm er die Stimme des Mädchens, die auf einmal ganz friedlich klang.
»Es besteht kein Grund, Euch zu schämen«, sagte sie. »Ihr seid sehr schön. Nur wenn man häßlich ist, muß man sich verstecken.«
Da drehte er sich um, sah sie an und begann mit einem tiefen Gefühl der Erleichterung zu lachen. Angetan mit seinen ihr viel zu großen Kleidungsstücken, war sie zugleich lächerlich und bezaubernd. Doch sie lachte nicht. Sie musterte ihn mit verblüfftem Ernst, als sei er ein schwierig zu lösendes Problem für sie. »Ich habe Euch niemals gesehen«, sagte sie endlich. »Wie heißt Ihr!«
»Gilles. Gilles . . . Goëlo! Ich wohne in Kervignac.«
Weiß Gott, er hatte Mühe gehabt, seinen Namen über die Lippen zu bringen! Diesem Mädchen gegenüber, deren adlige Herkunft er trotz ihrer seltsamen Manieren ahnte, hätte er viel dafür gegeben, sich als Rohan oder Penthièvres vorstellen zu können. An einem leichten Zusammenpressen des Mundes, einem fast unmerklichen Schulterzucken merkte er übrigens sofort, daß sie enttäuscht war.
»Ah«, sagte sie nur. Dann machte sie auf den Hacken kehrt, und ohne noch etwas hinzuzufügen lief sie davon, dem Schloßpark zu.
Mit vor dem Mund zum Sprachrohr gewölbten Händen rief er ihr nach:
»Und Ihr? Wie heißt Ihr?«
Sie blieb stehen, drehte sich um, doch die Nacht sank schnell, und er konnte den Ausdruck ihres Gesichtes nicht mehr erkennen. Er merkte indes, daß sie zögerte, dann drang ihre Stimme fern und kalt zu ihm:
»Mir liegt nichts daran, daß Ihr Euch meines Namens erin-

nert!« rief sie. »Aber ich will ihn Euch nicht verweigern. Ich bin Judith de Saint-Mélaine!«
Schon rannte sie weiter, ohne sich noch einmal umzudrehen, und verschwand unter den Bäumen, während Gilles gedemütigt, wütend und frierend quer durch die Heide zu seinem eine gute Meile entfernten Dorf Kervignac lief.
Er wußte nicht recht, gegen wen seine Wut sich in erster Linie richtete. Wem grollte er mehr? Sich selbst, der idiotisch genug gewesen war, eine harmlos Badende zu betäuben und an Land zu ziehen, die ihm keineswegs dafür dankbar war – obwohl sie zweifellos ihr Leben riskiert hatte? Der kleinen rothaarigen Furie, schamlos wie eine echte Sirene, deren Lächeln so bezaubernd gewesen war, die sich aber, anfangs vielleicht bereit, Bekanntschaft zu schließen, wie eine Auster geschlossen hatte, als sie entdeckte, daß er nicht zu ihrem Universum der Schlösser und Vorurteile gehörte? Oder dem diabolischen Geschick, das sie nur zusammengebracht hatte, um den jungen Burschen den unüberwindlichen Abgrund spüren zu lassen, der ihn für immer von diesem hübschen Geschöpf trennte? Judith de Saint-Mélaine war von seinem einfachen Namen enttäuscht gewesen. Wie hätte sie erst reagiert, wenn sie gewußt hätte, daß Gilles nur den Namen seiner Mutter trug, daß er ein Bastard war? Sich vorzustellen, wie sie ihre kleine, sommersprossige Nase verächtlich rümpfen, ihre frischen Lippen vor Ekel zusammenpressen würde, das allein schon ließ in dem jungen Mann mörderischen Zorn aufsteigen. Warum hatte Gott ihm das angetan?
Als er in einem Anfall von Auflehnung diese Frage einmal an Rozenn, die alte Dienerin, gerichtet hatte, von der er praktisch aufgezogen worden war, hatte die nur zärtlich gelächelt und seine Wange getätschelt. Dann fügte sie hinzu:
»Zweifellos, weil er dich für sich wollte, schon bevor du geboren warst. Du weißt doch, daß du ihm dein ganzes Leben dienen mußt.«
Diese Erklärung hatte ihm lange Zeit genügt. Doch seit etwa zwei Jahren, seit seinem vierzehnten Geburtstag, war sie zu einer bloßen Hypothese zusammengeschrumpft, die er mit allen Argumenten seiner jugendlichen Logik zu zerstören suchte. Gott konnte kein menschliches Wesen unwiderruflich der Kirche bestimmen, noch bevor es zur Welt gekommen war. Und wenn er es doch tat, dann würde er sich wenigstens die Mühe nehmen, seinem Erwählten eine solide Berufung einzu-

hauchen. Und das war bei Gilles nicht der Fall. Seine Frömmigkeit war aufrichtig, sogar tief, aber sie war es weder mehr noch weniger als die aller junger Bretonen seines Alters. Gott war für ihn eine ungeheure, mysteriöse, erschreckende und unbestimmt grausame Wesenheit, deren Diener es sich schuldig waren, völlig auf all das zu verzichten, was dieser selbe Gott an Herrlichem geschaffen hatte: die Erde, ihre gewaltigen Reichtümer und ihren unendlichen Zauber. Und je mehr Gilles heranwuchs, desto mehr stieß ihn die Strenge dieses schwierigen Dienstes ab. Er sah sich viel lieber unter dem goldbetreßten Dreispitz eines Soldaten des Königs als im kümmerlichen, an den Ellbogen glänzend gescheuerten Rock eines Gottesmannes! Unglücklicherweise hatte seine Mutter ein für allemal entschieden, daß er Priester werden sollte.

Seine Mutter! Wenn er sich das Gesicht Marie-Jeanne Goëlos ins Gedächtnis rief, überkam ihn ein seltsames, aus so vielen Empfindungen zusammengesetztes Gefühl, daß es ihm schwerfiel, die dominierende zu benennen. Es war etwas wie Ehrerbietung, vermischt mit Angst und, seit Beginn seiner Jünglingsjahre, mit einer Art jähzornigem Groll. Wenn sie das Kind gewollt hätte, hätte es ihr im Austausch für ein wenig Liebe all das gegeben, was es an Anbetung und Zärtlichkeit in sich trug. Doch Marie-Jeanne hatte es nie gewollt . . .

So lange er zurückdenken konnte, war Gilles von seiner Mutter auf Distanz gehalten worden. Sie hatte ihn niemals geküßt, und ohne die wärmende Gegenwart der von Aktivität und Zuneigung überquellenden alten Rozenn wäre das gemeinsame Leben dieser beiden so verbundenen Wesen bis zur Abreise des Jungen auf die Schule sechs Jahre zuvor nur ein langes Schweigen gewesen.

Durch Rozenn hatte Gilles wenigstens teilweise von den Ereignissen erfahren, die seiner Geburt vorangegangen waren, das Leben seiner Mutter zerbrochen und einen Bastard aus ihm gemacht hatten. Es war im Grunde eine banale Geschichte: die klassische Geschichte des verführten und verlassenen Mädchens, die aber der maßlos leidenschaftliche Charakter seiner Mutter in den Bereich der griechischen Tragödie erhoben hatte.

Tochter eines infolge Verwundung verabschiedeten und im Weiler Pont-Scorff zurückgezogen lebenden Schiffschirurgen, hatte Jeanne-Marie Goëlo ihre im Kindbett gestorbene Mutter nicht gekannt. Diese war das hübscheste der Kammermädchen der Gräfin de Talhouët-Grationnay gewesen, deren Schloß Leslé Pont-Scorff benachbart lag. Es war die Gräfin, die sie mit Ronan Goëlo verheiratet und wiederum sie, die sich nach dem Tod der Mutter des kleinen Mädchens angenommen hatte.

Dank ihr hatte das Kind in einem guten Kloster in Quimperlé, wo die Talhouët die Wintermonate verbrachten, eine ausgezeichnete Erziehung erhalten. Es war ein ernsthaftes, wenig aus sich herausgehendes Kind, doch anziehend durch die klarlinige, ein wenig strenge Schönheit seiner Züge, dichtes braunes Haar und sehr schöne Augen von derselben Farbe. Die Kleine war vor allem äußerst fromm, und bei den Talhouët war man sich schnell darüber einig, daß Marie-Jeanne, sobald sie das Alter dafür erreicht hätte, ihr ein wenig weltliches Kloster nur verlassen würde, um in ein anderes, weit strengeres einzutreten, in das der Benediktinerinnen von Locmaria.

Und dann, am Ende eines Sommers, den die Familie Talhouët und Marie-Jeanne wie üblich in Leslé verbracht hatten, war das Drama offenkundig geworden: Die zukünftige Nonne war schwanger! Mit dem Gesicht einer Toten und tränenlosen Augen hatte sie selbst der Gräfin ihren Zustand gestanden, aber es war gänzlich unmöglich gewesen, ein Wort über die näheren Umstände des Unglücks und den Namen des Schuldigen aus ihr herauszubringen. Verschlossen in verbissenes Schweigen hatte dieses Kind von sechzehn Jahren zugleich Denunziation und Mitleid verweigert. Was sie von ihrer Wohltäterin erwartete, war mehr ein Urteilsspruch als Hilfe . . .

Die Talhouët, die selbst vier Kinder hatten und oft Jugend empfingen, waren auf Vermutungen angewiesen, denn niemand hatte eine besondere Beziehung zwischen Marie-Jeanne und dem einen oder anderen der Schloßgäste bemerkt.

Im folgenden Winter kehrte Marie-Jeanne nicht nach Quimperlé zurück. Sie blieb in der Obhut Rozenn Tanguys, der mit der Aufsicht über das Schloß betrauten Frau, versteckt in Leslé, und im Mai 1762 kam Gilles zur Welt. Doch selbst im Schutz seiner Wälder und Sümpfe war Leslé doch nicht abgelegen genug, um das Durchsickern von Gerüchten völlig zu verhindern . . . und vierzehn Tage nach der heimlichen Geburt fand man Ronan Goëlo, den einstigen Schiffschirurgen, über einer Ansammlung leerer Rumflaschen am Tragbalken seines Hauses erhängt.

In der Erkenntnis, daß man mit Klatschereien und Verleumdungen rechnen müsse und daß Marie-Jeanne und ihr Baby auf ihrem Besitz vielleicht nicht mehr lange sicher wären, hatte sich Madame de Talhouët nach einer Zuflucht für sie umgesehen. Gerade um diese Zeit war ihr jüngster Sohn, Abbé Vincent, der Pate des Kindes hatte sein wollen und nach der Auflösung des Jesuitenordens in seine Heimat zurückgeschickt worden war, zum Pfarrer der Stadt Hennebont ernannt worden. Er war es, der nun die Sorge für Mutter und Kind übernahm. In Begleitung Rozenns, die leidenschaftlich an dem Baby hing, reisten sie nach Hennebont und richteten sich in einem kleinen Haus ein.

Doch Marie-Jeanne verlangte es nach noch mehr Stille und Einsamkeit. Im Grunde ihres verschwiegenen Herzens lebte die Sehnsucht nach dem Kloster glühender denn je. Die Geräusche der Stadt und des Hafens erfüllten sie mit Abscheu. So kaufte sie mit der kleinen Erbschaft, die ihr Vater ihr hinterlassen hatte, nahe dem Heidedorf Kervignac ein Haus mit Garten, verborgen hinter einer dichten Stechginster- und Schlehdornhecke. In ihm führte sie mit Rozenn und dem Baby ein Leben karger Strenge, in dem das Gebet den größten Raum einnahm.

Neben dieser Mutter, die er nie hatte lächeln sehen, wuchs der kleine Junge einsam auf. Er lernte geräuschlos zu spielen, um nicht die Meditationen der verfehlten Nonne zu stören. Wenn sie gelegentlich einmal das Wort an ihn richtete, sprach sie ihm von Gott, von der Jungfrau und den Heiligen, lehrte ihn Gebete und versuchte, ihm Ekel vor der Welt einzuflößen. Und um ihn besser zu überzeugen, brachte sie ihm sehr früh schon bei, daß er kein Kind wie die andern sei, sondern eine Art Ausgestoßener, der das Heil und den Frieden des Herzens nur im Schoß der Kirche finden würde.

»Die Menschen dieses Jahrhunderts werden dich wie etwas Verabscheuenswertes von sich stoßen«, sagte sie. »Gott allein wird dir die Arme öffnen.«

Trotz der Mahnungen des Abbés de Talhouët und der Tränen Rozenns, die es nicht ertragen konnte, »ihren Knirps« leiden zu sehen, versuchte Marie-Jeanne Goëlo Woche für Woche, Monat für Monat, Jahr für Jahr, in den Kopf ihres Sohns die Idee zu pflanzen, daß es im Leben nur zweierlei für ihn gebe: Priester oder verdammt zu sein. Falls er nicht die Pfade des Bösen wählte, die unweigerlich zum Schafott führten.

Es glückte ihr nur halb. Das Kind hatte Augen zu sehen, und es gelang ihm nicht, diese Welt, die so schlecht, gefährlich und verderbt sein sollte, widerwärtig zu finden. Da war die ganze Schönheit des Landes im Frühling, da waren das Meer, der Wind, die besternten Nächte, der Duft der Erde unter der Sonne, der Gesang der Vögel, die Bäume und die Tiere, die sein kindliches Universum bevölkerten. Die Pferde, zum Beispiel, diese riesigen, prächtigen Wesen, die er instinktiv liebte wie Märchengeschöpfe. Da waren auch die Lieder Rozenns und die Unendlichkeit der wundersamen Geschichten aus der alten Bretagne, von denen sie einen unerschöpflichen Vorrat besaß.

So oft hatte man ihm gesagt, er sei kein Kind wie die andern, daß er nach dem Grund dafür suchte und erfuhr, es rühre daher, daß er keinen Vater habe. Nun wollte er mehr darüber wissen und setzte Rozenn mit Fragen zu, die die arme Frau nicht zu beantworten vermochte.

»Es war ein adliger Herr«, gestand sie schließlich eines Tages, »aber ich weiß seinen Namen nicht, weil deine Mutter ihn nie hat nennen wollen . . .«

Mit den Jahren nahm das Bild dieses Vaters, von dem Rozenn mit so viel Zurückhaltung sprach, in Gilles' Phantasie immer leuchtendere Farben an. Vielleicht, weil seine Mutter ihm die Liebe schuldig blieb, die er wie alle Kinder brauchte, wandte er sich mehr dem Abwesenden zu, weigerte sich, in ihm einen skrupellosen Verführer zu sehen und schmückte ihn stattdessen mit dem Strahlenglanz eines großen Abenteurers und freiheitsliebenden Mannes.

Und im gleichen Maße, wie die Gestalt dieses gesichtslosen Vaters in ihm wuchs, entwickelte sich ein noch blindes Verlangen, ihm auf die eine oder andere Weise über Zeit und Raum hinweg zu begegnen, sich ihm irgendwie als sein Sohn zu erkennen zu geben. Von da an hörte er auf, Rozenn, die ihm ohnehin nichts mehr zu sagen hatte, weiter mit Fragen zu bedrängen, aus der dunklen Furcht heraus, etwas zu erfahren, was das Bild seines heimlichen Helden hätte verdüstern können. Und er schwieg, wenn seine Mutter gelegentlich von dem Zeitpunkt sprach, an dem er seine theologischen Studien beginnen würde.

Priester werden? Er hatte es nie wirklich gewollt, aber während er an diesem Abend im Laufschritt die Heide durchquerte, verwarf er für immer diese Idee, die nicht die seine war. Wie konnte er Gott ein von dem schamlosen Bild einer kleinen Sirene mit feuerfarbenem Haar erfülltes Herz anbieten?

Als er endlich das Haus erreichte, zögerte er einen Moment bei dem Gedanken, sich in seiner reichlich fragmentarischen Bekleidung unversehens seiner Mutter gegenüber zu finden. Bei der Vorstellung des eisigen Blicks, mit dem sie seine Nacktheit registrieren würde, lief ihm ein Schauer den Rücken hinunter.

Vorsichtig näherte er sich dem niedrigen, kleinen Fenster, im stillen hoffend, daß sich Marie-Jeanne der späten Stunde wegen bereits zu ihren Andachtsübungen in ihre Kammer zurückgezogen hätte. Sie kümmerte sich nie darum, was er während der Ferien tat, und aß zu ihrer gewohnten Stunde zu Abend, ohne auf ihn zu warten, wenn er zuweilen die Nacht mit den Söhnen des Lotsen Le Mang, den einzigen Freunden, die er je im Dorf gefunden hatte, beim Fischfang auf dem Meer verbrachte.

Die Nase gegen die Scheibe pressend, sah er, daß der Raum in der Tat leer war. Ein einziges Gedeck befand sich auf dem langen gewachsten Eichentisch, und auf einer Bank neben dem Kamin betete Rozenn wie gewöhnlich schlaftrunken ihren Rosenkranz, wobei ihr das Kinn zuweilen auf die Brust sank.

Er lächelte über den beruhigenden Anblick, öffnete lautlos die Tür und glitt hinein, ohne mehr Geräusch zu verursachen als eine Katze. In drei Sätzen erreichte er die als Bank dienende große Truhe, die die ganze Länge der holzgetäfelten Wand beherrschte, in der sich die Bettalkoven verbargen, öffnete sie, nahm ein grobes Leinenhemd heraus, ähnlich dem, das er getragen hatte, dazu eine passende Hose und zog sie an.

Dann schlich er zur Tür zurück und hinaus, um alsbald erheblich geräuschvoller als das erstemal wieder einzutreten.

»Ich hab' mich verspätet«, rief er, »aber es war so schön am Fluß, daß ich nicht gemerkt habe, wie die Zeit verging. Verzeih' mir!« Rozenn fuhr zusammen und sah unter dem an ihrem grauen Haarknoten befestigten Musselindach, das sie nach der Mode der Frauen von Auray statt einer Haube trug, blauäugigerschrocken zu ihm auf.

»Ah, du bist's!« sagte sie und erhob sich mit einiger Mühe. »Ich glaube, ich bin ein bißchen eingenickt.«

»Eingenickt? Mir kam's eher vor, als ob du tief geschlafen hättest. Warum bist du nicht zu Bett gegangen? Ich bin groß genug, um mich allein zu bedienen, weißt du?«

Sie schüttelte den Kopf, unzufrieden, daß er das alte Streitthema zwischen ihnen beiden aufs Tapet gebracht hatte.

»Das gehört sich nicht! Wie oft muß ich dir noch sagen, daß du von einem Schlag bist, dessen Männer sich niemals selbst bedient haben. Setz dich und iß!«
»Wo ist meine Mutter? Schon schlafen gegangen?«
»Nein. In der Kirche. Es ist Ewige Anbetung. Deine Mutter wird die Nacht dort zubringen.«
»Die ganze Nacht? Ist das nicht viel?«
Die alte Dienerin zuckte mit den Schultern und gab so zu erkennen, was sie von den übertriebenen religiösen Übungen Marie-Jeannes hielt.
»Sie will sich um den Posten der Mesnerin bewerben, um auch ihre Tage dort verbringen zu können. Bei der Heiligen Anna, diese Frau ist unvernünftig.«
Gilles stimmte mit einem Kopfnicken zu und machte sich mit dem schönen Appetit seines Alters an die Suppe. Sein Rettungsunternehmen und der Lauf durch die Heide hatten ihn hungrig gemacht. Und obwohl es ihn drängte, weiter Fragen zu stellen, schwieg er, denn es war nicht Sitte, daß ein Mann beim Essen sprach. Erst als er seine Mahlzeit beendet hatte, sah er mit vor Neugier glänzenden Augen zu der stehenden Rozenn auf.
»Meine Mutter geht nie aus und verkehrt mit niemandem«, sagte er gleichsam als Einleitung, »aber du, Rozenn, kennst doch alle Leute bis Hennebont und Port-Louis?«
»Ich hab' keinen Grund, unhöflich zu sein«, brummelte sie, schon in der Defensive. »Wenn man mich anspricht, antworte ich! Was soll deine Frage bedeuten?«
»Nicht viel! Ich möchte nur wissen, ob du eine Familie de Saint-Mélaine kennst?«
Die grauen Brauen rückten unter dem kleinen gestärkten Dach dicht zusammen.
»Wieso sprichst du von diesen Leuten?« fragte Rozenn.
»Ach . . . bloß so!« erwiderte Gilles und erhob sich, um eine zu lange Erklärung zu vermeiden. »Als ich vorhin an der Parkmauer von Locguénolé entlangging, traf ich ein junges Mädchen, das mir erzählte, es hielte sich im Schloß auf und hieße so. Aber es ist nicht wichtig . . .«
Und um sich möglichst uninteressiert zu zeigen, verließ er das Haus mit der Behauptung, er müsse nachsehen, ob die Hühner gut eingeschlossen seien, »da man einen Fuchs in der Gegend gesichtet habe.« Er war überzeugt, daß Rozenn, deren Lieblingssünde die Neugier war, nicht lockerlassen würde, bis ihre

kleine Erkundung zu einem befriedigenden Resultat geführt hätte. Und während er sich gewissenhaft vom ordentlichen Verschluß des Hühnerstalls überzeugte, legte er sich eine Geschichte von einem Sturz in einen Graben und einem verstauchten Knöchel zurecht, die sowohl seine Eigenliebe wie Judiths Züchtigkeit schonte.

Seine Erwartung wurde nicht enttäuscht. Rozenn verstand sich wie niemand sonst darauf, auf harmloseste Weise die präzisesten Fragen zu stellen. Sie hätte einen konkurrenzlosen Beichtvater abgegeben, denn es gab nicht nur keine Gevatterin auf zehn Meilen in der Runde, die fähig gewesen wäre, ihrer Wißbegier zu widerstehen, sondern sie verstand es auch, die zähesten alten Fischer zum Reden zu bringen, die ihre zahnlosen Münder sonst nur um ihre Pfeifenstiele lockerten, um einen stärkenden Schluck Zider oder Branntwein hinunterzukippen.

»Sie wäre imstande, unseren Bischof in Person ins Gebet zu nehmen . . . oder sogar meinen Küster!« pflegte Abbé Vincent, Gilles' Pate, zu sagen, der die alte Frau seit seiner Geburt kannte. »Als ich ein Kind war, brachte sie sogar die Wilddiebe von Leslé zum Reden, nahm ihnen einen Teil ihrer Beute ab und schickte sie mit dem Rest, einer Predigt und einem Fläschchen Branntwein nach Hause.«

Von ihr erfuhr Gilles alles, was er zu wissen begehrte.

Seit einigen Monaten mutterlose Halbwaise, war Judith de Saint-Mélaine als Zögling in das Kloster Notre-Dame-de-la-Joie in Hennebont aufgenommen worden, dessen Äbtissin, Madame Clothilde de la Bourdonnaye, sich mit ihren Bernhardinernonnen der Erziehung wenig begüterter Adelstöchter widmete, um aus ihnen zumeist wiederum Nonnen zu machen. Ihr Vater, ein fast ruinierter alter Edelmann, hatte das kleine Gut Fresne in der Nähe von Ploermel, das die Mitgift seiner Frau und ihr einziges Vermögen gewesen war, verlassen und sich in ein altes, heruntergekommenes, von einem vergessenen Vetter ererbtes Haus der geschlossenen Stadt in Hennebont zurückziehen müssen. Die Inangriffnahme von Judiths Erziehung war sehr nötig gewesen, denn zwischen einer ständig kranken Mutter und zwei fast völlig verwilderten Brüdern war das junge Mädchen bisher wie das Gras der Wiesen aufgewachsen, ohne daß sich jemand um sie gekümmert hätte.

»Du siehst«, schloß Rozenn, während sie ihre Strickarbeit wieder aufnahm, zuvor jedoch dem jungen Mann noch einen eigentümlichen Blick zuwarf, der ihn erröten ließ, »dein junges Mädchen vom Schloß hat kaum bessere Aussichten als du. Du hast keinen Vater, sie hat keine Mutter mehr, sie ist adlig, aber sie ist arm wie Hiob. Du wirst Priester sein, und sie wird Nonne sein. Nutzlos, weiter an sie zu denken.«

»Wieso glaubst du, daß ich an sie dachte?« fragte Gilles ärgerlich. Rozenn nahm ihre Brille ab, putzte sie mit einem Zipfel ihrer Schürze und ließ ein kurzes, freudloses Lachen hören.

»Mein armer Junge! Wenn du nicht an sie gedacht hättest, hättest du mir schon lange erklärt, daß meine Geschichte dich nicht interessierte. Aber du hast mir die ganze Zeit zugehört, ohne etwas zu sagen, mit Augen wie Sterne. Ist sie so hübsch?«

Gilles wandte sich jäh von ihr ab und begann, in seinem dichten Schopf zu wühlen, als wolle er einen Gedanken verjagen.

»Ja . . . ich glaube, ja! Was tut das im Grund? Du sagst, sie sei nicht besser dran als ich, aber du irrst dich. Selbst wenn ihr Schicksal nicht vorausbestimmt wäre, könnte sie nie etwas mit mir gemein haben, denn wenn sie auch arm ist, bleibt sie doch adlig, und wenn sie keine Mutter mehr hat, trägt sie doch wenigstens den Namen ihres Vaters. Sie ist ordentlich geboren, und ich bin nur ein Bastard, das heißt, ein Nichts in einer Welt, in der die Geburt der einzige gültige Nachweis für ein weiteres Leben ist. Wir wollen nicht mehr darüber reden . . .«

Und um sich nicht vor Rozenns bekümmerten Augen von der Bitternis, die ihn erfüllte, überwältigen zu lassen, floh er aus dem Haus und wanderte bis in die späte Nacht durch die Heide.

Während der Ferientage, die ihm noch bis zu der für nach Allerheiligen vorgesehenen Rückkehr zur Schule blieben, sprach er Judiths Namen nie mehr aus, und man sah ihn kaum noch zu Hause.

Aber er fuhr auch nicht mehr wie früher mit den Le Mang-Söhnen aufs Meer hinaus, und er fischte nicht mehr im Fluß. Selbst die Wälle der benachbarten Seefestung Port-Louis, auf denen er gerne herumstreifte, und die Kais von L'Orient, die er zuweilen aufsuchte, um die kräftigen Gerüche der aus Indien zurückgekehrten großen Schiffe zu atmen, lockten ihn nicht mehr. Stundenlang saß er am Ufer des Blavet im hohen Gras, dort wo er damals den reglosen Körper des Mädchens an Land gezogen hatte, und sah dem fließenden Wasser nach, ohne auch nur daran zu denken, eine Leine auszuwerfen.

Zwei- oder dreimal ging er bis nach Hennebont, trieb sich lange in der Nähe des vom Fluß zu den hohen Klostermauern führenden Pfades herum und kehrte dann nach Kervignac zurück, ohne selbst seinen Paten zu besuchen, den er doch seiner ihm zugewandten unerschöpflichen Güte und wachsamen Zuneigung wegen von ganzem Herzen liebte. Zu wachsam vielleicht in einem solchen Fall! Gilles fürchtete vor allem, er könne ihm mit seinem scharfsichtigen Blick sein Geheimnis entreißen.
Erst nach Anbruch der Nacht kehrte er nach Hause zurück, um irgend etwas zu essen und schlafen zu gehen, ohne mehr als zehn Worte gesprochen zu haben. Er war fast ebenso schweigsam geworden wie seine Mutter, was diese, in ihre ewigen Andachtsübungen vertieft, übrigens nicht einmal bemerkte. Rozenn quälte sich dafür doppelt und verfolgte auf dem Gesicht des jungen Burschen den Fortschritt eines Leids, dessen Natur sie nur zu gut erriet.
Eines Abends hielt sie Marie-Jeanne zurück, als diese sich eben in ihren Umhang hüllte, um zum Gottesdienst zu gehen.
»Vergiß ein wenig den Himmel und sieh auf die Erde«, sagte sie schroff zu ihr. »Betrachte deinen Sohn. Er ißt nicht mehr, lacht nicht mehr, spricht nicht mehr . . . Siehst du nicht, daß er unglücklich ist?«
Das schmale Gesicht dieser Mutter von dreiunddreißig Jahren, die wie fünfzig aussah, erhellte ein Lächeln, während in den dunklen Tiefen der Augen unter der Witwenhaube, die sie seit der Geburt des Kindes trug, ein fanatischer Glanz aufglühte.
»Unglücklich? Weil er die Stimme gehört hat, die ihn von der Welt und ihrer Bedeutungslosigkeit abwendet? Du sagst, daß er nicht mehr lacht, daß er nicht mehr spricht? Freu' dich doch, Närrin, die du bist, statt zu jammern. Er schweigt nur, um besser Gott zu hören, der ihn ruft. Sein Heiliger Name sei gesegnet in Ewigkeit! Laß mich jetzt! Ich werde mich sonst verspäten.«
Und sie ging davon, lief fast, ohne daß die entmutigte Rozenn sie zurückzuhalten vermochte. Welche Narrheit in der Tat, diese Frau mit dem zerstörten Herzen für ein Kind interessieren zu wollen, dessen Gegenwart sie nicht einmal wahrzunehmen schien! Seitdem der Junge sich den größten Teil der Zeit in der Schule aufhielt, richtete sie nur das Wort an ihn, um ihm guten Tag zu sagen und ihn zu fragen, ob er gebetet habe. Darüber hinaus interessierte sie sich nicht für ihn, sah durch ihn hindurch, als sei er eine Fensterscheibe aus Glas.

»Sie sieht nichts, hört nichts«, entrüstete sich die alte Frau. »Gott! Der Himmel! Die Kirche! Nur das kennt sie, und jetzt wird sie Abbé Séveno, ihrem Beichtvater, erzählen, die Gnade habe Gilles angerührt! Was kümmert's sie, ob der Kleine unglücklich ist! Die Gnade! Geht mir damit! Einen schönen Pfarrer werden wir da kriegen, der sich an der Krankheit der Liebe angesteckt hat . . .«

Doch Rozenn wußte, daß da nichts zu machen war, und zum erstenmal in ihrem Leben fand sie, daß die Ferien zu lange dauerten, daß der Augenblick, in dem Gilles diesen für ihn so gefährlichen Boden verlassen würde, um nach Vannes zurückzukehren, gar nicht früh genug kommen könne.

Ohne es zu ahnen, war sie in diesem Punkt mit Gilles selbst einer Meinung. Der Junge begriff nichts von dem, was ihm geschah, von dem dumpfen, nagenden Schmerz in seiner Brust. Tag und Nacht stand ihr Bild vor ihm, er war von brennendem Verlangen erfüllt, wenigstens ein einziges Mal noch das Antlitz, das ihn verfolgte, wiederzusehen. Die gestrengen Warnungen Abbé Delourmes, seine Verdammung der Frau und ihrer Gefahren, waren jetzt fern. Er hörte nicht einmal mehr ihr Echo, aber er dachte, Gott müsse ungerecht und grausam sein, da er ihm Judith gezeigt habe, obwohl sie für ihn nichts anderes sein könne als ein unmöglicher Traum. Und er wünschte sich naiv, für immer fortzugehen.

Doch sein Bedürfnis, das junge Mädchen wiederzusehen, war stärker als seine Vernunft. Am Allerheiligentage, dem Tag vor seinem Aufbruch zur Schule, beschloß er, in Notre-Dame du Paradis, der Hauptkirche von Hennebont, der Totenvesper beizuwohnen. Er wußte, daß die ganze Stadt dort sein würde. Und wirklich war Judith da, in Begleitung ihres Vaters, der ihr den Arm reichte. Anfangs jedoch hatte Gilles Mühe, in dem jungen Mädchen mit den niedergeschlagenen Augen und artig geordneten Locken im weiten braunen Kapuzenmantel, das gemessenen Schritts durch das Kirchenschiff den Bänken des Adels zuging, die kleine Furie wiederzuerkennen, die ihm die Augen hatte auskratzen wollen.

Hinter einem Pfeiler verborgen, sah er, daß ihr Haar wie Kupfer im Licht der Kerzen aufschimmerte, und als sie die Lider hob, um den Altar zu betrachten, traf ihn der Glanz ihrer wie schwarze Diamanten funkelnden Augen mitten ins Herz.

Während des endlosen Gottesdienstes verharrte er reglos im

Schatten des Pfeilers, ohne auch nur ein einziges Mal zum Chor hinüberzusehen, wo der ganze Klerus in schwarzen und silbernen Chorröcken seines Amtes waltete, und ihm war, als müsse sein Leben im selben Moment enden, in dem sich seine Augen von Judith lösten.

Doch als die kräftigen Kehlen der Bürger Hennebonts das letzte Requiem unter den alten Gewölben erdröhnen ließen, reagierte Gilles wie jeder junge Verliebte, der die, die er liebt, in der Kirche bemerkt, und stürzte buchstäblich zum Weihwasserbecken, um ihr das heilige Wasser zu reichen, wenn sie an ihm vorüberkommen würde.

Er wartete eine gute Weile, immer in Angst, sie könnte die Kirche durch einen anderen Ausgang verlassen haben, denn ihren Vater hatte er schon mit der alten, stocktauben und von Rheumatismus geplagten Madame de La Foret vorbeigehen sehen. Endlich erschien sie mit den letzten Gläubigen, von einem jungen braunhaarigen Mädchen ihres Alters mit auffallend lebendigen grünen Augen begleitet. Gilles trat rasch vor, tauchte die Hand so hastig in das granitene Becken, daß er den Ärmel bis zum Ellbogen durchnäßte, und bot sie ihr.

Sie fuhr zusammen, ihr dunkler Blick streifte für einen Moment sein Gesicht, dann sah sie tadelnd auf den triefenden Ärmel hinunter.

»Noch immer so ungeschickt, wie ich sehe«, sagte sie, ohne ihre Hand der seinen zu nähern.

»Frieden in Ewigkeit den Seelen der Dahingeschiedenen«, murmelte er, mit Schrecken feststellend, daß seine Stimme zitterte. Judith antwortete nicht. Sie war zwei Schritte vor ihm stehengeblieben und musterte ihn mit hochmütiger Ungeniertheit, während ihre sichtlich von dem Abenteuer entzückte Begleiterin ihr irgend etwas ins Ohr flüsterte.

»Amen!« sagte sie endlich. »Aber der Frieden der Dahingeschiedenen gibt Euch noch lange nicht das Recht, mir das geweihte Wasser zu reichen! Ich bitte dich, Azénor, hör auf, mich zu quälen, dir diesen Burschen vorzustellen«, fügte sie, zu ihrer Freundin gewandt, scharf hinzu. »Man stellt nicht irgend jemand einem Mädchen aus gutem Hause vor! Was Euch betrifft, Monsieur, glaube ich, Euch gesagt zu haben, es läge mir nichts daran, daß Ihr Euch meines Namens erinnert. Viel weniger noch meiner Person!«

»Aber . . . wer ist es?« beharrte Azénor, offenbar unfähig, ihre Neugier zu unterdrücken. »Ich habe ihn nie gesehen.«

»Das ist völlig unwichtig! Falls du wirklich Wert darauf legen solltest . . . er heißt Gilles Goëlo. Ein künftiger Landpfarrer. Komm! Wir wollen die Prozession nicht versäumen.«
Und sie entfernte sich in den grauen Tag, begleitet von den letzten brausenden Klängen der Orgel.
Gilles wußte später nicht mehr, wie lange er neben dem Bekken geblieben war, die Füße wie festgeschmiedet auf den kalten Steinplatten, die Hand noch immer erhoben, wie zerschmettert durch ihre Verachtung, einen Klumpen Blei in der Brust . . .
Vielleicht wäre er bis zum Jüngsten Gericht dort gestanden, wenn das Gedröhn der Glocken und die zu einem Choral vereinigten schrillen Stimmen der Chorknaben ihn nicht aus seiner Betäubung gerissen hätten. Er sah die Prozession aus dem Hintergrund der Kirche nahen, sah das große silberne Kreuz über den blauen Kirchenbannern, den Trauerornaten und fahldüsteren Gesichtern der Priester langsam heranschwanken. Irgend etwas verknotete sich in seiner Kehle, irgend etwas, das er nicht kannte und das vielleicht Angst war. Es war, als beginne die Kirche mit dem Leichenbegängnis seines Lebens und seiner Hoffnungen, indem sie ihn an sein Schicksal erinnerte.
»Ein künftiger Landpfarrer! . . . Ein künftiger Landpfarrer!«
Die verächtliche Stimme füllte seine Ohren, übertönte das Getöse des Totengeläuts, der Chöre und der Orgel. Und wie von Panik ergriffen, floh er, drängte sich durch die nahe dem Friedhof die Prozession erwartenden Gruppen, rutschte den steilen Abhang zum Fluß hinunter und tauchte im Novembernebel unter . . .
Daheim fand er Rozenn damit beschäftigt, den Tisch mit einem weißen Tischtuch zu decken, auf das sie in kurzem Zider, Eierkuchen und dicke Milch für die Toten stellen würde, die in dieser Nacht das Privileg genossen, auf die Erde und zu ihren einstigen Wohnstätten zurückzukehren. Aber er beachtete sie nicht.
Aus der Truhe, in der seine Kleidungsstücke lagen, zog er alle seine Habseligkeiten und stopfte sie mit so brüsken Bewegungen, so nervösen Händen in einen alten Seesack, daß die alte Frau sich beunruhigte.
»Bei der Heiligen Anna! Was treibst du da, Kleiner? Willst du fort?«

»Ja . . . Ich gehe . . . jetzt gleich . . . Ich muß zurück zur Schule . . .«

»Aber es eilt doch nicht so! Erst morgen früh fährt die Postkutsche nach Vannes. Und deine Mutter . . .«

Gilles packte Rozenn bei den Schultern, küßte sie auf die runzligen Wangen, so daß der Musselin auf ihrem grauen Haar verrutschte.

»Sag ihr für mich adieu! Sag . . . daß ich ihr schreiben werde! Außerdem wird's ihr gleich sein. Ich gehe bis zur Küste. In drei Stunden ist die Flut hoch, und ich finde bestimmt ein Schiff, das mich nach Vannes mitnimmt! Gott segne dich, meine Rozenn!« Unversehens befiel sie Angst vor dieser abgehackt klingenden Stimme, diesem bleichen Gesicht, diesen verhärmten Zügen, in denen in dieser Minute fast nichts mehr an Kindheit erinnerte. Und ihre Arme um seinen Hals schlingend, versuchte sie, ihn zurückzuhalten.

»Gilles! Mein Kleiner . . . Willst du wirklich nach Vannes? Schwörst du's ?«

Er stieß ein kleines, trockenes Lachen aus, so traurig, daß ihr nach Weinen zumute war.

»Nach Vannes, ja! Wo könnte ich sonst hin? Zur Schule, um meine Studien fortzusetzen. Soll ich denn nicht eines Tages Landpfarrer werden? Man hat es nie eilig genug, wenn ein so glanzvolles Geschick auf einen wartet . . .«

Er riß sich aus den Armen der alten Frau. Die Tür fiel mit einem dumpfen Laut hinter ihm zu. Mit wankenden Knien ließ sich Rozenn auf eine Bank sinken und lauschte auf die rasch leiser werdenden Schritte des Jungen draußen, dieses Jungen, den sie wie ihren eigenen Sohn liebte, mehr noch vielleicht, denn ihre Liebe hatte ihn gewählt.

»Mein Gott«, murmelte sie, »es ist doch schlimmer, als ich dachte.«

Und während sie die Nacht hindurch darauf achtete, daß das Feuer nicht ausging, damit die Seelen sich wärmen konnten, blieb sie, der Totenglocke lauschend, die ebenfalls bis zum Morgengrauen läuten mußte, auf dem Herdstein sitzen und betete aus der Tiefe ihres einfachen Herzens, Gott möge Mitleid mit Gilles empfinden und ihn nicht allzu grausam prüfen.

»Er ist so jung!« wiederholte sie ganz leise. »So jung! Er versteht noch nicht zu leiden.«

Im Vorort Auray außerhalb der Mauern von Vannes gelegen, war das einst von der Gesellschaft Jesu gegründete Saint-Yves-Kolleg alles andere als ein paradiesischer Ort. Es waren düstere, ziemlich baufällige Gebäude, deren Klassenzimmer dank ihrer Lage am unteren Rand eines leicht ansteigenden, mit Kies und Unkraut bedeckten riesigen Hofs an Regentagen durch die rieselnden Wasser in wahre Sümpfe verwandelt wurden. In einem Winkel diente ein »Barbin« genannter viereckiger Turm als eine Art Straflokal, auffallend genug, um nicht in Vergessenheit zu geraten. Was die mit wackligen Steinplatten ausgelegten Klassen betraf, waren sie mit erhöhten Kathedern ausgestattet, die immerhin den Vorzug hatten, wenigstens die Professoren im Trockenen zu halten, sowie mit langen Holzbänken, auf denen die Schüler aufgereiht saßen, ihr Schreibzeug auf den Knien. Sie froren dort im Winter, und wenn der Pförtner an Regentagen vergaß, Stroh auf die Fliesen zu werfen, standen sie mit den Füßen im Wasser.
Gelehrt wurde Französisch, Mathematik, Physik, Geschichte und Geographie in bescheidenen Ausmaßen, Latein dafür in um so massiveren Dosen. Die Disziplin war streng, die Ideenwelt eng und scharf kontrolliert. Als Gilles eines Tages ein Stück Zeitung auf der Straße aufgelesen und in eins seiner Bücher gelegt hatte, war er mit zwanzig Schlägen und einer Stunde knienden Gebets auf den Steinfliesen der Kapelle bestraft worden.
Gilles kehrte zu alldem ohne Freude, doch mit einem seltsamen Gefühl der Sicherheit zurück. Zwischen den fleckigen, von den hochtrabenden Phrasen Ciceros oder den Maximen des Predigers Salomo widerhallenden Mauern Saint-Yves' verschwamm Judiths provozierendes Bild in den Nebeln, in die sich die Gestalten der Legende hüllten. Sie schien zu der geheimnisvollen Welt der Teiche und der Bäume zu gehören, zu jenem unkörperlichen Völkchen, das im nahen Wald von Paimpont, dem antiken Brocéliande, sein spukhaftes Wesen trieb. Sie war eine Fee aus einem Traum, sie war Morgane, sie war Viviane . . . sie war ganz und gar nicht mehr Judith, was dem Seelenfrieden des jungen Burschen nur zugute kam.
Was die Studien anging, ließ sich kaum behaupten, daß sie ihn sonderlich gefesselt hätten. Begeistert für Geschichte, Geogra-

phie und die Naturwissenschaften, war er dennoch wegen seiner unüberwindlichen Abneigung gegen das sakrosankte Latein schlecht angeschrieben. Auch wegen seines zugleich unerschrockenen und unabhängigen Charakters, dessen Äußerungen seine Lehrmeister nicht ohne eine gewisse Besorgnis verfolgten. Abgesehen davon verabscheute er die Wissenschaften keineswegs. Mathematik frequentierte er wie einen nützlichen Verwandten, den man jedoch nicht allzu häufig zu sehen wünscht. Alles in allem war er ein recht mittelmäßiger Schüler, von dem die Patres von Saint-Yves keinen Beitrag zur Erhöhung des Ruhms ihrer Anstalt erwarteten.

Auch zu dem alten Fräulein in der Rue Saint-Gwenael kehrte er zurück, das ihm gegen ein bescheidenes Entgelt Unterkunft und eine nicht gerade üppige Verpflegung bot. Besagte Unterkunft bestand aus einer kleinen, dürftig möblierten Kammer ohne Vorhänge und Teppich, deren hohes Fenster und staubige Täfelung jedoch einen Rest Vornehmheit ausstrahlten. Im übrigen konnte Gilles in seinem Kamin während des Winters Kastanien rösten, um seinen durch die allzu klaren Suppen seiner Wirtin selten befriedigten Appetit zu beschwichtigen. Und dann fühlte er sich dort zu Hause, mehr als bei seiner Mutter, weil er allein mit seinen Träumen und den armseligen Schätzen war, die seinen eigentlichen Besitz ausmachten: ein paar Kleidungsstücke von deprimierender Einfachheit, ein paar Toilettengegenstände, einige Muscheln und seltsam geformte Steine, die er während seiner Gänge längs der Ufer und durchs Land aufgelesen hatte. Auch Bücher, natürlich solche, die der Unterricht notwendig machte, aber auch zwei bei einem künftigen Priester absolut skandalöse Werke: das »Jahrhundert Ludwigs XIV.« des Monsieur de Voltaire und der »Émile« von Jean-Jacques Rousseau, an denen der junge Mann seine helle Freude fand.

All das bildete ein kleines, wohlverschlossenes Universum, in dem Gilles nach seiner Flucht aus Kervignac wieder zu sich selbst finden wollte. Aber er merkte bald, daß es nicht mehr möglich war, denn Judith schlich sich bis in seine Lektüre. Die schönen Gefangenen Alexanders des Großen oder Königin Kleopatra selbst wurden ihr merkwürdig ähnlich, mit feurigem Haar und perlig schimmerndem Fleisch versehen. Wütend schleuderte er das Buch in eine Ecke und wälzte sich die ganze Nacht auf seiner Seegrasmatratze, ohne Schlaf zu finden. Gegen Morgen gelang es ihm zuweilen einzuschlummern. Doch die Träume, die ihm das jähe Erwachen seiner Männlichkeit bescherte, stürzten ihn in ungeahnte Abgründe, aus denen er keuchend, schweißgebadet und mit schwer in seiner Brust klopfendem Herzen auftauchte. Diese wilden Träume erfüllten ihn mit Angst und Scham, so daß er, als das Weihnachtsfest herankam, es nicht wagte, sie seinem Beichtvater zu gestehen, und er es unterließ, sich dem Bußgericht zu stellen, wie es die Regel des Kollegs erforderte. An dem Tag, an dem er sich mit seiner Klasse dieser rituellen Seelenreinigung unterwerfen sollte, blieb er in seiner Kammer und gab vor, krank zu sein. Er log übrigens nur zur Hälfte: Die bloße Vorstellung, in der staubigen Düsternis eines nach Schimmel und dem ranzigen Atem des unsichtbaren Priesters riechenden Beichtstuhls die unbewußt wollüstige Gestalt Judiths heraufbeschwören zu müssen, verursachte ihm Brechreiz . . . Und er versprach sich, nichts von dem zu verraten, was seine Nächte und sein Herz quälte, und wenn er deshalb vor dem Antlitz Gottes selber lügen müsse, falls man ihn dennoch zwang, sich zur Kapelle zu begeben.

Er wußte, daß es ein schlimmer Verstoß gegen den Vertrag war, den seine Mutter in seinem Namen mit dem Himmel geschlossen hatte, aber er fand in seiner neuen Auflehnung eine Art bitterer Lust, wie einen Geschmack von Rache. Es war, als diskutiere er mit dem Herrn von gleich zu gleich . . .

Als er am Tage nach seinem angeblichen Unwohlsein zur gewohnten Stunde das Haus in der Rue Saint-Gwenael verließ, um sich zur Schule zu begeben, und im kalten Grau des frühen Morgens an den Mauern der Kathedrale entlangging, begegnete er einem seiner Klassenkameraden, Jean-Pierre Quérelle, dem Sohn des besten Schiffszimmermanns im Hafen. Jean-Pierre trug zwar seine Bücher unter dem Arm, lief jedoch eilig in die dem Kolleg entgegengesetzte Richtung. Und obwohl Gilles halb aus natürlicher Ungeselligkeit, halb aus Stolz wenig Verkehr mit seinen von ordentlichen Vätern abstammenden Mitschülern pflegte, widerstand er seiner Neugier nicht und rief ihm nach:

»Wohin so rasch, Jean-Pierre Quérelle? Weißt du, daß du Saint-Yves den Rücken kehrst? Hast du deinen Kompaß verloren?«

Der andere blieb stehen.

»Was kümmert mich das Kolleg?« sagte er, mit den Schultern zuckend. »Hast du denn nicht die Kanone gehört, als die Hähne krähten? Sieht ganz so aus, als sei die *Saint-Nicolas*, das Schiff Monsieur de Sainte-Pasanes, von dem man so lange nichts gehört hat, in den Hafen eingelaufen. Das will ich sehen! Kommst du mit? Es kehrt aus Westindien zurück.«

Gilles ließ sich das nicht zweimal sagen. In den achtzehn Monaten des Kriegs zwischen England und Frankreich, in denen sich die Gegner auf einem großen Teil des Atlantiks mit einem stattlichen Aufwand von aneinandergeketteten Kugeln und Entersäbeln gegenseitig die Hölle heiß machten, war die Rückkehr eines Schiffs von den Antillen, vor allem in den Hafen von Vannes, eine allzu rare Sache geworden. Die Mehrzahl der Segler, die die Winde aller Ozeane der Welt kannten, ging gewöhnlich an den Quais von L'Orient vor Anker, dem Sitz der Großen Indischen Handelsgesellschaft, oder an denen von Nantes, der französischen Hauptstadt des schwarzen Sklavenhandels. Doch dickköpfig und unabhängig wie ein wahrer Nachfahre der alten Veneter, hatte der Reeder Sainte-Pasane nie eingesehen, warum er seine Schiffe, woher sie auch kamen, woanders ankern lassen sollte als vor den grünlichen Butzenscheiben der Fenster seiner Büros.

Trotz des Nebels und der für diese Gegend der Bretagne empfindlichen Kälte, denn es fror Stein und Bein, hatten sich Leute am Hafen eingefunden.

Die *Saint-Nicolas* lag riesig, bauchig am Quai, eingebettet in die Nebelschwaden des Flusses wie eine Henne in ihrem Nest. Aber eine Henne, die viel hatte erdulden müssen. Das Salz hatte die Farben des Rumpfes zerfressen. Die Segel, die eben von einer Schar auf den Rahen wahre Balancewunder verrichtender magerer Burschen eingeholt wurden, waren schmutzig und geflickt. Und was die Matrosen mit ihren Prophetenbärten und dreckverkrusteten Körpern selbst betraf, ähnelten sie eher Wilden als ehrsamen Söhnen der alten Bretagne. Doch all diesem von Gefahr und Not kündenden Elend gelang es nicht, die Freude über die triumphale Rückkehr, über Laderäume voller Indigo, Zucker und kostbaren Hölzern zu ersticken, Waren, die sich auf dem Mahagoni der Kontore in klingende Goldtaler, in den Höhlungen schwieliger Hände in schöne Silberstücke und in fabelhafte Geschichten verwandeln sollten, die man in den Tavernen, im Qualm der langen Tonpfeifen und im Duft des schäumenden Ziders erzählen würde.

Auf einer Mauer sitzend, auf die sie geklettert waren, um besser über die Menge hinwegsehen zu können, betrachteten

die beiden Jungen all das, ohne etwas zu sagen, doch mit glänzenden Augen. Jean-Pierre war es, der als erster sprach, mit zusammengepreßten Zähnen seine Gedanken preisgab:
»Ich will zur See gehen! Wenn die *Saint-Nicolas* wieder ablegt, werde ich an Bord sein.«
Gilles wandte sich ihm erstaunt zu.
»Ich glaubte, dein Vater ließe dich studieren, damit du Notar wirst. Man sagt, er hätte sein Leben lang dafür gespart.«
»Ich weiß! Nun, dann wird er eben seine Taler behalten. Ich will sie nicht. Ich will auf's Meer. Seit ich auf der Welt bin, sehe ich ihn große, schöne Schiffe bauen, ohne je an die fernen Länder zu denken, deren Sonne sie auf- und untergehen sehen werden. Ich werde diese Länder erleben! Zum Teufel mit den Notaren!«
Und um noch deutlicher zu zeigen, was er von diesem Beruf hielt, spuckte Jean-Pierre zornig aufs Pflaster. Gilles antwortete nicht sofort. Er musterte einen Moment das picklige Gesicht seines Schulkameraden, die verwaschen blauen Augen unter dichten Brauen, die untersetzte stämmige Gestalt, und konnte sich eines Lächelns nicht erwehren. Jean-Pierre war so wenig dafür geschaffen, in einem säuberlich eingerichteten Anwaltsbüro feierliche Protokolle abzufassen, wie er selbst dazu, die Messe zu lesen und alten Jungfern die Beichte abzunehmen. Und plötzlich fühlte er sich diesem Jungen nah, mit dem er bisher nur recht vage Beziehungen unterhalten hatte. Das plötzlich zwischen ihnen entstandene unsichtbare Band hatte der Ozean geknüpft, der vertraute und unbekannte Ozean, von dem er seit seiner Kindheit wie von einem abenteuerlichen Paradies träumte, der verbotene Ozean, über den zu fahren seine Mutter ihm nie erlauben würde. Doch angesichts dieses Schiffs, das die schweren Gerüche ferner Horizonte mit sich brachte, wehrte er sich gegen den Gedanken an Marie-Jeanne, als sei schon die Erinnerung an sie eine Beleidigung für die glorreichen Wunden dieses Sendboten unendlicher Weiten.
»Auch ich«, sagte er endlich, und es klang, als entrisse ihm eine unbekannte Kraft diese Worte, »auch ich werde aufs Meer gehen . . . eines Tages . . .«
Jean-Pierre streifte ihn mit einem versteckten Lächeln, und in dem Schulterzucken, mit dem er es begleitete, lag eine Spur von Geringschätzung.
»Du? Du bist noch schlechter dran als ich. Du wirst Pfarrer werden.«

Er lachte spöttisch auf, aber Gilles schoß ihm einen so eisigen Blick zu, daß er verstummte und rot anlief.

»Pfarrer?« wiederholte der junge Goëlo mit beunruhigender Sanftheit. »Nimm zur Kenntnis, du Trottel, daß ich das nie sein werde. Nimm auch zur Kenntnis, daß ich nie wieder davon hören will. Verstanden?«

»Verstanden«, sagte kleinlaut der andere. »Aber . . . wie willst du's machen? Es heißt, deine Mutter hätte beschlossen . . .«

»Sie hat es in der Tat beschlossen. Aber ich will nicht . . . will's nicht mehr. Und noch heute abend werde ich ihr schreiben.«

»Und wenn sie nicht auf dich hört? Wenn sie drauf besteht, daß du aufs Seminar gehst? Du weißt, sie hat das Recht, dich durch die Gendarmen hinschaffen zu lassen.«

»Nun, dann werde ich fliehen . . .«

Stille folgte, die die beiden Jungen dazu benutzten, von ihrer Mauer herunterzuklettern. Ohnehin waren schon fast alle Matrosen an Land, und die Menge zerstreute sich, um sich zu Hause oder in den Hafenkneipen aufzuwärmen. Einen Moment blieben Gilles und Jean-Pierre stehen, jeder den andern musternd, als begegneten sie einander zum erstenmal. Plötzlich hemmte sie eine Art Schüchternheit. Es war, als ob die Jahre der Gleichgültigkeit sich einer wirklichen Freundschaft widersetzten.

Der Halbstundenschlag der Uhr einer benachbarten Kirche half ihnen aus ihrem Schweigen. Jean-Pierre lächelte verlegen.

»Vielleicht sollten wir jetzt besser gehen«, sagte er. »Wir sind mächtig spät dran, und ich habe den Verdacht, daß wir's mit dem Barbin zu tun kriegen werden«, fügte er mit einer komischen Grimasse hinzu.

Gilles erwiderte sein Lächeln.

»Daran gibt's keinen Zweifel! Aber glaubst du nicht, daß es der Mühe wert war?«

Gemeinsam begannen sie die abschüssige Straße hinaufzulaufen, weniger aus Angst vor den Rutenschlägen, die bald auf ihre Schultern niederprasseln würden und mit denen beide genügend Erfahrungen gesammelt hatten, um sie nicht allzu wichtig zu nehmen, als um sich aufzuwärmen.

Doch als das zweihundert Jahre alte große Portal von Saint-Yves in Sicht kam, blieb Jean-Pierre, der während des ganzen Weges nichts gesagt hatte, jäh stehen.

»Sag mir«, keuchte er, »hast du's ehrlich gemeint, als du vorhin sagtest, daß du auch zur See gehen willst?«

»Natürlich hab' ich das ehrlich gemeint. Warum?«

»Hör zu! Wenn es heute abend von der Kathedrale neun Uhr läutet, triff mich an der Ecke der Rue des Halles. Frag nichts«, fuhr er rasch fort, als er sah, daß Gilles den Mund öffnete. »Ich nehme dich mit zu einem Ort, der dich interessieren wird. Und jetzt holen wir uns unsere Prügel ab! Auf heute abend!«

»Auf heute abend! Ich werde dort sein!«

Weil er eines belanglosen Unwohlseins wegen die Beichte versäumt hatte, wurde Gilles doppelt bestraft. Zudem befahl man ihm, nach Verlassen des Barbin unverzüglich die Kapelle aufzusuchen, sich bei dem Priester vom Dienst zu melden und zwei zusätzliche Rosenkränze zu beten, die ihm auferlegt würden. Er nahm alles ohne Einspruch hin, gestärkt durch die Aussicht, die Jean-Pierres Worte ihm eröffnet hatten. Bewußt legte er eine unvollständige Beichte ab und brach so zum erstenmal mit den Gewissensskrupeln, die ihm jetzt unvereinbar mit den Ansprüchen des Mannes schienen, der zu werden er im Begriff stand. Und beim letzten, neunten Schlag der Uhr betrat er mit noch schmerzenden Schultern, aber hoffnungsvollem Herzen das schmierige Pflaster des kleinen, um diese nächtliche Stunde verödeten, dunklen Platzes an der Ecke der Rue des Halles. Zum erstenmal seit seinem Hechtsprung in den Blavet hatte der Gedanke an Judith den Schraubstock gelockert, der den Geist des jungen Burschen gefangenhielt, und eine aufregende, abenteuerliche Zukunft schwebte Gilles vor Augen, während er im Dunkel der kalten Nacht wartend von einem Fuß auf den andern trat.

Jean-Pierre tauchte aus der Finsternis auf, leise wie eine Katze.

»Gehen wir!« sagte er nur.

Wie am Morgen wandten sich die beiden dem Hafen zu, dem einzigen noch ein wenig belebten Teil der Stadt, denn Vannes war ein sittsamer, frommer Ort, dessen Leben sich nach den Glocken seiner Kathedrale und Klöster regelte.

»Wohin bringst du mich?« fragte Gilles, als sie aus dem Saint-Vincent-Tor traten.

Statt einer Antwort wies Jean-Pierre auf ein altes Haus am Quai, dessen vorragendes oberes Stockwerk zwei kleine, niedrige Fenster beschattete, die wie rötliche Augen in die Nacht blinzelten. »Dorthin!«

Gilles runzelte die Stirn. Obwohl er die Hafentavernen nie besucht hatte, kannte er die Stadt gut genug, um zu wissen, daß sich die Schenke »Zum Roten Hermelin« eines besonders

schlechten Rufes erfreute.
Yann Maodan, der Wirt, zeigte sich um so weniger kleinlich in der Wahl seiner Kundschaft, als er selbst in seiner Jugend Maienblüte drei seiner schönsten Jahre hindurch »die große Wiese gemäht hatte«*. Der auf Ergänzung seiner Mannschaft hoffende Schmuggler, der nach einem Spion suchende eifersüchtige Ehemann oder der Anführer einer Bande, den danach verlangte, seine durch die Gendarmen stark gelichtete Truppe wieder aufzufüllen, sie alle konnten fast sicher sein, im »Hermelin« ihre Wünsche erfüllt zu finden. Aber es war auch nicht zu leugnen, daß man dort kaum Schülern von Saint-Yves begegnete. Als Gilles daher seinen Kameraden mit der Gelassenheit eines Stammgasts die zu der etwas tieferliegenden Tür führenden Stufen hinabspringen sah, konnte Gilles es sich nicht verkneifen, ihn am Arm zurückzuhalten.
»Bist du schon in diesem Haus gewesen?« fragte er mißtrauisch.
Jean-Pierre hob die Schultern und wandte die Augen ab, doch seine Stimme klang herausfordernd, als er erwiderte: »Natürlich! Wenn man mit dem Gedanken spielt, heimlich zur See zu gehen, darf man nicht zimperlich sein. Da drin ist ein Mann, der uns helfen kann.«
»Du kennst den Ruf des ›Roten Hermelin‹. Hast du schon daran gedacht, was passieren würde, wenn dein Vater oder der Pater Prinzipal erführe, daß man dich hier gesehen hat?«
»Sei beruhigt, ich habe daran gedacht. Aber man macht nun mal kein Omelett, ohne Eier zu zerbrechen. Wenn du übrigens für deinen guten Ruf fürchtest, steht es dir noch immer frei, umzukehren. Nur frage ich mich allmählich, ob du nicht doch besser daran tätest, Pfarrer zu werden . . .«
»Falls ich einen Rat meiner Zukunft wegen brauchen sollte, werde ich dich drum bitten«, entgegnete Gilles trocken. »Und nachdem dies gesagt ist, folge ich dir, da du anscheinend weißt, was du tust.«
Hinter seinem Kameraden betrat er die Schenke. Er hatte erwartet, in eine höllische Welt voller Streitigkeiten, Geschrei und betrunkenen Gegröhls einzudringen. Statt dessen war weniger Lärm zu vernehmen als in einem Klassenzimmer von Saint-Yves. Von der Schwelle aus gewahrte Gilles im bläulich wogenden Qualm der Pfeifen verschiedenfarbige Rücken, über die Tische gebeugt, mehr oder weniger struppige Köpfe, aufgestützte Ellbogen, dazwischen Becher mit Rum. Alle diese Män-

* Argotmetapher für »auf den Galeeren gerudert«.

ner unterhielten sich mit gedämpfter Stimme, verhandelten diskret über Geschäfte, die für sie von größter Wichtigkeit waren, auch wenn sie der großen Mehrheit vermutlich recht anrüchig erschienen wären. Und trotz der Gegenwart zweier bis an die Grenzen der Schicklichkeit dekolletierter Mägde, die mit schweren Tabletts zwischen den Tischen umhergingen, weckte nichts in diesem Raum lustvolle Gedanken.

Was Yann Maodan selbst betraf, stand er hinter seiner schmutzigen Nußholztheke und ließ einen herrscherlichen Blick über die Versammlung gleiten, dem nichts entging. Dieser Blick erfaßte die beiden Jungen, eine Grimasse, die zur Not für ein Lächeln gelten konnte, breitete sich für einen Moment über seine Züge, dann näherte er sich quer durch den Raum einem Tisch im Hintergrund, an dem ein einzelner Mann saß.

»Ho! Nanteser!« rief er. »Besuch für dich!«

Der Angerufene fuhr zusammen, zauberte auf sein Gesicht ein Lächeln, das zu ihm paßte wie eine Rose zu einem Krokodil, hob von seinem wie ein Zuckerhut geformten Schädel einen prächtig goldbetreßten, offensichtlich nicht für ihn gefertigten Dreispitz und schwenkte ihn in Richtung der beiden Jungen, die sich zwischen den Tischen hindurchzwängten.

»Da wärst du also, mein Junge!« begrüßte er Jean-Pierre, inmitten einer unglaublichen Ansammlung bräunlicher Stümpfe drei erstaunlich weiß gebliebene Zähne enthüllend. »Kommst du, um mir zu sagen, daß du dir's überlegt hast?«

»Ja, M'sieur! Und ich bin entschlossen!«

Der Dreispitz schwankte liebenswürdig.

»Gut! Und der da? Wer ist das?«

»Ein Freund. Wir sind in derselben Klasse. Er ist auch entschlossen . . .«

»Einen Moment«, unterbrach Gilles. »Ich würde doch ganz gern wissen, wozu ich entschlossen bin!«

Der Nanteser gefiel ihm nicht. Jäh sich verengend, begannen seine stahlblauen Augen die Züge dieses Mannes zu durchforschen, als wolle er ihm seine geheimsten Gedanken entreißen. Unter dem spitz zulaufenden Schädeldach war ein fleischiges, breit lächelndes Gesicht mit eingeschlagener Nase und kleinen schwarzen Augen, die wie Jettperlen glänzten. Ein sauberes, gut rasiertes Gesicht übrigens, das ohne die unaufhörliche Beweglichkeit eines unmöglich festzuhaltenden Blicks und ohne das ständige Hin und Her der Zungenspitze über die Lippen nicht einmal unangenehm gewesen wäre.

In diesem fahrigen Blick blitzte es zornig auf, aber es war nur ein Blitz, der wie eine vom Wind ausgeblasene Kerzenflamme wieder erlosch. Der Mann zuckte mit den Schultern und brach in gutmütiges Gelächter aus.
»Entschlossen, zur See zu gehen, klar! Genau wie dieser brave Bursche hier, der darauf brennt, sich auf den weiten Meeren Glück und Ruhm zu erobern und die Pracht all der Wunder des Universums zu bestaunen.
»Und Ihr könnt uns all das geben?« fragte Gilles kühl.
Bekümmerte Betroffenheit malte sich auf dem Gesicht des Nantesers, der sich mit schmerzlich-vorwurfsvoller Miene Jean-Pierre zuwandte.
»Hast du ihm denn nichts gesagt, mein Junge?«
»Nein, M'sieur! Ich dachte, es wäre besser, wenn Ihr es tätet. Ihr hattet mir schließlich Diskretion empfohlen.«
»Wie wahr, Sohn, wie wahr! Diskretion ist eine großartige Sache. Meine arme Mutter pflegte immer zu sagen, in wichtigen Geschäften sei es besser, sich an den lieben Gott als an seine Heiligen zu wenden. Setzt euch also, ihr Burschen, und hört mir zu! Hola, Manon! Zwei Becher für diese jungen Herren!«
Eine der Mägde näherte sich. Unwillkürlich aufblickend, gewahrte Gilles, daß sie ihn betrachtete, daß sie blond war, recht hübsch und nicht viel älter als er selbst sein konnte. Stumm, doch ohne den Blick von ihm zu wenden, stellte sie zwei Zinnbecher auf den Tisch und entfernte sich wieder wie bedauernd mit einem Seufzer, während der Nanteser nach der vor ihm stehenden großen schwarzen Flasche griff. Der Duft alten Rums von den Antillen stieg in die Nasen der beiden Jungen wie ein zarter Lockruf von jenen fernen Ländern, auf die der Nanteser angespielt hatte. Zugleich stürzte sich dieser in einen hochtrabenden Sermon, durch den er seine junge Zuhörerschaft davon überzeugen wollte, daß ihre glänzende Zukunft einzig und allein von seinem persönlichen guten Willen abhinge.
Doch trotz einer gewissen Ehrerbietung, die er dem Biedermann bezeigte, fand Jean-Pierre diese Einleitung ein wenig zu lang. »Wir sind durchaus bereit, Euch dankbar zu sein, M'sieur«, unterbrach er ihn, »aber sprecht uns jetzt von Amerika, von den Aufständischen, wenn's Euch genehm ist.«
Gilles, der den Nanteser allmählich nicht nur unsympathisch, sondern geradezu unerträglich zu finden begann, fühlte sein

Interesse erwachen. Die Neuigkeiten der Welt wurden in den Klassenzimmern von Saint-Yves und in den geruhsamen Straßen Vannes', in denen man sich nicht viel für das interessierte, was bei den Wilden auf der anderen Seite des Atlantiks geschah, kaum besprochen, ausgenommen selbstverständlich, wenn geschäftliche Dinge im Spiele waren. Der Krieg mit England auf dem so nahen Meer war für eine Stadt, die sich erinnerte, lange Zeit das Parlament der Bretagne beherbergt zu haben, von weit größerem Interesse. Nichtsdestoweniger hatten die jugendlichen Bewohner der Rue Saint-Gwenael und benachbarter Gassen beim gelegentlichen Flanieren um das Haus Monsieur de Limurs, Generalleutnants der Admiralität, oder um die Kasernen des Regiments de Walsh* allerlei Gerüchte aufgeschnappt.
Seit einigen Monaten und vor allem seit dem Beginn des Krieges gegen England sprach man dort mit Sympathie vom Aufstand der dreizehn englischen Kolonien in Amerika, der sich seit 1776 in einen offenen Krieg verwandelt hatte. 1765 hatte die Empörung zu schwelen begonnen, als das durch den Siebenjährigen Krieg außer Atem geratene England auf die Idee verfallen war, den größeren Teil einer öffentlichen Schuld von hundertvierzig Millionen Pfund Sterling mittels einer Stempelsteuer auf alle offiziellen Urkunden auf seine Kolonien jenseits des Atlantiks abzuwälzen. Die in der Stadt New York versammelten Delegierten dieser Kolonien hatten sich für die Verweigerung einer Steuer erklärt, für die nicht von ihnen votiert worden war. England hatte reagiert. Und Schlag auf Schlag war aus der Unruhe Aufruhr geworden, der die Amerikaner dazu getrieben hatte, ihre Unabhängigkeit zu fordern und den Krieg gegen das Mutterland zu beginnen.
Es hieß, daß ein genialer Soldat, General Washington, den Kampf dieser entschlossenen Männer führe, die man in Europa die »Aufrührer« nannte, und daß er schon vor langer Zeit den König von Frankreich um Hilfe ersucht habe. Vor drei Jahren hatten die Einwohner Vannes' sogar den Gesandten der Aufrührer an einem Dezemberabend im Gasthof »Zum Gekrönten Dauphin« absteigen sehen. Es war ein alter, korpulenter, gutmütig und verschmitzt aussehender Mann gewesen, der eine Brille trug und auf dessen rund um eine Glatze sprießendem langen Haar eine kuriose Pelzmütze saß. Zwei junge Leute, seine

* Irisches Regiment unter dem Befehl des Grafen de Walsh-Serrant, das gewöhnlich in Vannes stationiert war.

Enkel, begleiteten ihn, und er hatte erklärt, Benjamin Franklin zu heißen und unterwegs nach Paris zu sein. Man sagte auch, daß er ein in der ganzen Welt bekannter großer Gelehrter sei, der den Blitz an die Kette zu legen verstünde. Die Bretonen hatten daraus geschlossen, daß er so etwas wie ein Hexenmeister sein müsse. Der antike Wald von Brocéliande lag allzu nah, als daß die Erinnerung an den Zauberer Merlin nicht noch immer gegenwärtig gewesen wäre.

Endlich erzählte man sich mit gereizter Nachsicht, ein junger auvergnatischer Offizier aus der königlichen Umgebung, ein ebenso großer Narr wie großer Herr, habe ein Schiff gechartert und sich aufgemacht, um für die amerikanische Freiheit zu kämpfen, obwohl der König damals noch keineswegs entschlossen gewesen sei, mit England aneinanderzugeraten. Er sei in miserablem Zustand zurückgekehrt, aber doch noch genügend bei Kräften, um Ludwig XVI. um schnelle Hilfe für die Aufständischen anzuflehen. Und in diesen letzten Wochen war um die Kasernen herum geflüstert worden, daß der König vielleicht die Erwartungen des amerikanischen Kongresses erfüllen und ihm das Gold und die Männer schicken würde, die er benötigte.

Diese Gerüchte setzten die jungen Köpfe von Saint-Yves in Brand. Vor allem waren es die so neuen, aufregenden Worte Freiheit und Unabhängigkeit. Gilles, der mit einem Herzen voller Bitterkeit nach Vannes zurückgekehrt war, hatte sie eingesogen wie frisches Wasser nach einem tropisch heißen Tag. Er träumte vom Abenteuer dieses La Fayette, und von Judith abgesehen gab es kein menschliches Wesen auf der Welt, dem er sich heißer zu nähern wünschte als diesem Mann.

Infolgedessen wurde ihm der Nanteser von dem Augenblick an, in dem Jean-Pierre die magischen Worte Amerika und Aufständische aussprach, höchst interessant.

»Mein Gott, wie eilig es diese jungen Leute haben!« seufzte der Mann und leerte seinen Becher in einem Zug. »Ich wollte eben dazu übergehen. Aber zunächst: Wie heißt du, du, der Neue?«

»Gilles Goëlo.«

»Also gut. Du mußt wissen, mein Junge, daß es in Nantes Männer gibt, die an die Befreiung der Amerikaner glauben und zu allem entschlossen sind, um ihnen dabei zu helfen. Der bedeutendste unter ihnen ist ein sehr reicher Seigneur, ein großer Reeder aus Nantes, Aufseher der Gewässer und Wälder

Frankreichs, Besitzer eines königlichen Schlosses, persönlicher Freund jenes Monsieur Franklin, der in Paris sein prächtiges Palais bewohnt . . . und außerdem ist er mein Herr!« fügte er mit einem Stolz hinzu, der zu verstehen gab, daß im Grunde von all den eindrucksvollen Titeln dieser letztere der wichtigste sei. »Dieser Seigneur, der einen großen Teil seines Vermögens der Sache der Aufständischen geweiht hat, rüstet zur Zeit im Hafen von Nantes das größte seiner Schiffe zur Reise nach Boston aus. Alle mutigen jungen Leute, die sich einer noblen Sache zu widmen wünschen und zugleich das Abenteuer und in ihm ihr Glück suchen, können nach Amerika mitfahren. Und ich bin speziell damit beauftragt, in diesem Bezirk die auszuwählen, die mir die Würdigsten für ein so nobles Geschick zu sein scheinen. Wollt ihr zu ihnen gehören?«

»Ich wünsche mir nichts Besseres«, erwiderte Gilles, »aber warum haltet Ihr Euch in dieser Schenke auf, in der, unter uns gesagt, Leute, wie Ihr sie sucht, selten sind? Es sieht so aus, als versteckt et Ihr Euch. Warum geht Ihr nicht in den ›Roten Hut‹ oder in den ›Gekrönten Dauphin‹, und warum laßt Ihr das Angebot Eures Herrn nicht durch die öffentlichen Ausrufer bekanntmachen? Richtig, wie heißt er überhaupt, Euer Herr? Ich erinnere mich nicht, seinen Namen von Euch gehört zu haben.« »Eben weil er nicht zu denen gehört, die man an einem solchen Ort ausspricht!« entgegnete der Nanteser gewichtig. »Was Euren Einwand betrifft, mein junger Freund, beweist er, daß Ihr zwar ein guter Beobachter und intelligent, aber in politischen Dingen wenig erfahren seid. Habt Ihr bis zum heutigen Tage unseren vielgeliebten König den Aufständischen Truppen schicken sehen? Ich spreche nicht von diesem Monsieur de La Fayette, der auf eigene Faust aufgebrochen ist, sondern von richtigen Truppen mit Kanonen und Generälen.«

»Nein. Aber es könnte . . .«

»Da eben drückt der Schuh! Es könnte . . . aber es kann noch nicht! Und mein Herr riskiert, Seiner Majestät zu mißfallen, wenn er es auf sich nimmt, persönlich diesen braven Leuten Hilfe zu schicken. Er riskiert dabei sein Ansehen und eine Menge anderer Dinge, weshalb die Geheimhaltung erforderlich ist. Habt Ihr verstanden?« Gilles nickte.

»Ich glaube . . . ja! Trotzdem würde ich gern wissen, wie sich dieser Wundermann nennt, selbst wenn es ein Sakrileg ist, seinen Namen hier auszusprechen.«

Der Nanteser ließ einen schon resignierten Seufzer vernehmen. Dann legte er einen Arm um die Schultern der beiden Jungen, um sie näher zu sich heranzuziehen, warf einen mit argwöhnischer Vorsicht befrachteten Blick in die Runde, als erwarte er, allenthalben Spione des Polizeileutnants auftauchen zu sehen, und raunte endlich:
»Er heißt Monsieur Donatien Le Ray de Chaumont! Genügt Euch das? Aber beeilt Euch, den Namen wieder zu vergessen und damit die Schande meiner Indiskretion zu löschen. Und da wir nun eines Sinnes sind, treffen wir unsere Dispositionen: Einschiffung bei steigender Flut morgen abend . . .«
Gilles fuhr auf und wich zurück.
»Morgen? Aber das ist unmöglich!«
»Und warum sollte es unmöglich sein?«
»Einfach, weil es viel zu früh ist! Sag es ihm doch, Jean-Pierre! Wir haben nicht die Absicht, wie Verbrecher aus Vannes zu verschwinden. Laßt uns wenigstens Zeit, uns davon zu überzeugen, daß unsere Familien keinesfalls unseren Absichten zustimmen würden.«
»Bei mir ist das schon klar«, erklärte Jean-Pierre düster. »Wenn ich mich weigere, Gerichtsschreiber zu werden, wird mein Vater mich enterben. Und wenn ich nicht sofort verschwinde, wird er mir die Gendarmen auf den Hals hetzen. Ich gehe morgen an Bord!«
»Nun, ich nicht! Du hast mir nicht gesagt, daß wir die Brücken so schnell hinter uns abbrechen müßten. Erinnere dich! Erst heute morgen hast du mir erzählt, du würdest dich auf der *Saint-Nicolas* einschiffen, wenn sie wieder in See geht.«
»Heute morgen wußte ich noch nicht, daß du dieselben Ideen hast wie ich. Und es war nur vernünftig, auf der Hut zu sein. Ich hatte auch recht damit . . . denn du hast Angst!«
Gilles erhob sich brüsk. Seine Augen blitzten, und seine Züge hatten sich verhärtet.
»Behaupte so etwas nie wieder!« sagte er leise. »Bei meiner Seele, ich werde es von niemand dulden, wer es auch sei. Ich habe keine Angst, und du weißt es. Aber ich will meiner Mutter nicht das Herz brechen, bevor ich nicht sicher bin, daß sie mir keine andere Wahl läßt. Ich brauche nur ein paar Tage dafür. Wenn du mich unterrichtet hättest, daß du an sofortigen Aufbruch denkst, hätte ich es dir gleich gesagt!«
Aus dem Gesicht Jean-Pierres, der gleichfalls aufgesprungen war, wich allmählich die purpurne Färbung, die der ersten

Blässe gefolgt war. Er mühte sich sogar um ein Lächeln.
»Das stimmt! Verzeih' mir! Es kommt nur daher, daß wir uns noch nicht gut genug kennen. Schön, warten wir also ein paar Tage.«
Der Nanteser, der dem Gespräch mit größerem Interesse gefolgt war, als er zeigen wollte, schnalzte unzufrieden mit der Zunge. »Warten! Warten! Wie ihr euch das vorstellt! Das Schiff wird bald in See gehen. Wann die nächste Abfahrt sein wird, weiß ich nicht. Ich will dir gern ein paar Tage zugestehen, Junge, aber wenn dein Kamerad hier bereit ist, wäre es besser, wenn er sich gleich auf den Weg machte. Schließlich kann er ebensogut in Nantes auf dich warten und sogar dafür sorgen, daß man dir einen Platz freihält . . . Übrigens wußte ich nicht, daß ihr zu zweit kommen würdet.«
Gilles und Jean-Pierre sahen einander sichtlich unentschlossen an. In den Augen des letzteren war eine Ungeduld, ein so sichtbares Verlangen fortzukommen, daß der erstere spürte, welches Opfer das Warten für ihn sein würde. Er lächelte ebenfalls.
»Er hat recht. Geh' du also voraus. Ich werde dir bestimmt folgen, und es wäre sinnlos, wenn wir beide Zeit verlieren.«
»Ist es wahr? Du nimmst es mir nicht übel?«
»Ganz und gar nicht. Wir sind ja nicht in der gleichen Situation. Geh' ohne Sorge.«
»Danke . . . In diesem Fall, M'sieur, sagt mir, was ich tun muß«, fügte er, sich an den Nanteser wendend, hinzu. Der nickte.
»Ich werd's dir sagen. Nur muß dein Kamerad unter diesen Umständen erst verschwinden, denn man weiß ja nie, und ein unvorsichtiges Wort ist schnell ausgesprochen. Sieh keine Beleidigung darin, mein Junge, nur schlichte Vorsicht. Sobald du dich entschieden hast, kommst du hierher zurück, und dann bist du an der Reihe zu erfahren, was du zu tun hast. Einverstanden?«
»Einverstanden! Ich gehe! Gute Nacht, Jean-Pierre, wir sehen uns morgen. Gott schütze dich!«
»Gott schütze dich, Gilles Goëlo! Auf morgen . . .«
Seinen Kameraden am Tisch des Nantesers zurücklassend, verließ Gilles den »Roten Hermelin«, ohne sich umzudrehen und mit einem seltsamen Gefühl der Erleichterung. Nach den schweren Alkoholdünsten kam ihm die scharfe Kälte draußen köstlich vor. Er sog zwei- oder dreimal mit einer Art Wollust

die Seeluft ein, in der noch Gerüche nach Fisch und Algen hingen. Doch da er allmählich ein wenig fror, begann er am Hafen entlang in Richtung zur Rue Saint-Gwenael zu laufen.
Er war kurz vor dem Steinbogen des Saint-Vincent-Tors angelangt, als er hinter sich eilige Schritte hörte. Zugleich rief eine atemlose weibliche Stimme gedämpft:
»Haltet bitte an! Ihr lauft mir zu schnell!«
Er blieb stehen, wandte sich um und sah in dem aus einem erhellten Fenster fallenden Licht einen roten Rock und die tanzenden weißen Nackenbänder einer Haube. Erstaunt erkannte er die junge Magd, die der Nanteser Manon genannt hatte. Einen schwarzen Schal eng um ihre Schultern gezogen, lief sie leichtfüßig über die großen runden Steine des Pflasters.
»Wollt Ihr etwas von mir?« fragte er, als sie dicht bei ihm war.
»Ja! . . . Ich muß mit Euch sprechen . . . aber ich hab' nicht viel Zeit. Ich habe gesagt, ich müßte in die Vorratskammer . . . Öl für die Lampen holen! Rasch! Kommt hierher . . .«
Eine kalte und harte, spürbar kraftvolle kleine Hand griff nach der seinen und zog ihn ins tiefste Dunkel des Torgewölbes, über dem der Heilige Vincent Ferrier im Ornat eines Bischofs unermüdlich den Hafen segnete.
»Was habt Ihr mir denn so Eiliges zu sagen?« fragte Gilles neugierig.
Manon rang nach Luft, um wieder zu Atem zu kommen. Sie war ihm so nah, daß Gilles unter dem Schal das überstürzte Pochen ihres Herzens spüren konnte, und trotz ihres Laufs durch die Kälte brachte sie in ihrer Kleidung die Gerüche der Schenke mit. Sie hatte seine Hand nicht losgelassen, drückte sie eher fester als zuvor.
»Geht nicht mit dem Nanteser!« flüsterte sie hastig. »Ich hab' gehört, was er Euch sagte! Er ist ein böser Mann, ein Lump . . . und er arbeitet ganz und gar nicht für einen großen Reeder aus Nantes.«
»Für wen sonst?«
»Ich weiß es nicht genau. Ich glaube, für einen spanischen Schmuggler, der, wie es heißt, manchmal in den Golf einläuft. Man hört von solchen Sachen im ›Roten Hermelin‹ . . . aber es ist besser, sie schleunigst zu vergessen.«
»Aber der Nanteser . . .«

»Ist ein Mann des Teufels! Hört zu! Vor zwei Jahren ist er schon einmal in diese Stadt gekommen, und drei junge Burschen sind verschwunden. Man hat gesagt, sie hätten sich in L'Orient eingeschifft, um die Westindien-Route zu segeln . . . aber ein Seeman aus Auray, der in Algier gefangen war und von den Vätern der Gnade freigekauft wurde, hat mir nach ein paar Gläsern erzählt, daß er einen von ihnen da unten gesehen hat . . . als Sklaven eines reichen Mannes mit schwarzer Haut. In Wirklichkeit hat man ihn in L'Orient bei Nacht auf das Schiff des Spaniers gebracht, und der Spanier hat ihn an die Berber verkauft. Wenn Ihr dem Nanteser folgt, erwartet Euch das gleiche Schicksal! Ich flehe Euch an, geht nicht dorthin!«

Die Worte der jungen Magd entsprachen zu sehr dem Gefühl des Mißtrauens, das der Nanteser ihm auf den ersten Blick eingeflößt hatte, als daß Gilles sie auch nur für einen Moment bezweifelt hätte. Zudem schwang in ihrer Stimme eine überzeugende Aufrichtigkeit. Dennoch blieb ihm etwas an der Geschichte unklar, und er konnte nicht umhin, sie danach zu fragen.

»Wie lange ist der Nanteser schon hier?«

»Zwei oder drei Monate . . . vielleicht länger. Ich weiß es nicht genau.«

»Sind in dieser Zeit andere junge Burschen zu ihm gekommen?«

»Ja . . . drei oder vier, glaube ich.«

»Und Ihr habt sie gewarnt?«

Er hörte, wie ihr Atem schneller wurde und merkte, daß sie zögerte. Aber nicht lange.

»Nein«, sagte sie. »Das wäre gefährlich gewesen. Wenn der Nanteser es erführe . . . oder Yann Maodan, mein Wirt . . . könnte ich auch verschwinden.«

»Warum nehmt Ihr dann jetzt dieses Risiko auf Euch? Warum für mich?«

»Weil . . .«

Sie sprach nicht weiter, und plötzlich schmiegte sie sich an Gilles, ihre Arme glitten um seinen Hals, und er spürte, daß sich ein weicher Mund auf seine Lippen legte, schnell, leicht, doch leidenschaftlich. Einen Moment verschmolz Manons Körper mit dem seinen, dann riß er sich los, als habe er sich verbrannt, während das junge Mädchen ein wenig atemlos murmelte:

»Frag mich nicht, warum! Ich weiß es selbst nicht . . . nur, daß du mir gefällst, wie mir noch kein Bursche gefallen hat. Als ich dich vorhin bei dem Nanteser sah, hab' ich geglaubt, eine im Vogelleim gefangene Seemöwe zu sehen. Und ich hab' gewußt, daß ich nie mehr ruhig schlafen könnte, wenn ich zuließe, daß er dich zum Sklaven macht. Jetzt hab' ich dir alles gesagt, und ich muß zurück! Mach guten Gebrauch von meiner Warnung . . . aber sieh zu, daß niemand erfährt, woher du sie hast, wenn du nicht meinen Tod auf dem Gewissen haben willst!«

Sie wollte fort, doch er hielt sie fast mechanisch zurück, vielleicht der sonderbaren Gefühle wegen, die durch die flüchtige Berührung ihres Körpers in dem seinen geweckt worden waren, Gefühle, die ihn ein wenig an das erinnerten, was er bei Judith empfunden hatte.

»Du rettest mir mehr als das Leben. Sag mir, wie kann ich dir dafür danken?«

Er hörte sie lachen und sah im Dunkel ihre Zähne schimmern.

»Indem du an dem Tag, an dem man mich hängen möchte, meinen Strick zerschneidest!«

»Warum möchte man dich hängen, Manon?«

»Ich gehöre Yann Maodan, und eines Tages wird man ihn verhaften. An diesem Tag werde ich ihm bis ans Ende folgen müssen.«

»Bist du seine Geliebte?«

»Ja. Und er läßt mich nicht los. Aber du bist es, dem ich geben möchte, was er sich jede Nacht nimmt . . . Hör zu! Am Boureau-Tor, gleich rechter Hand, ist ein altes, einstöckiges Haus. Meine Schwester wohnt dort. Sie ist verwachsen und spinnt Flachs, um sich ihren Lebensunterhalt zu verdienen. Am Sonntagabend geh' ich oft hin, wenn es schon dunkel ist, um ihr nicht zu schaden. Wenn du mich willst, dann komm an einem dieser Abende. Ich meine, das wäre die beste Art, mir dankeschön zu sagen. Du brauchst nur fünfmal zu klopfen . . .!«

Sie lief davon und überließ Gilles einem unbestimmten Bedauern und einem tiefen Gefühl der Dankbarkeit. Der Gedanke an das, was Jean-Pierre und ihn erwartete, wenn die kleine Magd nicht diese seltsame und plötzliche Zuneigung zu ihm gefaßt hätte, verursachte ihm eine Gänsehaut. Dank dem Himmel und Manon war es noch nicht zu spät, aber er mußte sofort Jean-Pierre warnen und verhindern, daß er am nächsten Tag zu dem Rendezvous mit dem Nanteser ging.

In der Hoffnung, seinem Kameraden zu begegnen, kehrte Gilles zum »Roten Hermelin« zurück, ohne allerdings ganz bis zur

Schenke zu gehen um Manon nicht zu beunruhigen. In eine Türnische gedrückt, um außer Sicht zu sein und weniger zu frieren, erwartete er Jean-Pierre. Wenn er die Schenke verließ und nach Haus strebte, mußte er bei ihm vorbeikommen.
So wartete er mehr als eine Stunde, und als er sich, ungeduldig geworden, schließlich entschloß, einen Blick durch die schmutzigen kleinen Fensterscheiben der Schenke zu werfen, entdeckte er, daß der Tisch des Nantesers leer war. Der Mann war verschwunden und Jean-Pierre mit ihm. Vielleicht war er während seines kurzen Gesprächs mit Manon auf einem anderen Weg nach Hause gegangen, der nicht durch das Saint-Vincent-Tor führte.
Die Nacht war schon vorgeschritten, und da Gilles annahm, daß er seinen Kameraden am folgenden Tag in der Schule treffen würde, wo er Zeit genug hätte, seine Warnung anzubringen, kehrte Gilles in die Rue Saint-Gwenael zurück, wo er sich aufs Bett warf, ohne sich auch nur die Mühe zu nehmen, sich auszuziehen, und versank bis zum Hahnenschrei in unruhigen Schlaf. Er war unter den ersten in Saint-Yves, doch auf Jean-Pierre wartete er vergebens: Der junge Bursche erschien nicht, und niemals war dem von Unruhe geplagten Gilles ein Tag so endlos vorgekommen. So lief er, als das Kolleg am Abend seine Schüler freigab, geradewegs bis zur Rue des Vierges, wo der Zimmermann und Schiffsbauer Quérelle wohnte.
Da er bisher mit Jean-Pierre kaum Kontakt gehabt hatte, war er noch niemals dort gewesen, aber er war zu jeder Dreistigkeit bereit, um den unvorsichtigen Burschen vor dem Schicksal, das ihn erwartete, zu retten. Doch er konnte so oft klopfen, wie er wollte – die Tür wurde ihm nicht aufgetan. Dafür erschien eine durch den Lärm angelockte Nachbarin auf ihrer Schwelle, um ihm mitzuteilen, daß Meister Quérelle und seine Familie Tags zuvor in der Frühe nach Loudéac aufgebrochen seien, um an der Hochzeit einer Cousine teilzunehmen.
»Aber Jean-Pierre ist nicht mitgefahren!« protestierte Gilles.
»Ich habe ihn gestern abend gesehen!«
Offensichtlich gehörte die Frau nicht zu denen, die es gern haben, wenn man ihre Informationen in Zweifel zieht, denn sie kreischte zurück, während sie wieder im Dunkel verschwand:
»Geh deiner Wege! Ich hab' dir gesagt, was ich weiß!«
Gilles antwortete nicht. Er wußte ohnehin genug. Das erklärte

Jean-Pierres Eile, aus Vannes fortzukommen: Er wollte die unverhoffte Abwesenheit seiner Eltern nutzen und hatte gewiß keine Mühe gehabt, sein Verbleiben in der Wohnung durchzusetzen, denn wie es hieß, pflegte Vater Quérelle, was die Studien betraf, nicht zu scherzen, und es konnte für seinen Sohn nicht in Frage kommen, einer so belanglosen Angelegenheit wie der Hochzeit einer Cousine wegen ein paar Tage den Unterricht zu versäumen. Aber wo mochte er jetzt sein?
Mit schwerem, von einem schrecklichen Gefühl der Einsamkeit und Ohnmacht erfüllten Herzen lief Gilles zum Hafen. Während der Abendflut sollte Jean-Pierre an Bord gehen, der Flut, die ihren Höchststand um zehn Uhr erreichen würde, und der Nanteser hatte sich sicherlich im »Roten Hermelin« mit ihm verabredet.
Als Gilles vor der Schenke anlangte, war er zu allem entschlossen. Selbst wenn er damit die schlimmsten Katastrophen heraufbeschwor, würde er diesen Schuft zwingen, ihm den Ort der Einschiffung seines Kameraden zu verraten. Er ängstigte sich so um Jean-Pierre, daß er sich nicht einmal der möglichen Gefahren für sich selbst bewußt wurde.
Vor dem Überschreiten der Schwelle schlug er nur ein rasches Kreuzzeichen, dann stieß er die Tür auf.
Der Anblick, der sich ihm bot, war genau der gleiche wie am Abend zuvor. Es waren die gleichen Rücken, die gleichen Rauchschwaden, die gleichen Gesichter. Hinter der Theke stand Yann Maodan in genau der gleichen Haltung, und die beiden Mägde schoben sich mit den gleichen Bewegungen zwischen den Tischen hindurch. Ja, alles war unverändert . . . mit Ausnahme einer Kleinigkeit: Der Tisch des Nanteser war leer!
Gilles' Herz klopfte ein wenig stärker, aber er biß die Zähne zusammen, reckte die Schultern und marschierte mit festem, ruhigem Schritt zur Theke. Mit gerunzelter Stirn sah ihm Yann Maodan entgegen.
»Was willst du, Bursche?« fragte er heiser. »Du bist ein bißchen zu jung für den Rum oder die Mädchen.«
Die Einleitung war nicht gerade ermutigend. Yann Maodans Gedächtnis war zu gut, als daß er einen Gast vom Abend zuvor nicht sofort erkannt hätte, aber Gilles ließ sich nicht abschrecken.
»Ich will den Nanteser sehen«, erwiderte er kalt.
Der Wirt wischte sich mit seinem dicht behaarten Unterarm die

Nase, räusperte sich, spuckte auf den Boden, ließ ein kurzes Gelächter hören und geruhte endlich zu erklären:

»Das trifft sich schlecht! Er ist nicht da.«

»Aber er hat mir gestern gesagt, daß ich ihn hier finden könnte, wann immer ich wollte.«

»Vielleicht hat er's gesagt, aber ich weiß nur, daß er nicht hier ist und heute abend auch nicht kommen wird. Was willst du von ihm?«

Gilles ballte die Fäuste, während sein auf Maodan gerichteter Blick sich langsam verhärtete.

»Das geht nur ihn und mich an«, stieß er hervor. »Könnt Ihr mir sagen, wo er zu finden ist?«

»Nein!«

Yann hatte das Wort fast geschrien, und Gilles wurde sich plötzlich des ihn umgebenden Schweigens und der Tatsache bewußt, daß alle ihn anstarrten. Er spürte auch die Gegenwart Manons, die am anderen Ende der Theke starr vor Schreck ihr Tablett mit beiden Händen umklammert hielt. Dennoch wich sein jetzt eisig gewordener Blick dem Yanns nicht aus, der unversehens zu flackern begann wie der eines gebannten Tiers. Der einstige Galeerensträfling hatte noch nie solche Augen gesehen, schon gar nicht bei einem so jungen Burschen. Sie waren wie zwei in seinen Kopf gerammte Degenklingen, starr, unerbittlich, Raubvogelaugen, die nicht blinzelten. Er beeilte sich, ihrem Zwang zu entrinnen, und sein Unbehagen verwandelte sich in Wut.

»Worauf wartest du noch? Ich hab' gesagt, daß er nicht kommen wird, und wo er geblieben ist, weiß ich nicht. Vielleicht beim Teufel! Auf jeden Fall hat er die Stadt verlassen. Jetzt verschwinde und laß dich hier nicht mehr blicken! Ich hab' keine Lust, mich mit den Polypen anzulegen, wenn jemand ihnen steckt, daß Bürschchen deines Alters hierherkommen.«

»Ihr seid seit gestern reichlich gewissenhaft geworden«, begann Gilles.

Doch plötzlich bemerkte er Manons entsetztes Gesicht. Die kleine Magd war sichtlich am Rande einer Ohnmacht, und er hatte Mitleid mit ihr. Mit einem Schulterzucken drehte er sich auf den Hacken um. »Schon gut! Ich gehe!«

Und er ging hinaus, hörte nicht einmal mehr Yann Maodans heißere Stimme bellen:

»Wo willst du hin, Manon? Fehlt dir wieder mal irgendwas?

Sieh lieber zu, die Gäste zu bedienen . . .«
In dieser Nacht kehrte Gilles nicht in die Rue Saint-Gwenael zurück. Von ohnmächtigem Zorn und Angst getrieben, irrte er am Hafen herum, die Schiffe beobachtend, nach der geringsten Bewegung Ausschau haltend, immer in der Hoffnung, Jean-Pierres stämmige Gestalt doch noch irgendwo auftauchen zu sehen. Er lief sogar zum Fluß hinab und spähte über das schwarz dahinfließende Wasser, auf abfahrende Schiffe lauernd. Doch die Flut hatte vom Meer einen schneidend kalten, mit Schnee geladenen Wind mitgebracht, der heulend in die struppigen Kronen der Seekiefern fuhr, und kein Schiff verließ an diesem Abend den Hafen von Vannes. Gilles hätte am liebsten laut geschrien, nach dem Jungen gerufen, neben dem er Jahre hindurch hergelebt hatte, ohne sich um ihn zu kümmern, und der ihm plötzlich so teuer wie ein Bruder geworden war, dieser Junge, den er nicht mehr wiedersehen, nicht mehr retten können würde.
Als die Morgendämmerung grau über dem grauen Meer und dem von der Ebbe freigelegten schlammigen Marschland anbrach, als sich die Boote und der waldige Pelz der von Nebel umwogten kleinen Insel Conleau vage abzuzeichnen begannen, verließ Gilles endlich den Felsen, auf dem er sich am Ende seines einsamen Umherirrens niedergelassen hatte, zwang seine durch die Kälte erstarrten langen Beine zum Gehen und schlug langsam, mit hoffnungsleerem Herzen und müdem Kopf den Weg zur Stadt ein.
Das Angelus-Läuten von der Insel belebte ihn. Er erinnerte sich plötzlich, daß Sonntag war, der Tag, an dem Manon das kleine Haus am Boureau-Tor aufsuchte, um ihre Schwester zu besuchen, und daß sie ihn aufgefordert hatte, dorthin zu kommen. Er begann zu laufen.
Als er in der Rue Saint-Gwenael anlangte, war die Stunde der ersten Messe angebrochen, zu der die Mägde und die frommen alten Jungfern gingen, die übrigens im Anschluß gleich noch die Große Messe hörten. Schwarze Gestalten hasteten über die dünne, knirschende Schneedecke, die das Pflaster bedeckte und die spitzen Dächer säumte. Um nicht erkannt zu werden, glitt er in den Schatten eines Tores, bis er seine Wirtin, von ihrer Magd gefolgt, vorbeigehen sah. Vor jeder weiteren Begegnung sicher, erreichte er das Haus und betrat seine Kammer, um wieder zu Kräften zu kommen und das Ende des Tages zu erwarten.

Glücklicherweise brach die Nacht im Winter schnell herein. Der bedeckte Himmel verkürzte den Tag noch mehr, und es war schon ziemlich dunkel, als Gilles, in einen von seinem Paten geerbten alten Mantel gehüllt, dem Haus der Spinnerin zuschritt. Es war nicht weit. Er brauchte nur die Kathedrale zu umrunden und dann dem unter dem Boureau-Tor hindurchführenden schmalen Gäßchen zu folgen, um auf der anderen Seite des Stadtwalls herauszukommen. Der Weg war verlassen, kein Laut störte die Stille, und ohne den Schnee hätte er Katzenaugen haben müssen, um sich zurechtzufinden. Trotzdem entdeckte Gilles das Häuschen sofort: An der mächtigen Mauer klebend, bildete es mit seinen vom Einsturz bedrohten Vorsprüngen und dem wie der Hut eines Betrunkenen schief sitzenden Dach so etwas wie eine ungesunde Geschwulst. Das gelbliche Licht, das durch zwei geschlossene Holzladen sickerte, verlieh ihm unheimliche Angst. Doch fest entschlossen, mehr über Besitzer und Gäste des »Roten Hermelin« zu erfahren, trat Gilles zu der mit einem vergitterten Guckloch versehenen schmalen Pforte und klopfte, wie Manon es ihm gesagt hatte.

Das Guckloch wurde fast augenblicklich geöffnet. Hinter dem Gitter beleuchtete die Flamme einer Kerze ein bleiches Gesicht mit ängstlichen Augen, die aufleuchteten, als sie ihn erkannten. »Du bist es?« flüsterte Manon. »Ich hatte nicht zu hoffen gewagt, daß du so schnell kommen würdest . . . Warte einen Moment. Ich mache auf!«

Das gedämpfte Geräusch eines zurückgleitenden, gut geölten Riegels war zu vernehmen, und die Pforte tat sich ohne das leiseste Knarren auf. Wie im Dunkeln unter dem Saint-Vincent-Tor packte die kleine, rauhe Hand der jungen Magd die des Jungen und zog ihn ins Innere.

»Tritt schnell ein und mach keinen Lärm. Meine Schwester schläft dort«, murmelte sie, mit dem Kinn auf eine geschlossene Tür im Hintergrund des Flurs weisend, dessen Wände weiß gekalkt waren.

»Komme ich vielleicht zu spät? Ihr wolltet fortgehen?« stammelte Gilles, als er sah, daß Manon einen weiten braunen Kapuzenumhang trug. Doch sie zuckte nur unbekümmert mit den Schultern und lachte leise.

»Zu spät? Nein! Ich hoffte nur nicht auf deinen Besuch heute abend und wollte zum ›Hermelin‹ zurück, weil ich mich langweilte. Aber du bist willkommen!«

Sie zog ihn auf den aus einer offenen Tür auf die Fliesen fallenden matten Lichtschein zu, und unversehens fand sich Gilles in einer Welt, die man bei einer bescheidenen Schenkenmagd nie erwartet hätte. Der Raum, der sich vor ihm öffnete, war klein und niedrig unter den dicken braunen Balken der Decke, aber er war reizend und fast elegant eingerichtet. Ein persischer Teppich bedeckte den Steinboden. Lange Vorhänge aus indischem Musselin hingen um das mit rosafarbener Seide bezogene Bett. Blumengravüren schmückten die weißen Wände, zwischen denen ein paar hübsche, graulackierte Möbel standen, und auf einem kleinen Nähtisch vor dem Kamin, in dem ein tüchtiges Feuer brannte, war eine unterbrochene Häkelarbeit liegengeblieben.
Entzückt über die Wirkung, beobachtete Manon lächelnd die Zeichen der Überraschung auf dem Gesicht ihres Besuchers.
»Gefällt es dir?«
»Natürlich. Ich hatte nicht erwartet . . .«
». . . so eine Kammer im armseligen Haus eines armen Mädchens wie ich zu finden? Weißt du, es muß schon was dabei herausspringen, wenn man sich von den groben Pfoten Yann Maodans betatschen läßt! Im ›Roten Hermelin‹ bin ich seine Magd, aber hier kommandiere ich. Und ich habe auch schöne Kleider, weißt du? Warte, ich werde mich schön für dich machen! Setz dich und schließ die Augen . . .«
Sie warf ihren Umhang ab, lief zu einer in der Ecke stehenden bemalten Truhe, wie sie Schiffskapitäne haben, zog ein rosa Gewand heraus und begann hastig, ihr besticktes Schultertuch abzunehmen. Gilles hielt sie auf.
»Hör zu! Ich bin nicht wegen dem gekommen, was du glaubst.«
Manons Finger sanken herab. Sie warf dem jungen Mann einen schmerzlich-enttäuschten Blick zu.
»Ah! . . . Warum sonst?«
»Wegen meines Freundes . . . dieses Jungen, der neulich abend mit mir zusammen war. Ich hab' ihn gestern den ganzen Tag und die ganze Nacht gesucht. Ich wollte ihn vor dem Nanteser warnen. Und ich habe ihn nicht gefunden . . .«
Mißtrauen verjagte in den Augen des Mädchens die Enttäuschung. Sie schüttelte den Kopf, wie um einen lästigen Gedanken loszuwerden.
»Dann vergiß ihn! Sofort!« rief sie. »Kein Mensch auf der Welt kann noch etwas für ihn tun. Und ich werde dir kein Wort mehr darüber sagen.«

»Aber . . .«

Sie kam so jäh auf ihn zu, daß er eine instinktive Geste der Abwehr nicht unterdrücken konnte, doch sie begnügte sich damit, mit beiden Händen seinen erhobenen Arm zu umklammern.

»Schweig! Kein Wort mehr davon. Ich will leben, hörst du? Leben! Yann Maodan ist reich. Er gibt mir Gold, und mit Gold kommt man sogar aus einem Gefängnis heraus. Ich lege etwas davon beiseite für den Tag, an dem ich, so Gott will, frei sein werde und den ›Roten Hermelin‹ vergessen kann. Ich hab' dir einen guten Rat gegeben, weil du mir gefällst und es mir weh tun würde, dich als Sklave in der Gewalt eines Negers zu wissen, aber verlang nicht mehr von mir. Es ist zu spät.«

»Er ist mein Freund!« protestierte Gilles mit einer Heftigkeit, in der sich ein Gefühl tiefer Befriedigung mischte. Es war wirklich das allererste Mal, daß es ihm, dem verachteten Bastard, erlaubt war, diese Worte zu benutzen. Und er konnte dem Verlangen nicht widerstehen, sie noch einmal, wenn auch leiser, zu wiederholen: »Er ist mein Freund . . .«

»Du wirst andere Freunde haben! Du gehörst zu denen, denen es leicht fällt, bei Männern Freundschaft . . . und Liebe bei Frauen zu wecken. Wie viele Geliebte hast du schon gehabt?«

Er starrte sie verblüfft und entrüstet an.

»Geliebte? . . . Keine einzige natürlich! Ich bin Schüler von Saint-Yves!« fügte er mit Nachdruck hinzu, als sei dies schon ein mehr als ausreichender Grund. Doch wenn er gehofft hatte, Manon zu beeindrucken, irrte er sich, denn das Mädchen aus dem »Roten Hermelin« brach zu seinem höchsten Erstaunen in ein tolles Gelächter aus. Sie lachte so sehr, daß sie sich, die Hände auf den Leib gepreßt, förmlich krümmte, während ihr Tränen in die Augen schossen. Das Gesicht des Jungen lief purpurrot an. »Ich sehe nicht, was dabei so komisch ist«, murrte er verärgert. »Die Väter von Saint-Yves lehren uns, daß das Weib das Werkzeug des Bösen, daß es falsch, hinterlistig und gefährlich ist, und daß . . .«

». . . und das ist ganz bestimmt der Grund, warum sich manche dieser guten Väter zuweilen wie Notare gekleidet und mit einer Perücke über ihrer Tonsur in den Gäßchen am Hafen oder am Arsenal herumtreiben, zweifellos, um nachzuprüfen, wie gefährlich die Mädchen sind, die dort mit ihren Körpern Handel treiben. Wie steht's also wirklich? Keine Frau? Niemals?«

»Niemals! Und ich weigere mich zu glauben, was du da eben

gesagt hast. Wenn es wahr wäre, könnte es nur einen heiligen Grund dafür geben. Die Väter sind es gewöhnt, sich mit dem Bösen zu messen und der Gefahr ins Angesicht zu sehen. Man muß schon dorthin gehen, wo Satan sich verbirgt.«

»Nun, überzeugen wir uns, ob du ebenso mutig bist. Mir scheint, so wie du gewachsen bist, müßtest auch du der Gefahr ins Angesicht sehen können.«

Während sie sprach, nahm Manon ihre Haube ab, zog geschwind die Nadeln heraus, die ihr Haar zusammenhielten, löste ihr Schultertuch und ließ ihr Kleid zu Boden gleiten. Im Handumdrehen war sie nur noch mit ihren zartblauen Strümpfen bekleidet, die über den Knien von rosafarbenen Strumpfbändern mit Spitzenschleifen gehalten wurden.

Im warmen Schein der Kerzen und des Feuers schimmerte ihr Körper wie matte Seide. Weniger grazil als der Judiths, ging von ihm eine betontere, verwirrendere Weiblichkeit aus. Über ein wenig zu muskulösen Beinen rundeten sich weiche Hüften. Die voll entwickelten Brüste gaben eben genug nach, um lange Erfahrung mit Zärtlichkeiten vermuten zu lassen. Manon nahm sie in ihre Hand und massierte sie sanft, um ihre Spitzen aufzurichten, dann begann sie zu lachen.

»Nun? Wie findest du die Schlange? Und jetzt bist du an der Reihe . . .«

Über ihr Kleid hinwegsteigend, kam sie zu ihm, der sie stumm und fasziniert betrachtete, hob sich auf die Zehenspitzen, um seine Lippen mit einem leichten Kuß zu streifen, dann mit einem zweiten und dritten, und flüsterte dicht an seinem Mund:

»Du bist reichlich garstig gekleidet. Sehen wir zu, wie's drunter aussieht.«

Mit einer Geschicklichkeit, die von langer Übung zeugte, zog sie ihm die schwarze Joppe aus, die lange Weste, öffnete das Hemd, das mehr Ausbesserungen als Stickereien aufwies, und ließ ihre Hände am Oberkörper des jungen Mannes hinuntergleiten. Sie waren warm, ein wenig rauh, und ihre Berührung elektrisierte Gilles. Zugleich preßte sich Manons Unterleib gegen den seinen, begann langsam wellenförmig zu kreisen und weckte die Männlichkeit des Jungen mit einer Plötzlichkeit, die das Mädchen mit einem Lächeln quittierte.

»Wahrhaftig«, murmelte sie spöttisch. »Es wird Zeit, daß ich mich um dich kümmere . . .«

Doch er hörte sie nicht einmal. Der unbekannte Teufel in ihm,

der seine Nächte in seltsame Abenteuer verwandelte, brach unversehens los. Manon bei den Hüften packend, warf er sie aufs Bett, ließ sich auf sie fallen und begann sie mit ungeschickter Leidenschaftlichkeit zu küssen, während seine Hände kneteten, was ihm gerade unter die Finger kam.
So mißhandelt und halb erstickt, stieß das Mädchen ihn energisch zurück und protestierte, immer noch lachend:
»Erbarmen! Wie so ein Grünschnabel sich gleich ins Zeug legt! Laß mich wenigstens atmen!«
Verwirrt löste er sich von ihr.
»Ich wollte dir nicht weh tun. Verzeih mir!« murmelte er zerknirscht.
»Du hast mir nicht weh getan. Nur zu eilig hast du's. Du hast keinen Schimmer von der Liebe . . . vor allem davon, daß man Zeit braucht, wenn sie gut sein soll. Sag mir: Spielst du ein Musikinstrument?«
»Nein, aber ich liebe Musik«, erwiderte Gilles, der den Zusammenhang nicht begriff.
»Nun, dann vergiß nie, daß ein Körper aus Fleisch und Blut wie ein Instrument ist: Man muß lernen, mit ihm zu spielen . . . und ich werd' es dich lehren.«
Trotz ihrer Jugend war die kleine Magd aus dem »Roten Hermelin« eine ausgezeichnete Lehrerin voller Zartgefühl und Vitalität, und Gilles fand an dieser ersten Lektion ein so lebhaftes Vergnügen, daß er nach einer glückseligen Bewußtlosigkeit, Folge einer völlig neuen körperlichen Erfahrung, auf der Stelle eine neue Auflage forderte, die ihm großzügig gewährt wurde, und darauf eine dritte. Doch diesmal übernahm der Schüler die Leitung der Operation und zeigte sich dabei so brillant, daß Manon noch atemlos ihm ins Ohr flüsterte:
»Es wäre besser, wenn du nicht zu oft hierherkämst, denn wenn ich anfinge, dich zu lieben, wär's aus mit meiner Sicherheit . . .«
»Aber ich will wiederkommen. Es gibt Lektionen, die zu lernen man nicht müde werden darf«, antwortete er fröhlich.
»Du hast schon nicht mehr viel zu lernen. Wie machst du's, wenn du zur Beichte gehst? Man sagt, die von Saint-Yves wären in diesem Punkt sehr streng.«
Mit einer sorglosen Geste fegte Gilles die Aussicht auf Rutenschläge und schmerzhafte Stationen auf den Steinfliesen der Kapelle beiseite.
»Ich werde gar nichts sagen, und damit basta! Es ist besser zu

schweigen, als zu versprechen, es nicht wieder zu tun . . . und es dann nicht zu halten. Aber sag mir, Manon, hat dir Yann Maodan diese ganze hübsche Wissenschaft beigebracht?«
Der Ausdruck seliger Gelöstheit schwand jäh vom Gesicht der jungen Frau.
»Du hättest nicht von diesem Tier sprechen sollen! Natürlich war's nicht er! Mein erster Liebhaber war ein Kornett vom Regimente de Walsh. Er war jung . . . er war schön wie du, und zärtlich war er auch. Ich war vernarrt in ihn, und natürlich habe ich mich um Yann nicht gekümmert.«
»Was ist aus ihm geworden?«
»Das Meer hat ihn eines Morgens an den Strand geworfen. Man hatte ihn erdolcht . . . Der Mörder ist nie gefunden worden.«
Tränen glänzten in ihren Augen, doch plötzlich drängte sie sich an Gilles, preßte ihren Mund auf den seinen.
»Ich will nicht mehr dran denken. Lieb mich noch einmal . . . Und dann komm wieder . . . komm jedesmal wieder, wenn du Lust dazu hast! Ich werde dich jede Nacht nach meinem Dienst erwarten. Ich brauche nur zu sagen, daß meine Schwester krank ist, und daß ich mich um sie kümmern muß . . .«
Als Gilles spät in der Nacht endlich das Haus der Spinnerin verließ, fühlte er sich schwach auf den Beinen und körperlich müde, aber geistig außerordentlich klar und frei. Es gelang ihm nicht zu begreifen, aus welchem Grund die Patres von Saint-Yves aus einer so einfachen, so natürlichen und köstlichen Sache wie der Liebe ein Verbrechen machten. Und er empfand für die, die sie ihm offenbart hatte, eine an Zärtlichkeit grenzende Dankbarkeit.
Alles war still, und die Kälte hatte noch zugenommen. Er begann zu laufen, um sich zu wärmen. Doch als er eben das Boureau-Tor passieren wollte, packten ihn unsichtbare Hände, warfen ihn in den verharschten Schnee, während andere einen Hagel von Schlägen auf ihn niederprasseln ließen, gegen die er sich vergeblich wehrte. Unfähig, etwas zu sehen, der Schädel dröhnend wie eine Kathedralenglocke, versuchte er, sich mit den Füßen zu schützen, ohne daß es ihm glückte. Endlich warf sich ein nach Unrat und Rum stinkender schwerer Körper auf ihn. Hände, rauh wie Bimsstein, packten seinen Hals und drückten ihn langsam zu, während ihm ekelhafter Atem ins Gesicht pfiff.
»Für diesmal lassen wir's dabei, Rotznase«, grollte es gedämpft

aus dem Dunkel, »aber falls du so unklug sein solltest, je wieder zu diesem Haus zurückzukommen . . . oder auch nur den Namen einer gewissen Schenke auszusprechen, wirst du erledigt. Und diese Hure Manon dazu. Ein Wort von dir, ein einziges, nur eine falsche Bewegung, und ihr beide werdet mit einer Zwanzig-Pfund-Kugel an den Füßen den Fluß besuchen! Es gibt Dinge, die . . .«
»Das reicht!« unterbrach ihn der andere Mann, von dem Gilles nur einen vagen Umriß gewahrte. »Halt keine Reden! Beeil dich! Er muß längst kapiert haben, daß es in seinem Interesse liegt, die Schnauze zu halten.«
Die Hände, die seinen Hals umklammerten, lösten sich, doch Gilles blieb keine Zeit, aufzuatmen, denn ein heftiger Faustschlag gegen sein Kinn tauchte ihn in wenn nicht glückselige, so doch wenigstens unverzügliche Bewußtlosigkeit. Und es war ein lebloser Körper, den die beiden Männer ein Stückchen weitertrugen, um ihn an einer Grabenböschung der Nachtkälte zu überlassen . . .

Das offene Tor

Diese so unerfreulich zu Ende gegangene erste Liebesnacht hinterließ bei Gilles äußerlich kaum mehr als ein ziemlich lange schmerzendes Kinn, zahlreiche Prellungen und gewisse Schluckbeschwerden: kleinere Unannehmlichkeiten, die er verächtlich übersah. Doch in seinem Geist waren ihre Spuren tief und unauslöschlich. In der kurzen Spanne einiger weniger Stunden hatte er erstmals die aufregendste der menschlichen Freuden und die schlimmste Demütigung erlebt. Er hatte begriffen, was es heißt, bei einer Frau Mann zu sein . . . und ein belangloser kleiner Junge vor den Fäusten einiger brutaler Rohlinge. Wenigstens kam es ihm so vor, denn hätte er mehr Erfahrung und weniger Naivität besessen, wäre ihm aufgegangen, daß die Leute Yann Maodans ihn keineswegs als unbedeutenden Feind behandelt hatten.
In seine Kammer eingeschlossen, deren Tür er nur für den Napf Suppe und die Wasserkanne des Dienstmädchens öffnete, verbiß er sich in seinen Zorn über die Demütigung. Die von Drohungen begleitete Aufforderung, niemals mehr Manons

Schwelle zu überschreiten, bedrückte ihn schwer, und wenn es sich nur um ihn gehandelt hätte, wäre er noch am gleichen Abend zu dem Haus am Boureau-Tor zurückgekehrt. Doch er stand sich nicht das Recht zu, die kleine Magd in eine Gefahr zu bringen, deren Furchtbarkeit er ahnte. Er konnte die zauberhaften Stunden, die er ihr verdankte, nicht damit bezahlen, daß er ihr Unglück brachte. Würde Manon es außerdem überhaupt noch wagen, ihm die Tür zu öffnen?

Fiebrig erregte Stunden hindurch träumte er davon, eine Truppe zum Angriff gegen den »Roten Hermelin« zu führen, den Degen in der Faust über Yann Maodan und den Nanteser herzufallen, ein für allemal dieses Rattennest zu säubern . . . doch was den flammenden Degen betraf –, er wußte ja nicht einmal ordentlich eine Spicknadel zu halten!

Natürlich wäre es vielleicht möglich gewesen, beim Vorsteher des Gerichtssprengels Klage einzureichen, aber die Rolle eines Denunzianten widerstrebte Gilles instinktiv selbst Gaunern gegenüber. Nein, worauf es für ihn jetzt ankam, war zu lernen, Schlag um Schlag zurückzugeben, zu kämpfen und einer jener gefürchteten Männer zu werden, jener berühmten Korsarenkapitäne etwa, die ebenso von Banditen wie von der etablierten Macht respektiert wurden. Und um das zu erreichen, brauchte er anderes Werkzeug als einen Weihwasserkessel und einen Weihwedel.

Wie ein Reisender, der sein Gepäck und den Grund seiner Tasche überprüft, bevor er sich auf den Weg macht, ließ Gilles, mit auf die Knie gestützten Ellbogen vor dem spärlichen Feuer seines Kamins hockend, seine Fähigkeiten und Möglichkeiten Revue passieren. Seine hauptsächlich aus Büchern stammende Bildung war ordentlich, wenn auch ohne Glanz, abgesehen von seiner ausgezeichneten Kenntnis des Englischen, die er seinem Paten verdankte. Was die praktische Seite betraf, bot sie ein fast völlig negatives Bild. Gewiß, er schwamm wie ein Tümmler, konnte segeln wie der Sohn eines Fischers und war unzweifelhaft kräftiger als der Durchschnitt. Aber er konnte nicht reiten – er, der die Pferde liebte –, hatte keine Ahnung von der Kunst des Krieges, ja nicht einmal vom einfachen Kampf mit bloßen Händen, und hatte nie in seinem Leben eine Waffe angefaßt. Seine immer von ihren mystischen Ideen besessene Mutter hatte ihm sogar verboten, sich im bretonischen Ringkampf zu üben.

Aus alldem schließend, daß es höchste Zeit sei, die Richtung zu

ändern, schrieb er darauf zwei Briefe, einen an seine Mutter, den andern an den Abbé de Talhouët, in denen er ihnen am Schluß respektvoll seinen formellen Wunsch mitteilte, auf die Kirchenlaufbahn verzichten und sich für das Aufnahmeexamen an einer Militärschule vorzubereiten, die Jungen nichtadeliger Herkunft zuließ: an der Artillerieschule von Metz zum Beispiel.
Er hatte sich zu dieser Entscheidung wahrhaftig nicht fröhlichen Herzens durchgerungen, denn wenn er in Metz eintrat, verdammte er sich ohne jeden Zweifel zu einer Art Fegefeuer. Er würde gewiß endlos in den subalternen Dienstgraden vegetieren müssen, selbst wenn die Entfernung ihm erlaubte, seinen Kameraden seinen angeborenen Schandfleck zu verbergen, aber die bittere Geschichte Jean-Pierre Quérelles hatte ihn die Gefahren des ohne Vorbereitung versuchten Abenteuers begreifen lassen. Bevor er sich zur Eroberung des Lebens aufmachte, wollte er die Kenntnisse erwerben, die ihm jetzt so grausam fehlten.
Er schwankte einen Moment, ob er einen dritten, für Manon bestimmten Brief schreiben sollte, um ihr zu sagen, wie sehr er es bedaure, auf ein Wiedersehen verzichten zu müssen, aber er dachte, daß Yann Maodan sicher einen Teil seines Mißvergnügens auf sie abgeladen hatte, und daß ein Brief die Scherereien der jungen Frau vielleicht noch vergrößern würde. Er gab die Idee auf . . . es stand ihm ja frei, später zu Manon zurückzukehren, wenn die Dinge sich beruhigt hätten. Zudem war zu erwarten, daß Manon nicht lesen konnte . . .
Da die Entscheidung nun gefallen war, kehrte Gilles ruhigeren Geistes zur Schule zurück, ertrug die Bestrafung, die ihm sein unentschuldigtes Fernbleiben einbrachte, ohne Murren und machte sich mit einem bei ihm ganz ungewöhnlichen Eifer ans Lernen, stürzte sich vor allem auf Mathematik und Geographie, um sich über seine fieberhafte Erwartung des Postkuriers aus Hennebont hinwegzutäuschen und um zu versuchen, Manons Zärtlichkeiten zu vergessen.
Als sich der Winter seinem Ende näherte, hatte Gilles noch keine Antwort auf die Briefe erhalten, und um seine Ungeduld zu dämpfen, strich er immer häufiger um die Quartiere des Regiments de Walsh herum und lauschte auf die jeden Tag aufregender klingenden Nachrichten. Die Expedition nach Amerika war nun beschlossen, der König schickte Gold und eine Armee unter dem Befehl des Generals Graf de Rocham-

beau, die sich in Brest sammeln sollte. Regimenter näherten sich auf dem Weg zur Einschiffung bretonischem Gebiet. Ein Geschwader unter der Flagge Monsieur de Guichens hatte am 2. Februar die Anker gelichtet, um das des Admirals d'Estaing bei den Karibischen Inseln abzulösen. Endlich ging das Gerücht um, auch der berühmte Marquis de La Fayette breche wieder auf, diesmal von Rochefort, um zu Washington zu stoßen. Trotz des unerträglichen Sprühregens, der die Bretagne seit Beginn des Jahres heimsuchte, roch die Luft nach Pulver, Gewürzen und dem Wind des Meers.

Gilles, dessen kriegerische Instinkte erwacht waren, begann seine Briefe fast schon zu bedauern. Hatte er es nötig gehabt, von einer Schule zu sprechen, wenn die großen Flügel des nobelsten aller Abenteuer so nah von ihm rauschten? Er war mit seinen Träumen an diesem Punkt angelangt, als an einem stürmischen Märzmorgen ein Aufseher den Unterricht unterbrach, um ihm mitzuteilen, daß Abbé Grinne, der Unterprinzipal, ihn augenblicklich in seinem Büro zu sprechen wünsche.

Erstaunt stand Gilles auf und verließ den Raum inmitten eines von Erwartung und Neugier randvollen Schweigens, das typische Schweigen von Schülern, wenn einer der ihren von einer großen Katastrophe oder großem Ruhm betroffen wird. In Gilles' Fall hoffte man mehr auf eine Katastrophe, denn er war nicht gerade beliebt. Außer seiner unstatthaften Geburt, von der jeder wußte und die ihn zu einem Stein des Anstoßes, zu einem Kind der Sünde machte, warf man ihm seinen kalten, Abstand wahrenden Charakter vor, den geheimen Stolz auf sein illegales Blut und sogar die ein wenig hochmütige Art, seinen Kopf zu tragen. Gilles seinerseits fragte sich, was Abbé Grinne wohl von ihm wollen mochte. Seit zwei Monaten hatte er wie nie zuvor gearbeitet, und in puncto Disziplin gab er zu Klagen keinen Anlaß. Er hatte dem Barbin keinen weiteren Besuch abstatten müssen. Im übrigen war der Unterprinzipal weniger beunruhigend als der Prinzipal, und so klopfte er einigermaßen unbesorgt an dessen Pforte.

Der von der Zeit geschwärzte eichene Türflügel öffnete sich knarrend. An seinem Tisch sitzend, war der Abbé François Grinne mit einer Schreibarbeit beschäftigt. Beim Eintritt des jungen Mannes hob er müde die Augen hinter einer großen Eisenbrille, lächelte Gilles, ohne seine Arbeit zu unterbrechen, flüchtig zu und murmelte:

»Setzt Euch, mein Kind. Ich stehe Euch sofort zur Verfügung.«
Durch das Lächeln wie durch die Einladung leicht verwirrt, setzte sich Gilles auf den Rand eines Strohstuhls, der zusammen mit dem Tisch aus schwarzem Holz, den überfüllten Bücherregalen und einem großen spanischen Christus an der Wand die ganze Möblierung des kleinen Raums bildete. Danach benutzte er den ihm gewährten Aufschub, um den Abbé zu mustern, für den er im übrigen immer Sympathie empfunden hatte, denn mit neununddreißig Jahren bot Abbé Grinne das Bild eines ernsten, aber nicht trockenen Mannes, eines Gelehrten ohne Pedanterie und Großtuerei.
Nach einigen Sekunden hörte der Unterprinzipal zu schreiben auf, überlas das Geschriebene, stieß ein kleines Knurren der Befriedigung aus und legte die Feder beiseite. Dann nahm er ein Blatt Papier vom Tisch, hob den Kopf und lächelte Gilles zu.
»Verzeiht mir, daß ich Euch warten ließ«, sagte er mit der Höflichkeit, die er einem Gleichgestellten gegenüber an den Tag gelegt hätte, »aber ich mußte dies erst beenden . . . einen Brief an den Superior des Großen Seminars.«
Und da der junge Mann nichts erwiderte, fuhr er, das Blatt Papier in seiner Hand leicht schwenkend, fort:
»Wir haben gestern einen Brief von Eurer Mutter erhalten, einen Brief . . . nun, dies ist er.«
Überrascht und ein wenig schockiert fuhr Gilles hoch.
»Von meiner Mutter? Sie hat geschrieben . . . hierher?«
»Ja. Seid Ihr Euch nicht immer ihres tiefen Wunschs bewußt gewesen, Euch in die Kirche eintreten zu sehen? Heute bittet sie nun aus Gründen, die sie nicht genannt hat, Euch sofort ins Seminar bringen zu lassen, damit Ihr Eure theologischen Studien und Eure Vorbereitung auf das Priesteramt beginnen könnt.« Augenblicklich war Gilles auf den Füßen. Er hatte das Gefühl zu ersticken, als habe man plötzlich Ketten um seine Brust gelegt. »Sofort? . . . Aber das Schuljahr ist nicht zu Ende! Überdies . . .«
»Ihr werdet es im Seminar beenden, und das ernsthafter, als Ihr es hier getan hättet.«
»Vielleicht. Aber das ist nicht die eigentliche Frage. Wenn meine Mutter fordert, daß ich jetzt ins Seminar eintrete, überschreitet sie ihre Rechte.«
Nun war es Abbé Grinne, der auffuhr. Er war so streitbare Töne von seiten eines Schülers nicht gewöhnt.

»Was soll das bedeuten? Seid Ihr, was Eure Zukunft betrifft, nicht eines Sinnes mit ihr?«

»Ganz und gar nicht! Sicherlich hat sie ihren Wunsch nie verborgen, mich die Soutane nehmen zu sehen, und solange ich Kind war, hatte ich kaum etwas dagegen einzuwenden. Erstens, weil ich nicht wußte, was das bedeutet, und dann, weil es mir wünschenswert schien, meinem Paten zu folgen . . . oder auch meinen Lehrern. Doch vor wenigstens einem Jahre habe ich meine Mutter wissen lassen, daß ich meiner Berufung nicht sicher sei . . . und vor zwei Monaten habe ich ihr geschrieben, daß ich mir eine andere Zukunft wünschte. Ich gebe zu, daß sie auf diesen Brief nicht geantwortet hat.«

»Habt Ihr Euch nicht früher mit ihr darüber auseinandergesetzt?«

Gilles lächelte bitter.

»Man setzt sich nicht mit meiner Mutter auseinander, Monsieur. Sie schien auf das zu achten, was ich sagte, aber ich frage mich, ob sie mich überhaupt hörte. Wie dem auch sei, Tatsache ist, daß ich nicht Priester werden will, und daß sie nicht das Recht hat, mich dazu zu zwingen.«

François Grinne antwortete nicht sofort. Während er mit seinen mageren, vom Tabak, seinem einzigen Laster, verfärbten Fingern nachdenklich den Brief Marie-Jeanne Goëlos zusammen- und wieder aufrollte, musterte er den jungen Mann. Seine heftige Reaktion verwunderte ihn nicht sonderlich, denn seitdem er wußte, daß Gilles dem Priesteramt bestimmt war, hatte er sich diskret für sein Verhalten interessiert, und die Wirklichkeit seiner vermuteten Berufung hatte Zweifel in ihm hinterlassen. Er war von leidenschaftlicher, zuweilen heftiger Natur, aber verschlossen und mit einer seltsamen, für sein Alter ungewöhnlichen Selbstbeherrschung begabt.

Schweigend betrachtete der Abbé seinen Schüler mit ebensoviel Aufmerksamkeit, als sähe er ihn zum erstenmal, doch mit einer ganz frischen Neugier. Gilles war sehr groß, sowohl für sein Alter wie für einen Bretonen. Seine langen Beine und kräftigen Schultern hatten etwas Knochiges, Unfertiges bewahrt, aber die anmaßende Art, den Kopf mit dem dichten blonden, immer unordentlichen Schopf zu halten, eine natürliche Harmonie der Bewegungen, die ihm erlaubte, mit Eleganz einen plumpen Anzug aus schwarzem Tuch zu tragen, all das kündigte für später einen seiner selbst sicheren Mann an und unterschied ihn für den Augenblick

deutlich von seinen Kameraden.
Zum Gesicht übergehend, schien es dem Abbé, als entdecke er es eigentlich zum erstenmal, vielleicht, weil er es seit langem nicht mehr richtig angesehen hatte. Es war nicht mehr das kindliche Antlitz von einst, sondern ein schon männliches Gesicht trotz der noch jugendlichen Weichheit des zu einem gewollt spöttischen Ausdruck zusammengepreßten Mundes. Die Züge waren fein gezeichnet, aber klar und stolz, die Kiefer verrieten Kraft, die leicht gebogene Nase wirkte arrogant, und die blaßblauen, fast grauen Augen unter geraden, leicht schräg gestellten Brauen, vor deren Blick Yann Maodan sich gar nicht wohlgefühlt hatte, zeigten eisige Reflexe. Was die wenig gepflegten Hände betraf, waren sie bewundernswert geformt . . . Kurz, alles an diesem Jungen in seiner lässigen Haltung sprach von Feuer und Vitalität einer schwierig in Zucht zu haltenden Rasse, verbunden mit einer für einen Mann Gottes gefährlichen Verführungskraft.
Wenn seine Mutter aus ihm einen Landpfarrer zu machen hofft, hat sie ihn niemals angesehen, dachte der Abbé verblüfft und durch das Resultat seiner Musterung nicht wenig beunruhigt. Alle Frauen werden vernarrt in ihn sein, was zu mehr als einem Drama führen wird. Könnte er die Bischofswürde oder eine Abtei für sich erhoffen, wäre er dafür gerade richtig gewappnet. Unglücklicherweise verurteilt ihn seine Geburt zu den niedrigen Graden. Ein Bastard mit der Allüre eines Herrn. Das läßt nichts Gutes erwarten.
Des langen Schweigens wegen gereizt, wagte Gilles zu fragen: »Ihr sagt nichts, Monsieur. Darf ich wissen, was Ihr denkt?«
Der Abbé unterdrückte einen Seufzer. Seine Pflicht der Mutter gegenüber erlaubte ihm nicht, Partei zu nehmen. Er begnügte sich damit, behutsam zu bemerken:
»Ich dachte, daß Ihr unrecht habt, daß Eure Mutter wirklich alle Rechte über Euch hat . . . selbst das, Euch mit Gewalt ins Seminar bringen zu lassen . . . oder durch die Gendarmen dorthin zurückschaffen zu lassen, falls es Euch einfiele, zu fliehen! Übrigens wißt Ihr das selbst ganz genau. Aber sagt mir, warum Ihr Gott nicht mehr dienen wollt?«
Gilles senkte seinen funkelnden Blick in den des Priesters.
»Kann man Gott nur in der Soutane dienen?« fragte er hochmütig. »Ich glaubte, jeder, der die Aufgabe erfüllt, für die er geboren ist, und der den Gesetzen des Herrn gehorcht, sei ein guter Diener dieses selben Herrn!«

»Ich werde Euch ganz gewiß nicht widersprechen. Doch Eure Mutter denkt, daß Ihr eben für dieses Dasein geboren seid . . . und sie liebt Euch!«
»Nein!«
Das scharf hervorgestoßene Wort wirkte auf den Abbé wie ein Schlag ins Gesicht. Entsetzt protestierte er:
»Schweigt! Wie könnt Ihr so lästern?«
»Warum sollte die schlichte Wahrheit eine Lästerung sein? Meine Mutter liebt nur Gott. Sie hat mich nicht nur nie gewollt, meine Geburt hat auch ein Leben zerbrochen, das sie ganz von der Erde gelöst sehen wollte. Mein bloßer Anblick schmerzt sie, denn für sie bin ich lebendige Sünde, das Zeichen des Mannes, der sich zwischen sie und die göttliche Liebe drängte und sie zwang, Gefangene einer Welt zu bleiben, die sie verabscheut. Darum fordert sie, daß ich Priester werde: weil sie sich dadurch begnadigt und geheiligt fühlen wird. Opfer für Opfer, mein Vater! Aber sie ist nicht Abraham, und ich glaube nicht, daß Gott je von ihr mein Leben gefordert hat.«
Von neuem füllte sich der Raum mit Schweigen. Angesichts dieses jugendlichen Aufrührers, der sich beharrlich weigerte, für einen Fehler aufzukommen, der nicht der seine war, fühlte der entwaffnete Priester tiefe Bitterkeit. Er spürte, daß der Starrsinn der Mutter die Last der Erbsünde auf der Seele des Kindes verdoppelte, und daß für sie die Tonsur die einzige gültige Taufe ihres Sohnes wäre. Und er empfand großes Mitleid mit Gilles. Doch dieses Mitleid zu bekennen, hatte er kein Recht.
Den Schutz des Tisches verlassend trat er zu Gilles, und sanft seine Hand auf den Arm des Jungen legend, dessen Zittern er spürte, murmelte er seufzend:
»Kehrt in Eure Klasse zurück und bereitet Euch vor. In einer Stunde werde ich Euch selbst zum Seminar bringen. Es wird besser sein, als Euch mit dem Pater Zensor hinzuschicken. Danach . . . und das verspreche ich Euch, werde ich hierher zurückkehren, um Eurer Mutter zu schreiben und ihr meine persönlichen Gefühle mitzuteilen. Das ist alles, was ich für Euch tun kann.«
Er sagte nicht, welcher Art seine Gefühle waren. Überwältigt durch das, was er als seine Verurteilung ansah, senkte Gilles den Kopf, wandte sich zur Tür, ohne den Mut aufzubringen zu grüßen, und verließ das Zimmer des Abbés.

Draußen fand er den Sturm, der, ein Vorspiel der schweren Orkane der Tagundnachtgleiche, seit dem Morgen über dem Golf wütete. Hier, im geschlossenen Raum des Hofs, schien sich ein Ungetüm zu konzentrieren. Er fuhr über das verweste Wintergras, jagte den Kies auf. Irgendwo schlug ein schlecht befestigtes Fenster mit dem Klirren splitternden Glases zu . . .

Einen Moment blieb der künftige Seminarist mitten im weiten, leeren Geviert stehen, ließ den wütenden Wind seinen Körper peitschen, sein Haar aufwühlen. Der Sturm tat ihm gut, denn es wäre ihm unpassend vorgekommen, wenn das, was ihm der Schiffbruch seines Lebens schien, bei sanfter Sonne und Vogelgezwitscher stattgefunden hätte. Es war ein guter Auftakt zur Hölle.

Plötzlich hörte er hinter sich einen dumpfen Schlag, der wie auf einem Trommelfell widerhallte. Sich umdrehend, sah er, daß es einer der Flügel des großen Tors der Schule war. Offenbar vom Pförtner oberflächlich geschlossen, mußte der Flügel vom Sturm aufgerissen worden sein und schlug nun gegen den Rahmen.

Durch die Öffnung gewahrte Gilles die Straße, über die morsche Zweige und Abfälle trieben. Alles, was der Sturm mit sich riß, schien zu fliehen, wie von eigenem Leben beseelt . . .

Gilles sah ein Zeichen in diesem wundersamerweise offenen Tor, eine Art Einladung, denn er wußte jetzt, daß nichts und niemand Marie-Jeanne Goëlo zum Nachgeben bewegen könnte und daß kein menschliches Bemühen außer Flucht ihm zur Freiheit verhelfen würde, ließe er sich im Seminar einschließen. Warum also warten?

Der Flügel schlug wie ungeduldig ein zweites Mal zu. Ohne weiter zu überlegen, setzte sich Gilles in Bewegung, plötzlich von Furcht gepackt, den Pförtner auftauchen zu sehen, der unerbittlich das Tor schließen würde. Mit einem Sprung überquerte er die Schwelle und rannte zur Stadt, dem Roggenmarkt zu.

Instinktiv den Groll vergessend, der ihn seit zwei Monaten vom Hafen ferngehalten hatte, lief er dorthin, zu diesem Symbol der Zuflucht. Der erste Gedanke, der ihm kam, war, sich einfach in irgendeinem Lagerschuppen zu verstecken, die Nacht abzuwarten und dann in eines der Boote zu schlüpfen. In die Rue Saint-Gwenael zurückzukehren, kam nicht in Frage. Dort würde man ihn zuerst suchen; außerdem hatte er wenig Zeit, und vor

Ablauf einer Stunde mußte er einen Unterschlupf gefunden haben.

Doch als er eben mit der ganzen Schnelligkeit seiner langen Beine auf das Saint-Salomon-Tor zurannte, stieg ihm ein Duft von warmen Eierkuchen in die Nase und erinnerte ihn durch ein jähes Schwächegefühl daran, daß er Hunger hatte. Der im Morgengrauen gelöffelte Teller Suppe war weit. Um so mehr, als die Sparsamkeit seiner Wirtin die Magd veranlaßte, der Brühe eine elegante Klarheit zu verleihen. Zudem hatte er die hauchzart mit Butter bestrichenen dicken Schnitten schwarzen Brotes, die ihn bis zum Abend bei Kräften halten sollten, mit seinen Büchern in der Klasse gelassen. Und wenn Gilles Hunger hatte, funktionierte sein Verstand weniger gut.

Mechanisch verlangsamte er seinen Schritt und durchwühlte seine Taschen in der Hoffnung, daß sich die wenigen Heller, die sein ganzes Vermögen ausmachten (seine Mutter hatte Taschengeld immer als eine Falle des Bösen betrachtet), wundersamerweise vielleicht vervielfacht hätten. Natürlich war es nicht an dem, doch alles, was er besaß, zusammenkratzend, fand Gilles immerhin genug, um zwei große Buchweizenkuchen erstehen zu können.

Er verschlang sie im Nu; auf seinen Lippen blieb ein köstlicher Geschmack nach gesalzener Butter und in seinem Magen nach wie vor gähnende Leere zurück.

Doch der für seine bescheidene Mahlzeit notwendig kurze Zeitraum hatte ihn ein wenig zum Überlegen kommen lassen, und er sah die Dummheit seines ursprünglichen Plans ein. Was würde er schon im Hafen finden außer ein paar Fischerbooten oder mit viel Glück vielleicht einen Küstenfahrer, der ihn an irgendeinem Punkt der bretonischen Küste absetzen würde, während er von Amerika träumte? Wenn er nicht sogar auf Schwindler wie den Nanteser stieß, die ihn in eine ganz und gar unerwünschte Richtung reisen lassen würden.

Und außerdem hielten ihn sein Bedürfnis, den Dingen ins Gesicht zu sehen, wie auch seine Neigung zu kämpferischer Auseinandersetzung von einer heimlichen Flucht ab, bevor er nicht seine letzte Karte ausgespielt hatte. Und diese letzte Karte war sein Pate: Der Abbé de Talhouët liebte ihn genug, um seinen Mangel an religiöser Berufung zu verstehen und ihm notfalls zu helfen. Mehrmals schon hatte der Abbé vorsichtig versucht, Marie-Jeanne vor einem allzu voreiligen Entschluß zu warnen. Für Gilles war der Pfarrer von Hennebont ein

Freund und Vertrauter, ein Mann, den er zuweilen die verborgenen Sehnsüchte seiner Natur und die von ihm tief empfundene Demütigung, ein Junge ohne Vater zu sein, hatte ahnen lassen. Und wenn der Abbé sein Patenkind auch schon zweimal gehindert hatte, sich auf ein Abenteuer einzulassen – zu Beginn des englischen Kriegs mit dem Geschwader Monsieur d'Orvilliers' und im vergangenen Jahr, als der Herzog von Lauzun von Quiberon aufgebrochen war, um Senegambien zurückzuerobern –, hatte diese Einmischung nie wie ein definitives Verbot, sondern wie eine Bitte geklungen.
»Warte noch, Kleiner! Du bist noch nicht bereit, und das Seemannsleben ist hart. Du wirst weder sehr weit noch sehr hoch gelangen: niedrigste Grade, Verschleiß in untergeordneten Aufgaben. Du brauchst eine große Gelegenheit . . .«
Und nun war sie da, diese große Gelegenheit: Der Kampf eines riesigen Landes um seine Freiheit, der Ausbruch eines von einer Maus gefangengehaltenen Löwen. Mit diesen Männern konnte selbst ein Bastard aus seiner Nacht emporsteigen! Aber um die Chance packen zu können, mußte er mit dem Abbé sprechen und deshalb nach Hennebont zurückkehren, selbst auf die Gefahr hin, Marie-Jeanne zu begegnen und sich die Gendarmen auf die Fersen hetzen zu lassen. Grausames Dilemma, über das gründlich nachzudenken ihm auch noch die Zeit fehlte . . .
Nichtsdestoweniger kehrte Gilles, der bis zum Fischermarkt gelangt war, um und marschierte wieder den Hügeln zu, sich bei jedem Schritt als Dummkopf titulierend, denn um nach Hennebont zu gelangen, mußte er an Saint-Yves vorbei, ein gefährliches Unterfangen, von der verlorenen Zeit ganz abgesehen.
Er schwankte noch, als plötzlich am anderen Ende der ansteigenden Straße vor ihm Geschrei losbrach.
»Da ist er! Fangt ihn!«
Ein eiskalter Schauer lief ihm den Rücken hinunter. Das laute Geschrei rührte von einem Polizeisergeanten her, der, von zwei Gendarmen begleitet, die Straße herabgelaufen kam. Von einem Moment zum nächsten sah Gilles sich verloren, wieder eingefangen, zum Seminar geschleppt, hinter doppelt verriegelter Tür eingesperrt und vielleicht sogar ins Dunkel eines »in pace« geworfen, ohne Luft und ohne Licht, bis er die Tonsur akzeptiert hätte. Seine Flucht war schon entdeckt worden, und Abbé Grinne, dieser abgefeimte Heuchler mit seiner Mitleids-

miene, hatte keinen Augenblick gezögert, die Justiz auf seine Spur zu setzen. Man würde ihn auf offener Straße wie einen gemeinen Landstreicher verhaften.
Er fluchte zwischen den Zähnen, nicht ohne sich gewohnheitsmäßig zu bekreuzigen, und warf einen verstörten Blick um sich. In diesem Moment entdeckte er das Pferd! Und es war das schönste, das er je gesehen hatte. Es war so schön, daß es ihm übernatürlich erschien. Es war, als sei es zu dem alleinigen Zweck aus dem Nichts aufgetaucht, um ihm zu Hilfe zu kommen.
Unter dem Tor des Hotels »Zum großen Monarchen« angebunden, wartete es offenbar, bis sein Herr, irgendein durchreisender reicher Fremder, seine Mahlzeit beendet hatte. Aber auf den jungen Flüchtling wirkte es wie eine Erscheinung.
Gilles ließ sich nicht einmal Zeit, zu zögern: Kaum hatte er das Wundertier bemerkt, als er auch schon buchstäblich drüber herfiel, im übrigen total vergessend, daß er, was seine Reitkünste betraf, bisher nur Esel und das Maultier des Abbés bestiegen hatte. Das Pferd losbinden und mit mehr Geschmeidigkeit als Können auf seinen Rücken springen, war Sache einer Sekunde. So schnell ging es vor sich, daß ein Knecht, der eben geruhsam mit einem Hafersack daherkam, wie versteinert stehenblieb und nicht einmal daran dachte, »Haltet den Dieb!« zu schreien. Schon galoppierte Gilles, wütend mit den Hacken die Flanken des Tiers traktierend, geradewegs auf die sich nähernden Polizisten zu, in seinem Schwung einen ehrsamen Bürger umreißend, der ihn nicht hatte kommen sehen, weil er mit gesenktem Kopf gegen den Wind ankämpfte.
Die Polizisten sprangen eben noch rechtzeitig beiseite, um ihn vorbeizulassen.
»Was fällt einem solchen Dummkopf ein?« schimpfte der Sergeant, der sich höchst unwürdig gegen eine Mauer hatte drükken müssen, um einen Zusammenprall zu vermeiden. »Außerdem wird er uns noch unser Wild verlieren lassen! Wenn ich es nicht so eilig hätte, würde ich dem Burschen ein paar passende Wörtchen sagen!«
Und die drei Männer, die sich nicht im geringsten für Gilles interessierten, nahmen die Verfolgung des Hühnerdiebes wieder auf, den sie auf dem Markt beobachtet hatten, während der junge Mann, überzeugt, die Gendarmerie ganz Frankreichs sei hinter ihm her, an Saint-Yves vorbeidonnerte und das freie Land erreichte, zugleich mit dem unbekannten Pferd und dem

Sturm einen Strauß ausfechtend, der sich als ziemlich hart erweisen sollte.
Denn die Dinge gingen nicht von allein, bei weitem nicht! Der Reiter war mehr als ein Neuling, das Pferd überaus temperamentvoll und zudem durch den Orkan völlig kopflos geworden. An den Zügel geklammert (zum Glück war das Pferd nicht abgesattelt worden), bemühte sich Gilles, im Sattel zu bleiben und so gut es gehen wollte das blinde Dahinstürmen seines Reittiers zu lenken. Gegen dieses schöne Tier, das ihn begeisterte, lieferte er den ersten erbitterten Kampf seines Lebens. Dreimal verlor er die Steigbügel, ohne je den Riemen aus der Faust zu lassen, selbst wenn das Pferd ihn über den Weg schleifte, auf dem hin und wieder noch die ausgetretenen Steinplatten der antiken römischen Straße auftauchten. Und dreimal gelang es ihm, wieder in den Sattel zu kommen, geschunden, zerschlagen, mit zerrissener, schmutziger Kleidung, aber von einem unnachgiebigen Willen beseelt, der ihn schließlich über das Pferd siegen ließ. Als beide Sainte-Anne d'Auray erreichten, hatten sie eine Art Waffenstillstand miteinander geschlossen, vielleicht nur einer gewissen Müdigkeit des Tieres wegen, das in einen kleinen, für ein des Reitens ungewohntes Gesäß relativ erträglichen Trab gefallen war. Und angesichts der alten Basilika von Sainte-Anne, deren grauer Turm sich in den fliehenden Wolken eines kaum lichteren Himmels verlor, murmelte Gilles ein dankbares Gebet für die ihm gewährte Gnade, sich nicht den Hals gebrochen zu haben, während er sich gut und gern wie ein Straßenräuber benommen hatte.
Bedrängt durch die unerfreuliche Vorstellung, von nun an so etwas wie ein Galgenanwärter zu sein, versprach er sich, so schnell wie möglich seinen Frieden mit dem Himmel zu machen. Und als sei das Versprechen schon Erfüllung, verjagte er die Vorstellung kurzentschlossen, um sich des Gedankens zu erfreuen, daß er sich unterwegs nach Hennebont befand, und daß in Hennebont Judith war!
Es war das erstemal seit langem, daß er sich das Recht einräumte, an das junge Mädchen zu denken, und das mit einer Art zitternder Hoffnung. Er entdeckte jetzt, daß sie die tiefere Ursache fast aller seiner Aktionen seit seiner Rückkehr nach Saint-Yves gewesen war und daß das ihn verzehrende unbändige Verlangen nach Ruhm, Glück und Unabhängigkeit kein anderes Ziel hatte, als eines Tages ihre Bewunderung zu erzwingen und ihre Verachtung in wundervolle Liebe zu verwan-

deln . . . Bisher hatte er es sich verboten, ihr Bild zu beschwören, vor allem nachts, wenn die Erinnerung an Manon ihm einheizte. Es war allzu leicht, den Körper der Magd mit dem des jungen Mädchens zu vertauschen, und Gilles sah darin eine Art Profanierung.

Nach Sainte-Anne mußte er im Schritt weiterreiten: Die alte römische Straße war nur noch ein schlechter, tief ausgefahrener Weg, den erst vor kurzem schwere Karren passiert haben mußten. Gilles dachte an die Truppen, die Vannes am Vortag durchquert hatten, an die Kanonen des Regiments Anhalt und an das Bataillon des Regiments Turenne, dessen Männer er um ihre schönen Uniformen und blitzenden Waffen beneidet hatte. Sie konnten nicht sehr weit vor ihm sein, denn die Spuren waren frisch, und sehr wahrscheinlich würden sie diese Nacht in Hennebont kampieren.

Der Flüchtling freute sich darüber. Inmitten der durch die Ankunft der Soldaten des Königs hervorgerufenen Unruhe würde sein eigener Einzug in so ungewohnter Aufmachung kaum Aufmerksamkeit erregen. Die Horde der »heiligen Frauen«, die wie Fledermäuse um das Haus des Pfarrers kreisten, hätte nicht nur über ihn zu hecheln.

Er war deshalb auch glücklich, daß der Abend bereits zu sinken begann, als seine Augen die vertraute Landschaft wiedererkannten, die Hügel, die eine natürliche Umwallung Hennebonts bildeten, die ruhigen Wasser des Blavet, auf dem die Boote langsam vom Meer heimwärts glitten, begleitet von den rauhen Schreien der Seevögel und dem melancholischen Geläute der Abendglocken.

Ein Gefühl der Freude erfüllte sein Herz wie jedesmal, wenn er die Stadt seiner Kindheit aufsuchte, doch an diesem Abend war es intensiver denn je, fast unerträglich, weil sich mit ihm der Rausch einer Freiheit verband, die er sich nicht mehr nehmen lassen würde, und mit der besonderen Art Erregung, die man empfindet, wenn man die letzten Brücken hinter sich abgebrochen hat. Für Gilles war der Diebstahl des Pferdes diese letzte Brücke gewesen. Nie könnte er nach Vannes zurück, wo man ihn vielleicht um diese Stunde suchte, um ihn zum Hängen zu führen. Er hatte das Recht, das Seminar zu vergessen, ans Leben zu denken, an die Zukunft . . . an Judith. Und er entdeckte auch, daß er jeden Stein Hennebonts liebte.

Kaum hatte Gilles die alte befestigte Umwallung hinter sich, als er sich plötzlich inmitten einer Art flämischer Kirmes befand:

Die beiden Regimenter, deren Spuren er auf der Straße gefolgt war, waren wirklich da, erfüllten die Stadt mit dem fröhlichen Gelärm ins Feld rückender Truppen. Im Schein der Fackeln ähnelte Hennebont einer Wiese im Frühling dank der Fülle bunter Uniformen – weiß mit gelben Halsbinden und Aufschlägen für das Regiment Turenne, blau und rot für das von Anhalt. Die biwakierenden Trupps sammelten sich ums Feuer, daneben warteten Trommeln schon auf das abendliche Würfelspiel, bewacht von zu Pyramiden zusammengestellten Musketen. Gruppen von Offizieren mit schwarzen, goldbetreßten und kokardengeschmückten Dreispitzen schlenderten lässig der gedrängten Masse des Bro-Erech zu, der von ihrem alten Gefängnistor behüteten geschlossenen Stadt, wo sie zweifellos in den noblen Häusern, in denen sie Quartier genommen hatten, das Souper erwartete. Die Luft roch gut nach verbranntem Holz, Stroh, Kohlsuppe und frischem Zider. Der starke Wind des Vormittags war einer frischen und feuchten Brise gewichen, die schon die ersten Düfte des Frühlings ahnen ließ.
In Hennebont gab es kein Pfarrhaus. Das, welches man das »Haus der Priester« nannte, lag in der Rue Neuve, die dieser optimistischen Bezeichnung zum Trotz nicht weniger als gut zweihundert Jahre alt war. Es war ein graues Haus mit kleinen Fenstern und einer bogenförmig gewölbten Tür, die so niedrig war, daß man sich bücken mußte, wollte man ihre Schwelle überschreiten. Doch Gilles ließ diese Tür unbeachtet. Mit den Örtlichkeiten vertraut, bog er in einen schmalen Gang an der Seite des Hauses ein und gelangte zum Hinterhof, wo sich, wie er wußte, ein Stall befand. Ein kleiner Stall nur, denn bisher war sein einziger Bewohner Eglantine, das ehrwürdige Maultier des Abbés gewesen, aber es mußte dort auch Platz für zwei zu finden sein.
Er schickte sich an, den Riegel zu heben, als die Brettertür sich öffnete und ein mürrischer, ungekämmter Bursche erschien, der in einer Joppe aus Ziegenfell und weiten, faltigen, so mit Flecken besäten Hose steckte, daß ihre ursprüngliche Farbe nicht mehr zu erkennen war. Er war mit einer großen Laterne bewaffnet, die er um ein Haar vor Schreck Gilles ins Gesicht geschleudert hätte, als er unversehens vor sich die phantastische doppelköpfige Erscheinung des jungen Mannes und des Pferdes auftauchen sah. Er stieß ein entsetztes Glucksen aus, bekreuzigte sich hastig und wich ins schützende Dunkel des Stalls zurück.

»Spered-Glan! An Diaoul!«*
Gilles brach in Gelächter aus.
»Aber nein, armer Idiot! Es ist nicht der Teufel! Ich bin's, Gilles Goëlo, der Patensohn des Herrn Pfarrers. Komm raus und laß mich rein. Da drinnen ist kein Platz für zwei.«
Der Bursche stammelte unverständliche Worte und zitterte dabei so stark, daß ihm die Laterne fast entglitten und ins Stroh gefallen wäre.
»Halte dein Laterne gefälligst fester!« rief Gilles, den Arm des andern stützend. »Du wirst noch den Stall anstecken und uns alle vier braten: dich, mich, dieses Pferd hier, das ich dir anvertraue, und die brave Eglantine dazu!«
Gilles hielt es für überflüssig, weitere Ermahnungen von sich zu geben. Daß er überhaupt etwas in dieser Richtung geäußert hatte, war nur der Form halber geschehen. Denn wenn Mahé auch schmutzig, faul und tückisch war und in seiner Rolle als Diener des Pfarrers eine Art zusätzlicher Buße für den heiligen Mann darstellte, denn er beschränkte sich darauf, dessen Perücken reichlich lässig, wenn nicht gar schlecht zu kämmen, war er doch leidenschaftlich in Tiere verliebt und brachte Pferden eine Art Frömmigkeit entgegen. Eine Erbschaft von seinem Vater, der bis zu seinem Tode Stallknecht bei Monsieur du Bois-Guehenneuc gewesen war. Fast ehrerbietig nahm er den Zügel des gestohlenen schönen Pferdes und stimmte, Gilles total vergessend, mit geschlossenen Lippen ein summendes Klagen an, das das edle Tier beruhigen sollte.
In dieser Hinsicht also unbesorgt, überquerte Gilles den Hof und betrat durch die Hinterpforte den mit großen, runden Kieseln gepflasterten Flur, der das Erdgeschoß in zwei Teile teilte. Eine Treppe führte von hier aus zum ersten Stock hinauf, außer ihr gab es nur zwei einander gegenüberliegende Türen. Der junge Mann wählte die, hinter der das Klappern von Kochtöpfen zu hören war, trat ein und blieb, durch das sich ihm bietende merkwürdige Schauspiel überrascht, auf der Schwelle der Küche stehen.
Vor dem mächtigen steinernen Kamin, in dem unter einem kleinen schwarzen Kessel ein stattliches Feuer loderte, ging eine alte Frau in schwarzen Röcken und weißer Haube hin und her, der Priesterin eines unbekannten Kultes ähnlich, und richtete an einen unsichtbaren Gegner Verwünschungen, von Zeit zu Zeit dazu drohend die Faust reckend. Zuweilen hielt sie inne,

* Heiliger Geist! Der Teufel!

um einem Scheit einen Tritt mit ihrem Holzschuh zu versetzen und dann zorniger als zuvor ihre Promenade wieder aufzunehmen. Endlich blieb sie stehen, riß vom Kaminmantel einen großen Kranz Zwiebeln, stopfte ihn, ohne sich die Mühe zu nehmen, die Zwiebeln zu schälen, so wie er war in den Kessel, ließ sich sodann sichtlich erleichtert auf den Herdstein sinken, die Knie in Höhe des Kinns, die Arme darüber gelegt, den Kopf darauf, und begann, mit den Füßen stampfend zu weinen.
Dieser unerwartete Kummer brachte Gilles neben sie auf die Knie.
»Katell! Was hast du? Warum weinst du? . . . Ist ein Unglück geschehen?«
Sie schrak hoch und warf dem Ankömmling einen tränenüberrieselten, noch immer zorngeladenen Blick von erstaunlichem Flachsblau zu.
»Bei der Heiligen Anna, der da hat mir gerade noch gefehlt!« rief sie aus. »Woher kommst du, Schlingel, und noch dazu in diesem Aufzug? Du siehst aus wie ein Dieb und bist schmutzig wie ein Schweinestall! Vorwärts! Sag erst einmal, woher du kommst!«
»Nehmen wir an, ich bin vom Himmel gefallen. Und es hat den ganzen Tag geregnet. Aber das sagt mir nicht, warum du weinst.«
»Eben des Himmels wegen. Und wenn du sein letztes Geschenk bist, ist es ein Zeichen, daß unser Herr ernstlich etwas gegen mich hat. Ich muß dringend zur Beichte . . . Los, steh auf! Zieh dich aus! Hol Wasser und wasch dich! Du bist dabei, meine ganze Küche zu verdrecken. Wenn man bedenkt, daß man dich studieren läßt, um Pfarrer zu werden . . . Ein hübscher Pfarrer, den man da kriegen wird! Du siehst aus wie Mahé . . .«
Ihren Kummer vergessend, nahm Katell, die Rozanns Schwester war, Gilles' Säuberung in Angriff, enthäutete ihn quasi wie ein Kaninchen, warf seine Lumpen mit grenzenlosem Abscheu in einen Winkel und wusch ihn unter reichlichem Wasserverbrauch vor dem Feuer, bevor sie aus einer großen Truhe abgetragene, aber saubere Kleidungsstücke zum Vorschein brachte, die vom Schwager des Abbés, dem Vicomte de Langle, stammten und von dessen Frau für eventuelle karitative Zwecke gestiftet worden waren. So fand sich der junge Mann mit einer alten Jagdjoppe aus flaschengrünem Tuch mit kupfernen Knöpfen und großen Aufschlägen an Ärmeln und Taschen ausstaffiert, mit einer Schnallenhose aus dickem kastanienbraunem

Samt und einem Paar gestreifter Strümpfe, die ihm nicht allzu übel standen. Und nachdem sie ihn so aufpoliert hatte, willigte Katell endlich ein, ihm den Anlaß ihres großen Zorns zu verraten: Der Pfarrer hatte das von ihr vorbereitete Abendessen zu einem armen Fischer getragen, dessen Frau gerade ihr achtes Kind zur Welt gebracht hatte.

»Er verschenkt alles bis aufs Hemd!« entrüstete sich die getreue Haushälterin. »Wenn Madame, seine Schwester, nicht wäre, würde er bestimmt mit bloßem Hintern gehen, und er ist gewiß einer der ärmsten unserer Pfarrer. Dabei ist es mit seiner Gesundheit gar nicht weit her!«

Ein wenig melancholisch bei dem Gedanken an das verschwundene Abendessen, da er, wenn es nach seinem Appetit gegangen wäre, ein solches Diner samt dem Tisch, auf dem es stand, hätte verspeisen können, bemerkte Gilles halb scherzhaft:

»Und damit es ihm besser geht, willst du ihm Zwiebeln mit der Schale vorsetzen?«

Das Resultat dieser wenigen Worte war erstaunlich. Zu dem kleinen schwarzen Kessel stürzend wie ein Sperber auf seine Beute, riß ihn die jähzornige Katell von seinem Dreifuß, öffnete das Fenster und schüttete den brodelnden Inhalt auf die Straße hinaus, ohne sich vorher zu vergewissern, ob da etwa gerade jemand vorbeiging. Dann warf sie den Kessel ins Spülbecken, wischte sich die Hände an ihrer Schürze und murmelte:

»Ich schäme mich. Aber ich war so furchtbar wütend.«

Gilles ließ ein herzliches Lachen hören.

»Ich versteh' dich ein wenig«, sagte er, »aber jetzt wird es überhaupt nichts zum Abendessen geben. Und ich habe solchen Hunger. Mir tut es um die Zwiebeln leid.«

»Das braucht's nicht. Ich habe für solche Gelegenheiten immer eine kleine Reserve versteckt. Es wird Eierkuchen geben, Haferbrei und vielleicht auch . . .«

Sie verstummte jäh beim Geräusch einer zufallenden Tür, preßte die Lippen zusammen, als wäre sie nahe daran gewesen, ein Staatsgeheimnis auszuplaudern, und stürzte hastig zu ihrem größten Kessel, in den sie einen Scheffel Hafermehl schüttete. Schritte näherten sich, schwere Schritte, die über die Kiesel des Flurs schlurften und deutlich Erschöpfung verrieten.

Als Gilles den Paten in seiner weiten schwarzen, regenschweren Pelerine die Küche betreten sah, schien es ihm, als habe er sich seit Allerheiligen verändert. Mit seinen dreiundvierzig Jahren wirkte der Abbé Vincent-Marie de Talhouët-Grationnaye* um einiges älter. Seine Gestalt war ein wenig gebeugt, und sein gut geschnittenes, offenes, freundliches Gesicht unter der weißen Perücke trug die Spuren von immerwährender Arbeit.

»Das Wetter wechselt wieder, meine gute Katell«, seufzte er, die durchnäßten Schultern schüttelnd. »Der Wind hat uns wahrhaftig den Regen zurückgebracht . . .«

Er unterbrach sich, als er vor dem rötlichen Hintergrund des Kamins die Gestalt dessen entdeckte, der ihn erwartete. Verblüffung und eine unbestimmte Besorgnis blitzten für einen Moment in seinen klaren Augen auf.

»Du hier? Wie ist das möglich? Hast du schlechte Nachrichten erhalten? Deine Mutter ist doch nicht . . .?«

Gilles grüßte ihn, wie er den König selbst gegrüßt hätte. »Wenn ich schlechte Nachrichten erhalten habe, betreffen sie wenigstens nur mich selbst, Monsieur. Ich habe allen Grund anzunehmen, daß es meiner Mutter gut geht. Aber ich bitte Euch um Verzeihung, daß ich so plötzlich und unangemeldet zu Euch komme.«

»Du weißt, daß du dich nicht anzumelden brauchst, daß dieses Haus dir immer offensteht . . . vor allem, wenn du mir, wie ich glaube, etwas Ernstes zu sagen hast.«

»Das ist wahr, Monsieur. Etwas sehr Ernstes, das aber gewiß keine Überraschung für Euch sein wird.«

Der Abbé nickte mit sichtlich wachsender Besorgnis.

»Gut, gehen wir also in meine Kammer, und überlassen wir Katell ihrer Küche.«

Sie verließen den großen, warmen Raum, in dem Katell, unablässig vor sich hin murmelnd, die Gedecke aufzulegen begann, und stiegen zum ersten Stock hinauf, wo um einen eiskalten Treppenabsatz die Kammern des Pfarrers und seiner Vikare lagen, drei davon in ständiger Residenz, der vierte, Abbé Duparc, speziell mit dem Weiler Saint-Gilles betraut und in der Vikarsbehausung am Orte wohnend.

Die von Monsieur de Talhouët war ein getäfelter, aber sehr bescheiden möblierter Raum ohne Teppich und Vorhänge. Sein einziger Luxus außer dem Feuer im Kamin war eine kleine Bibliothek mit ein paar schönen Büchern, deren von vielem

* Die Erinnerung an ihn ist in Hennebont, wo er den Ruf eines Heiligen hinterlassen hat, noch immer lebendig.

Gebrauch abgegriffene Einbände mit ihren trübe gewordenen Goldprägungen matt im Flammenschein schimmerten. Meistens Andachtsbücher oder Geschichtswerke, unter denen sich auch einige von einem Witzbold seiner Gemeinde geerbte Werke Voltaires befanden. Nur die seine fromme Seele am wenigsten schockierenden hatte der Abbé behalten.
Er bot seinem Patenkind den einzigen Stuhl an und setzte sich selbst auf sein Bett, um nach Möglichkeit jede richterliche Haltung zu vermeiden.
»Ich höre«, sagte er. »Sollte ich mich in einem Irrtum befinden, wenn ich vermute, daß dein Besuch heute abend etwas mit dem Brief zu tun hat, den du mir vor zwei Monaten schriebst?«
»Ihr irrt Euch nicht, Monsieur. Erlaubt Ihr mir, Euch zu fragen, warum ich keine Antwort erhalten habe?«
Der Abbé lächelte.
»Wie ungeduldig die Jugend ist! Ich konnte dir nicht antworten, solange ich nicht mit deiner Mutter ins Reine gekommen war. Nun, du weißt sehr genau, wie schwierig es ist, mit ihr zu diskutieren, wenn es sich um ihre Überzeugungen handelt. Aber ich zweifle nicht, sie mit der Zeit dazu zu bringen . . .«
»Nein, Monsieur«, unterbrach ihn Gilles. »Sie wird sich nie ändern, und eben deshalb bin ich hier, weil ich heute Gewißheit darüber erlangt habe.«
Und er berichtete, was im Büro des Abbé Grinne vorgegangen war. Er tat es kurz, ruhig und mit einer Festigkeit, die Eindruck auf seinen Gesprächspartner machte. Wie der Unterprinzipal am Morgen, wurde sich Monsieur de Talhouët unversehens bewußt, einen ganz neuen Menschen, fast einen Unbekannten, vor sich zu haben. Es überraschte ihn kaum, doch empfand er eine Art Trauer, verbunden mit der eigenartigen Erregung eines Zuschauers, der im Theater das Aufgehen des Vorhangs erwartet. Er hörte Gilles bis zum Schluß zu, ohne ein Wort zu sagen. Und selbst als der junge Mann verstummte, brach er das Schweigen zwischen ihnen nicht, während er sich erhob, um das Feuer zu schüren und ein neues Scheit in die Glut zu werfen. Doch er kehrte nicht zu seinem Platz auf dem Bett zurück, sondern blieb vor dem Kamin stehen, seine Hände der Wärme bietend.
»Ich wußte nicht, daß deine Mutter geschrieben hat«, sagte er endlich, »und ich weiß nichts von den Gründen, die ihr diesen Brief diktiert haben. Aber bist du selbst ganz sicher, ihre Wünsche nicht erfüllen zu können? Die Jugend ist lebhaft und

schnell in ihren Entschlüssen. Ich selbst habe einst einen Moment davon geträumt, dem König in der Kavallerie zu dienen.«

»Ich bin mir ganz sicher!« rief Gilles leidenschaftlich aus. »Und Ihr wißt es nur zu gut, Monsieur, Ihr, der Ihr mich schon zweimal gehindert habt, mich einzuschiffen. Habt Ihr vergessen, daß es mein größter Wunsch war, mich auf die *Surveillante* unter dem Befehl Eures Freundes ruhmreichen Gedenkens, Monsieur du Couédic, anwerben zu lassen? Ihr sagtet mir, daß ich noch zu jung sei, daß ich meine Studien beenden müsse . . .«

»Und ich hatte recht. Wärst du meinem armen Du Couédic gefolgt, wärst du jetzt vielleicht tot oder ein Krüppel!«

»Oder mit Ruhm bedeckt wie der Steuermann Le Mang, den wir in Kervignac alle bewundern. Und selbst wenn ich tot wäre, wäre es besser für mich, als langsam in einem Kloster oder einer Sakristei zu verfaulen.«

Der Abbé de Talhouët runzelte die Stirn.

»Gilles!« mahnte er scharf. »Du vergißt dich!«

Ernüchtert strich der junge Mann sofort die Flagge.

»Verzeiht mir! Ich würde lieber sterben, als Euch kränken, denn ich liebe und achte Euch. Doch ich wiederhole, daß Ihr den Grund meines Herzens kennt, und als ich Euch schrieb . . .«

»Schön, kommen wir zu diesem Brief. In aller Offenheit gesagt, er hat mich nicht überrascht, denn, unter uns, ich glaube längst nicht mehr an einen Besuch der göttlichen Gnade bei dir. Und ich habe deine Mutter aufgesucht, um zu versuchen, für dich zu sprechen . . .«

»Zu versuchen?« fiel Gilles verdutzt ein. »Wollt Ihr sagen, daß sie nicht auf Euch gehört hat?«

»Sagen wir . . . daß sie mich angehört, aber nicht verstanden hat. Das sind, hat sie mir gesagt, vorübergehende Launen eines Jungen, der in ständiger Berührung mit anderen, weltlichen Berufen bestimmten Jungen lebt. Außerdem übt die Nähe eines Hafens bestimmte Wirkungen auf die Phantasie junger Leute aus. Das wird bei Gilles vorübergehen, wenn er erst wirklich den Weg betreten hat, der der seine ist . . . Und wenn es nicht vorübergeht? habe ich gefragt. Darauf sah sie mich mit einem Lächeln an, als wisse sie von geheimen Dingen, die mir verborgen blieben, und versicherte überzeugt: Es wird vorübergehen. Ich bin dessen mehr als sicher. Wißt ihr nicht mehr, daß Gott Wunder tun kann? Es ist ihm ein Leichtes, die noch widerspenstige Seele eines Kindes zu sich zu ziehen, die ihn kaum kennt . . . Dem war nichts hinzuzufügen. Ich ließ es dabei, da ich dachte, daß ohnehin für dich der Augenblick noch nicht gekommen sei, Saint-Yves zu verlassen, und daß mir Zeit genug bliebe, einen neuen Vorstoß zu unternehmen. Aber ich habe mich geirrt. Und ich frage mich, ob es nicht gerade diese Unterredung gewesen ist, die sie dazu bestimmt hat, die Dinge zu überstürzen. Offenbar«, fügte er mit einem halben Lächeln hinzu, »hast du sie noch mehr überstürzt als sie. Aber was wirst du jetzt tun? Du hast in deinem Brief von einer Militärschule geschrieben . . .«

Die Augen des jungen Mannes leuchteten auf.

»Hört auf den Lärm, der diese Nacht die Stadt erfüllt, Monsieur! Der König schickt den Aufrührern Regimenter zur Hilfe! Auch ich will nach Amerika und dort kämpfen. Die Gelegenheit ist da, vor mir. Morgen werde ich mich mit Eurer Erlaubnis seinem Anwerber des Regiments Turenne vorstellen, und man wird mich annehmen. Oder ich gehe nach Brest und lasse mich auf ein Schiff anwerben. Das wird wohl nicht weiter schwierig sein.« Der Abbé bezweifelte es nicht. Die Werber der Armee oder der Marine würden nur allzu glücklich sein, diesen großen Burschen, der danach verlangte, sein Blut zu vergießen, in ihre Klauen zu bekommen. Und nach ein paar Jahren . . . oder ein paar Monaten würde er, Talhouët, einen vorzeitig gealterten Mann oder einen Krüppel zurückkehren sehen. Die Flamme in den Augen, die ihn jetzt so offen ansahen, wäre erloschen, und in seinem Herzen verbliebe nur Enttäuschung. Dieser amerikanische Feldzug, von dem man soviel sprach, flößte ihm kein Vertrauen ein. Um Zeit zum Überlegen zu gewinnen, lenkte er das Gespräch auf ein anderes Gleis.

»Wie hast du es fertiggebracht, so schnell hierherzukommen? Bist du den ganzen Weg gelaufen?«

Jähe Röte flog über Gilles' Gesicht, doch ohne die leiseste Spur von Unsicherheit erklärte er:

»Nein, Monsieur. Ich habe ein Pferd gestohlen!«

Der Abbé fuhr aus seinen Gedanken. Fast verschlug es ihm die Stimme.

»Du hast . . .? Das ist nicht wahr! Habe ich falsch verstanden?«

»Ihr habt sehr gut verstanden. Ich hab' ein Pferd gestohlen. Es ist unten, in Eurem Stall, bei Eglantine. Ich weiß, daß ich es

nicht hätte tun dürfen«, fügte er ruhig und ohne den Blick zu senken hinzu, »aber es war ein Notfall. Ich wurde verfolgt und mußte eine schnelle Lösung finden. Das Pferd war vor dem ›Großen Monarchen‹ angebunden. Ich sprang in den Sattel, und fort waren wir. Ich hoffe, daß Ihr mir die Sünde vergeben werdet«, schloß er, nun doch verwirrt durch den entsetzten Ausdruck des Abbés.
Einen Moment schien dieser keines Wortes, keiner Reaktion, fast keines Atemzugs fähig.
Dann fragte er, von einem plötzlichen Gedanken durchzuckt, ohne Umschweife:
»Sag mir! Die Frauen . . . was sind sie für dich?«
Die Frage traf Gilles völlig unvorbereitet. Er erstarrte.
»Was wollt Ihr damit sagen?«
»Nichts anderes, als was ich gesagt habe. In welchem Maße tragen sie zu deiner Verweigerung des Priesteramts bei? Nein . . . setz nicht so eine entrüstete Miene auf. Du bist in einem Alter, in dem man mit dir über dieses Thema reden kann. Ich wiederhole also meine Frage in einer anderen Form: Was bedeuten sie dir?« Ein Schweigen folgte. Dem Abbé schien es, als verschlösse sich sein Patenkind wie eine Auster. Und wirklich, nach einem Moment des Überlegens hob Gilles den Kopf, sah ihm gerade in die Augen und entgegnete mit unerwarteter Kälte:
»Mit Eurer Erlaubnis werde ich nicht antworten! Eben das ist ein Thema, über das ich nicht sprechen möchte.«
Der ein wenig heisere Ton seiner Stimme verriet dem Abbé, daß er eine empfindliche Saite berührt hatte und daß sich unter dem heißen Wunsch nach Freiheit und normalem Leben gewiß eine Liebesgeschichte verbarg. Eine Geschichte, die Gilles ihm nicht anvertrauen wollte.
»Wie du willst«, seufzte er. »Gut . . . gehen wir also in den Stall. Ich möchte das Pferd sehen, das du gestohlen hast.«

Ein Mutterherz

Mit einer Laterne bewaffnet, folgte Gilles Monsieur de Talhouët ohne ein weiteres Wort und sogar mit einer gewissen Erleichterung. Er war glücklich, daß sein Pate keine weiteren

Fragen gestellt hatte, denn unter dem Zwang seiner Erregung war er bedenklich nahe daran gewesen, sein Geheimnis zu verraten. Die Heftigkeit seiner inneren Reaktion hatte ihn selber überrascht. Sein Herz hatte Alarm geschlagen, wie es der wachsame Hüter eines Schatzes oder eines gut verteidigten Ortes bei Annäherung eines Feindes tut. Und dieser kurze Spaziergang zum Stall war hochwillkommen, da er ihm erlaubte, seine Kaltblütigkeit wiederzufinden.
Judiths Bild, das ihm wie ein Fieberanfall ins Hirn gestiegen war, und das unendlich viel peinlichere Manons mit einiger Mühe verjagend, stieß er die hölzerne Tür des Verschlages auf, atmete freudig den guten Geruch frischen Strohs ein und hob die Laterne, um das Innere zu erhellen. Der gelbliche Schein ließ die Kruppe des Pferdes, das Mahé tüchtig gestriegelt hatte, wie Seide schimmern. Der Abbé näherte sich mit plötzlich funkelnden Augen.
Stumm musterte er das Tier wie jemand, der sich damit auskennt, denn bevor er die Weihen empfangen hatte, war Monsieur de Talhouët ein leidenschaftlicher Reiter gewesen. Die Liebe, die er Pferden entgegenbrachte, hatte sogar für kurze Zeit seinen Vater beunruhigt, der sie unvereinbar mit einer aufrichtigen Berufung fand. Folglich hatte der junge Vincent diese Liebe Gott dargebracht, wie er auch andere Entsagungen dargebracht hatte: mit einem Lächeln. Und die friedfertige Eglantine, die neben dem schönen fremden Streitroß gelassen ihren zerstampften Ginster kaute, stellte auf ihre Weise das Gleichnis dieses Opfers dar: Seitdem er die Soutane trug, gab sich der junge Zentaur von Leslé mit einem Maultier zufrieden . . . doch er empfand noch immer das gleiche Vergnügen beim Anblick eines rassigen Pferdes.
Endlich nahm sich der Abbé zusammen und zwang sich zu einer strengen Miene.
»Du hast guten Geschmack, mein Junge. Wenn du stiehlst, machst du keine halben Sachen. Das ist ein prächtiges Tier, das Reitpferd eines Seigneurs.«
Trotz allem ein wenig geniert, senkte Gilles die Augen.
»Ich habe es gemerkt, Monsieur, obwohl ich Euch schwören kann, daß ich es mir nicht ausgesucht habe. Ich wäre auch auf den erstbesten Klepper gesprungen.«
»Na, hör mal! Sicher hat es auch andere Pferde in der Nähe gegeben, aber du hast nur das gesehen. Vielleicht, weil du spürtest, daß es ein Renner war, und weil du es eilig hattest.«

Ehrlich nahm Gilles die ihm angebotene Entschuldigung nicht an.
»Ich glaube nicht. Ich hätte ein ruhigeres Tier vorgezogen, denn es brauchte seine Zeit, bis wir beide uns halbwegs vertrugen. Zuerst hat es mich abgeworfen. Ihr wißt ja«, seufzte er, »ich bin nur ein kümmerlicher Reiter, weil meine Mutter mir nie erlaubt hat, reiten zu lernen. Du wirst nie etwas anderes als ein Maultier oder einen Esel besteigen, sagte sie. Und ich glaube, daß ich von diesem Moment an begann, mich gegen das Schicksal zu wehren, das sie für mich vorbereitete. Ich liebe die Pferde ebenso wie . . .« Er verstummte errötend, doch der in seine für Marie-Jeanne nicht gerade günstigen Gedanken verlorene Abbé achtete nicht darauf. Entschieden tat diese Unglückselige im besten Glauben der Welt alles, was sie konnte, um ihrem Jungen den geistlichen Stand zu verleiden. Hatte sie übrigens je zu erkunden versucht, was hinter der Stirn des Kindes vorging? Interessierte es sie? Ihn nachdenklich sehend, wagte Gilles, leise hinzuzufügen:
»Ich weiß, daß ich nicht das Recht dazu habe . . . daß es ein schlechter Anfang eines neuen Lebens wäre, das ich will . . . aber ich würde so gern dieses Pferd behalten. Ich liebe es schon.«
Der Abbé blitzte ihn entrüstet an.
»Wo hast du gelernt, daß ein so schweres Vergehen Belohnung verdient? Weißt du nicht, daß dir die Galeeren drohen? Im Bagno von Brest sind Jungen deines Alters, die viel weniger getan haben.«
»Ich weiß. Wünscht Ihr also, daß ich mich dem Richter des Sprengels stelle?«
»Ich wünsche überhaupt nichts . . . als zu Abend zu essen und zu schlafen. Und zu überlegen. Kehren wir jetzt zurück. Morgen werde ich dir sagen, was ich beschlossen habe.«
Doch es stand geschrieben, daß an diesem Abend weder dem Abbé noch Gilles das Recht zuteil werden sollte, sich zu einer schicklichen Stunde an den Abendbrottisch zu setzen, denn als sie den Flur des Hauses betraten, fanden sie dort Katell sichtlich bewegt vor. Sie war in Gesellschaft einer alten, graugesichtigen Bäuerin, die mit weit offenen Augen wie eine Springbrunnenfigur weinte, ohne auch nur daran zu denken, die auf ihren schwarzen Umhang tropfenden Tränen fortzuwischen.
Sobald sie ihn bemerkte, flog Katell buchstäblich ihrem Herrn entgegen.

»Es ist Marjann, Herr Pfarrer! Sie sagt, mit dem Herrn Baron de Saint-Mélaine stehe es so schlecht, daß man ihm die letzte Ölung geben müsse.«
Der Name traf Gilles wie ein Faustschlag, doch der Abbé rief ungläubig:
»So schlecht steht es mit ihm? Aber ich wußte nicht einmal, daß er krank ist! Hat man den Arzt kommen lassen?«
Die alte Marjann war es, die ihm weinend antwortete:
»Er hat es nicht gewollt, Herr Pfarrer! Er hat es nicht gewollt! Hat immer gesagt, wenn der Ochse verbraucht ist, kann man nichts machen. Aber krank, ja, das war er. Und das seit langem. Nur wollte er nichts sagen, nicht einmal dem Fräulein oder Euch. Hatte mich schwören lassen, nicht drüber zu reden . . . zu niemand. Und jetzt liegt er im Sterben. Ihr müßt kommen, Herr Pfarrer, schnell . . .«
Und ihre Tränen flossen von neuem, während Katell etwas von einem Unglück murmelte, das darin liege, seine Armut in solchem Maß zu verbergen.
»Ich gehe«, entschied der Abbé.
»Ich auch«, rief Gilles, ohne zu überlegen. Dann beeilte er sich, angesichts des fragenden Blicks seines Paten gedämpfter hinzuzufügen: »Ihr braucht mindestens einen Chorknaben zur Begleitung. Es ist spät, und das Wetter ist scheußlich. Jedenfalls ist es keine Nacht, um ein Kind aus dem Haus zu holen, und da ich hier bin . . .«
»Hm!« brummte der Abbé, und sein Gesichtsausdruck ließ Gilles erröten, denn er besagte deutlich, daß ihm ein Junge im Stande der Sünde nicht gerade der geeignetste Begleiter für das Heilige Abendmahl zu sein schien. Doch da er von den tieferen Gründen seines Patensohnes nichts wußte, schrieb Monsieur de Talhouët dessen Vorschlag nur dem übergroßen Verlangen zu, begangene Fehler wieder gutzumachen. Er nickte.
»Ich gehe zur Kirche, um mich vorzubereiten«, sagte er nur. »Komm in zehn Minuten nach, aber benachrichtige zuvor Dr. Guillevic, daß er sich sofort zu Monsieur de Saint-Mélaine begeben soll.«
Der junge Mann war schon draußen, als er kaum das letzte Wort gesprochen hatte.
Zehn Minuten später war der Abbé in Stola und Chorhemd, doch mit Holzklotzen über den Schuhen, die letzte Ölung schützend an die Brust gedrückt und von Gilles mit einem großen Regenschirm und einem Glöckchen, das er in kurzen

Abständen betätigte, gefolgt, fast im Laufschritt auf dem Weg zur geschlossenen Stadt. Es regnete noch immer, die Tropfen prasselten auf die aufgespannte Seide, aber trotz der späten Stunde war die Stadt noch belebt. Sie bot sogar ein Bild ungewöhnlicher Fröhlichkeit dank der am Ufer des Blavet aufgereihten Zelte, die, von innen erleuchtet, an ein venezianisches Fest denken ließen, während die Biwakfeuer tapfer gegen den Regen kämpften. Der regelmäßige Schritt der Posten war zu vernehmen, und von Zeit zu Zeit erklangen die vom einen zum andern fliegenden Rufe . . . Der Abbé und Gilles durchschritten das Tor und blieben nach kurzem endlich vor einem hohen, schmalen Haus stehen, dessen Front nur drei Fenster aufwies, aber mit einem im vorhergehenden Jahrhundert geschmiedeten eleganten eisernen Balkon geschmückt war. Die Nacht verbarg ein wenig den Rost, der ihn zerfraß, wie auch die Risse in der Fassade, doch Gilles' scharfen Augen waren sie nicht entgangen.

Die über zwei Stufen zu erreichende Tür war geöffnet. Auf der Schwelle erwartete sie kniend die alte Marjann, eine Kerze in der Hand. Als sie eingetreten waren, raffte sie sich flinker auf, als man ihrem verbrauchten Körper zugetraut hätte, trottete ihnen im Flur voran und stieg vor ihnen die dunkle Treppe hinauf. Die Kerze in ihrer hocherhobenen Hand beleuchtete schonungslos die Schimmelflecke der Wände und die Spinnengewebe unter der Decke.

Das Haus war eisig. Es schwitzte förmlich Elend aus, und Gilles' Herz zog sich bei dem Gedanken zusammen, daß dies das Palais der stolzen Judith war. Selbst die Klassenzimmer von Saint-Yves waren behaglicher, denn wenigstens im Winter wurden sie mit Stroh ausgelegt.

Der Raum, der sich vor ihnen auftat, war dank des Ginsterfeuers im Kamin um ein weniges wohnlicher, aber die zerrissen herabhängenden Tapeten erinnerten an gefiederte Akanthusblätter, und das altertümliche, massive Bett, von schweren Eichenholzsäulen flankiert, die ihm das Aussehen eines Tempels gaben, umrahmte eine Wüste von durchlöcherten Laken und geflickten Decken, in der sich die gebrechliche Gestalt des Sterbenden verlor.

Gilles hatte Mühe, den Mann wiederzuerkennen, den er am Allerheiligentag in der Kirche gesehen hatte. Ohne die weiße Perücke, die jetzt einen Holzkopf auf dem Kaminsims schmückte, schien er fast kahl, und die lange gerötete Nase ließ

die tragische Magerkeit des Gesichts noch stärker hervortreten. Die violett geäderten Lider zeichneten die Konturen der Augäpfel nach, und dem geöffneten Mund, in dem kein einziger Zahn mehr zu sehen war, entrang sich ein ununterbrochenes Röcheln. Ein Mann in braunem Anzug beugte sich über das Bett und musterte mit kurzsichtigen Augen hinter einer Eisenbrille stirnrunzelnd die magere Brust.
Als er den Abbé in seinem Ornat erscheinen sah, richtete er sich auf und kniete mit einem Seufzer nieder:
»Ihr kommt zur rechten Zeit, Abbé«, sagte er. »Für mich ist es zu spät.«
Der Blick des Priesters glitt von dem Arzt zu dem Sterbenden, kehrte wieder zum Arzt zurück.
»Wie kommt es, daß er Euch nie gerufen hat, mein Freund?«
Dr. Guillevic zuckte die Schultern.
»Die Antwort könnt Ihr um uns herum lesen. Er war arm, aber er war stolz. Ich hätte ihn natürlich umsonst gepflegt, und er wußte es. Und eben das war in seinen Augen ein ausgezeichneter Grund, mich nicht zu holen. Deshalb gehört er jetzt Euch.«
»Nicht für lange, fürchte ich. Wir müssen uns beeilen.«
Während die alte Marjann die notwendigen Dinge für die letzte Ölung zurechtlegte und der Abbé die Sterbegebete zu sprechen begann, verschlang Gilles, mechanisch die rituellen Antworten gebend, den Mann, der da vor ihm starb, mit den Blicken.
Er war nur noch ein Schatten, ein wenig über die Knochen gespannte Haut. Dennoch war aus diesem zu einem Nichts reduzierten Leib das hervorgegangen, was er nicht aus seiner Erinnerung zu reißen vermochte, dieser strahlende, von Vitalität strotzende und doch von zauberhafter Anmut geformte Jungmädchenkörper. Judith war Fleisch dieses erbärmlichen Fleischs. Wie war so etwas zu begreifen?
Er beschwor das Bild des jungen Mädchens mit solcher Intensität, daß er kaum überrascht war, sie plötzlich im dunklen Rahmen der Tür wie ein durch Zauberei zum Leben erwecktes Porträt auftauchen zu sehen. Die Gestalt einer Nonne erschien hinter ihr, blieb jedoch draußen.
Judith schrie schmerzlich auf. Sie stürzte so wild zum Bett, daß sie den Priester beiseite stieß, der sie nicht hatte eintreten sehen und den sie im übrigen nicht einmal bemerkt hatte. Wie ein verletztes Tier warf sie sich nieder, griff nach der leblosen Hand auf der Decke.

»Vater! Vater!« rief sie. »Was ist geschehen? . . . So antwortet doch, Vater. Ich flehe Euch an, antwortet mir! Ihr dürft nicht sterben, dürft mich nicht verlassen . . . Habt Mitleid, sagt etwas! Antwortet mir!«
Der Abbé beugte sich über sie.
»Er kann Euch nicht antworten, mein Kind«, murmelte er. »Ihr müßt mutig sein.«
»Aber er ist nicht tot! Ich sehe es genau. Er atmet!«
»Gewiß. Aber er hört Euch nicht mehr. Laßt uns gemeinsam beten. Das ist alles, was wir für ihn tun können . . .«
Doch Judith war nicht nach beten zumute. Sie richtete sich mit einer geschmeidigen Bewegung der Hüften auf. Im gelblichen Schein der Kerzen, die Marjann angezündet hatte, sah Gilles ihre schwarzen Augen zornig auffunkeln.
»Warum habe ich nichts gewußt? Warum hat man mir nichts gesagt?« rief sie, ohne ihre Stimme zu dämpfen. »Ich glaubte ihn bei guter Gesundheit, nur ein wenig ermüdet durch sein Alter. Und heute abend sagt man mir, daß er stirbt, daß ich mich beeilen müsse. Hat sich denn niemand um ihn gekümmert?«
Ihr Blick, ihre Stimme klagten an. Dr. Guillevic antwortete ihr ziemlich schroff:
»Man hat Euch nichts gesagt, weil niemand etwas wußte, mein Fräulein. Nicht einmal wir. Euer Vater hatte verboten, daß sein Zustand bekannt würde. Ihr wißt, wie verschlossen, wie verschwiegen er war . . .«
»Und Ihr, Ihr wußtet, wie arm wir sind. Mein Vater war nicht verschlossen, wie Ihr sagt: er war stolz. Er wollte lieber sterben, als um Hilfe bitten. Und weil er weder ausgehen noch empfangen konnte, hat sich niemand seinetwegen beunruhigt. Wäre er reich gewesen, hätte sich beim ersten Niesen die ganze Stadt vor seiner Tür gedrängt!«
»Euer Kummer verwirrt Euch. Man kann nicht mit Gewalt bei jemand eindringen, der sich weigert, seine Tür zu öffnen, und Euer Vater wollte niemand sehen. An Vorwänden fehlte es ihm nicht, Besuchen auszuweichen, selbst denen des Pfarrers. Und ihm, der sein Dasein in den elendsten Häusern verbringt, werdet Ihr nicht vorwerfen, das Eures Vaters mißachtet zu haben, weil er arm war.«
Der Mund des jungen Mädchens verzog sich, als habe sie etwas Bitteres geschluckt. Sie zuckte mit den Schultern.
»Besuche aus Barmherzigkeit! Begreift Ihr nicht, daß es ihm

davor schaudern mußte? Er, ein Saint-Mélaine, der Stolz der Bretagne, und dann sich behandelt zu sehen wie einen zum Krüppel gewordenen Matrosen oder von der Arbeit verbrauchten Handwerker! Mit verächtlicher Dankbarkeit annehmen, was man die guten Worte nennt, einige wie aus Versehen auf einer Tischecke zurückgelassene Nahrungsmittel oder einen jener Schals aus grauer Wolle, die man an Winterabenden strickt, während man Eierkuchen ißt und sich den Stadtklatsch erzählt. Oder auch . . . ein paar Geldstücke . . . für Weihnachten! Nicht davon rede ich, sondern von dem Besuch aus Freundschaft, aus warmer, echter, aufmerksamer Freundschaft, die den Tod zu erkennen weiß, wenn er hinter einem müde gewordenen Blick auf der Lauer liegt. Solchen Besuch hätte er nicht verweigert. Aber Ihr habt ihn alleingelassen in seiner schrecklichen Einsamkeit, allein mit dieser alten Närrin, die an Feen und Zwerge glaubt und überall den Teufel sieht. Oh, ich hasse Euch! Ich hasse Euch so! Alle! Alle!«
Ein Schluchzen zerriß ihren Aufschrei der Empörung, und Tränen überfluteten ihr verzerrtes Gesicht. Am Rande einer Nervenkrise, zitterte sie wie Espenlaub, und ihre Stimme hallte schrill in dem fast leeren Zimmer wider. Es war der Arzt, der zu ihr trat und sie in aller Ruhe zweimal ohrfeigte. Dann packte er sie bei den Schultern und zwang sie, sich auf den einzigen Stuhl zu setzen, auf dem sie, von krampfhaftem Schluchzen geschüttelt, zusammensank.
»Ich brauche ein wenig Wasser«, knurrte er. »Und Ihr, Abbé, waltet Eures Amtes. Dieser Auftritt ist unanständig.«
»Oh, was ist Anstand, wenn man leidet . . .? Diese arme Kleine ist außer sich. Ihr solltet begreifen, daß sie nicht mehr weiß, was sie sagt. Und könnte es nicht sein, daß sie ein wenig recht hat? Wir hätten versuchen müssen, uns durch diese allzu gut verschlossene Tür Einlaß zu erzwingen. Ich fürchte, wir haben es an der nötigen Barmherzigkeit fehlen lassen.«
»Versucht nicht, Euch ein Vergehen aufzubürden, das Ihr nicht begangen habt, Abbé. Ihr kennt den Baron ebensogut wie ich. Wenn wir uns Einlaß erzwungen hätten, hätte er uns an den Kopf geworfen, was ihm gerade in die Finger gekommen wäre. Außer zu Ostern oder zu Weihnachten ging er weder zur Kirche noch sonstwohin. Ohne die Hingabe dieser armen Marjann, die seine Tochter unverdient als Närrin behandelt, hätte er allein sterben können, ohne daß jemand es merkte, und erst nach Wochen hätte man seine Leiche gefunden. Aber man soll

uns nicht sagen, daß seine Art zu leben eine Überraschung gewesen wäre . . . selbst nicht für eine Tochter, die hinter den Mauern ihres Klosters zu denken schien, es stünde alles zum besten in der besten aller Welten.«

Allem Erwarten entgegen reagierte Judith nicht auf diese Worte. Sie schien sie nicht einmal gehört zu haben. Auf ihrem Stuhl zusammengesunken, weinte sie leise, das Gesicht in den Händen verborgen.

Mit einem Seufzer wandte sich der Abbé zum Bett zurück und nahm die unterbrochene heilige Handlung wieder auf, aber er mußte Gilles erst einen Stoß versetzen, um ihn zum Niederknien zu veranlassen. Erschüttert von der Heftigkeit der Szene und dem Schmerz des jungen Mädchens, hatte er sie mit einem quälenden Gefühl der Ohnmacht angestarrt . . .

Ein sonderbares Gemisch aus Zorn und Zärtlichkeit erfüllte ihn. Er haßte sie der nuancenlosen Verachtung wegen, mit der sie ihn ungerechterweise behandelte, doch er verteidigte sie schlecht gegen ihren Zauber und die Rührung, die ihn bei der Erinnerung an ihr Lächeln und an den leichten Schatten ihrer Wimpern auf ihrer Wange befiel, wenn sie die Augen senkte. Jetzt, angesichts ihres Kummers, ihrer hilflosen Gestalt auf diesem Stuhl, war es Zärtlichkeit, die ihn überwältigte. Mit welcher Freude hätte er all den Groll zwischen ihnen beiseitegelegt, um das Recht zu haben, sie zu beschützen, auch gegen sich selbst, und ihre Tränen zu trocknen, die nicht versiegen wollten . . .

Als das letzte Gebet gesprochen war, verließ er den dunklen Winkel, in dem er sich seit seinem Eintritt aufgehalten hatte, und näherte sich ihr, wie von einem Magneten angezogen. Das Knacken des Parketts unter seinem Schritt veranlaßte Judith, den Kopf zu heben.

Einen Moment trafen sich ihre Blicke, tauchten ineinander, und während einiger allzu kurzer Sekunden empfand Gilles voller Verwunderung die Gewißheit, daß sie sich niemals mehr trennen könnten. In dem des jungen Mädchens war weder Zorn noch Verachtung . . . war nur die Angst eines verlassenen kleinen Mädchens, nur eine rührende Bitte um Hilfe . . . Es war wie ein Wunder. Alles war verschwunden: der jämmerliche Raum mit den Spuren einstiger Vornehmheit, der Sterbende, der Priester und der Arzt. Sie waren allein in einem Universum, das nur ihnen gehörte . . .

Eine Träne rollte langsam über Judiths Wange. Ihre Lippen

öffneten sich, bebten, als wollte sie sprechen . . . Doch ein Röcheln aus dem Bett zerriß die wundersame Stille. Dann war die Stimme des Arztes zu vernehmen:
»Es ist das Ende! Nähert Euch, Fräulein!«
Sofort sprang sie auf. Der Augenblick der Gnade war vorüber. Judiths Kopf hob sich, während ihre Lippen sich zusammenpreßten und ihr Blick seine ganze Härte wiederfand.
»Euer Platz ist nicht hier«, erklärte sie kalt. »Geht!«
Jäh aus der Süße des vorhergehenden Moments herausgerissen, erzitterte Gilles, gepeitscht von der Verachtung in ihrer Stimme. Nahe genug zu ihr tretend, um sie mit seiner ganzen Größe zu beherrschen, ließ er lässig fallen:
»Nein! Der Pfarrer hat mich hierhergebracht. Es ist an ihm, mir zu sagen, wann ich mich zu entfernen habe. Und falls Ihr mich durch Eure Diener hinauswerfen lassen wollt, Mademoiselle de Saint-Mélaine, glaube ich nicht, daß ihre Zahl mich sonderlich beunruhigen könnte!« fügte er ironisch hinzu.
Einen Moment glaubte er, sie würde sich auf ihn stürzen, aber schon trat Monsieur de Talhouët, dessen überraschter Blick von einem der jungen Leute zum andern geglitten war, dazwischen: »Geh und erwarte mich unten«, sagte er ruhig zu seinem Patensohn. »Ich treffe die Dispositionen für Einkleidung und Totenwache, dann kehren wir zurück.«
Nachdem die sterbliche Hülle der Brüderschaft der Verstorbenen übergeben worden war, saßen eine Stunde später Pate und Patenkind am Küchentisch einander gegenüber, und Katell trug große Näpfe mit Haferbrei, gewärmten Zider und sogar ein mit Hilfe der geheimnisvollen Bestände ihrer Reserve verfertigtes Omelett auf, bevor sie sich mit ihrem Strickzeug zum Kamin zurückzog.
Während einiger Minuten aßen sie schweigend. Gilles kämpfte gegen den Schlaf. Sein langer Ritt, dessen Mühsale er erst jetzt richtig zu fühlen begann, die Aufregungen dieses Tages, die späte Stunde, all das lastete schwer auf seinen Schultern. Er verspürte nur einen Wunsch, sobald er seinen Hunger gestillt hätte: zu schlafen, in die tiefen Tiefen wohltätigen Vergessens zu tauchen, die der Schlaf der Jugend schenkt.
Der Abbé wartete, bis Gilles den letzten Tropfen Zider getrunken hatte, dann fragte er beiläufig, als führe er ein schon begonnenes Gespräch fort:
»Seit wann kennst du sie?«
»Wenn Ihr auf Mademoiselle de Saint-Mélaine anspielt, Mon-

sieur«, erwiderte Gilles bitter, ohne den Blick zu heben, »wißt, daß ich sie nicht kenne. Ihr vergeßt, wer ich bin! Einem Bastard ist es nicht erlaubt, sich zu den ›Bekanntschaften‹ eines adligen Fräuleins zu zählen. Sagen wir . . . daß ich ihr begegnet bin . . . zweimal. Und daß diese beiden Male genügt haben, mir den Platz zu zeigen, den sie einem Burschen wie mir zuweist: im Vorzimmer! Bei den Domestiken! Und diese erfreuen sich in ihren Augen noch des Glücks einer ordentlichen Geburt. Ich bin nichts.«

Der Abbé machte eine unwillige Bewegung.

»Übertreibe nicht! Dein Großvater und deine Mutter verdienen diese Verachtung nicht. Vor seinem Unglück war er ein Ehrenmann, ein Mann von Wert. Und sie ist eine strenge Seele, unerbittlich, wenn du willst, doch edler im Grunde als viele.«

»Und mein Vater? Warum sprecht Ihr nicht von Ihm?«

»Mein armes Kind! Aus einem ganz einfachen Grund: Ich habe nie seinen Namen gekannt! Aber wenn ich deine bittere Stimme höre, wenn du dich auf das Niveau von Dienstboten erniedrigst, obwohl auch sie Geschöpfe Gottes wie andere Menschen sind, denke ich, daß du den Deinen und dir selbst Unrecht tust. Eine uneheliche Geburt ist ein Unglück, kein Verbrechen.«

»Sagt das den Leuten der geschlossenen Stadt, den Eltern meiner Schulkameraden . . . und Mademoiselle de Saint-Mélaine! Sie werden Euch ihre Meinung über Bastarde nicht verheimlichen. Wir sind nichts, und wir sind zu nichts berechtigt. Die seligen Zeiten des Mittelalters sind fern, in denen ein Bastard das Dasein seiner Halbbrüder teilte.«

»Gottes Wege sind unerforschlich. Was Judith betrifft, hat sie, obwohl von guter Geburt, ebensowenig wie du das Recht, ihr Schicksal zu wählen. Weniger noch vielleicht, da sie arm ist. Sie ist nicht mehr als du dafür geschaffen, in den geistlichen Stand zu treten. Trotzdem wird sie Nonne werden, denn nach dem Tod ihres Vaters sehe ich keine andere Lösung für sie.«

»Das Kloster? Warum? Sie hat Brüder, wie es heißt . . .«

Der Abbé verließ seinen Platz, nahm vom Sims des Kamins eine lange Pfeife und eine Tabaksdose und brachte sie zum Tisch. »So ist es! Es bleiben ihr Brüder . . . leider. Du hast Tudal und Morvan de Saint-Mélaine nie gesehen, sonst wüßtest du, was ich sagen will. Es sind ungeschlachte Burschen mit finsteren, schwer auszulotenden Seelen. Was ihre Herzen angeht, glaube ich, daß sie ihnen völlig fehlen. Die Art, wie sie nach dem Tode ihrer Mutter Vater und Schwester verjagten, war skandalös. Und von ihrem jetzigen Leben weiß man nicht viel. Aber seltsame Gerüchte umschwirren ihren Besitz Fresne. Die Leute der La Bourdonnaye, deren Ländereien benachbart sind, behaupten, daß sich kein Bauer aus der Umgebung selbst für Gold und Silber nach Einbruch der Nacht Fresne nähern würde.«

»Was tun sie denn?«

»Ich weiß es nicht. Und im übrigen sind es nur on-dits. Aber die Gerüchte besagen, daß weder die Börsen der Männer noch die Ehre der Mädchen vor ihnen sicher sind. Ich wiederhole, es sind nur Gerüchte, die ohne Begründung sein mögen, dennoch hat Judith Guillevic und mich eben angefleht, ihre beiden Brüder nicht vom Tod ihres Vaters zu unterrichten.«

»Aber . . . wie ist das möglich?«

»Es ist nicht möglich. Sie müssen benachrichtigt werden. Leider sind sie nun die einzige Familie ihrer Schwester. Tudal, der Älteste, wird ihr natürlicher Vormund sein, und niemand und nichts können etwas daran ändern, denn so ist das Gesetz. Doch Judith hat Angst vor ihnen. Und das ist der Grund, weshalb ich sage, daß es für sie keine andere Lösung als das Kloster gibt.«

»Angst vor ihnen . . .?«

Sich dieser dem Entsetzen nahen Angst erinnernd, die Gilles vorhin in den Augen des jungen Mädchens gesehen hatte, begriff er, was sie bedeutete. Männer, die imstande waren, ihren eigenen Vater auf die Straße zu werfen, konnten ihrer Schwester das Leben zur Hölle machen.

»Aber wie . . . aber Ihr? Könnt Ihr nichts für sie tun?«

Der Abbé kehrte zum Kamin zurück, nahm ein glühendes Stück Holz aus der Glut, zündete seine Pfeife an und machte zwei oder drei Züge.

»Nein. Niemand kann etwas tun . . . nur sie selbst. Wenn Judith den Schleier nehmen will, glaube ich nicht, daß sie es wagen werden, sich dem zu widersetzen. Zumal sie ursprünglich nichts anderes wünschten, um das arme Kind daran zu hindern, ihren Teil des Erbes zu fordern. Es gibt keinen Grund anzunehmen, daß sie ihre Meinung geändert hätten. Was Madame de La Bourdonnaye betrifft, ist sie entschlossen, sie zu behalten, solange sie möchte.« »Und . . . sie?«

Durch den Rauch seiner Pfeife senkte der Abbé seinen Blick mit einer gewissen Dringlichkeit in den seines Patensohns. Doch

dann sagte er lässig, als handele es sich um eine Sache ohne Wichtigkeit:
»Ich habe sie resigniert verlassen. Sie weiß, daß es für ein Mädchen ohne Mitgift keine Alternative gibt. Nach der Beerdigung wird sie nach Notre-Dame-de-la-Joie zurückkehren . . . gewiß für immer. Jetzt geh schlafen«, fügte er hinzu und erhob sich seufzend. »Du brauchst es dringend. Ich auch. Und morgen werden wir beide klarer sehen. Aber ich denke, du wirst nach Kervignac gehen müssen.«
Gilles spürte, daß er blaß wurde.
»Ich bitte Euch, fordert nicht das von mir! Meine Mutter wird niemals nachgeben. Und wer weiß, wozu sie sich hinreißen ließe, wenn ich ihr meine Weigerung ins Gesicht sagte.«
»Was fürchtest du? Daß sie dich festnehmen läßt?«
Einen Moment bewahrte Gilles Schweigen. Dann:
»N . . . ein. Nicht wirklich. Ich glaube, ich fürchte mich vor mir selbst, Monsieur. Ich fürchte die Worte, die ausgesprochen und von mir vielleicht nicht genügend kontrolliert werden könnten. Ich fürchte vor allem . . . den förmlichen Beweis zu erhalten, daß sie mich nie geliebt hat. Oh, ich habe in dieser Hinsicht nicht mehr allzu viele Illusionen, aber sie hat es mir nie gesagt, und ich habe Angst, daß sie in ihrem Zorn ihren wirklichen Gefühlen Ausdruck geben könnte. Ich möchte lieber auf der ganzen Linie unrecht haben und mir ein wenig Zärtlichkeit für sie bewahren.«
»Trotzdem wirst du gehen, weil du sonst deine Selbstachtung verlierst. Du hast kein Recht, wie ein Dieb zu fliehen. Geh zu ihr, und da du jetzt ein Mann werden willst, benimm dich auch wie ein Mann. Wage es, ihr entgegenzutreten . . . was auch die Folgen sein mögen. Und wer weiß, ob du durch ihren Zorn nicht erfahren wirst, was du so brennend gern wissen möchtest . . . den Namen deines Vaters.«
Abbé Vincent kannte sein Patenkind nur zu gut, und wirklich begannen die Augen des jungen Mannes zu glänzen, obwohl die Tränen längst versiegt waren. Er hob den Kopf und sah den Priester an. »Ihr fordert es?«
»Ja. Es ist der Preis für meine Hilfe. Geh jetzt schlafen. Morgen in aller Frühe brichst du auf.«
Nachdem die Tür sich hinter dem Jungen geschlossen hatte, schlug er das Zeichen des Kreuzes und ging sodann zum Kamin, um Katell wachzurütteln, die, ihr Strickzeug auf den Knien, friedlich eingeschlummert war . . .

Gilles schlief wie ein Murmeltier. Doch seit langem dran gewöhnt, beim ersten Hahnenschrei zu erwachen, sah ihn die Morgendämmerung schon unterwegs durch die Heide nach Kervignac. Eine Meile über flaches Terrain war für seine langen Beine keine große Angelegenheit, und er hatte es kaum nötig, einen Moment stehenzubleiben, um Atem zu schöpfen. Dann sah er einen grauen Granitfinger am Horizont aufragen: den Kirchturm seines Dorfs. Nach rechts abbiegend, tauchte er nun in einen von mächtigen Stechginsterbüschen gesäumten Hohlweg, an dessen Ende sich das mütterliche Haus verbarg.
Mit einem Satz sprang er über den Zaun, durchquerte den Garten, ohne sein Tempo zu mäßigen, erreichte die niedrige Tür, die er mit ungeduldiger Hand öffnete. Eine schmale schwarze Gestalt drehte sich um. Seine Mutter. Aber nicht sie stieß den überraschten Ausruf aus, der aus dem Hintergrund des Raumes erscholl.
Einen Moment sahen sie einander wortlos an, er erstaunt, sie so bleich und kleiner zu finden, als er sie vom vergangenen Herbst her in Erinnerung hatte, sie mit einer Art verdutzter Konzentration, als könne sie durch einen einfachen Willensakt das unerwünschte Bild verschwinden lassen, das sich ihren Augen bot. Endlich sagte sie mit matter, kalter Stimme, die unendlich verletzender war als ein Schrei des Zorns:
»Was willst du hier?«
»Mit Euch sprechen, Mutter.«
»Ich habe dir nichts zu sagen, und ich habe keine Zeit, dich anzuhören. Kehre ins Seminar zurück, wo man dir nie hätte erlauben dürfen, hierherzukommen.«
»Man hat mir nichts erlaubt. Ich bin geflohen, bevor ich zum Seminar gebracht werden konnte. Und selbst, wenn das, was ich Euch zu sagen habe, Zeit kosten sollte, bitte ich Euch, mich anzuhören.«
Die Worte waren respektvoll, doch der Ton klang so fest, daß Marie-Jeanne Goëlo die Stirn runzelte.
»Du bist geflohen, sagst du? Welche Frechheit! . . . Nun, du wirst zurückkehren und die Strafe auf dich nehmen, die du verdienst. Das ist alles. Laß mich vorbei! Ich muß zur Kirche und mich vor meiner Abreise von Pfarrer Seveno verabschieden.« Doch weit entfernt, ihr den Weg freizugeben, breitete Gilles die Arme aus, um ihn noch mehr zu versperren. Zugleich glitt sein Blick durch den vertrauten großen Raum, der sich in der Tat in ungewohnter Ordnung befand, streifte die vor einem

der geschlossenen Alkovenbetten hockende, zum Ausgehen gekleidete Rozenn und kehrte zu dem schmalen Gesicht der Mutter zurück, das in der schwarzen Umrahmung des Kapuzenmantels wie aus Elfenbein geschnitten schien. Es war das Antlitz einer alterslosen Frau, das es schwer machte, sich der Tatsache zu erinnern, daß sie erst vierunddreißig war. Allein die dunklen, sehr schönen, von dichten Wimpern gesäumten Augen verrieten noch Jugend. Alles andere hatte die verblaßte Tönung von Dingen, die man zu lange verschlossen gehalten hat.

»Ihr reist also ab?« sagte er endlich. »Darf ich Euch fragen, wohin Ihr geht . . . und wie lange Eure Abwesenheit dauern wird?« »Für immer! Ich begebe mich nach Locmaria ins Kloster der Benediktinerinnen, wo man mich erwartet, denn ich will von der Welt und den Menschen nichts mehr wissen. Wirst du nun ins Seminar zurückkehren, da du es weißt?«

Er schüttelte den Kopf, dann nahm er sie beim Arm, führte sie zum Tisch und nötigte sie, sich auf die Bank zu setzen. Sie gehorchte mechanisch, gegen ihren Willen von der neuen Autorität ihres Sohns bezwungen. Er selbst setzte sich nicht. Sich des Vorteils seiner Größe bewußt, kreuzte er die Arme über der Brust und betrachtete seine Mutter.

»Ihr wollt Euch also von mir trennen«, begann er leise, aber mit einem Schmerz in der Stimme, den er nicht zu unterdrücken vermochte, »trennen für immer von Eurem Sohn, ohne ein Adieu, ohne Bedauern, ohne ihn vorher zu sehen? Was für eine Mutter seid Ihr eigentlich?«

»Ich wollte nicht Mutter sein. Man hat es mir aufgezwungen. Kein Sträfling liebt seine Kette!« entgegnete sie hart.

Die Brutalität der Worte traf den jungen Mann wie ein Schlag. Eine Kette! Das war alles, was er für diese Frau war, die zu lieben er sich dennoch nicht hindern konnte. Noch nie hatte er sich so allein, so erbärmlich verlassen gefühlt. Etwas verknotete sich in seiner Brust, gegen das er sich wehrte, weil er wußte, daß es sich in Tränen lösen würde . . . und er wollte nicht weinen.

Marie-Jeanne hatte die Augen gesenkt. Sie betrachtete ihre Fingerspitzen, die aus fingerlosen schwarzen Garnhandschuhen hervorsahen, während sich die Spitze ihres Fußes unter dem Rocksaum ungeduldig bewegten. In der Hoffnung, den Schraubstock zu lockern, der seine Brust umspannte, seufzte Gilles auf. »Nun gut . . . ich danke Euch, daß Ihr es mir gesagt

habt. Wenn Ihr mich also niemals als Euer Kind betrachtet habt, gibt es für mich auch keinen Grund mehr, Eure Entscheidungen über meine Zukunft zu akzeptieren.«
Die dunklen Augen hoben sich jäh, von zornigen Blitzen durchzuckt.
»Was meinst du damit?«
»Daß Ihr die Dinge für mich vereinfacht, Mutter. Ihr habt mich ins Seminar geschickt, wie man sich eines lästigen Bündels entledigt, aber ich will nicht ins Seminar. Und um Euch das zu sagen, bin ich gekommen: Niemals werde ich Priester werden!«
»Wie? Was wagst du . . .?«
»Laßt mich reden, Mutter, solange ich Euch noch diesen Namen geben kann. Ihr habt mir nie verziehen, zur Welt gekommen zu sein, als wäre ich verantwortlich für meine eigene Geburt, und ungerechterweise habt Ihr beschlossen, mich dafür zu bestrafen, indem Ihr mich mein ganzes Leben lang unter einer Soutane begraben wolltet. Ich weigere mich, Euch zu gehorchen!«
Mit der Schnelligkeit einer attackierenden Viper richtete Marie-Jeanne sich auf. Zwei häßliche rote Flecken brannten auf ihren Wangen. Ihr Mund verzerrte sich, wie aufgerissen durch die Worte, die sie hervorstieß:
»Gotteslästerer! Erbärmliches Kind! Was sind das für Worte? Strafe? Du wagst es, den edelsten, glücklichsten Stand, der einem Menschen beschieden sein kann, eine Strafe zu nennen?«
»Für Euch ist es vielleicht der glücklichste Stand. Für mich nicht . . .«
»Dann habe ich also recht, dann bist du nicht mein Sohn, bist es nie gewesen. Und ich wußte es. Wirst du nun den Mut haben, mir zu gestehen, wie du zu leben wünschst, was du aus dir machen willst? Vorwärts, sprich! Sprich, wenn du es wagst, deine Schande kundzutun!«
»Ihr braucht mich nicht zu drängen, Mutter, denn ich schäme mich nicht, es zu gestehen. Ich will dem König dienen. Als Soldat!«
»Soldat!«
Marie-Jeanne hatte in einem Schrei der Wut das Wort buchstäblich ausgespien wie Gift. Dann besänftigte sie sich jäh. Stille trat ein, und mit dumpfer, gedämpfter Stimme fügte sie hinzu:

»Soldat . . . wie der andere! Ein Geschöpf des Unheils! Eine Maschine der Zerstörung! Ein Handlanger Satans . . . wie er.«

Gilles hielt den Atem an. Seine Mutter schien plötzlich alles zu vergessen, was sie umgab. Sie blickte in eine Ferne weit jenseits der Mauern, die den Horizont verbargen. Vielleicht würde sie sich das Geheimnis entschlüpfen lassen, das zu erfahren ihm so sehr am Herzen lag.

»Er?« wiederholte er leise. »War der Mann, der mein Vater ist, Soldat?«

»Sie sind es alle . . . In dieser verfluchten Familie waren sie es immer. Jahrhunderte hindurch sind sie zu nichts anderem fähig gewesen als zu töten. Und zu plündern, zu schänden, in Brand zu stecken . . . Verfluchte, Verdammte, die allzu lange Gott herausgefordert haben. Alle gleich . . . einer wie der andere, seit ihrem berüchtigten Falken! Alle! Und du, der letzte, der Bastard, du bist wie sie, du willst ihren blutigen Spuren folgen . . .«

Sie war am Rande einer Nervenkrise. Bleich, mit dunklen Ringen unter den Augen, ein wenig Schaum in den Mundwinkeln, ähnelte sie einer Sibylle im Moment der Trance, als durchlebe sie unversehens noch einmal das Drama, dessen Opfer sie geworden war. Erschrocken wollte Gilles sie in die Arme nehmen, doch sie stieß ihn mit unerwarteter Kraft so heftig zurück, daß er taumelte und sich am Tisch festhalten mußte. Dabei bemerkte er wieder Rozenn. Auf dem Kaminstein kniend, hatte sie ihren Rosenkranz hervorgezogen und betete inständig mit gesenktem Kopf.

»Ich bitte Euch«, flüsterte er, » . . . bevor wir uns für immer trennen . . . sagt mir wenigstens seinen Namen.«

»Niemals! Hörst du? Niemals mehr werde ich diesen Namen nennen. Ich habe es auf den Gekreuzigten geschworen. Du kannst dich zugrunde richten, wenn das dein Wunsch ist . . . was kümmert's mich schließlich? . . . aber nie wirst du erfahren, woher dir die Verdammnis kommt.«

»Ihr haßt ihn also, diesen Mann . . . der Euch überwältigt, gezwungen hat . . .«

»Ihn hassen? O ja, ich hasse ihn . . . ich hasse ihn!«

Jäh trat sie zu ihrem Sohn heran, klammerte sich an ihn, hauchte ihm ihren heißen Atem ins Gesicht.

»Willst du wissen, warum ich ihn hasse, warum ich ihn verabscheue, warum ich ihm nie verzeihen könnte? Weil er mir mein

Herz gestohlen hat, meinen Verstand, mein Leben. Er hat mich gezwungen, sagst du? Ja, er hat mich gezwungen, aber nicht, wie du es dir einbildest: Er hat mich gezwungen, ihn zu lieben, er hat mich verrückt nach ihm gemacht. Er hat mich nicht vergewaltigt, verstehst du? Er nahm nur meine Hand . . . und ich gab mich ihm, verhext, wie ich war. Er war der Teufel, ich war seine Dienerin, und für ihn verleugnete ich alles. Das ist es, was ich weder ihm noch mir, noch dir verzeihen kann . . . dir noch weniger als jedem anderen, weil du ihm ähnelst. Begreifst du jetzt, ›mein Sohn‹, warum ich dich nicht mehr sehen will?«

»Aber ich liebte Euch!« rief Gilles. »Ich liebe Euch noch immer! Ich hätte Euch so gern das Glück geschenkt, das Ihr nie kanntet.«

Sie ließ ihn los, kehrte ihm den Rücken, entfernte sich zwei, drei Schritte, drehte sich wieder um und betrachtete ihn. Mit plötzlich müder Stimme murmelte sie:

»Dann gehorche mir. Geh ins Seminar zurück, nimm die Soutane. Du hast kein anderes Mittel, mir Glück zu schenken.«

Einen Moment nur hielt er ihrem Blick stand, dann wandte er den Kopf zu Seite:

»Verzeiht mir! Das ist unmöglich.«

»Dann mach dich fort! Ich verfluche dich . . . wie ihn! Du bist nicht mehr mein Sohn. Du kannst zum Teufel gehen, wenn du willst – es interessiert mich nicht, denn ich werde dich nie wiedersehen.«

Sie wandte sich endgültig ab, öffnete die Tür und floh der Kirche zu, deren Glocke melancholisch in der Ferne läutete. Unfähig, eine Bewegung zu machen, um sie zurückzuhalten oder ihr nachzulaufen, sah Gilles den vom Wind geblähten weiten schwarzen Umhang verschwinden. Sein Herz war schwer, so sehr von Bitternis und Kummer vergiftet, daß er nicht mehr wußte, was er wirklich wünschte.

Eine warme, trockene Hand umfaßte die seine.

»Komm, mein Kleiner«, sagte die müde Stimme Rozenns. »Wir existieren für sie nicht mehr.«

»Ich ja . . . aber du, die so lange für sie gesorgt hat?«

Die alte Frau zuckte resigniert die Schultern.

»Ich bin wie du, ich gehöre zu einer Zeit, von der sie nichts mehr wissen will. Gleich wird der Glénic-Sohn mit seinem Karren hier sein, um sie zur Postkutsche zu bringen. Sie wollte mich in Hennebont bei dem Herrn Pfarrer absetzen, damit er

mir sagt, was ich tun soll, aber ich würde lieber nicht auf sie warten, sondern den Weg mit dir zusammen machen.«
Rozenn trug ihr Sonntagskleid und ihre schönste Haube, aber sie wirkte plötzlich so alt und gebrechlich, daß sich das Herz des jungen Mannes ihr stürmisch zuwandte, die seine wahre Mutter gewesen war.
Voller Mitleid legte er seinen Arm um die Schultern seiner alten Amme, drückte seine Lippen auf ihre Wange und sagte, ohne sie loszulassen:
»Du hast recht. Wir haben hier nichts mehr zu suchen. Gehen wir dorthin, wo man uns liebt . . .«
Vielleicht, weil er jemand hatte, den er beschützen konnte, jemand, der unglücklicher war als er selbst, fühlte Gilles sich unversehens weniger niedergeschlagen. Mehr noch: Während er, Rozenns Bündel auf der Schulter, an ihrer Seite in den nebligen Morgen schritt, wuchs in ihm ein seltsames Gefühl der Befreiung, als träte er aus einem dichten, dunklen Wald voller Buschwerk mit grausamen Dornen. Er blutete, aber würde der Balsam eines neuen Lebens seine Wunden nicht schnell vernarben lassen? Und die von Nebelschwaden verhüllte Heide schien ihm plötzlich zu leuchten. Die Sonne war nicht so fern . . .

Das Blut des Falken

»Sie hat gesagt, daß sie mich nicht mehr wiedersehen will . . . und daß sie mich verflucht.«
Ohne die Stimme zu senken, hatte Gilles seine Klage gleich von der Schwelle aus in den Raum gerufen. Die Sakristei roch nach Bohnerwachs, nach gelöschten Kerzen, Weihrauch und gestärkter Wäsche. An diesem verhangenen Tag war es in ihr so düster, daß Abbé Vincent, vom einfallenden bleichen Licht der Dämmerung getroffen, wie ein Gespenst wirkte.
Als messe er den tragischen Worten seines Patensohnes keinerlei Wichtigkeit bei, fuhr er gelassen fort, den Ornat zu ordnen, den er in kurzem anlegen würde, um den Leichnam des verstorbenen Barons de Saint-Mélaine zu empfangen. Dabei bemerkte er:
»Ich nehme an, es überrascht dich nicht. Das war alles, was sie

tun konnte. Hier, nimm. Bereite mir dieses Weihrauchfaß vor. Der Küster hat die Grippe, und die Chorknaben machen alles verkehrt. Dabei kannst du mir alles erzählen, da wir allein sind.« Während er die duftenden Stäbchen einlegte, suchte Gilles so getreulich wie nur möglich die Worte seiner Mutter zu wiederholen. Sie waren noch allzu frisch in seiner Erinnerung, als daß er ein einziges hätte vergessen können. Er war gerade dabei, von ihrer erbitterten Attacke gegen die Familie seines Vaters zu berichten, als ihn der Abbé, plötzlich aufgeregt, unterbrach:

»Bist du ganz sicher? Hat sie gesagt:›. . . Alle gleich, einer wie der andere, seit ihrem berüchtigten Falken‹?«

»Ganz sicher. Es klang so ungewöhnlich. Ich habe nur nicht verstanden . . .«

»Aber ich habe verstanden! In ihrem Zorn hat deine Mutter sich den Schlüssel des Geheimnisses entschlüpfen lassen. Ich hatte ein wenig gehofft, daß es so kommen würde. Jetzt weiß ich, wer dein Vater ist . . . oder wer er war, denn ich weiß nicht, ob er noch lebt.«

Verdutzt ließ Gilles fast das Weihrauchfäßchen fallen.

»Ihr wißt es?«

»Ja. Und ich werde es dir sagen. Wir haben noch ein wenig Zeit. Komm, setz dich mit mir auf diese Bank. Überdies wird es gar nicht so lange dauern, denn ich habe nicht die Absicht, dir hier die Geschichte der Vorfahren deines Vaters zu erzählen, eine Art hinreißendes und schreckliches Epos zwar, aber nichtsdestoweniger von entmutigender Länge. Und außerdem habe ich in meiner Bibliothek eine Genealogie, die ich dir zeigen werde.«

»Ich will alles wissen!« rief Gilles ungeduldig. »Und zuerst erzählt mir von diesem Falken. Was war mit ihm?«

»Eben das will ich dir mitteilen. Im Jahr 1214 – du siehst, es datiert nicht erst von gestern –, im Begriff, die schöne Edie de Penthièvre zu heiraten, bekam Olivier de Tournemine . . .«

Ein Schwall Blut schoß in Gilles' Wangen.

»Tournemine? . . . Ist das . . . mein Name?«

»Der Name, den du tragen müßtest? Ja . . . aber wenn du mich ständig unterbrichst, werden wir nicht weiterkommen. Zu seiner Hochzeit also bekam Olivier de Tournemine vom Herzog der Bretagne als Hochzeitsgeschenk einen aus den Ländern des Nordens stammenden großen weißen Gerfalken. Es war ein prachtvoller Vogel, ein großer Jäger. Nach und nach machte

Olivier aus ihm seinen unzertrennlichen Begleiter, ja seine sicherste Waffe. Großes Jagdwild gewohnt, griff Taran, der Gerfalke, unterschiedslos Mensch wie Tier an, und wenn sein Herr ihn fliegen ließ, gab es vor ihm kein Entrinnen, so schnell trugen ihn seine Flügel. Die Krallen ließen das erste Blut fließen, und das Schwert oder die Streitaxt des Barons brauchte das Werk des Raubvogels nur zu vollenden. Mit der Zeit wurde Taran zu einer Art verlängertem Arm Oliviers, und das in solchem Maße, daß die verschreckten Bauern des Trégor Mensch und Vogel miteinander verwechselten. Beide wurden zum Falken, einer ebenso grausam, ebenso unerbittlich wie der andere. Durch sie wurde das schöne, so noble und so schlichte Wappen aus Gold und viergeteiltem Blau, das der erste Tournemine aus England mitgebracht hatte, oft mit Blut besudelt . . . und unglücklicherweise sollten die Nachfahren Oliviers gewissenhaft seinen Spuren folgen.«

»Was wurde aus dem Herrn und dem Vogel?«

»Sie lebten Jahre hindurch Seite an Seite, jeden Tag einander ein wenig ähnlicher, ein wenig verschlossener in ihrer seltsamen Freundschaft. Taran trug Kappen und Halsbänder aus purem Gold. Er herrschte über den Geist seines Herrn. Doch er war natürlich nicht unsterblich, und eines schönen Tages raffte ihn der Tod hinweg. Der Kummer Oliviers war erschreckend. Tage-, nächte-, wochenlang vergrub er sich hinter den neuen Türmen seines Schlosses La Hunaudaye, das er hatte erbauen lassen. Jagd, Krieg, Handstreiche und Plünderungen interessierten ihn nicht mehr. Selbst die Frauen, denen er so nachgestellt hatte, verloren ihren Reiz für ihn. Und vielleicht geschah es in Erinnerung an den schrecklichen Vogel, daß er sich als Devise die vieldeutigen Worte wählte: ›Keinen andern mehr . . .‹, die seit jener Zeit der Wappenspruch der Tournemine geblieben sind.«

»Aber eines Tages muß er doch seine Burg verlassen haben!«

»Ja. Um dem Kreuzzug unseres Herzogs Pierre und des heiligen Königs Louis zu folgen. In der Schlacht bei Mansurah wurde er getötet. Doch seine mit der Zeit zur Legende gewordene Geschichte ist von den Leuten der Gegend um Pleven wie übrigens auch in einem guten Teil der Bretagne nie vergessen worden.«

»Wie kommt es dann, daß Rozenn, die so viele Geschichten weiß, mir nie davon erzählt hat?«

»Ich weiß es nicht. Vielleicht kannte sie sie nicht . . . oder vielleicht hat sie so ihre Vermutungen gehabt und sie deshalb für sich behalten.«

»Aber . . . mein Vater? Sprecht mir jetzt von meinem Vater.«

»Dein Vater? Er war der letzte dieses fürchterlichen Geschlechts der Tournemine, dessen Angehörige Jahrhunderte hindurch wie Raubvögel auf alles niederstießen, was in Sichtweite ihrer Türme vorüberzog. Eine erstaunliche Kollektion von Nobelfreibeutern, die nichts anderes liebten und kannten als Gewalt. Zudem gehörte er nicht zur älteren Linie, die seit zwei Jahrhunderten erloschen ist. Es blieb ihm nichts von der Macht und dem riesigen Vermögen, die zu einer gewissen Zeit Anlaß zu dem Ausspruch gaben, daß die Herren von La Hunaudaye nur um eine Kleinigkeit weniger große Herren wären als der König von Frankreich. Er hieß Pierre, und er diente im selben Regiment wie mein Bruder, in der königlichen Infanterie. Was mich betrifft, habe ich ihn nie gesehen, aber ich weiß, daß er sich während jenes Sommers, als du empfangen wurdest, mit anderen Kameraden bei uns in Leslé aufhielt!«

Mit funkelnden Augen und glühenden Wangen sog Gilles jedes der Worte Abbé Vincents wie einen Zug reiner Luft in sich ein. Es war ihm, als habe sich plötzlich ein großes Fenster vor ihm geöffnet, einen weiten Horizont enthüllend, wo bisher nur eine hohe schwarze Mauer gewesen war. Endlich konnte er diesem unbekannten, so lange gesuchten Vater einen Namen geben . . . und es war ein sehr schöner Name.

Ganz leise, fast angstvoll, als fürchte er, einen Zauber zu zerstören, murmelte er:

»Ist es sehr schwierig zu erfahren, was aus ihm geworden ist? Wenn er im selben Regiment diente wie Monsieur de Talhouët . . .«

»Dafür wäre es nötig, daß er dort geblieben wäre. Aber sein Besuch in Leslé war ein Abschiedsbesuch. Der Armut müde, träumte er davon, das einstige Vermögen seiner Vorfahren wiederherzustellen, La Hunaudaye zurückzukaufen, das jetzt einem unserer Vettern Talhouët, Präsidenten am Parlament von Rennes, gehört. Deshalb entschloß er sich, zur See zu fahren, über Afrika die Antillen zu erreichen und sich dort mit Sklavenhandel zu befassen. Wenn ich mich recht erinnere, hat er sich nach seinem Aufbruch von Leslé in Nantes auf ein zum Golf von Guinea bestimmtes Schiff des Reeders Libault de

Beaulieu begeben . . . Zittere nicht so! Man könnte glauben, du hättest Fieber.«

»Ungefähr so ist es auch. Ich möchte ihn so gern wiederfinden . . .«

»Ebenso könntest du nach einer Nähnadel in einem Heuhaufen suchen. Er ist nie zurückgekehrt, und es ist möglich, daß er tot ist. Aber um dir eine Freude zu machen, werde ich mich erkundigen, meine Familie befragen und an Monsieur Libault de Beaulieu schreiben, um zu versuchen, etwas zu erfahren. Jetzt müssen wir unseren Verstorbenen empfangen. Da beginnt schon das Totengeläut. Hilf mir, mich anzukleiden . . . Heute abend werde ich dir sagen, was ich über dich beschlossen habe!«

Da er begriff, daß es unnütz war, weitere Fragen zu stellen, tat Gilles, was von ihm verlangt wurde, und verließ sodann, die ersten schönen Träume seines jungen Daseins mit sich nehmend, die Kirche. Doch er kam nicht weit: Der Zug, der den Leichnam des Barons de Saint-Mélaine zur Kirche geleitete, wo er bis zum Begräbnis am folgenden Tage verbleiben sollte, kam ihm schon entgegen . . . Hinter Stechpalmen- und Buchsbaumbüschen am Eingang zum Friedhof verborgen, beobachtete Gilles den kleinen Zug mit einem seltsamen und ganz neuen Gefühl von Stolz. Wenn auch noch immer ein Bastard, wußte er doch wenigstens, woher er kam, wenn auch noch nicht, wohin er gehen würde, und das Blut, das in seinen Adern floß, das Blut des Falken, war älter und nobler als das der Mehrzahl der Leute, die sich dort näherten. Sein künftiges Schicksal mußte also größer sein als das ihre . . .

Er suchte nach Judith in der sich langsam vorwärtsbewegenden Gruppe, doch es war ein Mann, an dem sein Blick haften blieb. Gebaut wie ein Stier, mit dichtem, ungepudertem rotem Haar, das ein schwarzes Band im Nacken zusammenhielt, eine Laterne mit Hornscheiben tragend, in der eine kleine Kerze brannte, marschierte er vor dem Ersten Vikar der Gemeinde, dem Abbé Gauthier, der auf der friedfertigen Eglantine dem Leichnam voranritt. Dem Herkommen nach war der Träger der Kerze der nächste Verwandte des Verstorbenen, und Gilles zweifelte keinen Augenblick, daß es sich bei dem Mann mit der Laterne um Tudal, den ältesten der Saint-Mélaine-Brüder, handelte.

Diese Entdeckung befriedigte ihn kaum. Der neue Baron mochte fünfundzwanzig Jahre alt sein und sah dem traurigen

Renommee, das er genoß, nur allzu ähnlich: ein roher Klotz mit harten Gesichtszügen, einem Paar Augen von der Farbe des Granits und einer ein wenig zu niedrigen Stirn, als daß sich besondere Intelligenz dahinter hätte verbergen können. Das Ganze eingepfercht in ein aus der Mode gekommenes flohfarbenes Habit, das seinem Vater gehört haben mußte.
Da Gilles wußte, daß es zwei Brüder gab, suchte er nach ihm auf der anderen Seite des einfachen, wie das Pferd, das ihn zog, mit weißen Tüchern bedeckten Karrens, auf dem der offene Sarg ruhte. Er hatte keine Mühe, eine Tudal fast entsprechende Kopie zu finden. Der einzige Unterschied lag darin, daß die Dimensionen Morvans, des Jüngeren, um einiges reduziert waren, und daß er listige dunkle Augen hatte. Wenn sie ihrer Schwester überhaupt ähnlich sahen, dann nur wie der kaum bearbeitete Steinblock der Statue eines mittelalterlichen Engels ähnelte. Die Farben waren da, nicht die Göttlichkeit . . .
Das junge Mädchen ging in der ersten Reihe der Frauen zwischen der alten Marjann und einer Nachbarin. Eingehüllt in ihren weiten schwarzen Umhang, hielt sie sich gebeugt wie unter einer zu schweren Last, und Gilles hätte sie in dieser ihr so wenig gemäßen Haltung fast nicht erkannt, wenn nicht eine unter der Kapuze hervorlugende freche rote Haarsträhne mit dem Wind gespielt hätte.
Doch in der Sekunde, in der sie Gilles' Versteck passierte, hob Judith, wie von einer geheimen Stimme angerufen, unversehens den Kopf, und wie am Abend zuvor tauchte ihr Blick geradenwegs in den des jungen Mannes. In ihren geröteten, schmerzüberfluteten Augen stand der gleiche Ausdruck der Angst, nur jetzt verstärkt. Diesmal war es Furcht, eine dem Entsetzen benachbarte Furcht, die Judith ihn sehen ließ.
Jähes Mitleid verjagte die letzten Spuren des Grolls. Hinter diesem weißdrapierten Karren, der die düstere Woge der im Winde flatternden weiten Mäntel hinter sich her zog, ähnelte Judith so sehr einer jener von den Wagen siegreicher Feldherrn mitgezerrten jungen Gefangenen, daß Gilles sich Gewalt antun mußte, um nicht mitten in das Geleit zu springen und das Mädchen herauszureißen . . . Aber schon glitt der Sarg unter das gewölbte Portal, wo die schwarzsilbernen Chormäntel der Priester aufgetaucht waren. Judith verschwand mit ihm. Und Gilles ging fort. Er wollte nicht, daß die Totengebete sein so neues Glück trübten. Zudem gehörte Judith nun für lange

Stunden dem komplizierten Zeremoniell des Vor-Leichenbegängnisses, und er hatte in der Kirche nichts zu suchen . . .
Er lief zum Ufer des Blavet, doch wandte er dem Meer den Rücken und wanderte zwischen den Hügeln dahin, wo die Kastanienknospen zu platzen begannen. Es drängte ihn, das große Freudeversprechen, das in ihm war, die Hoffnung, die Kraft und Überschwang des jungen Frühlings enthielt, mit der Erde zu teilen. Und er blieb dort Stunden hindurch, saß auf einem Baumstumpf am Rand eines Waldes, folgte mit dem Blick dem geschwinden Flug einer Meise, hörte den Schrei des Brachvogels und sog genießerisch die Düfte des Meeres und der Erde ein. Ihm war, als gehöre die Welt nur ihm, die ganze Welt mit einer einzigen Ausnahme, und das genügte, daß er nicht wirklich glücklich sein konnte, denn diese Ausnahme war Judith. Er würde sie lange Zeit nicht wiedersehen, wenn er sie überhaupt jemals wiedersah, denn der Pate hatte gesagt, daß sie den Schleier nehmen müsse, da nur das Kloster sie vor ihren Brüdern schützen könne.
Gilles wußte nicht recht, welchen Platz er dem jungen Mädchen in seinen ein wenig wirren Zukunftsträumen vorbehalten sollte. Aber in ihm waren die ungeheure Sicherheit sehr junger Menschen und die Vorahnung der Liebenden. Er wußte einfach, daß ihr Platz feststand und daß sie ihn eines Tages einnehmen würde. Und weil Judith das einzige Band war, das ihn noch mit dieser bretonischen Erde verknüpfte, die er zweifellos bald verlassen würde, denn aller Wahrscheinlichkeit nach würde ihn sein Pate in die Welt hinausschicken, schwor er sich, nicht fortzugehen, bevor er versucht hatte, ein letztes Mal mit ihr zu sprechen. Um ihr was zu sagen? Auch das wußte er nicht so recht . . . Vielleicht nur, daß er sie liebte, auch wenn sie ihm ins Gesicht lachen würde.
Er dachte den ganzen Tag so unentwegt daran, daß er an eine Halluzination glaubte, als er sie, selbst im sinkenden Abend zurückkehrend, am Fluß entlanglaufen sah. Doch sie war es wirklich! Aber in welcher Verfassung!
Ihren schwarzen Rock mit beiden Händen raffend, das fahlrote Haar gelöst auf ihren Rücken fallend, lief sie mit letzter Kraft dem Torgebäude von Notre-Dame-de-la-Joie zu, das Gilles vor wenigen Augenblicken passiert hatte. Sie schrie nicht, sie weinte nicht, aber ihre Bewegungen drückten Todesangst aus, und Gilles brauchte nicht zweimal hinzusehen, um die Ursache dieser Todesangst zu entdecken: Ein Mann verfolgte das junge

Mädchen, und dieser Mann war Morvan, der Jüngere der beiden Saint-Mélaine.
Eine männliche Gestalt auf dem Weg bemerkend, schrie dieser:
»Haltet sie auf, Gottsdonner! He! Ihr da! Hört Ihr nicht? Haltet sie auf!«
Natürlich tat Gilles nichts dergleichen. Im Gegenteil, als ihn das junge Mädchen atemlos erreichte, trat er beiseite, um sie vorbeizulassen. Er hörte sie keuchen:
»Habt Mitleid! . . . Helft mir!«
Im nächsten Moment stieß sie einen Schmerzensschrei aus. Zweifellos durch den Lauf erschöpft, war das junge Mädchen in einer ausgefahrenen Wagenspur gestolpert, hatte sich den Fuß verrenkt und schlug schwer zu Boden. Ihr Verfolger, der wie eine Kanonenkugel angeschossen kam, begrüßte ihren Sturz mit triumphierendem Gebrüll.
»Ah! Jetzt hab' ich dich!«
»Noch nicht!«
Entschlossen versperrte Gilles ihm den Weg.
»Scher dich weg, Bauernlümmel!« brüllte Morvan, dem jungen Mann seinen nach Zwiebel und Zider duftenden Atem in die Nase blasend. »Mach mir Platz!«
»Wenn du ihn willst«, entgegnete Gilles spöttisch, »mußt du ihn dir schon selber nehmen. Rettet Euch, Fräulein!« rief er über die Schulter Judith zu. »Ich werde ihn schon aufhalten!«
»Das wollen wir gleich sehen«, knurrte Morvan, mit gesenktem Kopf gegen den unerwarteten Gegner anstürmend.
Der Stoß war wuchtig. Obwohl nicht ganz so imposant wie sein älterer Bruder, besaß Morvan de Saint-Mélaine ungewöhnliche Kraft. Was Gilles anging, war es, abgesehen von den üblichen Kolleg-Prügeleien, die er samt und sonders mit Ehren bestanden hatte, das erstemal, daß er in einem Kampf von der seinen Gebrauch machte. Größer und nerviger als sein Gegner, hatte er zudem noch den Vorteil der Geschmeidigkeit, und vor allem trug ihn die mächtigste aller Antriebskräfte über seine eigenen Grenzen hinaus: die Freude, sich vor Judith für sie zu schlagen! Wie ein Besessener schlug er los.
Die Schlacht verlief mit erstaunlicher Schnelligkeit. Glücklich wie ein König, spürte Gilles die Schläge des anderen kaum und bediente sich seiner Fäuste, als hätte er sein Leben lang nichts anderes getan. Sie droschen aufeinander ein, umschlangen

sich, rollten zu Boden, versuchten, einander zu erwürgen, rappelten sich, Püffe tauschend, von neuem auf, bis schließlich Judiths Ritter einen Moment ungewissen Gleichgewichts seines Gegners auf der rutschigen Uferböschung nutzte, um ihm mit voller Kraft einen Schlag ins Gesicht zu versetzen und ihn so geradewegs in den Blavet zu befördern.

Ohne sich weiter darüber zu beunruhigen, wie es Morvan dort erging, kehrte Gilles zu Judith zurück, die noch immer dalag, wo die Überraschung sie mindestens im gleichen Maß festgehalten hatte wie der Schmerz der Verrenkung.

»Kann ich Euch beim Aufstehen helfen, Fräulein?« fragte er, ihr die Hand entgegenstreckend. »Habt Ihr Euch verletzt?«

In dem zu ihm erhobenen hübschen, klaren Gesicht war keine Spur von Angst mehr, und es geschah mit einer Art eifriger Bereitwilligkeit, daß sie ihre kleine Hand in die seine legte. Sie lächelte ihm sogar zu.

»Wieder einmal Ihr!« sagte sie liebenswürdig spöttisch. »Entschieden seid Ihr darauf aus, mich zu retten. Aber diesmal ist es wahr«, fügte sie ernst hinzu. »In wenigen Augenblicken muß ich im Schutz der Klostermauern sein. Nur dort kann ich ihnen entkommen.«

»Wem entkommen? Euren Brüdern?«

»Ah, Ihr wißt, daß sie meine Brüder sind? Ja, ihnen! Sie wollen mich morgen mitnehmen, sobald mein Vater beerdigt ist.«

Gilles spürte das Zittern der Hand, die er noch immer hielt. Die Angst war zurückgekehrt.

»Euch mitnehmen? Ich glaubte, sie wollten aus Euch eine Nonne machen?«

»Sie haben ihre Absicht geändert. Sie wollen mich nach Fresne bringen, um mich mit einem Nachbarn zu verheiraten, einem alten, abstoßenden, aber sehr reichen Mann, der, wie es scheint, in mich verliebt ist. Helft mir also beim Aufstehen. Mein Fuß tut mir schrecklich weh, und ich sagte Euch, daß ich so schnell wie möglich ins Kloster muß. Morvan wird nicht sein ganzes Leben lang im Fluß bleiben.«

In der Tat hatte die Frische des Wassers Saint-Mélaine wieder munter gemacht, und er schwamm schon der Böschung zu. Gilles zuckte verächtlich die Schultern.

»Vor der Brücke wird er nicht ans Ufer können. Hier herum ist es zu morastig und sehr glitschig. Ich habe da schon meine Erfahrungen.«

»Ihr wißt nicht, wozu meine Brüder im Zorn fähig sind. Oh, wie weh das tut! Ihr werdet mich beim Gehen stützen müssen. Zum Glück sind es nur ein paar Schritte.«

Statt jeder Antwort bückte sich Gilles, packte sie um die Taille und unter den Knien und hob sie scheinbar mühelos vom Boden. »Am besten«, sagte er fröhlich, »wenn Ihr überhaupt nicht geht. Legt nur die Arme um meinen Hals.«

Sie hatte schon gehorcht. Mit einem Zittern der Freude spürte er ihre weiche Wange an der seinen, die Seide ihres Haars an seinem Hals. Kühn wagte er es, sie noch fester an sich zu drücken, und sie protestierte nicht.

Das Herz in Gilles' Brust begann aufgeregt zu schlagen. Niemals hatte er sich einen so süßen, so wundervollen Augenblick vorgestellt. Es war nicht mehr die arrogante, verachtende Judith, die er in seinen Armen hielt, es war eine ganz neue, zärtliche und gelöste Judith, ohne Stolz und Empörung, eine Judith, die vielleicht auch ihn lieben könnte.

Plötzlich hörte er sie seufzen.

»Ihr seid stark und könnt kämpfen. Wie schade, daß man einen Pfarrer aus Euch machen will!«

Er begann zu lachen.

»Aber ich werde ja nie Pfarrer sein! Mein Pate, der Abbé de Talhouët, wird mir heute abend sagen, welches Geschick er mir bestimmt hat . . .«

Einen Moment war er versucht, ihr anzuvertrauen, was er erst vor kurzem erfahren hatte, ihr zu verraten, welches Blut in seinen Adern rollte, und wär's auch nur, um ihre schönen, großen Augen sich weiten zu sehen. Doch dann dachte er, es sei vielleicht ein viel zu schöner Augenblick, um sie an sein Bastardtum zu erinnern, und begnügte sich damit, hinzuzufügen:

»Vielleicht wird er mich zum Kämpfen nach Amerika schicken. Nichts wünschte ich mir mehr auf der Welt . . .«

Er fühlte, wie der Arm, den sie um seinen Hals gelegt hatte, sich fast unmerklich spannte, und als er sich vorbeugte, sah er ihre schwarzen Augen glänzen.

»Nach Amerika?« hauchte sie. »Welche Chance, mein Gott! Nur Männer haben solche Chancen! Ich habe nur das Recht, ins Kloster zu gehen. Und ich würde so gern leben . . . Das Kloster ist das Grab!«

Judiths Schrei der Empörung fand ein getreues Echo in Gilles' Herzen. Er ähnelte zu sehr seiner eigenen Verweigerung des Seminars. Das Mädchen stieß den klösterlichen Schleier mit

der gleichen Entschiedenheit zurück wie er die Soutane, und der Abbé de Talhouët täuschte sich, wenn er glaubte, sie habe resigniert: Sie unterwarf sich, nichts sonst.
Unversehens verspürte Gilles Lust, ihr von seinen letzten Monaten in Vannes zu erzählen, von seinen Ängsten zu sprechen, seiner Weigerung, seiner Flucht, ja selbst vom Diebstahl des Pferdes, aber ihm blieb keine Zeit mehr dazu, denn sie waren schon vor dem alten Portal angelangt, das sich in der den Park des Klosters umschließenden Mauer öffnete. Da verlor er den Kopf: Gleich würde Judith auf der anderen Seite dieses Tors sein. Er würde sie nicht mehr sehen, nicht mehr hören, nicht mehr berühren können . . . Sie an sich pressend, murmelte er in ihr Haar: »Seid Ihr überzeugt, daß Ihr im Kloster nichts zu fürchten habt, daß Eure Brüder Euch nicht herausholen können? Sie sind jetzt Eure einzige Familie! Sie haben alle Rechte!«
»Ich weiß, aber Madame de la Bourdonnaye wird mich zu verteidigen wissen. Sie ist im Besitz des von meinem Vater vor seinem Tode schriftlich niedergelegten ausdrücklichen Wunsches, mich in Notre-Dame-de-la-Joie den Schleier nehmen zu sehen. Armer Vater, er glaubte, damit wenn auch nicht mein Glück, so doch meinen Frieden zu sichern.«
»Aber Ihr seid doch nicht verpflichtet, sofort den Schleier zu nehmen?«
»Natürlich nicht! Ich muß erst das Schuljahr beenden, dann kommt die Zeit des Noviziats, das zwei bis drei Jahre dauern kann. Warum fragt Ihr mich das alles?«
»Weil ich für Euch tun will, was man für mich tut: Euch die Freiheit geben. Ich schwöre, falls Gott mir zu leben erlaubt, werde ich Euch aus diesem Kloster befreien, wenn ich aus Amerika zurückkehre. Ich weiß noch nicht, wie ich es anstellen werde, aber wenn Ihr auch nur ein wenig Vertrauen zu mir habt, bin ich bereit, mein Leben für Euch zu geben.«
Judith antwortete nicht sofort. Sanft löste sie sich aus seinen Armen, glitt zu Boden, und einen Moment fürchtete er, sie verletzt zu haben. Sie würde sich wieder ärgern, ihn mit ihrer Verachtung strafen, ihm seine uneheliche Geburt vorwerfen . . . Aber sie tat nichts dergleichen. Judith legte nur ihre Hände auf seine Schultern und hob sich auf die Zehenspitzen, um ihren Blick besser in die Augen des jungen Mannes senken zu können. »Warum würdet Ihr das tun?« fragte sie fast schüchtern. »Ihr habt bisher durch mich nur Verachtung und

schlechtes Benehmen erfahren . . .«
»Bedenkt man, wer Ihr seid und wer ich bin, war das fast normal«, sagte er. »Im Gegenteil, ich glaube, daß ich Euch viel verdanke, denn ohne Euch hätte ich mich vielleicht im Seminar einsperren lassen. Aber Ihr habt mir das unwiderstehliche Verlangen eingeflößt, mich Euch zu nähern, zu versuchen, Euer würdig zu werden . . . Ich glaube . . . ja, ich glaube, daß ich Euch liebe . . .«
Das Wort war ihm von ganz allein über die Lippen gekommen, und Gilles wunderte sich, daß das Geständnis so leicht gewesen war. Auf seinen Schultern spürte er Judiths bebende Hände. Unversehens glitten sie zu seinem Hals, legten sich um ihn, und plötzlich preßte sich der Körper des jungen Mädchens dicht an den seinen, während ihre Lippen sich vereinten.
Eine Sekunde lang schien der Boden unter seinen Füßen zu wanken. Judiths Lippen hatten die Frische einer Rose, doch in Gilles Armen brannte ihr zitternder Körper wie eine Flamme. Dennoch war sie es, die sich als erste faßte. Jäh sich aus seiner Umarmung lösend, lief sie mit einer Leichtigkeit zum Portal, die Zweifel an der Ernsthaftigkeit ihrer Fußverletzung aufkommen lassen konnte, und zog an der Glockenschnur. Dann wandte sie sich wieder dem jungen Mann zu, warf das ihr ins Gesicht fallende Haar zurück, und ihre Augen blitzten wie schwarze Diamanten. Triumphierender Glanz leuchtete in ihnen. Mit atemloser Stimme rief sie sehr schnell:
»Ich werde auf dich warten, Gilles Goëlo! Ich warte auf dich . . . drei Jahre lang, nicht einen Tag länger. Wenn du dein Versprechen hältst, werde ich dir gehören, und du kannst mit mir machen, was du willst. Wenn nicht . . .«
Sie ließ ein zugleich hartes und zitterndes Lachen hören.
»Wenn nicht, werde ich sehen, was ich selbst für mich tun kann. Aber du mußt wissen, daß ich mein Leben nicht in ewigem Verzicht verbringen, daß ich hinter diesen Gittern nicht vertrocknen werde. Wenn du nicht kommst, werde ich dem gehören, der mir zur Flucht verhilft, und wäre es nur der Klostergärtner. Geh jetzt, man kommt!«
In der Tat hatte das scheppernde Geläut der Glocke Bewegung hinter dem Tor ausgelöst. Über der Mauer wurde das Licht einer Laterne sichtbar, begleitet vom Geräusch von Schritten. Eine ältliche Stimme war zu vernehmen:
»Wer ist da? Wer läutet?«

»Ich, Schwester Félicité! Judith de Saint-Mélaine!« Und leiser fügte sie, zu Gilles gewandt, hinzu: »Vergiß nicht! Du hast nur drei Jahre Zeit, mich zu verdienen . . .«
Das Tor öffnete sich einen Spalt und schloß sich mit einem dumpfen Geräusch wieder. Die Schritte entfernten sich auf dem Gartenkies, der Lichtschein, der schwach die Wipfel der Bäume erhellte, verschwand, und Gilles machte sich auf den Weg, ohne recht zu wissen, wohin. Ein Summen in den Ohren, halb trunken vor Freude und Verblüffung, folgte er langsam der Mauer des Parks zur Stadt zurück, in sicherer Entfernung vom Fluß, um eine zweite Begegnung mit Morvan nach Möglichkeit zu vermeiden. Es hatte keinen Sinn, einen neuen Skandal zu entfesseln, der seinen Aufbruch vielleicht verzögern würde. Denn nun hatte er es noch hundertmal eiliger fortzukommen als zuvor. Drei Jahre! Ihm blieben drei Jahre, um die Liebe zu erobern und sein Leben zu meistern. Er hatte keine Minute zu verlieren!
Eine Stunde später hatte sich die Welt für Gilles verändert, der sich kaum mehr daran erinnerte, vor Schmerz und Verlassenheit geweint zu haben. Die große schwarze Mauer, die ihm seit Monaten die Sonne verbarg, war endgültig zusammengestürzt, nicht vom Geschmetter der Posaunen wie die rote Mauer von Jericho, sondern durch die gelassenen, sanften Worte eines Mannes mit mitfühlendem Herzen. Eine weite Landschaft breitete sich jetzt vor seinen Augen, ebenso grenzenlos wie Erde und Meere . . . Und was tat es, wenn der schneidende Wind durch die abschüssigen Gäßchen fuhr, die Wasserlachen peitschte und mit den Holzläden klapperte, was tat es, daß die Soldaten bei ihrem Abmarsch die Stadt schmutzig und trübselig zurückgelassen hatten wie ein Freudenmädchen nach einer Orgie, was tat es, wenn über den nächtlichen Himmel noch immer dunkle, regenschwere Wolken trieben? In Gilles' Herzen war alles hell, klar, strahlend.
Um dieses Wunder zu erzielen, hatte Monsieur de Talhouët weder große Worte noch langwierige Tiraden von sich zu geben brauchen.
»Morgen«, sagte er ihm, »wirst du nach Brest aufbrechen und dich mit einem Brief, den ich dir geben werde, zu meiner Freundin Madame de Couédic begeben. Madame de Couédic ist zwar in tiefer Trauer, da es erst zwei Monate her ist, daß wir ihren ruhmreichen Gatten zu Grabe getragen haben, aber ihre Hilfsbereitschaft kennt weder Trauer noch Feste. Außerdem

wird jetzt kein Seemann, so hochgestellt er auch sein mag, die Gelegenheit vorübergehen lassen, die Witwe eines Helden zu begrüßen. Der Chevalier de Ternay d'Arsac, Chef des Geschwaders, das auf Befehl des Königs die Armee des Grafen de Rochambeau über den Atlantik bringen soll, macht keine Ausnahme davon. Madame du Couédic wird dich ihm empfehlen und ihn veranlassen, dich bestens bei dem kommandierenden General einzuführen . . . Vielleicht als Sekretär, da du glücklicherweise englisch sprichst.«

Unter der alten Jagdjoppe begann Gilles' Herz stürmisch zu klopfen. Amerika! Das war es. Man würde ihn nach Amerika schicken! Bald würde er auf einem der prächtigen Schiffe des Königs zum Ende der Welt fahren, zugleich von den grünen Fluten des Ozeans und den vergoldeten Wolken seiner Ruhmesträume getragen. Und dort drüben, in jenem sagenhaften Land, in dem Menschen sich für ein Wort schlugen, das man in Frankreich kaum kannte: Freiheit! Dort drüben würde er zweifellos jenem erstaunlichen Marquis de La Fayette begegnen, konnte er vielleicht an seiner Seite kämpfen. Aber in erster Linie und vor allem würde er das Schicksal zu zwingen wissen, ihm endlich seine Chance zu geben.

»Woran denkst du?« fragte Abbé Vincent, der die Reaktionen auf dem Gesicht seines Patensohns beobachtete.

Zur Erde zurückgebracht, sah Gilles ihn einen Moment mit dankbar leuchtenden Augen an. Dann lächelte er ihm zu:

»Ich denke, Monsieur, daß Ihr mich morgen in die Luft schleudern werdet wie einst Olivier de Tournemine Taran, den weißen Falken. Auch ich werde kämpfen . . .«

Der Abbé runzelte die Stirn.

»Einen Moment! Ich schicke dich in den Kampf, ja, aber im Namen des Königs und für den König. Ich schicke dich weder zum Morden noch zum Rauben. Wenn du deinem Vorfahren nachahmen willst, dann einzig und allein in dem, was groß an ihm war . . . vor allem im letzten Teil seines Lebens, denn am Tage seines Todes kämpfte er für Gott. Um ein wirklicher Edelmann zu werden, wird dein Weg länger und schwieriger sein als jeder andere, aber du darfst nie die Ehre, die Ritterlichkeit, die Großherzigkeit und das Mitleid vergessen, das der Falke nicht kannte. Nimm ihn dir nicht allzusehr zum Vorbild.«

»Ich werde es nicht vergessen, Monsieur, weil es bedeutete, daß ich vergäße, was ich Euch schulde, weil ich Euch damit ent-

täuschte ... und ich würde lieber sterben als Euch zu mißfallen.« Die Ernsthaftigkeit des Tons ließ den Abbé lächeln.
»Versuche lieber, am Leben zu bleiben«, sagte er und klopfte ihm auf die Schulter. »Du ahnst nicht, wie sehr ich es verabscheue, die Totenmesse zu singen.«

Ein Schwede namens Fersen

Am 10. März von Hennebont aufgebrochen, gewahrte Gilles erst am 5. April die Bastionen, Außenwerke, Gräben, Schanzen und flankierenden Stellungen, insgesamt ein Meisterwerk Monsieur de Vaubans, die aus Brest eine fast uneinnehmbare Festung machten.
Es war in der Tat viel Zeit für eine Entfernung von etwa dreißig Meilen, vor allem zu Pferd, aber in Wirklichkeit brauchte der junge Reisende auch kaum länger als drei Tage, um die Strecke zu bewältigen. Den Rest der Zeit benutzte er dazu, ein anderer zu werden. Oder es wenigstens zu versuchen.
Als er nach einer schlaflosen Nacht, die er damit verbracht hatte, Judiths Bild zu beschwören und sich nebenbei seelisch auf die nächste Begegnung eines Rassepferds mit einer schmerzenden Sitzfläche vorzubereiten, herunterkam, um von seinem Paten Abschied zu nehmen, fand er zu seiner Überraschung Mahé auf der Straße, schmutziger und struppiger denn je wie ein Pfahl zwischen dem schönen Pferd und Eglantine aufgepflanzt. Und während das von Meisterhand gestriegelte edle Tier nur mit einem fest in Mahés Hand verankerten Zügel aufgeschirrt war, trug das pastorale Maultier sein ganzes übliches Geschirr und zusätzlich ein kleines Bündel.
Angesichts der fassungslosen Miene seines Patensohnes brach der Abbé in Gelächter aus.
»Du hast dir doch nicht eingebildet, mein Junge, daß ich dich ohne die kleinste Vorbereitung in ein solches Abenteuer ziehen ließe? Heute wirst du nur bis Pont-Scorff und zu unserem Besitz Leslé reiten, wo dich Guillaume Briant, der einstige Stallmeister des verstorbenen Monsieur de Talhouët, meines Vaters, erwartet. Du wirst drei Wochen bei ihm auf dem Gut bleiben. Diese Zeit sollte genügen, dir nicht nur einige rudi-

mentäre Kenntnisse im Umgang mit Waffen, sondern auch einen halbwegs schicklichen Sitz auf diesem schönen Tier beizubringen, damit es nicht vor Scham erröten muß. Erst danach wirst du nach Brest reiten. Mahé wird dich begleiten und dann mein Maultier zurückbringen, das ich dir für den Weg leihe, damit du nicht wie ein Bauer zu Fuß gehen mußt. Ich will, daß du dir über das Gewicht der Verantwortlichkeiten im klaren bist, die ich gegen den Willen deiner Mutter übernehme, und ich erwarte, daß du von nun an dem bescheidenen Namen, den sie dir . . . mangels eines anderen . . . gegeben hat, Ehre machst.«
Zugleich enttäuscht, entzückt, beschämt und von Stolz erfüllt, errötete Gilles schließlich vor Freude. Ihm war eingefallen, daß Pont-Scorff nicht weit von Hennebont entfernt lag, daß es vielleicht möglich wäre, heimlich zurückzukommen und Judith wiederzusehen . . . Doch als habe er seine Gedanken gelesen, trat der Abbé dicht zu ihm, umspannte seinen Arm mit kraftvoller Hand und fuhr, dem Jungen in die Augen blickend, fort:
»Du wirst erst zurückkehren, wenn du wirklich ein Mann geworden bist, und ich verlange, daß du mir hier und jetzt dein Wort darauf gibst!« Und leiser fügte er hinzu: »Die ganze Stadt weiß schon, daß Mademoiselle de Saint-Mélaine gestern aus dem Haus ihres Vaters ins Kloster geflüchtet ist. Ein junger Mann hat sie begleitet, nachdem er sich zuvor mit ihrem jüngeren Bruder geprügelt hatte, und die beiden Saint-Mélaine haben geschworen, dem Unvorsichtigen übel mitzuspielen. Sie werden keinerlei Mühe haben, dich zu finden . . .«
»Woher wißt Ihr . . .?«
»Du warst gestern abend in reichlich mitgenommenem Zustand, aber aus deinem Gesicht strahlte Freude! Deshalb fordere ich dein Wort! Wirst du zurückkommen?«
Besiegt senkte Gilles den Kopf.
»Ihr habt zuviel für mich getan, als daß ich ungehorsam sein könnte. Ich werde nicht zurückkehren, bevor ich erfüllt habe, was Ihr von mir erwartet. Aber ich bitte Euch . . . wacht über sie!«
»Dafür ist Gott da. Und sie ist in seiner Hand. Für dich ist es besser zu vergessen, was nicht sein kann. Adieu, mein Kind, Gott möge dich behüten!«
Gilles kniete nieder, um den letzten Segen zu empfangen, dann schwang er sich mit einem Seufzer auf Eglantines Rücken,

während Mahé stolz wie ein Kaiser das fremde Pferd am Zügel führte, das zu besteigen der junge Mann nicht für würdig befunden worden war.
Drei Wochen darauf hatten sich die Dinge beträchtlich verändert. Aber um welchen Preis! Auf der Domäne Leslé, wo seine Mutter in kurzer Folge die Liebe und die Schande kennengelernt, wo er seine ersten Schreie ausgestoßen hatte, durchlebte Gilles eine recht gute Imitation des Fegefeuers unter der unerbittlichen Fuchtel Guillaume Briants, eines einstigen draufgängerischen, wortkargen Penthièvre-Dragoners, der, obwohl über sechzig, durchaus noch imstande war, ein tückisches Pferd zu bändigen oder mit dem Säbel in der Faust mehr als einen erfahrenen Waffenmeister das Fürchten zu lehren. Während dreier Wochen, von Sonnenaufgang bis Sonnenuntergang, wurde Gilles geschunden. Unter Briants undurchdringlichem Blick lief er, sprang er, focht und ritt er, lernte er, sich einer Pistole, eines Gewehrs, eines Säbels und eines Degens zu bedienen, all das in freier Luft und unter einem feinen, praktisch nie aussetzenden Nieselregen und zumeist von einem Hagel von Schimpfworten als einziger Ermunterung begleitet. Doch am Ende der ersten Woche erhielt er von seinem Peiniger die Erlaubnis, den schönen gestohlenen Fuchs zu besteigen, den er in Erinnerung an den Zauber ihrer ersten Begegnung Merlin getauft hatte, und dann, genau im Moment des Aufbruchs, entschloß sich Guillaume Briant, ein paar freundliche Worte von sich zu geben:
»Ich hätte Euch gern länger behalten«, sagte er, »denn Ihr habt seltene Eigenschaften. Ihr besitzt, was nötig ist, um ein großer Reiter und eine der besten Klingen des Königreichs zu sein, aber uns fehlt die Zeit. Versucht, nichts von dem zu vergessen, was ich Euch beigebracht habe. Ihr könnt jetzt genug, um Illusionen zu wecken . . . zumal ich Weisungen erhalten habe, Euch auszustatten.«
Und in der Tat hätte niemand in dem jungen Kavalier den Abtrünnigen von Saint-Yves wiedererkannt, der sich an diesem windigen Apriltag im gemessenen Schritt seines Pferdes dem Landerneau-Tor näherte, dem einzigen für Fuhrwerke und Lasttiere zugänglichen Tor von Brest. In eisengraues Tuch und ein Hemd mit Jabot aus weißem Linnen unter einem weiten schwarzen Mantel gekleidet, mit Stiefeln aus schwarzem Leder, das Haar ordentlich in den Nacken zurückgestrichen und dort in einem ledernen Beutel zusammengerafft, den

tressenlosen Dreispitz in einem kecken Winkel schräg aufgesetzt, lenkte Gilles, kerzengerade im Sattel, Merlin mit fester Hand durch das hinderliche Gewimmel von Hunden, Karren und Eseln, die Frauen oder Mönche trugen.
Er hatte keine Eile, genoß den Augenblick, glücklich über die neue Kraft, die er in sich spürte, und mehr noch über den Degen aus blauem Stahl, der ihm von Guillaume Briant überreicht worden war, bevor er statt eines Abschiedsgrußes der Kruppe Merlins einen kräftigen Klaps versetzt hatte. Es schien ihm, als wären seine Augen niemals groß genug, um das sich ihnen bietende Schauspiel ganz in sich aufzunehmen.
Eingeschlossen in seine Befestigungen, behütet von seinem durch die Zeit und das Klima grünlich verfärbten alten Schloß, war Brest nur eine kleine graue Stadt mit engen, aber pittoresken Gassen. Seine granitenen Häuser wirkten fast ebenso streng wie seine Stadtmauern, doch die bunten Uniformen der Truppen, die sie füllten, drängten sich zwischen den weißen Hauben und bestickten Kleidern der Bäuerinnen, den Hosen aus gefältelter Leinwand und den runden Hüten der Männer, und neben den gestreiften Trikots der Matrosen und roten Uniformen der Seekadetten tauchten die verwaschenen Kittel und roten oder grünen Mützen der Sträflinge auf, die in Brest bei der Stadtverwaltung wie in den verschiedenen Werkstätten des Arsenals arbeiteten.
An die unauffällige Eleganz Vannes' gewöhnt, fand Gilles diese Stadt nicht sonderlich schön, aber ganz am Ende der langen Rui de Siam, die sie durchquerte, zeigten sich die grauen Gewässer der Penfeld mit einem Wald riesiger Masten, an denen vielfarbige Wimpel flatterten.
Als ihm von Guillaume Briant im Auftrag der Talhouët seine Ausrüstung und ein wenig Geld übergeben worden war, hatte ihm der einstige Dragoner die Herberge »Zum roten Pfeiler« empfohlen, ein von einem seiner Vettern geführtes bescheidenes Etablissement in der Nähe der Poststation. Doch unfähig, dem Verlangen zu widerstehen, endlich die großen Schiffe des Königs zu sehen, verschob Gilles die Suche nach seiner Unterkunft auf später, ritt bis zum Hafen hinunter und verharrte dort in bewunderndem Staunen angesichts der Pracht des Schauspiels.
Hohe Wände aus rotem, blauem oder braunem Holz, Heckaufbauten mit blitzenden Scheiben, geschnitzt wie Altäre, vergoldet wie Meßbücher, reich verzierte bronzene Laternen – kurz,

die Schiffe Seiner für Geographie und Seefahrt begeisterten Majestät Louis XVI. ähnelten mit ihren bunt bemalten Gallionsfiguren und bestickten Bannern Traumpalästen, die für einen Augenblick an den kargen Ufern der Wirklichkeit festgemacht hatten . . .
Gilles wäre gern noch stundenlang inmitten der sich auf dem Kai drängenden Menge geblieben, wenn ein ganz in seiner Nähe mit zorniger Stimme hervorgestoßener Ausruf ihn nicht aus seiner Versunkenheit gerissen hätte.
»Aber das ist ja mein Pferd! Könnt Ihr mir sagen, Monsieur, was Ihr auf ihm treibt?«
Erst jetzt gewahrte er zwei junge Herren, die neben dem Tier standen und ihn mit einer jeder Sympathie ermangelnden Neugier betrachteten. Einer von ihnen, der, der gesprochen hatte, hatte sogar schon nach dem Zügel gegriffen, ein unheilkündendes Funkeln in seinen sehr blauen Augen. Gilles spürte, daß er blaß wurde. Er verfluchte sein Pech, das ihn ausgerechnet auf den Eigentümer des Pferdes hatte stoßen lassen, bemühte sich aber, Haltung zu bewahren.
»Seid Ihr sicher, Monsieur«, fragte er ruhig, »daß es wirklich Euer Pferd ist?«
»Wie? Ob ich dessen sicher bin? Ich habe es teuer genug bezahlt, um von den Hufen bis zu den Ohren jeden Zollbreit zu kennen. Ein Straßenräuber hat es mir in Vannes gestohlen, während ich in einem Gasthof dinierte!«
Es gab also keinen Zweifel, auch nicht über die Absichten dieses jungen Offiziers, der vier- bis fünfundzwanzig Jahre alt sein mochte und mit ziemlich starkem ausländischem Akzent sprach. Mit einem Blick umfaßte Gilles die elegante blau-gelbe Uniform des Regiments Royal-Deux-Ponts, die Epauletten eines Obersten, die gepuderte Perücke, den goldbetreßten Dreispitz und begriff, daß seine Ruhmesträume Gefahr liefen, hier zu enden. Dieser Mann würde ihn ohne Umschweife ins Gefängnis schicken . . .
Trotzdem beschloß er, das Spiel zu Ende zu spielen. Ruhig aus dem Sattel steigend, lüftete er seinen Dreispitz, grüßte und sagte ernst:
»Ich bin dieser Straßenräuber, Monsieur! Ich habe Euer Pferd in der Tat entliehen, weil ich schnellstens flüchten mußte. Nehmt meine aufrichtige Bitte um Vergebung entgegen.«
»Und Ihr bildet Euch ein, das genügt? Dank Euch habe ich meine Reise auf einem entsetzlichen Klepper fortsetzen müs-

sen, der mich durch Lächerlichkeit hätte töten können! Und darf man wissen, was Euch zwang, so schnell zu flüchten? Die Gendarmerie?«
»Nein, Monsieur. Das Seminar, in das ich gegen meinen Willen eintreten sollte. Dies gesagt, habe ich bereits die Ehre gehabt, Euch für eine verwerfliche Tat, wie sie mir sonst fremd ist, um Entschuldigung zu bitten. Falls Ihr Euch dennoch nicht durch meine Worte . . . und die sofortige Rückerstattung Eures Eigentums zufriedengestellt fühlt . . .«
Seine Hand legte sich bedeutungsvoll auf das Stichblatt seines Degens. Es war purer Wahnsinn, denn er war einem im Waffenhandwerk erfahrenen Offizier gewiß nicht gewachsen, aber es war ihm hundertmal lieber zu sterben, als die äußerste Demütigung einer Verhaftung über sich ergehen zu lassen. Wenigstens würde er sterben, wie er zu leben gewünscht hätte: als Edelmann.
Der Ausländer hob ärgerlich die Brauen und rief spöttisch:
»Wie blutdürstig Ihr seid, mein kleiner Herr! Ihr bestehlt nicht nur die Leute, sondern wollt sie auch noch ermorden!«
»Wer spricht von ermorden? Ihr habt einen Degen, Monsieur, ich habe ebenfalls einen. Bedient Euch des Euren . . .«
Der andere Offizier, der noch nichts gesagt hatte und sich damit begnügte, dem Auftritt sichtlich amüsiert zu folgen, mischte sich ein. Kleiner als sein Gefährte, der lang und dünn und allzu elegant war, um nicht ein bißchen affektiert zu wirken, hatte er flinke schwarze Augen und einen gebräunten Teint, den er sich nur unter der Sonne eines fernen Landes geholt haben konnte.
»Wollt Ihr uns nicht zuerst sagen, wer Ihr seid?« warf er ein.
»Man schlägt sich nicht mit irgend jemand, schon gar nicht hier, wo der Graf de Rochambeau sehr streng ist, was Duelle betrifft. Nennt also Euren Namen, bitte!«
Die leise Unverschämtheit seines Tons reizte Gilles. Den Mann, der einen guten Kopf kleiner war als er, von oben herab musternd, ließ er trocken fallen:
»Ich heiße Gilles Goëlo, Monsieur. Genügt Euch das?«
Der Kleine runzelte die Stirn.
»Durchaus nicht! Das ist kein Name! Seid Ihr überhaupt Edelmann?«
»Nein, Monsieur!« rief Gilles erbittert. »Ich bin es nicht, wenigstens nicht in dem Sinn, in dem Ihr es versteht, denn der Name, den ich trage, ist der meiner Mutter, da mein Vater, der ein Edelmann war, nicht die Zeit fand, mich anzuerkennen.

Wenn Ihr es also vorzieht, bin ich ein Bastard. Bastard de Tournemine, wie man im Mittelalter gesagt hätte. Und jetzt habe ich genug darüber geredet. Tötet mich lieber, als mich zu beleidigen!«
Der gebräunte junge Mann wollte etwas erwidern, aber sein Gefährte winkte ab. Die Schultern zuckend, ließ er ein kleines, lässiges Lachen hören.
»Laßt ihn, mein lieber Noailles. Machen wir ihm das Vergnügen, wenn er solchen Wert darauf legt. Und außerdem kann uns ein wenig Bewegung bei diesem scharfen Wind nur wärmen. Folgt uns, Monsieur! Ihr könnt . . . unser Pferd diesem Bediensteten dort überlassen«, fügte er hinzu, auf einen im Hintergrund wartenden Domestiken weisend. »Er wird Euch Euer Gepäck aushändigen . . . falls Ihr lebend zurückkommt. Andernfalls werde ich es mit Bedauern Eurer Frau Mutter übermitteln. Habt Ihr übrigens Zeugen?«
»Ich bin eben erst angekommen, Monsieur, und sollte mich zu Madame de Couédic begeben, der ich empfohlen bin. Ich kenne niemand hier. Ich hatte schon die Ehre, Euch zu sagen, daß ich aus Vannes geflüchtet bin.«
Der Ausländer betrachtete Gilles mit ratloser Miene.
»Ihr seid schon eine merkwürdige Person, Herr Seminarist auf der Flucht! Darf ich wissen, wie alt Ihr seid?«
»Siebzehn Jahre!«
»Nicht mehr? Allmächtiger Gott, ich hoffte, Ihr wäret älter! Wenn ich Euch töte, wird man mir nachsagen, ich brächte kleine Kinder um.«
Sein bekümmerter Ton reizte Gilles zu einem Lächeln.
»Ihr könnt Eure Sorge vergessen, Monsieur. Ich bin unendlich viel älter als meine Jahre. Und ich denke, daß Euer Freund zu denen gehört, die alle Zeugen der Welt ersetzen können.«
Der Angesprochene lachte und deutete eine Verbeugung an.
»Teufel! Das nenne ich ritterlich gesprochen, und ich bin Euch sehr verbunden, junger Mann. Ich werde mein bestes tun. Gehen wir also . . . nur müßt Ihr wissen, daß der Weg ziemlich lang ist. Man schlägt sich hier nicht einfach irgendwo. Es muß an einem geheimen Ort vonstatten gehen, wenn man Bestrafungen vermeiden will.«
Den Arm seines Freundes nehmend, zog er ihn zum Fuße des Schlosses, wo eine Fähre war. Gilles folgte und bemühte sich, an nichts zu denken, am allerwenigsten an Judith.
So überquerten sie die Penfeld, deren zwischen Lagerhäusern

und Befestigungswerken eingezwängte Ufer einem riesigen Bauplatz glichen, gelangten zum Quai de Recouvrance und stiegen an der das Dorf umschließenden Mauer entlang wieder aufwärts. Dort, hinter den Wällen, wurden Ehrenaffären geregelt, das heißt, den Augen der Autoritäten so weit wie möglich entzogen.
Am Fuß einer Bastion hielten sie an. Der Ort war verlassen, der Boden einigermaßen eben, das Gras niedergetreten. Der Blick ging weit über die Hafeneinfahrt, wo die roten Segel der Fischer auf dem bewegten Wasser tanzten.
Ruhig ließ Gilles seinen Mantel fallen, warf achtlos seinen Hut beiseite, entledigte sich seines Rocks, zog den Degen und salutierte.
»Ich stehe Euch zur Verfügung, Monsieur«, sagte er mit fester Stimme. »Erweist mir noch die Ehre, mir den Namen meines Gegners zu nennen.«
Ein kaltes Lächeln erschien auf dem Gesicht des jungen Obristen, das die allzu perfekte Regelmäßigkeit seiner Züge störte. Der Marsch hatte seinen Teint gerötet, der ebenso weiß und zart wie der einer Frau war, und seine Augen blitzten lebhaft. Auch er hatte seinen Rock ausgezogen, und der Wind bauschte sein mit kostbaren Spitzen garniertes feines Batisthemd.
»Das kommt Euch zu. Ich bin Graf Axel Fersen, schwedischer Offizier in französischen Diensten, Oberst zu besonderer Verfügung im Regiment Royal-Deux-Ponts und gegenwärtig Adjutant des Generals de Rochambeau, wie übrigens auch der hier gegenwärtige Vicomte de Noailles. Seid Ihr zufrieden?«
»Vollkommen und sehr geehrt, den Degen mit einem Edelmann Eurer Qualität zu kreuzen. Glaubt, daß ich es zu schätzen weiß. Darf ich Euch indessen noch um eine letzte Gnade bitten?«
Der andere hob mit einer Andeutung von Verachtung die Brauen.
»Eine . . . Gnade?«
Gilles lachte.
»Seid beruhigt, nicht für mich! Nur möchte ich, da ich hier niemand kenne, daß Ihr mein Schicksal dem einzigen Menschen auf der Welt mitteilt, der sich um mich sorgt: dem Herrn Abbé Vincent-Marie de Talhouët-Grationnaye, Pfarrer der Stadt Hennebont und mein Pate.«
»Ich werde mich darum kümmern, Monsieur«, fiel Noailles

ein. »Wenn ein Talhouët Euer Pate ist, seid Ihr fast einer der Unseren. Sterbt in Frieden!«
Gilles dankte mit einem Lächeln, murmelte bei sich ein kurzes Gebet und ging sofort in Stellung. Der Schwede kreuzte die Klinge so gelassen, als befinde er sich auf einem Fechtboden. Das kalte Lächeln lag noch immer um seine Lippen, und offensichtlich hatte er es sich vorgenommen, mit dem Dieb seines Pferdes schnellstens abzurechnen. Gilles jedoch, der sich keinerlei Illusionen über seine Künste machte, konstatierte überrascht, daß er die ersten Stöße ziemlich mühelos parierte. Schwache Hoffnung stieg in ihm auf, während er sich all dessen zu erinnern suchte, was Guillaume Briant ihm beigebracht hatte, und sich vor allem bemühte, sein Ungestüm zu beherrschen. Es war nicht leicht, denn die lange weiße Gestalt vor ihm setzte ihm so scharf zu, daß ihm kaum eine Chance blieb . . .
Plötzlich hörte er Fersen lachen und errötete vor Zorn.
»Werdet Ihr mir verraten, was Ihr so komisch findet?« rief er.
»Komisch ist nicht das richtige Wort. Ich würde nur gern erfahren, wie oft Ihr Euch schon im Duell geschlagen habt, mein kleiner Herr.«
»Wollt Ihr damit sagen, daß ich ungeschickt bin? Wißt also, daß es das erstemal ist.«
»Das dachte ich mir. Und Ihr seid nicht im geringsten ungeschickt. Ein Neuling eher . . . und das merkt man.«
»Laßt Euch dadurch nicht verleiten, mich zu schonen . . .«
Mit hochgerissenem Degen wollte er sich eben ohne Rücksicht auf mögliche Verletzungen in eine wahnwitzige Attacke stürzen, als sich Noailles zwischen die beiden Kämpfenden warf.
»Den Degen in die Scheide, Messieurs, ich bitte Euch!« rief er. »Seht, wer da kommt!«
Wirklich waren gerade zwei Männer um die Ecke der Bastion gebogen und näherten sich dem Schauplatz des Duells. Ihr Anblick entrang dem Schweden ein Stöhnen.
»Pech muß man haben! Wenn ich schon einmal die Vorschriften verletze, muß es gleich der General in Person sein, der mich dabei erwischt! Arrest ist mir zumindest sicher!«
»Und um das Maß vollzumachen«, murmelte der Vicomte, »begleitet ihn der Admiral. Wir sind geliefert!«
»Verzeihung, Messieurs«, mischte Gilles sich beunruhigt ein, »wollt Ihr sagen, daß diese beiden Herren . . .«
». . . Graf de Rochambeau, unser Oberstkommandierender, und der Chevalier de Ternay, unser Geschwaderchef, sind. Sie

haben uns mit der Hand im Sack ertappt, und mit unseren Adjutantenposten dürfte es aus sein. Ihr seid gerettet, Monsieur.«
Gilles wollte erwidern, daß er keineswegs so gerettet sei, wie der Vicomte es sich vorstelle, doch die beiden Spaziergänger waren schon in Hörweite. Der eine, hochgewachsen, um die Fünfzig, mit vollem Gesicht und regelmäßigen, von einer tiefen Narbe an der Schläfe ein wenig entstellten Zügen, ließ unter seinem offenen Mantel den Großkordon des Heiligen Ludwigs sehen. Es war der General. Der andere, ein kleiner, altersloser Mann, schmächtig, mit trübseliger Miene, trug den dunkelblauen Rock und die rote Weste der Offiziere der Königlichen Marine. Das war der Admiral. Er stützte sich beim Gehen auf einen Stock, da er einer alten Verletzung wegen hinkte.
»Mein Kompliment, Messieurs!« äußerte Rochambeau trokken. »Gestern hier eingetroffen, seit heute morgen meine Adjutanten, und schon übertretet Ihr meine Befehle! Duelle sind verboten! Ihr wißt es, und trotzdem . . .«
Eine vage Hoffnung veranlaßte Gilles, ihn zu unterbrechen.
»Wenn Ihr erlaubt, Herr General«, stieß er schüchtern hervor, während er mit allem Respekt, dessen er fähig war, grüßte, »es handelte sich nicht um ein Duell.«
Rochambeau wandte sich ihm zu und musterte ihn kühl.
»Haltet Ihr mich für blind oder für dumm? Um was handelte es sich denn sonst, wenn ich bitten darf?«
»Um eine . . . verdiente Lektion.«
»Wirklich? Aber sagt mir zunächst, wer Ihr seid.«
»Ein junger anmaßender Bretone. Gestern noch war ich Schüler des Saint-Yves-Kollegs in Vannes und bin soeben in Brest eingetroffen . . . um Madame du Couédic aufzusuchen, an die ich mit der Bitte empfohlen bin, sich meiner Zukunft anzunehmen . . .« Mit gut gespielter Naivität berichtete er, wie er den Hafen hätte bestaunen wollen, dabei den beiden Offizieren begegnet sei, sie nach dem Weg gefragt und einige Worte mit ihnen gewechselt habe.
»Ich sagte ihnen, daß es mein Herzenswunsch sei, mich mit der Armee einzuschiffen und Euch, Herr General, zu dienen. Darauf machten sie sich über mich lustig und meinten, für einen Krieg brauche man Leute, die sich anderer Dinge zu bedienen wüßten als einer Feder, und ich schlug vor, ihnen meine Fertigkeiten zu zeigen. Ich muß gestehen«, fügte er mit einem Lä-

cheln hinzu, »daß diese Herren in allem recht hatten. Ich bin mit den Waffen nicht sehr stark . . .«

»Keineswegs, keineswegs!« fiel der Vicomte ein, der enthusiastisch Gilles' kleines Märchen weiterspann. »Ihr habt Euch sehr gut aus der Affäre gezogen, mein kleiner Herr!«

Die kalten Augen des Generals glitten von einem der drei jungen Leute zum anderen und verharrten endlich bei dem Schweden. »Ist das auch Eure Ansicht, Monsieur de Fersen?«

»Absolut, Herr General. Dieser junge Bursche steckt voller Talente . . . der verschiedensten Art. Er würde einen guten Rekruten abgeben.«

»Ausgezeichnet. In diesem Fall überlasse ich Euch Euren Belustigungen und nehme mit dem Herrn Chevalier de Ternay unsern Inspektionsgang wieder auf. Ah! Bevor ich's vergesse«, fügte er, sich Gilles zuwendend, hinzu: »Habt Ihr mir nicht gesagt, daß Ihr die Frau Gräfin du Couédic sprechen wollt?«

»In der Tat.«

»Ihr habt kein Glück. Madame du Couédic ist nach ihrem Schloß Kerguelénen abgereist. Seit dem Tode ihres Gatten war es ihr zu schmerzlich, in Brest zu leben. Wenn Ihr sie aufsuchen wollt, müßt Ihr bis in die Nähe von Douarnenez zurückkehren . . . Auf Wiedersehen, Monsieur!«

»Aber Herr General . . .«

Der Wind trug Gilles' Worte davon. Rochambeau hatte ihm schon den Rücken gekehrt und sich zu seinem Begleiter gesellt, der es vorgezogen hatte, während der Auseinandersetzung des Generals mit seinen Untergebenen ein paar Schritte weiterzugehen und das Meer zu betrachten. Der Verzweiflung nahe, sah Gilles den beiden sich nun rasch entfernenden Männern nach. Es war seine Chance, die mit ihnen entschwand. Solange Madame du Couédic von Brest abwesend war, hatte er keine Möglichkeit mehr, sich einem der Chefs zu nähern, von denen er sich so viel erhoffte! Das Geschwader würde ohne Zweifel schon fern sein, bevor er aus Douarnenez zurückkehrte, zumal er kein Pferd mehr besaß und die Strecke zu Fuß bewältigen mußte.

Ein Räuspern erinnerte ihn an die Existenz der beiden anderen Teilhaber dieses Abenteuers, die er vorübergehend völlig vergessen hatte.

»Nun, Monsieur?« fragte Noailles. »Kommt Ihr mit, oder wollt Ihr hier die Nacht verbringen?«

Sich umwendend, sah er, daß der Schwede sich wieder angekleidet hatte und eben seinen Mantel zuhakte.

»Verzeiht«, erwiderte er. »Ich hatte Euch vergessen. Schlagen wir uns nicht mehr?«
Fersen hob die Schultern.
»Meint Ihr nicht, daß es genügt? Es hat uns um ein Haar erwischt, und ich erkenne an, daß Eure Geistesgegenwart uns aus einer bösen Lage herausgeholfen hat. Ich bin Euch dankbar dafür und fühle mich um so mehr zufriedengestellt, als Ihr mir das . . . das entliehene Pferd zurückgegeben habt. Lassen wir's dabei bewenden, und kehren wir nach Brest zurück.«
Und ohne sich länger aufzuhalten, schritt er langsam auf dem Weg zur Fähre davon, während Gilles enttäuscht und fast bedauernd, nicht im Zweikampf gefallen zu sein, weil sein Problem damit gelöst gewesen wäre, unter Noailles' interessiertem Blick seine Kleidungsstücke zusammensuchte.
»Was werdet Ihr machen?« fragte endlich der Vicomte, als sie sich anschickten, Fersen zu folgen. »Und was sollte diese Madame du Couédic, von der ich nur den Namen zu kennen die Ehre habe, eigentlich für Euch tun?«
Dankbar für den mitfühlenden Ton dieses Unbekannten, berichtete Gilles ihm, worum es ging, und fügte mit einem Seufzer hinzu:
»Jetzt ist eben alles verloren. Ihr werdet längst fort sein, wenn ich von Douarnenez zurückkomme, und ohne Madame du Couédics Empfehlung hat der General nicht den leisesten Grund, sich für mich zu interessieren. Ich werde nie sein Sekretär sein und niemals diesem Monsieur de La Fayette begegnen, von dem man sagt, daß er ein der Antike würdiger Held sei. Es sei denn, man wirbt mich für eins der in See gehenden Regimenter an.«
»Rechnet nicht damit. Sie lehnen schon Leute ab.«
»Wie das? Es wäre wahrhaftig das erstemal, daß ein Anwerber einen Freiwilligen nicht mit offenen Armen aufnehmen würde. Ich habe sie oft bei der Arbeit gesehen: Sie scheuen vor nichts zurück, um ihren Mannschaftsbestand zu erhöhen.«
»Gewiß! So wäre es, wenn Ihr eins der hier stationierten Regimenter wählt. Aber für Amerika weist man Leute zurück. Versteht doch! Es gibt schon zu viele Truppen für die Zahl der zur Verfügung stehenden Schiffe. Der Chevalier de Ternay, den Ihr eben gesehen habt, weigert sich, mehr als fünftausend Männer mitzunehmen. An die zehntausend sind hier. Und ich kenne mehr als einen Offizier, der sich freiwillig gemeldet hat, aber an Land bleiben und bis zum durchaus möglichen Auf-

bruch eines weiteren Geschwaders warten muß. Man wird Euch nicht nehmen.«
Da er dem jungen Edelmann nicht mit Gejammere für sein Interesse danken wollte, bemühte sich Gilles um gute Haltung und lächelte tapfer, obwohl ihm keineswegs danach zumute war.
»Nun, schön«, sagte er, »das macht meinem Traum ein Ende. Aber ich danke Euch für Eure Sorge um mein Schicksal, Monsieur«, fügte er mit einer kleinen Verneigung hinzu.
Wie beim Hinweg benutzten sie die Fähre. Am Fuß des La Motte-Tanguy-Turms fand Fersen den Diener wieder, der in stoischer Erwartung seines Herrn Merlin auf und ab geführt hatte und nun Gilles sein Gepäck zurückgab.
Die drei jungen Männer grüßten einander, und Gilles verspürte einen leichten Stich im Herzen, als er sah, wie sich das Pferd, in das er sich verliebt hatte, an der Hand des Dieners entfernte. Diesmal würde er wirklich allein sein.
Plötzlich kehrte Noailles jedoch zu ihm zurück.
»Wo werdet Ihr absteigen, junger Mann?« erkundigte er sich. »Hier unterzukommen ist nicht viel leichter, als einen Platz auf einem Schiff des Königs zu finden.«
»Das ist jetzt nicht mehr wichtig. Am besten wär's sogar, sofort aufzubrechen . . .«
Er verriet nicht wohin, da er es selbst nicht wußte. Hatte er seinem Paten nicht versprochen, erst nach Hennebont zurückzukehren, wenn er ein Mann geworden wäre? Douarnenez wäre unter diesen Umständen noch das beste Ziel. Madame du Couédic würde vielleicht einen Ausweg wissen.
»Ich rate Euch ab«, sagte der Vicomte bedenklich. »Die Nacht beginnt schon zu sinken, und es regnet schon wieder. Das ist kein Wetter, um sich auf den Straßen herumzutreiben . . . schon gar nicht zu Fuß, da Ihr jetzt ohne Reittier seid. Verbringt wenigstens die Nacht hier.«
»Für diesen Fall hat man mir die Herberge ›Zum Roten Pfeiler‹ in der Nähe der Poststation angeraten. Der Wirt stammt aus meiner Heimat.«
»Gut. Begebt Euch dorthin und rührt Euch vor morgen nicht vom Fleck. Die Nacht, so sagt man, bringe Rat. Es trifft nicht immer zu, aber zumindest bringt sie Ruhe, und die habt Ihr nötig.«
»Was treibt Ihr denn, Noailles?« ließ sich die unzufriedene Stimme des Schweden hören, der zurückgekehrt war. »Das

Wetter verschlechtert sich, und der Regen wird uns noch durchweichen. Der Bursche soll sich hängen lassen, wo er will. Für mich ist die Angelegenheit erledigt.«
Die impulsive zornige Bewegung Gilles', der nahe daran war, dem unverschämten Schweden an den Hals zu springen, wurde durch die Hand des jungen Noailles abgebremst.
»Ich komme«, sagte er ruhig. Dann leiser: »Versprecht mir, Brest nicht vor morgen mittag zu verlassen.«
»Aber ich . . .«
»Bildet Euch nicht Gott weiß was ein, aber gebt mir dies Versprechen. Wenn Ihr von mir kein Lebenszeichen erhaltet, könnt Ihr zu Mittag aufbrechen.«
»Es wird verlorene Zeit sein . . . aber ich verspreche es, Monsieur, und danke Euch, was auch dabei herauskommt.«
Auf dem Kai alleingeblieben, verbot es sich Gilles, über die Worte dieses Vicomte nachzudenken, von dem er nur wußte, daß er sich offenbar für ihn interessierte, und machte sich ohne Zögern auf die Suche nach dem »Roten Pfeiler«. Das Maß seiner Enttäuschungen war für diesen Tag voll, und er zog es vor, seine Phantasie schweigen zu lassen.
Doch eine weitere Enttäuschung erwartete ihn in der Herberge. Als er sich dem Wirt vorstellte, reckte dieser in einer tragischen Geste die Arme gen Himmel.
»Eine Kammer? Aber was stellt Vetter Guillaume sich vor? Daß mein Haus so groß wie der Palast des Königs ist? Nicht nur, daß ich keine Kammer mehr habe, nicht einmal für mich, es bleibt mir auch nicht das kleinste Kabinett! Für gewöhnlich logieren bei mir Leute vom Lande, Hausierer, kleine Kaufleute, aber bei dieser Überfüllung in der Stadt habe ich schon Offiziere beherbergt. Sogar einen Oberst. Einen Herrn von Soundso, goldbetreßt an allen Nähten. Bei mir!«
Offensichtlich überwältigte ihn diese Ehre, wenn sie ihn auch nicht ganz zu befriedigen schien. Der Oberst mußte anspruchsvoll sein.
»Hört«, bat Gilles, »könntet Ihr nicht wenigstens einen kleinen Winkel für mich finden, selbst auf dem Speicher? Ich muß unbedingt bis morgen mittag hierbleiben. Ich . . . ich erwarte Nachricht von einem Freund. Und außerdem habe ich Hunger und bin müde. Guillaume Briant sagte mir, daß Ihr Euch meiner annehmen würdet. Ich kann natürlich auch bezahlen.«
Meister Corentin Briant nahm seine Mütze ab, um sich beque-

mer den Kopf kratzen zu können.
»Mit dem Essen ist es einfach, aber das Unterbringen macht Schwierigkeiten. Wißt Ihr, daß es Leute gibt, die um diese Stunde am Strand schlafen? Andererseits würde es mir Vetter Guillaume nie verzeihen, wenn ich Euch nicht aufnähme . . . Gut, wenn Ihr Euch mit einem Bündel Heu und einer Ecke in der Remise begnügen wollt, könnte es gehen. Viel Platz ist zwar nicht da, weil die Remise voll ist. Die Kutsche des Obersten, ein mächtiges Ding mit schönen Polstern, füllt sie ganz aus . . .«
»Mehr brauche ich nicht!« rief Gilles erfreut. »Gebt mir schnell zu essen und zeigt mir meine Strohschütte . . .«
Eine Stunde später überquerte Gilles mit einer nach allen Fischen der Iroise duftenden prachtvollen Fischsuppe sowie einem großen Becher warmen Ziders im Magen und entsprechend gehobener Stimmung den kleinen Hof des »Pfeilers« im Kielwasser des Wirts, der in einer Hand eine Laterne und in der anderen ein Bündel Stroh trug.
Als die Remisentür sich öffnete, entdeckte er ein gewaltiges apfelgrünes Gefährt mit hochgereckten Deichseln, das fast den ganzen Raum einnahm. Gilles' Gesicht zog sich in die Länge.
»Ich bin nicht dick«, meinte er, »aber glaubt Ihr, daß ich da drin Platz finde?«
»Gewiß doch«, erklärte Meister Briant unerschütterlich und streute sein Stroh zwischen die beiden hohen Räder. »Es sieht reichlich eng aus, aber auf dieser Seite, seht Ihr, kann man sogar den Schlag öffnen. Ah, was für ein schöner Wagen! Und innen erst! Ich möchte meine Mütze wetten, daß man da ebensogut schlafen kann wie in einem Bett.«
Der Ton, in dem er es sagte, veranlaßte Gilles, den Biedermann aufmerksam anzusehen und schließlich in Gelächter auszubrechen.
»Ihr habt sicher recht, Meister Briant! Dieses Stroh wird mir eine vorzügliche Nacht bis zum Morgengrauen verschaffen. Ich stehe immer sehr früh auf.«
»Macht also keinen Lärm und schließt die Tür gut. Der Kutscher schläft zwar über der Remise, aber er betrinkt sich fast jeden Abend und erscheint erst wieder um die Mitte des Vormittags. Ein Schlingel von einem Kutscher übrigens! Wenn ich Oberst wäre . . .«
Ein paar Minuten darauf vergaß Gilles, bequem auf den grünen Polstern der Kutsche ausgestreckt, alle seine Sorgen und ver-

sank in einen tiefen Schlaf, in dem ihm träumte, daß er, nun selbst zum Oberst avanciert, an der Spitze seiner Soldaten gegen das Tor des Klosters von Hennebont anstürmte und Judith auf Merlins Rücken in die Tiefen eines Waldes entführte ...

Das Krähen des Hahns riß ihn aus seiner Glückseligkeit und versetzte ihn aufs neue in eine ungewisse Realität, der er jedoch mit größerem Optimismus entgegensah als am Abend zuvor. Und schon der erste Schein einer triefenden Morgendämmerung fand ihn halbnackt im besten Zuge, sich unter viel Geplätscher am Brunnen des Hofs zu waschen.

Darauf ging er daran, sich mit besonderer Sorgfalt anzukleiden und zu frisieren, und nachdem er sich als erstes Frühstück eine solide Specksuppe einverleibt hatte, ließ er sich im Saal der Herberge nieder, um auf etwas zu warten, wovon er nicht wußte, was es sein könnte ... wenn es überhaupt kam. Falls nicht, würde er zusehen, die Postkutsche nach Landerneau zu erreichen, von wo er nach Châteaulin gelangen könnte und von dort nach Douarnenez und Schloß Kerguelénen, wo seine letzte Hoffnung residierte. Wenn er sich sehr beeilte, könnte er vielleicht rechtzeitig zum Aufbruch der Flotte zurück sein, und Madame du Couédic würde sicher irgendeinen Fregatten- oder Linienschiffskapitän wissen, der sich seiner annahm.

Den Blick auf die große Uhr aus Kastanienholz gerichtet, deren dumpfes Schlagen das Leben der Herberge regelte, wartete Gilles lange. Die Uhr schlug neun, dann zehn, dann elf. Von der Hoffnung, die er in die allerdings reichlich unbestimmten Worte des jungen Vicomte gesetzt hatte, blieb ihm nicht mehr viel übrig, und der Zeiger näherte sich schon der Mittagsstunde, als eine blau-weiße Gestalt, ein Marinesoldat, in der Tür der Herberge auftauchte.

»Wohnt hier ein Sieur Goëlo, Gilles?« rief er von der Schwelle aus, ohne einzutreten.

Er brauchte es nicht zu wiederholen. Gilles war schon auf den Beinen.

»Das bin ich!«

»Wollt mir bitte folgen.«

»Wohin?«

»Zum Hôtel des Herrn Generalintendanten, wo Ihr dringlich erwartet werdet. Wir müssen uns beeilen.«

Sein dürftiges Gepäck Corentin Briant anvertrauend, folgte Gilles klopfenden Herzens dem Soldaten. Ohne ein Wort zu

wechseln, durchquerten sie einer hinter dem andern den größten Teil der Stadt bis zum Arsenal und dem militärisch bewachten majestätischen Gebäude, das dem Grafen d'Hector, Generalintendanten, allmächtigen Vertreter des Marineministers und absoluten Herrn über Werkstätten, Lagerhäuser und Arsenal, zugleich als Unterkunft und Hauptquartier diente.
Beträchtliche Geschäftigkeit herrschte in den Fluren. Betreßte Offiziere kreuzten geschäftige Beamte, die, Gänsefedern hinter den Ohren, von einem Stockwerk zum andern hasteten und Schriftstücke oder dicke Register transportierten. Vestibül und Treppenhaus hallten vom Geräusch der Schritte, von Rufen und Gesprächen wider.
Noch immer dem Soldaten folgend, gelangte Gilles in den ersten Stock, wo er einer Ordonnanz übergeben wurde. Der Mann führte ihn durch eine kurze Galerie und einen langen Flur zu einer Tür, die er öffnete.
»Hier ist die Person, die Ihr erwartet, Herr Sekretär!« meldete er.
Ein wenig geblendet, fand sich Gilles in einem durch ein hohes, vorhangloses Fenster so erhellten Raum, wie es das trübselige Wetter draußen eben erlaubte. Die Wände waren mit Seekarten, Plänen und einem recht guten Gemälde bedeckt, das eine Seeschlacht unter rußfarbenem Himmel darstellte. Zwei Tische, ein mit Papieren und Aktenbündeln beladener großer und ein kleiner, auf dem sich nur ein Schreibzeug und weißes Papier befanden, bildeten mit einem mächtigen Schrank zusammen fast die gesamte Einrichtung. Was die hinter dem großen Tisch sitzende Person betraf, die bei Gilles' Eintritt den Blick hob, war es ein magerer, bleicher Mann mit Leichenbittermine, langer Nase und Brille, der jedoch eine weiße Perücke, einen Rock aus schönem kastanienfarbenen Tuch und ein Hemd mit gefälteltem Jabot trug.
Nachdenklich an seiner Feder knabbernd, musterte er einen Moment schweigend den, den man ihm vorgeführt und der höflich gegrüßt hatte. Darauf räusperte er sich, um seine Stimme zu klären, und sagte endlich in gönnerhaftem Ton:
»Man sagt uns, daß Ihr Euch um die Stelle eines Sekretärs bei der Person des Grafen de Rochambeau bewerbt, junger Mann. Ist das wahr?«
»Sehr wahr, Monsieur!«
»Hm! Vortrefflich! Ihr werdet jedoch begreifen, daß es nicht genügt, sich um eine Stelle zu bewerben, um sie auch sofort zu

erhalten. Man muß sich für sie auch befähigt zeigen. Ein guter Sekretär ist sehr selten«, fügte er so aufgeblasen hinzu, daß dem Anwärter nicht entgehen konnte, welche Wichtigkeit er persönlich diesem Titel beimaß.

Der junge Mann unterdrückte ein Lächeln.

»Glaubt mir, Monsieur, daß ich zutiefst davon überzeugt bin. Darf ich indessen Euren Worten eine gewisse Ermutigung entnehmen?«

»Gehen wir nicht zu schnell vor! Gewiß ist, daß Euch das Glück zu begünstigen scheint, denn gestern noch war diese Stellung durch einen sehr befähigten jungen Schreiber aus Angers besetzt, der wie ein alter Notar rechnete, heute morgen jedoch besorgniserregende Nachrichten von zu Hause erhielt, die ihn veranlaßten, seinen Posten vermutlich für lange Wochen aufzugeben. Angesichts der offensichtlichen Verlegenheit des Herrn Grafen hat Euch einer seiner Adjutanten, der junge Vicomte de Noailles, der Euch zu schätzen scheint, wärmstens empfohlen. Wir haben also beschlossen, Euch zu erproben. Setzt Euch an diesen kleinen Tisch. Nehmt Papier, eine Feder und bereitet Euch darauf vor, nach meinem Diktat zu schreiben. Zunächst ist es wichtig zu sehen, wie Ihr schreibt.«

Fast mechanisch gehorchte Gilles, legte ein Blatt Papier zurecht, prüfte den Schnitt der Feder und wartete. Er fühlte sich nicht allzu wohl. Daß dieser eingebildete Herr ihn einer Art Prüfung unterziehen wollte, bei der von Nachsicht sicher keine Rede sein würde, ließ seine Hände feucht werden, während sich ein lästiger Knoten in seiner Kehle bildete. Doch als der »Herr Sekretär« zu diktieren begonnen hatte, schwand dieses kleine Unbehagen. Schließlich handelte es sich um einen Kampf wie jeden anderen, und war die Feder auch weniger nobel als der Degen, konnte sie doch zu einem Paß werden, der ihm Amerika auftat.

Der an Monsieur de Sartines, Minister der Marine, gerichtete Brief, erwies sich nach einer mit ebenso pompöser wie eintöniger Stimme vorgetragenen endlosen Folge protokollarischer Phrasen als ein langes Plädoyer zugunsten der Verproviantierung des Chevaliers de Ternay und schloß mit einer unverblümten Bitte um Geld. Doch jetzt kratzte die Feder zwischen Gilles' Fingern munter über das Papier, beflügelt von der Hoffnung, die den jungen Mann erfüllte.

Nach Beendigung des Diktats näherte der Sekretär das Epistel seiner langen Nase und las es mit sorgenvoller Aufmerksamkeit, bevor er es vor sich auf den Tisch legte und Gilles in eine neue Prüfung stürzte. Diesmal handelte es sich um eine lange Reihe zu addierender Zahlen und einige andere Rechenmanöver, die Gilles eine kleine Grimasse entlockten, da er für Mathematik nicht eben schwärmte. Doch entledigte er sich der Aufgabe mit einigen Ehren . . . wenigstens hoffte er es.

Sodann ging der Prüfer zu einer anderen Art Übung über, Fragen nach Details der Meeresgeographie, und das in englischer Sprache.

Aber wenn er glaubte, den Anwärter in Verlegenheit bringen zu können, hatte der Herr Sekretär sich getäuscht. Dank seines Paten beherrschte Gilles die Sprache Shakespeares recht gut, und wenn sein Akzent auch nicht ganz nach Oxford klang, roch er wenigstens nicht allzusehr nach seiner Provinz.

Bis zu diesem Punkt waren sie gediehen, als die Tür sich öffnete und Gilles eben noch Zeit fand aufzuspringen, denn der Eintretende war niemand anders als Rochambeau in Person.

Sein ruhiger Blick streifte Gilles und blieb bei dem Prüfenden hängen, der sich mitten in einem Satz unterbrach.

»Nun, Monsieur Jego?« fragte er.

Der Sekretär beugte respektvoll den mageren Rücken.

»Wir sind fast fertig, Herr Graf. Auf mein Wort, ich glaube, die Empfehlung des Herrn Vicomte de Noailles ist berechtigt. Dieser junge Mann drückt sich gut aus, ist gebildet, seine Schrift ist ziemlich gut und sein Englisch recht ordentlich, wie mir scheint.«

»Wir werden das durch Monsieur de Fersen nachprüfen lassen, der diese Sprache perfekt beherrscht. Nun, ich bin Euch dankbar, Herr Sekretär. Wollt Ihr mich jetzt mit diesem jungen Mann allein lassen?«

Der Sekretär verschwand wie ein Schatten. Rochambeau setzte sich in den von ihm verlassenen Sessel und betrachtete aufmerksam den jungen Mann.

»Es sieht so aus, Monsieur, als ob Ihr imstande wärt, die von Monsieur de Noailles für Euch erbetene Aufgabe zu erfüllen. Aber Ihr werdet verstehen, daß ich Euch ein wenig besser kennenlernen möchte, bevor ich sie Euch anvertraue. Wer seid Ihr also?«

Ohne Zögern zog Gilles aus seinem Rock den ihm von seinem Paten übergebenen Brief zusammen mit den notwendigen Papieren – Geburtsschein, Taufschein und so weiter – und überreichte ihm alles.

»Das sind die mich betreffenden Papiere, Herr General. Wenn Ihr erlaubt, füge ich diesen Brief hinzu, der wohl nie seine Bestimmung erreichen wird. Mein Pate, Herr Abbé de Talhouët-Grationnaye, hat ihn an Madame de Couédic de Kergoaler gerichtet, und da diese Dame mich nicht kennt, nehme ich an, daß er mich ihr im einzelnen vorstellt. Falls die Auskunft dennoch ungenügend sein sollte, bin ich bereit, loyal alle Fragen zu beantworten, die Ihr mir stellen werdet.«
Schweigend nahm der General den Brief entgegen, las ihn aufmerksam, was einige Zeit in Anspruch nahm, denn er war ziemlich lang, und gab ihn dann Gilles zurück, doch zum erstenmal sah der junge Mann den Schatten eines Lächelns auf seinem Gesicht.
»Geflüchtet aus dem Kolleg von Vannes, wie? Von illustrem Blut, aber ohne Namen . . . oder doch fast? Ich sehe! Verratet mir nun, warum Ihr so wünscht, an meiner Seite jenseits der Meere zu kämpfen. Denn gebt Euch keinen Illusionen hin: Alle meine Männer werden kämpfen müssen . . . selbst mein Sekretär!«
Die Augen des jungen Mannes leuchteten auf.
»Ich hoffte, Ihr würdet sagen: ›Vor allem mein Sekretär‹«, erklärte er mit einem jugendlichen Feuer, das mit einem Schlag Rochambeaus kalten Blick erwärmte. »Was Amerika betrifft . . . Mir scheint, daß irgend etwas mich dort drüben erwartet. Ich weiß nicht recht, was es sein kann, aber ich weiß, daß ich hinüber muß . . . um jeden Preis!«
»Nun, wir werden sehen. Wo seid Ihr untergekommen?«
»In der Herberge ›Zum roten Pfeiler‹ . . . im Prinzip.«
»Warum im Prinzip?«
»Ich will damit sagen, daß ich die Nacht dort verbrachte, aber in Wirklichkeit habe ich in der Kutsche eines Obersten logiert, dessen Namen ich nicht einmal weiß.«
Diesmal lachte Rochambeau laut auf.
»Sehr findig! Aber die Kutsche eines Obersten, wer er auch sei, scheint mir kein passendes Asyl für meinen Sekretär zu sein. Bringt Euer Gepäck zum Haus des Admirals am Cours Dajot, wo sich mein Quartier befindet. Man wird Euch unterbringen. Richtet Euch ein und seid um zwei Uhr nachmittags an Bord des Schiffes *Duc de Bourgogne.* Wir werden zu arbeiten haben. Und nun geht!«
Einen Augenblick später fand sich Gilles, noch betäubt von seinem Glück, auf dem Absatz der großen Treppe wieder. Er

war so glücklich, daß ihm war, als wüchsen ihm Flügel.
So sehr, daß er sich, von seiner Begeisterung mitgerissen, geradenwegs in die Arme des jungen Noailles warf, der, sichtlich auf etwas wartend, auf besagtem Absatz auf und ab ging.
»Hoppla!« protestierte dieser lachend. »Ein wenig Mäßigung, zum Teufel! Ihr habt es recht eilig, wie mir scheint.«
Zugleich vor Freude und Verwirrung errötend, als er feststellte, daß er um ein Haar seinen Schutzengel umgerannt hätte, rief Gilles:
»Oh, Herr Vicomte! Nehmt meine Entschuldigungen entgegen. Ich hatte Euch nicht gesehen.«
»Das glaube ich gern. Ihr habt überhaupt nichts gesehen! Ihr attackiertet wie ein Tatar des Marschalls von Sachsen bei Fontenoy. Also ist alles gut für Euch ausgegangen?«
»Bestens! Dank Euch! Ich schulde Euch unendliche Dankbarkeit. Der Herr Graf de Rochambeau hat mich als Sekretär angenommen und mir überdies zu einem Quartier verholfen.«
»Ihr seht mich entzückt. Aber übertreibt meine Rolle nicht. Ich habe bloß Euren Namen genannt, sonst nichts. Wenn man Euch angenommen hat, dann nur, weil Ihr Euch fähig zeigtet, diesen Posten auszufüllen, und weil Ihr zu gefallen wußtet. Nun werden wir also doch gemeinsam gegen die Engländer ziehen! Ich glaube, daß Ihr dabei gute Gelegenheiten finden werdet, Euren Stand zu verändern.«
»Ich hoffe es von ganzem Herzen. Aber . . . wärt Ihr bereit, Euren Wohltaten die Krone aufzusetzen, indem Ihr mir eine Frage beantwortet?«
Noailles begann zu lachen.
»Oh, meine Wohltaten! Ihr macht mir zuviel Ehre. Ich bin nicht gut, junger Mann. Ich bin sogar gemein wie Krätze, wenn ich's drauf anlege. Immerhin fragt mich . . .«
Gilles senkte seinen Blick in den des Vicomte.
»Warum habt Ihr mir geholfen? Die Art, in der wir Bekanntschaft schlossen, sprach kaum zu meinen Gunsten: Ich hatte das Pferd Eures Freundes gestohlen. Überdies bin ich weder von Eurem Rang, noch gehöre ich zu Eurer Welt. Ich habe nicht die geringste Qualität . . .«
»Der Rang erwirbt sich«, unterbrach ihn Noailles ernst. »Die Welt betritt man. Was die Qualitäten betrifft . . . nun, ich verstehe, in einem Gesicht zu lesen. Ich schmeichle mir, eine gewisse Begabung darin zu besitzen, und ich glaube, daß sie

Euch nicht in dem Maße fehlen, wie Ihr annehmt, und daß Ihr meiner Beurteilung Ehre machen werdet. Und dann . . .«
»Und dann?«
»Nun, Ihr habt eine so rührende Verehrung für diesen guten La Fayette an den Tag gelegt, daß ich Lust bekam, ihm auf der Stelle einen so entschlossenen Anhänger zuzuführen. Er hat nicht allzu viele von der Sorte, und Ihr seid der spontanste, dem ich je begegnet bin. Pest! Ein Bursche, der aus seiner Schule flüchtet und ein Pferd stiehlt, um zu ihm zu gelangen! Gilbert wird närrisch vor Freude sein.«
Seine Ehrlichkeit drängte Gilles, die Dinge richtigzustellen und ihm zu sagen, daß im Grund La Fayette in dieser Sache nicht sein einziger Beweggrund gewesen sei, aber er hielt sich zurück. Und dann hatte er durch die Worte des Vicomtes erfahren, daß er den Helden beim Vornamen nannte.
»Ihr nennt ihn Gilbert?« erkundigte er sich mit neuem Respekt, denn der Name de Noailles besagte für ihn nicht viel. »Kennt Ihr ihn denn so gut?«
Der Vicomte brach in Gelächter aus.
»Man sieht, daß Ihr aus Eurer Provinz kommt! Sonst wüßtet Ihr, mein Lieber, daß er mein Schwager ist, da wir die beiden Töchter meines Onkels d'Ayen geheiratet haben. Und ich konstatiere mit Kummer«, fügte er mit einer komischen Grimasse hinzu, »daß meine bescheidenen Bemühungen bei der bretonischen Jugend offenbar nicht den gleichen Widerhall gefunden haben wie die seinen. Ihr träumt von ihm, aber Ihr habt keine Ahnung, daß ich mir unter Monsieur d'Estaing auf Grenada die Haut gerben ließ, während er den Aufrührern den Hof machte. Oh, der Ruhm ist ein recht kapriziöser Herr! Es stimmt immerhin, daß ich nicht ganz allein war.«
Gilles öffnete sich der Himmel: Auch sein Retter war ein Held.
»Oh, Monsieur, ich verlasse Euch nicht mehr! Ich ruhe nicht eher, als bis Ihr mir alles erzählt, was Ihr dort drüben erlebt habt. Ich werde . . .«
»Ihr werdet Euch schleunigst dorthin begeben, wohin Euer Chef Euch eben geschickt hat!« unterbrach Noailles den jugendlichen Enthusiasten und schlug ihm freundschaftlich auf die Schulter. »Der General ist ein nüchterner Mann, der Phantastereien und Verspätungen in Bausch und Bogen verabscheut. Für meine Erinnerungen haben wir während der langen Tage auf See noch genügend Zeit. Geht jetzt! Bis wir Segel setzen, wird Euch nicht mehr viel Muße bleiben. Der General

möchte in zwei Tagen soweit sein, aber wenn wir's in zwölf geschafft haben, können wir von Glück reden.«
Gilles entdeckte sehr schnell, daß Noailles nicht übertrieben hatte und daß ihn eine kaum zu bewältigende Arbeit erwartete, die weit über die Erledigung der Korrespondenz des kommandierenden Generals hinausging. Beim ersten Schein der Morgenröte aus den Federn, mußte er seine Zeit zwischen dem ständig von den Schiffen zu den Kasernen und zurück pendelnden Rochambeau und Monsieur de Tarlé, dem Armeeintendanten, teilen, dem ihn der General seiner schnellen Auffassungsgabe wegen geliehen hatte und der überall zugleich war, da er im Hafen von Brest alles zusammentragen ließ, was eine Armee im Felde braucht.
In seiner Naivität hatte Gilles sich eingebildet, die Einschiffung für den Krieg müsse eine Angelegenheit von absoluter Schönheit sein: Mit blitzenden Waffen und in funkelnagelneuen Uniformen klettere man an Bord der großen, Traumschlössern gleichenden Schiffe, hisse die Segel und fliege, von Sonnenlicht überstäubt und von Gedröhn der Glocken begleitet, dem Ruhm entgegen. Er entdeckte bald, daß es, um zu diesem erhabenen Moment zu gelangen, unumgänglich war, sich in eine nur mit Bienenfleiß zu bewältigende, völlig ruhmlose Arbeit im Staub der Mehlsäcke und in der stickigen Luft der Lagerhäuser zu stürzen, wo man den Ratten nicht nur die Tuchballen, sondern auch die Fässer mit gesalzenem Schweinefleisch streitig machen mußte. Er entdeckte, daß ein Geschwader eine Art Drache mit mehreren Köpfen war, in dessen Bauch man unablässig Lebensmittel und Munition stopfte, ganz zu schweigen von einer Fülle ungereimter Dinge wie Meßwein, Kühe oder Hühnerkäfige. Er war nicht der mit einem Federbusch gezierte Page eines über den schmutzigen irdischen Notwendigkeiten schwebenden stolzen Ritters, sondern ganz einfach der Küchenjunge Gargantuas.
So lief er mit langen Listen oder einer Rolle Papier unter dem Arm von den Büros der Intendantur zu den Lagerhäusern, wo sich Decken, Hemden, Schuhe, Werkzeuge aller Art, Kochkessel, Reissäcke, Fässer mit Öl und Wein zu Hunderten und Tausenden häuften, zu den Kais der Penfeld, wo die Schiffe, die all das übers Meer tragen sollten und noch nicht einmal vollständig vorhanden waren, fieberhaft für die lange Reise gerüstet wurden. Intensive Geschäftigkeit herrschte im Arsenal, auf der Seilerbahn, in den Schmieden, deren hochschlagende Flam-

men die Nächte erhellten, in den Leinenwebereien und in allen anderen mit der Herrichtung und Bewaffnung der Schiffe befaßten Werkstätten. Die Belegschaften der Arbeiter oder Sträflinge waren verdoppelt worden und arbeiteten Tag und Nacht. Während des Tages unter dem nicht enden wollenden Regen, nachts im Schein der Kerzen, wenn sie nicht erloschen. Und obwohl erschöpft und ein wenig enttäuscht, hatte Gilles trotzdem den Eindruck, der Geburt eines Riesen beizuwohnen: Brest war im besten Zuge, mit einer Flotte und einem Abenteuer niederzukommen.

Wenn er an seinem kleinen Tisch in der geräumigen Heckkajüte der *Duc de Bourgogne* nach Rochambeaus Diktat einen der zahlreichen Briefe schrieb, mit denen der General den Kriegsminister Fürst de Montbarrey überhäufte, bemerkte er hin und wieder die glanzvolle Schar der sechs Adjutanten, unter ihnen Noailles und Fersen. Doch während der junge Vicomte immer ein liebenswürdiges, aufmunterndes Wort für ihn fand, schien der schöne Schwede ihn kaum wiederzuerkennen und wenn, dann ohne das geringste Vergnügen. Lag ihm vielleicht noch immer der Diebstahl des Pferdes im Magen?

Er beantwortete seinen Gruß mit einem zerstreuten Neigen des Kopfes und ließ ihn ansonsten unbeachtet. Im übrigen stand er im Ruf, kalt, reserviert und häufig geistig abwesend zu sein, als verfolge er einen inneren Traum. Nur selten mischte er sich in das Geplauder seiner Gefährten, dem sie sich mit Genuß hingaben, sobald die hohen Chefs den Rücken kehrten. Und das frivole Parfüm des Versailler Klatsches durchzog dann das nüchterne Interieur des Schiffs.

Zuweilen blieben der Herzog von Lauzun, Kommandeur einer Legion freiwilliger ausländischer Reiter, und der Graf de Ségur, Oberst des Regiments Soissonnais, zu dem der junge Noailles gehörte, einen Moment bei der fröhlichen Gruppe zurück. Gilles spitzte die Ohren und glaubte sich durch einen Zauber ins Vorzimmer des Königs selbst versetzt. Natürlich wurde viel über Frauen gesprochen, für die sich besonders Lauzun erwärmte. Doch abgesehen von den Generalstabs-Konferenzen geschah es höchst selten, daß sich die Adjutanten vereint zeigten, denn an Arbeit fehlte es nicht, und Rochambeau, der sie zur Genüge kannte, hatte immer einen Auftrag für sie bereit, tagsüber wenigstens, denn nachts versuchten sie, sich so wenig wie möglich zu langweilen. Dank ihnen hallte Brest von den Violinen der Ballsäle, von Trinkliedern und dem Klingen an-

einanderstoßender Gläser wider, vermischt mit dem unaufhörlichen Lärm des Arsenals, und wurde mühelos zur lebendigsten Stadt des Königreichs. Während einiger Tage zumindest, denn bald schafften der Chevalier de Ternay und der Graf de Rochambeau Ordnung, indem sie die zur Ausfahrt bereiten Schiffe nacheinander beladen ließen. Man war ohnehin schon reichlich im Rückstand, wie Gilles bei Antritt seiner neuen Stellung hatte feststellen können.
In der Tat hatte der für die Regimenter vorgesehene Einschiffungsplan den Beginn der Operation auf den Tag vor seiner Ankunft festgesetzt. In der Hoffnung, am 8. April die Segel setzen zu können, hatte der Chevalier de Ternay ursprünglich die Einschiffung des Regiments Royal-Deux-Ponts am 4., der Legion Lauzuns am 5., des Regiments Soissonnais am 6., des Bourbonnais am 7. und der drei Kompanien der Auxonne-Artillerie sowie des Regiments Saintonge am 8. vornehmen wollen. Doch da an diesen Daten noch nichts bereit gewesen war, erwies sich die Durchführung als unmöglich, zumal auch das Wetter immer abscheulicher wurde.
Die Winde waren in solchem Maße widrig, daß am 10. April die *Saint-Joseph* und ein spanisches Brandschiff, die *Santa Rosa,* die versucht hatten, die Reede zu verlassen, an die Küste geworfen wurden. Unaufhörlich peitschten die Windstöße wütende Regengüsse in die immer besorgteren Gesichter der beiden Chefs. Doch Gilles merkte bald, daß diese Lahmlegung etwas durchaus Belehrendes hatte. Während er in den Büros des Arsenals und im Hafen allmählich das Geschwader und den Konvoi, den es eskortieren sollte, entstehen sah, während er lernte, die sieben Linienschiffe der beiden ersten Abteilungen, die Munitionsschiffe der dritten, die Fregatten und achtundzwanzig Transportschiffe samt der Flaggen der Kommandanten zu unterscheiden und zu begreifen, wie sich die Truppen auf diese schwimmende Stadt verteilten, erlebte er in der Heckkajüte der *Duc de Bourgogne* die Hoffnungen und Ängste der beiden Oberkommandierenden angesichts der oft absurden Befehle ihrer jeweiligen Minister und des Ausbleibens von Nachrichten über jenes rebellische Land, dem sie so viele tapfere Männer zuführen sollten. Die letzten erhaltenen Nachrichten waren mehr als sechs Monate alt und besagten, daß General Washingtons Lage nicht die beste sei und daß die englischen Truppen General Clintons noch immer New York besetzten. Nichtsdestoweniger ordneten die an den Chevalier de Ternay

ergangenen Befehle an, Kurs auf Rhode Island zu nehmen ... ohne daß Versailles es für nötig gehalten hätte, in Erfahrung zu bringen, ob sich die Aufrührer dort noch hielten. Gilles gewöhnte sich nach und nach daran, den kleinen Admiral bei fast jeder Ankunft ministerieller Post in einen Wutanfall ausbrechen zu sehen.
»Monsieur de Sartines macht sich über mich lustig!« rief er eines Abends, während die Planken unter seinem hinkenden Schritt dröhnten. »Nimmt er sich doch sage und schreibe heraus, mir zu verbieten, von Brest auszulaufen, wenn sich zufällig englische Schiffe Quessant nähern sollten. Er teilt mir mit, da die Absichten der Admiräle Graves und Walsingham unbekannt seien, könnten sie nur Besorgnis erregen. Ich bitte Euch, seit wann verraten uns die Engländer ihre Absichten?! Ebensogut könnte er mir verbieten, je den Hafen zu verlassen. Was glaubt er, gegen wen wir kämpfen?«
An einem der nächsten Abende war es schlimmer.
»Wißt Ihr, was man mir schickt?« schrie er mit zornbebender Stimme, einen mit einem anmaßenden roten Siegel verzierten Brief unter Rochambeaus Nase schwenkend.
»Wie sollte ich? Wieder ein Verbot, sich zu rühren?«
»Diesmal nicht! Aber es ist fast ebenso töricht ... Was der Minister mir da aus seinem Büro in Versailles schickt, ist die Route, der ich folgen soll: Pointe du Raz, Kap Ortegal und Kap Finisterre! Als ob ich seine Ratschläge brauchte! Und er fügt hinzu, daß um jeden Preis eine von den englischen Küsten möglichst weit entfernte Route zu wählen sei! Das ist die Höhe! Über wen versucht man sich lustig zu machen? Wer hat sein Leben auf See verbracht, Monsieur de Sartines oder ich?«
Der einstige Malteserritter knüllte den ministeriellen Brief zu einer Kugel zusammen, die er bis vor Gilles' Füße schleuderte. Und als der junge Mann sich anschickte, sie aufzuheben:
»Laßt das! Ihr seid zu jung, um Euch über die Idiotien eines Ministers zu beunruhigen!«
Lachend trat Rochambeau zu dem wütenden kleinen Admiral und legte ihm freundschaftlich und beschwichtigend eine Hand auf die Schulter.
»Beruhigt Euch, mein Freund! Ich gebe gern zu, daß solche Anmaßung schwer zu ertragen ist. Aber vergeßt nicht, daß wir schon unterwegs sein sollten und der Minister schließlich nicht weiß, ob sich die Winde nicht gedreht haben und der Brief

überhaupt in Eure Hände gelangt. Nehmt an, daß wir schon fort sind, und damit basta! Seid Ihr nicht Euer eigener Herr, viel mehr als ich? Ihr seid der Chef dieser Expedition, während man mich nur zu General Washington schickt, um wenn auch nicht unter seinem Befehl, so doch seinen Weisungen gemäß zu kämpfen.«
Ternay zuckte mit einem kleinen Lächeln die Schultern.
»Ihr seid ein geschickter Diplomat, mein lieber Graf. Als ob Ihr nicht wüßtet, daß ich Befehl habe, Euch nicht um einen Schritt zu verlassen. Das kommt aufs selbe heraus. Zudem habt Ihr einen Minister, mit dem sich's leichter leben läßt als mit dem meinen.«
Obwohl der General schwieg, war sein Gesichtsausdruck deutlich genug. Auch er hatte seine Probleme. Am gleichen Morgen hatte er einen Brief des Fürsten de Montbarrey erhalten, in dem sich der Kriegsminister über die geringe Bereitwilligkeit verwunderte, dem jungen Herzog von Lauzun entgegenzukommen, der, bei Hofe hoch im Kurs und häufiger Gast im Zirkel der Königin, sich bitter darüber beklagt hatte, daß man sich weigere, seine Pferde einzuschiffen.
»Meine Männer sind Reiter, Husaren«, hatte er sich beschwert. »Was nützen Husaren ohne Pferde?«
»Auf dem Papier hat er recht«, erklärte Rochambeau, seinerseits einen ministeriellen Brief zutage fördernd, »aber selbst mit dem besten Willen ist es unmöglich, seine Wünsche zu befriedigen, und ein Befehl des Ministers wird nichts daran ändern. Dabei hatte ich geglaubt, daß er meine Erklärungen verstanden hätte.« Wirklich hatte der General dem hitzigen Reitersmann das Problem gründlich auseinandergesetzt. Um Pferde über den Atlantik zu transportieren, brauche man Stallschiffe. Nur ein einziges sei vorhanden, die *Hermione*, die nicht mehr als zwanzig Pferde aufnehmen könne, während man Platz für wenigstens zweihundert brauche. Außerdem würden sie auch dann nicht in gutem Zustand ankommen, und auf einem nicht dafür eingerichteten Schiff kämen sie überhaupt nicht an . . . Aber es war vergeblich gewesen: Lauzun hatte eigensinnig darauf beharrt. Er hatte sich beschwert.
»Und so seht Ihr mich gezwungen«, schloß Rochambeau, »meinem Minister nicht zu gehorchen.«
»Laßt mich das regeln«, fiel Ternay ein. »Mir kommt es auf einen Feind mehr oder weniger nicht an.«
Noch am selben Abend gab der Geschwaderchef dem jungen

Herzog unverblümt zu verstehen, daß er weitere Klagen zu unterlassen und sich ruhig zu halten habe.
»Pferde werdet Ihr an Ort und Stelle finden, Monsieur. Es wird Euch nicht schwerfallen, Eure Männer wieder beritten zu machen. Die, die wir mitnehmen würden, dürften die Fahrt nicht überstehen. Allerdings könnten wir sie verspeisen.«
Lauzun erblaßte.
»Ihr scheint zu vergessen, Herr Chevalier, daß auch Ihr einen Minister habt, und daß Ihre Majestät, die Königin . . .«
»Ihre Majestät kommandiert kein Geschwader, soviel ich weiß«, unterbrach ihn der Seemann grob. »Und Ihr, Monsieur, wollt Euch bitte erinnern, daß ich auf meinen Schiffen nach Gott allein Herr bin. Wenn Euch jedoch das Gesetz des Meeres zu hart erscheint und Ihr es vorziehen solltet, zu den sanfteren Freuden Trianons zurückzukehren . . .« Ohne Übergang wandte er sich zu Gilles: »Unterrichtet das Arsenal von meiner Entscheidung: Kein Pferd wird eingeschifft. Die *Hermione* wird mit dem Lazarettmaterial beladen, das auf dem Spitalschiff nicht untergebracht werden kann.«
Bleich vor Zorn, starrte Lauzun den jungen Mann an, dann kehrte sein Blick zum Admiral zurück.
»Es wird nicht immer nach Euren Launen gehen, Herr Admiral! Und wir werden nicht immer auf See sein . . .«
Zum erstenmal, seitdem er auf seinem Schiff arbeitete, musterte der Chevalier Gilles. Der Schatten eines Lächelns glitt über sein müdes Gesicht.
»Monsieur de Lauzun verabscheute mich, jetzt wird er mich hassen, und ich fürchte, mein Junge, daß ich Euch in diesen Haß hineingezogen habe. Er wird Euch nicht verzeihen, daß Ihr Zeuge seiner Niederlage gewesen seid.«
Der junge Mann hielt unerschrocken dem Blick des Seemanns stand und lächelte ebenfalls.
»Unter Eurem Kommando, Herr Admiral, habe ich nichts zu befürchten. Seid Ihr hier nicht Herr nach Gott? Und alles in allem ist der Herr Herzog de Lauzun auch nur ein Mensch. Weniger kräftig als ich vielleicht . . .«
Rochambeau begann zu lachen.
»Gut, daß er Euch nicht hört, und die Bastille ist glücklicherweise fern. Aber solltet Ihr ein Schüler Jean-Jacques Rousseaus sein?«
Gilles errötete bis über die Ohren, behielt den Kopf jedoch oben.

»Ich habe seine Bücher gelesen, Herr General, und ich bewundere sie. Aber ich bin nicht wirklich sein Schüler, denn das, was ich von den Menschen weiß, reizt mich wenig, in ihnen Brüder zu sehen.«
»Ihr wißt das schon in Eurem Alter?« seufzte der Chevalier. »Ich habe unendlich viel länger gebraucht, um zu demselben Schluß zu kommen. Laßt uns jetzt allein und tragt Eure Botschaft zu dem Herrn Grafen d'Hector. Und paßt trotzdem auf Euch auf.« Glücklich, wie er es seit seinem Arbeitsantritt nicht mehr gewesen war, erreichte Gilles festen Boden. Vielleicht hatte er sich in Lauzun einen mächtigen Feind gemacht, doch andererseits hatte er das Gefühl, sich die Sympathie der beiden Männer erworben zu haben, die er nach und nach zu bewundern gelernt hatte, und diese Waagschale war unendlich viel schwerer als die andere. Die erste Person, die er im Hafen gewahrte, war Lauzun höchstselbst. Offensichtlich erklärte der Herzog die Ursache seines Zorns einem total ungerührten Gesprächspartner, der kein anderer als Fersen war. Gilles geriet in sein Blickfeld, und sobald er ihn sah, rief er:
»Seht, mein lieber Graf, da geht der Aktenschmierer des Generals, um unser Stallschiff in ein Lazarett zu verwandeln! Falls Ihr hofftet, das prachtvolle Pferd mitzunehmen, auf dem ich Euch kürzlich sah und das zu kaufen ich Euch anbot, werdet Ihr verzichten müssen. Wie wir werdet Ihr nur ein Anrecht auf amerikanische Klepper haben . . . wenn es dort welche gibt!«
Von der Höhe seiner skandinavischen Blässe sah der Schwede ruhig auf den Franzosen hinab, den der Zorn krebsrot anlaufen ließ, und hob die Brauen.
»Gewiß gibt es dort welche«, sagte er ernst. »Ich weiß wohl, daß Ihr aus Senegambien kommt, mein lieber Herzog, aber ich dachte, Ihr wärt besser orientiert über die Sitten und Gebräuche Amerikas. Was glaubt Ihr, worauf unsere guten Freunde, die Engländer, reiten? Auf Eseln? . . . Im übrigen habe ich mir sagen lassen, daß dieser General Washington, vollendeter Kavalier aus Virginien, einer der besten Reiter der Welt war. Wir werden zumindest frische Pferde haben.«
»Zählt nur darauf!« schrie Lauzun außer sich. Und sich mit einem Faustschlag den mit weißen Federn gesäumten Dreispitz aufs Haupt stülpend, machte er auf seinen roten Hacken kehrt und wandte sich mit großen Schritten der Rue de Siam zu.
Fersen sah ihm mit einem dünnen Lächeln nach, dann drehte er

sich jäh zu Gilles um, der stehengeblieben war, als er sich angerufen hörte.
»Ist es wahr?« fragte er.
»Sehr wahr, Herr Graf. Hier ist der Befehl.«
»Wie ärgerlich! Ich hoffte sehr, Magnus zu den Aufrührern hinüberbringen zu können.«
»Magnus?«
»Mein . . . unser Pferd«, sagte der Schwede, ohne mit der Wimper zu zucken. »Aber ich nehme an, Ihr habt einen anderen Namen für ihn gefunden.«
»Stimmt«, erwiderte Gilles, der sich eines leichten Anflugs von Melancholie nicht erwehren konnte, »ich hatte ihn Merlin genannt.«
»Oh, der Zauberer!«
»Gewiß! Ich bin aus seiner Gegend.«
»Ein hübscher Name. Aber das sagt mir nicht, was wir mit ihm anfangen sollen. Schließlich geht Euch sein Schicksal fast genauso an wie mich, und und ich gestehe Euch, daß es mir widerstrebt, ihn zu verkaufen. Ihr seid doch aus diesem Land. Wißt Ihr da nicht jemanden, der ihn übernehmen und pflegen würde, wie er es verdient, während wir im Krieg sein werden?«
Gilles' Augen begannen wie Sterne zu funkeln.
»Würdet Ihr mir vertrauen?«
Fersen zögerte nicht einmal.
»Mein Gott, ja! Ihr habt ihn nicht des Profits wegen gestohlen, sondern weil Ihr ihn brauchtet. Und außerdem . . . liebt Ihr ihn. Ich habe es sofort gesehen. Das sind so die Dinge, die ein Pferdenarr bei einem andern spürt. Also heraus mit Eurer Idee! . . . Aber gehen wir dabei weiter, denn mir scheint, Ihr vergeßt Euren Auftrag.«
So geschah es, daß Gilles auf dem Weg zum Arsenal von Guillaume Briant sprach, von seiner Leidenschaft für Waffen und die Reiterei, von seinem niedrigen Haus und den weiten Wiesen Leslés. Er sprach so überzeugend davon, daß der Schwede sich schon entschieden hatte, bevor sie ihr Ziel erreichten: Mit einem Brief Gilles', einem zweiten von ihm selbst und ein wenig Geld würde einer seiner Diener noch am selben Abend zum Besitz der Talhouët aufbrechen.
»Heute abend noch?« rief Gilles, über so viel Eile erstaunt. »Fürchtet Ihr, Monsieur de Lauzun wolle Merlin trotzdem kaufen und heimlich an Bord bringen?«

Fersen lachte laut auf, was ihm selten genug passierte.
»Er würde es nicht wagen. Aber ich möchte diese Angelegenheit schnellstens regeln, und das aus einem Grund, der dem Sekretär des Generals nicht unbekannt sein dürfte: Mein Regiment wird morgen vormittag verladen, teils auf den Transporter *Comtesse de Noailles*, teils auf das Linienschiff *Jason*, wo ich mit den anderen Offizieren untergebracht werde. Befehl des kommandierenden Generals!« fügte er mit einem Seufzer hinzu, der seinen Mangel an Enthusiasmus verriet. »Ich hoffe nur, daß wir nicht allzu lange noch an den Ankerketten schaukeln werden . . .«
Zum Kummer des Schweden sollte der Aufbruch jedoch noch einige Zeit auf sich warten lassen. Am 17. April hatte Rochambeau zwar dem Kriegsminister mittels der Feder seines Sekretärs mitgeteilt: »Wenn das Wetter sich klärt, werde ich mich spätestens morgen an Bord der *Duc de Bourgogne* begeben, um unter dem Befehl des Herrn Chevalier de Ternay vom ersten Nordwind zu profitieren . . .«, doch besagter Nordwind zeigte sich weder am 18. noch an den folgenden Tagen, obwohl der General seinen Seesack tatsächlich zum vorgesehenen Zeitpunkt auf das Admiralsschiff hatte bringen lassen, dessen Beladung beendet war, einschließlich eines Teils des Regiments Saintonge samt dessen Oberst Monsieur de la Valette, dessen Stellvertreter Monsieur de Charlus und zwei ziemlich mysteriösen Amerikanern, die Gilles' Neugier enorm reizten, ohne daß es ihm jedoch gelang, sich ihnen zu nähern.
Eins nach dem anderen verließen die Schiffe nun übrigens den Hafen und sammelten sich auf der Reede, um dort, an je zwei Ankern vertäut, in striktester Disziplin (Genehmigungen, von Bord zu gehen, wurden nicht erteilt) und gähnender Langeweile den endlichen Befehl zum Aufbruch zu erwarten.
Ebenso ungeduldig wie die andern, fand Gilles nun immerhin ein wenig Zeit zum Atemholen. Seit seiner Verpflichtung hatte er wie ein Sklave gearbeitet, doch seitdem die *Duc de Bourgogne* auf der Reede lag, sah er sich in einer privilegierten Situation, da er als einziger des ganzen Schiffs jeden Tag an Land ging, um die Befehle seiner Chefs auszuführen und unter anderem auch die Post zu holen: die offizielle vom Grafen d'Hector und die persönliche vom Haus des Admirals. Post im übrigen, die ihn nie betraf.
Ein einziges Mal hatte er als Antwort auf den begeisterten

Brief, den er am Abend seiner Verpflichtung geschrieben hatte, von seinem Paten eine lange, freundschaftliche Epistel voller Aufmunterungen und guter Ratschläge erhalten, die er sorgsam aufbewahrte als das einzige greifbare Band, das ihn noch mit der Heimaterde verknüpfte. Aber er litt nicht mehr unter seiner Einsamkeit wie während der ersten Tage. Die beiden Chefs, die, von den Generalstabszusammenkünften abgesehen, ihre Zeit mit Schachspielen totschlugen, erwiesen ihm viel Freundlichkeit, und seit der Angelegenheit mit dem Pferd verband ihn mit Axel von Fersen eine Art Komplizität, die sich auf Seiten Gilles' durch Erledigung einiger Aufträge an Land für den auf der *Jason* Eingeschlossenen äußerte. Endlich hatte sich auch der aggressive Herzog von Lauzun eingeschifft und auf der ein paar Kabellängen entfernt vor Anker liegenden *Provence* Quartier bezogen. Man hörte kaum noch von ihm, sah man von den Konzerten ab, die er allabendlich von der Kapelle seiner Legion veranstalten ließ, um sich die Langeweile zu vertreiben.

»Wenn er es wagte, würde er Bälle veranstalten«, brummelte der Chevalier de Ternay, gereizt durch die Musikfluten, die sich zum Tagesende über die Reede ergossen.

»Er würde es ohne weiteres wagen, wenn er die Erlaubnis hätte, Frauen an Bord zu bringen«, erwiderte Rochambeau.

Und die beiden Männer ließen seufzend die Fenster schließen, um sich ungestört in ihre Schachprobleme zu vertiefen.

Schlechtes Wetter und Langeweile drückten auf Geschwader und Konvoi, zu dem jeden Tag noch neue Einheiten stießen. An Bord der *Neptun* verbrachte der mit dem 2. Bataillon des Regiments Soissonnais eingeschiffte junge Noailles seine Zeit in endlosen Streitereien mit dem nicht weniger jungen Arthur de Dillon, dessen irisches Temperament sich ebenso schlecht mit der Untätigkeit wie mit den zuweilen bissigen Scherzen des Vicomte abfand.

Endlich kam jener 1. Mai, der wie ein Meteor über Gilles dahinbrausen sollte: mit einer feurigen Spur!

Gegen Ende des Nachmittags fegte zuerst die so lange erwartete Kunde wie ein Lauffeuer über die Reede: Der Wind drehte sich, der Wind entschloß sich endlich, von Norden zu blasen. Gewaltiger Jubel erhob sich, griff zum Hafen über, ergoß sich über die Stadt. Alsbald brach auf der ganzen Flotte fieberhafte Tätigkeit aus. Der Chevalier de Ternay gab bekannt, daß man im Morgengrauen die Segel setzen werde, falls der Wind die Richtung

beibehalte, und schickte die Fregatte *Bellone* in die Gewässer von Quessant, um zu erkunden, ob dort nicht zufällig ein englisches Geschwader aufgetaucht sei.
Zum letztenmal erhielt Gilles Befehl, an Land zu gehen und sich zu überzeugen, daß weitere Post nicht eingetroffen sei, und zum letztenmal betrat er das Haus am Cours Dajot, wo Admiral und General ihre privaten Briefe empfingen.
Auf dem Weg zu den Büros überquerte er den Hof, als er sich vom Pförtner angerufen hörte:
»He, Ihr da! Junger Mann . . . He, Herr Sekretär, hier ist ein Brief für Euch!«
Das Wort traf ihn wie eine Kugel und ließ ihn erstarren.
»Ein Brief? Für mich? Was tut er bei Euch? Er müßte bei der übrigen Post sein.«
Der Biedermann bot ihm ein verschmitzt-verständnisinniges Lächeln.
»Nicht doch! Einen hübschen, kleinen Brief wie den da tut man nicht mit der Post eines Admirals oder eines Generals zusammen. Das kommt von einer Frau, dieses kleine blaue Billettchen.« In seinen dicken Fingern schwenkte der Pförtner in der Tat ein kleines, kunstvoll zusammengefaltetes und versiegeltes Billett, dessen Wappenzeichen Gilles mit Herzklopfen entzifferte: Es waren die fuß- und schnabellosen Amseln der Saint-Mélaine. Seine Erregung war so heftig, daß er einen Augenblick stehenblieb und das Briefchen in den Fingern hin und her drehte, ohne sich entschließen zu können, es unter dem spöttischen Blick des sichtlich vor Neugier platzenden Türstehers zu öffnen.
»Ihr habt es nicht gerade eilig, es zu lesen«, sagte dieser endlich, da er es nicht mehr aushielt. »Dabei wird's sicher recht interessant sein.«
Gilles zuckte die Schultern. Dem Indiskreten einen wütenden Blick zuwerfend, nahm er seinen Weg zum Hauptgebäude wieder auf, stieg die Treppe hinauf und flüchtete sich in die stille Mansarde, die ihm vor der Einschiffung als Unterkunft gedient hatte. Sie wirkte wieder ebenso unbewohnt wie zuvor, aber er fühlte sich dort trotzdem noch ein wenig zu Hause, und niemand konnte beobachten, was er dort tat. Erst jetzt entschloß er sich, das Siegel zu lösen und den Brief zu entfalten . . .
Die Schrift war ungeschickt, kindlich, die Unterschrift ein großes J von reichlich extravaganter Form, und der Text bestand

nur aus wenigen Zeilen, die ihm jedoch der größten Dichter würdig schienen.

Man sagt mir, daß Ihr gut begonnen habt, daß Euch große Hoffnungen erlaubt sind, wenn Ihr es versteht, Euch des Vertrauens würdig zu erweisen, das man in Euch setzt. Versäumt es keinesfalls, denn ein Mißerfolg würde mehr Menschen betrüben, als Ihr Euch vorstellt. Und verliert keine Zeit, denn drei Jahre sind schnell vergangen.

Dennoch bitte ich Euch, auf Euch zu achten, denn in diesem Krieg, in den Ihr geht, muß die größte Gefahr nicht unbedingt von den erklärten Feinden kommen. Ein anderer, tückischer als sie, belauert Euch. Haltet die Augen offen, denn ich weiß jemand, der viel Kummer litte, wenn Ihr nicht zurückkehrtet ... Die geheimnisvollen Andeutungen dieses Briefes ließen ihn nicht unberührt, aber für den Augenblick machten sie ihm keine Sorgen. Er quoll von Glück förmlich über. Ein gutes Dutzendmal küßte er das große J, las den Text wieder und wieder, ohne in ihm etwas anderes sehen zu wollen als Judiths Besorgnis. Sie warnte ihn vor etwas Unbestimmten, als wagte sie nicht, mehr darüber zu sagen, doch das bedeutete nur, daß sie Angst um ihn hatte, und daß sie zutiefst wünschte, ihn lebendig wiederzusehen. Von da zu dem Gedanken, daß sie ihn ein wenig liebte, war nur noch ein Schritt, und diesen Schritt tat der junge Mann mit Begeisterung.

Das glückverheißende Billett zwischen Hemd und Haut an seiner Brust bergend, sprang er die Treppe zu den Büros hinunter, raffte die Post des Generals zusammen und lief so schnell, wie er gekommen war, zum Penfeld-Kai, um zum Schiff zurückzukehren.

Kurz bevor er die Schaluppe des Admiralsschiffs erreichte, das mit seinen kupferverstärkten Flanken, sechsundachtzig Kanonen und riesigen Masten mitten auf der Reede lag, bemerkte er einige ihm entgegenkommende Männer, die ihren mit Schnüren besetzten roten Dolmans nach zu Lauzuns Legion gehören mußten. Ihr Ziel war offenbar der Transporter *La Françoise,* der eben eine Ladung Trinkwasser übernahm. In Anbetracht des Umfangs des einzuschiffenden Materials war der Admiral gezwungen gewesen, im letzten Moment noch drei zusätzliche Schiffe anzufordern: die *Françoise,* die *Turgot* und die *Rower.* Die Verzögerung durch das Ausbleiben des Windes hatte so wenigstens zu diesem Zuwachs an Stärke geführt ...

Die kleine Schar kreuzte Gilles' Weg, und im Moment des

Aneinandervorbei begriff er mit einem Schlag, was es mit der von Judith angekündigten Bedrohung auf sich hatte. Einer der Männer starrte ihn nämlich an, wandte sogar den Kopf, um ihm nachzusehen, und dieser Mann war Morvan, der Bruder des jungen Mädchens, den er in den Blavet befördert hatte.
Es dauerte nur einen Moment. Schon kletterten die Soldaten das Fallreep ihres Transporters hinauf und verschwanden in seinem Bauch, während Gilles höchst nachdenklich seinem eigenen Ziel zustrebte. Es gab da ein Rätsel: Was tat dieser Morvan, den man ihm als eine Art wildes Tier geschildert hatte, der, unfähig, auch nur die geringste Disziplin zu halten, normalerweise in Gesellschaft seines älteren Bruders in irgendeinem Waldschlupfwinkel dahinvegetierte, in einer fast regulären Truppe? War es die Verlockung des amerikanischen Abenteuers oder etwa die Gier, sich zu rächen . . . oder beides zugleich? Falls es sich nicht um einen dritten, noch unbekannten Beweggrund handelte.
Das blutdürstige Funkeln in den Augen des Rotschopfs ließ vermuten, daß Gilles mit diesem absonderlichen Entschluß nicht wenig zu tun hatte. Judiths Brief bestätigte es nur. Aber weit entfernt, sich deshalb Sorgen zu machen, verspürte Gilles ein Gefühl freudiger Genugtuung über die Anwesenheit des jüngeren Saint-Melaine: Für Judith war es eine gute Sache, daß das gefährliche Brüderpaar fürs erste getrennt war, und andererseits bewies es auch, daß man ihn als Gegner hoch genug einschätzte, um ihn bis auf die andere Seite der Erdkugel zu verfolgen! . . . Er wuchs sich zu einer Persönlichkeit aus! . . .
Infolgedessen betrat Gilles das Deck der *Duc de Bourgogne* mit Erobererschritten. Sein Selbstvertrauen wuchs von Stunde zu Stunde.
Um fünf Uhr früh am folgenden Tag dröhnte der Kanonenschuß des Abfahrtsignals über Brest, dessen Einwohnerschaft in schöner Einmütigkeit aus den Betten sprang. Von überallher stürzte man zu den besten Beobachtungsposten, um die Flotte des Chevaliers de Ternay und ihren gewichtigen Konvoi sich in Bewegung setzen zu sehen. Während die Beamten des Arsenals und die Offiziere der Garnison eiligst auf die mittelalterlichen Türme des Schlosses kletterten, hastete die halbe Stadt zu den Hügeln, die die Hafeneinfahrt beherrschten. Zugleich begannen rote und blaue Segel an den Masten der Fischerboote zu erblühen und die Reede in ein gigantisches Blumenbeet zu verwandeln.

Der kräftige Wind strich in belebenden Stößen über den wieder klar gewordenen Himmel und trug die rhythmischen Lieder der an den Winden schuftenden Männer aufs Meer hinaus, die die schweren Anker einholten.
Vom Kajütendeck der *Duc de Bourgogne* aus beobachtete der kleine Admiral, steif wie ein Pflock in seinem schönen dunkelblauen Rock mit goldenen Epauletten, ein Leuchten des Stolzes in den Augen, das langsame Steigen der Fock-, Mars- und Vorbramsegel, während der Graf de Medine, sein Flaggenkapitän, die Manöver des Admiralsschiffs befehligte.
Um halb sechs stand die *Duc de Bourgogne* unter Segeln und wandte ihren Bug der Einfahrt zu. Eins nach dem andern glitten nun die zweiundvierzig Schiffe des Geschwaders und des Konvois, die Ludwig XVI., von Gottes Gnaden König von Frankreich und Navarra, den Aufständischen zur Hilfe schickte, in ihrem Kielwasser dem offenen Meer und einem der nobelsten Abenteuer entgegen, das die Menschheit je gekannt hat.
Unter den frenetischen Hochrufen derer, die soviel für sie gearbeitet hatten, entfernten sich alle, die achtundzwanzig schwerfälligeren Transporter des Konvois wie die zu ihren Wachhunden bestimmten schnellen Vögel des Meeres. Und nach und nach verstummte der von den Ufern herüberschallende Jubel, verstummte das Wirbeln der Trommeln, und die Kanonen des Forts von Bertheaume dröhnten einen letzten Salut. Dann war da nur noch der große Atem des Windes, dann öffnete sich das freie Meer von den frisch bemalten und vergolteten Gallionsfiguren, die mit dem Zusammenspiel eines gut einstudierten Balletts in der langen Dünung auf und nieder tanzten.
An der Reling, ein paar Schritte von der betreßten Gruppe der Offiziere entfernt, lehnte Gilles und blickte auf die sich mit seiner Kindheit entfernende Bretagne zurück . . .

Zweiter Teil

Die Kanonen von Yorktown

Ein Skalpjäger

Während sich die *Duc de Bourgogne* der amerikanischen Küste näherte, verbrachte Gilles wie angeschmiedet ganze Stunden an der Reling und durchforschte die Ferne, um so schnell wie möglich das Land zu entdecken, das seine Träume ihm in märchenhaftem Licht gezeigt hatten. Seine bretonische Phantasie hatte ihn unerhörte Dinge erwarten lassen, unermeßliche Wälder, ungewohnte Farben, seltsame Einwohner wie diese Indianer, von denen er auf der endlosen, siebzig Tage währenden Schiffsreise fast jeden Abend gehört hatte. Gewiß, sein Schönheitssinn für Landschaften war befriedigt: Sie waren großartig und die Wälder mehr als majestätisch, aber die wenigen Ortschaften, die er dazwischen entdeckte, waren kaum ermutigend, Ansammlungen weißer Häuser, die sich um einen Kirchturm scharten, nicht viel anders als die seiner Heimat, Leute, die gekleidet waren wie alle anderen auch, und kein einziges Kanu voller federgeschmückter Ruderer. Die französischen Uniformen waren unendlich fröhlicher und malerischer als die amerikanische Kleidung.

Die Ankunft in Rhode Island hatte an dieser Enttäuschung kaum etwas geändert. Das Lager der Franzosen war auf einer Landspitze errichtet worden, die die kleine Stadt Newport beherrschte, zwischen dem Hafen, von dem ein Sumpf es trennte, und der schmalen Bucht von Atton. Es war ein sehr schöner Platz. Man gewahrte von ihm aus die Reihe grüner Inseln, zwischen denen die Schiffe des Geschwaders eine Kette bildeten, die den Zugang nach Newport hermetisch schloß. Jenseits davon erstreckte sich die lange, flache Insel Conanicut mit den Resten eines kleinen Forts, das im vergangenen Jahr von den Engländern bei ihrem Rückzug zerstört worden war, und dem großen, einsamen Haus, das rund vierhundert von den Schiffen geholten Kranken der Armee als Hospital diente. Und natürlich war die riesige blaublitzende Bucht von Narraganset zu sehen, seltsam ruhig, seitdem der Krieg den starken Handelsverkehr zwischen Rhode Island, Afrika und Westindien unterbrochen hatte.

Unlängst noch hatten die Schiffe, die die Leute von Newport mit eigenen Händen bauten, die Meere durchfurcht, hatten an den Küsten von Guinea Ladungen von Sklaven aufgenommen, waren dann zum Karibischen Meer gesegelt, wo das »Eben-

holz« sich in Zucker und Melasse verwandelte, die man nach Newport brachte, um Rum daraus zu machen . . . den man in Afrika wiederum an die zahlreichen schwarzen Stammeshäuptlinge, die Lieferanten der Sklavenschiffe, verkaufte. Obwohl die Stadt der strengen Sekte der Wiedertäufer zugehörte, hatte sich dieser Handel als so gewinnbringend erwiesen, daß der Gouverneur dank einer pro Sklavenkopf erhobenen Steuer von drei Dollar alle Straßen seiner Stadt hatte pflastern lassen können. Doch der Krieg hatte dem allen ein Ende gesetzt. Eingenommen und wieder zurückerobert, war Newport von neuem in der Gewalt der Aufrührer, die es ihren Bundesgenossen als Stützpunkt angeboten hatten.
Es war vielleicht kein sehr sicherer Stützpunkt, denn seine Einwohner teilten sich noch in zwei Lager: die reichen Tory-Kaufleute, die ihrem englischen Vaterland blindlings die Treue hielten, und die anderen, die Whigs, Aufrührer, Bauern oder Intellektuelle, die davon träumten, nichts als Amerikaner zu sein. Und da man nicht genau wußte, wie der Wind sich drehen würde, hüteten sich die Angehörigen beider Lager, ihre Überzeugungen allzu bekannt werden zu lassen. Es war besser, einstweilen abzuwarten.
Rochambeau und sein Sekretär hatten es bemerkt, als sie am 10. Juli nur mit dem Generalstab an Land gegangen waren. Und so leicht würde Gilles diesen ersten seltsamen Eindruck nicht vergessen, den er bei der Annäherung an das algenglänzende Pfahlwerk des Kais empfand. Es war neun Uhr abends. Der Himmel war lila, und einzig die weißen Häuser der Stadt schienen einen letzten Abglanz von Licht zu bewahren. Im schmalen Kirchturm der Trinity Church, der Baptistenkirche, läutete melancholisch eine Glocke, aber das war auch der einzige Laut, der zu hören war, denn die Ankunft der Franzosen hatte nicht einen Menschen in den Hafen oder auf die Straße gelockt.
Nicht nur der Gouverneur und sonstige offizielle Persönlichkeiten glänzten durch Abwesenheit, auch die Haustüren blieben beharrlich verschlossen wie beim Einzug eines Eindringlings. Alles, was sich blicken ließ, war hinter den kleinen Vierecken der Schiebefenster die Blässe eines ängstlichen Gesichts, das Aufblitzen eines mißtrauischen Blicks. Es fehlte nur noch, daß man das Flüstern und Raunen hörte. Die Atmosphäre um die kleine Gruppe von Offizieren auf dem verlassenen Quai war so beklemmend, daß es selbst Fersens Phlegma zuviel wurde.

»Was für ein freundschaftlicher Empfang! Was denken sich diese Leute?« rief er, als er die ernste Miene seines Chefs bemerkte. »Glauben sie, wir haben siebzig Tage auf See hinter uns gebracht, um verschlossene Türen vorzufinden? Kehren wir an Bord zurück und gehen wir bei einem gastfreundlicheren Ort an Land!«

»Es ist meine Sache, Monsieur, zu entscheiden, was getan wird«, unterbrach ihn die ruhige Stimme Rochambeaus. »Ich habe Befehl, mich hier einzurichten, und genau das werde ich tun. Außerdem habt Ihr unrecht, wenn Ihr Euch beklagt: Diese Leute haben uns immerhin Küstenlotsen für die Einfahrt in die Bucht geschickt. Lassen wir ihnen Zeit, sich an uns zu gewöhnen.«

»Ihr seid sehr freundlich«, ließ sich Monsieur de Charlus vernehmen, »aber Ihr müßt trotzdem an Bord zurück. Der Chef des französischen Expeditionskorps kann unmöglich auf einem Dorfplatz kampieren.«

»Wenn Ihr erlaubt, Monsieur«, mischte Gilles sich ein, dem die Rückkehr an Bord wie eine Art Fahnenflucht vorgekommen wäre, »ich sehe dort hinten ein Schild, das das eines Gasthauses sein könnte.«

Ein Chor entrüsteter Ausrufe antwortete ihm, aber er ließ sich deswegen nicht aus der Ruhe bringen.

»In einem Dorf fängt man immer im Gasthaus an, wenn man mit den Einwohnern Kontakt aufnehmen will . . .«

»Und man tut sehr recht daran«, bestätigte Rochambeau lächelnd. »Geht zum Gasthaus voran! Zeigt uns den Weg, mein Freund.«

Und so verbrachte der französische Generalstab die erste Nacht auf amerikanischem Boden ganz demokratisch im Gasthaus Flint in der Point Street . . .

Es war eine Nacht der Überlegungen und der Schlaflosigkeit für die angesehenen Bürger Newports, und sie stellte die Ordnung der Dinge wieder her. Die Whigs meinten, es sei vielleicht doch wohl ratsam, so weit hergereisten Leuten mit so stolzen Mienen einige Rücksicht zu erweisen. Was die so fest zu Seiner Majestät Georg III. stehenden Tories betraf, kamen sie zu dem Schluß, daß die Vorsicht ihnen zumindest einen Anschein von Achtung für die Ankömmlinge gebiete.

So kam es, daß sich am nächsten Morgen eine von Gouverneur Wanton angeführte stattliche Abordnung auf den Weg machte, um Rochambeau in seinem Gasthaus aufzusuchen und ihm ein leicht verlegenes Willkommen zu entbieten. Nachdem sie die Schranke mißtrauischer Schildwachen und eines mürrischen, scheelblickenden Sekretärs überwunden hatten, wurden sie mit einer Gewogenheit empfangen, die sie überraschte. Man sprach sich aus, man gratulierte sich um so kräftiger, als die Franzosen hören ließen, daß ihrem Expeditionskorps ein weiteres folgen werde, das sich in Brest bereits sammle, man hielt einige Reden, und als endlich die Kapitäne der Schiffe unter Führung des Admirals erschienen, der gekommen war, um zu sehen, wie die Dinge sich entwickelten, war die Zufriedenheit allgemein. Sie wurde mit dem besten Rum der Stadt begossen. Überall, selbst am Kirchturm, wurden Lampions aufgehängt, sogar ein Feuerwerk wurde veranstaltet, und man feierte die halbe Nacht, einer mit dem andern höchst einverstanden.

Am 25. Juli waren fünfzehn Tage seit dieser denkwürdigen Nacht vergangen, und alle Welt hatte sich in eine von der eisernen Faust der Generals erzwungene strenge Ordnung eingelebt. Das Lager war aufgeschlagen: die vier Regimenter zur Linken, die Artillerie zur Rechten, vorn die Kavallerie Lauzuns. Der Generalstab hatte sich in der Stadt selbst eingerichtet, das gute Tausend Kranker, bedingt durch die übermäßig lange Schiffsreise, war von den Schiffen geholt und teils im Hospital von Newport, teils in dem großen Haus auf der Insel Conanicut untergebracht worden, und man begann, die von den Engländern zerstörten Befestigungen wieder aufzubauen. Das alles in einer um so bewundernswerteren Ordnung, als sie ungewohnt war. Doch waren die strengsten Strafen demjenigen angedroht, der plünderte, stahl oder die Einwohner der Stadt auch nur im geringsten schlecht behandelte.

Übrigens hatte man auch nichts anderes zu tun, denn vom amerikanischen Hauptquartier war noch keinerlei Nachricht eingetroffen, und wenn Rochambeau sich eingebildet hatte, umgehend Aktionen in Angriff nehmen zu können, hatte er sich schwer getäuscht. Alles, was man wußte, war, daß La Fayette einige Wochen zuvor gelandet war.

Statt dessen hatte man Nachrichten von den Engländern. Vor vier Tagen war das mächtige Geschwader des Admirals Graves aufgekreuzt und hatte Positionen vor der Einfahrt der Narraganset-Bucht bezogen. Und nur mit Mühe und Not hatte Rochambeau Ternay daran hindern können, sich auf den dreifach überlegenen Gegner zu stürzen, um die Durchfahrt zu erzwingen.

»Durchfahrt wohin?« hatte er ihm gesagt. »Wir wissen noch nicht einmal, was man von uns erwartet. Zudem vergeßt nicht, daß Sartines verlangt, daß Ihr uns unter keinerlei Vorwand verlassen dürft.«

Seine Wut hinunterschluckend, hatte sich der kleine Admiral Rochambeaus Gründen gefügt, und da die Engländer kaum versucht schienen, einen Angriff gegen eine so stark verteidigte Stellung zu wagen, konnte es gut und gerne noch eine ganze Weile so weitergehen, untätig, nur mit feindseligen Blicken von einem Geschwader zum anderen, was die Stimmung der jungen Offiziere und Soldaten, die die Hintergründe der Situation nicht kannten, nicht gerade hob. Den Feind sehen und nicht drauflosschlagen, das war zum Heulen!

Auch Gilles dachte genau wie Noailles, Fersen, Rochambeau junior, Dillon, Damas und alle anderen jungen Offiziere und verstand nicht recht, wozu man eigentlich hergekommen war. Seit der Ausfahrt von Brest hatte er sich die langen Tage der Überfahrt durch Übungen mit dem Waffenmeister des Regiments Saintonge zur Vervollkommnung seines Stils mit Degen und Säbel verkürzt, was ihn in so gute Kondition gebracht hatte, daß er darauf brannte, sie zu beweisen. Und seitdem sie an Land waren, hatte er in täglichen Fechtgängen mit Axel von Fersen weiter trainiert.

In seiner ruhigen Weise bezeigte ihm der Schwede jetzt eine Art Kameradschaftlichkeit. Als er sah, daß der junge Mann darunter litt, fast der einzige Zivilist inmitten so vieler Krieger zu sein, hatte er Rochambeau um die Erlaubnis gebeten, ihn in die Listen des Regiments Royal-Deux-Ponts einschreiben zu dürfen, damit er wenigstens eine Uniform tragen könne. Und Gilles hätte beinah vor Freude geweint, als er zum erstenmal die blau-gelbe Uniform anzog, weil sie ihn von seinem staubigen Federfuchser-Aussehen befreite und ihn in die riesige Familie einordnete, die eine so weit von ihren gewohnten Stützpunkten entfernte Armee im Kriegszustand darstellt. Schließlich sicherte ihm dieser Aufstieg auch größere Hochachtung seitens seines neuen Freundes Tim Thocker . . .

Tim war einer der beiden geheimnisvollen Amerikaner, die in Brest an Bord der *Duc de Bourgogne* gekommen waren. In Wahrheit bestand ihr ganzes Geheimnis nur darin, daß sie damit beauftragt waren, persönliche Briefe Benjamin Franklins und Silas Deanes deren jeweiligen Familien zu überbringen. Der junge Thocker, Sohn des Pfarrers von Stillborough am

Pawtucket River, war ein einfacher, mäßig gottesfürchtiger Bursche, neugierig wie eine Katze und auch fast ebenso lautlos, denn man hörte ihn nie kommen, und zu normalen Zeiten sprach er nicht mehr als zehn Wörter pro Stunde. Wenn es sich hingegen um Jagd oder Angeln handelte, wurde er schwatzhafter als ein betrunkener Papagei.

Im Grunde hatte er sich Silas Deane nur angeschlossen, um mit eigenen Augen zu sehen, wie es mit der Jagd in den Ländern jenseits des Atlantiks bestellt sei. Aber er hatte seine Neugier schnell bedauert, denn zwischen den von ihm in den riesigen Wäldern der Neuen Welt angewandten Verfahren, den Damhirsch, den Elch, den Bären oder den Königsadler zu jagen, und den waidmännischen Raffinessen, wie sie in Frankreich oder England praktiziert wurden, lag eine kleine Welt.

»All dieses Galoppieren zu dreißig oder vierzig Gäulen auf der Spur eines einzigen unglückseligen Viehs«, erklärte er Gilles verächtlich, »ist nur gut für Weiber, nicht für Männer. Bei uns wirst du sehen, was es heißt, tagelang Blut und Wasser auf so gerissen versteckten Fährten zu schwitzen, daß es einen irokesischen Medizinmann um seinen Ruf bringen könnte, und es endlich mit einem Tier zu tun zu kriegen, das dreimal größer ist als du.«

Einfach wie die Erde, groß wie ein Baum und nach dem gleichen Modell gebaut, hatte Tim Thocker die Angewohnheiten, die zu seiner Persönlichkeit paßten. Da das beschränkte Leben an Bord ihm mißfiel, suchte er sich Abwechslung, entfesselte fast eine kleine Revolution, als er auf den Einfall kam, einen Teil seines eigenen Rumbestandes zu verteilen, brachte es zu einem ersten Erfolg, indem er eine Kanone, die sich aus ihrer Verankerung gelöst hatte und die Wand der Batterie zu durchschlagen drohte, an ihren angestammten Platz zurückschaffte, und einen weiteren, indem er eine der drei Kühe, die der Chevalier de Ternay an Bord genommen hatte, sachkundig wieder auf die Beine brachte. Im übrigen war er von Zuneigung für den jungen Sekretär erfüllt, der seine Sprache sprach und vor allem wundervoll den farbenprächtigen Erzählungen zuhören konnte, durch die er weitgehend das amerikanische Land kennenlernte.

In seiner Gesellschaft gab sich Tim, der Schweigsame, freudigen Herzens solchen Erzählungen hin, und als die Überfahrt sich ihrem Ende zuneigte, war der junge Bretone fast davon überzeugt, sein ganzes Leben unter den Kabeljaufischern von

Nantucket, den Quäkern von Providence oder den Mohawks, Senecas, Mohegans und Irokesen, die im Hinterland umhergeisterten, verbracht zu haben. Er lernte auch, daß der Rum der beste Freund des Mannes sei, wenn er zu Fuß einen vereisten Fluß durchqueren müsse, und daß es einem Manne nur zur Ehre gereiche, wenn er eine anständige Quantität davon durch die Gurgel jagen könne, ohne etwas von seiner Würde zu verlieren. Als sie in Newport gelandet waren, trennte sich Gilles mit großem Bedauern von seinem Gefährten, der seine Postsachen abliefern mußte. Tim beruhigte ihn jedoch:

»Nur bis ich meinen Vater umarmt, Mr. Deanes Briefe abgegeben und mich ein bißchen umgesehen habe, was die Rothäute um New York herum treiben, dann komm' ich zurück. Ich habe Lust, an eurer Seite zu kämpfen.«

Und in das ihm von einem seiner Vettern geliehene Kanu springend, machte sich Tim Thocker daran, die Bucht von Narraganset mit Armeskraft zu überqueren, und das mit solcher Energie, als hätte er nie siebzig Tage mangelhafter Ernährung durchstehen müssen, während Gilles sich in ihren neuen Quartieren einrichtete.

An diesem Morgen begann er seinen Tag, wie er es zu tun sich angewöhnt hatte. Bei Sonnenaufgang verließ er das Zelt, in dem er mit dem aus Heidelberg stammenden Sergeanten Weinburg hauste, zu dem sich seine Beziehungen sehr einfach gestalteten, da der Sergeant nach Gilles' Meinung keine verständliche Sprache sprach und Weinburg umgekehrt diese Auffassung teilte. Nachdem er festgestellt hatte, daß prächtiges Wetter war und der leichte Nebel über dem Meer einen heißen Tag versprach, begab er sich rasch zur Bucht von Atton, um zu baden.

In diesem Land, in dem alles neu für ihn war, war das Meer das einzige Element, das er ganz genau kannte, und wenn er sich hineinstürzte, hatte er immer ein wenig das Gefühl, nach Hause zu kommen. So ging er jeden Morgen eine gute Stunde schwimmen, wonach er eine kleine Quelle aufsuchte, um das Salz von der Haut zu spülen, und sich schließlich einige Minuten der Entspannung in der Sonne bewilligte, bevor er sich wieder anzog. Auf diese Weise erholte sich sein Körper nicht nur von den Strapazen der Überfahrt, sondern gewann zugleich zusätzlich Kraft und holte sich eine schöne Gewürzbrotfärbung, die ihm ein wenig Familienähnlichkeit mit Tim, dem Waldläufer, verlieh. Im übrigen hinderte ihn das Schwimmen daran, allzusehr den Gedanken an eine gewisse Schneenacht unter den Mauern von Vannes und die charmanten Befriedigungen nachzuhängen, die man in Gesellschaft eines weiblichen Körpers finden kann. Sein Aufenthalt in Brest hatte ihm nicht die Muße gelassen, seine Studien in dieser so angenehmen Kunst fortzuführen, aber seit der Einschiffung war dieses Thema brennend geworden, denn die Frauen bildeten die Grundlage der Unterhaltungen all dieser Männer, Seeleute und Soldaten, die sich zu einem Abenteuer eingeschifft hatten, von dem keiner ahnte, daß es sich zu einer Art Eintritt ins Kloster auswachsen würde. Während der siebzig Tage auf See hatte Gilles nur von Liebe reden hören und davon, wie eilig es seine Gefährten hatten, Bekanntschaften mit Amerikanerinnen zu schließen.

Doch nicht nur die Befehle des Generalstabs waren in diesem Punkt von größter Strenge (es war verboten, bei den Einheimischen auch nur das geringste Mißfallen zu erregen, also auch ihre Frauen zu hofieren!), auch die hübschen Wiedertäuferinnen von Newport schienen die Franzosen für eine Legion von Satanshelfershelfern zu halten, die man sich unbedingt fernhalten müsse. Was die Freudenmädchen betraf, die üblicherweise zum Troß einer Armee im Felde gehörten, hatte man sie in diesem Fall natürlich nicht mitnehmen können. So herrschte denn im französischen Lager eine mürrische, peinvoll durch die Furcht vor körperlicher Züchtigung aufrechterhaltene Enthaltsamkeit. Gilles für sein Teil zog es vor, in den Traum und ein intensives körperliches Training zu flüchten.

Seine Uniform in der Nähe der Quelle lassend, lief er zu einem überhängenden Felsen, der ihm immer als Sprungbrett diente, und sprang kopfüber in das ruhige Wasser der Bucht. Ein paar Minuten schwamm er auf ein bewachsenes Inselchen zu, dann drehte er sich auf den Rücken, ließ sich von der Flut tragen und zwang sich, an nichts zu denken. Er hatte an diesem Morgen keine Lust, Rekorde zu brechen. Das Wasser war wunderbar frisch und klar. Außer dem Schrei der Möwen und dem leichten Rauschen der Brandung war kein Laut zu vernehmen, und Gilles fühlte sich wohl. Er war der erste Mensch auf der Welt, und dieses große, verzauberte Land war das Königreich, aus dem er die Kraft schöpfen würde, ebenfalls groß zu werden.

Er träumte eben, daß es vielleicht schön wäre, sich hier seinen Platz an der Sonne zu schaffen und Judith herüberzuholen zu einem langen, gemeinsamen Leben voller Liebe, als sein In-

stinkt ihm etwas Anormales signalisierte, einen ungewöhnlichen Gegenstand, den sein schweifender Blick gestreift hatte. Rasch sich wieder auf den Bauch drehend, sah er gerade noch im hohen Gras nahe der Quelle das Heck eines Kanus verschwinden, wie er noch keins an den Landungsbrücken Newports gesehen hatte. Dies hier war klein, hellrot angestrichen, und auf sein aufgebogenes Ende war eine Art Auge in Schwarz und Weiß gemalt.
Tims Erzählungen kamen ihm plötzlich ins Gedächtnis zurück. Der Jäger hatte ihm ausführlich die aus Birkenrinde hergestellten und oft mit leuchtenden Farben bemalten leichten Boote der Indianer beschrieben. Doch die Rhode Island zunächst lebenden Stämme waren, immer Tim zufolge, hauptsächlich im Hudsontal und im Norden Connecticuts zu Hause. Es waren vor allem Irokesen und Mohawks, beide den Aufrührern entschieden feindlich gesinnt und im Solde der Engländer.
Gilles' Blut gerann. Das Kanu, das er hatte verschwinden sehen, mußte einem Spion gehören, der gekommen war, um die Stärke des französischen Lagers auszukundschaften, oder vielleicht gar einem Pfadfinder, der den Weg für einen Angriff vorbereitete. Man sagte, der große Häuptling der Mohawks, Thayendanega, ein Mann der Engländer, seit seine Schwester Sir William Johnson geheiratet hatte, habe das Kriegsbeil ausgegraben und sich weit von seinen Lagerfeuern im Hudsontal entfernt auf den Kriegspfad begeben. Außerdem sollte, so hieß es, Sir Henry Clinton, der New York gegen Washington verteidigte, auf Long Island, der großen, flachen, der Stadt vorgelagerten Insel, Streitkräfte konzentriert haben, um einen Angriff gegen Rhode Island zu führen.
All diese Gerüchte zusammenfügend, machte sich Gilles eine ziemlich genaue Vorstellung von dem, was es mit dem verdächtigen Kanu auf sich haben mochte, und unter Wasser schwimmend, erreichte er rasch den Ort, wo er es hatte verschwinden sehen, glitt ins hohe Gras, ohne das geringste Geräusch zu verursachen, bis er die Quelle sah.
Das, was er entdeckte, überraschte ihn ein wenig: Der Besitzer des Kanus war zwar ein Indianer, wie er angenommen hatte, aber es war nur ein Knabe von etwa einem Dutzend Jahren.
Sein kupferfarbener Körper war nackt mit Ausnahme eines mit bunten Perlen bestickten hirschledernen Bandes, das, um die Taille befestigt, zwischen den Beinen hindurchlief und von dem

vorn und hinten je ein schurzartiger Streifen herunterhing. Brust und Gesicht waren mit seltsamen weißen und schwarzen Zeichen bedeckt, die ihm ein grimmiges Aussehen verliehen. Sein pechschwarzes Haar war zu beiden Seiten des Kopfes abrasiert und bildete nur in der Mitte des Schädels einen langen, von einem roten Band umwundenen Schwanz, in dem eine weiße Feder steckte.

Gilles hielt sich nicht lange damit auf, den malerischen Anblick seines Besuchers zu studieren, denn der war gerade damit beschäftigt, seine Uniform und seine Waffen im Boot zu verstauen. Mit einem jähen Satz sprang der junge Mann hinzu und riß sein Hemd aus den Händen des kleinen Diebes, der es überrascht losließ. Aber das Reaktionsvermögen des Knaben war beachtlich, denn schon eine Sekunde später hatte er einen federgeschmückten Tomahawk aus seinem Gürtel gerissen und schwang ihn mit so zornig verzerrter Miene über seinem Kopf, daß in seinem Gesicht nichts Kindliches mehr blieb. Nichtsdestoweniger begann Gilles zu lachen.

»Du bist noch zu jung, um mit Waffen zu hantieren, mein Bursche. Laß also das Beil fallen, mit dem du doch nicht umgehen kannst!«

Das Dementi erfolgte unmittelbar und blitzartig. Mit einem gellenden Schrei schleuderte der junge Indianer den Tomahawk, und wäre Gilles nicht instinktiv zur Seite gesprungen, hätte die Waffe ihn mitten in die Brust getroffen. Sie hatte ihn nur um den Bruchteil einer Sekunde verfehlt.

Ihm blieb kaum Zeit, sich über die Situation klarzuwerden. Schon folgte der Indianer dem Weg des Tomahawks und stürzte sich mit geschwungenem Messer auf ihn, das er unter der Andeutung von Kleidung, die er trug, versteckt gehalten haben mußte. Diesmal schwoll Gilles der Kamm. Die schwarzweiß angestrichene Göre begann ihn zu reizen, obwohl es ihm unter seiner Würde erschien, ernstlich mit dem Jungen zu kämpfen. Die einzige Behandlung, die einem mit solchen Instinkten versehenen Burschen dieses Alters gebührte, konnte nur eine tüchtige Tracht Prügel sein, aber es wurde ihm bald klar, daß es nicht leicht sein würde, sie ihm zu verabreichen, zumal er selbst nackt und ohne jede Waffe war. Trotzdem erwies sich der Kampf als ungleich, und bald hatte er den jungen Wilden, der sich wie ein Reptil unter seinen Fäusten wand, bezwungen.

Um ihn fürs erste ruhig zu halten, mußte er das gleiche Mittel anwenden, mit dem er Judith nach ihrer Pseudo-Rettung aus dem Blavet so erfolgreich außer Gefecht gesetzt hatte. Von einem Faustschlag am Kinn getroffen, entspannte sich der junge Indianer, schloß die Augen und begab sich folgsam ins Land der Träume.

Ständig den Burschen im Auge behaltend, begann Gilles sich anzuziehen und inspizierte sodann das Kanu, das wenig genug enthielt: eine in lebhaften Farben gemusterte Decke, einen Sack, der ein stark riechendes, grobes braunes Mehl enthielt, vermutlich den berühmten Pemmikan, das übliche Nahrungsmittel der Indianer, von dem Tim ihm erzählt hatte, einen der Größe des Kindes entsprechenden Bogen, ein paar neue Pfeile und schließlich einen Strick aus geflochtenen Fasern, dessen er sich bediente, um seinen Gefangenen zu fesseln, bevor er sein Bewußtsein und damit seinen Verteidigungsdrang wiedererlangte.

Als das getan war, verwahrte er das kleine Boot sorgfältig in einer Felsenhöhle und machte sich, den jungen Burschen wie ein Bündel über die Schulter geworfen, auf den Rückweg zum Lager.

Doch statt zu den Zelten zu gehen, schlug er einen Pfad ein, der direkt nach Newport führte.

Kind oder nicht, sein Gefangener war ein Indianer, dessen bloße Anwesenheit die Nähe eines Stammes und die Möglichkeit feindseliger Aktionen anzeigte. Der General mußte sofort davon in Kenntnis gesetzt werden, denn diese Nachricht konnte von Bedeutung sein. Das Hauptquartier für Heer wie Marine befand sich in einem der ansehnlichsten Gebäude der Stadt, und ungeachtet des Gewichts seines Gefangenen begann Gilles zu laufen, als der Turm der Trinity Church in Sicht kam, da er es eilig hatte, seinem Chef zu begegnen.

Das Haus John Wantons, Sohns des Gouverneurs von Rhode Island, lag in der Point Street, der wichtigsten der wenigen Straßen, aus denen Newport bestand. Wie die meisten seiner Nachbarn war es ein weiß angestrichenes Holzhaus mit nach englischer Art aus kleinen Vierecken bestehenden Fenstern. Es stand auf dem Rasen eines großen Obstgartens voller knorriger Apfel- und Kirschbäume, die ihm ein ländliches Aussehen verliehen, obwohl es der Wohnsitz eines der wichtigsten Verwaltungsbeamten der Stadt war.

Dieses Haus hatte man dem Chevalier de Ternay zur Einrichtung der Büros der Marine und der Schatzkammer der Expedition zur Verfügung gestellt. Auch der Generalstab versammelte sich regelmäßig dort, denn der Wanton-Besitz lag etwa in der Mitte zwischen den Schiffen auf der Reede und dem Lager der Armee.

Als Gilles mit seiner Last, die längst schon ihre Lebensgeister wiedergefunden hatte und mit den Beinen strampelte, an Ort und Stelle erschien, begleitete ihn ein Gefolge von fünf oder sechs Gassenjungen, die, teils bewundernd, teils beunruhigt, nicht mit ihren Kommentaren sparten. Doch in dem Moment, in dem er den Schlagbaum öffnen wollte, wurde er von zwei aus dem Norden kommenden staubbedeckten Reitern eingeholt. Sie zügelten neben ihm ihre Pferde, und einer von ihnen fuhr ihn grob an:

»Heda! Mann! Seid Ihr verrückt, ein Indianerkind gefangenzunehmen? Wißt Ihr nicht, daß Ihr riskiert, einen ganzen Stamm auf diese Stadt zu hetzen? Laßt ihn augenblicklich los! Und vor allem: Wer seid Ihr?«

Halb verblüfft, halb ärgerlich starrte Gilles ihn an. Der Reiter hatte französisch ohne den geringsten Akzent gesprochen, aber die Uniform, die er trug, war dem jungen Mann völlig unbekannt. Es war ein streng geschnittener schwarzer Rock, der durch weiße Hosen, eine weiße Weste und ebensolche Kragenaufschläge aufgehellt wurde. Der grau bestäubte Dreispitz, der auf den weißen Locken der Perücke saß, war mit einer schwarzen Kokarde versehen.

»Wer seid Ihr selbst?« entgegnete er, unangenehm berührt von der lauten, hohen Stimme des Fremden, eines langen, schlaksigen jungen Mannes mit feinen Gesichtszügen und weißer, von zahlreichen Sommersprossen gezierter Haut, dem jedoch eine hohe, fliehende Stirn und stark gebogene Augenbrauen den Ausdruck ständigen Erstaunens und unbestimmten Beleidigtseins verliehen. »Ihr sprecht französisch, aber Ihr gehört nicht zur Armee Monsieur de Rochambeaus, denn ich kenne Euch nicht.«

»In der Tat! Ich gehöre zur Armee der Vereinigten Staaten! Ich bin . . .«

Bevor er seinen Namen nennen konnte, erschien der Vicomte de Noailles auf der Bildfläche und warf sich ihm stürmisch an den Hals.

»Gilbert, mein Guter! Endlich seid Ihr da!« rief er freudig. »Zum Henker, wir haben uns schon gefragt, ob Ihr uns gänzlich vergessen hättet. Woher kommt Ihr?«

»Aus dem Lager General Washingtons natürlich. Und es ist

eher an mir zu fragen, woher Ihr kommt. Wißt Ihr, daß Ihr einen Monat Verspätung habt? Was habt Ihr denn die ganze Zeit auf dem Meer gemacht?«
»Was man dort tut, wenn man einen Konvoi von dreißig mit Segeln ausgerüsteten Schnecken, vollbeladen wie Esel, hinter sich her schleppen muß. Ihr habt gut reden, uns unsere Langsamkeit vorzuwerfen, Ihr mit Eurer kleinen Korvette, die außer Euch kaum jemand trug. Doch endlich seid Ihr da, das ist die Hauptsache! Und nun sagt mir, weshalb Ihr Euch mit diesem jungen Mann anlegt, ohne Euch auch nur die Mühe zu machen, vom Pferd zu klettern?«
»Weshalb?« rief der andere entrüstet. »Seht Ihr nicht, daß er sich eines jungen Indianers bemächtigt hat, zweifellos, um einen Sklaven aus ihm zu machen . . . oder als Souvenir. Der arme Kleine muß zu den so friedlichen Narraganset-Indianern gehören, und wenn . . .«
Er schäumte vor Wut, während Gilles angstvoll zu ihm aufsah. Gilbert! Noailles hatte ihn Gilbert genannt! Konnte es sein, daß dieser mürrische junge Mann . . .?
Der Vicomte, der amüsiert den Fortschritt der Gedanken auf Gilles' Gesicht verfolgt hatte, begann herzlich zu lachen.
»Ja, ja, mein armer Freund! Das ist Euer großer, Euer kostbarer La Fayette, der Euch die Ehre gibt, Euch zu belästigen. Was Euch betrifft, Marquis, solltet Ihr einem Eurer Getreuen mehr Gnade erweisen. Da ist ein Bursche, der sich aus seiner Schule davongemacht und die Meere überquert hat, um Euch zu begegnen, und Ihr beleidigt ihn beinah. Ich stelle Euch den Sekretär unseres großen Häuptlings vor, Gilles Goëlo, Bretone, ein Mann der Schrift, des Degens und des Geistes.«
La Fayette deutete ein Lächeln an, aber sein Blick verlor nichts von seinem beleidigten Ausdruck.
»Ich weiß Euch Dank für Eure gute Absicht, Monsieur, aber welche teuflische Idee hattet Ihr, als Ihr dieses Kind der armen, braven Narragansets entführtet?«
»Entschuldigt, Herr Marquis«, unterbrach ihn eine schleppende Stimme, »aber dieser Bengel ist keineswegs ein Narraganset. Es ist ein Seneca vom Clan der Wölfe, und ich glaube, ich täusche mich nicht sehr, wenn ich behaupte, daß es der jüngere Bruder des Häuptlings Sagoyewatha ist, eines guten Freundes der Engländer, den sie Rotjacke tauften, seitdem sie ihm einen roten Rock zum Geschenk gemacht haben.«
Und gleich einem Waldgott in einem Zauberstück tauchte Tim

Thocker hinter den Pferden auf, imposant in seinem grauen Damhirschhabit, das Haupt mit einer Waschbärmütze gekrönt, den langen Karabiner am Riemen über der Schulter und ein paar Wildgänse in der Hand. Wie gewöhnlich hatte ihn niemand kommen hören oder kommen sehen.

Er lächelte La Fayette wohlwollend zu, reichte ohne Umstände seine Wildgänse Noailles, der sie mechanisch entgegennahm, und machte sich dran, zusammen mit Gilles den kleinen Indianer auf die Beine zu stellen.

»Ein schöner Fang, mein Bursche«, sagte er dabei anerkennend.

»Es wird interessant sein zu hören, wo du ihn gefunden hast und vor allem, was er auf Rhode Island suchte, so weit entfernt von den Lagerfeuern seines großen Bruders.«

»Ich habe ihn in der Bucht von Atton gefunden«, antwortete Gilles, »und war eben dabei, ihn zum General zu bringen. Er soll versuchen, mehr über ihn zu erfahren.«

»Da der General weder Seneca noch Irokesisch noch irgendeinen anderen verdammten Dialekt dieser verdammten Rothäute spricht, würde es mich wundern, wenn es ihm glückte.«

»Na, und du?«

»Ich? Ich spreche alles!«

»Nehmt ihn also«, schloß La Fayette, der durch die eben erfahrene Niederlage noch nervöser geworden war, »und seht zu, was Ihr aus ihm herausholen könnt. Überdies«, fügte er, zu Gilles gewandt, hinzu, »kann diese Indianergeschichte warten, wohingegen ich in aller Dringlichkeit mit dem Herrn Grafen de Rochambeau und dem Chevalier de Ternay sprechen muß. Die Armee hat hier zuviel Zeit verloren. Sie muß jetzt vorrücken wie der Teufel! Der König hat die Truppen nicht hergeschickt, damit sie hier am Strand verfaulen.«

Noailles begann erneut zu lachen.

»Wir sind darin ganz einer Meinung. Sagt uns nur, wohin Ihr uns so schnell führen wollt.«

La Fayette sah seinen Schwager mit einer Spur Mitleid an. »Nach New York natürlich! Habt Ihr nicht davon gehört, daß Clinton die Stadt hält? Ich kann nicht begreifen, daß ihr noch nicht auf dem Weg dorthin seid. Bringt mich augenblicklich zu Eurem Chef . . .«

Und von seinem Adjutanten gefolgt, verschwand der Marquis de La Fayette, Generalmajor der Armee der Vereinigten Staaten, im Wanton-Haus, vor dessen Eingang die wachhabenden

Matrosen eben noch Zeit fanden, ihre Gewehre zu präsentieren.
Gilles und Tim blieben zurück, der noch immer gefesselte junge Indianer wie ein Zeltpflock zwischen ihnen.
»Na, schön«, seufzte der junge Bretone. »Wenn das alles ist, was er von meinem Fang hält! Er wollte mir sogar befehlen, dieses kleine Biest wieder freizulassen.«
»Bah! Das ist ganz natürlich. Für ihn sehen alle Indianer gleich aus. Er gehört zu den Leuten, die sich auszukennen glauben, gleichzeitig einen Algonquin und einen Irokesen zum Souper einladen und hinterher erstaunt sind, daß nach dem Ahornsirupkuchen des Nachtischs einer seiner Tischgenossen seelenruhig mit dem Skalp des anderen abzieht. Aber du hast recht: Dieser kleine Kerl ist verdammt interessant!«
Und ohne Übergang begann Tim mit beachtlicher Geschwindigkeit eine von großen Gesten begleitete Rede an den jungen Indianer abzuspulen, der sich anfangs nicht sehr dafür zu interessieren schien.
Sein Blick verriet zunächst nur offenen Ekel, und sein Mund kniff sich zusammen. Doch je länger Tim auf ihn einredete, desto mehr entspannte er sich, und schließlich kamen einige Laute über seine Lippen, die keine Schreie waren und folglich logischerweise Worte sein mußten.
»Was sagt er?« fragte Gilles.
»Eigentlich nichts, außer daß er ein Krieger ist, und daß wir alle Freiheit haben, ihn als solchen an den Marterpfahl zu stellen, daß uns das aber auch nicht viel nützte, da er allenfalls zwei- oder dreimal verächtlich lächeln würde, selbst wenn man ihn in kleine Stücke zerhackte.«
»An den Marterpfahl? Diese Göre? Wofür hält er uns?«
»Für regelrechte Feinde. Und bilde dir nicht ein, daß diese Geschichte mit dem Marterpfahl ein Spaß ist. Wenn ich die Senecas richtig kenne, hat diese Göre, wie du sagst, das Pubertätsalter erreicht und unterzieht sich nun rituellen Prüfungen, die aus ihm einen Krieger machen. Dieser Streifzug zu uns muß so was wie ein Probestück sein.«
»Und das würde bedeuten?«
»Daß sein Bruder nicht unbedingt sein Lager verlassen hat, und daß er einen langen Weg gekommen ist, um Abenteuern zu begegnen, die rühmlich genug sind, um ihm zu ermöglichen, später Häuptling zu werden. Abenteuern, die man sich später abends an den Lagerfeuern erzählen wird.«

»Aber was kann er sich erhofft haben, als er hierherkam? Wollte er uns ganz allein den Krieg erklären?«
Der Gedanke schien Tim nicht übermäßig zu überraschen.
»Er gehört zu einem irokesischen Stamm, und die Irokesen sind zu allem fähig. Aber vermutlich ist er ganz einfach losgezogen, um sich eine kleine Sammlung von Skalps anzulegen. Je mehr er mitbringt, desto mehr Hochachtung wird er genießen.«
»Dazu müßten wir ihm schon gutwillig entgegenkommen«, murmelte Gilles, unangenehm berührt. »Aber das besagt nicht, was wir mit ihm anfangen sollen . . . oder vielmehr, was du mit ihm anfangen sollst, denn ich werde gerufen.«
In der Tat hatte einer der Wachsoldaten am Tor des Wanton-Hauses seinen Namen gerufen. Der General schien seinen Sekretär zu brauchen. Diesmal begann Tim zu lachen.
»Ich werde mit ihm machen, was er mit uns gemacht hätte, wenn er an unserer Stelle wäre«, sagte er heiter. »Ich werde ihn den Squaws ausliefern! Ich würde zu gern sehen, was dieser Krieger angesichts der Akazienbeignets und Konfitüren Marthas macht.«
Martha Carpenter war die Herzensfreundin des Waldläufers, und wirklich schienen die beiden wie füreinander geschaffen. Gesund, munter, frisch und blond wie ein Napf Sahne, verwaltete sie mit Energie und Sachkenntnis das umfangreiche Schiffszubehörlager, das ihr Vater ihr vermacht hatte.
Mit einem Augenzwinkern zu seinem Freund legte sich Tim den jungen Indianer – der größeren Bequemlichkeit halber ohne ihn loszubinden – über die Schulter, sammelte seine von Noailles zurückgelassenen Gänse wieder ein und steuerte der Long Wharf Street zu, wo seine Liebste über ein wahres Universum von Taurollen, Ankern, Fischernetzen, Navigationsinstrumenten, Werkzeugen aller Art wie auch über Schießpulver, Pfeifen, Tönnchen mit Tabak oder Rum herrschte, kurz, über alles, was zur Ausrüstung eines Schiffs gehörte und seiner Mannschaft ein erträgliches Los sicherte.
Mit einem Seufzer des Bedauerns ließ Gilles ihn ziehen und schritt über die Schwelle des Wanton-Hauses. Er hatte plötzlich viel mehr Lust, das herzliche Lachen Martha Carpenters zu hören als die durchdringende Stimme dieses Monsieurs de La Fayette, der der Figur seiner Träume so wenig ähnelte. Er hatte ihn mit den Farben seiner Lieblingshelden ausgestattet und entdeckte nun, daß er im Grunde nur ein Offizier wie alle anderen war, weniger schön als Lauzun, weniger sympathisch

als Noailles und weniger faszinierend als Rochambeau. Aber was er am wenigsten mochte, war seine Stimme.
Man hörte nur sie, diese Stimme, als Gilles in den Vorraum trat. Sie schien das ganze Haus zu erfüllen und schlug dabei gelegentlich in ein Falsett um, das ihm schwer ertragbar schien. Man spürte in ihr eine durch Respekt kaum gedämpfte Ungeduld, und selbst beim besten Willen war es unmöglich, nicht zu verstehen, was sie sagte.
»Die Lage der amerikanischen Streitkräfte ist die folgende: Sie sind in drei Korps unterteilt. Das eine, von General Gates kommandiert, operiert in Südkarolina, wo ihm ziemlich zugesetzt wird. Das zweite steht unter dem Befehl des Generals Benedict Arnold, des Siegers von Saratoga, der vom Fort West Point aus den Schutz des Hudsontals sicherstellt. Was das dritte angeht, das wichtigste, denn es zählt an die sechstausend Mann, zusätzlich ebenso viele leidlich brauchbare Milizen, so wird es von General Washington kommandiert. Er hält Jersey und versucht, New York zu befreien. Ich denke, daß Eure Pflicht, Messieurs, vorgezeichnet ist: Ihr müßt Euch unverzüglich zur letztgenannten Stadt begeben und . . .«
Der tiefen Stimme des Generals gelang es, die Führung des Gesprächs zu übernehmen:
»Ich habe, mein lieber Marquis, keine andere Pflicht als die, den Befehlen zu gehorchen, die General Washington mir zu geben geruhen wird. Bringt Ihr mir diese Befehle?«
»Das nicht. Ich habe keine ausgesprochenen Befehle. General Washington wünscht, daß ich Kontakt mit Euch aufnehme, daß ich den Umfang der Kräfte feststelle, die Ihr uns zuführt, daß ich mich versichere . . .«
»Nun, ich denke, Ihr habt Euch des Folgenden versichern können: Die englische Flotte blockiert uns in dieser Bucht. Sie anzugreifen wäre Schwachsinn, denn unsere Feuerstärke ist allzu unterlegen. Auf der anderen Seite hat uns die zu lange Überfahrt zahlreiche Kranke eingebracht, die wir erst wieder auf die Beine bringen müssen und unmöglich hier zurücklassen können. Schließlich denke ich, daß es unsere erste Aufgabe ist, die Befestigungen von Rhode Island wieder aufzubauen, sonst werden die Engländer sich der Insel bemächtigen, kaum daß wir ihr den Rücken gekehrt haben . . . und alles wird wieder von vorn anfangen . . .«
»Indessen . . .«
Überzeugt, daß er genügend gehört habe, und nicht geneigt,

sich als Lauscher vor der Tür ertappen zu lassen, klopfte Gilles behutsam an und betrat den Raum, in dem sich ein eingeschränkter Kriegsrat zusammengefunden hatte. Er sah La Fayette, hochgereckt wie ein Hähnchen vor dem massiven, kalten Rochambeau, sah den in einem Sessel sitzenden und mit dem Ende seines Stocks auf seine Stiefelspitzen klopfenden Chevalier de Ternay, den Adjutanten La Fayettes, Major de Gimat, der sich neben einem Fenster so klein wie möglich machte, und endlich Lauzun, die Arme über der Brust gekreuzt, mit kampflustig funkelndem Blick, glitzernd wie ein Karfunkel und unaufhörlich von einem der beiden zum andern wandernd. Offensichtlich war er darauf aus, einen Streit vom Zaun zu brechen.

Der Eintritt des jungen Mannes ließ ihn die Stirn runzeln, und als dieser sich nach vorschriftsmäßigem Gruß zu seinem gewohnten Tisch begab, fuhr er ungeduldig auf und protestierte:

»Messieurs, wir besprechen hier Angelegenheiten von höchster Bedeutung, bei denen Untergeordnete nichts zu suchen haben. Die Anwesenheit dieses Burschen scheint mir überflüssig, denn die Geheimhaltung unserer Operationen darf nicht dem Erstbesten überlassen werden.«

Gilles errötete vor Zorn und faßte instinktiv mit der Hand zum Degengriff. Die Animosität des jungen Herzogs ihm gegenüber hatte sich während der langen Überfahrt nicht vermindert. Und seitdem man wieder an Land war, ließ Lauzun keine Gelegenheit aus, den jungen Sekretär seine offenkundige Geringschätzung und Feindseligkeit spüren zu lassen. Die Freundschaft, die Fersen ihm entgegenbrachte, hatte nichts daran geändert: Von Versailles her trennte eine dumpfe Rivalität die beiden Edelleute, eine Rivalität, deren Grund . . . die Königin von Frankreich war. Doch Lauzuns Attacke war nicht nach dem Geschmack Rochambeaus gewesen, der den jungen Herzog eiskalt musterte.

»Welche Schmeißfliege hat Euch gestochen, Monsieur? Maßt Ihr Euch an, mir vorzuschreiben, wann ich meinen Sekretär brauche und wann nicht? Ich möchte einen Brief an General Washington diktieren, und sofern Ihr nicht geruht, eigenhändig zur Feder zu greifen . . .«

Der Chevalier stieß ein kurzes, trockenes Gelächter aus, das seinen Ärger verriet.

»Monsieur de Lauzun versteht sich glänzend auf Befestigungen, aber nicht aufs Schreiben, und im übrigen neigt er ein wenig zu sehr dazu, sich für einen Meister in allen Dingen zu halten. Kommt her, mein Bursche, und bereitet Euch aufs Schreiben vor. Wir brauchen Euch.«

Die trockene Zurechtweisung des Admirals gefiel dem jungen Herzog nicht. Er preßte die Lippen zusammen, erbat in eisigem Ton die Erlaubnis, sich zurückziehen zu dürfen, und verließ nach einem steifen Gruß den Raum, von Rochambeaus Blick gefolgt.

»Er ist mit ganzer Seele Soldat«, bemerkte er. »Schade, daß er nichts von Disziplin versteht, die Kunst des Schweigens nicht auszuüben weiß und sich zudem noch im Mittelalter wähnt!«

»Er ist zugleich ein Biron und ein Lauzun, das sagt alles!« erwiderte der Chevalier und zuckte mit den Schultern. »Diesen Leuten sitzt die Rebellion im Blut. Die Rebellion und die Ungeschicklichkeit . . . denn gesteht, mit der Gelegenheit, die er Euch gab, ihn zurechtzuweisen, hat er Euch einen Dienst erwiesen. Ihr könnt nicht allzu glücklich gewesen sein, ihn diesem ersten . . . und so überaus wichtigen Gespräch beiwohnen zu sehen.« Rochambeau lachte.

»Wenn ich an Eure liebenswürdige Unterstützung eben denke, wart Ihr's ebenfalls nicht, mein Lieber. Gebt zu, daß Ihr ihn nicht liebt.«

»Monsieur de Lauzun haßt mich, verachtet mich und hält mich für einen Feigling, weil er die tieferen Ursachen meines Handelns nicht kennt. Ich habe kaum Anlaß, ihn zu lieben. Aber kehren wir zu Euch zurück, Monsieur de La Fayette. Ihr dürftet von . . . unseren kleinen Familienstreitigkeiten kaum etwas verstanden haben.«

Zum erstenmal gestattete sich der Abgesandte Washingtons ein Lächeln. Er war der Szene überrascht, wenn auch mit einer gewissen Befriedigung gefolgt, denn er liebte Lauzun nicht mehr als die beiden anderen.

»Die wenigen Male, da ich die Ehre hatte, dem Kreise Ihrer Majestät der Königin anzugehören, haben mich viele Dinge gelehrt«, sagte er, wobei es ihm nicht gelang, einen Schatten von Melancholie zu verdrängen. »Insbesondere, daß Monsieur de Lauzun gern einen herrischen Ton anschlägt, wo immer er sich befindet oder wer die anwesenden Personen sein mögen. Sagt mir nun, Messieurs, was ich General Washington berichten soll. Seid Ihr bereit, nach New York zu marschieren?«

»Nein, tausendmal nein! Nicht jetzt und nicht, bevor ich einen formellen Befehl vom General erhalten habe. Zum Henker, Monsieur, ich verhehle Euch nicht, daß ich enttäuscht bin! Ich erwartete Washington persönlich, und Ihr seid es, den er mir schickt, ohne ein einziges schriftliches Wort und ohne die kleinste Eskorte.«
»Er marschiert mit seinen Truppen auf New York. Es ist nicht die Zeit, Besuche zu machen.«
Rochambeaus Gemütsruhe schien, weidlich strapaziert, kurz vor ihrem Explosionspunkt angelangt. Seine Faust dröhnte auf den Tisch, hinter dem Gilles sich angelegentlich damit beschäftigte, die Federn zu spitzen, um sich Haltung zu geben, während er kein Wort des Auftritts verlor.
»Man könnte glauben, Marquis, daß wir nicht die gleiche Sprache sprechen. Es ist wahr, daß Ihr jetzt viel mehr Amerikaner als Franzose seid. Ich bin mit allem hergekommen, was Euer General braucht, ich sage: mit allem! Man hat mir ausdrücklich befohlen, auf dieser Insel Stellung zu beziehen. Ich hatte ein Recht anzunehmen, daß man mich hier empfangen würde. Aber ich bin nicht nur überall vor verschlossene Türen gekommen, sondern habe dazu noch zwei Wochen gewartet, ohne jemand erscheinen zu sehen. Ihr trefft endlich ein, aber Ihr seid allein, und – erlaubt, daß ich das sage – Ihr scheint niemand anderen als Euch selbst zu vertreten. Bringt Ihr mir Befehle, ja oder nein?«
»Ich bin Generalmajor der Armee der Vereinigten Staaten!« kreischte La Fayette, dessen Stimme um zwei Tonlagen höher stieg. »Der General vertraut mir vollkommen, und ich vertrete ihn . . .«
»So zeigt mir die Befehle, wie es sich gehört! Habt Ihr welche?«
»N. . .ein! Aber . . .«
»Kein ›aber‹, wenn es sich um Krieg handelt, Monsieur. Ich werde nicht nur hier bleiben, es sei denn, daß ich einen ausdrücklichen Befehl erhalte, denn ich bin der Ansicht, daß man mir diese Region anvertraut, sondern wünsche auch, daß Washington mir so bald wie möglich eine ausreichende Truppe von Männern schickt, deren er absolut sicher ist!«
Diesmal wäre La Fayette fast erstickt.
»Männer? Habt Ihr solche Angst, Newport nicht halten zu können? Seid Ihr es, General, der den Aufrührern zu Hilfe kommen soll, oder ist das Gegenteil der Fall?«

Rochambeaus Faust donnerte ein zweites Mal auf den Tisch. »Monsieur de La Fayette, ich wiederhole, daß ich eine absolut vertrauenswürdige, bewaffnete amerikanische Truppe brauche. Und Euer General muß wissen, warum. Wenn er es Euch nicht anvertraut hat, ist es ein Grund mehr, Euch für jemand zu halten, der auf eigene Faust und nicht als Bevollmächtigter handelt. Aber laßt uns jetzt abbrechen. Ich denke, Ihr werdet nach alldem noch vor Hunger umkommen, ebenso wie Monsieur de Gimat«, fügte er, plötzlich liebenswürdig, hinzu, indem er sich dem Adjutanten zuwandte, der sich nach Lauzuns Verschwinden steif und offenbar gleichgültig neben der Tür als eine Art Karyatide gab. »Hier ist der Chevalier de Ternay, der den dringenden Wunsch hat, Euch zu sich an Bord zu führen, wo Euch das Mahl erwartet. Mich werdet Ihr für heute mittag entschuldigen, da ich noch zwei oder drei wichtige Briefe zu diktieren habe . . .«
Der Admiral hatte sich endlich aus seinem Sessel erhoben und näherte sich mit seinem hinkenden Schritt La Fayette, der ganz offensichtlich gegen einen Wutanfall ankämpfte. Mit einer Grazie, die niemand dem alten Seewolf zugetraut hätte, nahm er dessen Arm und führte ihn hinaus. Doch Gilles gewahrte den Blick des Einverständnisses, den er im Vorübergehen mit Rochambeau wechselte und von dem der Gesandte Washingtons nichts sah. War es etwa ein Komödienakt gewesen, was sich hier vor seinen Augen abgespielt hatte? Plötzlich hatte er den Eindruck, daß man sich hier über jemand lustig machte und daß dieser Jemand sehr wohl der Generalmajor der Armee der Vereinigten Staaten sein konnte . . .
Mit seinem Sekretär alleingeblieben, trat Rochambeau zu einem kleinen Tisch, auf dem eine Karaffe und Gläser standen, und füllte ein Glas halb mit Wasser, das er mit sichtlicher Befriedigung trank. Dann kehrte er mit einem Seufzer, der eine Art Erleichterung verriet, zurück und ließ sich in den vom Chevalier de Ternay verlassenen Sessel nieder.
»Sagt dem Posten, daß ich von niemand und unter keinem Vorwand gestört werden will, und wenn Ihr zurückkommt, verriegelt diese Tür, Gilles. Ich muß mit Euch sprechen.«
Der junge Mann errötete vor Stolz. Es war das erstemal, daß der General ihn mit seinem Vornamen angeredet hatte, und er hatte in ungewöhnlich vertraulichem Ton gesprochen. Um so größer war daher die Schnelligkeit, mit der er den erhaltenen Befehl ausführte.

»Gut. Jetzt zieht die Vorhänge vor. Es wird immer wärmer.« Der helle Sonnenschein, der den Raum durchflutete, wich gedämpftem Dämmerlicht, und Gilles nahm seinen Platz hinter dem Schreibtisch wieder ein, griff nach einer Feder und tauchte sie in die Tinte, da er annahm, der General wolle diktieren. Doch Rochambeau schüttelte den Kopf.
»Laßt das! Ich sagte, daß ich mit Euch sprechen will. Sagt mir, mein Junge, habt Ihr in letzter Zeit Nachricht von Euerm Freund Tim Thocker erhalten? Rechnet er damit, bald nach Newport zurückzukommen?«
»Er ist heute morgen zurückgekommen, Herr General, und zur Stunde dürfte er mich mit dem jungen Indianer, den ich gefangen habe, bei Miss Carpenter erwarten.«
»Ein Indianer? Was ist das für eine Geschichte?«
»Ich wollte Euch davon berichten, Herr General, aber Monsieur de La Fayette ließ mich wissen, daß Ihr Euch mit wichtigeren Dingen zu befassen hättet als mit einem Indianerjungen.«
»Offensichtlich ist Monsieur de La Fayette nicht weit davon entfernt, sich für den Präsidenten des amerikanischen Kongresses zu halten. Erzählt!«
Schnell beschrieb Gilles sein morgendliches Abenteuer, seine Begegnung mit La Fayette, Tims Ankunft und was darauf gefolgt war. Und je länger er sprach, desto mehr schien Rochambeaus bekümmerte Miene sich aufzuheitern.
»Ausgezeichnet!« rief er, als Gilles am Ende seiner Erzählung angelangt war. »Das ist der Vorwand, den ich suchte . . . Bleibt jetzt nur noch zu erfahren, ob ich auf Euch, auf Eure Ergebenheit, zählen kann?«
Gilles' eben noch lebhaft gerötetes Gesicht wurde jäh blaß. »Ihr tut mir Unrecht, indem Ihr mich fragt, Herr General. Mein Leben gehört Euch. Ich bin mit Freuden bereit, es Euch zu geben«, schloß er einfach.
»Ich habe nie daran gezweifelt, und ich werde es Euch beweisen. In kurzem werdet Ihr mir Euren Freund Tim und diesen jungen Indianer herbringen. Aber zunächst hört mir aufmerksam zu, denn ich muß Euch eine wichtige Mission anvertrauen.«
»Mir?«
»Ja, und sie könnte der Beginn Eurer Karriere werden. Ihr werdet es besser beurteilen können, wenn Ihr wißt, daß es sich um ein Staatsgeheimnis handelt, von höchster Wichtigkeit für

die Führung dieses Krieges. Ein Geheimnis, das ich bisher nur mit dem Admiral geteilt habe . . . Hört gut zu! Was Washington seit fast einem Jahr am meisten fehlt, ist Geld! Wenn Ihr im Winter in Versailles oder Paris gewesen wäret, hättet Ihr wie alle, die sich für die Aufrührer interessieren, von dem fatalen Zustand erfahren, in dem seine Armee diesen Winter verbracht hat. Schlecht gekleidete Truppen, ohne Schuhe, ohne Nahrung und fast ohne Waffen! Ihr Kongreß hat eine bewundernswerte Unabhängigkeitserklärung unterzeichnet, aber wenn man von seinen Mitgliedern, von denen übrigens einige mit England sympathisieren, um sich ihr angenehmes Dasein zu erhalten, Geld verlangt, schreien sie, als ob man ihnen die Haut vom Leibe zöge. Frei wollen sie schon sein, aber ohne daß es sie einen Penny kostet, und ich kann nie genug sagen, welche Bewunderung ich für diesen Washington und seine armen Truppen empfinde, die es verstanden haben, unter solchen Bedingungen durchzuhalten.«

»Und doch scheint das Land reich zu sein«, wandte Gilles ein.

»Es ist reich und wird es noch mehr sein, aber seine Kaufleute, ich sagte es Euch, denken mehr an ihr Vermögen als an ihre Freiheit. Der Papierdollar ist in ihren Augen dem englischen Gold gegenüber nichts wert. Sie wollen ihn nicht mehr. Washington braucht also vor allem Metall. Und im Kielraum der *Duc de Bourgogne* liegen drei Millionen Goldfranken. Das ist das Geheimnis, das ich Euch anvertraue, denn außer Monsieur de Ternay weiß niemand davon.«

»Ausgenommen der König, denke ich, und die Minister . . .«

»Der König weiß von nichts . . . offiziell. Monsieur de Vergennes, der Minister für Auswärtige Angelegenheiten, weiß es, würde sich aber lieber die Zunge abschneiden lassen, als es zuzugeben. Dieses Gold ist von einem sagenhaft reichen Reeder beschafft worden, dem Finanzier Le Ray de Chaumont, der Benjamin Franklin seit seiner Ankunft Schutz gewährt.«

Ein Schauer überlief Gilles. Diesen Namen hatte er schon gehört, und das unter Umständen, die zu unerfreulich gewesen waren, als daß er ihn hätte vergessen können. Blitzartig sah er den Zuckerhutschädel des Nantesers in Maodans Taverne vor sich, seine kleinen blitzenden Jettperlenaugen und seine eingeschlagene Nase. Er hörte seine zischelnde Stimme von einem großen Herrn flüstern, der jene sagenhaften Schiffe für Amerika ausrüstete, deren trügerischen Glanz Jean-Pierre Quérelle geblendet hatte. »Er heißt Donatien Le Ray de Chaumont . . .« Gewiß, später hatte er erfahren, daß der Finanzier an dem schändlichen Handel keinen Anteil hatte, dem sein Kamerad zum Opfer gefallen war, aber das Gefühl, das dieser Name wieder in ihm weckte, war deshalb nicht weniger unangenehm. Währenddessen fuhr Rochambeau fort:

»Ein Bote ist vor unserem Aufbruch mit einem schnellen Kutter zu Washington gesandt worden, aber ich fürchte sehr, daß er nie angekommen ist, sonst hätten wir sicher ein richtiges Empfangskomitee vorgefunden, oder Monsieur de La Fayette wäre zumindest mit einer angemessenen Eskorte für einen so kostbaren Transport erschienen.«

»Aber . . . wie war es möglich, all dies Gold zu verladen, ohne daß jemand etwas ahnt?«

»Man hat es nachts verladen, als das Schiff am Penfeld-Kai lag. Zuverlässige Bedienstete Monsieur de Chaumonts haben es, unter Futterballen für die Pferde verborgen, an Bord gebracht.«

»Futterballen, die später wieder ausgeladen wurden, weil man die Pferde nicht mitnahm?«

»Genau! Wir mußten sie herausschaffen lassen, aber die Säcke waren schon durch eine doppelte Scheidewand hinter den Fässern mit Reservepulver neugierigen Blicken entzogen. Jetzt soll Washington das Gold in Empfang nehmen, dessen Geheimnis bis dahin gewahrt bleiben muß, denn man weiß nie, welcher Verrat aus einem Gerücht entstehen kann, und unsere guten englischen Freunde würden keine Sekunde zögern, uns anzugreifen, wenn sie von diesem Gold wüßten. Es ist von zu großer Bedeutung für die Rebellen . . .

Ihr werdet jetzt also folgendes tun: Unter dem Vorwand, den jungen Indianer zu seinem Stamm zurückzubringen, um die Eingeborenen nicht zu verstimmen und zu versuchen, uns Verbündete auf dieser Seite zu schaffen, werdet Ihr mit Eurem Freund Tim Thocker, der Euch als Führer dienen wird, da Ihr das Land nicht kennt, Newport verlassen, werdet Euch zu Washingtons Hauptquartier begeben und ihm berichten, was ich Euch gesagt habe. Nicht mehr, aber auch nicht weniger. Währenddessen wird sich Monsieur de La Fayette zweifellos weiterhin mit mir über diese Truppe streiten, die ich angefordert habe – Ihr wißt ja jetzt, warum! Also geht und bringt mir Thocker und den Indianer. La Fayette ist an Bord und wird sie nicht sehen.«

Doch statt zur Tür zu stürzen, blieb Gilles auf seinem Platz. Das Vertrauen, das der General ihm bewies, machte ihn unendlich stolz, aber zugleich war ihm höchst unbehaglich zumute, denn er war sich zutiefst der Geringfügigkeit seiner eigenen Bedeutung bewußt. Da er sich nicht verstellen konnte, gab er es ohne Umschweife zu.

»Warum laßt Ihr mir diese Ehre zuteil werden, Herr General? Ist Monsieur de La Fayette, General, Edelmann und einer der Euren, nicht viel mehr als ich dazu berechtigt? Sagt ihm, um was es geht! Er wird sofort aufbrechen und mit der Eskorte zurückkehren, die Ihr verlangt.«

Rochambeau warf ihm unter halbgeschlossenen Lidern einen raschen Blick zu.

»Ihr glaubt, daß ich ihm mißtraue? In keiner Weise, aber mit dem Mann, dem dieses Vermögen gehört, verhält es sich anders. Le Ray de Chaumont liebt La Fayette nicht, und wenn er ihm das Gold hätte anvertrauen wollen, hätte er es in Rochefort auf die *Hermione* bringen lassen, statt in Brest auf die *Duc de Bourgogne*. Was Monsieur de Vergennes betrifft, ohne dessen Genehmigung ich niemals eingewilligt hätte, das Gold an Bord zu nehmen, wünscht auch er, daß Monsieur de La Fayette, soweit es sich machen läßt, aus dieser Angelegenheit herausgehalten wird, denn er hält ihn für einen jungen Narren mit gefährlichen Ideen. Ich kann ihm nicht ganz unrecht geben. Der Marquis ist jung, ein Hitzkopf und überlegt nicht immer gründlich genug. Geschmückt mit seinen goldenen Federn und seiner Eitelkeit, ist er durchaus imstande, den Schatz vor die versammelten Herren des Kongresses hinzuschütten, um ihnen zu zeigen, in welchem Maße er der Sache dienlich sein kann. Und Gott weiß, wieviel Washington dann noch davon bekäme. Genügen Euch diese Erklärungen?« fügte er in spöttischem Ton hinzu, der den für einen Moment aufgehobenen Abstand zwischen ihnen wiederherstellte.

»Vollkommen, Herr Graf! Ein Wort indessen noch, wenn Ihr erlaubt.«

»Sprecht.«

»Dieser Monsieur Le Ray de Chaumont . . . warum legt er soviel Wert darauf, den Aufrührern zu helfen? Die Summe ist ungeheuer groß.«

». . . aber er ist sehr reich! Einer der reichsten Männer Europas, glaube ich. Und auch einer der rachsüchtigsten. Seit Jahren hat sich bei ihm Groll gegen England aufgespeichert, dem es fast gelungen wäre, seine Flotte von Sklavenschiffen auf ein Nichts zu reduzieren. Zudem ist er Spieler und Finanzmann zugleich. Wenn die neuen Vereinigten Staaten den Sieg erringen, ihre Unabhängigkeit gewinnen und England ins Meer werfen, werden die Möglichkeiten dieses sich selbst überlassenen riesigen Landes seinen Dimensionen entsprechen. Le Ray weiß sehr gut, daß er das investierte Vermögen dann mindestens verzehnfachen wird. Das Spiel ist den Einsatz wert. Doch jetzt geht, mein Junge, die Zeit drängt . . .«

»Ich gehe sofort, Herr General!«

Rochambeau hörte nur noch den Nachhall der letzten Worte, denn Gilles war schon im Vorraum. Draußen herrschte drükkende Hitze. Die relative Kühle des Wanton-Hauses verlassend, kam es ihm vor, als sei er in einen Backofen geraten. Am liebsten hätte er seinen Rock geöffnet, dessen zu dickes Tuch ihn erstickte, aber dies war nicht der Augenblick, sich von einem Offizier wegen nachlässiger Kleidung zur Ordnung rufen zu lassen. Er setzte sich in Trab und lief in dem Gefühl, vom unglaublich leeren Himmel ergösse sich geschmolzenes Blei auf seinen Kopf herab, der Long Wharf Street zu. Das farblose Meer blendete durch seinen weißen Glanz . . .

Mit wahrer Erleichterung tauchte Gilles in den kühlen Schatten von Marthas Lagerhaus, in dem es herrlich nach Tabak und dem Hanf der neuen Seile duftete. Ungewöhnlich war nur die tiefe Stille, selbst zu dieser friedlichen Stunde, in der der größte Teil der Einwohnerschaft Siesta zu halten pflegte, denn Martha hielt die Angewohnheit, nachmittags zu schlafen, für bejammernswert und verdummend.

Sie verbrachte die Zeit in Gesellschaft Rosas, ihrer dicken schwarzen Magd, die niemals schlief, mit den verschiedensten häuslichen Tätigkeiten, wie etwa dem Nähen ihrer Kleider, der Herstellung ihrer Konfitüren oder gar einer ihrer riesigen Pfirsichtorten, die ihre Spezialität waren und mit denen sie ihre Nachbarinnen oder die Damen ihres Nähkränzchens bewirtete, wenn sie abends zu ihr kamen. Doch in der an das Lager angrenzenden Küche war ebenfalls kein Geräusch zu hören, und als Gilles leicht anklopfte, antwortete niemand.

Trotzdem trat er ohne Zögern ein und stieß einen ellenlangen Fluch aus, als er Martha in Person in Gestalt eines kleinen Gebirges aus blau-weiß kariertem Perkal entdeckte, bewußtlos vor ihrem Backofen hingestreckt, auf dem eine große Schale mit Johannisbeeren langsam vor sich hin kochte. Sie lag zwi-

schen einem mit Zucker verschmierten Schaumlöffel, der ihrer Hand entfallen war, und einer großen Bratpfanne, die dazu gedient haben mußte, sie niederzuschlagen.
Dazu ein umgeworfener Stuhl, eine Tasse, die ihren Tee auf den Tisch ergossen hatte, die Spur einer Hand, deutlich sichtbar im verschütteten weißen Zucker, die nach etwas gegriffen hatte . . . All das besagte, daß sich hier ein kleines Drama abgespielt haben mußte. Aber weder von dem jungen Indianer noch von Tim war etwas zu sehen. Auch Rosa glänzte durch Abwesenheit.
Gilles hob zunächst das junge Mädchen auf und setzte sie in den großen Schaukelstuhl, der neben dem Fenster stand, und nachdem er sich vergewissert hatte, daß sie keinerlei Verletzungen aufwies, machte er sich daran, sie mit Hilfe eines in einen Eimer Wasser getauchten Wischlappens ohne allzuviel Zartgefühl wieder zu beleben.
Nach einigen Sekunden tat die kräftige Behandlung ihre Wirkung. Martha öffnete große porzellanblaue Augen, stieß zwei, drei Seufzer aus und tastete mit unsicherer Hand nach ihrer Schläfe, die sich zusehends blau verfärbte. Dann wanderte ihr noch vager Blick zu Gilles, der ihre Hand genommen hatte.
»Was ist mir zugestoßen?« fragte sie mit matter Stimme, wie sie für gewöhnlich in solchen Situationen üblich ist.
»Das ist genau das, was ich wissen möchte. Wo ist Rosa? Wo sind Tim und der Indianer?«
Dieses letzte Wort brachte Martha Carpenter offensichtlich einen Lichtschimmer. Wie durch ein Wunder wiederhergestellt, lief sie ziegelrot an, sprang auf die Füße und begann entrüstet in ihrer in Unordnung geratenen Küche hin und her zu laufen und dabei eine Schimpfkanonade von sich zu geben, der der junge Mann nur mit einiger Mühe entnahm, was sich abgespielt hatte. Er begriff, daß Tim bei seiner Ankunft den jungen Indianer aufgeschnürt hatte, da er sich ruhig verhielt, nicht ohne ihm auch die Waffen abzunehmen, die er schon so gut zu handhaben wußte. Dann hatte er Martha gebeten, ihm etwas zu essen zu geben.
»Ich war nicht allzu erfreut«, berichtete sie, »denn ich fand, daß dieser junge Indianer schlechtes Benehmen und einen bösen Blick hatte. Aber Tim bestand darauf, und da auch er hungrig war, habe ich ihnen gepökeltes Rindfleisch, Beignets und Ahornsirupschaum serviert. Gott verzeih mir! Es war sehenswert, wie der junge Wilde alles verschlang. Zugleich sprach er

von Zeit zu Zeit in seiner Barbarensprache . . .«
»Hat er auf Fragen Tims geantwortet?«
»Ja, und ohne deswegen einen Bissen auszulassen. Bei meinem Besen, ich hätte ihm Rattengift geben sollen! Als er sich vollgestopft hatte, kam er uns reichlich schläfrig vor, so daß Tim mich darum bat, ihn mit Decken im Schuppen unterbringen zu dürfen, während er selbst das Kanu holen wollte, das Ihr versteckt habt. Natürlich hab' ich ja gesagt. Tim hat ihn runtergebracht, hat die Tür mit dem Schlüssel verschlossen und den Schlüssel in die Tasche gesteckt, und ich habe mich an meine Johannisbeerkonfitüre gemacht. Ich war gerade beim Abschäumen, als ich einen gewaltigen Schlag auf den Kopf bekam . . . und danach weiß ich nichts mehr. Aber es kann nur dieses kleine Biest gewesen sein, das mir das angetan hat. Es kommt mir vor, als hätte ich eine Glocke anstelle des Schädels. Könntet Ihr mir nicht . . .?«
»Entschuldigt, Miss Martha, aber da Ihr nun wieder auf den Beinen seid, müßt Ihr Euch schon um Euch selbst kümmern. Wo ist der Schuppen?«
»Hinter dem Haus, rechts . . .«
Er war schon draußen. Ein Blick genügte ihm festzustellen, daß sich die von Tim verschlossene Tür zwar noch immer im selben Zustand befand, daß aber die in Mannshöhe in die Mauer eingelassene Luke weit offen stand. Das den Rahmen bildende Holzgitter war herausgerissen. Der Bursche konnte demnach nicht so schläfrig gewesen sein, wie Tim und Martha sich eingebildet hatten, und mußte im Innern des kleinen Gebäudes ein Werkzeug gefunden haben, mit dessen Hilfe er diese Tischlerarbeit hatte leisten können. Um ein übriges zu tun, zog sich Gilles am Sims der Luke hoch, warf einen Blick hinein und fand, daß der Schuppen in der Tat leer war. Der Indianer hatte das Weite gesucht.
»Dabei ist die Öffnung weiß Gott nicht groß«, murmelte er vor sich hin. »Dieser Bengel ist die reinste Natter.«
In jedem Fall mußte er diese Natter so schnell wie möglich wiederfinden, und natürlich auch Tim, denn Rochambeau erwartete sie. In aller Eile überlegte er, was zu tun sei. Das Vernünftigste war vielleicht, seinem Freund entgegenzugehen, der die Mentalität der Indianer viel zu gut kannte, um nicht sofort der naheliegendsten Spur nachzugehen. Doch dann kam ihm die Idee, daß der Bengel, der ja wußte, daß Tim sein Kanu holen wollte, vielleicht im Hafen geblieben sei und sich dort

versteckt halten könnte, um die Dunkelheit abzuwarten, ein Fischerboot zu stehlen und so die Insel unter Vermeidung der näheren Umgebung des Lagers zu verlassen.
Nachdem er kurz ins Haus zurückgekehrt war, um Martha zu sagen, daß er den Hafen durchsuchen werde, und daß sie ihm Tim nachschicken solle, sobald er wieder auftauche, machte sich Gilles auf den Weg über den hölzernen Kai, an der kleinen Kanuflotte entlang, die artig am Pfahlwerk aufgereiht war.
Der Ort war verlassen mit Ausnahme von drei oder vier Schauerleuten, die im Schatten eines Stapels Zimmerholz schnarchten. Nur ein kleines Ruderboot, das sich von einem der die Reede abriegelnden französischen Schiffe gelöst hatte, näherte sich auf dem ruhigen Wasser. Da er befürchtete, es sei La Fayette, nahm Gilles sich die Zeit, mit der Hand über den Augen zum Schutz gegen die Sonnenstrahlen die im Heck des Bootes Stehenden zu mustern. Als er jedoch die gedrungene Gestalt Monsieur de la Pérouses mit seinem vom Licht wie von einem Heiligenschein umgebenen Dreispitz und neben ihm die größere, schlankere Monsieur Destouches', des Kommandanten der *Neptune*, erkannte, nahm er seine Suche wieder auf, ohne sich weiter um sie zu kümmern.
Er war eben dicht beim Gasthaus Flint angelangt, in dem Rochambeau seine erste Nacht verbracht hatte, als ein gewaltiges Gebrüll herausschallte. Eins jener Gejohle, die nicht trügen: Eine Gruppe Soldaten mußte dort sein, die sich zweifellos mit allem anderen als mit dienstlichen Obliegenheiten befaßten. Da er die Strenge kannte, mit der Rochambeau und Ternay das Benehmen ihrer Männer überwachten, hielt Gilles es für besser, einen Blick hineinzuwerfen und zu versuchen, die Aufregung zu dämpfen, bevor den Herren de la Pérouse und Destouches das Getöse zu Ohren kam, wenn sie gleich den Fuß an Land setzten. Er stieß die Tür auf, sah, daß es Zeit war einzuschreiten, und daß er bei dieser Gelegenheit auch gefunden hatte, was er suchte. In der Tat war der junge Indianer da, an einen der Holzpfeiler gebunden, die das Dach des Gasthauses stützten, allem Anschein nach noch immer ebenso gleichmütig wie zuvor, doch schon beim nächsten Schritt in den Raum hinein gewahrte Gilles in dem Blick, den der Junge ihm zuwandte, eine Angst, die seinem Alter entsprach. Dieses Kind hatte Angst wie alle Kinder der Welt, die in die Hände eines Haufens von Rohlingen geraten.
Diese, etwa dreißig Männer der Legion Lauzuns, drängten sich

einige Schritte entfernt rund um einen Tisch, an dem Faro gespielt wurde.

»Nun, Messieurs, wer will ihn?« kreischte eine Stimme, die Gilles mit einer jähen Zornaufwallung wiedererkannte. »Ihr müßt Eure Einsätze schon ein bißchen erhöhen! Dieser junge, kräftige Wilde, den zu fangen ich das Glück hatte, bringt bestimmt einen besseren Preis als ein Negerkind beim nächsten Sklavenmarkt in Boston oder Providence.«

»Warum behältst du ihn nicht für dich, wenn er soviel wert ist?« brummte jemand. »Verkauf ihn doch selber.«

»Weil man, wenn man daher kommt, woher ich komme, Geld nötiger hat als einen Sklaven«, grinste Morvan de Saint-Mélaine. »Und du würdest keine so dumme Frage stellen, wenn du noch mehr einzusetzen hättest! Vorwärts, Messieurs! Ihr zieht hier Vorteil aus einer außergewöhnlichen Gelegenheit!«

Gilles blieb noch einen Augenblick stehen, um seinen Feind aufmerksam zu betrachten. Seit ihrem Zusammentreffen im Hafen von Brest am Vorabend der Abfahrt hatte er Judiths Bruder nicht mehr gesehen. Bei Durchsicht der Armeelisten, die ihm als Sekretär des Generals zur Verfügung standen, hatte er sich überzeugen können, daß kein Saint-Mélaine in ihnen vermerkt war, und hatte daraus geschlossen, daß Morvan sich unter einem falschen Namen verpflichtet haben müsse.

Der Beweis hatte sich ihm von ganz allein während der endlosen Überfahrt offenbart. Am 26. Mai hatte Monsieur de Lombard, Kommandant der *Provence*, auf der Lauzuns Männer untergebracht waren, signalisiert, daß einer von ihnen kriegsgerichtlich zur Strafe des Kielholens verurteilt worden sei, weil er Rum gestohlen und in betrunkenem Zustand versucht habe, Feuer auf dem Schiff zu legen. Es handele sich um einen gewissen Samson, genannt La Rogne.

Von einer unerklärlichen Vorahnung ergriffen, hatte Gilles den Vollzug der Strafe durch ein Fernrohr verfolgt und festgestellt, daß er sich nicht getäuscht hatte: Der Mann, den man von einer Rahe aus angeseilt ins Meer stürzte und sodann unter dem Kiel hindurchzog, war wirklich Morvan.

Beim Ausschiffen hatte er sich gefragt, was wohl aus ihm geworden sei, und erfahren, daß der Mann das Kielholen überlebt und während des Restes der Überfahrt in Eisen gelegen habe. Nach der Landung habe man ihn zusammen mit den anderen Kranken ins Spital auf der Insel Conanicut bringen müssen. Er konnte erst vor kurzem ins Lager zurückgekehrt sein.

Durch das Spiel und vor allem durch das Geld, das sich vor ihm aufzuhäufen begann, völlig in Anspruch genommen, hatte Morvan Gilles nicht eintreten sehen. Dieser schritt ruhig bis zu dem Holzpfeiler, raffte im Vorbeigehen ein Messer auf, das auf einem Tisch herumlag, und schob es in die Tasche. Sein gutes Herz hatte ihn zunächst verleiten wollen, den jungen Burschen ohne große Umstände zu befreien, aber sein Verstand erinnerte ihn rechtzeitig daran, daß er ihn ja dringend brauchte und sich nicht den Luxus leisten konnte, ihn entkommen zu lassen.

Er ließ es daher mit einem aufmunternden Lächeln an die Adresse des Jungen bewenden, trat dann zum Tisch, schob die Spielenden auseinander und pflanzte sich dem Stegreif-Bankier gegenüber auf.

»Ihr spielt um etwas, das Euch nicht gehört, Messieurs!« erklärte er kalt. »Dieser junge Indianer ist ein Kriegsgefangener. Er gehört dem Grafen de Rochambeau, der mich geschickt hat, ihn zu holen. Sammelt Euer Geld ein und macht Euch davon!«

Augenblicklich trat Ruhe ein, die nur durch das schmetternde Geräusch eines Stuhls gestört wurde, den Morvan beim Aufstehen zurückstieß. Sein Gesicht unter dem roten Haarschopf wurde blaß, und an den eingekniffenen Nasenflügeln zeigte sich ein seltsam grünlicher Ton. Doch ein Feuer wilder Freude leuchtete jäh in seinen dunklen Augen auf.

»Der Bastard!« stieß er mit einem fast wollüstigen Seufzer hervor. »Endlich habe ich ihn! Der Teufel erspart mir die Mühe, ihn zu suchen, und serviert ihn mir ungekocht! Aber was höre ich? Er erteilt Befehle? Dieser Grünschnabel spielt den Chef! Auf ihn, ihr da drüben, damit er sich nicht davonmacht, bevor ich ihm heimgezahlt habe, was ich ihm schulde. Mit dem Spiel werden wir hinterher weitermachen!«

»Momentchen!« warf einer der Soldaten ein. »Er hat gesagt, daß der Wilde dem General gehört, und da er der Sekretär des Generals ist, muß er wissen, was er redet. Ich habe keine Lust, wegen Diebstahl durch die Spießruten gejagt zu werden . . .«

»Armer Narr!« brüllte Morvan. »Er ist ein Bastard, sage ich dir! Er lügt, wenn er das Maul aufmacht, und ich füge hinzu . . .«

»Ich füge hinzu«, unterbrach ihn Gilles, noch immer eiskalt, »daß ihr nicht das Recht habt, tagsüber in der Taverne zu sein, und daß ihr der Siesta-Stunde nicht trauen dürft! Nicht jeder

schläft, und ich kann euch zum Beispiel verraten, daß Monsieur de la Pérouse und Monsieur Destouches, die ich im Boot kommen sah, in dieser Minute an der Mole aussteigen dürften.«
Er brauchte es nicht zu wiederholen. Lauzuns »Husaren« stürzten sich auf den Geldhaufen, um sich um den Preis einiger Faustschläge wenigstens annähernd ihren Einsatz zurückzuholen, und stürmten dann zum verschwiegenen Hintereingang des Gasthauses hinaus. Draußen zerstreuten sie sich im Schutz der Häuser wie ein Schwarm roter Raben.
Drei Männer waren jedoch bei Morvan geblieben. Sichtlich betrunken übrigens. Ihre Haltung war so drohend, daß der Wirt, der erriet, daß sich bei ihm bedauerliche Dinge abspielen würden, den Mut fand, die Küche zu verlassen, in die er sich mit seiner Magd geflüchtet hatte, um hastig und in ebenso unsicherem Ton wie unsicherem Französisch zu sagen:
»Soldaten noch bleiben?«
»Wir sind noch nicht fertig!« bellte Morvan, dessen verengte Pupillen sich wie Nägel in Gilles' Gesicht gebohrt hatten. »Schließt die Türen! Mit dem Schlüssel! Dann verzieh dich in deine Küche und rühr dich nicht, wenn du nicht am Bratspieß enden willst!« Doch in seiner Angst um die Einrichtung schwang sich der unglückliche Flint zu einer letzten Tapferkeitsaufwallung auf.
»Wenn Ihr zerbrechen . . . wer zahlen?«
»Dich werden wir zerbrechen, wenn du in einer Sekunde noch hier bist!« brüllte ein großer Teufel, schwarz wie die Nacht, der in seiner roten Uniform als Doppelgänger Luzifers hätte dienen können. Er begleitete seine Worte mit so ausdrucksvollen Gesten, daß Flint mit einem jammernden Schreckenslaut gehorchte, hastig die Türen verschloß und wie eine Ratte in ihrem Loch verschwand.
Gilles, der überzeugt war, sein Leben jetzt gegen vier Männer verteidigen zu müssen, zog ruhig seinen Degen. Doch die Geste rief bei Morvan nur Hohngelächter hervor.
»Was bildest du dir ein? Daß wir uns im Duell schlagen werden? Ein Federfuchser-Bastard gegen einen Kavalier des Königs? Leute deiner Art rührt man nur mit einer Reitgerte oder einem Knüppel an! Los, ihr anderen! Fangt ihn mir! Wir werden ihm geben, was er verdient. Aber Vorsicht! Bringt ihn noch nicht um!«
Die Beleidigung hatte einen Schwall glühenden Zorns in Gilles hochschießen lassen. Mit verkrampften Kinnbacken, alle Vor-

sicht vergessend, ohne an seine Rückendeckung zu denken, sprang er Morvan mit erhobenem Degen an.

»Ich werde dir zeigen, wer ein Bastard ist, elender Feigling, der sich nicht schlagen will . . .«

Ein Wutgeheul begleitete das letzte Wort. Im Gesicht durch einen langen Schmiß gekennzeichnet, fuhr Morvan mit der Hand nach seiner verletzten Wange. Er wich zurück, schrie jedoch:

»Packt ihn, großer Gott! Worauf wartet Ihr noch?«

In schöner Eintracht fielen die drei Männer von rückwärts über Gilles her, der außerstande war, sich zu verteidigen. Im Nu war er überwältigt. Seines Rocks und seines Hemdes beraubt, wurde er auf einen Befehl Morvans mit den Handgelenken an ein rasch über einen der Dachbalken geworfenes Seil gebunden und so einige Zoll vom Boden hochgezogen.

»Was wollt ihr tun?« fragte er, immer noch ruhig. »Muß ich Euch noch einmal daran erinnern, daß ich von Monsieur de Rochambeau hergeschickt wurde, um ihm den Indianer zu bringen, den er erwartet?«

Offenbar beeindruckt, stotterte einer der Männer etwas wie, »daß es vielleicht doch besser sei, sich keine Geschichten an den Hals zu schaffen«, aber Morvan lachte höhnisch.

»Laß das andere glauben! Was soll der General mit einem solchen Dreckskerl zu tun haben? Und selbst, wenn's wahr wäre! Wir brauchen es ja nicht zu wissen, und außerdem wird er weder dich noch ihn zurückkommen sehen! Denn eins ramm dir in deinen Schädel: Wenn wir mit dir fertig sind, wirst du nicht mehr viel Haut und Fleisch auf den Knochen haben, du Ungeziefer! Ich werde dir zeigen, was es kostet, einen Edelmann in den Schmutz zu werfen.«

»Dafür hättest du mich nicht gebraucht«, spottete Gilles nun seinerseits. »Und was den Edelmann betrifft . . . Ich wußte nicht, daß du so edel bist, Samson La Rogne!«

Inzwischen hatte der Mann, der wie Luzifer aussah, sein Koppel aufgeschnallt und den Riemen so um seine Faust gerollt, daß die Schnalle freiblieb. Ganz offensichtlich war er es, der die Funktion des Henkers ausüben würde. Ohne Zweifel verstand der Pseudo-Samson die Kunst, sich Freunde zu schaffen . . . oder Komplicen.

Da das Gewicht seines Körpers an den schon schmerzenden Handgelenken zerrte, versuchte Gilles vergebens, das Seil mit den Fingern zu packen, um den Druck zu mildern. Er schloß die

Augen und spannte instinktiv seine Muskeln gegen den kommenden Schmerz, mit aller Kraft darum betend, daß er ihm nicht einen einzigen Schrei entrisse, denn er wollte seinen Feinden nicht das Vergnügen bereiten, ihn jammern zu hören. Der Augenblick war für ihn gekommen, seine Seele Gott zu empfehlen. Ein scharfer Schmerz brannte in seinem Rücken, während sein Körper, durch den Schlag in Bewegung versetzt, langsam hin und her zu schaukeln begann. Tränen rannen durch seine geschlossenen Lider, doch kein Laut durchbrach die doppelte Barriere seiner zusammengebissenen Zähne und seiner Lippen. Von neuem zischte der Gürtel, und die Schärfe des Schmerzes nahm zu, denn der stählerne Schnallendorn hatte das Fleisch aufgerissen, und das Schaukeln verstärkte das qualvolle Zerren in den Handgelenken. Während Gilles den dritten Schlag erwartete, quoll leichte Übelkeit aus seinem Magen hoch, doch der Schlag kam nicht. Stattdessen pflanzte sich Morvan vor ihm auf.

»Da du jetzt weißt, was dich erwartet, plaudern wir ein bißchen«, sagte er mit schmeichlerischer Stimme.

»Plaudern? . . . Ich habe dir nichts zu sagen, du Lump!«

»Aber ja doch! Du hast mir im Gegenteil eine Menge zu sagen . . . Dinge, die dir erlauben werden, noch ein bißchen Haut auf dem Rücken zu haben, wenn ich dich töten werde . . . sehr schnell, ich versprech' es dir. Als du hierher kamst, hast du uns nämlich einen großen Dienst erwiesen, denn meine Freunde und ich hatten gerade die Absicht, dich zu suchen.«

»Warum? Weil du das Wasser des Blavet nicht magst?«

»Nicht sehr, aber das ist eine andere Geschichte. Was mich interessiert, sind die kleinen Geheimnisse des Generals. Du bist sein Sekretär, mußt also auch ein bißchen sein Vertrauter sein. Du wirst uns deshalb jetzt ganz artig von dem Gold erzählen . . .«

»Dem Gold?«

»Tu nicht so unschuldig! Während ich im Hospital von Conanicut war, erzählte ein Matrose der *Duc de Bourgogne,* den das Fieber gesprächig gemacht hatte, von einer großen Summe Gold, die auf sein Schiff verladen worden sei.«

Trotz seiner Qual begann Gilles zu lachen, während er zugleich spürte, wie ihm die Angst die Kehle zuschnürte. Das Geheimnis! Das große Geheimnis Rochambeaus – Morvan hatte davon erfahren. So verschwiegen auch die Verladung vor sich gegangen war, es mußte einen Zeugen gegeben haben.

»Dein Matrose hat im Fieber phantasiert, das ist alles. Natürlich weiß alle Welt, daß jeder Kommandant über eine Kasse für die Bedürfnisse seines Schiffs verfügt.«

»Von diesem Geld spreche ich nicht. Ich spreche von einer sehr geheimnisvollen, bei Nacht in Brest an Bord geschafften Ladung von Haferballen, die sehr schwer zu sein schienen und einen merkwürdigen Klang von sich gaben. Nimm zur Kenntnis: Die Geschichte des Matrosen hat nur ein gewisses Gerücht bestätigt, das ich in L'Orient gehört habe. Man sagte, die Flotte des Chevaliers de Ternay nehme viel Gold mit. Das ist übrigens der einzige Grund, der mich dazu veranlaßt hat, mich einzuschiffen. Ich wollte das mehr aus der Nähe sehen. Weil von mir aus die sogenannten Aufrührer . . .«

Die Bewegung, die seine Worte ergänzte, deutete eindrucksvoll an, was Morvan von ihnen hielt. Er näherte sich seinem Opfer.

»Na, wirst du reden?«

»Ich weiß von dieser Geschichte nichts. Wenn dein Matrose soviel weiß, brauchst du ihn ja nur zu fragen, was es damit auf sich hat.«

»Wir haben bei ihm angefangen. Nur wußte der Mann nichts weiter. Offenbar hat er es während der Überfahrt nicht daran fehlen lassen zu suchen, aber er hat nichts gefunden.«

»Weil es nichts zu finden gab . . .«

»Oder weil die Sache zu gut versteckt ist. Aber wenn es jemand gibt, der imstande ist, uns nützliche Auskünfte zu geben, kannst nur du es sein.«

»Selbst wenn Gold an Bord gewesen wäre – wer sagt Euch, daß es immer noch dort ist?«

»Die *Duc de Bourgogne* ist nicht an den Kai gekommen, und auf der Reede kann man solche Last nicht ausladen. Jetzt ist es möglich, daß es nicht mehr lange dort sein wird. Möglich, daß der junge La Fayette den Schatz für seine Kumpel holen kommt. Du wirst uns also sehr schnell das Versteck verraten, sehr schnell, wenn du eine einigermaßen anständige Leiche werden willst. Und ich werde dir vielleicht sogar die Ehre geben, die Klinge mit dir zu kreuzen. Ein schöner Tod, sehr nobel für einen Bastard. Aber ich bin großzügig . . .«

»Ihr seid vollkommen verrückt. Ich weiß nichts über dieses Gespenstergeld!«

»Du weißt nichts? Wirklich? . . . Grégoire!«

Die Qual begann von neuem. Zweimal, dreimal, fünfmal

schlug die improvisierte Peitsche zu, riß ihn blutig. Obwohl sein Körper wie Feuer brannte, der Magen vor Übelkeit revoltierte, gelang es Gilles mit verkrampften Kiefern, den Schmerzensschrei zurückzuhalten, nach dem sein gemartertes Fleisch verlangte. Kein Laut kam über seine Lippen. Von Zeit zu Zeit stellte Morvan eine Frage, immer die gleiche . . .

Und dann gab es plötzlich etwas wie eine Explosion, unmittelbar von zwei Schüssen gefolgt. Von unwiderstehlicher Kraft aus ihren Angeln gerissen, krachte die Tür der Taverne zu Boden, und auf der Schwelle erhob sich aus ihren Trümmern Tim Thocker, eine Pistole in jeder Hand, riesig, furchterregend, knurrend wie eine angriffslustige Dogge. Grégoire, der Henker, und einer der beiden anderen Soldaten brachen tot zusammen: der erste von einer Kugel ins Genick getroffen, der zweite mitten ins Herz. Aber schon riß Tim, der die nutzlos gewordenen Pistolen fortgeworfen hatte, das lange Messer aus der am Gürtel hängenden Scheide und warf sich auf Morvan, während der vierte Spitzbube, jäh ernüchtert und durch das Auftauchen dieser furiosen Ein-Mann-Streitmacht in Schrecken versetzt, schleunigst durch die klaffende Öffnung das Weite suchte.

Wie durch ein Wunder wieder zu sich gekommen, rührte sich Gilles an seinem Strick, nicht ohne die Handgelenke dadurch noch mehr zu martern.

»Töte ihn nicht!« keuchte er. »Er gehört mir!«

Das Messer hatte Morvans Schulter getroffen und Tim zog es blutig heraus.

»Ich bin untröstlich«, sagte er kühl. »Aber beruhige dich, ich hab' ihn nur ein bißchen erwischt. Du wirst ihn später leicht wiederfinden.«

Damit packte er »Samson La Rogne«, der sich grimassierend die verletzte Schulter hielt, beim Kragen seiner Uniform, trug ihn mit einer Hand bis zur Schwelle und beförderte ihn mit einem kräftigen Fußtritt in den Hintern ins Freie, so daß er über den Kai rollte.

»Jetzt zu dir«, sagte er.

Mit unerwarteter Sanftheit drückte er den Freund mit einem Arm an seine Brust, durchschnitt den Strick und bettete den aus vielen Wunden blutenden Körper auf den Fußboden.

»He, Flint! Wo steckst du? Du kannst dich wieder zeigen. Du wirst gebraucht.«

Der Wirt erschien augenblicklich, ebenso weiß wie seine Schürze, flankiert von Molly, der Magd, die ihre Kaltblütigkeit offenbar in weit geringerem Maße verloren hatte, denn sie brachte alles mit, was nötig war, um Wunden zu verbinden. Gilles, der sich zu guter Letzt noch den Luxus geleistet hatte, in Ohnmacht zu fallen, wurde bäuchlings auf einen Tisch gelegt.

»Sie hatten es gut arrangiert!« brummte Tim. »Glücklicherweise kam ich rein zufällig auf die Idee, durchs Fenster reinzusehen, als ich merkte, daß die Tür verschlossen war. Diese Schweinehunde! Und Franzosen noch dazu. Cornplanter, der Irokesenhäuptling, hätte es nicht besser machen können.«

Flint, der die Notwendigkeit verspürt hatte, seinen Becher ein paarmal mit Rum zu füllen, um sich von dem Schreck zu erholen, während seine Magd den geschundenen Rücken sanft mit einer Mischung aus Öl und Wein bestrich, fuhr unversehens auf.

»Großer Gott!« rief er. »Der Indianer! Wo ist er?«

»Der Indianer? Welcher Indianer?«

»Der Knirps, den der rothaarige Bursche unterm Arm hergebracht hatte! Er hatte ihn an diesen Pfosten gebunden – und er ist nicht mehr da!«

Tim zuckte mit den Schultern, völlig damit beschäftigt, vorsichtig Gilles' Kopf anzuheben, um ihm ein paar Tropfen Rum einzuflößen. Mit dem Kinn wies er auf ein Stück Schnur, das zusammengeringelt neben dem Pfosten auf dem Boden lag.

»Das beweist, daß er sich losgemacht hat. Der Tag, an dem ein europäischer Soldat in der Lage sein wird, einen Indianer anständig zu fesseln, ist noch fern. Er hat es sich zunutze gemacht, daß diese Herren anderweitig beschäftigt waren, und muß schon weit sein. Wohl bekomm's ihm!«

»Idiot!« prustete Gilles hustend, halb erstickt durch den Rum, doch deutlich auf dem Wege, seine Lebensgeister wiederzufinden. »Lauf ihm nach! . . . Wir brauchen ihn . . . Der General hat gesagt . . . Zum Henker, was macht Ihr mit mir? Reißt Ihr mir den Rest meiner Haut auch noch ab?« fügte er hinzu, sich unter den kräftigen Fäusten der Magd windend.

»Schreit nur, wenn Ihr wollt, mein kleiner Herr«, entgegnete sie, indem sie ihm eine dicke Schicht grünlicher, scheußlich riechender Pomade auf den Rücken strich. »Morgen werdet Ihr mir danke sagen, wenn Eure Wunden zu vernarben beginnen.«

»Das stinkt!« ächzte er angewidert.

»Das kann nicht nach Rosen duften! Da ist Walrat drin, außerdem Bärenfett, Johanniskraut . . . und noch anderes Zeug. Diese Salbe ist ein Geheimrezept, das ich von einem alten Narraganset-Medizinmann habe, und man zieht damit die Haut wieder besser zusammen als einen Strumpf mit Nadel und Faden. Bewegt Euch nicht, sonst stopf' ich Euch noch was in die Nase.«

Gilles ließ es sich gesagt sein, und während Molly ihm geschickt eine Art Verband um den Körper anlegte, erklärte er recht und schlecht Tim den Grund, weshalb er das Verschwinden des Indianers so sehr beklagte, ohne dabei natürlich vom Gold zu reden.

»Was wird nur der General sagen?« murrte er abschließend, aber er hätte schon stärkeres Geschütz auffahren müssen, um Tim Thockers Phlegma zu erschüttern.

»Die beste Art, es zu erfahren, ist hinzugehen. Wenn du dich aufrechthalten kannst, gehen wir sofort.«

Ein Weilchen später verließ Gilles, wieder in Hemd und Rock und durch eine weitere Ration Alkohol gestärkt, mit Tim das Gasthaus und überließ es Flint, mit den Leichen der beiden Husaren nach seinem Gutdünken zu verfahren. Die Hitze ließ leicht nach, und das Meer hatte allmählich seine blaue Färbung wiedergewonnen. Hafen und Straßen wurden wieder lebendig. Frauen mit breitrandigen Strohhüten betraten die Geschäfte, an der Hand kleine Mädchen, die genau wie sie gekleidet waren. In Marthas Lagerhaus diskutierte das junge Mädchen, frisch frisiert unter einer großen, gefältelten Haube, lebhaft mit einem Fischkutterkapitän über eine Auswahl Tabaksdosen. Doch all das brachte Gilles nicht von seiner fixen Idee ab.

»Wohin kann dieser Knirps nur verschwunden sein?« seufzte er, die Umgebung mit dem Blick absuchend. »Er kann doch nicht unbemerkt durch die Straßen gehen.«

»Sicher kann er das. Indianer sieht man überall genug. Aber schau doch, da ist er!«

Tatsächlich tauchte der junge Indianer plötzlich hinter einem Stapel Fässer auf, auf dem ein dicker Neger thronte, der ohne sonderliches Interesse dem Flug der Möwen zusah. Statt sich zu verstecken, kam er direkt auf Gilles zu, pflanzte sich vor ihm auf, hob die rechte Hand, die Handfläche dem jungen Mann zugekehrt, bis auf Schulterhöhe, machte mit ihr eine kreisförmige Bewegung, die etwa in Höhe der Augen endete, und blickte ihn dabei starr an. Tim stieß einen dünnen Pfiff aus.

»Was hast du mit ihm angestellt?« murmelte er. »Er grüßt dich . . .«
Doch schon hatte der junge Bursche mit einer kleinen, aus kurzen, abgehackten Worten bestehenden Rede begonnen, die Tim eiligst übersetzte, ohne seine Begeisterung zu verbergen.
»Er sagt, daß er dein Freund sein will, denn du seist ein wahrer Krieger! Er sagt weiter, daß er dich während der Marter lachen sah, wie es sonst nur die Indianer, seine Brüder, fertigbrächten, daß er sich als deinen Gefangenen betrachte und stolz darauf sei, es zu sein. Er heißt Igrak, das bedeutet ›Der Vogel, der niemals schläft‹, und er ist wirklich, wie ich dachte, der Bruder Sagoyewathas, dessen Name bedeutet ›Der, der spricht, damit die andern wach bleiben‹. Du hast uns da einen Bundesgenossen verschafft, mein Junge. Wenn dein Chef jetzt nicht zufrieden ist . . .« Gilles hatte gerade noch Zeit, beiseite zu springen, um dem begeisterten Schlag auszuweichen, den ihm Tim, völlig den Zustand seines Rückens vergessend, verabfolgen wollte. Aber er war so glücklich, daß es ihm schien, als leide er schon weniger. Das Schwindelgefühl, das er beim Verlassen des Gasthofs verspürt hatte, war verschwunden. Dennoch war er noch so blaß, daß Tim beunruhigt darauf bestand, einen Moment mit ihm zu Martha hineinzugehen, um eine Kleinigkeit zu essen und eine Tasse Kaffee zu trinken.
»Sonst schaffst du's nicht bis zum Wanton-Haus.«
Rosa, Marthas dicke schwarze Magd, war aus dem Garten hereingekommen. Sie stand in der Küche und schälte Pfirsiche für eine Torte, ließ aber ihre Arbeit sofort liegen und trug den beiden Männern und Igrak ein kleines improvisiertes Mahl auf, nicht ohne von Zeit zu Zeit ihre großen Augen vorwurfsvoll in Richtung des letzteren zu rollen. Martha, die im Lagerhaus beschäftigt war, erschien nicht.
»Erzähl ihr, daß wir gleich wiederkommen«, sagte Tim abschließend, nachdem er sich den ganzen Inhalt einer Kaffeekanne in die Kehle geschüttet hatte. »Und jetzt auf zum General!«
Sie schlugen wieder den Weg zum Wanton-Haus ein, aber als sie die Anlagen durchquerten, um in die Point Street einzubiegen, stand unversehens Fersen vor ihnen und versperrte ihnen den Weg.
»Ich habe Euch erwartet«, sagte er. »Geht nicht weiter! Befehl des Generals!«

»Des Generals? Aber er wartet auf uns!« protestierte Gilles. »Wir haben schon reichlich viel Verspätung . . .«

»Ich weiß. Trotzdem sollt Ihr Euch nicht im Wanton-Haus zeigen. Sonst wäre der General gezwungen, Euch verhaften zu lassen.«

»Verhaften?« entrüsteten sich die beiden Burschen wie aus einem Mund. »Und warum?«

»Bleiben wir nicht hier«, fiel Fersen ungeduldig ein und zog sie in eine Art Hohlweg zwischen der Bretterwand einer großen, rot angestrichenen Scheune und einer hohen, dichten Haselnußhecke. »Wir haben nicht viel Zeit, und Ihr müßt schnellstens verschwinden. Ihr werdet beschuldigt, in Flints Gasthaus zwei Soldaten von Lauzuns Legion ermordet zu haben.«

»Ermor . . .?«

»Laßt mich reden! Seit einer halben Stunde belagert Monsieur de Lauzun das Hauptquartier. Zwei seiner Männer begleiten ihn, von denen einer an der Schulter verwundet ist, und zu dritt veranstalten sie einen Lärm wie tausend Teufel! Ihr sollt sie angegriffen haben, um Euch eines jungen Indianers zu bemächtigen, vermutlich dessen, den ich da bei Euch sehe.«

Tim, dessen derbes Gesicht während der kurzen Schilderung sämtliche Farben des Regenbogens durchlaufen hatte, explodierte plötzlich.

»Bei der Bibel meines Vaters, ich hab' nie ein schamloseres Lügengespinst gehört! Ermordet, wie? Nehmt zur Kenntnis, daß ich allein es war, der ich mit eigener Hand diese beiden Schufte getötet habe und ohne meinen Freund hier auch den Rothaarigen umgebracht hätte, und das mit Freuden . . .«

»Er hat mir das Leben gerettet, das ist alles!« beteuerte Gilles empört. »Seht nur!«

Dabei riß er sich Rock und Hemd von den Schultern, wobei ihm die jähe Bewegung eine schmerzliche Grimasse entlockte, wies seinen Rücken vor, auf dessen Verband sich Blutspuren zeigten, und berichtete in wenigen Worten, was sich zugetragen hatte.

»Ohne Tim Thocker wäre ich unter ihren Schlägen gestorben«, murrte er. »Und deswegen will man uns verhaften? Warum nicht gleich hängen?«

»Das ist genau das, was Lauzun fordert«, entgegnete Fersen kühl. »Er droht sogar, sich mit seinen Männern wieder einzuschiffen, wenn ihm nicht Genugtuung verschafft wird. Im übrigen hat der General kein Wort von seiner Geschichte geglaubt, will es aber auf dieses Risiko nicht ankommen lassen. Er zieht es vor, abzuwarten, Zeit zu gewinnen. Er hat mir erklärt, daß er Euch einen Auftrag anvertrauen will, der Euch für einige Zeit von Rhode Island entfernt. Das wird ihm ermöglichen, die Wahrheit an den Tag kommen zu lassen und Lauzun zu beschwichtigen. Er läßt Euch sagen, daß Ihr ihn in seiner Bastei der alten englischen Verteidigungslinie jenseits der Stadt erwarten sollt, und zwar in der, die sich genau auf der Höhe des Kirchturms befindet. Er wird Euch dort nach dem Zapfenstreich treffen, um Euch seine Instruktionen zu geben.«

»Das genügt nicht!« knurrte Tim. »Wer Auftrag sagt, sagt Reise, und wer Reise sagt, muß auch von den Mitteln reden, die nötig sind, um sie durchzuführen. Meine Waffen sind bei Miss Martha Carpenter geblieben. Was meinen Freund Gilles betrifft, fehlt ihm alles, was man braucht, wenn man sich durch die Wälder schlagen soll. Diese blau-gelbe Uniform macht ihn im Wald so sichtbar wie einen Papagei in einem Hühnerstall. Außerdem brauchen wir Nahrungsmittel für uns und unseren jungen Gefährten, Jagdmunition . . . und andere, die mehr für Engländer taugt als für Hasen . . .«

»Genug, genug!« unterbrach Fersen. »Ihr werdet bekommen, was Ihr braucht, aber beeilt Euch um Himmelswillen, in Euern Unterschlupf zu gelangen! Und wenn das Pech es will, daß ihr einem Legionär begegnet, bringt gefälligst die Euch eigene Tapferkeit zum Schweigen und versteckt Euch. Sie sind imstande, Euch auf Sicht zu erschießen, wenn sie Euch sehen, und Leichen sind noch nie gute Sendboten gewesen.«

Tim murmelte etwas von dem außerordentlichen Vergnügen, das es ihm bereiten würde, den Hals eines gewissen französischen Herzogs umzudrehen, gehorchte aber trotzdem und verschwand, von den beiden andern gefolgt, im Schatten der Haselnußhecke, während Fersen, die Hände auf dem Rücken und die Nase in der Luft, sich in gemütlichem Flanierschritt zum Haus der Hunters begab, einer angesehenen Familie, bei der er verkehrte und deren Tochter er lässig den Hof machte, um die Zeit totzuschlagen.

Dank der gründlichen Kenntnis, die Tim von verschwiegenen Winkeln, selten begangenen Wegen, buschigen Hecken und wenig besuchten Obstgärten besaß, konnten die drei Flüchtlinge ungehindert die alte Verteidigungslinie erreichen, die wieder instandsetzen zu lassen Rochambeau noch keine Zeit gefunden hatte. Das überall hochgeschossene dichte Gestrüpp beiseite schiebend, drangen sie in einen von halbzerfallenen Mauern umgebenen Raum voller Trümmer ein, aus denen die kaum behauenen Bohlen der eingestürzten Decke ragten. Dort fanden sie eine alte Kasematte, die einigermaßen bewohnbar war, und richteten sich ein, die Nacht zu erwarten.

Seitdem sie sich von Fersen getrennt hatten, hatte keiner von ihnen den Mund aufgemacht. Auf einem Steinbrocken hokkend, die Ellbogen auf die Knie gestützt, den Kopf zwischen die Schultern gezogen, die Lippen fest um das Mundstück der Pfeife geschlossen, die er mechanisch aus seiner Tasche gezogen und in den Mundwinkel geschoben hatte, starrte Tim mit abwesender Miene vor sich hin, als ginge alles, was hier geschah, ihn nichts an. Gilles dagegen zitterte vor ohnmächtigem Zorn und Empörung. Seine Erregung ließ ihn den stechenden Schmerz in seinem gemarterten Rücken kaum noch spüren. Ohne den ausdrücklichen Befehl Rochambeaus hätte er sich mit Wonne ins Lager Lauzuns gestürzt, den Degen in der Faust, um diesen elenden Morvan aufzustöbern und mit seinem Blut die unwürdige Anklage gegen den tapferen Tim abzuwaschen, der sich nur in dieses Wespennest geworfen hatte, um ihm das Leben zu retten. Doch er begriff, daß er blindlings gehorchen mußte, wenn er sich nicht für immer zugrunderichten wollte. Was Igrak betraf, saß er so reglos in der Nähe des Eingangs, daß man ihn kaum von seiner Umgebung unterscheiden konnte.

Es dauerte lange, bis die Nacht kam. Endlich verstummten eins nach dem andern die Geräusche der kleinen Stadt. Als die tiefe Stille nur noch durch schläfrige Vogelrufe und gelegentliches fernes Hundegebell unterbrochen wurde, näherten sich durchs Dickicht vorsichtige Schritte. Dann tastete sich der gedämpfte Schein einer Laterne über die Ruinen, der die silbernen Schnallen und roten Absätze eines Paars eleganter Schuhe erkennen ließ, über denen sich die hohe Gestalt des kommandierenden Generals erhob. Hinter ihm kam Fersen, beladen wie ein Gepäckträger.

Einen Augenblick musterte Rochambeau die beiden Männer, die sich bei seinem Eintritt erhoben hatten. Sein erster Blick blieb auf Gilles' Gesicht haften, auf dem die Schmerzen und das Fieber ihre Spuren hinterlassen hatten.

»Zieht den Uniformrock aus«, sagte er. »Ich will sehen . . .«

Aber er hielt Tim zurück, als dieser die um den Oberkörper des jungen Mannes gewickelten Binden lösen wollte.

»Nicht nötig! Man legt solche Verbände nicht umsonst an, und außerdem ist es immer falsch, einen zu entfernen, wenn er gut gemacht ist.«
»Ich schwöre bei meinem Seelenheil, daß wir keine Mörder sind, Herr General!« rief Gilles.
»Wenn ich dessen nicht sicher wäre, wäre ich nicht hier, mein Junge. Aber im Moment muß ich so tun, als ob ich es glaubte, da es mir gelegen kommt. Nichtsdestoweniger: Erfüllt Euren Auftrag zu meiner Zufriedenheit, und es wird Euch Gerechtigkeit geschehen. Wir werden sehen, daß wir Monsieur de Lauzun zur Vernunft bringen und . . .«
»Soviel verlange ich nicht, Herr General!«
»Was verlangt Ihr dann?«
»Die Erlaubnis, dem Mann mit dem Degen in der Hand zu begegnen, der mich wie einen Hund hat peitschen lassen, und allein mit ihm abzurechnen.«
»Habt Ihr dafür meine Erlaubnis nötig? Ein Duell zwischen Soldaten . . .«
»Nein. Ein Duell mit einem Edelmann, der es ablehnt, mit einem Bastard die Klinge zu kreuzen. Samson La Rogne ist nicht der, der er zu sein vorgibt. Er trägt einen großen Namen.«
»Ihr werdet trotzdem Euer Duell haben, Gilles, und ich weiß, wer Euch als Zeuge dienen wird. Jetzt nehmt diesen Brief. Ihr werdet ihn General Washington übergeben und in seinen Diensten dort bleiben, um mir Zeit zu lassen, Eure Angelegenheit hier zu regeln.«
»Ein Wort noch, Herr General! . . . Der besagte Mann versuchte, mir ein Geheimnis zu entreißen, das nicht mir gehört. Es sieht so aus, als wären die Nächte in Brest weniger finster, als man glaubt. Einem kranken Matrosen der *Duc de Bourgogne* sind in seinem Delirium im Hospital von Conanicut unvorsichtige Worte entschlüpft. Die fraglichen Legionäre interessieren sich sehr dafür. In jedem Fall . . .«
»Die Namen dieser Männer?«
»Ihr Anführer läßt sich Samson La Rogne nennen. Die anderen kenne ich nicht.«
Ein Moment Stille folgte, dann seufzte Rochambeau.
»Ich verstehe. In diesem Fall, mein Freund, müssen wir um so schneller vorgehen. Ich werde anordnen, daß diese Männer überwacht werden, und ich danke Euch.«
Dann wandte er sich an den Schweden, der ruhig gewartet

hatte, obwohl er mit zwei Gewehren, Pulverhörnern, Pistolen und einem riesigen Sack beladen war, und sagte mit einem amüsierten Lächeln:
»Stellt doch all das ab, mein lieber Graf. Ich möchte wetten, daß Euch bisher niemand solchen Dienst abverlangt hat.«
»Niemand kommt Euch eben gleich, General. Es ist ein Vergnügen, mit Euch zusammen zu konspirieren. Ich wünsche Euch viel Glück, Messieurs«, fuhr er fort, sich an die beiden anderen wendend. »Darf ich hinzufügen, daß ich Euch beneide? Im Hauptquartier Washingtons werdet Ihr näher am Feind sein. Wir hingegen werden hier weiter mit den guten Bürgern Rhode Islands Whist spielen.«
»Ihr kommt auch noch an die Reihe. Folgt mir jetzt. Unsere Abwesenheit könnte bemerkt werden, und wir haben versprochen, den Abend bei den Jeffries zu verbringen.«
Fersen verzog das Gesicht und stieß einen Seufzer aus.
»Wo Monsieur de Lauzun sich produzieren wird, um den Damen die von Ihrer Majestät der Königin bevorzugten Romanzen beizubringen. Ich würde viel lieber schlafen gehen, Monsieur.«
»Ich auch, mein Freund. Aber Ihr seid nicht in Amerika, um Euch zu amüsieren. Wir sind im Krieg. Viel Glück, Ihr beiden!«
Eine Viertelstunde später verließ Gilles, in Damhirschleder gekleidet und äußerlich in einen Zwillingsbruder Tims verwandelt, im Kielwasser seines Freundes die alte Befestigung. Draußen war die Nacht klar, warm und erfüllt von der salzigen Frische der Meeresluft, die die schlimmsten Hundstage vergessen läßt. Tim bog auf eine mit hohem Gras und Gebüsch bewachsene Wiese ein, die sich in nördlicher Richtung erstreckte und bei einem Gehölz endete. Doch als Gilles Igrak veranlassen wollte, Tim zu folgen, weigerte sich der junge Indianer, auch nur einen Schritt weiterzugehen, und Gilles mußte Tim rufen.
»Ich versteh' nicht, was er sagt«, flüsterte er. »Ich glaube, er hat von Skalps gesprochen.«
Halb ins Gras geduckt, wechselten der Jäger und der junge Indianer ein paar rasche Worte, dann begann Tim zu lachen.
»Er will nicht nach Hause zurück«, erklärte er. »Er sagt, wenn er keine Skalps mitbringt, kann er kein Krieger werden. Man wird ihn mit den Wickelkindern zu den Squaws stekken.«

»Und darüber lachst du? Wir können ihn weder hierlassen noch ihm erlauben, die Haarschöpfe zu ernten, die er braucht.«
»Oh, wenn's nach mir ginge, hätte ich nichts dagegen, wenn er deinen Freund Lauzun und ein paar seiner Kumpel skalpieren würde. Aber ich glaube, ich habe eine bessere Idee. Versteckt euch in dem Gehölz da und wartet auf mich.«
»Wohin gehst du?«
»Sei unbesorgt. Ich bleibe nicht lange fort.«
Und schon verschwand er lautlos wie eine Katze. Das Buschwerk schlug über ihm zusammen. Nach einer halben Stunde, die Gilles so lange wie eine Woche vorkam, erschien er wieder, in der Hand ein weißliches Bündel mit unheilvollen dunklen Flecken. Gilles sah mit Schaudern, wie er es dem Jungen mit einer gewissen Feierlichkeit überreichte.
»Was ist das?« flüsterte er. »Du hast doch nicht etwa . . .»?
Unerschütterlich grüßte Tim Igrak tief, dessen Augen in der Nacht zu strahlen begannen, und murmelte zwischen den Zähnen:
»Man trinkt viel bei den Husaren und schläft dann um so besser. Ich hatte keine Mühe, diese Perücken zu entführen, für deren Fehlen sie morgen bestraft werden, was meine nach Rache dürstende Seele erfreut.«
»Aber . . . das Blut? Da ist doch Blut dran!«
»Ein Huhn, das ich darüber abgemurkst habe. Es sieht ganz echt aus, findest du nicht? Schau dir übrigens den Jungen an. Er ist glücklich wie ein König, und er glaubt dran. Natürlich wird es eine Kleinigkeit schwieriger sein, seinen Bruder die Sache schlucken zu lassen, aber ich werde mich schon mit ihm einigen. Wenn du meine Meinung hören willst, ist der Mut dieses kleinen Burschen ohnehin bewiesen. Und dann . . . dann muß er von hier weg, und jeder Tag hat seine eigene Mühe. Vorwärts! Prudence Island gegenüber liegt ein kleines Fischerdorf, wo sich sicher ein Kanu finden läßt, mit dem wir das Festland erreichen können . . .«
Der Schrei einer aufgestörten Schleiereule antwortete auf Gilles' Lachen, doch einen Moment später hatte der kleine Wald seine Stille wiedergefunden . . .

»Drei Millionen! Nur drei Millionen?«
Bestürzt und wortlos betrachtete Gilles einen Augenblick den Chef der Rebellen, während er sich fragte, wie er diese Äußerung auffassen sollte und ob dies eine Art besonderen Humors dieses Mannes sei, dessen Anblick ihn bei der ersten Begegnung so sehr beeindruckt hatte. Doch General Washington las den Brief Rochambeaus noch einmal mit einer Aufmerksamkeit, die jeden Gedanken an Scherz ausschloß, und der junge Mann konnte nicht umhin, das ominöse Wort zu wiederholen.
»Nur?« sagte er schüchtern. »Darf ich mir erlauben, Euch darauf aufmerksam zu machen, Monsieur, daß das eine gewaltige Summe ist?«
Das schöne, strenge Gesicht des Virginiers hellte sich zu einem flüchtigen Lächeln auf. Für einen kurzen Moment hatte es etwas vom Zauber des winterlichen Meers unter einem Sonnenstrahl. Washington liebte die Jugend, die Spontaneität, und der leicht entrüstete Ton dieses jungen, in Damhirschleder gekleideten Franzosen, der sich so ungezwungen in englischer Sprache ausdrücken konnte, amüsierte ihn.
»Für ein Regiment oder sogar für eine belagerte Stadt bin ich damit völlig einverstanden. Aber nicht für eine Armee, der es schon zu lange an allem fehlt. Wir brauchen dreißig Millionen . . . Nichtsdestoweniger«, fügte er sehr schnell hinzu, »sind uns diese willkommen und werden uns gestatten, das Notwendigste zu tun. Ich werde umgehend Befehl erteilen, ein Kommando in Marsch zu setzen, das die Lieferung so verschwiegen wie möglich übernehmen wird.«
Verschwiegen! Auch er! Die Geschichte dieser Goldladung nahm die Form einer burlesken Komödie an. Rochambeau und Ternay hatten sie in aller Heimlichkeit hergebracht, und Washington wollte sie ebenso heimlich in Empfang nehmen, als ob er hier nicht zu Hause wäre. Gilles' verräterisches Mienenspiel blieb den grauen Augen des Generals nicht verborgen.
»Irgend etwas nicht in Ordnung?«
Gilles wurde ziegelrot.
»Verzeiht, Herr General! Mich überrascht diese große Verschwiegenheit. Ihr seid hier in Eurem Lager, inmitten Eurer Armee. Was habt Ihr zu fürchten?«
»Nichts, in der Tat, abgesehen von den Kaufleuten, den Liefe-

ranten eben dieser Armee. Wenn man mich im Besitz einer so bedeutenden Summe weiß, wird man mich zwei- oder dreimal so teuer für das zahlen lassen, was ich ihnen mit viel Mühe schon zu Wucherpreisen entrissen habe. Außerdem haben meine Männer seit fünf Monaten schon keinen Sold mehr bekommen. Sie könnten sich einbilden, die Zeit der fetten Kühe sei wieder angebrochen. Was bei weitem nicht der Fall ist! Ich bitte deshalb auch Euch um die größte Verschwiegenheit. Laßt mich jetzt allein, meine Herren. Ihr habt einen langen Marsch hinter Euch und werdet Ruhe brauchen. Ich werde Euch morgen wiedersehen. Bis dahin wird sich Oberst Hamilton um Euch kümmern«, fügte er hinzu und wies auf seinen Adjutanten, der neben der Tür stand, um jedem möglichen Störenfried den Eintritt zu verwehren.

Gilles und Tim grüßten und schickten sich an, das bescheidene Haus zu verlassen, das Washington als Hauptquartier diente, seitdem er mit seinen Truppen das Dorf Peekskill am linken Ufer des Hudson eingenommen hatte. Doch der General hielt sie zurück:

»Einen Augenblick noch! Monsieur de Rochambeau schreibt mir, er würde es begrüßen, Euch für einige Zeit in meinen Diensten zu sehen. Er schreibt mir auch, daß Ihr eine interessante Beute gemacht habt: den Bruder eines indianischen Häuptlings?«

Diesmal war es Tim, der die Antwort übernahm.

»Den eigenen Bruder Sagoyewathas, Häuptling des Clans der Wölfe der Seneca-Indianer, der . . .«

»Ich weiß, wer ›Rotjacke‹ ist«, unterbrach Washington. »Deshalb nehme ich diese Tatsache mit Interesse zur Kenntnis. Aber ich muß darüber nachdenken. Bis morgen!«

Die beiden Freunde traten hinaus, holten Igrak aus der Wachstube und folgten Oberst Hamilton, der nicht älter als zwanzig Jahre sein konnte. Er führte sie quer durch die Zeltstadt, die der Krieg am Fuße der Berge auf dem Hügel von Peekskill hatte entstehen lassen und die Gilles mit interessiertem Blick betrachtete. Wenn das amerikanische Lager auch sichtlich nicht kleiner war als das französische in Newport, war es doch bei weitem nicht so prächtig. Die Zelte, deren Eingänge sich hinter wunderlichen, im Winter sicher sehr nützlichen Kaminen verbargen, waren geschwärzt, schmutzig und geflickt. Die Soldaten, gekleidet, wie es sich gerade ergab, und bisweilen reichlich zerlumpt, trugen, wenn überhaupt, graue Röcke und eigenartige Hüte aus Rindsleder, mit welken Federbüschen geschmückt, die Grasbüscheln glichen. Was die offenbar aus einem anderen Zeitalter stammende Bewaffnung betraf, mußte sie nicht nur den Verlust Kanadas durch die Franzosen vor siebzehn Jahren, sondern auch die Eroberung einiger der dreizehn Sterne auf der neuen amerikanischen Fahne miterlebt haben, deren drei Farben fröhlich über diesem ganzen Elend flatterten.

»Wenn ich der General wäre, würde ich nicht so geringschätzig von dem Gold reden, das man ihm bringt«, sagte Gilles leise. »Ich habe das Gefühl, er hat es dringend nötig. Eigentlich hätte er mir um den Hals fallen müssen.«

»Er hat Euch zugelächelt«, sagte Oberst Hamilton, der es gehört hatte. »Das ist bei ihm ein Zeichen überschwenglicher Freude. Und wenn unsere Soldaten auch nicht nach viel aussehen, wissen sie sich doch zu schlagen. Außerdem wartet, bis Ihr unsere Kavallerie gesehen habt! Euer La Fayette behauptet, er habe kaum jemals eine so schöne bewundert.«

»Ich denke nicht schlecht von Euren Soldaten, Oberst. Und ich sähe es auch nicht gern, wenn Ihr Eurerseits die Truppen des Königs von Frankreich nach meinem Äußeren beurteilen würdet, das im Moment nicht gerade glanzvoll ist.«

In der Tat hatten die Sendboten Rochambeaus keine fünf Tage gebraucht, um den Weg von etwa vierzig Meilen durch Wald und Sumpf zurückzulegen, der sie von Rhode Island an die Ufer des Hudson geführt hatte. Sie waren zum Fürchten schmutzig, verbreiteten einen Geruch, der einen Dachs vertrieben hätte, und mußten sich bemühen, ihre Müdigkeit nicht zu zeigen. Zumindest Gilles, denn Tim, der an lange Märsche in schwierigem Gelände gewöhnt war, hatte sich bei Verlassen des Hauses Igrak auf die Schulter geladen, ohne ihn auch nur zu wecken. Der erschöpfte junge Indianer war wie ein Stein zu Füßen des Wachpostens eingeschlafen, dem man ihn bei der Ankunft anvertraut hatte . . .

Hamilton führte die Gäste seines Chefs bis zu einer Palisade aus Rundhölzern, die den Fluß säumte. Dort, in der Nähe des Lagereingangs, befand sich eine Reihe Buden, halb Zelte, halb Indianerhütten, in denen sich Geschöpfe tummelten, die an ihren Hauben mit Nackenschleiern als Frauen zu erkennen waren. Es waren »Molly Pitchers«, eine Art Marketenderinnen, die während der Schlacht den Soldaten Wasser brachten, den Chirurgen halfen und sich bemühten, die Ernährung der

Truppe durch allerlei Hilfsmittel zu verbessern, unter denen heimliche Anleihen bei Farmern der Umgebung eine große Rolle spielten. Ihr Name stammte von einer heldenmütigen Frau, die in der Schlacht von Monmouth Courthouse anstelle ihres verwundeten Mannes gekämpft und das ganze Regiment mit Wasser verproviantiert hatte. Es war ein Spitzname, der im Grunde sehr viel Zärtlichkeit enthielt.

Der junge Oberst wandte sich an eine dieser Frauen, eine schwarzhaarige Person, trocken wie eine Backpflaume und viel kleiner als ihre Gefährtinnen, die aber trotzdem eine Art Autorität über die anderen auszuüben schien.

»Jeanette Mulligan«, sagte er, »der General schickt Euch diese beiden Burschen. Sie sind seine Gäste, und er wünscht, daß Ihr Euch ihrer bis morgen früh annehmt. Sie brauchen Essen und Ruhe.«

Jeanette verließ den Zuber, in dem sie Leinenzeug wusch, wischte sich flüchtig die Hände an den Hüften trocken und pflanzte sich schweigend vor Tim auf. Mit bösem Blick betrachtete sie seine Bürde und schniefte.

»Und das da?« fragte sie, indem sie mit noch seifigem Finger auf Igrak wies. »Soll ich mich seiner auch annehmen?«

»Noch mehr als der beiden andern«, gab Hamilton unerschütterlich zurück. »Geisel des Generals!«

»Dann soll er selber auf ihn aufpassen! Es ist ein Irokese, und ich will keinen von der Sorte bei mir! Harvey, mein Mann, ist von den Teufeln des Mohawk-Häuptlings Joseph Brant bei German Flats skalpiert und lebendig verbrannt worden. Ich würde lieber krepieren, als einem dieser Banditen auch nur einen Krümel Mais zu geben. Raus! Verschwindet! Schafft mir dieses Ungeziefer weg, und wenn der General nicht einverstanden ist, braucht er nur selber herzukommen und eine Erklärung von mir zu fordern. Hab' ich nicht recht, ihr andern da?«

Die Gruppe der Frauen, die sich um den Wäschezuber geschart hatte wie um einen Altar, stimmte im Chor zu.

Die einmütige Zustimmung entlockte der »Molly Pitcher« ein breites Lächeln.

»Ihr seht, Oberst Hamilton, wir sind einer Meinung! Bringt also Euren Indianer, wohin Ihr wollt, aber nicht zu mir. Was die zwei da anlangt . . .«

»Madame«, mischte Gilles sich schmeichelnd ein und verneigte sich zum Gruß so tief, als habe er eine große Dame vor sich, »wir bitten Euch um nichts anderes als um eine stille Ecke, wo dieses Kind weiterschlafen kann. Wir werden selbst für sein Essen sorgen. Auch ist er, wie der Oberst Euch sagte, von großer Bedeutung für den General.«

Jeanettes Augen rundeten sich verblüfft und wanderten langsam über die Gestalt des jungen Mannes, von den verschmutzten Mokassins bis zu seinem zerzausten blonden Schopf.

»Wer ist denn der? Er ist dreckig wie ein Kamm, schön wie ein Gott und spricht wie ein Lord. Bisher hat noch keiner so zu mir gesprochen . . . Madame, hat er zu mir gesagt! Madame! . . . Zu mir!«

»Ich bin Franzose«, sagte Gilles lachend, »und Ihr seid eine Frau. Für uns sind alle Frauen . . . Damen. Ich bin mit der Armee des Königs von Frankreich gekommen, um mit Euch zu kämpfen, und ich bin es, der dieses Kind gefangen hat. Der General hält es für kostbar. Ich bitte Euch . . . Madame . . . gebt uns einen Winkel für ihn. Mein Freund kann ihn nicht die ganze Nacht auf dem Rücken tragen.«

Völlig unerwartet errötete Jeanette Mulligan wie ein junges Mädchen und klapperte mit den Augenlidern. Sie deutete sogar eine kleine Verbeugung an und lächelte plötzlich:

»Seht mich nicht so an, mein junger Herr! Ihr habt Augen, Augen! Kommt, ich werde Euch führen.«

Ohne weitere Erklärung geleitete sie die Ankömmlinge selbst zu einem Zelt, aus dem sie mit kräftigen Fußtritten ein paar Kessel und sonstiges Küchengerät hinausbeförderte, wonach sie bat, sich hier wie zu Haus zu fühlen, und hinzufügte, falls sie etwas brauchten, sollten sie es nur sagen.

Doch damit hatte sich das Wohlwollen Jeanettes und ihrer Gefährtinnen noch nicht erschöpft. Sichtlich von dem jungen Franzosen beeindruckt, bemühten sie sich um ihn, förderten wie durch ein Wunder nicht allzu altbackenes Brot, eßbares Fleisch und kühles Bier zutage. Und als Gilles die Absicht kundtat, sich im Fluß zu waschen, drängte man ihm großzügig ein Stück Seife auf, die die »Molly Pitchers« selbst herstellten.

»Du hättest nicht nach Amerika, sondern nach Indien gehen sollen«, spaßte Tim, während sie gemeinsam im lauwarmen Wasser des Hudson plätscherten. »Da würdest du gleich einen Posten als Sultan finden. Alle diese Weiber hier sind schon in dich verliebt.«

»Was willst du? Es scheint hier nicht viele Franzosen zu geben. Ich bin für sie eine Art seltsames Tier, das ist alles.«

»Ja, neugierig sind sie. Schau mal zu dem kleinen Gehölz zur Linken rüber! Sie stecken alle dahinter und beobachten, wie wir baden. Wahrscheinlich wollen sie sich vergewissern, daß ein Franzose genauso wie ein Amerikaner gebaut ist.«
Und Tim, im Begriff, in den Fluß zu springen, bot einen Moment sein blankes Hinterteil der Sonne dar, bevor er im Wasser verschwand und wie ein Fischotter davonschwamm, während Gilles es vorzog, sich faul vom Fluß tragen zu lassen, dessen grüne Wasser so majestätisch zwischen den bewaldeten Hügeln dahinflossen. Es war in dieser Minute schwer zu glauben, daß man sich im Krieg befand, denn über dieser reichen Landschaft lag eine fast göttliche Ruhe. Doch hier und da erhoben sich kleine Forts, aus Rundhölzern errichtet, deren Frische deutlich genug ihre Neuheit verriet, und stromabwärts lösten sich verdächtige Rauchwolken langsam im Blau des Himmels auf. Und als er dem anderen Ufer zuschwamm, konnte Gilles in der Ferne lange, schwarz aufragende Spitzen erkennen: die Masten der englischen Schiffe, die im Hudson vor Anker lagen. New York war nicht viel mehr als zehn Meilen entfernt . . .
Das wahre Gesicht des Krieges zeigte sich von neuem, als im Feuerschein der untergehenden Sonne das Donnern einer berittenen Truppe die Echos der Landschaft weckte: Drei Kavallerieschwadronen tauchten plötzlich aus Staubwolken auf und verschwanden im weit geöffneten Tor des Lagers, aus vollen Lungen ein wildes Lied brüllend, das nach Sieg klang. Ihnen voran eine Art Zentaur in zerrissener, blutbefleckter Kleidung, der lachend seine weißen Zähne zeigte und einen von Blut geröteten Säbel schwang. Nur mit seinen Knien lenkte er den prächtigen Hengst, den er ritt.
»Oberst Delancey«, kommentierte Tim, »und ein Teil der berühmten Kavallerie von Virginien. Was sagst du dazu?«
»Nichts!« sagte Gilles, der mit angehaltenem Atem dieses erstaunliche Reiterkarussell beobachtete, die Pracht der Tiere sah und die ansteckende Begeisterung der Truppe registrierte. »Ich bewundere! Ich glaube, ich werde gern mit diesen Männern kämpfen . . .«
Auf dem Boden liegend, in eine beinah saubere Decke gewikkelt, die Jeanette für ihn bereitgelegt hatte, blieb Gilles noch bis spät in die Nacht wach, lauschte auf die Geräusche des Lagers und die Rufe der Meeresvögel, die ihn an die Bretagne erinnerten. Trotz seiner Müdigkeit vertrieb die Erregung den Schlaf.

Er hatte es eilig, den neuen Tag anbrechen zu sehen, eilig zu erfahren, welche Aufgabe ihnen dieser erstaunliche General Washington zuteilen würde, von dem selbst die Engländer sagten: »Es gibt keinen König in Europa, der neben diesem Mann nicht wie ein Kammerdiener aussähe . . .« Bisher hatte er nichts vom Krieg gesehen außer endlosen Vorbereitungen, nur einmal von weitem auf dem Meer die Enterung eines englischen Schiffs. Es gab bloß die Routine eines verschanzten Lagers: Manöver, Kriegsratsgeschwätz . . . und Büroarbeit. Aber die Männer, die ihn hier umgaben, kämpften seit Monaten, und jeder neue Tag sah Waffen blitzen und Blut fließen. Er wollte seinen Teil von allem . . . und das bald!

Trotz des Schnarchens, mit dem Tim das Zelt füllte, hörte Gilles plötzlich ein leichtes Rascheln. Die Stoffbahn, die das Zelt verschloß, hob sich geräuschlos, dann kam das Rascheln wieder. Jemand war ins Innere gekrochen . . .

Gilles' Hand glitt zur Seite, griff nach dem Heft des Jagdmessers, das an seinem Gürtel hing, und schloß sich fest darüber. Gleichzeitig entwand er sich behutsam der Decke, für jeden Angriff bereit. Aber schon tasteten Hände über ihn, während ihm ein Duft von Seife und feuchtem Gras in die Nase stieg.

Rasch packte er eine dieser Hände . . . und hörte am unterdrückten Aufschrei, daß es eine Frau war.

»Wer seid Ihr?« flüsterte er. »Was wollt Ihr?«

»Schweig! . . . Du wirst noch deinen Freund wecken. Jeanette Mulligan schickt mich . . . Ich bin Betty, ihre Nichte. Was ich will . . .?«

»Nun?«

Sie stieß ein kleines, ersticktes Lachen aus, und er spürte plötzlich zwei heiße Hände an seiner Brust, die sein Lederhemd zurückstreiften.

»Jeanette wünscht, daß ich dich im Namen der amerikanischen Mädchen willkommen heiße«, flüsterte Betty spöttisch. »Sie sagt, du seist sicher einverstanden, weil alle Franzosen nur daran dächten!« Und unversehens schmiegte sie sich an ihn. Warme, feste Brüste, kräftige Schenkel, ein glühender Leib, ein feuchter Mund – all das preßte sich an den jungen Mann, und instinktiv schloß er die Arme um sie.

Als seine Finger die weiche Haut des nackten Rückens berührten, spürte er, wie das Mädchen wie unter einer elektrischen Entladung erschauerte und das Beben sich unwiderstehlich auf seinen eigenen Körper übertrug. Und plötzlich den großen

Liebeshunger wiederfindend, den er in den Armen Manons zum erstenmal empfunden hatte, nahm Gilles mit Freuden das unerwartete Geschenk an. Die Ehre der Franzosen stand auf dem Spiel. Den Rest seiner Kleidung herunterreißend, umschlang er wild einen Körper, der sich unter ihm zu höhlen schien, um ihn besser zu empfangen, und ließ seinem monatealten Hunger freien Lauf.

Als sich kurz vor der Morgendämmerung das Zelttuch wieder hob, um die Frau entfliehen zu lassen, deren Gesicht er nicht kannte, gestattete Gilles endlich dem Schlaf, ihn zu umfangen, und er träumte, daß Amerika ein wundervolles Land sei und der Stand des Kriegers der schönste der Welt. Was Tim betraf, hatte ihn der Sinnensturm, der zwei Fuß von seinem Lager entfernt getobt hatte, keinen Augenblick gestört. Er hatte nicht aufgehört zu schnarchen . . .

Mit dem Ende seines Fernrohrs wies General Washington auf das rechte Ufer des Hudson in nördlicher Richtung.

»Weniger als zehn Meilen von hier befindet sich West Point, unsere stärkste Verteidigungsstellung am Fluß und der Angelpunkt unserer strategischen Position. Die Befestigungen, die wir übrigens wie fast alle in diesem Gebiet einem jungen Offizier der polnischen Genietruppen, dem Oberst Kosciusko, verdanken, sind auf einem unzugänglichen Felsen errichtet und werden von einer Anzahl Batterien unmittelbar auf Flußniveau von einer flachen Insel aus verteidigt. Außerdem blokkiert eine starke Kette an dieser Stelle den Hudson. Die Stellung ist uneinnehmbar, es sei denn durch Verrat. Die Milizkompanie General Allens, die ich damit beauftragt habe, die Goldlieferung in Empfang zu nehmen, wird sie dorthin bringen. So kann ich sicher sein, daß kein Penny dem Zweck entzogen wird, den Bedürfnissen der Armee zu dienen. Ihr seht«, fügte er mit dem halben Lächeln hinzu, das ihm soviel Charme verlieh, »daß ich den Wert des Darlehens der Franzosen zu schätzen weiß.«

»Ich habe das nie bezweifelt, Herr General«, erwiderte Gilles. »Und da Ihr des Ortes und seines Wächters sicher seid . . . Habt Ihr nicht gesagt, daß er durch Verrat fallen könnte?«

Das Gesicht des Generalissimus nahm jäh wieder seine ganze Strenge an.

»Ihr seid kein Amerikaner, Monsieur, sonst würdet Ihr niemals wagen, solchen Zweifel zu äußern. General Benedict Arnold, der Kommandant West Points, ist einer unserer größten Helden, der Sieger von Saratoga, unserer bedeutendsten Schlacht.«

»Aber sein Lebenswandel ist kostspielig, und er ist ständig in Geldnot«, sagte eine Stimme, die diesmal sehr amerikanisch klang. Washington fuhr herum, als habe ihn eine Wespe gestochen.

»Ich weiß, daß Ihr Arnold nicht mögt, Hamilton, daß Ihr ihm noch immer seine Heirat mit Miß Shippen übelnehmt, deren Familie eine der einflußreichsten der Tory-Partei ist, aber ihn deshalb einer Ehrlosigkeit für fähig zu halten! . . . Muß ich Euch daran erinnern, daß er mein Freund ist und daß ich an ihn glaube?«

Zorn ließ unmerklich seine Stimme erzittern, aber das Gesicht dieses außergewöhnlich beherrschten Mannes blieb unbewegt. Hamilton nahm den Verweis hin, ohne mit der Wimper zu zucken.

»Ich biete Euch meine Entschuldigung an, General. Aber ich behaupte weiterhin, daß West Point nicht der ideale Ort für die Aufbewahrung unseres einzigen Kriegsschatzes ist. Eure Freundschaft hat General Arnold schon aus der Bedrängnis geholfen, als er bei jenem Kriegsrat über die Finanzen seiner Truppen während der Expedition nach Quebec Auskunft geben sollte. Seid Ihr nicht im Begriff, den Teufel zu versuchen?«

»Das genügt, Oberst Hamilton! Wir werden diesen Punkt nicht weiter diskutieren. Kommt, Messieurs! Da Eure erste Mission so glücklich beendet ist, werden wir von der sprechen müssen, mit der ich Euch jetzt betrauen möchte.«

Sich auf dem Absatz umdrehend, begab sich Washington mit großen Schritten seinem Hauptquartier zu, gefolgt von Gilles, der ein wenig überrascht darüber war, daß ein junger Offizier es wagen konnte, so offen eine Entscheidung des kommandierenden Generals anzuzweifeln. Tim, der neben ihm ging, begann zu lachen.

»Bei uns kann jeder seine Meinung sagen, selbst zu den schwerwiegendsten Dingen. Das ist das, was wir Demokratie nennen.«

»Demokratie!« wiederholte der junge Mann, dem neuen Klang nachhorchend, den dieses alte Wort im Munde seines Freundes erhalten hatte. »Sind wir zweitausend Jahre zurückversetzt? Seid ihr demnach die neuen Athener?«

»Ich weiß nicht, ob wir die neuen . . . was du da sagst sind, aber eins weiß ich gewiß: daß wir genug davon haben, die Knechte des Königs von England zu sein. Wir wollen wir selbst sein, ganz einfach! Wir sind groß genug dafür! Jetzt laß uns sehen, was der Große Weiße Häuptling von uns will . . .«

Eine Stunde später verließen Tim und Gilles mit Igrak hinter sich auf der Kruppe das Lager von Peekskill auf zwei Pferden, die sie der Großzügigkeit des Generals verdankten, begleitet von den stürmischen Abschiedsrufen der »Molly Pitchers«, die sich am Ufer zusammengefunden hatten, um bei ihrem Aufbruch dabeizusein. Gilles' Blick verweilte einen Moment bei einem großen blonden Mädchen, das neben Jeanette Mulligan stand und ihm mit den Fingerspitzen einen Kuß zuwarf. Das konnte nur Betty sein, und er war froh zu sehen, daß sie blanke Augen hatte, und daß die Sonne so hübsch in ihren Haaren spielte. Voller Dankbarkeit für diesen weichen Körper, der ihm soviel Vergnügen bereitet hatte, sandte er ihr den Kuß zurück.

»Wir werden uns wiedersehen, Betty«, rief er in den von Süden kommenden leichten Wind. Sie lachte hell auf und zeigte ihre starken weißen Zähne.

»Wenn Gott und die Rotröcke es so wollen, schöner Reiter . . . so oft du willst!«

»Sie täte besser dran zu sagen: Wenn die Senecas es wollen!« brummte Tim, dessen fröhliches Gesicht beträchtlich düsterer geworden war, seitdem sie ihre Befehle erhalten hatten. »Wenn wir heil aus diesem Abenteuer herauskommen, wird man es nur als Wunder ansehen können. Es wäre schon sehr schön, wenn wir nur unsere Skalps lassen müßten.«

Die angenehme Erinnerung an die vergangene Nacht hatte Gilles in viel zu gute Laune versetzt, um sie sich durch die pessimistischen Äußerungen seines Freundes verderben zu lassen.

»Wenn ich dich nicht die ganze Nacht schnarchen gehört hätte, würde ich sagen, du hast schlecht geschlafen, mein Junge! Oder du hast nichts von dem verstanden, was Washington gesagt hat: Wir sind Boten des Friedens! Wir werden Sagoyewatha einen Bruder wiederbringen, den er vielleicht verloren glaubt und den ihm der Große Weiße Häuptling in seiner unendlichen Güte zurückgibt, obwohl er ein Gefangener war. Das ist eine freundschaftliche Geste, wie mir scheint. Wir werden gewissermaßen den freien roten Brüdern die Aufrührerhand reichen.

Ich sehe nicht ein, warum Sagoyewatha uns deswegen die Haare ausreißen sollte!«
»Meiner Treu, er glaubt es!« platzte Tim heraus. »Er spricht wie ein Buch, das sich für die Bibel hält! In Wirklichkeit scheinen mir die Friedensbotschaften viel mehr die Wirkung von Fackeln der Zwietracht zu haben. Du vergißt den zweiten Teil des Auftrags: dem Häuptling des Clans der Wölfe diskret beizubringen, daß sein Freund, der Irokesen-Häuptling Cornplanter, in Wahrheit ein schändliches Individuum ist, das nur davon träumt, die Allianz der sechs Stämme zu brechen, um sich ihres Eigentums zu bemächtigen und ihm selbst bei der Gelegenheit auch noch seine Frau wegzuschnappen. Laß mich dir eines sagen: Wenn Sagoyewatha uns unsere Haare läßt, wird Cornplanter sie sich holen, denn er wird sehr schnell erfahren, an wen er sich zu halten hat. Dieser Mann hat überall Spione . . . und er ist ein wildes Tier, gegen das ein Puma eine niedliche kleine Katze ist.«
»Warum hast du dann eingewilligt? Wenn ihr das Recht habt, die Befehle eures Chefs zu erörtern, hättest du ablehnen müssen.«
Tim Thocker schien plötzlich anzuschwellen und wurde so rot, daß Gilles förmlich darauf wartete, ihn Feuer aus den Nasenlöchern blasen zu sehen
»Weil ich ein verdammter Schwachkopf bin! Und auch, weil die Idee, zwischen die sechs Stämme, die so gute Arbeit für die Engländer leisten, Streit zu säen, mir Freude macht. Aber es ist eben nur mein Geist, der zufrieden ist. Mein Körper würde lieber hierbleiben, ganz Miß Martha Carpenter zu Diensten von dem Tag an, da sie mir endlich erlauben wird, sie vor den Pastor zu führen.«
Gilles brach in Gelächter aus.
»Da du nicht mehr zurück kannst, ist es das beste, so schnell wie möglich das Ziel anzusteuern. In einem Fall wie diesem ist nichts schlimmer als Unentschlossenheit. Vorwärts also!«
Seinem Pferd die Sporen gebend, versetzte der junge Mann es in leichten Galopp. Sie ritten den am Flußufer hinführenden Weg entlang. In Stony Point würden sie den Strom mit der Fähre überqueren und dann in nordöstlicher Richtung in die Catskills eindringen, um das neue Lager des Seneca-Häuptlings am Ufer des Susquehannah zu erreichen. Igrak sollte ihnen den genauen Ort zeigen.
»Seitdem er auf dem Kriegspfad ist, hat Sagoyewatha sein von

den Aufrührern verwüstetes Land am Cayuga-See verlassen und nach anderen Feldern suchen müssen, wo Mais gepflanzt werden konnte«, hatte er ihnen gesagt.

Die Entfernung, die der junge Skalpjäger auf der Suche nach Ruhm zurückgelegt hatte – fast hundert Meilen –, war übrigens nicht einer der geringsten Gründe des Staunens für Gilles. Für ein Kind dieses Alters war das allein schon eine Heldentat, doch Tim zeigte sich weit weniger beeindruckt.

»Die Mannbarkeitsprüfungen bei den Irokesen sind hart«, erklärte er. »Wenn es sich darum handelt, nach Ruhm zu jagen, bedeutet weder Entfernung noch Zeit etwas für sie. Als Sohn und Bruder eines Häuptlings hofft Igrak, eines Tages einer der Krieger zu werden, deren große Taten sich kommende Generationen weitererzählen.«

»Es wäre nicht erstaunlich, wenn es ihm gelänge . . .«

Der Junge war in der Tat stolz, edel und mutig. Im Zusammenleben mit ihm hatten die beiden Freunde ihn erst richtig schätzen gelernt. Sein Verhalten, das Schweigen, das er die meiste Zeit über wahrte, wiesen weit über sein Alter hinaus. Während ihrer Reise hatten Tim und Gilles oft beobachten können, wie er sich von ihnen entfernte, nicht um zu fliehen, sondern um sich in der Nähe eines Sumpfes oder in einer Höhlung abzusondern, und dort konnte er stundenlang kauern, ohne sich zu rühren, als lausche er der unermeßlichen Natur, die ihn umgab. Manchmal hob er von der Erde einen Stein auf oder eine Feder, die aus dem Flügel eines Vogels gefallen war, manchmal eine Pflanze, und ordnete seinen Fund sorgfältig in den kleinen Ledersack ein, den er um den Hals trug.

»Er stellt seine eigene ›Medizin‹ zusammen«, sagte Tim, der ihn heimlich beobachtete. »Anders gesagt, er sammelt Elemente, von denen er glaubt, daß sie ihm Glück bringen können.«

»Aber wie sucht er sie aus?«

»Er sucht sie nicht. Die Gegenstände müssen einen Zusammenhang haben mit einem Traum, den er gehabt hat, oder mit irgendeiner Vorahnung. Im allgemeinen machen die Krieger das später, aber Igraks Onkel Hiakin ist der Medizinmann der Senecas . . . ein großer Zauberer. Das Kind möchte vielleicht sein Nachfolger werden. Wenn es so ist, muß er dem Stamm sehr wertvoll sein, und wir haben vielleicht eine Chance, unsere Skalps zu retten.«

Dieser Gedanke schien ihn wieder aufzuheitern, und er sah

ruhiger dem Weg entgegen, den es noch zurückzulegen galt.
Achtundvierzig Stunden, nachdem sie Peekskill verlassen hatten, erreichten die drei den Kamm der letzten Gebirgskette, jenseits derer der Susquehannah floß.

»Wenn Igrak die Wahrheit gesagt hat«, erklärte Tim, »kann das Lager seines Bruders nicht viel weiter als eine halbe Stunde entfernt sein.«

Gilles antwortete nicht. Sein Blick folgte seit einem Weilchen den Bewegungen eines Vogels, eines Raubvogels offensichtlich. Es war ein prächtiges Tier, etwas kleiner als ein Adler, aber ebenso majestätisch und ungewöhnlich weiß.

Mit weit ausgebreiteten Flügeln glitt er in großen, flachen Kreisen an unsichtbaren Luftsäulen dahin, weit über den bewaldeten Bergrücken. Er schwebte am Himmel, erhaben und furchtbar. Fasziniert hielt der junge Mann sein Pferd an.

»Na«, fragte Tim, »kommst du nicht?«

»Sieh nur! Was ist das – ein Adler?«

Tim kniff die Augen zusammen, um sie gegen das zu helle Licht zu schützen.

»Nein. Er ähnelt ihm etwas, aber er ist keiner. Ich glaube, es ist ein Gerfalke.«

Gilles' Herz setzte einen Schlag lang aus.

»Ein Gerfalke? Bist du sicher?«

»Soweit man das von einem Vogel sagen kann, den man hier nicht oft sieht, denn seine Artgenossen leben weiter nördlich. Dieser hier ist prachtvoll.«

Mit der instinktiven Bewegung des Jägers hob Tim schon seinen Karabiner, doch Gilles hielt ihn mit einem Schrei zurück.

»Nein!« Dann leiser: »Es wäre schade . . .«

Ohne zu widersprechen, hängte Tim die Waffe wieder über die Schulter.

»Du hast recht. Mehr noch: es wäre eine Dummheit. Wir sind zu nahe am Lager der Indianer, und sie stellen diese weißen Vögel dem Donnervogel, ihrem Schutzpatron, gleich . . .«

Sie setzten sich wieder in Marsch. Der Weg führte abwärts durch einen Wald, war jedoch breit genug, daß Gilles den Gerfalken im Auge behalten konnte, der dort oben weiter seine Kreise zog, als beobachte er etwas. Plötzlich ließ der Weg das waldige Gelände hinter sich und senkte sich unmittelbar und steil ins Tal hinab. Das Indianerlager tauchte auf . . .

Die aus geflochtenen Zweigen, Rinde und trockenen Binsen

bestehenden, zumeist mit grellfarbig bemalten Hirschhäuten bedeckten Hütten füllten das Ufer zwischen dem glitzernden Flußlauf und am Fuß des Abhanges sich hinziehenden Maisfeldern. Frauen mit langen schwarzen Zöpfen bewegten sich um Küchenfeuer, zerstampften Korn in Steinmörsern oder häuteten das von den Jägern erlegte Wild. Einige dieser halbnackten Jäger, deren Haar bis auf eine lange schwarze, mit Federn verzierte Strähne auf der Mitte des Schädels abrasiert war, drängten sich um die größte Hütte, vor der sich ein mit haarigen Trophäen dicht behängter Mast erhob. Am Rand des Wassers, wo einige Kanus lagen, spielten fast nackte Kinder zwischen Hühnern und mageren Hunden.
Gilles verschlang dieses fremdartige Bild gierig mit den Blikken. Das Lager war riesig und machte einen wohlgeordneten, reichen Eindruck. Die Krieger, große Kerle mit dunkler, glänzender Haut, schienen gefährlich stark.
»Was sagst du dazu?« murmelte Tim. »Immer noch so versessen drauf, einen Irokesenstamm aus der Nähe zu sehen?«
»Mehr denn je! Endlich sehen sie deinen Erzählungen und meinen Träumen ähnlich! Was auch geschieht, ich werde es nie bereuen, hierhergekommen zu sein. Das Land, die Menschen und die Tiere haben den gleichen Stolz und die gleiche Pracht.«
Ein letztes Mal suchte sein Blick den Gerfalken.
»Alle Wetter!« rief er aus.
Der Raubvogel hatte plötzlich seinen schwebenden Tanz unterbrochen, und die Luft mit seinen mächtigen Fittichen teilend, stieß er auf etwas herab, das aus einem der Felder auftauchte . . . etwas, das ein menschliches Wesen von noch unbestimmter Gestalt war. Von dort, wo sie standen, konnten die beiden Burschen helles Haar und einen großen Sack erkennen, den die Person auf dem Rücken schleppte.
»Es ist eine Frau!« sagte Tim mit tonloser Stimme. »Eine weiße Frau! Ihr Haar muß den Vogel angelockt haben. Er wird sie angreifen . . .«
Ein Schrei übertönte seine Stimme. Der Falke war auf den hellen Kopf niedergestoßen . . . Schon hatte Gilles seinen Karabiner gepackt. Seine Bewegungen waren nicht weniger schnell als der Angriff des Vogels. Er legte an, schoß, fast ohne zu zielen. Der Knall, von den Bergen zurückgeworfen, war gewaltig, aber der Gerfalke gab sein Opfer frei und stürzte zu Boden.

»Sauberer Schuß!« sagte Tim anerkennend. »Aber jetzt fängt der Kummer an . . . Die Hoffnung auf eine unauffällige Ankunft werden wir aufgeben müssen. Das ganze Lager ist schon alarmiert.«

Doch Gilles hörte nicht. Auf die Gefahr hin, sich das Genick zu brechen, hatte er seinem Pferd die Sporen gegeben und jagte in voller Geschwindigkeit die am Maisfeld endende steile Böschung hinunter. Sekunden später war er vor dem toten Vogel und seinem Opfer angelangt. Merkwürdigerweise widmete er dem letzteren kaum Aufmerksamkeit, bemerkte undeutlich nur einen Haufen Lumpen, aus dem ein Gesicht auftauchte, das grau war von Schmutz, blaue, noch schreckerfüllte Augen und wirres, fettig-gelbes Haar.

»Nicht zu schlimm?« fragte er nur.

Das Wesen machte ein verneinendes Zeichen, aber Gilles hatte es schon vergessen. Ein Knie auf dem Boden, beugte er sich vor und nahm mit sanften Bewegungen den Gerfalken auf. Der Vogel war zweifellos tot, doch sein lebloser Körper war noch warm, und als er die weichen, blutbefleckten Federn berührte, befiel ihn ein mit Schmerz vermischter Zorn. Es war ihm, als habe er mit diesem schönen weißen Mörder sie alle, die seine Vorfahren waren, getroffen, als habe er sich irgendwie schuldig gemacht. Sie waren alle Raubvögel gewesen, stolz jedes Mitleid leugnend, nur ihren eigenen Lüsten folgend, und er hatte sich auf die Seite der verschwommenen Schar ihrer Opfer geschlagen. Eines unförmigen, schmutzigen Wesens wegen, das eine Frau sein sollte, hatte er eine der herrlichsten Kreaturen Gottes getötet, diesen Schicksalsvogel, der eben noch stolz über ihm am Himmel geschwebt hatte, vielleicht gar der Schatten Tarans . . .

Tims große Pranke rüttelte seine Schulter, brachte ihn in die Wirklichkeit zurück.

»Ich glaube, du hast unser Todesurteil unterschrieben«, murmelte der Amerikaner. »Sieh nur!«

Langsam, doch ohne von dem in seinen Händen ruhenden Vogel zu lassen, erhob sich Gilles. In seinen Schmerz verloren, war ihm entgangen, daß sich ein Kreis indianischer Krieger um sie geschlossen hatte. Mit Bogen oder federgeschmückten Lanzen bewaffnet, glichen sie mit ihrer glänzenden Haut und schwarzweißen Bemalung einem auf Kordova-Leder gemalten Fresko, aber Zorn und Haß flammten in aller Augen.

»Versuchen wir immerhin zu verhandeln«, seufzte Tim.

Sich zu seiner ganzen Größe aufreckend, wandte er sich einem schon älteren Mann zu, der mit seiner Krone aus scharlachrot gefärbtem Hirschhaar und einer Halskette aus Bärenzähnen ein Häuptling zu sein schien. Vor ihm hob er die rechte offene Hand bis zur Höhe seiner Schulter, beschrieb einen Kreis, schloß sie bis auf die in Form eines V gespreizten Zeige- und Mittelfinger und ließ sie langsam bis in Gürtelhöhe sinken, bevor er zu einer für Gilles völlig unverständlichen Rede anhob, aus der nur die Namen Igrak und Sagoyewatha herauszuhören waren.

Noch während er sprach, streckte der Mann mit der roten Krone jedoch den Arm aus und wies gebieterisch auf die beiden Weißen. Im selben Moment wurden sie von zahlreichen Händen gepackt, überwältigt und mit Seilen aus geflochtenem Hanf gebunden.

»Deine Rede hat offenbar nicht übermäßig gefallen«, spottete Gilles. »Haben wir uns im Stamm geirrt, oder lieben die Leute hier ihre Kinder nicht?«

Igrak, der sich während Tims Ansprache nicht gerührt hatte, ließ sich endlich vom Pferd heruntergleiten, lief zu dem alten Indianer und versuchte, zwischen den Kriegern und seinen neuen Freunden zu vermitteln. Der Mann hörte es sich mit einem Lächeln an, legte sogar liebevoll eine Hand auf den Kopf des Jungen, während er ein paar Worte zu ihm sprach, erlaubte ihm jedoch trotz seiner Proteste nicht, zu denen zu gehen, die er so offensichtlich verteidigte. Im Gegenteil, er übergab ihn zweien seiner Begleiter, die den schreiend sich Wehrenden zum Lagereingang zerrten. Tim hob die Schultern.

»Ich hätte schwören können, daß es so kommen würde. Man diskutiert nicht mit Irokesen. Es sind wilde Tiere.«

»Ich dachte, Sagoyewatha sei jung«, bemerkte Gilles und wies mit dem Kinn auf den Mann mit der Krone.

»Er ist jung, und er ist zugleich klug und vorsichtig. Das da ist sein Onkel Hiakin, auch Bärengesicht genannt, der große Medizinmann der Senecas. Er vertritt den Häuptling, wenn er unterwegs ist . . . und das heißt, daß Sagoyewatha abwesend ist, und daß wir verloren sind. Er war unsere einzige Chance.«

Herumgestoßen, mißhandelt von Männern, die sie mit wütendem Haß zu verfolgen schienen, durchschritten die beiden Freunde das Tor der Umzäunung des indianischen Dorfs, durch das zuvor schon Igrak und das blonde Opfer des Gerfalken

verschwunden waren. Das letztere übrigens mit Fußtritten gejagt und mit einer Verachtung behandelt, die seinen Stand innerhalb des Stamms deutlich erkennen ließ.
»Eine Sklavin«, brummte Tim. »Ein unglückliches Geschöpf, zweifellos bei einem Überfall geraubt und zum Unglück eine der unseren! Hast du ihr helles Haar gesehen? Es ist eine Weiße . . .« Der Vogel war längst Gilles' Händen entrissen worden. Hiakin trug ihn selbst auf seinen erhobenen Händen der untergehenden Sonne entgegen.
Ein paar Augenblicke später schlossen Gilles und Tim, von ihren Wächtern hineinbefördert, höchst unsanft mit dem Boden einer engen, dunklen Hütte Bekanntschaft, in der es unerträglich nach verfaulten Fischen roch. Trotz allem verspürten sie eine gewisse Erleichterung, denn das Durchqueren des Dorfes zwischen zwei Reihen haßerfüllter, in Furien verwandelter Frauen, die sie mit allem bewarfen, was ihnen in die Finger kam, war nicht eben angenehm gewesen.
Gilles, der auf dem Bauch gelandet war, gelang es ohne allzu große Mühe, sich trotz seiner auf dem Rücken gefesselten Hände aufzurichten und gegen einen Pfahl zu lehnen. Seine sich schnell an die Dunkelheit gewöhnenden Augen suchten den Freund, der noch am Boden kroch und sich gleichfalls in eine bessere Lage zu bringen suchte.
»Was werden sie deiner Meinung nach mit uns machen?«
»Nichts Schönes. Für uns wenigstens, aber wir können uns immerhin damit trösten, daß sie sich dank unserer Mitwirkung demnächst prächtig amüsieren werden. Es gibt nämlich nichts, was die Irokesen als Zeitvertreib dem wohldosierten Tod eines Gefangenen vorziehen würden. Und nun gar gleich zwei!«
Gilles prüfte die Frage unter allen Blickwinkeln und kam zu dem Schluß, daß ihre Lage nicht beneidenswert sei, stellte aber mit Befriedigung fest, daß sie ihn nicht weiter aufregte.
»Ich verstehe«, sagte er ruhig. »Und . . . dauert es lange?«
Tim, dem es gelungen war, sich neben seinem Freund hochzustemmen, stieß ein kleines, freudloses Lachen aus.
»Wahrscheinlich! Wir sind weiße Krieger, und dieser Titel gibt uns das Recht auf bevorzugte Behandlung.«
»Und das bedeutet?«
»Daß sie sich ein Vergnügen daraus machen werden, uns mit ihren raffiniertesten Foltern zu ehren. Und du hast keine Ahnung von ihrem Erfindungsreichtum auf diesem Gebiet.«
Trotz seines Muts konnte sich Gilles eines Schauders nicht

erwehren, der ihm über den Rücken lief. Den Tod vor Augen zu haben, ist eine Sache, ihn aber mit ganz kleinen Schritten in einer Ewigkeit von Leiden näherkommen zu sehen, ist eine ganz andere.

»Na, schön . . . Besser, man weiß es«, seufzte er. »Inzwischen dreh dich so, daß deine Hände meine berühren. Ich will versuchen, dich loszubinden. Ich hasse den Gedanken, hier wie ein verschnürtes Huhn zu liegen, bevor man es an den Bratspieß steckt.«

Die Stricke waren fest geschnürt, aber seinen Fingern gelang es, den Knoten zu finden, und er machte sich an die Arbeit.

»Glaubst du, daß es noch heute abend sein wird?« fragte er nach einer Weile. »Denn in diesem Fall verliere ich meine Zeit.«

»Nein. Zweifellos erst morgen bei Sonnenaufgang. Mach weiter. Wenn du es nicht schaffst, werde ich's bei dir versuchen.«

Es war ein langwieriges, schwieriges Unternehmen, das zu einem guten Ende zu bringen Gilles nicht vergönnt war, denn eben in dem Moment, in dem der erste Knoten nachgab, holte man sie aus ihrem Gefängnis.

Die Nacht war gekommen, aber das ganze Dorf war auf den Beinen, und ein riesiges Feuer, das zwischen zwei mit lebhaften Farben bemalten Pfählen angezündet worden war, erhellte die Umgebung bis hinauf zu den bewaldeten Hängen auf der anderen Seite des Flusses. Die Senecas umgaben diesen leeren Platz in einem großen, schweigenden Kreis. Als die Gefangenen an ihnen vorübergingen, rührte sich niemand, aber wie auf ein Signal hin entrang sich ihnen ein fast wollüstiges Seufzen.

Diese Leute lecken sich fast schon die Lippen bei dem Gedanken, uns sterben zu sehen, dachte Gilles mit kalter Wut.

Als man ihn an einen der Pfähle band, glaubte er sich um einige Jahre zu jenem Tag zurückversetzt, an dem er sich bei einem seiner Streifzüge im großen Wald bei Hennebont verlaufen hatte. Nach Einbruch der Nacht waren im Dunkeln die funkelnden Augen eines Wolfsrudels aufgetaucht, und er hatte seine Rettung nur einem großen Baum zu verdanken gehabt, in dessen Krone er Schutz suchte. Am nächsten Morgen hatten ihn die vom Chevalier de Langle angeführten bäuerlichen Treiber einer Treibjagd befreit . . . aber heute nacht würde kein braver bretonischer Bauer, kein beherzter Wolfsjäger kommen

und den Kreis funkelnder Augen durchbrechen, die begierig auf seine erste Wunde lauerten.
Sein Stolz ließ ihn sich zu seiner vollen Größe aufrichten. Seine blauen Augen, eiskalt vor Verachtung, überflogen die Menge, die zum großen Teil aus Alten, Frauen und Kindern bestand. Ganz offensichtlich hatte Tim recht: Der Hauptteil der Krieger war abwesend. Hiergeblieben waren nur die, die zum Schutz des Lagers unentbehrlich waren. Eine Handvoll! Er wandte den Kopf zu Tim.
»Wie eilig sie es haben, uns sterben zu sehen!« sagte er bitter. »Sie lassen uns nicht einmal die Nacht . . .«
Der Waldläufer schüttelte den Kopf.
»Ich denke noch immer, daß es nicht sofort sein wird. Dafür haben wir eine gute Chance, die Nacht in dieser unbequemen Stellung zu verbringen. Die Ermüdung soll unsere Angst verzehnfachen und unseren Mut sinken lassen.«
Der Ton mehrerer in außergewöhnlich schnellem Rhythmus geschlagener Trommeln schnitt ihm das Wort ab. Ein paar junge Burschen hatten sich zu beiden Seiten der Tür einer der größten Hütten niedergehockt, kleine Trommeln zwischen den Knien, die sie mit den Fingern bearbeiteten. Sofort wurde der Hirschledervorhang der Hütte beiseite geschoben und Hiakin erschien. Die rote Bemalung seiner Haut, die Krone aus steifem Hirschhaar, die seinen rasierten Schädel umschloß, seine hohe Gestalt und die seltsame Form seines Gesichtes, das wirklich der Maske eines Bären ähnelte, all das ließ ihn wie eine bösartige Gottheit erscheinen. Mit feierlichem Schritt näherte er sich den beiden Gefangenen und pflanzte sich vor ihnen auf, die Arme hoch über der Brust gekreuzt.
»Männer des Salzes«*, sagte er in ausgezeichnetem Englisch. »Ihr seid zu uns gekommen mit falschen Herzen und bösen Absichten . . .«
»Du lügst!« fiel Gilles ein. »Wir sind in friedlicher Absicht zu euch gekommen und mit freundschaftlichen Worten des großen Häuptlings, der die amerikanische Armee kommandiert.«
»Freundschaftliche Worte eines Feindes können nur falsche Worte sein. Wir haben mit unseren Brüdern, den Rotjacken, einen Pakt geschlossen. Wir können nicht auf die Friedensworte der Männer der Küste, ihrer Feinde, hören.«
Neben Gilles ließ sich ein völlig unpassender, meckernder Laut

* Anders ausgedrückt: Vom Meer Gekommene.

vernehmen. Es war Tim, der sich den Luxus eines hämischen Gelächters leistete.

»Du, Hiakin, der große Medizinmann der Senecas, der Mann, der mit dem Großen Geist spricht und für den der Schleier der Zukunft nur ein durchsichtiger Lappen ist, du erklärst dich zum Sklaven der Rotjacken, du bekennst dich als ihr Diener? Außerdem lügst du wie ein ängstliches altes Weib, wie mein Freund schon gesagt hat. Er ist kein Mann des Salzes, sondern ein Soldat des mächtigen Königs von Frankreich, der jenseits des Wassers in einem Palast von solcher Pracht regiert, daß die deiner Gebieter in roten Jacken sich wie Biberbaue daneben ausnehmen! Hast du denn vergessen, daß wir einen langen Weg zu euern Feuern gekommen sind, um den jungen Bruder deines Häuptlings Sagoyewatha zurückzubringen, des Weisen unter den Weisen, dessen, ›der spricht, damit die anderen wach bleiben‹ . . . und zu dem wir geschickt worden sind?«

Die blauen Lippen des Medizinmanns verzogen sich zu einem verächtlichen Lächeln.

»Die Gefangennahme eines Kindes, das sich für einen Mann hält, ist leicht, leichter noch als die Eroberung seines jungen, unschuldigen Herzens. So hat das doppelte Gesicht eines Spions keine Mühe, das Lächeln der Freundschaft anzunehmen, um bis zu unserem Ratsfeuer vorzudringen. Aber Hiakin täuscht man nicht! Wie du selbst gesagt hast, leitet ihn allein der Große Geist . . . und der Große Geist will das Blut derjenigen, die es gewagt haben, seinen Lieblingsboten zu erschlagen, den großen weißen Vogel, der sich mir näherte. Ich, Hiakin, sage deshalb: Morgen, wenn die Sonne ihr Bett der Finsternis verläßt, werdet ihr, Männer des Salzes, langsam das Königreich des Todes betreten, so wie es sich für Krieger gehört, die ihr zu sein vorgebt.«

Gilles' eiskalter Blick traf spöttisch den des Medizinmanns.

»Deine Gründe sind schlecht, Bärengesicht! Es scheint, daß du die Bedeutung des Wortes Krieger nicht richtig begreifst. Die Gesetze des Krieges sind edel, und du, der du nicht einmal Parlamentäre achtest, ignorierst sie. Ich werde dir mit Hilfe Gottes . . . meines Gottes, neben dem dein Großer Geist nur ein Lehrling ist, zeigen, wie ein Soldat des Königs von Frankreich stirbt. Du wirst sehen . . .«

Er hielt plötzlich mit stockendem Atem inne. Das indianische Dorf, der rauschende Fluß, die ringsum ragenden Berge, ja selbst die Schranke grausamer Augen, die ihn nun vom Leben trennte, alles verschwand für Gilles wie durch einen Zauber . . . Neben Hiakin war eine junge Frau erschienen, aus der Nacht aufgetaucht wie ein neuer Tag, eine Frau von solcher Schönheit, wie er sie nie für möglich gehalten hätte.

Groß, fein, anmutig, war ihr Gesicht vollkommen wie ein Traum, erhellt durch zwei riesengroße Augen von erstaunlichem Goldton. Zwischen den dichten Wimpern glänzten sie wie zwei Seen aus lichtem Gold, das den wärmeren Ton der Haut hervorhob, und die blutrote Frucht des ein wenig üppigen, über dem weißen Glanz der Zähne halbgeöffneten Mundes war das Symbol der Sinnlichkeit selbst. Das mit einem Gewinde aus schwarzen und grünen Blättern geschmückte weiße Kleid umschloß die Formen ihres Körpers, als sei es unmittelbar auf ihn gemalt. Es war wie ein feuchtes Tuch, eine zweite Haut, die indiskret die Länge ihrer Schenkel, die sanften Schatten des Leibes und die hochmütige Vollkommenheit ihrer Brüste enthüllte. Unter dem dünnen weißen Band, das sie hielt, fielen die schimmernden Flechten ihres nachtdunklen Haars bis zu den Knien. Ihr Gang war der einer Königin, aber die kleinste ihrer Bewegungen sang eine Hymne zum Lobe der Wollust.

Einen Moment musterte sie schweigend den Gefangenen, der sie mit den Augen verschlang. Das Verlangen, das ihr aus ihnen entgegenschlug, war so offensichtlich, daß eine heiße Röte in ihre Wangen stieg, und nur mit Bedauern wandte sie ihren Blick endlich ab.

»Warum soviel Haß, Hiakin?« fragte sie, ebenfalls auf englisch. »Diese Männer haben einen großen Fehler begangen, aber sie wollten Sagoyewatha treffen. Du könntest wenigstens seine Rückkehr abwarten, bevor du sie tötest . . . oder hast du etwa vergessen, daß du nicht der Häuptling bist?«

Ihre Stimme war tief und ernst mit rauhen Zwischentönen, die ihr einen seltsamen Charme verliehen, ohne ihr etwas von ihrem ironischen Beiklang zu nehmen.

»Ich bin allein Herr in seiner Abwesenheit«, gab der andere zurück. »Sagoyewatha hat es verkündet, Sitapanoki. Und du, seine geliebte Frau, solltest es besser wissen als jeder andere. Zudem haben diese Männer den weißen Vogel getötet. Niemand hier würde es verstehen, wenn sie nicht ohne Aufschub getötet würden, soweit er uns nicht durch unsere Sitten auferlegt ist.«

Ein kurzes spöttisches Lächeln ließ die weißen Zähne der schönen Indianerin aufblitzen.
»Sie würden es sehr wohl verstehen, wenn du dir die Mühe machtest, es ihnen zu erklären, Hiakin! Sie glauben jedes Wort, das aus deinem Mund kommt ... denn sie glauben, sie seien alle vom Großen Geist inspiriert, auch wenn es nicht so ist! Ich habe allerdings den Großen Geist nicht nötig, um dir vorauszusagen, daß mein heldenmütiger Mann nicht glücklich sein wird, statt zweier Gesandter verfaulte Leichen vorzufinden.«
»Dein heldenmütiger Mann ist ein wenig zu sehr geneigt, auf die gleisnerischen Worte seiner Feinde zu hören. Es ist besser, wenn diese da verschwinden. Und ich fürchte seinen Zorn nicht. Geh in deine Hütte, Frau! Wenn du es wünschst, kannst du morgen mit den anderen Squaws am Fest teilnehmen.«
Zorn funkelte plötzlich in den großen goldschimmernden Augen auf.
»Ich bin keine Squaw wie die anderen, Hiakin! Und ich gestatte nicht, daß du das vergißt. Dieser Mann ist ein Franzose, und eine lange Freundschaft hat einst seine Vorfahren und die meinen vereint, bevor die Irokesen sie ermordeten. Außerdem hat er uns Igrak wiedergebracht. Wenn er morgen stirbt, wird mein Mann meine Stimme ebenso hören wie die deine ... und mehr vielleicht!«
Sie standen jetzt einander gegenüber, der Mann mit dem Bärengesicht und die Frau mit den Sonnenaugen. Und obwohl der eine wie der andere nichts von ihrer würdevollen Haltung verloren, war der Haß zwischen ihnen beinahe greifbar. Es war wie die ewige Herausforderung der Kräfte des Tages an die Macht der Finsternis, der Engel und der Dämon ... aber der Engel hatte einen Körper, der Gilles' Blut in Brand setzte. In seinem unbewußten Drang zu ihr zerrte er wie ein gefangener Wolf an seinen Fesseln, als sie sich nun mit einer Schulterbewegung, die anmutig Geringschätzung ausdrückte, in ihrer lässigen Gangart entfernte und in der Hütte des Häuptlings verschwand. Hiakins laute Stimme erreichte sie noch, bevor der Damhirschvorhang hinter ihr zusammenschlug:
»Und doch wird er sterben wie der andere, denn der Große Geist hat es gefordert, und ich, Hiakin, ich will es!«
Doch Sitapanoki kam nicht wieder. Alles war zu Ende für diesen Abend. Die Trommeln begannen von neuem zu wirbeln. Auch

Hiakin kehrte nach einer letzten drohenden Geste zu den Gefangenen in seine Hütte zurück, und die Indianer zerstreuten sich in alle Richtungen. Die an ihre Pfähle gebundenen Gefangenen blieben allein neben dem Feuer, das langsam herunterbrannte. Die Eingänge des Lagers wurden verriegelt, und die Senecas begaben sich zum Abendessen. Aber Gilles' Augen blieben fest auf die große geschlossene Hütte gerichtet, als hoffe er, die wunderbare Erscheinung noch einmal zu sehen.

Die Stricke schnitten schmerzend in seine Muskeln, und die Müdigkeit machte sich spürbar, aber er merkte es nicht. Er war sich nicht einmal des furchtbaren Todes bewußt, der ihn am Ende der Nacht erwartete. Woran er unerträglich litt, war ein seltsames Gefühl von Enttäuschung und Verlassenheit, seitdem sie verschwunden war. Und er wußte, daß er in dem Augenblick, in dem der Tod käme, weder an seine zerronnenen Träume von Ruhm noch an seine vernichteten Hoffnungen oder an die so heiß ersehnten und nie erlebten Kämpfe denken würde . . . ja nicht einmal an Judith de Saint-Mélaine, die vergebens auf ihn wartete. Nur ein einziges Bedauern nahm er aus dem Leben mit: daß er nie diese Indianerin in seinen Armen gehalten hatte, von deren Existenz er noch vor einer Stunde nichts gewußt hatte . . . Tims leise Stimme, seltsam verändert, erklang neben ihm.

»Was für eine Frau!« seufzte er. »Ich hatte gehört, daß sie schön sei, aber so schön hatte ich sie mir nicht vorgestellt. Ich verstehe, daß Cornplanter verrückt nach ihr ist und geschworen hat, sie ihrem Mann zu entführen. General Washington ist verdammt gut unterrichtet, aber ich glaube, Hiakin wird uns an unserem bösen Auftrag hindern. Die sechs Stämme werden vereint bleiben. Sagoyewatha wird nie erfahren, daß der Irokese seine Frau begehrt . . . und der Trojanische Krieg wird nicht stattfinden . . .«

Aber Gilles war tausend Meilen von der griechischen Geschichte entfernt.

»Sitapanoki!« flüsterte er. »Was für ein seltsamer Name!«

»Er bedeutet: ›Ihre Füße singen, wenn sie geht‹.«

»Warum hat sie von ihren Vorfahren gesprochen?«

»Weil sie Verbündete der Franzosen waren, bevor Frankreich Kanada verlor. Sitapanoki ist die Enkelin des letzten Sagamores der Algonquins, die von den Irokesen völlig ausgerottet wurden. Sie wäre nur eine Gefangene wie die Unglückliche, die du

vor dem Gerfalken gerettet hast, aber ihre Schönheit ist so groß, daß sie sich den Seneca-Häuptling eroberte . . .«
Das Feuer neben ihnen bestand nur noch aus verkohlten, glühenden Resten. Die Nacht hüllte die beiden Männer ein. Doch sie war klar, und wenn sie die Augen hoben, konnten sie den sternenübersäten Himmel sehen. Die Nachtluft brachte alle Düfte der Berge herbei.
»Sie ist wahrhaft schön, unsere letzte Nacht . . .«, murmelte Gilles.
»Ein Platzregen und eine anständige Pinte Rum wären mir erheblich lieber.«
Sie sprachen nicht mehr. Beide hingen sie ihren Gedanken nach, versuchten, selbst in ihren Fesseln Schlaf zu finden, aber die Erstarrung der Glieder, die sie befiel, war schon Schmerz . . .
Die Zeit verging. Der Wind wurde frischer. Die Geräusche des Lagers erstarben eines nach dem anderen, und bald war nichts mehr zu hören als von Zeit zu Zeit der Schrei eines Nachtvogels . . . und ein Schnarchen, das Gilles verriet, daß es Tim trotz allem gelungen war, einzuschlafen.
Plötzlich wurde ihm bewußt, daß neben ihnen jemand war. Wolken verhüllten die Sterne, und die Nacht war dunkel geworden, aber trotzdem konnte er eine zusammengekauerte menschliche Gestalt ausmachen, die sich jetzt vorsichtig aufrichtete.
»Ich werde Eure Fesseln durchschneiden«, flüsterte eine Stimme. »Dann befreie ich Euren Freund.«
Es war die Stimme einer Frau, doch irgend etwas zu unterscheiden war fast unmöglich, allenfalls ein dunkles, unförmiges Bündel, darüber das blasse Oval eines Gesichts. Hände tasteten nach den Stricken, schoben eine Klinge unter einen von ihnen, begannen zu schneiden . . .
»Wer seid Ihr?« flüsterte Gilles. »Ich erwartete nicht, bei diesen Bestien einen Helfer zu finden.«
»Ich bin die, die Ihr vor dem Vogel gerettet habt, um dessentwillen Ihr sterben sollt. Ich bin es nicht wert . . . eine Sklavin . . .«
»Eine Gefangene!« berichtigte der junge Mann. »Und Ihr seid eine Frau meiner Rasse. Wie heißt Ihr?«
»Bevor ich weniger als ein Hund wurde, nannte man mich Gunilla . . .«

Gunillas Messer schnitt gut. In wenigen Augenblicken waren Gilles und Tim frei. Es dauerte etwas länger, bis sie ihre erstarrten Glieder wieder benutzen konnten.
»Was machen wir jetzt?« flüsterte der Jäger. »Wie kommen wir durch die Umzäunung?«
»Einer der Pfähle der Palisade ist angeschnitten. Es ist möglich, ein Stück von ihm wegzunehmen . . . wenigstens für einen Mann. Ich konnte es nie, sonst wäre ich schon lange geflohen.«
»Nun, dann flieht Ihr eben mit uns«, entschied Gilles. »Zeigt uns den Weg.«
Geräuschlos wie Katzen überquerten sie nacheinander den Platz. Tim voran, nach ihm die Sklavin, dann Gilles. Doch der von Gunilla gewiesene Weg führte an der Hütte des Häuptlings vorbei, und Gilles verhielt den Schritt, von einer Kraft zurückgehalten, die stärker war als sein Wille . . . Da, ganz in seiner Nähe, atmete die Frau, deren Bild in ihm brannte.
Alles war dunkel in der Hütte. Der Hirschledervorhang verbarg den Eingang, aber er war schlecht befestigt. Der Nachtwind bewegte ihn sanft, als verlange er danach, daß eine Hand ihn hebe . . . Gilles' Herz begann heftig zu klopfen, während von neuem die Flamme der Begierde gebieterisch und unwiderstehlich in ihm hochschlug, die ihn kurz zuvor, als er noch an den Marterpfahl gefesselt gewesen war, selbst den Gedanken an seinen nahen Tod hatte vergessen lassen.
Dort, zwei Schritte entfernt, war Sitapanoki. Es bedurfte nur einer Bewegung, um sich ihr zu nähern, sie zu berühren . . . oder sie einfach nur schlafend zu sehen . . .
»Es ist Wahnsinn!« flüsterte entsetzt die innere Stimme seiner Vernunft. »Versuch nicht den Teufel! Flieh!«
Doch seine am Boden haftenden Füße wogen schwer wie Steine. Wenn er ging, würde er die übermenschliche Schönheit, die diese Indianerin zu einer lebendigen Göttin der Liebe machte, nie wiedersehen, und dieser Gedanke erschien ihm unerträglich. Sie wiedersehen! Sie noch einmal wiedersehen, und wenn er deshalb sterben müßte . . .
Eine Hand packte die seine und versuchte, ihn weiterzuziehen.
»Was macht Ihr?« flüsterte Gunilla. »Die Zeit drängt!«

»Nur einen Augenblick . . . Laßt mich . . .«
»Euch lassen? Seid Ihr verrückt?«
»Macht, daß Ihr fortkommt! . . . Geht zu Tim, ich folge Euch in einem Augenblick. Helft ihm, den Pfosten zu entfernen, und laßt den Durchgang offen.«
Aber sie klammerte sich an ihn, und im Dunkeln sah er ihre Augen zornig funkeln.
»Habt Ihr den Verstand verloren? Das ist die Hütte des Häuptlings! Wenn Ihr hineingeht, kann nichts und niemand Euch mehr retten.«
»Ich weiß«, sagte Gilles ungeduldig. »Geht voraus, sage ich Euch . . .«
Er war im Begriff, die seinen Arm umklammernden Hände abzuschütteln, da sprang Gunilla schon mit einem erschrockenen Wimmern zur Seite. Der Damhirschvorhang hatte sich gehoben, eine weiße Gestalt erschien, und trotz der Finsternis meinte Gilles, die Sonne aufgehen zu sehen.
Einen Augenblick verharrte Sitapanoki reglos vor dem jungen Mann, so nahe, daß er sie atmen hören konnte. Ohne die Sklavin anzusehen, verjagte sie sie mit einer Geste, und Gunilla verschwand im Dunkel.
»Worauf wartest du noch, statt zu fliehen?« flüsterte die Indianerin wütend. »Seit einer Weile beobachte ich die ›Tochter des Steins‹. Ich wußte, daß sie versuchen würde, dich zu befreien. Was also machst du hier? Flieh!«
Doch er war jenseits jeder Vernunft. Die junge Frau packend, stieß er sie ins Innere der Hütte zurück, damit man sie nicht hören konnte. Ein wahnwitziger Gedanke war plötzlich in ihm aufgestiegen.
»Ich bin gekommen, um dich zu holen«, sagte er rasch. »Ich weiß alles über dich. Diese Leute hier sind die Feinde der Deinen, wie sie meine Feinde sind. Laß mich dich mitnehmen . . .«
In der Dunkelheit umschlang er sie, und die Berührung ihres Körpers weckte den Teufel in ihm. Sie wehrte sich nicht, und dicht an seiner Wange hörte er sie leise lachen.
»Du bist ebenso verrückt wie jung, du, dessen Augen einem Gletscher im Mondlicht gleichen. Aber ich habe keine Lust, fortzugehen. Sagoyewatha liebt mich . . . und er ist ein großer Häuptling.«
»Und du, liebst du ihn? Oh, komm, ich bitte dich! Wenn du mir folgst, werde ich dich lieben, wie kein anderer Mann dich je

wird lieben können . . .«
»Mich lieben? Du liebst mich, und doch hast du mich gestern noch nicht gekannt?«
»Ich versuche es nicht, zu erklären. Sieh, ich sollte fliehen, nur allzu glücklich, dem Tode zu entrinnen, der mich erwartet, und dennoch war es mir unmöglich, mich von dir zu entfernen. Ich mußte dich wiedersehen, und wenn es nur ein einziges Mal wäre. Ich weiß wohl, daß du mich für einen Narren hältst, aber du hast ein Feuer in mir entfacht, Sitapanoki!«
»Und du riskierst das Feuer, wenn du nicht unverzüglich gehst! Du, der du meinen Namen kennst«, fügte sie mit bewegter Stimme hinzu, »weißt du, welch eine Ewigkeit von Qualen Hiakin für dich bereithält! Du wirst vielleicht tagelang schreien, bevor der Tod dich ereilt, und ich werde dich langsam vor meinen Augen zugrundegehen sehen, ohne deine Leiden auch nur verkürzen zu können. Wenn die ›Tochter des Steins‹ dich nicht befreit hätte, ich schwöre es beim Großen Geist, dann hätte ich es getan, aber jetzt flieh!«
»Nicht ohne dich!«
Und bevor die junge Frau auch nur eine Bewegung machen konnte, hatte er sie auf die Arme genommen und aus der Hütte getragen. Logik, Vernunft bedeuteten ihm nichts. Das alte väterliche Blut mit seinen gebieterischen Forderungen, seinem Räuberinstinkt, seiner unbedenklichen Hitzigkeit verlangte sein Recht. Wie groß auch immer die Gefahr, er wollte diese Frau und duldete nicht einmal mehr den bloßen Gedanken an eine Trennung.
Sitapanoki hatte keinen Schrei ausgestoßen, nicht einmal einen Seufzer, und dennoch geschah, was geschehen mußte. Gilles hatte keine drei Schritte aus der Hütte getan, als eine große Gestalt ihm den Weg versperrte. Eine brennende Fackel tauchte plötzlich auf, ohne daß man hätte sagen können, woher, dann eine zweite, dann eine dritte. Und Gilles fand sich, jäh ernüchtert, Hiakin und drei anderen Männern gegenüber. Mit einer geschmeidigen Bewegung der Hüften glitt die Indianerin aus seinen Armen und verschwand im Dunkel wie eine Natter.
»Die Geister der Finsternis müssen deine Freunde sein, da es dir geglückt ist, dich zu befreien«, grollte der Medizinmann. »Und du wagtest es, eine unserer Frauen zu rauben. Aber du wirst deinem Schicksal nicht mehr entgehen. Siehe, der Tag naht!«
In der Tat wurde der Himmel im Osten hinter den Bergen

heller. Irgendwo krähte ein Hahn, und plötzlich strömte das ganze Dorf ins Freie wie ein Wespenschwarm, den man mit einem Fußtritt aufgescheucht hat. Dutzende von Händen bemächtigten sich Gilles'. Man schleppte ihn zum Pfahl, und wieder wurde er an ihm festgebunden, nachdem man ihm seine Kleidung abgestreift hatte, während die Frauen Arme voll Holz aufhäuften, um ein neues Feuer anzuzünden.
Hiakin, die Arme über der Brust gekreuzt, betrachtete seinen Gefangenen mit wilder Freude.
»Dein Bruder, der unsere Sprache spricht, ist entkommen. Um so schlimmer für dich: Du wirst für zwei leiden müssen.«
Und wohlgefällig begann er ihm im einzelnen zu erklären, was er durchzumachen haben würde, sobald die ersten Sonnenstrahlen das Lager trafen. Man würde mittels einer ganzen Sammlung von Instrumenten, die die Frauen und die Alten schon zum Feuer brachten, langsam jeden Teil seines Körpers versengen, bis er nur noch eine einzige Wunde wäre, man würde ihm das Gesicht bis zur Unkenntlichkeit verstümmeln, würde ihm die Haut vom Schädel reißen und sie durch eine Schicht dem Feuer entnommener Glut ersetzen, man würde ihm alle Knochen einzeln zerbrechen . . .
Während er diese Flut von Greueln aufzählte, zwang sich Gilles, der mit weit geöffneten Augen zu den Berggipfeln aufsah, nicht zuzuhören und sich an den einzigen tröstlichen Gedanken zu halten, der ihm blieb: Tim war in Sicherheit, Tim war den Klauen dieser Bestien entronnen. Vielleicht war es ihm sogar gelungen, ein Gewehr zu stehlen, mit dessen Hilfe es ihm möglich sein würde, aus der Ferne den Leiden seines Freundes ein Ende zu machen . . .
Zwei Männer näherten sich dem Verurteilten mit Gefäßen, die schwarze und rote Farbe enthielten, mit der sie seinen Körper zu bemalen begannen, wie es der irokesische Brauch verlangte. Das Feuer flammte mittlerweile hoch auf und verbreitete eine dicke Rauchwolke. Die an seinem Rand niedergelegten Äxte, Stichel und Eisenstangen röteten sich bereits in der Glut. Hiakin begann zu spotten:
»Versuchst du nicht, uns um Mitleid zu bitten? Worauf wartest du noch, um uns anzuflehen?«
»Wenn du Männer deiner Rasse folterst, flehen sie dich an, es ihnen zu ersparen?« gab Gilles verächtlich zurück.
»Indianer sind tapfer, von welchem Stamm sie auch sein mögen. Nicht nur, daß sie nicht weinen – sie singen während der

Vorbereitungen zur Marter, und die Tapfersten singen sogar noch während der Folter.«
»Sie singen?«
Mit der Kraft der Verzweiflung füllte Gilles seine Lungen mit Luft. Wie durch ein Wunder kam ihm ein Lied auf die Lippen. Die Soldaten des Regiments Saintonge hatten es oft im Lager von Newport gesungen:

In den Gärten meines Vaters
blüht der Flieder,
in den Gärten meines Vaters
blüht der Flieder.
Alle Vögel dieser Welt
bauen in ihm ihr Nest
neben meiner Blonden,
wo sich's so gut, so gut, so gut,
neben meiner Blonden,
wo sich's so gut schläft . . .

Der Lärm des indianischen Dorfs war tiefer Stille gewichen. Die Frauen und Alten, die Werkzeug zur Glut trugen, verlangsamten ihre Schritte. Weniger Haß war in ihren Blicken, dafür eine Spur von Respekt: der Gefangene sang . . . Seine Stimme hallte in der Stille der Berge wie ein Siegesschrei wider, und plötzlich gewahrte Gilles auf der Schwelle ihrer Hütte eine weiße Gestalt, die sein Herz schneller schlagen ließ. Seine Stimme erstarb mit den letzten Worten. Es war der Todesengel, der ihm entgegentrat in der Maske der Frau, um derentwillen er den Kopf verloren hatte!
Und mit einem Schlage sprang die Sonne in den Himmel wie ein Feuerball und erhellte das Tal. Das war das Zeichen. Ein bis auf eine dünne graue Strähne kahlköpfiger alter Mann näherte sich mit einem langen rotglühenden Eisenstab dem Marterpfahl. Mit einer Art verzweifelter Wut begann Gilles von neuem zu singen:

Wachtel, Turteltaub' und Rebhuhn
und mein hübsches Täubchen,
das Tag und Nacht singt . . .

Das letzte Wort endete in schrillem Diskant. Das äußerste Ende der Eisenstange hatte sich in seinen Oberschenkel gebohrt. Der Schmerz war grausam und zuckte in seinen Muskeln nach. Schweiß brach ihm aus, während sich ein ekelerregender Geruch nach verbranntem Fleisch verbreitete. Er preßte die Zähne aufeinander, nahm seinen ganzen Willen zusammen und holte Luft, um sein Lied wieder aufzunehmen. Diesmal war es eine Alte, die sich, mit einem glühenden Haken bewaffnet, aus dem Kreis löste.

. . . für die Mädchen singt
. . . die keinen Mann haben . . .

Die Alte grinste, wie ein Totenkopf grinst, und schwenkte ihr gräßliches Instrument unter der Nase des Gefangenen, der schon die ausstrahlende Hitze spürte. Doch plötzlich wurden Rufe hörbar. Von einem der Beobachtungsposten am Fluß brüllte ein Indianer etwas mit großen Gesten herüber, und eine Stimme antwortete ihm: die Sitapanokis:
»Sagoyewatha! . . . Er kommt zurück!«
Augenblicks wandte sich die Aufmerksamkeit von dem Gemarterten ab und dem großen Tor zum Fluß hin zu, das man weit geöffnet hatte. Von seinem Pfahl aus konnte Gilles die Flußbiegung sehen, an der jetzt zahlreiche Kanus voller Krieger auftauchten. Im Bug des vordersten stand mit gekreuzten Armen in ehrfurchtgebietender Haltung ein großer, schlanker, mit Adlerfedern geschmückter Mann. Gleich der kupfernen Statue einer barbarischen Wassergottheit ragte er aus dem über die Oberfläche des Flusses hinziehenden Dunst.
Das ganze Dorf brach in lärmenden Jubel aus. Einige Frauen rissen sich die Kleider herunter und sprangen nackt ins Wasser, um den Ankömmlingen entgegenzuschwimmen, während die Trommeln wieder zu wirbeln begannen.
Noch immer an seinen Pfahl gefesselt, zwang sich Gilles, keinerlei Hoffnung in sich aufkommen zu lassen. Tim hatte zwar gesagt, daß Sagoyewathas Anwesenheit ihre einzige Rettungschance sei, aber wie würde er angesichts eines Mannes reagieren, der in der vergangenen Nacht versucht hatte, seine Frau zu rauben?
Die Kanus hatten das Ufer erreicht. Die nackten Schwimmerinnen kamen aus dem Wasser. Ein paar von ihnen hielten zwischen ihren Zähnen, ins Haar verbissen, die Kriegstrophäen ihrer Männer, abgeschlagene Köpfe, die sie beim Schwimmen nicht anders hatten tragen können. Und Gilles schloß die Augen, von einer Übelkeit befallen, die glücklicherweise sehr schnell vorüberging. Die blutenden Köpfe stammten von Weißen . . .

Als er die Augen wieder öffnete, hatte der Häuptling den Fuß an Land gesetzt und durchschritt die Umzäunung des Dorfs. Und mit dankbarer Freude begriff Gilles, warum Sagoyewatha rechtzeitig zurückgekommen war: Seine Hand ruhte auf der Schulter eines Knaben, und dieser Knabe war Igrak. Nachdem es ihm nicht gelungen war, Hiakin dazu zu bringen, seine neuen Freunde freizulassen, hatte er offenbar während der Nacht heimlich das Lager verlassen, um seinen Bruder zu suchen. Der Häuptling der Senecas konnte nicht weit gewesen sein, was gleichzeitig die Absicht des Medizinmanns erklärte, mit den Eindringlingen so kurzen Prozeß wie nur möglich zu machen. Von dem Jungen geführt, ging Sagoyewatha direkt auf den Gefangenen zu, mit einer herrischen Geste den sich in gewundenen Erklärungen ergehenden Medizinmann beiseiteschiebend. Als ihre Blicke sich trafen, schien es Gilles, als habe er selten ein so stolzes Gesicht wie das des Indianers gesehen. Seine scharf gebogene Nase, seine schmalen, verächtlich zusammengepreßten Lippen verliehen ihm eine gewisse Ähnlichkeit mit dem Vogel, dessen Federn er trug, ein Schmuck, der ihn älter wirken ließ. Aber die kupferne Glätte seiner Haut, der dunkle Blick seiner tiefliegenden Augen, die Leichtigkeit seines mageren, muskulösen Körpers verrieten seine Jugend. Sein Blick, frei von Haß, enthielt fast eine Spur Neugier.
»Mein Bruder ›Der Vogel, der niemals schläft‹ hat mir gesagt, daß zwei Besucher für mich eingetroffen seien. Wo ist dein Gefährte, Mann des Salzes?«
»Er ist heute nacht entflohen. Verzeih, daß er sich von der Gastfreundschaft dieses Stammes nicht länger hat verführen lassen«, antwortete Gilles mit einem Versuch, zu lächeln.
»Wir hätten mit unserer Gastfreundschaft für den großherzigen Mann nicht gespart, der sich die Mühe nahm, uns meinen Bruder wiederzubringen, obwohl er ihn als Geisel hätte behalten können. Aber du hast unsere heiligsten Gesetze verletzt, als du den weißen Vogel getötet hast, der wie der Blitz zuschlägt. Außerdem wolltest auch du fliehen . . . und eine unserer Frauen entführen.«
Eine unserer Frauen? Konnte es sein, daß Hiakin in der Dunkelheit Sitapanoki nicht erkannt hatte? In diesem Fall war das Glück vielleicht noch mit dem Gesandten Washingtons. Mit unverschämter Gelassenheit, wenn auch seiner Fesseln wegen nicht ohne Mühe, hob Gilles die Schultern.
»Ich bekenne es. General Washington hatte meinen Gefährten

und mich mit einer Mission zu dir geschickt. Meine Torheit und der Zorn deines Volkes hinderten uns daran, sie auszuführen, und ich glaubte, dich dennoch nötigen zu können, mit mir zu sprechen, wenn ich eine Geisel nähme.«
Die Entschuldigung war vielleicht ein bißchen an den Haaren herbeigezogen, doch Sagoyewatha schien sich mit ihr zufriedenzugeben. Sein ernster Blick verweilte einen Moment auf dem ruhigen Gesicht seines Gefangenen. Was er darin las, schien ihm zu gefallen. Der Weiße hatte schon körperlich gelitten, wie die Brandwunde an seinem Schenkel bewies, und trotzdem hatte der Häuptling der Senecas ihn eben noch singen hören. Seine kühlen Augen vom lichten Blau des Winterhimmels blickten geradeaus, stolz, aber ohne Arroganz. Sagoyewatha schüttelte den Kopf. »Der Große Geist ist unser Vater, aber die Erde ist unsere Mutter, wie sie die Mutter der weißhäutigen Männer ist, die wie wir von ihr ihre Nahrung verlangen. Aber sie kennen den großen Geist nicht und glauben, daß alles, was auf Erden lebt, zu ihrem Nutzen geschaffen sei. Sie wissen nicht, daß der weiße Vogel ein göttliches Wesen ist . . .«
Fasziniert hörte Gilles zu. Der Stimme des Indianers war ein musikalischer Zauber eigen, dunkler, warmer Samt, in den die Worte reliefartig eingewebt waren. Er begriff, warum dieser junge Mann soviel Ansehen genoß, daß selbst der hochmütige Washington ihn an sich zu binden wünschte. Nichtsdestoweniger versuchte er, den Zauber abzuschütteln.
»Selbst wenn ich Eure Gesetze gekannt hätte, ich hätte trotzdem geschossen«, warf er kühn hin. »Dein göttlicher Vogel war im Begriff, eine Frau zu töten.«
»Eine Sklavin . . .«
»Meine Haut hat die gleiche Farbe wie die dieser Sklavin. Wenn eine der Schwestern deiner Rasse angegriffen worden wäre, Sagoyewatha, hättest du sie sterben lassen?«
»Vielleicht! Wenn der Große Geist sich ein Opfer aussucht, können wir seinem Willen nicht entgegen sein. Aber das kannst du nicht verstehen . . . und deshalb lasse ich dich frei.«
Ein langes Messer aus seinem Gürtel ziehend, durchschnitt der Häuptling schnell die Stricke, die den jungen Mann an den Pfahl fesselten. Die ihn auch hielten, denn als Gilles einen Schritt nach vorn tun wollte, befiel ihn ein Schwindelgefühl. Er hatte seit dem Vorabend weder gegessen noch getrunken, und die Erschöpfung nach dieser Nacht der Todesvorbereitung

machte sich bemerkbar. Er schwankte auf den Beinen, tastete unsicher nach einem Halt. Igrak warf sich gegen ihn und hielt ihn, indem er etwas rief. Sagoyewatha lächelte.

»Das Kind hat recht. Du brauchst Nahrung und Ruhe. Komm! Da du Worte des großen weißen Häuptlings bringst, bist du von nun an mein Gast.«

Auf seine gebieterische Geste hin näherten sich zwei seiner Männer, die kurz zuvor noch nur zu gern den Franzosen in Stücke zerlegt und seinem Gebrüll wie lieblicher Musik gelauscht hätten, und trugen ihn mit mütterlicher Umsicht zu einer Hütte gleich neben der des Häuptlings.

Frisch gestärkt, ein Kräuterpflaster auf der Wunde und in eine warme Decke gewickelt, machte sich Gilles ein Weilchen später daran, die Verheerungen der schlimmsten vierundzwanzig Stunden seines Lebens wieder wettzumachen, indem er sich in einen tiefen Schlaf sinken ließ . . .

Zu beiden Seiten von Gilles' Lager hockend, boten die beiden Frauen einen auffallenden Kontrast. Der Schein des mit Zweigen in Gang gehaltenen kleinen Feuers hob die Schönheit Sitapanokis hervor und unterstrich die Gebrechlichkeit der anderen, einer Art vertrockneter Mumie, die ihre Pfeife mit der Ernsthaftigkeit eines alten Piraten rauchte. Gilles zog es vor, sie nicht anzusehen.

Sich auf einen Ellbogen stützend, lächelte er der jungen Frau zu. »Dein Mann macht mich zum glücklichsten Menschen der Welt, da er dich zu meiner Wächterin gemacht hat«, flüsterte der einstige Schüler von Saint-Yves, instinktiv Worte ganz französischer Galanterie benutzend. »Die da ist augenscheinlich weniger angenehm«, fügte er hinzu und wies mit einer Kopfbewegung auf die Alte mit der Pfeife. »Ich könnte gut auf sie verzichten.«

»Sagoyewatha ist zu klug, um nicht zu wissen, daß man in einem vom Sommer ausgedörrten Kiefernwald kein Feuer macht. Diese da bewacht nicht dich, sondern mich, denn sie ist meine Schwiegermutter. Sie heißt Nemissa. Das Land, auf dem wir uns befinden, gehört ihr, wie es der irokesische Brauch verlangt.«

Beeindruckt neigte Gilles leicht den Oberkörper in Richtung der alten Frau, die ihn mit einem eiskalten Blick bedachte und weiter an ihrer Pfeife sog, als existiere er nicht.

»Es sieht so aus, als sei ich ihr nicht sympathisch«, seufzte er.

»Auf jeden Fall ist es Zeit für mich, aufzustehen. Ich muß mit deinem Mann sprechen.«
Er schickte sich an, die Decke abzuwerfen, erinnerte sich jedoch noch rechtzeitig, daß er darunter völlig nackt war, und begann, den rauhen Stoff um sich zu drapieren. Sogleich stand auch die alte Nemissa auf, versperrte ihm den Durchgang und stieß einige unverständliche Worte hervor.
»Du darfst nicht hinaus«, übersetzte Sitapanoki. »Wir sind hier, um dich daran zu hindern. Sagoyewatha empfängt einen anderen Häuptling am Ratsfeuer, und er wünscht nicht, daß der andere von deiner Anwesenheit hier erfährt.«
»Wer ist dieser andere?«
»Kiontwogky, der, dem man den Beinamen ›Pflanzer des Mais‹ gegeben hat . . .«
»Ich habe von Cornplanter gehört«, sagte Gilles, sich ohne Vergnügen der ihm anvertrauten merkwürdigen Aufgabe erinnernd. »Man sagt, er sei auf deinen Mann eifersüchtig und begehre dich. Was will er hier?«
»Man sagt die Wahrheit. Zweimal schon bin ich Versuchen, mich zu rauben, entronnen, die nur von ihm ausgehen konnten, aber Sagoyewatha lehnt es ab, daran zu glauben, weil er selbst edel und aufrichtig ist.«
»Wissen denn die Irokesen die Frauen ihrer Brüder nicht zu respektieren?«
»Doch. Wenn sie von ihrer Rasse sind. Ich bin jedoch von einer feindlichen Rasse, eine Art Gefangene. Es ist kein Verbrechen, eine Gefangene zu rauben. Was Cornplanters Absichten angeht, glaube ich, daß er versuchen will, Sagoyewatha zu einer Expedition gegen die Kolonisten von Schoharie zu überreden.«
Gilles machte einen Schritt der Tür der Hütte zu. Sofort drängte sich Nemissa mit ausgebreiteten Armen vor ihn. Sanft aber bestimmt schob er sie zur Seite.
»Sag ihr, daß ich nicht hinausgehen will. Aber ich möchte mir diesen Cornplanter ansehen. Ich muß wissen, wie er aussieht.«
Er brauchte das Hirschleder vor dem Eingang nicht viel beiseite zu schieben. Der Große Rat der Senecas hatte sich genau in seinem Blickfeld zusammengefunden. Wieder war es Nacht geworden, und die von den Flammen beleuchteten Gestalten der Indianer hoben sich deutlich von der Dunkelkeit ab. Junge Männer zum größten Teil, kräftig gebaut unter ihrer wilden Bemalung, die sie furchterregend aussehen ließ. Er sah Sagoy-

ewatha, wie immer im Schmuck seiner Adlerfedern, aber, zweifellos für den Anlaß, in einen prächtigen roten englischen Offiziersrock gekleidet, der in dieser Runde mehr als seltsam wirkte. Ihm gegenüber bemerkte Gilles, aufgereckt wie ein Kampfhahn, einen großen Mann mit einer Haut wie helles Kupfer, dessen rasierter Kopf eine Art silbernes Diadem trug. Der dicke schwarze Zopf, oben auf dem Schädel zusammengebunden, war mit bunten Federn durchflochten. Schwerer Silberschmuck zog seine durchstochenen Ohrläppchen in die Länge und glitzerte unter seiner arroganten Nase. Seine Augen schleuderten Blitze, während Worte des Zorns wie ein Sturzbach über seine verächtlich verzogenen Lippen sprudelten.

»Er sagt, die Ernten um Schoharie seien nie so gut gewesen wie dieses Jahr«, flüsterte Sitapanoki. »Jetzt oder nie sei der Augenblick, die Leute im Tal wissen zu lassen, daß die Irokesen ihre von General Sullivan niedergemetzelten Brüder nicht vergessen hätten, daß sie noch immer da seien und Rache forderten . . . Er will das ganze Tal niederbrennen.«

»Und was sagt dein Mann?«

»Daß die Früchte der Erde, unserer Mutter, geachtet werden müssen, daß es bald Winter sein werde und wir Hunger haben würden, und schließlich, daß es richtig sei, Soldaten anzugreifen, daß sich aber unter den Bauern von Schoharie nicht viele Krieger befänden. Doch das sind Gründe, die Cornplanter nicht versteht. Er liebt nur Blut und die Schreie der Opfer. Die Irokesen sind grausam, aber er ist der Schlimmste von allen. Ich habe sagen hören, daß weißes Blut in ihm fließt und daß er deshalb alle Weißen mit sinnlosem Haß verfolgt.«

Lange Zeit verlief das Gespräch um das Feuer ohne sichtbares Ergebnis. Cornplanter, von Hiakin unterstützt, schürte das Feuer und die Wut, während Sagoyewatha sich seinen Argumenten mit ruhiger Bedachtheit entgegenstellte. Dann wurden plötzlich die Stimmen leiser, so daß nichts mehr zu verstehen war, bis Sagoyewatha endlich wieder lauter sprach.

»Mein Mann möchte heute nacht nachdenken«, übersetzte Sitapanoki. »Cornplanter wird sich mit den Seinen zurückziehen. Morgen kommt er wieder, um sich die Antwort zu holen . . . aber ich fürchte sehr, daß er die Partie gewinnt: Es ist nie angenehm, sich als Feigling behandelt zu sehen. Dennoch verstehe ich Cornplanters Beharrlichkeit nicht. Er hat nie zusammen mit Sagoyewatha gekämpft, und seine Krieger sind

zahlreich genug, um Schoharie ohne die Hilfe der unseren zu unterwerfen.«
Bei diesen letzten Worten überlief Gilles ein Zittern. Sie erinnerten ihn an die Warnung, die Tim und er in Washingtons Auftrag dem Häuptling des Clans der Wölfe hätten überbringen sollen. Wenn er sich von Cornplanter mitschleppen ließe und das Dorf wie zuvor unter die Verantwortlichkeit Hiakins fiele . . . Hiakins, der eben so entschieden die Partei der Irokesen ergriffen hatte, Hiakins, der Sitapanoki haßte . . .
Die alte Nemissa packte den Arm der jungen Frau und wies ihr herrisch die Tür.
Draußen zerstreuten sich die Krieger. Nur Sagoyewatha blieb noch neben dem Feuer, in dessen niedrigen brennenden Flammen sich sein träumerischer Blick verlor.
»Ich muß zu meinem Gatten«, flüsterte Sitapanoki. »Nemissa wird bei dir bleiben, bis ein Krieger kommt und dich an ihrer Stelle bewachen wird. Ich bin betrübt . . .«, fügte sie mit dem Schatten eines Lächelns hinzu.
»Nicht so wie ich«, knurrte Gilles. »Aber ich bitte dich, sag deinem Gatten, daß ich noch diese Nacht mit ihm zu sprechen wünsche. Er muß mich anhören, bevor er seine Entscheidung trifft.« Die großen goldenen Augen verweilten einen Moment auf dem verdüsterten Gesicht des jungen Mannes. Er begriff, daß sie, ohne seine Gedanken zu kennen, beunruhigt war und lächelte ihr zu.
»Ich bitte dich, Sitapanoki, sag ihm, daß ich ihn sehen muß. Es ist wichtig . . . für uns alle.«
Er lehnte es ab, sich deutlicher auszudrücken, da er es für unnütz hielt, sie durch den Verdacht zu erschrecken, der in ihm aufstieg: Der dritte Entführungsversuch konnte vielleicht gelingen, wenn der Irokese das Dorf seiner Krieger beraubt und in den Händen seines Verbündeten Hiakin wußte . . .
Das war es, was er sagte, nachdem der Häuptling ohne sein rotes Habit mit verschlossenem Gesicht die Hütte betreten hatte, aus der Nemissa sofort verschwand.
»Cornplanter wünscht dich nur an seiner Seite, um dich von deinem Lager zu entfernen«, versicherte er kühn. »Du wirst neben ihm sein, unter seinen Augen. Dann kann er einige seiner Krieger in dein Dorf schicken, in dem nur Frauen und Alte sein werden, um dir das wegzunehmen, was er dir am meisten neidet. Du mußt ihm mißtrauen, Sagoyewatha, denn er ist eifersüchtig, und er haßt dich.«

Das unbewegte Gesicht des Häuptlings der Senecas verriet nichts von seinen Gedanken, aber es entging Gilles nicht, daß seine Fäuste sich unmerklich verkrampften, während die schöne, ernste, gleichmütige Stimme beinahe lässig fragte:
»Ist es das, was du mir in General Washingtons Auftrag beibringen sollst? Was bedeuten ihm der Besitz oder gar die Ehre eines Feindes? Ich bin ein Indianer, und er ist ein Edelmann aus Virginien . . .«
»Man kann einen Feind achten und sogar bewundern, wenn er so edel ist wie du. Der General bedauert es, daß du und die Deinen sich gegen ihn wenden, zumal er für die Freiheit eines Landes kämpft, in dem ihr beide geboren seid. Für mich, der aus einem Land kommt, dessen Erbfeind England ist, ist ein Kampf zwischen Amerikanern schwer zu verstehen, wie auch immer die Farbe ihrer Haut sein mag. Warum hast du dich entschlossen, ein Mann Englands zu sein . . . und sogar sein Kleid zu tragen?«
»Die Männer mit den roten Jacken behandeln uns wie Verbündete und Gleichgestellte. Die, die man die Kolonisten nennt, sehen in uns wilde Tiere. Dabei fanden ihre Vorfahren in uns Freunde, keine Feinde, als sie das große Wasser überquert hatten und den Fuß auf den Boden dieses Landes setzten. Sie erzählten, daß sie ihr Land verlassen hätten, da es in die Hände schlechter Männer geraten sei, und daß sie hergekommen wären, um ihre Religion ausüben zu können. Wir nahmen sie aus Mitleid auf. Wir sorgten für ihre Bedürfnisse, und sie ließen sich unter uns nieder. Wir gaben ihnen Mais und Fleisch . . . und im Austausch dafür gaben sie uns Gift . . . Feuerwasser, das brennt und uns in Tiere verwandelt. Wenn du zu den Deinen zurückkehrst . . . sobald ich dir die Freiheit wiedergebe, sage deinem General, daß Sagoyewatha seinen Rat nicht braucht, daß er sich selbst zu schützen weiß, und daß er die schmeichlerischen Stimmen verachtet, die heimtückisch flüstern, um den Bruder vom Bruder zu trennen.«
»So hast du dich also entschlossen, Cornplanter zu folgen?«
»Ich habe dir gesagt, daß er mein Bruder ist.«
»Das ist falsch! Und er ist nicht einmal ein richtiger Indianer. Weißt du, daß er von einem Kolonisten abstammt? Daß sein Vater noch in Fort Plain lebt, und daß er John O'Bail heißt? Wenn du es nicht weißt, der General weiß es, und darum hat er mich zu dir gesandt, um dir zu sagen: ›Großer Häuptling, nimm dich in acht vor dem Mann, von dem du glaubst, daß er

von deinem Blut ist, der es jedoch nur zur Hälfte ist, denn wenn er auch keinerlei Recht darauf hat, träumt er doch davon, die sechs Stämme der Irokesen zu beherrschen. Um das zu erreichen, ist er bereit, alle anderen Häuptlinge zu vernichten: dich als ersten!«

Zum erstenmal loderte eine zornige Flamme in Sagoyewathas Blick auf, und seine Stimme zitterte.

»Deine Zunge zischt wie die einer Schlange! So ehrgeizig Cornplanter auch sein mag, er kann nicht hoffen, den Mächtigsten von uns allen zu besiegen, den Mohawk-Häuptling Thayendanega! Was will er also mit mir, der ich weniger mächtig bin als er?«

»Besitzt dein Mohawk-Häuptling die schönste aller Frauen?«

Einen Augenblick glaubte Gilles, der Seneca werde ihm an die Kehle springen, aber die Selbstbeherrschung dieses Mannes war außerordentlich. Wie unlängst am Marterpfahl trafen sich der dunkle und der helle Blick und blieben ineinander verhaftet, dann wandte sich der Indianer mit einem geringschätzigen Schulterzucken ab.

»Unsere Worte vergehen mit dem Wind, der bald das Heer der Kolonisten fortwehen wird. Verrat schleicht sich ein, und bald wird Euer Häuptling nicht mehr daran denken, seine Freundschaft jedem, wer es auch sei, selbst dem Geringsten unter uns anzubieten. Was dich betrifft, werde ich morgen darüber entscheiden, ob du leben oder sterben wirst . . .«

Unbekümmert um die Drohung, hatte Gilles nur ein Wort von dem behalten, was der andere gesagt hatte.

»Verrat? Was willst du damit sagen?«

Doch Sagoyewatha verließ wortlos die Hütte. Gilles wollte ihm folgen, aber plötzlich kreuzten sich vor seiner Nase zwei Lanzen, und er begriff, daß er wieder einmal die Rolle im Indianerlager gewechselt hatte. Vom Kandidaten für den Marterpfahl war er zum Rang eines Gastes aufgestiegen, und aus irgendeinem ihm unbekannten Grund hatte man ihn nun wieder in den Zustand des Gefangenen zurückversetzt.

Der letzte Zweifel, den er noch gehegt hatte, war behoben, als zwei Männer in seine Behausung eindrangen. Einer trug einen Napf mit Maisbrei und Fisch und einen Krug Wasser, der andere Pflöcke, Seile und einen Schlegel. Durch Gesten wurde ihm klargemacht, daß er schleunigst zu essen habe, was er ohne das geringste Vergnügen und einzig zu dem Zweck tat, sich bei

Kräften zu halten, denn dieses indianische Ragout war alles andere als schmackhaft. Gleichmütig sahen die beiden Indianer ihm zu, doch kaum hatte er den letzten Bissen verschlungen, als sie sich auch schon ohne weitere Vorwarnung auf ihn warfen. Sie zwangen ihn, Arme und Beine von sich gestreckt, flach auf den Boden und banden Knöchel und Handgelenke an den vier eilig in die Erde gerammten Pflöcken fest, ohne sich im geringsten um seine wütenden Proteste zu scheren. Offensichtlich hatte Sagoyewatha keinerlei Vertrauen zur Festigkeit seiner Hütten und wollte sicher sein, daß sein Gast sich nicht die Nacht zunutze machte, um ein Loch in die Hüttenwand zu bohren und das Weite zu suchen. Was übrigens Punkt für Punkt genau das war, was Gilles zu tun beabsichtigt hatte.
Zur Machtlosigkeit verdammt, wütend, gedemütigt, auch höchst besorgt, verbrachte der junge Mann eine ebenso unbequeme wie erschöpfende Nacht mit einer ganzen Sammlung brennender Fragen. Was konnte der Irokese Sagoyewatha gesagt haben? Was hatte es mit diesem Verrat auf sich, der Washington bedrohte und ihm eine demütigende Niederlage beibringen sollte? Wo, zum Teufel, konnten Tim und das Mädchen geblieben sein, das sich Gunilla nannte?
Gegen Ende der Nacht gelang es ihm endlich, einzudämmern, aber der Heidenlärm, der sich mit den ersten Sonnenstrahlen im Dorf erhob, riß ihn aus seinem unruhigen Schlaf. Er wollte sich bewegen, stieß einen Schmerzensschrei aus und begann gleich darauf wie ein alter Soldat zu fluchen. Sein Körper war steif wie ein Brett, sein Mund ausgetrocknet, und es schien ihm, als röche er so übel wie das ganze Lager zusammen. Zudem juckte ihn die an seinem Körper getrocknete Farbe gewaltig . . .
Ohne Rücksicht auf erneute Schmerzen hob er ein wenig den Kopf, um besser hören zu können. Über die Ursache dieses Getöses bestand kein Zweifel: Die Krieger der Senecas waren wieder einmal im Begriff, ihr Dorf zu verlassen, um Cornplanter zu dem mörderischen Überfall zu folgen, den er gegen die friedlichen Kolonisten von Schoharie plante. Die roten Teufel würden wie der Blitz über ein Dorf herfallen, dessen Ernten in der Sommersonne golden reiften, alles in Brand und Blut verwandeln und nur verkohlte Erde und ihrer Skalps beraubte Leichen zurücklassen. Und nichts und niemand konnte dieses Drama verhindern . . .
Die letzte schwache Hoffnung, die er gehegt hatte, Sagoyewa-

tha vielleicht überzeugen zu können, wenn er käme, um ihn über seine ihn betreffenden Entschlüsse zu unterrichten, schwand, als sich ein mächtiger Schatten zwischen ihn und die offene Tür seiner Hütte schob. An seiner Krone aus Fellborsten erkannte er Hiakin und empfahl seine Seele dem Himmel. Denn da der Medizinmann persönlich kam, mußten die Nachrichten schlecht sein. Mit Sicherheit würde man ihn zu dem verdammten Marterpfahl zurückschleppen, um die Belustigungen dort wieder aufzunehmen, wo man stehengeblieben war.

Zu jung, um ohne ein Wort die spöttische Musterung des Medizinmanns zu ertragen, knurrte der Bretone:

»Was suchst du hier, Hiakin? Das Ende meines Liedes?«

Bärengesicht zuckte die muskelbepackten Schultern.

»Wenn es sich nur um mich handelte, könntest du es sofort anstimmen«, grollte er. »Aber Sagoyewatha ist der Ansicht, daß du ihm als Geisel nützlicher sein wirst. Wenn der Virginier besiegt und in seinen Bau zurückgeschickt worden ist, werden sich die von jenseits des großen Wassers gekommenen Krieger vielleicht großzügig zeigen, um ihre Gefangenen auslösen und in ihr Vaterland zurückbringen zu können.«

»Und du«, gab Gilles zurück, »denkst auch du so? Glaubst du an diesen von Cornplanter verbreiteten Blödsinn, an diese unwahrscheinliche Geschichte von Verrat, der die amerikanische Armee den Rotjacken ausliefern soll? Ich habe dich für klüger gehalten. Keiner von Washingtons Soldaten ist dessen fähig!«

»Ausgenommen der, den es nach Gold dürstet! Eine unwahrscheinliche Geschichte, sagst du?« schrie Hiakin, dessen Zorn ihn in die von seinem Hochmut gestellte Falle lockte. »Wisse also, Mann mit dem bleichen Haar, daß der Krieger, der West Point kommandiert, der tapfere General Benedict Arnold, seit Wochen mit seinen ehemaligen Herren im Wortwechsel steht, um seiner Frau Freude zu machen! Vor dem nächsten Mond wird er gegen sehr viel Gold die Festung am Hudson übergeben. Dein großer weißer Häuptling wird dann verschwinden wie der Morgennebel ...«

Die letzten Worte verloren sich in Gilles' Gelächter, das um so dröhnender war, als sich unter ihm wachsende Sorge verbarg, denn was Bärengesicht ihm da offenbart hatte, enthielt einen unheilkündenden Unterton von Wahrheit. Zu sehr stimmte es mit Zweifeln überein, die Oberst Hamilton in Peekskill des dem

Helden von Saratoga geschenkten Vertrauens wegen geäußert hatte. Wenn Arnold West Point übergab, verlor Washington nicht nur seine stärkste Stellung, auch das französische Gold würde auf direktem Wege in die Taschen seiner Feinde fließen. Was konnten dann Rochambeau und seine fünftausend Männer tun, die auf ihrer Insel zwischen der englischen Flotte und diesem riesigen Kontinent festsaßen, auf dem sie nicht die geringste Unterstützung mehr zu erwarten hatten?
»Warum lachst du?« fragte Hiakin unzufrieden.
»Weil ihr noch viel törichter seid, als ich glaubte. Ist das der Grund, weshalb Sagoyewatha es ablehnt, die Worte des Friedens meines Herrn anzuhören? Arme Schwachköpfe! Glaubt ihr denn, West Point sei die einzige Stärke Washingtons? Geh und sag deinem Häuptling, er solle seinen kleinen Bruder befragen! Igrak wird ihm berichten können, wie die Krieger des Königs von Frankreich aussehen, ihre Waffen und ihre Schiffe. Krieger, die nur eine Vorhut sind, denn viele andere werden ihnen folgen mit noch mehr Waffen, noch mehr Kanonen, noch mehr Schiffen. Deine Freunde, die Rotjacken, werden fortgeweht werden wie die Blätter vom Sturm . . . und ihr mit ihnen. Töte mich jetzt, wenn du willst . . . aber vergiß meine Worte nicht, wenn die Stunde gekommen ist.«
Ein wütender Fußtritt in seine Rippen war die einzige Antwort des Medizinmanns, der noch schneller verschwand, als er gekommen war.
Draußen wurde der Lärm höllisch. Wilde Gesänge, von hysterischem Geheul unterbrochen, übertönten das wütende Wirbeln der Kriegstrommeln. Selbst die Erde erzitterte unter dem rhythmischen Stampfen von Hunderten von Füßen in einem Kriegstanz. Durch die offengebliebene Tür drang eine Staubwolke in die Hütte, so daß Gilles halb erstickt zu husten begann, was seinen Zorn noch vermehrte. Attila hatte Cicero besiegt und würde mit seinen barbarischen Horden Tod und Verwüstung bis ins Herz dieses schönen Landes tragen, während die niedrige Habsucht eines ehrlosen Mannes einem der größten Männer in den Rücken fiel, die jemals auf Erden geboren waren, einem Manne, der auch ein Freund war.
Halb wahnwitzig vor Wut, begann Gilles an den Stricken zu zerren, die ihn an die Pflöcke fesselten, in der stillen Hoffnung, sie lockern und vielleicht gar aus der Erde reißen zu können. Doch sie hielten gut. Blut aus Hautrissen rann über seine Handgelenke, ohne daß die Pflöcke sich auch nur gerührt hät-

ten. Aber er mußte hier fort, um jeden Preis, er mußte aus diesem verfluchten Dorf flüchten. Die Gefahr der Entführung, die der schönen Sitapanoki drohte, wurde fast unwichtig angesichts der tödlichen Gefahr, in der sich die Aufrührer durch den Verrat eines der ihren befanden . . .

»Herrgott«, betete er mit lauter Stimme, »und Ihr, Jungfrau Maria, die Ihr die gerechte Sache verteidigt, helft mir! Helft mir hier heraus, damit ich sie retten kann! Sendet mir Hilfe . . . oder sagt mir, was dieser Ochse Tim Thocker macht!«

Er hatte sein seltsames Gebet gebrüllt, als hoffte er, im höchsten Himmel gehört zu werden, aber seine Stimme verlor sich in dem von draußen hereindringenden Getöse, in das sich jetzt das Wiehern von Pferden mischte.

Ein warmer Atemzug streifte seine Wange.

»Still!« sagte eine leise Stimme. Gilles, der die Augen geschlossen hatte, öffnete sie wieder und blickte in Igraks ängstliches Gesicht. Er kniete neben seinem Kopf und legte einen Finger auf die Lippen. Gilles lächelte ihm zu, aber schon hatte sich der Junge darangemacht, mit all seiner Kraft an einem der Pflöcke zu rütteln. Die noch kindlichen Muskeln sprangen unter seiner bald schweißigen kupferfarbenen Haut hervor. Nach einem Weilchen bewegte sich der Pflock schon ein wenig und ließ die Hoffnung auf Erfolg größer werden. Mit triumphierendem Lächeln warf sich der kleine Krieger auf den zweiten Pflock, als draußen jemand seinen Namen rief.

Ein Zittern überlief ihn, und Gilles sah die Angst auf seinem angespannten Gesicht.

»Geh schnell«, flüsterte er. »Ich mach' den Rest allein! Danke . . . hundertmal danke . . .«

Igrak richtete sich mit glänzenden Augen auf und schob rasch ein Messer unter Gilles' Schultern.

»Freund . . .«, sagte er. Dann glitt er mit der Geschmeidigkeit eines Aals durch ein Loch dicht über dem Boden, das er in die Zeltwand geschnitten haben mußte und das Gilles noch nicht bemerkt hatte. Alleingeblieben, begann er angespannt zu lauschen. Der Lärm ließ allmählich nach. Die Männer mit den Pferden schienen sich zu entfernen, und sicher würde man sich noch eine Zeitlang nicht mit ihm befassen, aber vielleicht war es doch besser, die Nacht abzuwarten, bevor er seine Befreiung in die Tat umsetzte. Andererseits konnte man den gelockerten Pfahl bemerken, wenn ihm einer von Hiakins Leuten etwas zu essen brachte. In diesem Falle müßte er noch einmal von vorn anfangen, und diesmal ohne Igraks Hilfe. Und letzten Endes mußte der Junge eine Chance zum Entkommen gesehen haben, wenn er es gerade jetzt unternommen hatte, ihn zu befreien . . . Alle Muskeln anspannend, begann er mit voller Kraft zu ziehen. Unter seinem Rücken spürte er die Klinge des Messers und schöpfte aus dieser Berührung neue Energie. Er zog, zog . . . und unterdrückte mit Mühe einen Triumphschrei, als der Pflock sich plötzlich löste . . .

Sobald die rechte Hand frei war, tastete er unter sich nach dem Messer, und es gelang ihm die erstarrten Finger fest um das Heft zu schließen. Sein wie geräderter Körper schrie vor Schmerzen, aber das Bewußtsein, der Freiheit so nahe zu sein, hielt ihn aufrecht. Sofort attackierte er die Stricke, die seine linke Hand hielten. Igrak hatte seine Sache gut gemacht: Die Klinge schnitt wie ein Rasiermesser. Nach wenigen Augenblikken gaben die Hanfseile nach. Seine Füße zu befreien, war für den jungen Mann nur noch eine Kleinigkeit.

Stehend reckte er sich mehrmals und beugte die Knie. Der Blutkreislauf normalisierte sich, anfangs noch schmerzhaft, dann nach und nach wurde es besser. Vorsichtig warf Gilles einen Blick nach draußen.

In der Nähe war niemand zu sehen. Die Zurückbleibenden hatten sich am Tor zum Fluß zusammengedrängt, um dem Aufbruch der Krieger beizuwohnen. Keiner achtete darauf, was im Dorf vorging, und Gilles stellte befriedigt fest, daß niemand beim Ausgang zu den Maisfeldern stand. Die in einem Winkel zurückgelassene Decke aufraffend, aus der er sich ein Kleidungsstück machen wollte, sobald er Zeit dazu hätte, stürzte er mit einem stummen Gebet, daß niemand ihn bemerken möge, splitternackt hinaus, lief mit zum Zerspringen klopfendem Herzen, jede nur mögliche Deckung nutzend, dem Ausgang zu, durchquerte die Einzäunung und tauchte keuchend im Maisfeld unter . . .

Nur einen Augenblick hielt er inne. Seine Flucht konnte von einer Minute zur anderen entdeckt werden. Er durfte sich nicht aufhalten. Mit einem Schnitt verwandelte er seine Decke in eine Art Poncho, rollte ihn zusammen, schob das Messer in das Bündel und begann, das grüne Meer in Richtung auf den Waldrand zu durchqueren.

Die Sonne schien heiß, und es tat ihm gut, als er die Kühle unter den Bäumen erreicht hatte. Das Unterholz war dicht,

Blaubeer- und Brombeerbüsche zerkratzten ihn. Er pflückte eine Handvoll Früchte ab, die zwar sauer waren und ihm im Magen brannten, aber seinen Durst löschten.
Der waldige Abhang war steil, und das Herz schlug Gilles wie eine Trommel in der Brust. Sein Atem ging laut. Er überlegte sich, daß die Senecas ihn rasch erwischen würden, wenn sie sich erst an seine Verfolgung machten. Vielleicht war es besser, sich nicht so weit zu entfernen, sondern ein Versteck zu suchen und die Nacht abzuwarten. Seine Verfolger würden gewiß nicht auf die Idee kommen, daß er so nah beim Lager geblieben sein könnte. Aber die Hauptschwierigkeit bestand in seinen Spuren. Tim hatte ihm hundertmal gerühmt, mit welchem unglaublichem Spürsinn die Indianer sie zu lesen verstünden.
Das Plätschern eines Bachs zog ihn an. In der Annahme, daß es die beste Art sei, seine Spuren zu verwischen, stieg Gilles hinein und begann, in seinem Bett bergan zu waten, nicht ohne Vergnügen übrigens, da die Kühle des Wassers seinen reichlich geschundenen nackten Füßen Erleichterung verschaffte.
Ein Geheul, viel zu nahe noch, drang zu ihm herauf. Es kam aus dem Dorf, wo man seine Flucht jetzt entdeckt haben mußte. Die Jagd hatte also begonnen, und wenn er nicht schnell eine Zuflucht fand, verringerte sich seine Aussicht zu entkommen auf ein Minimum . . .
Er sah sich um. Sein Blick blieb an einem großen, zweifellos sehr alten Baum am Ufer des Baches hängen. Ein starker Ast ragte über das Wasser hinaus, ein Ast, der vielleicht zu erreichen war. Von einem nur leicht mit Wasser bedeckten flachen Stein aus sprang er mit gestreckten Armen in die Höhe, seine Hände fanden einen Halt, klammerten sich fest. Einen Augenblick blieb er zwischen Baum und Wasser hängen, dann spannte er seine Muskeln, gab sich von neuem Schwung und landete rittlings auf dem Ast, von dem aus er den Baum musterte.
Es war eine jener großen, alten Buchen, wie er sie oft in seinen bretonischen Wäldern angetroffen hatte. Oft befanden sich in der Hauptgabelung solcher ehrwürdigen Baumriesen Höhlungen, in denen ein Mann sich verbergen konnte. Ohne Zeit zu verlieren, begann er den Aufstieg.
Die Buche war hoch, aber angespornt durch die Gefahr – seine Verfolger mußten sich gefährlich genähert haben, obwohl noch nichts zu hören war – erkletterte Gilles sie in Rekordgeschwindigkeit und stieß einen Seufzer der Erleichterung aus: Die

Höhlung war genau da, wo er sie sich gewünscht hatte, bildete in der Gabelung der dicht belaubten Äste ein tiefes Nest, in das er sich mit einem glücklichen Aufatmen zwängte. Von unten mußte er vollkommen unsichtbar sein, und das kühle Moos, das sein Refugium auspolsterte, tat der wunden Haut seines Rückens wohl, dessen erst kürzlich von der Koppel des Lauzun-Husaren verursachte Narben wieder aufgebrochen waren. Es war höchste Zeit, daß er vom Erdboden verschwand . . .

Kein Geräusch war zu vernehmen, doch zwischen den Bäumen erschienen Gestalten, lautlos wie Gespenster in ihren hirschledernen Mokassins. Die Senecas hatten nur zu leicht die Spur des Flüchtlings gefunden.

Wie er selbst es getan hatte, kamen sie, nach allen Seiten spähend, den Bach herauf. Die große Buche interessierte sie ihrer Höhe wegen kaum, als sie unter ihr vorüberschlichen. Keinen Moment argwöhnten sie, daß ihr Wild im Wipfel dieses Riesen den Atem anhielt. In wenigen Minuten war nichts mehr von ihnen zu sehen oder zu hören.

Noch lange nach ihrem Verschwinden blieb Gilles in seinem bemoosten Zufluchtsort, auf das geringste Rascheln der Blätter, den leisesten Vogelschrei lauschend, mit den Blicken die grünen Tiefen des Waldes durchforschend und bereit, sich sofort auf den Weg zu machen, wenn die Indianer zurückgekommen wären. Aber nichts kam außer dem Schlaf, der plötzlich auf seinen erschöpften Körper Anspruch erhob, und Gilles verlor jedes Gefühl für Zeit und Außenwelt.

Er erwachte zitternd vor Kälte und Fieber. Die Sonne war verschwunden. Aus den Tiefen des Tals stieg Feuchtigkeit auf. Die Hitze des Tages war dem Abendwind gewichen. Vorsichtig reckte Gilles seine erstarrten Glieder. Er mußte sich unverzüglich einen neuen Zufluchtsort suchen, denn mit dem Fortschreiten der Jahreszeit wurden die Nächte kälter, und es wäre reiner Wahnsinn gewesen, auch nur eine einzige Nacht fast nackt im Wipfel eines Baumes zu verbringen, mit einem Stück Decke als einzigem Schutz. Außerdem wurde es dringend notwendig, etwas zu essen zu finden, denn noch nie hatte sein Magen so vor Hunger geknurrt wie jetzt.

Vorsichtig begann er hinunterzuklettern. Mit schmerzenden Muskeln und von Frostschauern durchschüttelt war es unendlich viel schwieriger als der Aufstieg. Als er schließlich den Boden erreicht hatte, begann er zu laufen, um warm zu werden. Seine Absicht war es, zum Ufer des Flusses zurückzukehren. Er konnte nicht daran denken, ohne eine andere Waffe als einem Messer, bei Nacht die Berge zu überqueren, jedem wilden Tier ausgeliefert. Trotz der Gefahr war die Nähe des Lagers besser . . . und die seines Maisfeldes! Die Ausläufer der Berge längs des Susquehannah boten vielleicht eine Höhle als Unterschlupf.

Er brauchte nicht lange zu suchen. Im zunehmenden Dunkel gewahrte er eine schwarze Öffnung, näherte sich ihr vorsichtig wie ein Indianer, trat hinein . . . und brach bewußtlos zusammen. Eine unsichtbare Hand hatte ihm einen kräftigen Schlag auf den Schädel versetzt . . .

Als er wieder zu sich kam, glaubte er, im Paradies zu sein, obwohl sein Schädel wie die Glocke einer Kathedrale dröhnte, denn die Stimme, die neben ihm prächtig fluchte, war die Tims.

»Himmeldonnerwetternichtnochmal! Du kannst dich rühmen, uns halbwegs zur Verzweiflung getrieben zu haben! Was ist in dich gefahren, du Schwachkopf, neulich abends in die Hütte zu gehen, anstatt mit uns auszureißen? Wir wären schon wer weiß wie weit. Statt dessen haben wir beide, dieses tapfere Mädchen und ich, uns seit zwei Tagen das Hirn zermartert, um ein Mittel zu finden, deine Haut zu retten. Und das alles wegen einem verdammten schwarzhäutigen Weib . . .«

Noch niemals hatte Gilles ihn so wütend gesehen. Er schäumte buchstäblich, und seine rauhe Stimme, von der Wölbung der engen Grotte zurückgeworfen, in die er den reglosen Körper seines Freundes gezogen hatte, donnerte schmerzlich auf dessen Brummschädel ein. Mit unsicherer Hand betastete Gilles seinen Kopf, auf dem eine beachtliche Beule anschwoll, während sein Blick die Umgebung umfing: eine kleine Höhle, die tief sein mußte, denn der Eingang war nicht zu sehen. Das Licht in ihr rührte von einem kleinen Feuer her, das seinen durchfrorenen Körper angenehm erwärmte. Gunilla, die entflohene Sklavin, hockte daneben, ohne die beiden Männer zu beachten, als existierten sie nicht für sie. Mehr als je zuvor ähnelte sie mit ihren um die Knie geschlungenen Armen und den fettigen Haarsträhnen, die ihr ins Gesicht fielen, einem grauen Bündel. Ihre Schmutzigkeit entmutigte jedes Interesse an ihr, aber Gilles war viel zu glücklich, Tim wiedergefunden zu haben, um sich bei solchen Kleinigkeiten aufzuhalten. Die ruhige Kraft seines Freundes würde alles möglich machen.

»Schrei, soviel du willst!« sagte er lachend. »Du hast auf der ganzen Linie recht, aber warum, zum Teufel, hast du mich halbtot geschlagen?«

»Ich hielt dich für einen Seneca. Im Dunkeln sah ich einen nackten Kerl vor mir, und du mußt zugeben, daß du dem Gelichter mit dieser Bemalung verdammt ähnlich siehst! . . . Was war los mit dir? Von da oben«, fügte er hinzu und wies mit einer Kopfbewegung zum Bergkamm hinauf, »konnte ich beobachten, was im Dorf vor sich ging. Ich habe Sagoyewatha zurückkehren sehen, gerade in dem Moment, in dem ich mich fragte, ob ich nicht trotz der Entfernung versuchen sollte, dir eine Kugel in den Kopf zu jagen. Auch den Maispflanzer habe ich kommen sehen samt seinen roten Teufeln, und heute morgen konnte ich feststellen, daß sie Arm in Arm wieder verschwanden . . . aber daß du getürmt bist, hatte ich nicht bemerkt. Deshalb wollte ich heute nacht einen kleinen Ausflug in dieses Dorf unternehmen, wo es dir offenbar so gut gefallen hat.«

»Ich weiß, daß ich eine Dummheit gemacht habe«, gestand Gilles ein, »aber ich konnte mich einfach nicht zurückhalten. Es war stärker als ich, ich mußte mit dieser Frau reden. Aber du wirst sehen, daß mein Fehler weniger groß ist, als es auf den ersten Blick aussieht.«

Und der junge Mann berichtete so getreu wie möglich die seltsamen Neuigkeiten, die mit Cornplanter ins Lager Sagoyewathas gelangt waren. Er hatte einen Wutausbruch Tim Thokkers erwartet, einen Aufschrei der Empörung, als er den Namen des Kommandanten von West Point nannte, aber er wartete vergebens. Tims Teint nahm nur eine eigenartig grünliche Färbung an, die sein breites, fröhliches Gesicht überzog und es erstarren ließ. Einen Moment lang bot er den Anblick eines zu Tode getroffenen Mannes, und Gilles fragte sich besorgt, ob er nicht in der nächsten Sekunde zusammenbrechen würde. Aber es dauerte nicht an. Tim wandte seinem Freund den Rücken zu, während sich seiner Brust ein Seufzer entrang, dessen Urgewalt das Ausmaß seiner Gefühle wiedergab.

»Du hast recht«, sagte er endlich. »Es war der Mühe wert, ein bißchen länger zu bleiben, um das zu erfahren. Aber wir haben dadurch reichlich viel Zeit verloren. Wir müssen machen, daß wir schleunigst weiterkommen! Washington muß gewarnt werden. Bis wir einen zivilisierten Ort erreichen, wirst du dich mit deiner Bemalung und deinem Stück Decke als Kleidung begnügen müssen. Ich werde nur versuchen . . .«

Er unterbrach sich. Gunilla, die verschwunden war, als Gilles zu sprechen begonnen hatte, kam zurückgelaufen und löschte das Feuer mit hastig zusammengescharrter Erde.
»Was soll das?« knurrte Tim. »Was ist in dich gefahren? Jetzt sitzen wir im Dunkeln!«
»Ist es Euch lieber, wenn man uns bemerkt? Auf dem Fluß habe ich ein Kanu mit vier Irokesen gesehen, das dem Dorf zufährt. Sie vermeiden jedes Geräusch und wollen offenbar nicht gesehen werden. Ich verstehe nicht, was sie vorhaben.«
»Aber ich versteh's«, sagte Gilles, der schon auf den Beinen war und sich zum Ausgang tastete. »Sie wollen in Cornplanters Auftrag Sitapanoki entführen, und Hiakin wird sie gewähren lassen. Ich möchte wetten, daß das Tor zum Wasser im Lager schlecht verschlossen ist. Diese Schufte!«
Der Schein unzähliger Sterne ermöglichte es, den Fluß deutlich zu sehen, aber man mußte schon gute Augen haben, um das ohne einen Ruderschlag mit der Strömung dahintreibende Kanu vor dem dunklen Hintergrund des gegenüberliegenden Ufers unterscheiden zu können. Nach wenigen Augenblicken war es hinter der Umzäunung des Dorfs verschwunden.
»Sie werden sie entführen!« wütete Gilles. »Wir dürfen das nicht zulassen!«
»Und warum nicht?« fragte Tim mürrisch. »Sollen sie sie nur ruhig holen, wenn sie das wollen. Was geht das uns an? Sagoyewatha hat auf unsere Warnungen nicht gehört, er bekommt nur, was er verdient. Außerdem erweist uns Cornplanter einen Dienst, wenn er bekräftigt, was wir sagten. Dank ihm ist unsere Mission erfüllt . . . besser, als wir's hätten hoffen können. Dies ist der richtige Augenblick, zu verschwinden! Nicht mehr lange, und die Irokesen werden sich untereinander in den Haaren liegen. Es wird einen zweiten Trojanischen Krieg geben.«
»Bist du ganz sicher, daß Sagoyewatha seinen Waffenbruder anklagen wird? Hiakin ist viel zu schlau, um sich eine Blöße zu geben, und ich fange an, mich zu fragen, ob meine Flucht nicht ein bißchen zu leicht vonstatten gegangen ist. Wer sagt dir, daß man nicht mich der Entführung beschuldigen und Washington dafür verantwortlich machen wird? Geh du und warne ihn vor dem, was ihn in West Point erwartet. Es braucht nicht zwei dazu. Ich bleibe!«
»Und was willst du machen, armer Idiot? Nur mit einem Messer und gutem Willen einen Trupp Irokesen angreifen?

Dich für eine Squaw bestialisch umbringen lassen?«
»Das ist mein Problem, und es ist mein Leben. Ich lasse es nicht zu, daß diese Wilden Sitapanoki verschleppen.«
»Und was ist sie selbst anderes als eine Wilde?«
Die geflüsterten Sätze zischten. Die beiden jungen Männer standen einander feindselig gegenüber, ihre Freundschaft, ihre gemeinsamen Ziele vergessend, bereit, aufeinander loszuschlagen. Gunilla trennte sie unsanft.
»Seid ihr verrückt? Warum schreit ihr nicht auch noch? Das Tal wirft die Stimmen zurück, und die Irokesen haben Ohren wie Wölfe! Bildet ihr euch ein, sie könnten euch nicht hören, nur weil ihr sie nicht mehr seht?«
In die Wirklichkeit zurückversetzt, hielten Gilles und Tim den Atem an. Das Kanu war in der Tat verschwunden, und um sie her war nichts als Schweigen, ein dichtes, spannungsgeladenes Schweigen, wie es beim Nahen einer Gefahr entsteht, wenn auch die Natur den Atem anzuhalten scheint.
»Gehen wir«, brummte Tim. »Das hier geht uns nichts an.«
Aber er rührte sich nicht, zurückgehalten von der plötzlich hart zupackenden Hand der einstigen Sklavin.
»Sitapanoki ist gut«, sagte sie, »und Cornplanter ist eine Bestie.«
Betroffen wandte Gilles den Kopf. Zum erstenmal betrachtete er die, die sich so unerwartet auf seine Seite stellte. Der Mond, der einen Augenblick über den Bergen erschienen war, bevor er in einer weißen Wolke versank, zeigte ihm zwei helle Augen, die ihm schüchtern zulächelten.
»Ich werde dir helfen, wenn du willst«, sagte Gunilla einfach. Tims Seufzer hätte die Segel eines Linienschiffs blähen können, aber er zögerte nicht länger und zog sich aus.
»Und ich werde dich natürlich in diese Klemme geraten lassen«, knurrte er. »Ich habe immer gesagt, daß man verstehen muß, sich seine Freunde auszusuchen und sich vor Narren zu schützen. Das soll mir eine Lehre sein. Kommt! Ins Wasser! Ich nehme an, wir werden nicht lange warten müssen, bis sie wieder auftauchen. Außerdem brauchst du dringend ein Bad . . .«
Ein paar Augenblicke später ließen sie sich geräuschlos ins kalte Wasser des Susquehannah gleiten, sorgfältig darauf bedacht, im Schutz der Uferböschung zu bleiben, denn der Mond strahlte jetzt in vollem Glanz. Von dort, wo sie waren, konnten

sie das in der Nähe des Flußtors liegende Kanu deutlich unterscheiden. Ein einzelner Ruderer war zurückgeblieben und beobachtete die Umgebung. Zweifellos nur der Form halber, denn Sagoyewathas Lager war seltsam still. Sogar die Posten waren verschwunden.

»Hab' ich nicht gesagt, daß dieser Gauner Hiakin mit im Spiel ist?« murmelte Gilles. »Ich bin bereit zu wetten, daß er die unglückliche Frau durch seine Mittelchen schon wehrlos gemacht hat, damit ihre Schreie nicht das Dorf alarmieren. Da, sieh!«

Tatsächlich erschienen die Irokesen wieder. Einer von ihnen trug eine weiße Gestalt auf dem Rücken, die vollkommen bewegungslos schien.

»Jetzt sind wir dran«, flüsterte Tim. »Kannst du unter Wasser schwimmen?«

»Ich bin Bretone«, erwiderte der andere. »Das heißt, ein halber Fisch.«

Ein paar knappe Worte entschieden über den Plan, dem man folgen wollte, dann verschwanden die beiden Burschen nach einem langen Atemzug in schönster Gemeinsamkeit im Fluß, jeder ein Messer zwischen den Zähnen, während Gunilla, in die Ufergräser geduckt, sich damit abfand, zu warten.

Das Kanu, von schnellen, kräftigen Paddelschlägen getrieben, kam rasch voran, obwohl es gegen die Stömung ankämpfen mußte. Die Irokesen hatten es eilig. In kurzer Zeit waren sie bis auf die Höhe von Gunillas Lauscherposten gelangt. Dann vollzog sich alles sehr schnell. Von unsichtbaren Händen aus dem Gleichgewicht gebracht, schlug das leichte Boot plötzlich um und warf seine Insassen in den Fluß. Die Überraschung war vollkommen. Einer der Indianer fiel Gilles fast in die Arme. Er hob sein Messer, stieß zu und bekam die Waffe gerade noch rechtzeitig frei, um sich einem neuen Gegner zuzuwenden. Diesmal hatte er mehr Mühe. Der Irokese schien kräftig gebaut, und allem Anschein nach war es nicht das erste Mal, daß er im Wasser kämpfte. Doch Gilles war in seinem Element. Geschmeidig entglitt er Händen, die ihn zu erdrosseln suchten, warf sich herum und stieß mit aller Kraft zu. Die Klinge verschwand bis zum Heft im Leib des Mannes, dessen kurzen Aufschrei das Wasser erstickte. Zur Oberfläche zurückkehrend, sah Gilles sich um. Der Streich war gelungen: Vier Leichen trieben mit der Strömung flußabwärts. Tim war schon dabei, die weiße Gestalt an Land zu ziehen.

Schnell packte Gilles den letzten der toten Indianer und schwamm mit ihm dem Ufer zu. Die wenigen Kleidungsstücke des Mannes und vor allem seine Mokassins würden ihm von großem Nutzen sein, von seinen Waffen ganz zu schweigen.
Als er das Ufer erreichte, waren Gunilla und Tim damit beschäftigt, Sitapanokis reglosen Körper ins Gras zu betten. Tim beugte sich über sie.
»Du hast recht gehabt«, sagte er zu seinem Freund. »Der Streich war vorbereitet: Die Frau ist bewußtlos. Sie ist betäubt worden.«
»Bist du sicher? Ist sie nicht . . .?«
»Keine Sorge! Sie schläft, und das paßt mir gar nicht in den Kram. Ich hatte sie davon überzeugen wollen, daß es das beste für sie wäre, ins Lager zurückzukehren, als sei nichts geschehen.«
»Zurückkehren? Hast du den Verstand verloren? Damit Hiakin morgen gelingt, was heute zum Glück nicht geklappt hat? Unsere einzige Chance, Sitapanoki Cornplanter zu entreißen, ist, sie mitzunehmen . . .«
»Mitnehmen? Du willst sagen, tragen! Gott weiß, wie lange ihre Bewußtlosigkeit anhalten wird.«
»Also gut, ich werde sie tragen.«
Gilles hatte seine Müdigkeit, seine Wunden, den Hunger völlig vergessen, der ihn den ganzen Tag gepeinigt hatte. Die schmale weiße Gestalt, die der Mond in Silber hüllte, das süße Gesicht mit den geschlossenen Augen zu seinen Füßen, der Gedanke an die gemeinsamen Stunden, die auf ihn warteten, all das wirkte auf ihn wie Balsam und wie ein wundervolles Stärkungsmittel. Er fühlte die Kraft von zehn Männern in sich und wußte sich tapfer genug, um es allein mit einer ganzen Armee aufzunehmen. In wenigen Sekunden hatte er dem toten Irokesen die hirschledernen Hosen, die Mokassins und den Gürtel abgestreift, an dem ein langes Messer und ein schwerer Tomahawk hingen. Er zog sich an. Dann kniete er nieder und beugte den Rücken.
»Leg sie auf meine Schultern«, sagte er zu Tim. »Und laßt uns gehen. Wir müssen bei Tagesanbruch schon ein Stück Weg hinter uns haben.«
Die junge Frau war schwer, aber Gilles' Herz war leicht und voller Freude, während er den langen Hang hinaufkletterte, der zum Kamm des Gebirges führte . . .

Das Haus des Mennoniten

Das Gewitter entlud sich mit unerwarteter Heftigkeit. Regenböen peitschten fast horizontal die vier Flüchtlinge, die schon von dem fast ununterbrochenen achtundvierzigstündigen Marsch erschöpft waren. Denn in dem Wunsch, soviel Entfernung wie nur möglich zwischen sich und ihre eventuellen Verfolger zu bringen und schnellstens die Ufer des Hudson zu erreichen, hatten Tim und Gilles ihren Begleiterinnen nur von Zeit zu Zeit eine oder zwei Stunden Ruhe zugestanden. Die Frauen fügten sich ohne den leisesten Widerspruch.

Gunilla marschierte mit gebeugtem Rücken, die Augen zur Erde gesenkt, als könne sie diese mehr zu einem Lasttier als zu einem menschlichen Wesen passende Haltung nicht mehr ablegen. Auf erschütternde Weise erinnerte sie an die erniedrigende Sklaverei, die das junge Mädchen –, sie hatte ihnen gesagt, daß sie sechzehn sei –, seit vier langen Jahren hatte erdulden müssen, seitdem die Senecas den kleinen Bauernhof ihrer Eltern am Alleghany-Fluß niedergebrannt und verwüstet hatten. Sie gehörte zu einer jener schwedischen Familien, die einstmals Fort Christina an den Ufern des Delaware gegründet und, von den Quäkern William Penns ohne Verteidigungsmöglichkeit der Gnade von Seepiraten überlassen, sich entschlossen hatten, tiefer ins Land einzudringen, um dort zwar einsam, aber wenigstens in Frieden zu leben. Als Tim sie gefragt hatte, ob sie nach Hause zurückkehren wolle, hatte Gunilla ihn mit Entsetzen angesehen.

»Dort gibt es nur noch Asche . . . Ich will nicht wieder dorthin. Aber ich glaube, ich habe eine Tante in New York. Ich könnte vielleicht zu ihr . . .«

Man war nicht mehr darauf zurückgekommen, und das junge Mädchen verhielt sich seitdem, als sei ihre Anwesenheit an der Seite der beiden Burschen etwas ganz Selbstverständliches. Sie war mutig, abgehärtet gegen Strapazen, nie kam eine Klage über ihre Lippen. Für Gilles war sie inzwischen zu einer Art von vertrautem Schatten geworden, zwar nicht unentbehrlich, aber angenehm neben sich zu spüren.

Ganz anders war die Haltung Sitapanokis. Als der Rausch der Droge, die Hiakin in ihr Essen gemischt hatte, verflogen war, gab sich die schöne Indianerin, vom äußeren Anschein getäuscht, heftigem Zorn hin. Sie hatte Gilles und Tim bitter

vorgeworfen, sie planvoll entführt zu haben, was sie als Schande und schlimmste aller Drohungen ansah.
»Sagoyewatha ist groß und mächtig!« rief sie. »Er wird eine solche Beleidigung niemals hinnehmen, und er wird nicht Ruhe geben, bis er mich wiedergefunden hat. Nicht und niemand und schon gar nicht du, junger Narr, den er am Marterpfahl zugrundegehen lassen wird, kann mich jetzt vor der Strafe für treulose Frauen bewahren. Man wird mir die Nasenlöcher aufschlitzen, man wird mir das Gesicht zerschneiden, und ich werde für alle Männer nur noch ein Gegenstand des Abscheus sein, für die härtesten Arbeiten bestimmt.«
Sie begann wie ein bestraftes Kind zu weinen, schon im voraus ihre zerstörte Schönheit beklagend. Verzweifelt versuchte Gilles, der sich erinnerte, im Lager zwei oder drei so zugerichtete Frauen bemerkt zu haben, sie zu trösten und ihr durch die Versicherung, daß es sein einziges Ziel sei, sie unter Washingtons Schutz zu stellen, Vertrauen einzuflößen, doch es waren nutzlos verschwendete Worte: Sitapanoki wollte sich nicht beruhigen lassen.
Doch nun gab Gunilla ihr Schweigen auf und nahm die Situation in die Hand.
»Die Tochter des Algonquin kreischt wie eine Pute, der man den Hals abschneidet, und denkt mit keinem Gedanken an ihr Blut«, sagte sie verächtlich. »Wenn du es vorziehst, Cornplanters Konkubine zu werden, wirst du keine Mühe haben, ihn zu treffen, denn das ist das Geschick, das dich erwartet hätte, wenn wir nicht dazwischengetreten wären. Geh nach Schoharie. Auf den rauchenden Mauern und neben den Leichen der Farmer wirst du den Mann finden, der imstande ist, deine Schönheit zu schützen.«
Und als die junge Frau, durch die Härte des Tons betroffen, einen Blick voller Zweifel auf sie richtete, fügte die ehemalige Sklavin ruhig hinzu:
»Glaubst du denn, Hiakin hätte sich die Mühe gemacht, das Kraut, das tiefen Schlaf verursacht, in dein Essen zu mischen, um dir zu erlauben, mit dem Mann zu fliehen, den er töten wollte? Er hat dich dem Irokesen ausgeliefert, und diese hier haben nichts anderes getan, als dich seinen Händen zu entreißen . . . Aber es steht dir völlig frei, zurückzukehren!«
»Ich wage sogar zu sagen, daß uns das verdammt gut passen würde«, trumpfte Tim auf, »denn dann hätte dein Mann guten Grund, vom Maispflanzer Rechenschaft zu verlangen und

ihren schönen Bund zu brechen. Und außerdem, meine kleine Dame, frage ich mich, was General Washington sagen wird, wenn er Euch ankommen sieht. Es würde mich sehr erstaunen, wenn es ihm Vergnügen machen sollte, denn es wäre alles andere als das, womit er uns beauftragt hat. Endlich haltet Ihr uns nur auf, und wir haben es sehr eilig.«

Gilles für sein Teil sagte nichts. Sitapanokis Ausbruch hatte ihn so verletzt, daß er jede Verteidigung, jede Erklärung verschmähte. Seit seiner Begegnung mit der jungen Frau lebte er in Trance. Er war Tristan, der den ihm von Isolde gereichten Liebestrank geleert hat, er war der vom Zauber Vivianes eingesponnene Merlin, und keinen Moment hatte er an die Möglichkeit gedacht, daß seine jäh aufgeflammte Leidenschaft nicht mindestens durch ebenso natürliche Zärtlichkeit erwidert würde. Er hatte geglaubt, daß die Göttin mit den goldenen Augen ihn brauchte, er hatte sie für unglücklich gehalten . . . wie er einstmals geglaubt hatte, Judith ertrinken zu sehen.

Der Gedanke an Judith, der sich plötzlich mit dem an Sitapanoki verbunden hatte, war ihm peinlich wie ein Vorwurf, aber im übrigen durchaus nicht unangenehm. Das Bild des jungen Mädchens war irgendwo in den tieferen Bezirken seines Herzens verborgen, und er wußte, daß er an dem Tag, an dem es ihm in den Sinn käme, es dort zu suchen, seine Liebe zu ihr unangetastet vorfinden würde. Nach der Indianerin verlangte sein Körper weit mehr als seine Seele. Er hungerte nach ihr, und er wußte es, aber er konnte nicht wissen, was aus seiner Leidenschaft an dem Tag werden würde, wenn dieser Hunger gestillt wäre . . .

Eine Hand berührte seinen Arm, während eine schüchterne Stimme murmelte:

»Verzeih mir! Ich . . . ich wußte es nicht . . .«

Vielleicht, weil seine Gedanken gerade bei Judith waren, erhielt die junge Frau von ihm nur einen eisigen Blick. Ruhig nahm er die Hand fort, die sich auf seinen nackten Arm gelegt hatte und ihm ihre Wärme mitteilte, und sich leicht vor ihr verneigend, sagte er höflich, aber kühl:

»Ich habe nichts zu verzeihen. Gunilla hat recht. Du bist frei zu gehen, wohin es dir beliebt, Sitapanoki. Ich bin untröstlich, falls ich dir hinderlich gewesen sein sollte. Schließlich wußtest du vielleicht sogar, daß in dein Essen ein Betäubungsmittel gemischt war.«

Mit plötzlich funkelnden Augen bäumte sie sich auf.
»Was willst du damit sagen?«
»Nichts anderes, als was ich gesagt habe. Auch Cornplanter ist ein großer Häuptling, und er ist ein sehr verführerischer Mann.«
Das Wort war noch nicht ausgesprochen, als die Ohrfeige schon auf seine Wange klatschte. Er nahm sie mit einem geringschätzigen Lächeln hin und hob die Schultern.
»Wie du willst«, sagte er, sich Tim zuwendend. »Aber das beweist nichts.«
Seitdem schienen die Indianerin und er sich zu ignorieren. Sie wechselten kein Wort miteinander. Sie ging vor ihm, hinter Gunilla, die ihrerseits Tim folgte und sich niemals umsah. Als das Unwetter sie auf den bewaldeten Hügeln Pennsylvaniens überraschte, dauerte der Zwist zwischen ihnen schon mehr als vierundzwanzig Stunden an. Gespräche waren im übrigen ohnehin selten, und während des ganzen Tages hatte man allenfalls Tim von Zeit zu Zeit mürrisch vor sich hin murmeln hören:
»Wir schleichen und schleichen . . . Wenn wir wenigstens ein bißchen schneller gehen könnten . . .«
Vom gleichen Drang zur Eile besessen, zog Gilles es vor, zu schweigen, aber der Gedanke an das, was sich jede Minute in West Point ereignen konnte, verließ ihn nicht . . .
Der Weg, dem sie folgten, verlief durch dichtes Gehölz bergab, als plötzlich ohne jede Vorankündigung außer immer drückender werdender Hitze ein wütender Donnerschlag über ihren Köpfen dröhnte. Es war wie ein Signal: Von einem Moment zum andern stürzte der Regen so heftig herab, daß er im Nu das schützende Dach der Äste und Blätter durchdrang und die vier Wanderer bis auf die Haut durchnäßte.
»Wir müssen einen Unterschlupf finden!« brüllte Tim in den Sturm. »Es ist Ostwind, und wenn ein Unwetter sich auf den Bergen um den Hudson zusammenbraut wie dieses, dauert es selten weniger als zwei Tage.«
»Einen Unterschlupf?« echote Gilles.« Wo willst du einen finden? Wir sind mitten im tiefsten Wald.«
»Ganz gewiß nicht, denn das hier ist ein begangener Weg, und eben erst war mir oben auf dem Bergrücken, als hätte ich in der Richtung, der wir folgen, eine kleine Rauchwolke aufsteigen sehen. Laufen wir ein bißchen, bevor der Weg zum unbegehbaren Sumpf wird! Auf jeden Fall müssen wir eine Rast einlegen.

Die Nacht kommt bald, und bei diesem Wetter können wir nicht weiter.«
Er ging mit gutem Beispiel voran. Gunilla folgte ihm auf dem Fuße, aber Sitapanoki war weniger an Mühsal gewöhnt als ihre einstige Sklavin. Nicht nur, daß sie nicht folgte, sie schien sich auch nicht mehr aufrecht halten zu können. Sogleich war Gilles neben ihr.
»Du kannst nicht mehr. Ich werde dir helfen.«
Sie fuhr auf, als sei sie von einer Schlange gebissen worden.
»Nein! Ich brauche dich nicht!«
Sie wollte sich zwingen, schneller zu gehen, war jedoch nicht dazu imstande. In Gilles' gebräuntem Gesicht verzogen sich die Lippen zu einem grimmigen Lächeln.
»Und wir können es nicht brauchen, daß du uns noch mehr aufhältst.«
Kurzerhand die junge Frau vom Boden hebend, lief er hinter seinem Freund her, ohne die zusätzliche Last zu spüren, so glücklich war er über seinen kleinen Sieg. Sitapanoki ließ es geschehen, hütete sich aber, ihre Arme um seinen Hals zu legen und hielt sie mit beleidigter Miene über ihrer Brust verschränkt. Glücklicherweise war der Rauch, den Tim bemerkt hatte, nicht weit. Hinter einer Waldecke tauchte vor einem felsigen Hang ein Bauernhaus auf, nicht weit von einem in den Berg gehauenen Stollen, den Stützbalken aus Tannenstämmen als Bergwerk auswiesen.
Das Haus war niedrig, schlicht und grau mit einer kleinen hölzernen Galerie unter einem Schutzdach. Unter dem Platzregen machte es den Eindruck eines Gespensterhauses, doch ein dünnes Rauchwölkchen quoll aus seinem Kamin. Als die Flüchtlinge sich näherten, bellte irgendwo ein Hund, und fast gleichzeitig erschien ein durch eine über den Kopf gezogene Plane geschützter Mann im Eingang des Stollens und wandte sich zum Haus. Beim Anblick der Ankömmlinge blieb er abrupt stehen.
Der improvisierte Regenschutz machte es schwer, seine Gesichtszüge zu unterscheiden, aber er war sichtlich aus dem gleichen Holz geschnitzt wie Tim. Die unter der Plane hervordringende Stimme klang dumpf und hohl.
»Friede sei mit Euch!« tönte sie, als handele es sich um eine Kriegserklärung. »Was führt Euch hierher?«
»Der Himmel, der sich offenbar für einen Wasserfall hält«, erwiderte Tim. »Gewährt uns eine Weile Unterschlupf, wenn

dies Haus das Eure ist: Es sind Frauen bei uns.«
»Auch Indianer, soviel ich sehe!« sagte der Mann, der sich nicht von der Stelle rührte. Seine Füße schienen bis zum Jüngsten Gericht im Schlamm festgewurzelt zu sein.
»Habt Ihr schon blonde Indianer gesehen?« knurrte Gilles. »Man kleidet sich zuweilen in das, was man gerade findet. Ich bin Franzose. Was diese Frau betrifft . . . Ah, genug damit! Wir werden hier Schutz suchen, ob es Euch gefällt oder nicht.«
Mit zwei schnellen Schritten erreichte er die kleine Veranda und setzte seine Last ab, bevor er sich wie ein Pudel schüttelte.
»Ich heiße Tim Thocker«, sagte Tim und warf ihm einen mißbilligenden Blick zu. »Ich bin der Sohn des Pastors von Stillborough am Pawtucket. Wir brauchen Hilfe. Wollt Ihr uns Gastfreundschaft gewähren?«
Unter der Plane erschienen granitfarbene Augen unter grauem Haar und ein langer Bart von der gleichen Farbe.
»Gastfreundschaft ist ein Befehl Gottes, Bruder!« bemerkte ihr Besitzer ernst. »Tritt ohne Furcht in mein Haus. Es steht Euch offen, aber Euer Freund, der blonde Indianer, hätte mich selbst entscheiden lassen können.«
»Ich bin kein Indianer!« blaffte Gilles. »Ich bin . . .«
»Du hast es schon gesagt«, flüsterte Tim, ihm einen heimlichen, aber kräftigen Ellbogenstoß in die Rippen versetzend.
Bevor sie eintraten, mußten sie sich indessen einer seltsamen Zeremonie unterwerfen. Auf der Schwelle des Hauses küßte der Mann mit der Plane einen nach dem anderen auf den Mund, dann wandte er sich ins Innere.
»Hier sind Gäste, Frau! Mach Wasser warm, damit wir ihnen die Füße waschen können, wie unser Gesetz es vorschreibt.«
Gilles' Augen verrieten Bestürzung, aber Tim wußte schon, mit wem er es zu tun hatte.
»Du bist ein Wiedertäufer, Bruder?« fragte er nach einem schnellen Blick auf die schmucklose schwarze Kleidung und den strengen Haarschnitt, die unter der herabgleitenden Plane sichtbar wurden.
»Ich bin in der Tat ein Anhänger von Menno Simonsz*«, erwiderte der Mann. »Das bedeutet, daß du hier nur Frieden

* Niederländischer Wiedertäufer des 15. Jahrhunderts, der Wanderprediger wurde und in Nordeuropa kleine Gemeinden gründete, von denen einige im 17. und 18. Jahrhundert nach Amerika emigrierten.

finden wirst. Tritt ohne Furcht ein, mein Bruder. Ich heiße Jakob van Baren, und dies ist meine Frau Mariekje«, fügte er hinzu und wies auf ein altersloses Wesen, das ebenso mager und düster wie er selbst war. Nur die weiten Röcke und die Haube aus derbem, ungebleichtem Leinen, die sie trug, deuteten ihr Geschlecht an und unterschieden sie von ihrem Mann.

Das Innere des kleinen Hauses war von äußerster Einfachheit und echt flämischer Sauberkeit, die den hausfraulichen Talenten Mariekjes alle Ehre machte und eine wahre Glanzleistung für eine Frau darstellte, deren Mann den größten Teil seiner Zeit in einem Bergwerk verbringen mußte, und die zweifellos auch das kleine Feld und den Garten vor dem Haus selbst bestellte.

Die wenigen Möbel, die Wände und der Fußboden bestanden aus Tannenholz und waren dermaßen gründlich gescheuert, daß sie wie weiß gestrichen wirkten. Der einzige Luxus waren ein großes schwarzes Buch auf dem Kaminsims, ein paar kupferne Kerzenhalter und einige in rotem oder schwarzem Kreuzstich gestickte, hier und da angebrachte Bibelverse. Über dem Kaminsims hieß es: »Lobet den Herrn, denn er ist gütig, und seine Gnade währet ewiglich«. Zur Linken verkündete die Wand: »Und mir wurde gesagt: Sohn des Menschen, bleibe aufrecht, und ich werde mit dir reden«, zur Rechten: »Glücklich der, der den Gott Jakobs als Helfer hat und seine Hoffnung in den Ewigen setzt!« Der Oberteil der Tür war ähnlich geschmückt, aber die Inschrift war so verblaßt und zwischen verschwenderisch verteilten Blumenornamenten versteckt, daß sie unleserlich geworden war.

Auf ein Zeichen des Hausherrn setzten sich die vier Ankömmlinge in einer Reihe auf die vor den Kamin gerückte Bank und mußten nacheinander ihre Füße in Mariekjes Schüssel tauchen. Übrigens empfand es keiner von ihnen als überflüssigen Luxus, und selbst Gilles bereitete das unerwartete Bad Vergnügen; er bedauerte nur, es nicht am ganzen Körper genießen zu können. Doch die Wohltaten der van Barens waren damit noch keineswegs zu Ende. Kaum standen sie wieder auf ihren Füßen, als Jakob Gilles ein schwarzes Tuchbündel überreichte.

»Deine unsittliche Kleidung ziemt sich nicht unter meinem Dach, mein Bruder«, sagt er zu ihm mit einem Blick des Abscheus auf die reichlich fleckige Indianerhose, die der junge Mann von dem toten Irokesen geerbt hatte und die außer der

Decke seine einzige Bekleidung war. »Diese Kleidungsstücke sind getragen, aber anständig, und wir müssen ungefähr die gleiche Größe haben. Hinter dem Haus wirst du eine Pumpe und einen Schuppen finden. Geh und zieh dich um.«

Ohne recht zu begreifen, warum man ihm die Füße gewaschen hatte, bevor man ihn wieder draußen im Schlamm herumwaten ließ, nahm Gilles die Kleidungsstücke und verschwand. Er zog sie ohne das geringste Vergnügen an. Sein Körper hatte sich ziemlich daran gewöhnt, nach indianischer Art dauernd in freier Luft zu sein, und außerdem fand er, daß diesem Zeug, obwohl sauber, ein unangenehmer Geruch anhaftete. Aber er konnte es nicht zurückweisen, ohne seinen Gastgeber zu beleidigen, der alles in allem seinen ihm aufgezwungenen Gästen eher geneigt schien.

Er kehrte eben rechtzeitig zurück, um an dem für die Männer reservierten Tisch Platz zu nehmen. Am anderen Ende fiel es Sitapanoki und Gunilla schwer, ihre Augen offen zu halten und erfolgreich gegen den Schlaf anzukämpfen. Jakob van Baren bemerkte es.

»Gib diesen Unglücklichen zu essen, Frau«, befahl er. »Dann schicke sie zum Schlafen auf den Dachboden. Sie können sich nicht mehr aufrecht halten. Die Männer werden in der Scheune schlafen.«

Er murmelte ein völlig unverständliches Gebet, aus dem Gilles vergeblich ein paar vertraute Worte herauszuhören suchte, und widmete sich sodann der Aufgabe, da die Nacht schnell hereinbrach, eine widerlich riechende Öllampe anzuzünden, die er an einen Haken über den Tisch hängte.

Währenddessen bemühte sich seine Frau, Sitapanoki und Gunilla zum Essen zu veranlassen, doch sie waren zu erschöpft, um Appetit zu haben. Sie tranken nur ein wenig Milch, und jede aß ein eben aus dem Ofen gekommenes kleines Maisbrötchen, bevor sie um die Erlaubnis baten, sich zurückziehen zu dürfen. Mariekje stellte noch das Abendessen für die Männer auf den Tisch und verschwand mit den beiden Frauen.

Zur großen Überraschung der jungen Männer war besagtes Abendessen schmackhaft. Es bestand aus eingelegten Gurken, in Maismehl panierten und in der Pfanne gebratenen Flußforellen und einer riesigen Heidelbeertorte, die offenbar zusammen mit den Brötchen gebacken worden war. All das wurde mit frischem Bier und heißem Tee hinuntergespült.

Die drei Männer aßen schweigend. Gilles' Hunger war so groß, daß er sich imstande fühlte, alles, was er vor sich sah, einschließlich des Tisches, zu verschlingen, aber er hatte in Tim einen beachtlichen Konkurrenten. Der junge Amerikaner schmauste, als sei dies das letztemal vor der Durchquerung einer riesigen Wüstenei, aber während er gewaltige Mengen vertilgte, stand ständig eine sorgenvolle Falte auf seiner Stirn, die die Neugier seines Freundes erregte. Wenn Tim dies Gesicht machte, quälte ihn etwas. Aber Gilles gelang es nicht, die Ursache zu erraten.

Als der letzte Bissen gegessen war, murmelte Jakob van Baren ein anderes, ebenso unverständliches Tischgebet, klopfte die Krümel aus seinem Bart und lud, sich erhebend, seine Gäste ein, auf der Bank am Kamin Platz zu nehmen. Er selbst holte sich eine lange Tonpfeife und stopfte sie.

»Nun, da unsere Körper das erhalten haben, was sie brauchten«, sagte er mit jener salbungsvollen Feierlichkeit, die er in jedes seiner Worte wie in seine geringfügigsten Bewegungen legte, »müssen wir unsere Seelen befriedigen, Brüder, und versuchen, uns besser kennenzulernen. Ein Franzose ist bei uns in den Bergen ein seltenes Wesen. Erzähl mir ein bißchen, wie ihr, du und dein Freund, hierhergekommen seid! Wer sind die Frauen, die euch begleiten? Die Indianerin sieht nicht wie eine gewöhnliche Squaw aus.«

Die granitfarbenen Augen hefteten sich auf Gilles, und der junge Mann öffnete schon den Mund, um zu antworten, als Tim ihm hastig das Wort abschnitt.

»Wir sind entkommene Gefangene. Während eines Jagdausflugs in den Catskills sind wir von den Senecas gefangengenommen worden. Sie hatten vor, uns umzubringen, aber dank dem blonden Mädchen, das bei uns ist, ist es uns gelungen, zu entfliehen. Sie war ihre Sklavin. Sie konnte unsere Fesseln durchschneiden, während wir für die Nacht an den Marterpfahl gebunden waren.«

»Und . . . die andere? Die Indianerin?«

Tim hob mit ergebener Miene die Schultern und erklärte knapp: »Sie hatte alles gesehen. Sie hat uns gebeten, sie mitzunehmen, andernfalls hätte sie das Lager alarmiert. Auf ihre Art war auch sie eine Gefangene . . .«

»Aber keine Sklavin. Sie ist viel zu schön, und . . .«

»Ich brauche ihre Gründe nicht zu wissen«, unterbrach ihn Tim mit einer Spur Gereiztheit in der Stimme. »Sie wollte mitkommen, das ist alles, was ich weiß.«

Gilles' schmal gewordene Augen wanderten von einem zum anderen: von dem auf der Bank hockenden, offenbar gleichfalls gegen seine Müdigkeit ankämpfenden Tim zu Jakob van Baren, der am Sims des Kamins lehnte, dessen Flammen seine lange Nase röteten und seinen Bart zu versengen schienen. In ihrem Gespräch war etwas wie Spannung spürbar geworden. Die Furche auf Tims Stirn war zwar verschwunden, doch Gilles witterte sein heimliches Mißtrauen und beschloß, auf der Hut zu sein. Irgend etwas schien mit dem Mann nicht zu stimmen, der sie so großzügig aufgenommen hatte.

Im entstehenden Schweigen hörte man nur das ununterbrochene Prasseln des Regens auf das Dach und das Geklapper, das die Frau beim Geschirrspülen verursachte. Gilles warf ihr einen kurzen Blick zu. Von hinten gesehen, hatte sie in ihrem schwarzen Kleid eine fast ebenso athletische Statur wie ihr Mann. Man hörte sie ab und zu hüsteln, doch der Klang ihrer Stimme war ihm noch unbekannt, da sie seit der Ankunft der Reisenden den Mund nur zum Essen aufgemacht hatte.

»Diese Indianerin ist in der Tat sehr schön«, wiederholte van Baren, als spräche er zu sich selbst. »Ich frage mich, wer sie wohl sein kann, denn so schön, wie sie ist, muß sie bei den sechs Stämmen berühmt sein . . . Jedenfalls kann man sagen, daß ihr mit ihr eine seltsame Truppe abgebt: ein Waldläufer, eine Sklavin auf der Flucht, ein Franzose, der als Indianer verkleidet ist . . . und dann sie. Man könnte sich wirklich Fragen stellen.«

»Du hast recht«, entgegnete Tim, dessen Teint sich zusehends rötete, ohne daß das Feuer daran schuld war. »Wenn man Fragen stellen will, wird man sie haufenweise finden. Nimm zum Beispiel deinen Fall: Ich habe immer sagen hören, daß die Mennoniten das Land bestellen und nur von seinen Früchten leben. Und doch ist da ein Bergwerk in der Nähe deines Hauses . . .«

Jakob wandte seinen seltsam leblosen Blick zur Decke, als riefe er sie zum Zeugen an.

»Ist Kohle etwa keine Frucht der Erde? Als ich mich hier ansiedelte, fand ich diese kleine aufgelassene Mine. Es war ein Geschenk Gottes«, fügte er hinzu, indem er feierlich einen Finger hob. »Ich entnehme ihr nur das, was nötig ist, um den Ärmsten unserer in den Bergen verstreuten kleinen Gemeinde zu helfen. Und wir selbst leben, wie das Gesetz es will, nur von

dem, was bei uns wächst. Aber ihr habt mir nicht erklärt . . .«
Gilles erhob sich unvermittelt und gähnte unverhohlener, als es die Höflichkeit erlaubte. Er hatte genug von den Fragen des guten Mannes, und vor allem reizte ihn die Beharrlichkeit, mit der er von Sitapanokis Schönheit sprach.
»Entschuldige uns, Bruder«, sagte er, »aber wir haben noch einen langen Weg nach Stillborough vor uns. Wir müssen bei Tagesanbruch fort. Sei so gut und zeige uns den Ort, wo wir schlafen sollen.«
»Gewiß, gewiß . . . aber ihr braucht euch nicht so zu beeilen, denn ihr werdet die größte Mühe haben, auch nur die Ufer des Hudson zu erreichen, wenn ich euch nicht führe . . . und morgen werde ich kaum die Möglichkeit dazu haben, denn es ist der Tag des Herrn!«
Tim sah auf und runzelte die Stirn.
»Wer könnte uns wohl hindern?«
Jakob zuckte mit den Schultern, holte eine zweite Öllampe und machte sich umständlich daran, sie anzuzünden, bevor er antwortete:
»Eine Bande von ›Cowboys‹* ist in der Umgebung gemeldet worden. Sie ist stark, gut bewaffnet, wird von einem Unbekannten kommandiert, der sich ›Rächer‹ nennen läßt, und besteht aus Wesen ohne Glauben und Gesetz, die plündern, brandschatzen . . . und jeden töten, der so aussieht, als sei er nicht ihrer Meinung.«
Tim machte eine rasche Bewegung. Seine Augenbrauen waren nur noch ein dicker roter Strich.
»Cowboys hier? Sind wir nicht in Pennsylvanien, dem ersten der unabhängigen Staaten?«
»Das heißt nicht, daß alle Leute einverstanden sind. Sogar in Philadelphia gibt es noch viele Tories . . . Aber man sagt, daß die Nacht Rat bringt. Wir werden morgen früh darüber sprechen. Folgt mir!«
Die beiden jungen Männer grüßten die Hausherrin, die, damit beschäftigt, das Feuer zu schüren, ihnen keinerlei Beachtung schenkte, und folgten van Baren aus dem Haus. Draußen war es stockfinster, aber der Regen fiel weniger heftig. Dem tanzenden Licht der Laterne folgend, erreichten sie die Scheune, die

* Banden von Marodeuren verheerten das Gebiet zwischen den beiden Armeen. Die pro-amerikanischen nannten sich »Skinners« (Schinder), die pro-englischen »Cowboys«.

sich hinter dem Haus erhob, nicht weit vom Eingang zum Stollen entfernt.

Das Tor öffnete sich knarrend. Jakob hob seine Laterne.

»Ihr werdet nicht viel Platz haben«, sagte er, »aber ihr werdet euch behaglich fühlen. Gute Nacht. Ich komme vor Tagesanbruch, um euch zu wecken.«

Die Scheune war in der Tat zu drei Vierteln mit riesigen Ballen getrockneten Farnkrauts gefüllt, die ein weiches Lager versprachen und angenehmen Geruch verbreiteten. Die beiden Burschen musterten das Ganze recht zufrieden, doch als Jakob sich mit seiner Laterne zurückziehen wollte, bat ihn Gilles, sie ihnen zu überlassen, und als sich der andere erstaunt darüber zeigte, daß sie zum Schlafen Licht brauchten, murmelte er, Tims Blick sorgfältig meidend, mit verlegener Miene:

»Ich hab' nämlich bei völliger Dunkelheit nie schlafen können. Das kommt daher, daß mir als Kind einmal die Decke meiner Kammer auf den Kopf gefallen ist. Es ist . . . es sind die Nerven!«

»Und wenn ihr das alles hier in Brand steckt?« brummte Jakob.

»Oh, da gibt es nichts zu fürchten! Außerdem wird Tim das Licht löschen, sobald ich schlafe. Er ist es gewöhnt.«

Van Baren äußerte murmelnd die unfreundliche Vermutung, der gute König von Frankreich habe wohl die Gelegenheit der Hilfsexpedition für die tapferen Soldaten der Unabhängigkeit benutzt, um sich sämtlicher Hasenfüße seines Königreichs zu entledigen, aber er stellte trotzdem die Laterne auf den Boden.

»Schlaft wohl!« sagte er spöttisch. Das Tor schloß sich wiederum knarrend hinter ihm, dann schnappte geräuschvoll der Drücker ein . . . aber nicht laut genug, um ein anderes, weit beunruhigenderes Geräusch völlig zu übertönen: das eines Schlüssels, der langsam im Schloß gedreht wird.

Die Laterne packend, sprang Gilles zum Tor und bückte sich. Wirklich war da unter der Klinge ein Schloß ins Holz eingelassen. Zwischen den Zähnen fluchend, wandte er sich zu Tim:

»Du hast ihm nicht getraut, was? Nun, du hast recht gehabt! Wir sind in eine Falle geraten. Er hat uns eingeschlossen.«

»Ich hab's gehört«, knurrte der andere und fügte ironisch hinzu: »Wenn ich richtig verstanden habe, bin ich nicht der einzige, der mißtrauisch war. Wie soll ich es sonst auffassen, daß ein wackerer Soldat des Königs von Frankreich es für

richtig hält, sich lächerlich zu machen?«
Die kühlen Augen des Bretonen begegneten denen des Amerikaners. In beider Blick glomm ein kleiner amüsierter Funke.
»Wenn eine Lampe mit Öl brennt, ein Tor fürchterlich knarrt und man seinem Gastgeber mißtraut, muß man sich eben damit abfinden, gewisse Dinge zu tun. Aber ich fürchte, ich habe mich vergebens entehrt: Wir sind gefangen wie Ratten.«
»Erstmal sehen«, sagte Tim.
Sein Messer aus der Tasche ziehend, begann er am Schloß herumzustochern, mehr übrigens zur Beruhigung seines Gewissens als aus Überzeugung, denn es schien gut gesichert, und das Holz des Tors war fest.
»Ein so stabiles Ding, nur um Farnkraut zu verwahren, das ist ein bißchen ungewöhnlich«, murmelte er, während Gilles hinter ihm auf der Suche nach einem Loch, einem schlecht befestigten Brett, irgendeiner Fluchtmöglichkeit den frei gebliebenen Raum umrundete.
»Zur Sache!« sagte er schließlich mit einem entmutigten Seufzer und kehrte zu seinem Freund zurück. »Was hat dich eigentlich argwöhnisch gemacht?«
»Ein Haufen Dinge. Es trifft sich, daß ich die Mennoniten gut kenne. Es gibt einige in Stillborough. Sie sind so friedlich und gastfreundlich, daß sie sich niemals erlauben würden, einem verirrten Reisenden auch nur die kleinste Frage zu stellen, selbst wenn er ein Messer zwischen den Zähnen hätte.«
»Die unruhige Zeit könnte sein Mißtrauen erklären . . .«
»Ja, aber nicht sein Äußeres. Ein Bursche, der Kohle abbaut, was einer seiner Sorte nie machen würde, der während der übrigen Zeit in der Erde scharrt, und dessen Fingernägel und Hautrillen an den Händen trotzdem nicht die kleinste Spur Schmutz aufweisen . . .? Außerdem finde ich, daß er eine zu gute Köchin hat. Das stimmt nicht mit der Strenge der Sekte zusammen! Schön! Da ist also nichts zu machen. Dennoch möchte ich gern ein Mittel finden, ohne Erlaubnis des Kerls hier herauszukommen. Ich habe das Gefühl, er bereitet einen Streich gegen uns vor . . . und wir verlieren Zeit.«
»Das weiß ich, aber kannst du mir sagen, was es uns nützen würde, selbst wenn wir es fertigbrächten, aus dieser Falle zu entkommen? Es regnet noch immer. Die beiden Frauen sind im Haus. Außerdem sind sie so erschöpft, daß sie außerstande wären, auch nur einen Schritt zu tun, schon gar nicht bei

diesem Wetter. Sollen wir sie etwa bei diesem verdächtigen Burschen zurücklassen?«
»Ja!«
Der Ton war wild, schroff ablehnend. Gilles, der im Schein der Laterne seinen Freund ansah, erkannte ihn kaum wieder. Das immer fröhliche Gesicht des Waldläufers war ernst und hart wie Stein geworden.
»Du denkst doch nicht wirklich, was du sagst?«
Tim beugte sich zu ihm.
»Ich denke nur das. Wir müssen der Wahrheit ins Auge sehen, mein Lieber. Diese Mädchen halten uns auf. Ohne sie wären wir nicht in dieses Wespennest geraten, und jede Minute Verzögerung kann schwere Folgen haben. Wer sagt dir, daß in diesem Moment Arnold nicht gerade dabei ist, West Point den Engländern zu übergeben? Wir sind vor allem Soldaten, und wir haben einen Auftrag. Es ist unsere Pflicht, so schnell wie möglich hier herauszukommen, mit den Frauen oder ohne sie! Und versuche nicht, mir zu sagen, daß ich mich allein auf die Socken machen soll. Wenn wir eine Bande ›Cowboys‹ vor uns haben, sind wir zu zweit nicht zuviel, denn wenigstens einer von uns muß durchkommen, koste es, was es wolle! Also mach mir das Vergnügen, Ritterlichkeit und große Worte beiseite zu lassen.«
»Aber was wird aus ihnen werden?«
»Gott wird dafür sorgen, wie van Baren sagen würde. Und selbst wenn dieser Kerl nicht der ist, der er zu sein vorgibt, wird er sie doch nicht in Stücke hauen. Es kann ihnen nichts Schlimmeres passieren, als aufgefordert zu werden, Mariekje als Mägde zu dienen. Laß uns jetzt versuchen, ein Loch zu finden.«
Er richtete sich entschlossen auf, um anzuzeigen, daß die Unterhaltung über diesen Punkt für ihn beendet sei, und begann nun seinerseits, die Bretterwände nach einer schwachen Stelle abzusuchen.
»Du verlierst deine Zeit«, brummte Gilles. »Man könnte nicht einmal eine Nadel zwischen diese Bretter schieben. Die Scheune ist gut gebaut . . .«
Mit einer jähzornigen Bewegung wischte er einen Wassertropfen fort, der ihm auf die Nase gefallen war.
». . . gut gebaut, aber schlecht gedeckt. Es regnet durch.«
Gleichzeitig sah er zu dem aus dicken Brettern gefügten Dach hinauf und verfolgte die Schräge mit den Augen.

»Tim!« flüsterte er. »Es gibt vielleicht eine Möglichkeit! Sieh! Die Farnballen reichen fast bis oben hin. Man könnte raufklettern und versuchen, ein Brett loszumachen. Wenn es dem Wind gelungen ist, eins zu lockern, gibt es keinen Grund . . .«
Er ließ seinen Vortrag unbeendet. Tim hatte schon die Höhe der Scheune abgeschätzt und nickte.
»Vorwärts!« sagte er nur.
Über die leicht rutschenden dicken Ballen hochzuklettern war keine kleine Angelegenheit. Die beiden Burschen mußten ihren ungeduldigen Eifer beträchtlich dämpfen, um den Aufstieg zu schaffen und, oben angelangt, einige der Ballen umzuschichten, um ihrem Ziel noch näher zu kommen, ohne mitsamt einer ganzen Farnkrautlawine wieder auf dem Scheunenboden zu landen. Mit Hilfe Tims, der so gut es ging drei Ballen abstützte, auf die er sich hinaufschwang, erreichte Gilles das Dach, versuchte, eins der ihm nächsten Bretter zu verschieben, und stellte mit Freude fest, daß es zwar schwer war, sich aber trotzdem ein wenig anheben ließ. Ein paar Nägel schienen durchgerostet zu sein.
»Ich fürchte, ich schaff' es nicht allein«, flüsterte er. »Wir müßten beide hier oben sein und gemeinsam dem Brett zu Leibe gehen.«
»Wir werden es versuchen. Komm wieder runter.«
Zusammen verbreiterten sie die obersten Lagen des Stapels, sicherten sie soweit wie möglich ab, und schließlich standen die beiden Freunde dicht unter dem Dach, dessen Festigkeit Tim mit der Hand erprobte.
»Zu zweit müßte es klappen«, murmelte er befriedigt. »Fangen wir an.«
»Warte noch einen Moment!«
Rasch entledigte sich Gilles des schwarzen, priesterlich anmutenden Rocks, den er der Großzügigkeit Jakobs verdankte, und warf ihn über die Laterne. Dunkelheit umfing die ganze Scheune.
»Gar nicht dumm!« lobte Tim.
»Ganz und gar nicht! Was glaubst du, was passiert, wenn van Baren die Nase aus dem Fenster steckt und Licht aus dem Dach seiner Scheune kommen sieht? Für das, was wir vorhaben, brauchen wir keine Extrabeleuchtung.«
Mit vereinten Kräften hoben sie das Brett auf einer Seite an. Am anderen Ende saß es noch fest, aber als sie, ohne den nun

hereinprasselnden Regen zu beachten, ihre Anstrengungen verdoppelten, gab das Brett endlich nach. Sie hörten es rutschen und mit einem dumpfen Geräusch auf der Erde aufschlagen. Sie standen im Regen, aber unter freiem Himmel.

Einen Moment später waren sie auf dem Dach und begannen, vorsichtig die lange, feuchtglatte Schräge hinabzuklettern. Es erwies sich als schwierig, zumal für Gilles, der es Tims Einwänden zum Trotz abgelehnt hatte, sich von seiner Laterne zu trennen. Schließlich war die Dachrinne erreicht. Ein abwärts führendes Rohr, das in eine schon überfließende Tonne mündete, brachte sie auf den durchweichten Boden, auf dem sie mit tiefer Freude wieder Fuß faßten. Sie befanden sich in dem bewirtschafteten Zwischenraum zwischen Scheune und Haus, und dieses erhob sich vor ihnen, vollkommen schwarz, schweigend und so wenig vertrauenerweckend, daß es Gilles das Herz zusammenschnürte.

»Tim«, flüsterte er, »wir müssen versuchen, sie mitzunehmen. Wir können sie nicht einfach so zurücklassen. Das wäre . . .«

Er verstummte halb erstickt. Tims große Pranke hatte sich auf seinen Mund gelegt und preßte sich fest auf ihn, während der Amerikaner mit unerbittlicher Stimme in sein Ohr flüsterte:

»Kein Wort mehr drüber! Und jetzt, mein Sohn, hör gut zu, was ich dir sagen werde, denn ich werde es nicht mehr wiederholen: Der Ausgang des Krieges und die Freiheit eines ganzen Volks hängen vielleicht von unserem Überleben ab. Selbst wenn ich wüßte, daß die beiden Frauen Gefahr liefen, morgen bei Tagesanbruch umgebracht zu werden, würde ich genauso handeln, wie wir es jetzt tun werden. Und da sie ganz gewiß nichts dergleichen riskieren, genug geredet, und nun laß uns verschwinden!«

Zornig stieß Gilles die Hand seines Freundes beiseite, aber er widersprach nicht länger. Tims Logik konnte nicht bestritten werden, denn das Geheimnis, von dem sie erfahren hatten, sprengte in der Tat die Begrenzungen normaler Gefühle. Sie gehörten sich nicht mehr. Was waren schon zwei junge Frauen angesichts des gewaltigen Kampfes der Rebellen? Und als antworte er auf seine Gedanken, murmelte Tim noch einmal, diesmal mit unerwarteter Sanftheit:

»Selbst wenn meine eigene Mutter in diesem Haus eingeschlossen wäre, würde ich sie ohne Zögern verlassen . . .«

»Na schön«, seufzte Gilles geschlagen. »Ich komme mit dir.«

Um nicht am Haus vorüber zu müssen, folgten sie dem Berghang, kamen am Eingang des Bergwerks vorbei . . . und blieben im selben Moment gleichzeitig wie angewurzelt stehen: Irgendwo in den Tiefen des schwarzen Lochs hatten sie ein Wiehern gehört.
»Sieh an! Sieh an!« sagte Tim. »Ich fang an zu glauben, daß der berühmte Eigensinn der Bretonen sein Gutes haben kann. Es sieht so aus, als ob deine Laterne uns nützlich sein wird.«
Nacheinander drangen die beiden Freunde im Schein der Laterne in den Stollen ein. Er erwies sich nach den ersten Metern als ziemlich hoch, und das ihn abstützende Holzwerk schien in gutem Zustand, aber es gab kaum Anzeichen von irgendwelcher Tätigkeit. Wenn van Baren hier überhaupt Kohle abbaute, mußte es schon einige Zeit zurückliegen . . .
»Dabei ist er aus diesem Stollen gekommen, als wir ihn zuerst sahen«, sagte Gilles.
»Was nicht unbedingt heißen muß, daß er von der Arbeit kam. Horch!«
Von neuem und schon näher ließ sich das Gewieher hören und zog sie weiter. Einen Augenblick später entdeckten sie, was sie seit ihrem Eintritt in das Bergwerk zu finden gehofft hatten: eine ziemlich große Höhle, deren Öffnung zum Stollen hin sich halb hinter einem Felsstück verbarg, und die einen sehr annehmbaren Pferdestall abgab, denn während des Tages schien sie durch zwei von Sträuchern überwachsene Durchbrüche an der Decke Licht zu empfangen.
»Siehst du, was ich sehe»? fragte Tim entzückt.
Zwei Pferde standen da, ordentlich in primitiv hergerichteten Verschlägen untergebracht, zwei Pferde, die offenbar sehr sorgfältig gepflegt wurden, denn ihre Streu aus getrockneten Farnen war sauber, und ihr Fell glänzte. Ihre an der Wand daneben hängenden Sättel und Zaumzeuge waren sichtlich auf Hochglanz poliert.
»Wenn diese Klepper Arbeitstiere sind, will ich mich gern in eine Hutschachtel verwandeln«, murmelte Gilles.
»Du hast nichts zu fürchten . . . und ich auch nicht, denn ich wüßte nicht, was ich mit einer Hutschachtel anfangen sollte. Es sind Pferde der englischen Armee . . . hier ist das Zeichen«, fügte Tim hinzu, indem er die Laterne einem der Tiere näherte.
»Das ist zumindest kurios . . . und ich frage mich, ob van Baren ein Schuft ist oder ein guter Patriot . . .«
»Wir werden uns später Fragen stellen. Der Himmel hat uns

Pferde geschickt, laß sie uns satteln und schleunigst verschwinden.«

Im Handumdrehen war es geschehen. Die Tiere mit einer Hand führend, mit der andern ihre Nüstern bedeckend, um sie am Wiehern zu hindern, verließen sie sodann den improvisierten Pferdestall und bogen in den Stollen ein, um ins Freie zurückzukehren. Plötzlich blieb Tim, der den kleinen Zug mit der Laterne anführte, stehen.

»Nun«, fragte der Franzose ungeduldig, »geht's nicht weiter?«

»Ja doch, gleich . . .«, murmelte Tim. Dann mit veränderter Stimme: »Ich glaube, der Kerl ist ein erbärmlicher Halunke!« Darauf blies er unvermittelt die Laterne aus, so daß Dunkelheit sie umhüllte, aber der Ausgang war nah.

Nach der stickigen Finsternis im Stollen schien die Nacht ihnen hell und der Duft des Waldes köstlich. Wollüstig sogen sie ihn in tiefen Zügen ein, dann schwangen sie sich, ungeduldig, zwischen ihren Knien wieder die Wärme und vertraute Kraft eines Pferdes zu spüren, in den Sattel.

Ohne einen Blick auf das Haus Jakob van Barens, um erst gar nicht in Versuchung zu kommen, wieder weich zu werden, erreichten die beiden Gefährten den Schutz des Waldes und entfernten sich auf dem Moos, das den Schritt der Pferde dämpfte. Der Regen hatte endlich aufgehört . . .

Das Drama von West Point

Der Tag kam wie ein Dieb, mit grauen Nebelschwaden zwischen die nassen Stämme der hohen Tannen schleichend, sparsam das kümmerliche Licht seines dunklen, noch regenschwangeren Himmels verteilend. Von Tims Instinkt geleitet, waren die beiden jungen Männer schweigend durch die Nacht geritten und mußten trotz der Schwierigkeiten des Weges eine beträchtliche Strecke zurückgelegt haben, doch den Wald samt seinen Sumpflöchern hatten sie deswegen noch immer nicht hinter sich.

»Ich würde viel für einen kleinen Galopp geben«, knurrte Gilles. »Dieser verdammte Weg scheint endlos. Weißt du wenigstens, wo wir sind?«

»So ungefähr . . .«, murmelte Tim, ohne sich umzuwenden. »Wir sind in der Grafschaft Sullivan . . . Der kleine Wasserlauf dort unten ist der Ten Mile River. Wir sind gut vorangekommen.«
»Jedenfalls sind wir nicht den berühmten Schreckgespenstern van Barens begegnet. Keine Spur von den Cowboys.«
Er hatte kaum zu Ende gesprochen, als hoch über ihren Köpfen ein durchdringender Pfiff ertönte und das Waldstück sich unversehens bevölkerte. Männer mit wilden Mienen, zum größten Teil wie Bauern gekleidet, tauchten hinter den Bäumen auf. Drei von ihnen postierten sich mit schußbereitem Gewehr quer über den Weg. Derjenige, der der Anführer zu sein schien, hatte sich mit der abgewetzten Uniform eines hessischen Soldaten ausstaffiert.*
»Na«, sagte Tim, »es sieht ganz so aus, als verfügtest du über die Gabe des Beschwörens. Besser wär's, du hättest den Mund gehalten! Da sind sie, deine Cowboys!«
»Seid gegrüßt, edle Reisende!« deklamierte der Mann in der hessischen Uniform. »Es ist ein glückliches Geschick, euch zu begegnen, euch und diesen prächtigen Tieren, die ihr reitet. Erweist mir die Gnade und steigt ab, damit . . .«
»Damit du bequemer unsere Taschen durchsuchen kannst?« erkundigte sich Tim ironisch. »Nun, Cowboy, du wirst enttäuscht sein. Unsere Taschen sind nämlich leer. Du wirst keinen Maravedi in ihnen finden, selbst wenn du gründlich suchst.«
»Schade! In diesem Fall begnüge ich mich mit den Pferden.«
»Nicht mehr? Und was bleibt uns, Cowboy?«
»Das Leben . . . unter der Bedingung, daß du aufhörst, mich Cowboy zu nennen. Ich liebe es nicht, wenn man mich beleidigt.«
Gilles und Tim tauschten einen Blick, und nun war es der Bretone, der antwortete.
»Entschuldige, mein Freund! Man hat uns gesagt, daß wir einer Bande dieser Kuhhirten begegnen würden. Wir dachten, du wärst der, den man den Rächer nennt.«
Der Mann nahm sein Gewehr herunter und näherte sich mit gerunzelter Stirn. Die beiden andern blieben mit der Waffe im Anschlag zurück.
»Wo hast du vom Rächer reden hören? Seit drei Monaten suche

* England hatte zum Einsatz gegen die Rebellen vom Großherzog von Hessen an die 30 000 Soldaten gemietet.

ich ihn, weil er verschwunden ist. Wir haben miteinander eine Rechnung zu begleichen, er und ich.«
»Nun«, unterbrach Tim, »wenn du nicht dieser Typ und auch kein Cowboy bist, wer bist du wirklich. Ein Skinner?«
»Und ich rühme mich dessen!« rief der Mann und schlug sich an die Brust. »Es ist eine Familientradition! Ich heiße Sam Paulding, und noch nie hat ein Paulding König Georg gedient, wenigstens nicht freiwillig. Wir dienen der Sache der Unabhängigkeit . . . und in ihrem Namen fordere ich von euch eure Pferde, denn an denen mangelt's bei uns beträchtlich. Steigt also ab! Ich wäre untröstlich, wenn ich euch töten müßte«, fügte er hinzu, indem er sein Gewehr auf Tims Brust richtete, den das kaum zu berühren schien.
»Was du nicht sagst!« seufzte er. »Du solltest es dir zweimal überlegen, bevor du uns umbringst, denn wenn du der Freiheit dienst, wirst du auf unsere Pferde verzichten und uns erlauben müssen, unseren Weg fortzusetzen. Uns erwartet nämlich General Washington, in dessen Auftrag wir unterwegs sind. Wenn er zu lange warten muß, was er nicht schätzt, und gar noch erfährt, daß Sam Paulding uns aufgehalten hat, dürfte er dir kaum dankbar sein. Und unser Chef hat eine schwere Hand.«
Der Mann lächelte breit und ließ dabei zwei Reihen prächtiger Zähne sehen. Unter seiner Militärkluft war er von seltener Schmutzigkeit, aber er wirkte weder häßlich noch vulgär, und in seinen lebhaften Augen war Ehrlichkeit.
»Alle Wetter! Ihr seid vom Generalstab, das sticht einem sofort ins Auge! In einer Minute werdet ihr mir sagen, daß eure Gäule zur Kavallerie von Virginien gehören! Nur . . . dürft ihr mich nicht für einen Dummkopf halten!« bellte er plötzlich los. »Die Pferde kenne ich, und ich will gehängt werden, wenn es nicht Pferde der Rotjacken sind! Und wenn . . .«
Unvermittelt verengten sich seine Augen. Sein Gewehr einem der Männer zuwerfend, stürzte er zum Kopf von Gilles' Pferd, hielt ihn geschickt fest, so daß das Tier ihn nicht bewegen konnte, und begann auf seiner Stirn herumzureiben.
»Hallo!« protestierte der junge Mann. »Was treibst du da?«
»Ihr müßt ziemlich viel Regen in den Bergen gehabt haben. Das Vieh ist durchnäßt . . . und es färbt ab«, sagte er, seine Finger zeigend, deren Kuppen die Farbe von Schokolade angenommen hatten. Ohne das Tier loszulassen, wühlte er in seiner Tasche, zog einen farblosen Lappen heraus, der vielleicht einmal ein

Taschentuch gewesen war, spuckte hinein, fing von neuem an zu reiben und trat endlich zurück wie ein Maler, der nach Vollendung seines Werks Distanz braucht, um dessen Wirkung zu überprüfen. Sein Gesicht hellte sich auf.
»Zum Teufel!« rief er mit einem glücklichen Seufzer. »Die Pest soll mich holen, wenn das nicht ›Winner‹ ist, das Pferd des Rächers! Es ist zu schön!« Dann wandte er sich jäh seinen Männern zu. »He, ihr da! Nehmt mir diese zwei Schlauberger mit der goldenen Zunge beim Kragen! Wetten, daß sie zu der Bande dieses Hurensohns gehören? Wir werden miteinander zu reden haben.«
Trotz ihrer Proteste mußten Tim und Gilles, von der Übermacht bezwungen, absteigen und der zerlumpten Bande folgen, die sie ins Tal hinunter führte. Bald erreichten sie, was ihr Stützpunkt sein mußte, ein halb eingestürztes altes Haus am Ten Mile River, das einstmals wohl eine Mühle gewesen war. Man schleppte sie ins Innere, in den einzigen noch erhaltenen Raum, in dem sich ein ganzes Völkchen von Männern und Frauen jeden Alters und jeder Art versammelt hatte.
Sam Paulding ließ sich auf einem Faß nieder und schickte sich an, eine Art Tribunal abzuhalten, denn mehrere seiner Männer stellten sich, die Waffe bei Fuß, hinter ihm auf.
»Meine Herren«, erklärte er mit einem gebieterischen Blick in die Runde, »wir werden über diese beiden Verdächtigen zu urteilen haben, aber zuvor ziemt es sich, einige Fragen an sie zu richten, welchselbige zu beantworten wir ihnen wohlmeinend raten, wenn sie sich . . . und uns, die wir zivilisierte Leute sind, eine ganze Reihe äußerst unerfreulicher Maßnahmen ersparen wollen. Und die erste dieser Fragen ist: Wo befindet sich der Rächer?«
Das Pathos seines Tons und seiner Haltung brachte Gilles auf eine Idee. Offensichtlich hielt sich der gute Mann für eine Macht. Sich zu voller Größe aufrichtend, trat er auf ihn zu und verneigte sich mit der ganzen Höflichkeit und Ehrerbietung eines Botschafters, der sein Beglaubigungsschreiben überreicht.
»Ich fürchte, mein Herr, daß zwischen uns ein bedauerliches Mißverständnis herrscht. Ich habe wahrhaftig keinerlei Grund, Euch eine Auskunft zu verweigern, die zu fordern ich der erste wäre, denn dieser Rächer ist für mich ebenso ein Feind wie für Euch. Ich heiße Gilles Goëlo, ich bin Franzose und Privatsekretär Seiner Exzellenz des Generals Graf de Rochambeau, Chef

des Expeditionskorps, das Seine Allergnädigste Majestät König Ludwig XVI., von Gottes Gnaden König von Frankreich und Navarra, zur Unterstützung Eures Freiheitskampfes schickte. Und da wir in dieses Land als Freunde gekommen sind, denke ich, Monsieur Paulding, daß mein bester Schutz die Gastfreundschaft und Ritterlichkeit eines wahrhaften amerikanischen Gentlemans sind.«

Der »amerikanische Gentleman« errötete vor Freude und grüßte mit viel Würde den jungen Mann, der ruhig fortfuhr:

». . . Was diese Pferde angeht, die für Euch alte Bekannte zu sein scheinen, muß ich Euch in aller Offenheit gestehen, daß wir sie gestohlen haben, in den Bergen, bei einem gewissen Jakob van Baren, der sie in einer alten Kohlenmine verborgen hielt.«

Sam Paulding starrte ihn ehrlich verdutzt an.

»Van Baren? Pferde in einer alten Mine versteckt? Was ist das nun wieder für eine Geschichte? Der alte Jakob hat so hart auf seinem Land gearbeitet, daß er ganz krumm ist und nicht einmal imstande wäre, den Fuß zu heben, um den Steigbügel zu erreichen. Und was die Mine angeht, betritt er sie schon lange nicht mehr. Was sollte er wohl mit Pferden anfangen, der Arme?«

»Einen Augenblick!« unterbrach Tim und setzte, die übertriebene Höflichkeit seines Freundes nachahmend, hinzu: »Darf ich Euch bitten, Monsieur Paulding, uns liebenswürdigerweise zu sagen, ob es lange her ist, daß Ihr Jakob van Baren nicht mehr gesehen habt, und wie er aussieht?«

»Oh, er ist der strengste und frömmste aller Mennoniten, die ich kenne! Ein kleiner Greis, braun wie ein alter Apfel mit einem viereckig geschnittenen Kinnbart und langen Haaren, die im Nacken abgeschnitten sind. Er ist ernst wie die Bibel, die er alle Augenblicke zitiert, und er hat fast nur eine Schwäche: seine Frau Mariekje, eine alte, kleine Holländerin, rund und noch frisch, munter wie ein Lächeln und zweifellos die beste Hausfrau in der ganzen Grafschaft. Es müssen gut und gern sechs Monate her sein, daß ich sie nicht gesehen habe . . . Aber, Moment mal, nicht ich habe Fragen zu beantworten, sondern . . .«

»Nur eine einzige noch! Ist der Rächer nicht ein großer, magerer Mann, ein wenig wie ich gebaut, mit grauem, ins rötliche gehendem Haar und Augen von der Farbe des Granits?«

»Wenn du einer seiner Männer bist, solltest du wissen, daß das sein getreues Porträt ist«, spottete Sam Paulding. »Aber ich verstehe nicht . . .«

»Dafür verstehe ich«, schloß Tim ruhig. »Und jetzt werden wir auf die Frage antworten, die du vorhin gestellt hast: Wenn du den finden willst, den du suchst, geh zu Jakob van Baren und sieh dir den Mann an, der sich unter seinem Namen und in seinem Haus verborgen hält. Was das alte Ehepaar betrifft, das du uns beschrieben hast, such es im Stollen der Mine zur Linken und hundert Fuß vom Eingang entfernt. Dort hat der Rächer sie vergraben.«

Tiefes Schweigen folgte Tims Erklärung. Sam Paulding war bleich geworden, und um ihn herum funkelten aller Augen vor verhaltener Wut. Gilles sah seinen Freund empört an.

»Das hast du also im Bergwerk gesehen, als du die Laterne gelöscht hast? Warum hast du mir nichts davon gesagt?«

»Weil ich mir nicht ganz sicher war . . . und weil wir um jeden Preis fort mußten.«

»Ein Bandit? Ein Mörder! Und ihm haben wir die beiden unglücklichen Frauen überlassen!«

»Wir konnten nichts anderes tun.«

»Ich weiß, und ich werfe dir nichts vor. Aber nun wirst du General Washington allein aufsuchen.«

»Und du?«

»Ich?« Gilles wandte sich Paulding zu. »Gib mir mein Pferd zurück, gib mir Waffen, und ich schwöre dir, daß ich dir den Kopf deines Feindes bringen werde . . .«

»Ich kann ihn mir ganz gut selber holen«, sagte der andere finster. »Das ist ein Vergnügen, das ich keinem anderen überlasse. Aber ich fange an, eure Geschichte zu glauben. Erzählt mir, was bei van Baren passiert ist, und dann werden wir sehen.«

Gilles berichtete so genau und knapp wie nur möglich von den Ereignissen, die sie zusammen mit Sitapanoki und Gunilla in das kleine Bauernhaus des Mennoniten geführt hatten. Er erzählte freimütig alles, was sie dort gesehen hatten, was dort gesagt worden war, was sich dort ereignet hatte. Er beschrieb endlich, wie sie, um den von einer ernsten Gefahr bedrohten Washington warnen zu können, ihre Fluchtgefährtinnen hatten verlassen müssen. Sein Instinkt veranlaßte ihn, ohne daß er recht wußte, warum, das Spiel bis zum Ende zu spielen und dem Anführer der Skinner in gewisser Weise Vertrauen zu schenken. Es war etwas an ihm, das ihn von einem gewöhn-

lichen Banditen unterschied, und wäre es auch nur seine offene, klare Art, den Leuten in die Augen zu sehen.
Sam hörte ihm zu, ohne ein Wort zu sagen. Als es zu Ende war, schien er mit dem Blick die Leute um sich herum und auch die hinter den beiden Gefangenen, seine ganze Bande, zu befragen. Alle reagierten auf die gleiche Weise: mit einem stummen, zustimmenden Nicken. Darauf verließ Sam Paulding sein Faß und ging auf die beiden Burschen zu.
»Wo sollt Ihr Washington treffen?« fragte er.
»Wir dachten, ihn in Peekskill zu finden, wo wir ihn verlassen haben«, antwortete Gilles.
»Er ist nicht mehr dort. Er setzt seinen Vormarsch fort. Sein neues Hauptquartier befindet sich in Tappan, etwa zwanzig Meilen weiter südlich und auf dem rechten Ufer des Hudson, fast an der Grenze von New Jersey. Aber es kann sein, daß Ihr ihn dort nicht finden werdet. Ich habe sagen hören, daß er sich vorbereitet, nach Hartford in Connecticut zu gehen, um dort mit den Befehlshabern der französischen Armee, General Rochambeau und Admiral de Ternay, zusammenzutreffen und sich mit ihnen zu beraten.«
»Pest!« bewunderte Gilles. »Ihr seid gut unterrichtet!«
Paulding lächelte und wurde ein anderer Mensch.
»Dieses Land ist gespickt mit Spionen«, sagte er, »aber unser Nachrichtendienst ist nicht schlechter als der der Rotjacken. Und was Euch betrifft – wenn ich richtig verstanden habe, besteht wirklich größte Eile, daß Ihr den Virginier so schnell wie möglich erreicht.«
»Der Ausgang des Krieges kann davon abhängen«, sagte Tim ernst.
»Also könnt Ihr Euch nicht erlauben, quer durch das ganze Land hinter ihm herzulaufen, und er verändert seinen Standort mit der Geschwindigkeit eines Luftzugs . . . Ich muß einen Augenblick nachdenken. Währenddessen werden wir Bier trinken und einen Happen essen.«
»Wir sind nicht mehr Eure Gefangenen?« fragte Gilles.
»Wenn Männer für die gleiche Sache kämpfen, müssen sie einander erkennen und helfen. Sogar ein Skinner weiß das! Ihr geht, wohin Euer Auftrag Euch ruft. Ich werde meine Rechnung mit dem Rächer begleichen und mich um Eure Freundinnen kümmern.«
Ohne Zögern streckte Gilles ihm die Hand entgegen.
»Wie können wir Euch danken?«

»Indem Ihr meine Sache bei dem großen Häuptling verteidigt, wenn er von meiner ein wenig speziellen Art, Krieg zu führen, genug hat. Weder ich noch meine Leute möchten gern am Strick enden.«

»Bei allen Heiligen der Bretagne, ich schwör's!«

Die Hände trafen sich, umschlossen sich für einen Augenblick mit kräftigem Druck, der viel besser als Worte die Gefühle der beiden Männer zum Ausdruck brachte, während um sie herum das Beifallsklatschen der ganzen Bande ertönte. Tim schüttelte seinerseits Pauldings Hand, dann setzte man sich rund um ein geröstetes Wildschwein, das wie durch Zauberei erschien, und beratschlagte, während zwei der Skinner das Bierfaß anstachen, das kurz zuvor noch ihrem Anführer als Richterstuhl gedient hatte. Als der Tag sich neigte, verließen Gilles und Tim die Mühle am Ten Mile River, bis zum Ausgang des kleinen Tals von Sam Paulding und einem seiner Leutnants begleitet. Sie trugen Waffen: ein Karabiner für Tim, seine Lieblingswaffe, und ein Paar Pistolen für Gilles. Sie nahmen auch genaue Anweisungen mit, und natürlich hatten sie auch ihre Pferde zurückerhalten.

»Aber sie sind nur geliehen«, präzisierte Sam. »Ich bin schon zu lange auf Winner scharf. Wenn Ihr Euren Auftrag erfüllt habt, braucht Ihr nur meinen Bruder Ned zu suchen. Er führt wie ich eine Skinner-Bande, nur im Norden des White Plains, in der Gegend des Crotton River. Ihr gebt ihm die Pferde, und er wird schon wissen, wie er sie mir zukommen lassen wird. Viel Glück!«

Trotz seiner Landstreicher-Art hatte sich Sam Paulding als so guter Ratgeber erwiesen, daß seine beiden neuen Verbündeten nicht gezögert hatten, ihm den tieferen Grund ihrer Eile, Washington zu treffen, anzuvertrauen. Und da der genaue Ort, an dem der General sich befand, ihr größtes Problem war, hatte der Skinner ihnen das Haus eines seiner Vettern genannt, des Farmers Josué Smith, der in der Nähe von Tellers Point auf dem rechten Ufer des Hudson wohnte, nicht weit von der Festung West Point entfernt.

»Sucht Josué auf«, sagte er ihnen. »Es wird für Euch mehrfach von Vorteil sein. Erstens braucht Ihr nur immer geradeaus zu reiten, um fast bei Tellers Point herauszukommen, und dann ist mein Vetter zweifellos der bestunterrichtete Mann im Umkreis von hundert Meilen. Und endlich würde er es schnell riechen, wenn sich in West Point irgend etwas Verdächtiges tut, und könnte Euch nützlich dabei sein, den Schaden zu vermindern, und wenn er nur meinen Bruder Ned zu Hilfe riefe!«

Der Vorsehung dankbar, daß sie ihnen einen Wegelagerer und Plünderer namens Sam Paulding in den Weg geführt hatte, machten sich Gilles und Tim also von neuem auf, fest entschlossen, nur noch aus dem einen Grund anzuhalten, ihre Pferde verschnaufen zu lassen.

Achtundvierzig Stunden später konnten sie im letzten Glanz der untergehenden Sonne die weite Oberfläche des Hudson glitzern sehen, und dieser Anblick entlockte ihnen bei aller Müdigkeit einen tiefen Seufzer der Befriedigung, den Tim in Worte faßte:

»Wir sind nicht weit von Tellers Point. Bleibt nur, das Haus dieses Josué Smith zu finden. Ich hoffe, er hat ein Bett oder zur Not wenigstens einen Strohsack für uns.«

»Ein Bett? Und wenn er uns sagt, daß Washington sich hundert Meilen entfernt herumtreibt? Ich füge hinzu, daß wir dann zweifellos zu Fuß dorthin müßten, denn unsere Pferde würden es so weit kaum noch schaffen. Allerdings könnten wir uns auch andere stehlen«, ergänzte er völlig unbekümmert.

»Für einen einstigen angehenden Priester machst du wahrhaftig Fortschritte!« bemerkte Tim. »Aber vorwärts jetzt! Die Nacht kommt heute gewaltig schnell.«

Sie waren im Begriff, am Ufer entlang flußaufwärts zu reiten, als Gilles, der Tim folgte, plötzlich sein Pferd zügelte und leise seinem Freund zurief:

»Sieh doch! Was ist das?«

Es war ein Kriegsschiff, das mit reduzierten Segeln und in tiefstem Schweigen ebenfalls den Hudson stromaufwärts fuhr, ein erschreckendes Phantom, das dunkler noch als die tiefen Schatten der Dämmerung dahinglitt.

»Eine Korvette«, murmelte Gilles, »ein regelrechtes Linienschiff in Kleinformat. Sieh dir die schönen Kanonen auf dem Vorderdeck an. Füg noch die rund zwanzig hinzu, die sie schamhaft hinter den schweren Lidern ihrer Stückpforten verbirgt, und du hast einen Begriff davon, was sie anrichten kann. Was sucht sie hier?« fügte er hinzu, gegen das unangenehme Gefühl ankämpfend, das ihn beschlich.

»Früher«, sagte Tim langsam, »hat man diese Schiffe oft genug gesehen. Sie pendelten zwischen New York und den Forts am Lac Champlain, Ticonderoga und Pointe-Couronne, hin und her. Aber seit Beginn der Feindseligkeiten und vor allem, seitdem West Point seine neuen Befestigungen und die große Kette über den Fluß erhalten hat, ist kein englisches Schiff mehr hier gewesen.«

»Du glaubst, es ist ein englisches Schiff?«

»Ich bin ganz sicher. Auch wenn es hier ohne seine Fahne spazierenfährt, erkenne ich es doch wieder. Es ist die *Vautour*, das Schiff, das Sir Henry Clinton gewöhnlich für seine Inspektionsfahrten um New York benutzt.«

In Tims dumpfer Stimme schwang etwas Unheilkündendes mit. Im Schatten eines großen Baums am Wegrand stehend, beobachteten die beiden Freunde das elegante Schiff, von der gleichen Angst erfüllt, die keiner von ihnen auszusprechen wagte. Kamen sie etwa schon zu spät? Waren die Forts von West Point schon von ihrem unwürdigen Verteidiger übergeben worden? Wohin konnte die *Vautour* sonst unterwegs sein, wenn nicht nach West Point, selbst wenn man annahm, daß die Durchfahrt zum großen Lac Champlain schon weit offen war?

»Wir müssen es rauskriegen!« sagte Gilles tonlos. »Laß uns diesen Josué suchen oder gleich nach West Point reisen . . .«

»Einen Augenblick! Ich schlage vor, wir klettern zuerst zum Wasser hinunter, um bessere Übersicht über den Fluß zu haben. Wir müssen wissen, ob die *Vautour* allein ist, oder ob sie einer Flotte vorausfährt, in welchem Fall es das für West Point bestimmte Landungskorps sein könnte . . .«

»Oder, wenn die Festung schon gefallen ist, für die Rückeroberung Ticonderogas und Pointe-Couronne. Aber ich finde, daß das Schiff in diesem Fall recht diskret ist. Es scheint, als wollte es nicht gesehen werden.«

»Machen wir's ebenso, und vor allem kein Geräusch. Wasser trägt den Schall weiter und verstärkt ihn sogar noch.«

Nachdem sie ihre Pferde an den Baum gebunden hatten, der ihnen als Deckung diente, kletterten sie im Schutz der Büsche den kurzen Abhang hinunter und schlichen bis zum Ufer. Von dort, wo sie standen, konnten sie das Heck der Korvette sehen; kein Licht brannte, nicht einmal die Positionslampen. Auch die Flußbiegung stromabwärts konnten sie überblicken, und die Schlußfolgerung war eindeutig: Der Fluß war leer, die *Vautour* war wirklich allein . . .

Plötzlich schien das Schiff noch mehr mit der Dunkelheit zu verschmelzen: Die wenigen Segel waren mit einem Schlag

eingeholt worden. Gleichzeitig hallte das rasselnde Geräusch einer durch eine Klüse gleitenden Kette über das stille Wasser.
»Sie werfen Anker«, flüsterte Gilles.
»Still! Horch!«
Wie ein Echo auf das Ankergeräusch ließ sich ein zweites, leiseres hören: das zweier Ruder, die vorsichtig durch das Wasser gezogen wurden. Gleich darauf tauchten die Umrisse eines Bootes auf, das sich der Korvette näherte. Die Dunkelheit nahm von einem Augenblick zum anderen zu, doch zugleich gewöhnten sich die Augen an sie. Die Beobachter konnten sehen, wie das Boot anlegte, wie ein Mann sich in ihm aufrichtete, während vermittels einer Strickleiter eine andere, in einen Mantel gehüllte Gestalt vom Bord des Schiffes in den Kahn herunterstieg, der wieder ablegte und im Dunkeln verschwand. Das sich entfernende Geräusch der Ruder war noch eine Weile zu vernehmen, während auf der Korvette alles in Reglosigkeit und eine Stille zurücksank, die vom leisen Knirschen ihres Holzwerks kaum gestört wurde.
Gebückt wie zuvor zogen sich Gilles und Tim bis zu den Büschen zurück und richteten sich auf.
»Seltsam das Ganze! Sollten wir uns nicht ein bißchen um das Boot kümmern?«
»Eine gute Idee, aber zu Fuß, wenn wir nicht bemerkt werden wollen.«
Auf den Weg verzichtend, auf dem sie zu leicht hätten entdeckt werden können, folgten Tim und Gilles dem Flußlauf stromaufwärts so schnell, wie es die Vorsicht eben erlaubte. Sehr rasch hörten sie das Geräusch der Ruder wieder, und als das kleine Boot in Sicht kam, verlangsamten sie ihr Tempo und begnügten sich damit, auf gleicher Höhe zu bleiben.
Plötzlich hielt der Kahn auf das Ufer zu und verschwand. Im nächsten Augenblick wurde das Rudergeräusch durch Scharren von Holz auf steiniger Erde abgelöst.
»Offensichtlich sind sie am Ziel«, flüsterte Gilles. »Aber ich sehe nur noch eine dunkle Masse vor mir.«
»Es ist ein Tannenwald. Ich kenne diesen Ort: er heißt Long Clove. Wir folgen ihnen durch den Wald, aber sieh zu, daß sie dich nicht hören.«
Es war nicht das erstemal, daß Gilles die Leichtigkeit bewunderte, mit der der Waldläufer sich geräuschlos in einem Gehölz fortbewegen konnte, aber bei dieser Gelegenheit übertraf er

sich selbst. Seine mächtige Gestalt schien alle Schwere verloren zu haben, während er sich, ohne auch nur einen Zweig zu knicken oder mit trockenen Blättern zu rascheln, durch das dunkle Unterholz schob. Der Bretone bemühte sich, es ihm nachzutun, und es gelang ihm recht gut dank der indianischen Mokassins. Plötzlich hielt Tim an und tastete mit der Hand nach dem Arm seines Freundes: Ein Licht war einige Klafter von ihnen entfernt angezündet worden. Im Schein einer auf einem umgestürzten Baumstamm stehenden Laterne gewahrten sie drei Männer. Der eine, wie ein Bauer gekleidet, war sicherlich der Schiffer. Er war es, der die Laterne aufgestellt hatte. Nun zog er sich in die Finsternis zurück, um die beiden anderen allein zu lassen. Es waren beides Offiziere, wie die Uniformen unter ihren weiten schwarzen Mänteln deutlich zeigten, aber hier hörte die Ähnlichkeit auch schon auf, denn der eine war seiner Uniform nach Engländer, der andere Amerikaner. Der Engländer war blond, jung, charmant, mit hübschen Gesichtszügen und jenem hellen Blick, jener lächelnden Anmut, die Sympathie wecken und erhalten. Ganz anders war der Amerikaner, ein kleiner Mann in den Vierzigern, aufgeregt und nervös, der trotz eines steifen Beins nicht stillstehen konnte. Das gelbe Licht der Laterne hob sein Raubvogelprofil hervor und das Zucken, das in regelmäßigen Abständen sein mageres Gesicht verzerrte.
Neben sich hörte Gilles Tims erregte Atemzüge.
»Guter Gott!« stieß er hervor. »Der kleinere ist Benedict Arnold! Der Schuft . . .!«
Es hatte so ausgesehen, als sei der junge Thocker, von seinem glühenden Patriotismus getrieben, über die Vorstellung eines möglichen Verrats des Helden von Saratoga schon hinweggekommen, aber sein sichtlicher Schmerz belehrte Gilles, daß er es immer noch nicht ganz geglaubt hatte. Die nun erlangte Gewißheit mußte herzzerreißend für ihn sein.
»Dein Land ist groß«, flüsterte er. »Wie viele Helden für einen Verräter! Laß uns versuchen, ein bißchen näher heranzukommen. Man hört hier nichts.«
Ein Windstoß, der sich plötzlich erhob und heulend durch die Bäume wirbelte, erleichterte ihre Annäherung. So konnten sie feststellen, daß die beiden Männer noch nicht über Höflichkeitsfloskeln hinaus waren. Doch dann hob der Amerikaner, seinen Mantel um sich zusammenziehend, die Nase und schnupperte in die Luft.

»Wir werden Sturm bekommen. Besser wär's, wir hielten uns hier nicht ewig auf. Habt Ihr für Eure Rückkehr zum Schiff eine feste Zeit angegeben, Major?«
»Nein, General. Oberst Beverley, der mich erwartet, weiß, daß wir lange zu tun haben werden. Die ganze Nacht vielleicht.«
»Vorzüglich. In diesem Fall ist es unnütz hierzubleiben. Josué!«
Der Mann vom Boot erschien nach einem kurzen Moment. Im Licht ließ sich feststellen, daß er zwar wie ein Bauer gekleidet war, aber nicht so aussah. Es war ein Mann von energischem kühlem Äußeren mit klar gezeichneten Zügen.
»General?«
»Das Wetter verschlechtert sich, und wir haben langwierige und schwierige Fragen zu besprechen. Könnt Ihr uns ohne Gefahr für diese Nacht Gastfreundschaft gewähren? Euer Haus ist so nah.«
»Mein Haus ist bereit. Ich habe schon meine Anordnungen getroffen, da ich wußte, daß es eine schlechte Nacht werden würde. Alles schläft.«
»Bestens! In diesem Fall nehmt die Laterne und führt uns.«
Und sich dem englischen Offizier zuwendend, fügte Arnold hinzu: »Ihr könnt Josué Smith und seinem Haus völlig vertrauen, Major. Er ist ein absolut ehrlicher Mann, für den Gastfreundschaft eine heilige Pflicht ist.«
Der Engländer salutierte und lächelte liebenswürdig.
»Ich habe keine Sekunde daran gezweifelt, General, und ich bin gern bereit, Euch zu folgen.«
Die drei Männer setzten sich in Marsch, während mit dem wieder einsetzenden Wind die ersten Regentropfen fielen. Gilles und Tim ließen ihnen einen Vorsprung. Im übrigen mußten sie sich erst von dem erholen, was sie gehört hatten. Gilles dachte laut:
»Gibt es hier nur einen einzigen Josué Smith?«
»Sicher, und ich müßte begriffsstutzig sein, wenn mir nicht klar geworden wäre, daß Arnold nicht der einzige Schurke in dieser Gegend ist. Wir werden später sehen, was zu tun ist, aber im Moment müssen wir ihnen folgen.«
»Und versuchen, mehr herauszukriegen. Ich denke mir, daß das, worüber sie so lange reden müssen, der Plan der Übergabe von West Point sein könnte. In einer Weise ist es eine gute Sache: Es beweist, daß noch nichts geschehen ist, und daß wir rechtzeitig gekommen sind!«

Das gelbe Licht tanzte immer weiter voraus zwischen den Bäumen vor ihnen. Kaum aus dem Wald heraus, erlosch es plötzlich, und seine Verfolger konnten in der feuchten Dunkelheit einige Farmgebäude erkennen, niedrige Dächer hinter einer Hecke. Alles war völlig finster, doch als sie vor der Hecke anlangten, sahen sie, daß zwei Fenster im Erdgeschoß hell wurden.

»Da ist es«, flüsterte Tim. »Schleichen wir uns an und beten wir zu Gott, daß sich kein Hund herumtreibt.«

Ein einfaches Gatter, das die Rückseite des Haupthauses mit einem zum Fluß hinunterführenden kleinen Weg verband, unterbrach die Hecke. Die beiden Gefährten übersprangen es mit Leichtigkeit, ohne durch das geringste Geräusch ihre Gegenwart zu verraten, und blieben dann reglos stehen, ein Gebell erwartend, vielleicht einen Angriff.

»So ein Blödsinn!« murmelte Gilles endlich. »Wenn ein Hund da ist, hat Smith ihn einschließen müssen, um die Anwesenheit fremder Gäste nicht zu verraten.«

Tatsächlich erreichten sie die erleuchteten Fenster ohne Zwischenfall und konnten, zwischen darunter wachsenden Johannisbeersträuchern halb verborgen, beobachten, wie die beiden Offiziere ihre Mäntel ablegten und Smith sie ihnen abnahm.

Schaukelstühle waren auf jeder Seite eines großen Kamins bereitgestellt, in dem ein schönes Feuer brannte. Ein Kessel dampfte über einem eisernen Dreifuß, und auf einem Tisch vor dem Feuer war ein Tablett mit Zinnbechern, einer wunderlichen Flasche von ehrwürdigem Aussehen, einem Zuckernapf sowie einigen Gefäßen mit Gewürzen zu sehen. Ein bißchen weiter entfernt stand ein Tisch mit einer Lampe, die Josué Smith anzündete, und allem, was man zum Schreiben brauchte. Arnold legte eine weiße Rolle darauf, zweifellos eine Landkarte. Während die beiden Offiziere sich niederließen, bereitete Smith, auch bei dieser Beschäftigung ganz kühle Würde, dampfenden Grog und verschwand sodann nach einem leichten Gruß mit der Diskretion eines guten Dieners, die Tür leise hinter sich zuziehend.

»Tja«, meinte Tim, »jetzt können wir sie uns ansehen, soviel wir wollen, und dabei bis auf die Haut naß werden, aber wir werden dadurch auch nicht mehr erfahren. Wir müßten eine Fensterscheibe einschlagen . . .«

»Ich habe vielleicht eine Idee«, sagte Gilles. Ohne Tims Antwort abzuwarten, verschwand er in der Nacht und ließ den

Freund zwischen den Johannisbeersträuchern innerlich aus vollem Herzen fluchend zurück. Das friedlich-gemütliche Bild des Verräters, der bequem mit seinem Komplicen vor einem Feuer saß und alten, dampfenden Rum schlürfte, während auf ihn in seinem Strauchversteck alle Wasser des Himmels herunterpladderten, war für seine gute amerikanische Seele einfach unerträglich. Aber er vertraute dem Erfindungsgeist seines Gefährten und nahm seine Lage geduldig hin.

Nach einer Weile trübte sich das schöne, friedliche Bild in der Tat ein wenig. Das Feuer brannte nicht mehr normal, sondern begann zu qualmen, erst ein wenig, dann immer stärker und stärker. Schwärzlicher Rauch verbreitete sich im Zimmer, die beiden Männer begannen zu husten, und Tim hatte gerade noch Zeit, in seinen Johannisbeeren unterzutauchen, als General Arnold zum Fenster stürzte und Anstalten traf, es hochzuschieben.

»Das ist nicht zu ertragen!« verstand Tim. »Ich rufe Smith!«

»Tut nichts dergleichen!« ließ sich die erstickte Stimme des jungen Engländers vernehmen. »Der Grund dafür ist sicherlich dieses abscheuliche Wetter. Es regnet vermutlich in den Schornstein. Laßt das Fenster ein wenig offen und uns allein bleiben, sonst riskieren wir, viel Zeit zu vertrödeln. Was macht es schon, wenn es ein bißchen weniger warm ist! Kommen wir zu unserer Angelegenheit . . . Die britische Regierung, vertreten durch Sir Henry Clinton, ist bereit, sich für Eure Rückkehr zu gesunden Ansichten durch Verleihung des Ranges eines Generalmajors der Armee sowie die einmalige Zahlung einer Summe von dreißigtausend Pfund Sterling erkenntlich zu zeigen. Natürlich wird die *Vautour* in der Nähe bleiben, um Euch und Mrs. Arnold nach New York zu bringen, sobald die Dinge geregelt sind. Sie hat einen ausgezeichneten Ankerplatz gefunden, wo wir übrigens schon die vergangene Nacht zugebracht haben, als wir Euer Signal erwarteten . . .«

In diesem Moment stieß Gilles, noch durchnäßter als zuvor, wieder zu seinem Freund in den Johannisbeeren. Er triefte, schien aber durchaus fröhlich.

»Na?« flüsterte er und wies auf den Kamin, der noch immer scheußlich qualmte. »Was sagst du dazu?«

»Wie hast du das gemacht. Hast du Wasser hineingeschüttet?«

»Nein. Ich habe nur eine Steinplatte auf den Schornstein gelegt. Es wird so lange qualmen, bis Smith aufs Dach klettert, um zu sehen, was da los ist . . . Ist es interessant?«

»Mehr als du glaubst. Hör zu . . .«

Drinnen waren die beiden Männer dabei, mit einiger Schärfe über den Preis zu verhandeln. Arnold hielt die dreißigtausend Pfund für unzureichend in Anbetracht des gewaltigen Vorteils, den er den Engländern durch Auslieferung der Verteidigungspläne der Festung sowie einer Aufstellung der Anzahl der Soldaten und Kanonen einschließlich der nicht mehr einsatzfähigen zukommen ließe.

»Ich kann Euch sogar«, fügte er hinzu, »den Text der letzten Rede Washingtons beim Kriegsrat am 6. des Monats geben und einen Überblick über die allgemeine Lage unserer Truppen.«

Tim drehte sich mit jäh aufsteigender Übelkeit um und erbrach sich. Leichenblaß und mit schweißbedeckter Stirn, konnte Gilles seinen Blick nicht von diesem Mann losreißen, der im Begriff war, für Geld seine Brüder, seine Freunde und die Erde seines Heimatlandes zu verraten, das nur eine Schuld traf: selbständig und keine Kolonie mehr sein zu wollen. Doch im Zimmer erhob sich die unvermittelt eisig gewordene Stimme des jungen Majors.

»Mein Herr«, sagte er, »uns ist nicht unbekannt, daß General Washington vor kurzer Zeit einen bedeutenden Betrag in Gold, der mit den Schiffen des Herrn Chevalier de Ternay aus Frankreich eingetroffen ist, in Eure Gewölbe hat bringen lassen. England wird Euch nicht daran hindern, soviel davon mitzunehmen, wie Ihr fortschaffen könnt: Die Kielräume der *Vautour* sind groß, und sie sind leer. Aber ich bin nicht befugt, die Euch gewährten Bedingungen zu diskutieren. Das wär's . . . oder ich muß Euch verlassen, und wir müssen die Angelegenheit auf später verschieben.«

Vor dem rötlich-rauchigen Hintergrund des Kamins hob sich das habgierige Profil Arnolds unheimlich ab, während er mit gerunzelter Stirn und auf dem Rücken zusammengelegten Händen nachdachte. Gilles spürte, daß Tim ihn nach hinten zog, verließ sehr vorsichtig die Deckung seines Strauches und tauchte in das noch dichtere Dunkel unter einem alten Apfelbaum, der am Eingang des Gemüsegartens stand. Die bisher nur vom Prasseln des Regens erfüllte Stille der Nacht wurde durch ein weiteres Geräusch gestört: durch Musketenschüsse in der Ferne und, weiter entfernt noch, das dumpfe Echo von Kanonen.

»Was ist das?« flüsterte Gilles.

»Die englischen und amerikanischen Linien laufen in dieser Gegend ziemlich durcheinander. Zwischen hier und New York gibt es kaum einen Punkt, wo nicht gelegentlich aufeinander geschossen wird. Aber deshalb habe ich dich nicht weggeholt. Ich muß mit dir sprechen. Hör zu! Du gehst zum Fenster zurück und bleibst dort, solange diese höllische Unterhaltung dauert. Sobald sie zu Ende ist oder wenn der Tag beginnt, kommst du zurück und triffst mich da, wo wir die Pferde gelassen haben.«

»Und du?«

»Jetzt bin ich an der Reihe, eine Idee zu haben! Und da wir alles über diesen Teufel Arnold wissen müssen, müssen wir uns eben trennen. Bis gleich.«

Völlig lautlos verschwand Tim in der Finsternis, während Gilles zu seinem Beobachtungsposten zurückkehrte. Er blieb Stunden dort und lauschte mit gespannter Aufmerksamkeit. Arnold und der Engländer hatten das Feuer ausgehen lassen. Es war kein Rauch mehr im Zimmer, aber sie waren so mit der Aufstellung ihres Plans beschäftigt, daß sie nicht daran dachten, das Fenster wieder zu schließen. Von seinem Platz aus konnte Gilles sehen, wie sich beide über die aufgerollte große Karte beugten, Wegen folgten und sich Notizen machten. Aus Arnolds Gesicht leuchtete eine erschreckende Intelligenz, die den jungen Bretonen zwischen Ekel und Bewunderung schwanken ließ. Der Verräter hatte das Zeug zu einem großen Mann und zog es dennoch vor, sich verächtlich zu machen, seinen Ruhm für ein Leben in Luxus zu zerstören. Er setzte eine Art von Verbissenheit ein und bemerkte nicht einmal die von verächtlicher Trauer erfüllten Blicke, mit denen ihn sein Gesprächspartner zuweilen streifte. Der kleine britische Major hatte offenbar von der Ehre eines Soldaten eine völlig andere Vorstellung . . .

Ein asthmatischer Hahn meldete sich in der Nachbarschaft und weckte den Kollegen im Hühnerstall von Smith, der sich beeilte, ein triumphierendes »Kikeriki« ertönen zu lassen. Als Echo dröhnte ganz in der Nähe ein Kanonenschuß, der die über die Karte gebeugten Männer jäh hochfahren ließ. Dann ein zweiter . . .

»Wer hat geschossen?« fragte der Engländer. »Und auf wen?«

»Ich weiß es nicht. Ich wußte nicht einmal, daß es in dieser Richtung Kanonen gibt.«

Genau in dieser Minute erschien Josué Smith von neuem. Sein Blick umfaßte das kalte Zimmer, das erloschene Feuer, das offene Fenster . . .
»Die Nacht war so milde«, lächelte der junge Engländer. »Wir wollten sie ganz genießen.«
»Euer verdammter Kamin hat angefangen, wie hundert Indianerhäuptlinge zu qualmen!« knurrte Arnold.
Gilles benutzte Josués Eintritt, um seine Johannisbeeren endgültig zu verlassen. Der Tag kam, und er riskierte, entdeckt zu werden. An den Sträuchern entlangstreifend, erreichte er das Gatter, übersprang es trotz seiner durch die Bewegungslosigkeit ein wenig steif gewordenen Muskeln mit einem Satz, kehrte aber hinter der umfriedenden Hecke wieder bis zur Höhe des Fensters zurück. Josué Smith stand dort mit seinem Fernrohr, von den beiden Offizieren flankiert. Seinen Ausruf konnte Gilles mühelos verstehen.
»Die *Vautour!* Auf sie wird geschossen!«
»Wer? Aber wer?« brüllte Arnold außer sich, alle Vorsicht vergessend.
»Die einzige Kanone zwischen hier und West Point ist die in der Stellung Oberst Lambs! Aber sie ist zu weit entfernt«, bemerkte Smith. »Die Schüsse könnten nur von Hauptmann Levingston kommen . . . der keine Kanone hat! Mein Gott! Das Schiff lichtet den Anker . . . es legt ab . . .«
Die Morgenbrise, die dem nächtlichen Sturm gefolgt war, trug das Lachen des Engländers herüber und seine ruhige Stimme:
»Und man vergißt mich! Wenn ich die Dinge richtig sehe, werde ich zu Fuß nach New York zurückkehren müssen.«
»Ich werde ein Pferd für Euch finden, mein Herr, und Euch selbst führen, wenn es sein muß!« versicherte Josué Smith. »Man soll nicht sagen, daß ein feindlicher Parlamentär zu mir gekommen sei, ohne daß ich für seine Rückkehr gesorgt hätte. Das geht gegen meine Ehre!«
Das Fenster wurde endlich geschlossen, und Gilles hörte nichts mehr. Doch die letzten Worte des Farmers hatten ihm zu denken gegeben. Er hatte gesagt »ein feindlicher Parlamentär«. Konnte es sein, daß er kein Komplice Arnolds war, wenigstens kein bewußter? War es möglich, daß er von diesem hinkenden Teufel mißbraucht wurde? Hatte man ihm Waffenstillstandsverhandlungen vorgespiegelt angesichts der sich ankündigenden schlechten Jahreszeit, die alle Operationen sehr viel

schwieriger machen würde?
Der Galopp eines berittenen Trupps unterbrach die Überlegungen des Bretonen, der sich so gut er konnte unter die Hecke duckte: Eine Rotte amerikanischer Kavallerie, von einem Offizier kommandiert, kam den Weg hinter Smith's Haus daher und hielt dort geräuschvoll an. Nur der Offizier stieg ab, betrat das Haus und erschien einen Augenblick später wieder in Begleitung General Arnolds, für den man ein Pferd mitgeführt hatte. Den Fuß im Steigbügel, wandte sich Arnold noch einmal Smith zu.
»Auf bald, Smith«, sagte er vielleicht ein wenig zu laut. »Tut nichts, ohne daß Ihr Befehl dazu erhalten habt. Versteht Ihr? Nichts!«
»Verstanden, General! Ich warte.«
Gilles fand, es sei höchste Zeit für ihn, Tim zu treffen und ihn zu informieren. Die letzten Worte des Verräters waren klar; der Engländer würde im Smith'schen Haus versteckt gehalten werden, bis man ihm die Möglichkeit verschaffen konnte, seine Linien wieder zu erreichen. Im übrigen würde es äußerst schwierig für ihn sein, in seiner roten Uniform am hellen Tage mitten durch die amerikanischen Stellungen zu kommen.
Im Schutz der Hecke schlich Gilles bis zum Fluß hinunter, sich die durch den stürmischen Aufbruch Arnolds gewährte Ablenkung zunutze machend. Dann legte er laufend die Strecke bis zu dem Baum zurück, an dem die Pferde zurückgelassen worden waren. Er fand Tim damit beschäftigt, die schon gefütterten Tiere tüchtig abzureiben. Offenbar hatten sie die regnerische Nacht nicht übelgenommen. Der Amerikaner schien ausgezeichneter Stimmung und pfiff bei der Arbeit vor sich hin. Er begrüßte seinen Freund mit einem munteren »Guten Morgen!«, als seien sie nach einer Nacht erholsamer Ruhe gerade erst aus einem guten Bett aufgestanden.
»Wie wär's, wenn du mir die Geschichte von der Kanone erzähltest?« sagte der Bretone säuerlich. »Das scheint mir verdammt interessant!«
Tims Lächeln verbreiterte sich so sehr, daß es sein Gesicht zu sprengen drohte.
»Ein guter Streich, was? Ich wußte, daß Oberst Lamb in seiner Stellung weiter flußaufwärts über eine hübsche, kleine Kanone verfügt, leicht genug zum Transportieren. Ich hab' ihn überredet, sie dem Kommandanten des kleinen Stützpunkts da oben zu leihen, einem gewissen Hauptmann Levingston. Es ging

nicht ohne Schwierigkeiten ab; Lamb hängt an seiner Kanone wie an einer Familienerinnerung. Levingston mußte schwören, sie vor Mittag zurückzugeben, weil schließlich eine Inspektion immer möglich ist. Aber du siehst, das Ding hat gute Arbeit geleistet: Die *Vautour* hat sich davongemacht. Und nun zu dir. Wie sieht es aus?«

In einigen Sätzen erzählte Gilles den Verlauf der Nacht, berichtete von den Ergebnissen des Kanonendonners und fuhr dann, vor Kampfeseifer glühend, fort:

»Arnold ist wieder weg! Der Engländer ist allein bei Smith. Warum nehmen wir ihn nicht gefangen und schaffen ihn zu General Washington?«

»Das wäre vielleicht möglich, wenn Smith wirklich ein Verräter wäre, aber nach allem, was du mir gesagt hast, meine ich ernstlich, daß er der Sache der Unabhängigkeit einen guten Dienst zu erweisen glaubte, als er die Zusammenkunft des englischen Parlamentärs mit dem großen Chef von West Point zuließ. Er würde es nicht verstehen, und uns würde niemand helfen, weder die Leute von West Point noch die Levingstons. Soll ich dir sagen, was passieren würde?«

»Bemüh dich nicht, ich habe verstanden. Sie würden uns für Spione halten oder für Narren und uns kurzerhand hängen . . .«

». . . aus dem ausgezeichneten Grund, weil wir ohne Umschweife zu Arnold selbst geführt werden würden. Wir müssen uns schon was anderes einfallen lassen. Vergiß nicht, daß wir Straßenräubern ähnlicher sehen als ehrlichen, tapferen Soldaten einer gerechten Sache. Wir müssen diesen hübschen, kleinen englischen Major erwischen, aber außerhalb des Einflußgebiets von Arnold. Nur so können wir ihn zu Washington bringen, und dort haben wir dann wenigstens ein besseres Beweismittel als ein vages Indianermärchen.«

»Das hört sich unglaublich einfach an«, sagte Gilles ironisch.

»Wr müssen's nur noch ausführen. Und was tun wir jetzt?«

»Die Pferde sind bereit. Wir werden einen Happen essen – der gute Levingston, dem ich schon den Hafer für die Pferde verdanke, hatte Mitleid mit meiner Hungermiene und hat mir einen handfesten Imbiß mitgegeben. Hinterher machen wir uns auf.«

»Wohin? Wär's nicht besser, wenn wir weiter das Haus von Smith beobachteten? Angenommen, er bringt diese Nacht den Engländer mit seinem Boot über den Fluß?«

»Unmöglich! Der Major müßte hinterher durch Peekskill und unsere Linien. Wenn er heil die englischen Vorposten von White Plains erreichen will, muß er auf dieser Seite flußabwärts bis nach Kings Ferry; nur dort kann er übersetzen. Wahrscheinlich wird er verkleidet sein, aber du hast ihn heute lange genug gesehen und wirst ihn doch sicher wiedererkennen?«

»Ganz bestimmt! Sogar wenn er sich als Waldläufer oder Geistlicher verkleiden würde.«

»Also schön! . . . Statt zu riskieren, hier gefaßt zu werden, reiten wir ihm nach Kings Ferry voraus und erwarten ihn in aller Ruhe auf der anderen Seite des Flusses.«

Tims Zuversicht war ansteckend, doch Gilles gelang es nicht ganz, sie zu teilen. Das Gefühl des Unbehagens, das sich bei ihm in der Folge so oft einstellen sollte, und das er als eine Art sechsten Sinn zu erkennen gelernt hatte, wollte nicht weichen. Wer konnte sicher sein, daß Arnold, dessen Intelligenz offensichtlich war, nicht ein anderes Mittel finden würde, seinem Komplicen zur Rückkehr zu verhelfen, und sei es, indem er ihm eine amerikanische Uniform verschaffte, die es ihm gestatten würde, in aller Ruhe die amerikanischen Linien zu passieren, während seine Verfolger ihn vergeblich bei Kings Ferry erwarteten?

Gewiß, Tim Thocker schätzte es nicht sehr, seine Ideen von seinem Freund kritisiert zu sehen, aber das Risiko erschien dem Bretonen zu groß, und er bekannte daher seine Zweifel ohne lange Umschweife. Zu seiner großen Überraschung fand Tim seine Einwände sofort berechtigt.

»Bei diesem Teufel von einem Mann ist alles möglich! In diesem Fall gibt es nur einen Ort, wo wir den Engländer erwarten können, denn auf seinem Rückweg muß er da vorbei: die Furt vom Crotton River. Wenn wir ihn bei Kings Ferry verfehlen, kriegen wir ihn da unten! Und jetzt genug geredet und los!«

Statt jeder Antwort schwang sich Gilles auf sein Pferd.

Der Regen setzte wieder ein, noch bevor sie den Übergang erreicht hatten, und peitschte sie, als hätte er besondere Gründe, auf sie böse zu sein. Die schweren Wolken dieses grauen Tages, die sich von einem Ende des Tals zum anderen wälzten, schütteten eine eisige Sintflut auf sie herab, vor der kein Kleidungsstück schützen konnte. Der ohnehin schon hohe Wasserstand des quecksilberfarbenen Flusses

schwoll beunruhigend weiter an.
»Ich frage mich, ob es mir je gelingen wird, wieder trocken zu werden«, murmelte Gilles zwischen den Zähnen. »Mir kommt's vor, als würde ich ein Fisch.«
Unter den Platzregen geduckt, galoppierten die beiden Reiter am Fuß der bewaldeten Hügel des Tals entlang, und schon nach kurzem spürten sie weder ihre Müdigkeit noch Kälte und Nässe. Ein einziger Gedanke regierte unerbittlich ihre Muskeln und ihre Reflexe: den englischen Unterhändler abzufangen und Washington die Beweise für Arnolds Verrat zu bringen, die schriftlichen Beweise, die Gilles den Major mit eigenen Augen hatte in Empfang nehmen sehen. Und dieses Ziel mußten sie erreichen, koste es, was es wolle und wie groß auch immer die etwaigen Hindernisse sein mochten . . .
Das erste erschien bei Kings Ferry in Gestalt zweier bewaffneter Milizsoldaten, erkennbar an dem Tannenzweig, den sie auf ihren verbeulten Dreispitzen trugen: Auf höheren Befehl führe die Fähre nicht! Es sollte damit verhindert werden, daß auf sie geschossen würde, falls englische Schiffe versuchen sollten, den Fluß in Richtung West Point hinaufzufahren.
Wütend öffnete Tim schon den Mund, um zu protestieren, doch ein scharfer Blick von Gilles ließ ihn schweigen, während der Bretone gutgelaunt erklärte:
»Also gut, warten wir! Wenn wir nicht fahren können, trösten wir uns mit dem Gedanken, daß es auch niemand anders kann! Und ich sehe dort ein Gasthaus . . .«
»Bist du verrückt?« brummte Tim. »Man bezahlt in Gasthäusern, und wir haben nicht einen Sou!«
»Stimmt! Keinen Sou . . . aber doch einige Dollars, die wir der verständnisvollen Einsicht unseres Freundes Sam Paulding verdanken. Er hat sie mir so diskret gegeben, daß ich vergaß, dir davon zu erzählen. Wohlverstanden handelt sich's nur um einen Pump.«
»Er hat dir Geld gegeben? Ich hätte ihn nie für so großzügig gehalten!« sagte Tim verdutzt.
»Ich auch nicht«, erwiderte Gilles und begann zu lachen. »Aber ich hatte bemerkt, daß eine seiner Taschen verdächtige metallische Töne von sich gab . . . und daß sie einladend ausgebeult war. Wir geben es ihm später wieder, wenn Gott uns das Leben läßt.«
Tims Augen waren ebenso rund wie die so wundersam aus dem durchnäßten Rock seines Freundes aufgetauchten Münzen.
»Das ist ein Ding!« rief er bewundernd. »Ich hätte nie geglaubt,

daß ein einstiger angehender Pfarrer so geschickt die Taschen eines Banditen filzen könnte!«

»Wenn du wüßtest, wozu man in meiner Familie vor einigen Jahrhunderten fähig war, wärst du bestimmt nicht mehr überrascht. Und es war nicht immer eine Frage von Leben oder Tod«, versicherte der letzte Nachkomme der Herren von Hunaudaye nicht ohne Befriedigung. »Na, gehen wir in den Gasthof?«

»Lieber zweimal als einmal . . .«

Nicht viel später sahen die beiden Burschen ihre auf die Feuerböcke der Gaststube gelegten Füße dampfen, während sie einen heißen Grog schlürften, dem eine kräftige Zwiebelsuppe folgen sollte. Gilles hatte sich so gesetzt, daß er mit einem Auge die Straße und die Landungsbrücke der Fähre beobachten konnte.

»Du solltest ein bißchen schlafen«, sagte Tim, als die Suppe gegessen war. »Es würde mich wundern, wenn sie vor heute abend kämen, und ich fühle mich zu einem Nickerchen aufgelegt.«

»Ich nicht. Schlaf, wenn du willst. Ich wecke dich, wenn ich etwas sehe.«

»Du wirst heute abend todmüde sein.«

»Dann schlafe ich im Sattel, und du führst mich. Wer sagt übrigens, daß wir heute wieder losziehen?«

An den Kamin gelehnt, der Körper träge durch die Wärme, aber mit hellwachem Geist und auf der Lauer liegenden Augen ließ Gilles die Zeit verrinnen, trank viele Tassen Tee, wechselte zuweilen einige Worte mit dem einen oder anderen Milizsoldaten, der hereinkam, um sich aufzuwärmen, oder mit der Wirtin des Gasthofs, einer kleinen, mageren Frau, die, ganz in Schwarz gekleidet, wie es sich für eine Witwe schickte, mit hüpfenden Schrittchen ihren Obliegenheiten nachging, und deren glänzende Augen offensichtliches Interesse für das männliche Geschlecht im allgemeinen verrieten.

Der große blonde Bursche, der seine ärmliche Kleidung mit soviel ungenierter Eleganz trug, zog sie vielleicht besonders wegen seiner hellblauen Augen an, die in seinem fast indianisch gebräunten Gesicht unglaublich leuchteten. Sie kam immer häufiger zu ihm, und das zum großen Verdruß des jungen Mannes, denn jedesmal schob sich ihr schwarzes Kleid zwischen ihn und das Fenster, das er beobachtete.

Nach der Schilderung des Heldentodes des seligen Sullivan,

ihres bedauernswerten Gatten, bei Monmouth Courthouse, hatte sie eben den Bericht ihrer Verlobung unter den blühenden Apfelbäumen von Northcastle in Angriff genommen, als ein unerklärlicher Impuls Gilles zum Aufstehen veranlaßte.
»Entschuldigt mich!« sagte er, sich dem Fenster nähernd, durch dessen Scheibe er spähte, während sein Herzschlag sich beschleunigte: Zwei Reiter hatten bei der Fähre angehalten und verhandelten mit den Milizsoldaten.
Beide trugen sie die gleichen braunen Anzüge mit silbernen Knöpfen unter langen dunklen Mänteln, aber die Gesichter unter den Dreispitzen waren die, auf die der Bretone so hartnäckig gelauert hatte: Josué Smith und der englische Major als gute amerikanische Bürger verkleidet.
Die Verhandlungen dauerten eine Weile. Doch plötzlich sah Gilles, wie der Engländer ein weißes Papier unter seinem Mantel hervorholte und es dem Milizsoldaten reichte, der es mit gelangweilter Miene entgegennahm, las und dann mit ergebenem Achselzucken zur Hütte des Fährmanns ging, während die beiden Reiter ihre Pferde zur Fähre hinunterführten und einstiegen. Fluchend stürzte sich Gilles auf Tim, riß ihn mehr von seiner Bank, als ihn zu wecken, und zerrte ihn hastig zum Fenster.
»Sieh dir das an! . . . Sie haben es geschafft durchzukommen!«
Tims noch vom Schlaf benebelte Augen wurden augenblicklich klar, während er eine Breitseite von Flüchen losließ, die seinen geistlichen Vater hätten erblassen lassen, worauf er zur Tür stürzte, die er in seinem Schwung beinah aus den Angeln riß, und, Gilles auf den Fersen, zum Milizposten galoppierte. Aber so schnell die beiden Burschen auch gewesen waren, sie kamen doch zu spät: Die Fähre hatte vom Ufer abgelegt und glitt in die Strömung hinaus.
»Was soll das heißen?« brüllte Tim außer sich. »Seit Stunden sitzen wir in der Herberge fest, weil Eure dämliche Fähre angeblich ›auf höheren Befehl‹ nicht fährt! Wollt Ihr mir dann erklären, was sie in diesem Augenblick zum alleinigen Nutzen dieser beiden Typen da macht?«
Der Milizsoldat hob phlegmatisch die Schultern, zog seine Pfeife aus der Tasche und begann sie ohne Übereilung zu stopfen.
»Keine Möglichkeit, sie zurückzuweisen, mein Freund! Die beiden hatten einen noch höheren Befehl: einen Passierschein,

von General Arnold persönlich unterschrieben! Es brächte nichts Gutes, dem etwas zu verweigern. Und es nützt gar nichts, Euch so in Wut zu versetzen«, fügte er hinzu, während Tims Gebrüll einen kaum noch erträglichen Gipfel erklomm.
Zum Ausgleich begann Gilles zu lachen.
»Der Mann hat recht, Tim. Es nützt nichts. Sogar in einer Demokratie gibt's ungerechte Bevorzugungen. Ist ja auch egal«, fügte er hinzu, sich wieder dem Milizmann zuwendend. »Das müssen ja mindestens Herren vom Kongreß sein, wenn sie solche Passierscheine haben. Wißt Ihr, wohin sie wollen?«
Glücklich über die unerwartete Hilfe, lächelte der Mann Gilles breit zu und spuckte dann majestätisch auf den Boden.
»Vom Kongreß? Denkt Ihr! Der eine war Josué Smith, ein großer Farmer hier aus der Gegend, der andere sein Vetter aus Albany. Sie werden zwei Meilen von hier in Long Grove von Pendleton, dem Schwager von Smith, erwartet . . . Sieht ganz so aus, als wär's was Ernstes!«
Der Milizsoldat entfernte sich und ließ die beiden Freunde angesichts des Flusses zurück, der sich über sie lustig zu machen schien. Die Fähre war schon beinah am anderen Ufer angelangt.
»Wir müssen hinüber!« knurrte Tim zwischen den Zähnen.
»Ohne die Fähre ist es mit den Pferden unmöglich. Ich sehe nur eine Lösung.«
»Welche?«
»Warten, bis die Nacht weit genug vorgeschritten und niemand mehr wach ist, dann die Fähre stehlen.«
»Unter der Bedingung, daß sie zurückkommt, was ich nicht glaube, weil der Fährmann drüben wohnt. Er muß entzückt gewesen sein, daß man ihn ›zwang‹, nach Hause zu fahren!«
Die Ruhe begann Gilles zu verlassen.
»Dann müssen wir weiter und eine andere Fähre finden! Hast du mir nicht von einer Furt erzählt, die der Engländer passieren muß? Wichtig ist, daß wir vor ihm da sind . . .«
»Von hier an wird der Fluß beträchtlich breiter. Wir müßten bis nach Tappan hinunter, die Fähre von Dobbs Ferry nehmen und drüben wieder flußaufwärts bis zum Crotton River.«
Die Rückkehr in den Gasthof fand in mürrischer Stimmung statt trotz des entzückten Lächelns Mrs. Sullivans, die einen Moment gefürchtet hatte, der »schöne junge Mann« könne unfeinerweise ohne zu zahlen verschwunden sein.

»Das Abendessen wird in einem Augenblick fertig sein«, verkündete sie ihnen heiter. »Ohne mich rühmen zu wollen, denke ich doch, daß Ihr damit zufrieden sein werdet. Und danach wird man Euch ein gutes Zimmer herrichten. Mein Haus ist bescheiden, aber meinen Zimmern fehlt es an nichts . . . Es sei denn, daß die Herren es eilig haben, ihre Reise fortzusetzen, und gleich nach dem Essen über den Fluß wollen.«

»Wir sind in der Tat sehr in Eile«, entgegnete Gilles, »aber es ist nicht nett, daß Ihr Euch über uns lustig macht, Madame. Ihr wißt sehr wohl, daß niemand heute nacht über den Fluß kommen wird.«

»Ich mache mich nicht über Euch lustig! Ich weiß, daß Ihr in Eile seid: Ihr habt den Tag damit verbracht, die Fähre zu beobachten, und als sie mit anderen Leuten abfuhr, seid Ihr wie Rasende zur Brücke gestürzt! Nichts hindert Euch, trotzdem hinüberzufahren: Ich habe ein Boot.«

Sie nahm Zinnteller aus einem Geschirrschrank und stellte sie auf einen runden Tisch. Gilles stieß einen betrübten Seufzer aus: »Ein Boot genügt nicht, um Pferde überzusetzen, und wir können uns nicht von ihnen trennen.«

Die Wirtin lachte.

»Was die Pferde angeht, kann ich Euch sagen, daß ich nicht nur ein Boot, sondern auch einen Sohn habe, der Hufschmied ist und im Dorf auf der anderen Seite des Flusses Pferde vermietet. Ihr braucht mir nur Eure Tiere hierzulassen, und ich schreibe Euch dafür ein Wort an Nat, der Euch andere, ganz frische geben wird. Ihr bringt sie ihm wieder, wenn Ihr Eure bei mir abholt . . . Oh! . . . Oh! . . . Junger Mann! . . . Welche Kühnheit!«

Begeistert hatte Gilles die Witwe in seine Arme genommen und ihr mit einer Dankbarkeit, die weit echter war als die Proteste seines Opfers, zwei schnalzende Küsse auf die Wangen gedrückt. Mit einem Schlage zehn Jahre jünger geworden, stürzte die Wirtin mit fliegenden Röcken in ihre Speisekammer, um ihr bestes Eingemachtes zu holen.

Am Tisch sitzend, beide Ellbogen auf die Platte gestützt, betrachtete Tim bewundernd seinen Freund.

»Manchmal macht's einem reichlich Ärger, wenn man den Frauen gefällt, aber ich muß gestehen, daß es Augenblicke gibt, wo es verdammt nützlich ist!«

Das Gasthaus beherbergte an diesem Abend keine anderen

Reisenden, so daß das Abendessen, anmutig von Mrs. Sullivan präsidiert, ungestört und fröhlich vor sich ging. Man bekam das Ende der Geschichte des Helden von Monmouth Courthouse und seiner bessern Hälfte zu hören, Gilles erzählte von der Bretagne und Tim von seiner Reise nach Paris, und zum Schluß wurden mit dem besten Bourbon des seligen Sullivan Trinksprüche auf die Gesundheit General Washingtons ausgebracht. Endlich, etwa gegen neun Uhr, bereitete man sich zur Abreise vor. Während die beiden Burschen ihre Waffen überprüften, erschien plötzlich Mrs. Sullivan, die verschwunden gewesen war, mit einer ärmellosen, schaffellgefütterten Weste aus dikkem Tuch und warf sie Gilles über die Schultern.

»Sie gehörte meinem seligen Mann«, sagte sie mit einem leicht feuchten Lächeln. »Er braucht sie nicht mehr, der Arme, und Ihr, Ihr habt nicht viel auf dem Leib . . .«

»Ihr seid die beste aller Frauen, Mrs. Sullivan«, erklärte Gilles gerührt. »Ich werde mit Freuden zu Euch zurückkommen.«

Er umarmte sie von neuem, wie er Rozenn oder seine Mutter umarmt hätte, vorausgesetzt, sie hätte es zugelassen. Dann drückte auch Tim kräftig die Hand ihrer Gastgeberin, und die beiden machten sich auf den Weg zu dem kleinen Bootsschuppen, den man ihnen beschrieben hatte.

Fünf Minuten später ruderten sie dem anderen Ufer zu, wo noch einige Lichter in der Nacht schimmerten.

Die Strömung war kräftig, aber das Wetter hatte sich beruhigt, und die beiden Freunde gingen so herzhaft mit ihren Rudern zu Werke, daß sie nicht viel Zeit brauchten, um an ihr Ziel zu gelangen.

»Jetzt müssen wir nur noch den Hufschmied finden«, sagte Tim, indem er schnell auf eine kleine Landungsbrücke sprang . . . Der anbrechende Tag fand sie an der Furt des Crotton River. Der Empfang durch den mitten in der Nacht geweckten Sullivan-Sohn hatte ganz dem seiner Mutter entsprochen. Er gab ihnen die versprochenen Pferde und eine kostbare Auskunft dazu: Zwei Reiter waren tatsächlich bei Einbruch der Nacht bei Pendleton eingetroffen. Und nun beobachteten Gilles und Tim, hinter ein paar Bäumen versteckt, den durch ins Flußbett gerammte Pfähle markierten Übergang. Sie selbst hatten die Furt ohne Schwierigkeiten durchquert.

Das Warten dauerte nicht lange. Ein paar Eisvögel streiften die Oberfläche des Wassers und schossen im gleichen Moment himmelwärts, in dem ein Reiter sorglos in die Furt einbog.

Gilles' scharfe Augen erkannten ihn sofort: Es war der Engländer.
»Da ist er . . . aber er ist allein«, murmelte er. »Seltsam . . .«
»Nicht so sehr. Die englischen Linien sind nicht mehr weit. Smith wird denken, daß er nichts mehr zu fürchten hat, und ist nach Hause zurückgekehrt.«
Der Offizier schien in der Tat völlig unbesorgt. Sein Pferd lässig mit einer Hand lenkend, betrachtete er wohlgefällig die vom großen Regen des Vortages frischgewaschene grüne Landschaft. Es war ein schöner, ruhiger Morgen, an dem ein Krieg undenkbar schien, und der Mann war sichtlich hundert Meilen davon entfernt, sich in Gefahr zu glauben.
»Vorwärts! Gehen wir!« murmelte Gilles als der Engländer wieder festen Boden erreicht hatte. Die Pistole in der Faust, trat er, von Tim gefolgt, hinter den Bäumen hervor und verstellte dem Reisenden den Weg.
»Mein Herr«, erklärte er höflich, »Ihr werdet Euch als unseren Gefangenen betrachten und uns die Papiere aushändigen müssen, die Ihr von General Arnold erhalten habt.«
Falls er überrascht war, ließ der junge Offizier nichts davon merken.
»Wer seid Ihr, mein Herr?« fragte er freundlich.
»Wenn unser Äußeres es auch nicht anzeigt, gehören wir doch zur Armee der Vereinigten Staaten.«
»Euer Akzent ist nicht amerikanisch . . .«
»Ich bin Soldat des Königs von Frankreich, aber Ihr werdet wissen, daß das zur Stunde aufs gleiche hinausläuft. Also, Monsieur, die Papiere! Wir wissen genau, wozu Ihr das Haus des Farmers Smith aufgesucht habt.« Das Lächeln des Engländers war ein wahres Wunder ruhigen Charmes.
»Mir scheint, mein Freund, daß Ihr nicht ganz Herr Eurer Sinne seid, und ich weiß nicht, von welchen Papieren Ihr sprecht, außer vielleicht von diesem?«
Und er zog aus seinem Rock ein gefaltetes Papier, das in der Tat die Unterschrift General Arnolds trug und ganz eindeutig ein Passierschein für den Gutsbesitzer John Anderson aus Albany war, der nach Norwalk zurückkehrte.
»Es handelt sich nicht um diesen Passierschein, und Ihr wißt es genau. Steigt bitte vom Pferd.«
»Wie Ihr wollt.«
Durch Tim gedeckt, dessen Karabiner den Engländer bedrohte,

durchsuchte Gilles ihn sorgfältig und fand nichts.

»Das ist der Gipfel!« rief er aus. »Ich habe gesehen, mit eigenen Augen gesehen, wie der Verräter Arnold Euch die Pläne der Festung und die Liste ihrer Mannschaftsstärke gegeben hat!«

Der Engländer lachte, und ohne sich um Tim zu kümmern, ging er zu seinem Pferd, das sich langsam entfernt hatte.

»Ihr müßt wohl schlecht gesehen haben«, sagte er. »Kann ich meinen Weg fortsetzen?«

Doch während der wenigen Schritte hatte Gilles eine Beobachtung gemacht, die ihn auf einen Gedanken brachte.

»Aach!« sagte er spöttisch. »Ihr hinkt jetzt?«

»Ich bin gestern im dicken Straßenschlamm ausgerutscht, als ich vom Pferd stieg. Eine leichte Verstauchung.«

»Wirklich? Erweist mir dennoch die Gunst, Eure Schuhe auszuziehen.«

Der Engländer erblaßte, und Gilles begriff, daß er den richtigen Punkt getroffen hatte: Die Papiere, die sie suchten, befanden sich, sorgfältig zusammengefaltet, zwischen Fuß und Strumpf.

»Wir haben sie, Tim«, sagte er und reichte die Papiere seinem Freund. »Sieh dir das an.«

Er war so glücklich, daß er nicht auf die jähe Veränderung des Gesichtsausdrucks seines Gefangenen achtete, und er fuhr zusammen, als sich hinter ihm eine schleppende Stimme vernehmen ließ, eine Stimme, die sagte:

»Können wir diese Papiere ein bißchen sehen, die Euch so sehr zu interessieren scheinen, junger Mann?«

Eine scheinbar aus dem Nichts aufgetauchte Bande von wild aussehenden, halb militärisch, halb bäuerlich, in jedem Fall reichlich schäbig gekleideten Männern umgab die Gruppe in einem großen Halbkreis, dessen Sehne der Fluß bildete. Der Engländer rief erleichtert:

»Der Himmel schickt Euch! Ihr seid Cowboys, nicht wahr? Man hat mir gesagt, daß es hier welche gibt. Befreit mich aus den Händen dieser Männer. Es sind Amerikaner!«

Derjenige, der der Anführer zu sein schien und, wenn überhaupt möglich, noch wilder aussah als seine Kumpane, näherte sich ihm, nicht ohne im Vorbeigehen die Papiere an sich zu nehmen.

»Und Ihr, wer seid Ihr?«

»Einer der Euren . . . oder jedenfalls fast. Ich bin englischer

Offizier! In spezieller Mission auf Befehl General Clintons.«
Der Mann schob den schmutzigen, aber prächtig befiederten Zweispitz zurück, der ihm als Kopfbedeckung diente, und brach in Gelächter aus, ein Gelächter, das Gilles an irgend etwas erinnerte.
»Ein englischer Offizier? Na, wenn das alles ist, was der gute Clinton an Geheimagenten hat, kann man nicht gerade behaupten, daß er verwöhnt ist. Was deine gute Nase angeht, darfst du noch einmal raten, mein Hübscher. Wir sind keine Cowboys, wir sind Skinners.«
»Schon wieder!« konnte Gilles sich nicht enthalten zu sagen. Es kam ihm vor, als habe er dieselbe Szene schon einmal erlebt. Doch Tim nahm das Wort:
»Du heißt nicht zufällig Ned Paulding?«
Der andere wandte ihm sichtlich geschmeichelt eine rote Nase und Augen von beinahe der gleichen Farbe zu.
»Stimmt genau! Bin ich schon so berühmt?«
»Nein, aber wir kennen deinen Bruder Sam. Er hat uns gesagt, daß wir dich in der Gegend des Crotton River finden würden. Du kannst dich rühmen, uns einen tüchtigen Schreck eingejagt zu haben. Seit zwei Tagen verfolgen wir diesen Mann, der ein englischer Spion ist, und wir glaubten schon, er würde uns zu guter Letzt noch entwischen! Sobald du uns die Papiere wiedergibst, nehmen wir ihn mit.«
»Einen Moment! Nur nicht so eilig! Ich möchte gern glauben, was du sagst, aber Sam und ich, das ist ganz und gar nicht dasselbe.«
Er studierte sorgfältig die Papiere, drehte sie zwischen seinen Fingern, deren Nägel abgekaut und vom Tabak gebräunt waren.
»Hm . . . ich hab' so eine Ahnung, daß dieses Zeug hier Gold wert ist«, murmelte er.
»Wenn Ihr Gold wollt«, unterbrach ihn der Engländer, zweifellos einen Ausweg witternd, »werde ich Euch welches geben. Ich habe fünfhundert Dollar bei mir, eine goldene Uhr . . . Nehmt es und laßt mich gehen.«
»Interessant! Gib nur immer her!«
»Du nennst dich Amerikaner und läßt ihn entkommen?« rief Gilles zornig, während der Skinner das Geld und die Uhr in die Tasche steckte. »Das ist Hochverrat und verdient den Strick!«
Ned Paulding schniefte, wischte sich die Nase an seinem Ärmel

und schenkte sodann dem jungen Mann ein Lächeln, das er für liebenswürdig hielt.

»Na, mein Kleiner, beruhigen wir uns! Bei den Pauldings ist man kein Verräter, Sam muß dir das schon gesagt haben. Aber man ist auch nicht albern. Daher werden wir deinen Gefangenen, der mir ganz so aussieht, als wenn er ein hohes Tier bei den Engländern wäre, dorthin bringen, wohin er gehört. Ich könnte mir vorstellen, daß Oberst Jameson, der den Kavallerieposten von Northcastle kommandiert, noch ein paar zusätzliche Dollars für ihn springen lassen wird.«

»Das ist unwürdig! Ihr habt Geld von diesem Mann genommen! Laßt ihn also gehen oder gebt es ihm wieder! Was diese Papiere betrifft . . .«

»Ich bin sehr zufrieden, daß ich sie habe«, grinste der andere. »Aber da ich finde, daß Ihr Euch ein bißchen zuviel in etwas mischt, was Euch nichts angeht, werdet Ihr liebenswürdigerweise hierbleiben. Los, ihr da! Fangt mir diese beiden Vögel und bindet jeden an einen Baum! Bevor sie sich befreien können, haben wir unsere kleinen Geschäftchen längst abgewikkelt . . . und wir haben zwei Pferde mehr.«

Er hatte noch nicht zu Ende gesprochen, als Gilles und Tim, von zwanzig Männern gleichzeitig angegriffen, trotz erbitterten Widerstandes überwältigt wurden. Rasend vor Wut, heulte Gilles wie ein gefangener Wolf. Tränen liefen ihm über die Wangen, als er den englischen Offizier an den Handgelenken gefesselt und durch einen Strick mit dem Sattelknopf seines eigenen Pferdes verbunden sah, das nun Ned Paulding bestieg.

»Verzeiht mir, Monsieur!« rief er. »Als ich Euch festnahm, tat ich meine Pflicht, aber lieber ließe ich Euch frei, als Euch in den Händen dieser Schurken zu sehen, die die edelste Sache entehren!«

Der Engländer lächelte ihm mit jener Liebenswürdigkeit zu, die ihn schon bei Josué Smith beeindruckt hatte.

»Ich weiß, mein Herr! Seit Ihr Franzosen unsere Feinde seid, haben wir gelernt, daß die Ehre für Euch nicht nur ein leeres Wort ist. Und seid beruhigt: Es käme mir nicht in den Sinn, diese Leute mit den Soldaten des Generals Washington zu verwechseln, der ein vollkommener Gentleman ist . . . Auf Wiedersehen, mein Herr, und Dank für das, was Ihr versucht habt.«

Der Trupp setzte sich in einer Wolke von Staub in Bewegung.

Als sie sich wieder senkte, hatte das Ufer des Crotton River zu seiner friedlichen Ruhe zurückgefunden. An ihre Bäume gefesselt, paßten sich die beiden Burschen wohl oder übel der Stimmung der Landschaft an. Selbst Gilles hatte sich nach und nach beruhigt.
»Bleibt nur zu wissen, wie lange wir hier festsitzen werden«, seufzte er und zerrte an seinen Stricken, um ihre Festigkeit zu prüfen.
»Wir sind dicht bei der Furt. Früher oder später wird sicher jemand kommen. Und warum quälen wir uns im Grunde? Jedenfalls ist Arnolds Streich danebengegangen. Oberst Jameson wird lesen können. Er wird das Nötige tun.«
»Falls diese schuftigen Skinners nicht noch vor Northcastle auf Cowboys oder eine englische Patrouille stoßen.«
»Verlaß dich auf Paulding: Er ist ein echter Bandit! Er wird seinen Gefangenen verteidigen wie ein Hund seinen Knochen. Und vielleicht sind wir bald frei. Es braucht nur jemand zu kommen.«
Doch Stunden vergingen, ohne daß jemand die Furt durchquerte. Sie mußten bis gegen Abend warten, um die Freiheit wiederzuerlangen, die ihnen in Gestalt einer Schwadron der regulären Kavallerie erschien.
Der Offizier, der sie befehligte, war der stellvertretende Kommandant des Postens Northcastle, Oberst Benjamin Talmadge. Er war mittleren Alters, kühl, überlegt, ziemlich verschlossen, und sein unbewegtes Gesicht schien außerstande, das geringste Gefühl auszudrücken, doch sein Blick war direkt und sein Wort klar. Die Fragen, die er stellte, waren kurz, aber sehr präzise, und er hörte den Antworten mit großer Aufmerksamkeit zu. Die Odyssee der beiden wie Strauchdiebe aussehenden Unbekannten schien ihn ebensowenig zu überraschen wie die Geschichte der Nacht bei Josué Smith. Aber er runzelte die Stirn, als Gilles von der Absicht der Skinners berichtete, ihren Gefangenen Oberst Jameson zu verkaufen.
»Steigt hinter zweien meiner Männer auf«, befahl er. »Wir kehren nach Northcastle zurück.« Und leiser fügte er wie zu sich selbst hinzu: »Oberst Jameson ist ein guter Soldat, aber er ist ein persönlicher Freund General Arnolds, dem er viel verdankt.«
Sie fanden den Posten in einer Stimmung abklingender Aufregung und Oberst Jameson mit zweien seiner Offiziere mitten im Hof. Von den Skinners und ihrem Gefangenen war jedoch

keine Spur zu entdecken. Indessen erfuhren sie rasch, daß sie dagewesen waren, und daß Oberst Talmadges angedeutete Befürchtungen sich bewahrheitet hatten: Empört über das, was er als einen schändlichen Streich gegen seinen lieben General Arnold ansah, hatte Oberst Jameson nichts Besseres zu tun gewußt, als ihm den Gefangenen unter Bewachung des Leutnants Allen und einiger Männer nach West Point zu schicken.

Talmadge griff sofort an, ruhig und ohne die Stimme zu heben, doch jedes seiner Worte wog schwer:

»Wenn Ihr Euch vor General Washington und dem Kongreß der Vereinigten Staaten nicht des Verbrechens des Hochverrats schuldig machen wollt, Oberst Jameson, müßt Ihr jemand hinter Allen herschicken und den Gefangenen, der zu Clintons Stab gehört, sofort hierher zurückschaffen lassen.«

Jameson fuhr auf.

»Wo habt Ihr das her, Talmadge? Es handelt sich um einen gewissen John Anderson, Träger eines Passes General Arnolds sowie von Papieren, die ihn als Spion ausweisen . . .«

»Er ist kein Spion, und Arnold ist ein Verräter! Fragt diese beiden Männer, die von einer Mission im Auftrag Washingtons zurückkehren.«

Zwei Stunden später traf mitten in der Nacht das Kommando Leutnants Allens wieder in Northcastle ein. Als er den Gefangenen auftauchen sah, sichtlich erschöpft und tief bedrückt durch den neuen Schicksalsschlag, der ihn seinen Feinden wieder auslieferte, während er sich schon unterwegs in die Freiheit glaubte, wandte sich Talmadge zu Gilles.

»Ihr hattet recht, dieser Mann ist wirklich ein englischer Offizier. Man sieht es schon an seiner Haltung.«

Der Engländer hob mit einem bekümmerten Lächeln die Schultern.

»Es hat keinen Sinn mehr, es zu verheimlichen. Ich bin Major John André von der britischen Armee, von General Clinton mit einer Mission betraut.«

Während man ihn zu Oberst Jameson führte, wandte sich Gilles an Talmadge.

»Was wird sein Schicksal sein?«

»Das eines Spions. Wäre er in Uniform gefaßt worden, hätte man ihn als Kriegsgefangenen behandelt und ihn äußerstenfalls erschossen. Er wird gehängt werden! Seine Zivilkleidung ist sein Verderben.«

»Aber er ist kein Spion! Er ist zu Verhandlungen mit Arnold gekommen, von ihm gerufen, und er war damals, das kann ich beschwören, in Uniform. Nur die Umstände zwangen ihn, diese Kleidung anzulegen.«
Und wenn es sein Leben gekostet hätte, wäre der Bretone nicht imstande gewesen zu erklären, was ihn bewog, sich zum Verteidiger des jungen Engländers aufzuschwingen. Zweifellos war sein Sinn für Gerechtigkeit und Ehre dabei im Spiel, aber auch eine instinktive Sympathie, gegen die er sich nicht zu wehren vermochte. Dieser charmante Bursche, der beinah sein älterer Bruder hätte sein können, gefiel ihm. Er wäre gern sein Freund geworden. Übrigens hatte ihn John André schon beim Betreten des Postens mit einem Lächeln und einer burschikosen Handbewegung gleichsam als Freund begrüßt.
»Nun«, erwiderte Talmadge, die Schultern zuckend, »Ihr könnt ja jederzeit vor dem Gericht aussagen, das über ihn befinden wird!«
Bei der folgenden Beratung, was nun zu tun sei, kam man zu dem Schluß, daß die Dringlichkeit es erfordere, Washington schnellstens von dem Vorgefallenen in Kenntnis zu setzen. Aber wo den Oberstkommandierenden finden? War er noch in Hartford, wo er Rochambeau und Ternay getroffen hatte, oder hatte er es schon verlassen, um sich nach West Point zu begeben, wie es seine Absicht gewesen war?
»Es gibt nur eine Lösung«, sagte Talmadge. »Nach beiden Orten einen Boten schicken.«
Jamesons fragender Blick wandte sich zu Gilles und Tim.
»Washington kennt Euch beide. Könnt Ihr diesen Auftrag übernehmen? Einer von Euch reitet nach Hartford mit einem Brief von mir, der andere nach West Point mit diesen verdammten Papieren. Ihr werdet Pferde bekommen, und Ihr könnt im Morgengrauen aufbrechen.«
»Wir stehen Euch zu Diensten, Oberst«, antworteten sie wie mit einer Stimme.
Bei Anbruch des folgenden Tages ritten sie gemeinsam durch das Tor Northcastles, wechselten ein fröhliches »Auf Wiedersehen!« und trennten sich. Tim wandte sich nach Nordwesten Hartford zu, und Gilles beeilte sich, den Weg vom Vortag über Kings Ferry in umgekehrter Richtung zurückzulegen. Er trug den Beweis für Arnolds Verrat bei sich. Außerdem trug er einen Brief, den Washington zu übergeben Major André ihn gebeten hatte. In diesem Brief bekannte er sich mutig zu den

ihm vorgeworfenen Dingen und fügte hinzu:
Obwohl unglücklich, habe ich mir nichts Unehrenhaftes vorzuwerfen. Ich hatte kein anderes Ziel, als meinem König zu dienen. Ich bin freiwillig ein Betrüger gewesen. Ich bitte Euch um die Genehmigung, einen offenen Brief an Sir Henry Clinton schreiben zu dürfen und einen zweiten an einen meiner Freunde, um ihn um Kleider und Wäsche zu bitten. Ich nehme mir die Freiheit, Euch an die Situation mehrerer Personen zu erinnern, die sich als Gefangene auf Ehrenwort in Charleston auf eine Verschwörung gegen uns eingelassen haben. Vielleicht könnte man sie gegen mich austauschen. Mein Vertrauen in Eure Großzügigkeit wie meine Ehrerbietung vor Eurer hohen Stellung veranlassen mich, Euch in dieser Weise zu belästigen. Ich verbleibe usw.
Bei der Aushändigung des Briefs an den jungen Bretonen hatte der Gefangene darauf bestanden, daß er ihn las.
»Da Ihr das Vertrauen des Generals habt, mein Herr, könntet Ihr ihm vielleicht sagen, was Ihr über diese unglückliche Angelegenheit wißt, und . . .«
». . . die Sache eines ehrlichen Mannes vertreten? Rechnet auf mich, Major. Ich verspreche Euch nicht, daß ich Erfolg haben werde, aber ich werde alles tun, was mir möglich sein wird, damit Ihr nicht die Last des Verbrechens eines anderen tragen müßt.«
Auf den Hals seines im Galopp dahinjagenden Pferdes geduckt, schien es Gilles, als habe er Flügel. Seit langem hatte er nicht mehr solche innerste Befriedigung empfunden: Ihm und Tim war es gelungen, gegen alle Widerstände die Absichten des Verräters zu durchkreuzen, und die Rebellen waren gerettet. Zudem war er unterwegs, um den Mann zu treffen, den er am meisten auf der Welt bewunderte. Endlich hatte er Hoffnung, das Leben dieses jungen Engländers zu retten, der in der Falle der Niedertracht saß, von der entwürdigendsten Strafe bedroht. Der Gedanke, André am Ende eines Stricks zu sehen, war ihm unerträglich. Es war unsinnig und ungerecht. Und schließlich trug er zum erstenmal seit langem wieder Uniform, denn um ihm den Weg und den Zugang zum Generalissimus zu erleichtern, hatte ihm Talmadge eine vollständige Reitermontur aushändigen lassen. Ein freudiger Schauer war ihm über den Rücken gelaufen, als er die weiße Hose, die Stiefel und den schwarzen Rock mit den golden schimmernden Knöpfen anzog, den alle Soldaten des Kongresses trugen, vom letzten Freiwilli-

gen bis hin zu Washington selbst, und als er den Dreispitz mit der schwarzen Kokarde auf den Kopf stülpte, war es, als habe er durch diese wenigen Ellen Stoff und Leder so etwas wie die Taufe dieses riesigen Landes empfangen, an das jeder Augenblick ihn ein wenig fester band. Wenn der Sieg errungen und es ihm gelungen wäre, sich zu Offiziersepauletten aufzuschwingen, könnte er getrost in Hennebont ans Klostertor pochen, um Judith zu holen, nach Amerika zu bringen und dort mit ihr eine neue Dynastie zu begründen . . . Der Gedanke an Judith war ihm ganz natürlich gekommen. Vielleicht war es die heiße Erregung dieses Rittes im Wind, in dem noch der salzige Geruch des nahen Meeres zu spüren war, der das Bild des jungen Mädchens aus den Wolkenschleiern riß, hinter denen seine Erinnerung es verborgen hatte, oder vielleicht auch die Hoffnung auf ein würdigeres Geschick, die am Horizont Form anzunehmen begann – auf jeden Fall fand Gilles seine Liebe zu ihr, sein tiefes Bedürfnis, sie zu erringen, sie für immer zu der Seinen zu machen, unberührt. Die wilde Begierde, von Sitapanoki in ihm entfacht, war ausgelöscht, seit er sich von der Indianerin entfernt hatte. Sie zog ihn an wie ein Magnet Eisenspäne, doch seine Erinnerung an sie hielt der Entfernung nicht stand. Und jetzt war er über eine Trennung glücklich, die er nur einen Augenblick als grausam empfunden hatte. Gott allein wußte, zu welchen Torheiten ihn das bohrende Verlangen nach ihrem Körper veranlaßt hätte . . .

Sie hätte einen Narren aus dir gemacht, mein Freund, sagte er sich, seinem Pferd die Sporen gebend. Und das ist ein Wort, das sich nicht auf Tournemine reimt.

Es war ein wenig später als eine Stunde nach Mittag, als Gilles in Sichtweite West Points eintraf. Er hielt einen Moment an, um sich des Zugangs zu vergewissern und sprachlos vor Bewunderung das zu betrachten, was La Fayette als das »Gibraltar Amerikas« bezeichnet hatte. Die Lage war grandios. Die Festung erhob sich auf einem felsigen Hügel am rechten Ufer des Hudson. Der Fluß, an dieser Stelle breit wie ein See, floß zwischen steilen Ufern dahin, die mit Wäldern von Eichen und Zypressen bewachsen waren. Teils in den Fels gehauene, teils aus Baumstämmen errichtete Befestigungen bewehrten die umliegenden Hügel. Die eigentliche Zitadelle war damals mit viertausend Soldaten bemannt und mit zwanzig Geschützen bestückt. Natürlich flatterte die Fahne mit den dreizehn Sternen der neuen Republik stolz auf dem höchsten Mast. Einige

gut bewaffnete Schoner lagen im Fluß vor Anker.
Auf der schmalen Wiese zwischen Fort und Fluß herrschte rege Geschäftigkeit. Eine Kompanie Infanteristen, die zwar unterschiedlich gekleidet waren, doch alle am Hut eine prächtig rotschwarze Feder und einen Säbel an der Seite trugen, kampierte dort.
Da er nicht genau wußte, was er in West Point antreffen würde, näherte sich Gilles in kurzem Trab und wandte sich an den ersten dieser Soldaten.
»Kurier aus Northcastle!« erklärte er lakonisch. »Man hat uns gesagt, daß General Washington hier erwartet wird.«
Der Mann starrte ihn an und brach dann in ein Gelächter aus.
»Hör mal«, sagte er in einem stark mit auvergnatischen Tönen gewürzten Französisch, »du hast einen komischen Akzent trotz deiner schönen Uniform, Freund! Solltest du nicht zufällig bei uns zu Hause sein?«
»Gewiß bin ich Franzose und obendrein Bretone!« erwiderte Gilles fröhlich und beugte sich herab, um dem Mann die Hand zu schütteln. »Aber zu welchem Korps gehört ihr?«
»Zur Division General La Fayettes!«
»La Fayette? Ist er hier?«
»Klar ist er das! Er ist vor einer guten Stunde mit Oberst Hamilton im Gefolge General Washingtons gekommen. Wir haben ihnen seit Lichfield Geleitschutz gegeben. Die drei müssen noch da oben sein.«
»Und General Arnold?«
»Ah, von dem weiß man nicht, wo er steckt. Scheint losgezogen zu sein, um das andere Flußufer zu inspizieren.«
Doch Gilles hörte schon nicht mehr hin. Mit einem kräftigen »Danke, Freund!« setzte er sein Pferd wieder in Galopp, ritt in vollem Tempo den Zufahrtsweg hinauf und drang wie der Wirbelwind in West Point ein, die Schildwachen, die ihre Waffen kreuzten, um ihm den Weg zu versperren, wie eine Hecke überspringend und aus vollem Halse brüllend:
»Dringender Kurier für General Washington!«
Eine Sekunde später sprang er aus dem Sattel und beinah dem Virginier auf die Füße, der auf der Schwelle einer Kasematte erschien. Er erkannte den Ankömmling sofort und nicht ohne Erstaunen.
»Ihr, Monsieur? In dieser Uniform?«
»Die Nachrichten, die ich bringe, sind ernst, General. Oberst

Jameson, der mich schickt, wollte mir die Möglichkeit geben, sie ganz sicher zu überbringen.«
Vorschriftsmäßig grüßend, überreichte er das Paket mit den berühmten Papieren, dem Brief Andrés sowie einem Brief Jamesons, der die letzten Begebenheiten erklärte.
Der Schlag war für den Generalissimus noch weit härter, als Gilles befürchtet hatte. Trotz seiner legendären Selbstbeherrschung schwankte Washington, erblaßte und schloß die Augen. Gilles hörte ihn murmeln:
»Dreißigtausend Pfund . . . der Rang eines Generalmajors . . . mein Gott!«
Würde er zusammenbrechen, ins Herz getroffen durch die Ehrlosigkeit eines Mannes, den er liebte und dem er vertraute? Gilles wagte kaum zu atmen, noch weniger, etwa eine Bewegung zu machen, um ihn zu stützen. Im sicheren Gefühl, daß Unpersönlichkeit die beste Art sei, seinen Schmerz zu respektieren, blieb er steif wie ein Stock, den Blick unverwandt auf die Mauer der Kasematte geheftet. Ein Schweigen umgab sie, das ihm tausend Jahre zu währen schien. Endlich öffnete Washington die Augen und richtete sie auf die militärische Statue ihm gegenüber.
»Man teilt mir mit, daß wir Euch und Eurem Freund Tim Thocker die Aufdeckung der Verschwörung verdanken«, sagte er mit tonloser Stimme, die sich allmählich zu festigen suchte.
Gilles wagte nun, ihn anzusehen.
»Wir sind die Euren, General!« erklärte er mit einer Leidenschaft, die wieder etwas Farbe in das Gesicht des Generals brachte. »Wir haben nur unsere Pflicht getan!«
Washington näherte sich einen Schritt, legte die Hand auf seine Schulter, preßte sie einen Moment und sagte einfach:
»Danke!«
Der Bretone fühlte sich durch dieses Wort und diese Geste königlicher belohnt als durch den Rang eines Obersten und ein Vermögen. Aber die Minute der Gefühlsäußerungen war vorüber. Washington wechselte jäh die Farbe, während sich Angst in seinem Blick zeigte.
»Mein Gott!« murmelte er. »Und das Gold? . . . Folgt mir!«
Gemeinsam liefen sie zu dem entferntesten Punkt des Hofes bis zu einer niedrigen Tür, vor der ein Soldat mit der Muskete auf der Schulter Wache hielt.
»Geht und holt die Schlüssel!« befahl der General. »Sie sind im Kabinett General Arnolds. Bittet Major Grant darum!«

Der Mann kam sehr schnell zurück, von dem Offizier begleitet.
»Wir haben die Schlüssel nicht«, meldete dieser. »General Arnold trennt sich nie von ihnen.«
»Dann laßt die Tür aufbrechen!«
Es bedurfte eines Rammbocks und zehn kräftiger Männer, um ans Ziel zu gelangen. Endlich gab sie mit Donnergepolter nach und ließ die obersten Stufen einer steil abwärtsführenden Treppe sehen.
»Eine Laterne! Schnell!«
Gefolgt von Major Grant und von Gilles, der die Laterne trug, geleitet, betrat Washington die Treppe. Sie mündete in einen engen Gang, an dessen Ende eine weitere Treppe noch tiefer hinunterführte. Wiederum standen sie vor einer Tür, solide mit Eisen beschlagen und so abweisend, daß Gilles sich fragte, wie man dieses Hindernis würde beseitigen können, ohne die halbe Festung dabei in die Luft zu sprengen. Doch merkwürdigerweise ließ sie sich ohne Schwierigkeit öffnen, als man den Riegel zurückzog, der sie verschloß.
Ein langgestreckter Keller tauchte vor ihnen auf, leer mit Ausnahme einer Reihe kleiner Fässer, die in makelloser Ordnung aufgestellt und offensichtlich unberührt waren, denn die an jedem von ihnen angebrachten Siegel waren unangetastet.
»Gott sei gelobt! Ich glaube, wir sind rechtzeitig gekommen«, murmelte Washington zwischen den Zähnen. »Trotzdem müssen wir sicher gehen! Der Mann ist gerissen. Öffnet eins dieser Fässer, Major!«
Der Offizier wählte auf gut Glück eines aus und sprengte den Deckel mit der Spitze seines Säbels, während Gilles ihm mit erhobener Laterne leuchtete. Was er entdeckte, entlockte ihm einen Ausruf:
»Kieselsteine! Es sind nur Kieselsteine!«
Mit einer Flut von Flüchen, die einen alten Haudegen neidisch gemacht hätten, stieß der General das Faß um, und von einer Art Wut gepackt, griff er zu seiner Waffe und begann, die restlichen Fässer gewaltsam zu öffnen: Alle waren voller Kieselsteine bis auf zwei, die ein wenig abseits standen, säuberlich von den anderen getrennt. Aber der größte Teil des französischen Goldes war verschwunden.
Weiß bis zu den Lippen, sah Washington seine beiden Begleiter nacheinander an. Sie waren ebenso bleich wie er, und Gilles zitterte.

»Er hat nicht Zeit genug gehabt, sein Banditenwerk zu vollenden«, grollte er, »aber diesen Winter werden meine Soldaten wieder vor Hunger sterben. Der Elende! Der Feigling!«
Sein Blick blieb auf Grant hängen.
»Laßt die unberührten Fàsser in die Schatzkammer der Festung schaffen und sagt, daß man mir mein Pferd bringen soll sowie eine neue Montur für diesen Soldaten. Wir reiten nach Robinson House, Arnolds Wohnsitz«, erklärte er Gilles. »General La Fayette und Oberst Hamilton sind mir vorausgeeilt, um Mrs. Arnold nicht zu lange auf ihre Gäste warten zu lassen. Ihr . . . Gatte muß dort sein, da er mich hier nicht aufgesucht hat! . . . Wie konnte ich nur so wahnwitzig sein, ihm zu vertrauen und ein solches Vermögen in seiner Obhut lassen? Das hieß, den Teufel versuchen. Doch wie kann man sich etwas so Schändliches vorstellen?«
Im Sturmtempo verließen die beiden Reiter die Festung und galoppierten einem ansehnlichen Gebäude zu, das sich in einiger Entfernung inmitten eines hübschen, mit Tannen und Zypressen bepflanzten Gartens erhob. Die Lage, durch den Fluß noch verschönt, war prächtig und heiter, aber die Stimmung in Robinson House war es kaum. Offensichtlich herrschte große Aufregung. Vor der Freitreppe stehend, inmitten einer Gruppe, die aus zwei Schwarzen und einer Mulattin bestand, die in ihre Schürze weinte, schienen La Fayette und Hamilton eine Konferenz abzuhalten. Als sie ihren Chef gewahrten, stürzten sie ihm mit sichtlicher Erleichterung entgegen.
»Ah, General!« rief La Fayette. »Ihr kommt wie der Erlöser! Wir sind in höchster Not! General Arnold ist fort und . . .«
»Arnold ist ein Verräter!« unterbrach Washington hart. »Wem kann man vertrauen, mein Gott! Nehmt, Marquis, lest, was man mir vor kurzem gebracht hat!«
Einer über die Schulter des anderen blickend, überflogen die beiden Offiziere die Papiere, ohne empörte Ausrufe unterdrükken zu können. Danach suchten ihre bestürzten Blicke Gilles, der sich drei Schritte hinter dem General hielt.
»Ja«, sagte dieser, »diesem jungen Mann verdanken wir die Aufdeckung der Verschwörung. Er hat großen Mut bewiesen . . .«
»Aber . . . das ist ja unser Indianerjäger!« rief La Fayette aus, dessen ernstes Gesicht nun ein Lächeln erhellte, das ihn plötzlich so jung machte, wie er war. »Nehmt meine Hand, Mon-

sieur! Die Ergebenheit eines Franzosen für unseren teuren General und die amerikanische Sache verdoppelt die Freude, Euch die Hand zu schütteln. Monsieur de Rochambeau hat viel Gutes über Euch gesagt.«
Mit einem Freudenschauer schlug Gilles ein und stellte einmal mehr fest, daß dieses Land wirklich ein Land der Wunder war, wenn es die Hand eines auvergnatischen Edelmanns mit der eines bretonischen Bastards vereinte. Doch Washington kürzte alle weiteren Ergüsse ab.
»Sagt mir jetzt, was hier vorgefallen ist.«
Oberst Hamilton übernahm den Bericht. In wenigen Sätzen erzählte er, wie sie bei ihrer Ankunft in Robinson House dem eben vom anderen Ufer eingetroffenen Arnold begegnet waren. Um Washington auf dem Weg nach West Point nicht zu verfehlen und seine Frau nicht noch länger warten zu lassen, hatte er sich mit den beiden jungen Leuten zu Tisch gesetzt. Die Mahlzeit hatte heiter begonnen, als ein Bote mit einem Brief gekommen war.
Arnold las ihn ohne die leiseste Veränderung seiner Miene und bat sodann seine Gäste in natürlichstem Ton, ihn zu entschuldigen, da er in einer dringenden Dienstangelegenheit abgerufen worden sei. Er erhob sich und verließ das Speisezimmer, kurz darauf von seiner Frau gefolgt, der er ein Zeichen gegeben hatte. Nicht viel später sahen La Fayette und Hamilton ihn sein Pferd besteigen und in südlicher Richtung verschwinden.
Allein bei Tisch zurückgeblieben, wurde ihnen die Zeit bald lang, denn Mrs. Arnold kam nicht wieder. Sie fragten den Sklaven, der sie bediente, was es gäbe. Nach wenigen Augenblicken kehrte er mit der Kammerzofe zurück, die sich offensichtlich in einem Zustand höchster Erregung befand und wie ein Springbrunnen heulte.
Schluchzend teilte sie ihnen mit, daß »Mistriss« sich in Krämpfen befinde, und daß man nach dem Arzt geschickt habe, denn ihr Zustand sei fürchterlich, zumal für eine Schwangere.
»Uns auf unsere Freundschaft berufend«, nahm La Fayette die Erzählung auf, »nahmen wir uns die Freiheit, zu ihr hinaufzugehen. Es war ein erbarmungswürdiges Schauspiel. Die unglückliche Frau war völlig von Sinnen. Sie wand sich vor Schmerzen und stieß Schreie aus, die Ihr hören könntet, wenn wir nicht das Fenster geschlossen hätten. Sie sagte . . . verzeiht, General, aber ich glaube, ich muß Euch alles wiederho-

len ... sie sagte, daß Ihr herkommen würdet, um ihr Kind zu töten ...«
Gilles würde nie das mörderische Aufleuchten in Washingtons blauen Augen vergessen.
»Das also denkt man hier von mir!« sagte er bitter. »Das also hat man von Leuten zu erwarten, die man liebt! Peggy Arnold ist nicht wahnsinnig. Wenn es so aussah, dann deshalb, weil sie weiß, daß ihr Mann auf der Flucht ist.«
»Werdet Ihr nicht zu ihr gehen?« fragte Hamilton.
»Nein! Bleibt beide hier für den unwahrscheinlichen Fall, daß der Verräter zurückkommen sollte, um seine Frau zu holen. Ich kehre mit dem Franzosen nach West Point zurück. Ich habe vor meinem Aufbruch Anordnungen zu treffen.«
Den Rest des Tages über inspizierte Washington aufs genaueste die Verteidigungsanlagen West Points, schickte Kundschafter aus, empfing Depeschen inmitten eines von der Schande bedrückten, schweigenden Stabes. Gilles, zum Rang eines provisorischen Adjutanten befördert, blieb ihm auf den Fersen, jederzeit bereit, auf das kleinste Zeichen hin bis ans Ende der Welt zu reiten.
Gegen Abend, als alle zu einer Art Beratung im ehemaligen Kabinett Arnolds vereint waren, brachte ein schwarzer Sklave einen Brief. Er war von Arnold, und Washington las ihn laut vor.
Wenn man das Bewußtsein hat, edel gehandelt zu haben, wagte der Verräter zu schreiben, *versucht man nicht, einen Schritt zu entschuldigen, den die Welt tadelnswert finden mag. Ich habe mich immer von der Liebe zu meinem Vaterland leiten lassen seit Beginn dieses verhängnisvollen Kampfes zwischen Großbritannien und seinen Kolonien. Die gleiche Liebe zu meinem Land diktiert mein jetziges Verhalten, wie widersprüchlich es auch in der Öffentlichkeit erscheinen mag, die selten gerecht über uns urteilt. Ich habe zu oft die Undankbarkeit meines Landes erfahren, um etwas von ihm zu erwarten. Aber ich kenne die Menschlichkeit Eurer Exzellenz gut genug, um mich nicht zu scheuen, Euren Schutz für Mistress Arnold gegen die Ungerechtigkeiten und Beleidigungen zu erbitten, denen das Verlangen nach Rache sie aussetzen könnte. Ich allein sollte sein Ziel sein. Sie ist unschuldig wie ein Engel und unfähig des geringsten Vergehens. Ich bitte Euch für sie um die Genehmigung, zu ihren Freunden nach Philadelphia zurückzukehren oder, nach ihrer Wahl, mit mir zusammenzu-*

treffen. Ich fürchte nichts für sie von seiten Eurer Exzellenz, aber könnte sie nicht durch die irregeleitete Wut der Bevölkerung zu leiden haben? Ich bitte Euch, ihr den beiliegenden Brief aushändigen zu lassen und ihr zu erlauben, mir zu schreiben. Ich muß Euch auch bitten, mir meine Kleidung und mein Gepäck schicken zu lassen, beides von geringem Wert. Wenn man es fordert, werde ich ihren Preis berechnen.
P.S. Ich schulde den Offizieren meines Stabes die Erklärung, daß sie nichts von alldem wußten, was geschehen ist, und was sie für verhängnisvoll für das Gemeinwohl gehalten hätten. Das gleiche gilt für Josué Smith, auf den Verdacht fallen wird . . .
Washington beendete seine Lektüre unter dem empörten Gemurmel der Offiziere, faltete den Brief zusammen, schob ihn in die Tasche und ließ seinen eisigen Blick langsam über die Umstehenden gleiten.
»Beruhigt Euch, meine Herren! All dies ist zutiefst traurig. Wer kann mit Sicherheit sagen, ob dieser Mann naiv oder zynisch ist? Wahrhaftig, es übersteigt jedes Begreifen.«
Dann wandte er sich zu Gilles:
»Begebt Euch nach Robinson House, Mr. Goëlo. Bittet General La Fayette und Oberst Hamilton hierherzukommen. Vorher werdet Ihr ihnen den Brief an Mrs. Arnold aushändigen und dieser sagen lassen, daß ihr Mann sich zweifellos hinter den englischen Linien in Sicherheit befindet, und daß ich sie zu ihrem Vater nach Philadelphia bringen lassen werde, wenn sie es wünscht. Sagt außerdem, daß man die persönlichen Dinge ihres Mannes zusammentragen und für mich bereithalten soll. Ihr werdet sie hierher mitnehmen, aber seht zu, daß Ihr Euch nicht dabei verspätet. Morgen früh gehen wir nach Tappan, wo wir über den englischen Spion zu urteilen haben werden.«
Der Ton, in dem die Worte »englischer Spion« gefallen waren, veranlaßte Gilles, nun doch das Schweigen aufzugeben, das er während des ganzen Tages bewahrt hatte, um den Zorn des Generals nicht zu verschärfen.
»Ihr werdet verzeihen, General, aber habt Ihr nicht den Brief Major Andrés gelesen?«
»Selbstverständlich! Warum diese Frage?«
»Weil dieser Brief Euch belehrt haben muß, daß der Major kein Spion ist. Er ist ein ehrlicher Offizier, anständig und mutig, der den Auftrag Lord Clintons nur widerwillig ausgeführt hat.«

»Ich zweifle nicht daran. Dennoch ist er in Zivilkleidern gefaßt worden!«
»Aber er hat sie nicht freiwillig angezogen. Einzig die Umstände . . .«
Washington schlug mit der Faust auf den Tisch.
»Spielt nicht mit Begriffen, Monsieur! Das Gesetz ist zwingend: Jeder Offizier oder Soldat, der im Kriegsgebiet in Zivilkleidung angetroffen wird, wird angesehen und behandelt wie ein Spion und gehängt. Das ist auch kürzlich das Schicksal des englischen Spions Nathan Hale gewesen.«
»Ohne Zweifel, aber wenn das Gesetz das Gesetz ist, dann seid Ihr General Washington«, plädierte Gilles, jede Vorsicht mißachtend. »Ihr seid das Gesetz, unser aller Gesetz, sogar für mich, der ich Ausländer bin. Könnt Ihr nicht Gnade walten lassen?«
Beifälliges Gemurmel ermutigte ihn bereits, aber der General schnitt ihm mit einer gebieterischen Geste das Wort ab. Dennoch klang seine Stimme ein wenig sanfter, als er antwortete:
»Was immer Ihr auch denkt, ich habe nicht das Recht, mich über das Gesetz zu stellen, und ich habe auch nicht das Recht, Gnade walten zu lassen, denn unsere höchste Autorität ist der Kongreß. Ich bin nur ein Führer im Krieg . . . und ob Ihr es wollt oder nicht, Major André wird vor einem Kriegsgericht erscheinen müssen. Sein Urteil wird ohne Berufung sein, und rechnet nicht darauf, daß ich versuchen könnte, mildernd einzugreifen. Die Gefahr für die Kämpfer der Freiheit ist zu groß gewesen . . . Geht jetzt und erinnert Euch nur daran, daß Ihr Soldat seid!«
In dieser Nacht gelang es Gilles nicht, Schlaf zu finden. Washingtons unterdrückter Zorn beunruhigte ihn unendlich mehr als ein offener Wutausbruch. Die Enttäuschung des Generals saß tief und erreichte Bezirke, in denen der Schmerz unerträglich wird. Arnolds unfreiwilliger Helfershelfer hatte alles zu fürchten von einem Mann, der so grausam verletzt worden war . . .

Wie ein Pfahl am Rande der von einem Truppenkordon umstellten Wiese aufgepflanzt, das Rückgrat steif, den Blick zehn Schritte vor sich hin gerichtet, zwang sich Gilles Goëlo, den Galgen nicht zu sehen, der in der Nähe des Farmhauses errichtet worden war, in dem Washington sein Hauptquartier aufgeschlagen hatte. Man war in Tappan, es war der 2. Oktober, und Major André sollte gehängt werden wie ein Schuft, der er nicht war. Den Bretonen graute es vor dem, was sich vorbereitete. Nicht weil ein Mann sterben sollte: Es war Krieg, und in seiner heimatlichen Bretagne wurde der Strick oft angewendet, aber der Engländer verdiente es nicht, mit dem Strick um den Hals zu sterben. Hätte man ihn erschossen, wäre schon manches anders gewesen, denn das Peloton war der Tod eines Soldaten durch Soldaten. Der Galgen schloß die Hand eines Henkers ein, und der Henker heute würde ein gefangener Cowboy sein, dessen Gesicht man mit einer Schicht Ruß maskiert hatte.

Man hatte kein Recht, das zu tun! Man hatte weder das Recht, es dem Gefangenen anzutun noch ihm selbst, denn die Freude über die erhaltene Belohnung bekam dadurch einen gallebitteren Nachgeschmack. Die Leutnantstressen und die gravierte Silbermedaille mit dem Wort »Treue«, die gleiche Medaille und die Summe von zweihundert Dollar, die Tim ausgehändigt worden waren, der ein freier Waldläufer bleiben wollte, sie verdankten sie dem Mann, der an diesem schändlichen Balkengerüst sterben sollte.

Mit seiner gewohnten Offenheit hatte Gilles es Washington gesagt, als er erfuhr, daß dieser an Rochambeau geschrieben und ihn um die Genehmigung gebeten hatte, seinen ehemaligen Sekretär dem eigenen Stab zu attachieren.

»Ich beklage diese Sachlage ebenso wie Ihr«, antwortete ihm der Generalissimus. »Aber der Kriegsrat hat sein Urteil gesprochen, und General Green, der ihm vorsitzt, ist unnachgiebig: man müsse ein Exempel statuieren. Ich habe alles getan, was ich konnte, und Lord Clinton sogar anbieten lassen, André gegen Arnold auszutauschen. Arnold selbst hat mir geantwortet.«

»Und was?«

»Was man von einem solchen Mann erwarten konnte: Er werde die in New York festgehaltenen amerikanischen Gefangenen exekutieren lassen, wenn wir André standrechtlich erschössen. Wir können nicht zurück. All das«, fügte er bekümmert hinzu, »habe ich vor kurzem General La Fayette erklärt, der sich wie Ihr für André einsetzte. Der Krieg ist eine schreckliche Sache, aber für uns, die wir die Rebellion gewählt haben, ist es der einzig mögliche Weg, und wir müssen ihn bis zum Ende gehen. Wenn Euch das trösten kann, werde ich diesen armen Burschen ebenso wie Ihr betrauern, denn selten ist mir ein Feind sympathischer gewesen.«

Jedenfalls war eine Hinrichtung selten in einer solchen Atmosphäre des Mitgefühls und der Trauer vorbereitet worden. Die Liebenswürdigkeit und der Mut des jungen Engländers hatten ihm fast alle Herzen gewonnen. Selbst Tim, der wenige Schritte von Gilles entfernt vor der Gruppe der Dorfbewohner stand, hatte sein mürrischstes Gesicht aufgesetzt, und in seinen Augen war ein verdächtiger Schimmer. Man würde einen »englischen Spion« inmitten der Tränen seiner Feinde hängen!

Schlag zwölf Uhr dröhnten die Trommeln, und die am Wege aufgestellte Militärkapelle, die dem Verurteilten folgen sollte, begann »Blue Bird« zu spielen. Von Soldaten flankiert, erschien Major André auf der Schwelle des Hauses, in dem er unter strengster Bewachung gehalten worden war. Er trug den Anzug, in dem man ihn gefaßt hatte und der seine Verurteilung rechtfertigte, doch seine Hände waren frei und sein Blick war fest. Er lächelte sogar den Musikern zu und beglückwünschte sie liebenswürdig zu ihrem Talent. Doch plötzlich fiel sein Blick auf den Galgen und den daruntergeschobenen Karren. Er senkte ein wenig den Kopf, stampfte einmal zornig mit dem Fuß, biß sich auf die Unterlippe, und die ihm Nächststehenden konnten ihn murmeln hören:

»Muß ich so sterben?«

Aber es war nur ein Augenblick. Er faßte sich wieder, näherte sich mit sicherem Schritt dem Karren, auf den er ohne Hilfe kletterte, doch vermochte er eine Grimasse des Ekels nicht zu unterdrücken, als er das geschwärzte Gesicht des Henkers vor sich sah. Er drehte ihm und der Schlinge den Rücken und blieb mit den Händen auf den Hüften, den Blick seinen Bewachern zugewandt, aufrecht stehen. Seine Augen streiften Gilles, den er mit einem leichten Nicken und einem schwachen Lächeln grüßte. Doch schon bestieg der Offizier, der ihn begleitet hatte, sein Pferd und rief mit lauter Stimme:

»Major André, wenn Ihr noch etwas zu sagen habt, ist es jetzt an der Zeit zu sprechen, denn Ihr habt nicht mehr lange zu leben!«

Der Verurteilte zuckte mit den Schultern.

»Ich habe über das Urteil nichts zu sagen, und über die Art der Hinrichtung möchte ich schweigen. Ich bitte Euch lediglich, meine Herren, zu bezeugen, daß ich tapfer sterbe.«

In diesem Moment wollte ihm der Henker die Schlinge um den Hals legen, doch er stieß ihn zurück, weil er, wie er sagte, schmutzige Hände habe, nahm das Seil, schob den Kopf durch die Schlinge und zog sie selbst mutig zu. Dann nahm er ein Taschentuch heraus und reichte es dem Henker, damit er ihm die Hände auf dem Rücken fesseln könne, darauf ein zweites zum Verbinden der Augen.

Von neuem wirbelten dumpf die Trommeln. Der Offizier hob seinen Degen. Der Henker peitschte das Pferd vor dem Karren, während ein Soldat den Galgen erkletterte. Der Karren fuhr an, der Körper des Hingerichteten schwebte einen Moment leicht schwankend im Leeren, begann jäh krampfhaft zu zappeln, bis sich der Soldat vom Galgen mit vollem Gesicht auf seine Schultern warf, um den Todeskampf abzukürzen. Der Körper bewegte sich nicht mehr . . .

Unfähig, den Anblick des Leichnams länger zu ertragen, drehte Gilles sich auf den Hacken um und lief davon. Es drängte ihn, auf irgend etwas oder irgend jemand einzuschlagen, auf den zufälligen Henker, zum Beispiel . . . oder auf General Green, den Vorsitzenden des Kriegsgerichts, der die Erschießung verweigert und ungerührt dem elenden Tod eines Ehrenmannes beigewohnt hatte. Besser war es, sich wie früher in die Tiefen des Waldes zu flüchten, um die Ruhe wiederzufinden.

Doch er kam nicht weit. Ein junger Soldat galoppierte, heiser seinen Namen brüllend, hinter ihm her und holte ihn ein.

»Was gibt's?« bellte der Bretone, seinen Zorn gegen den Unschuldigen kehrend. »Was hast du so zu grölen? Was willst du von mir?«

»Ich? Nichts, Herr Leutnant!« keuchte der Bursche. »General Washington verlangt nach Euch. Es ist eilig!«

Mit großen Schritten hastete Gilles zu dem kleinen Ziegelhaus mit den geschlossenen Läden hinauf, in dem sich der Generalissimus für den ganzen Tag eingeschlossen hatte, um so auf seine Weise gegen die Hinrichtung zu protestieren, die ihm ebensowenig paßte wie seinen Soldaten. Der wachhabende Milizsoldat grüßte und öffnete die Tür, ohne sich von seinem Platz zu rühren. Gilles hörte Washingtons eisige Stimme schon auf der Schwelle.

»Bei den Vorposten wurden diese beiden Frauen festgenommen. Sie verlangen nach Euch. Wollt Ihr mir erklären, was das zu bedeuten hat?«

Nebeneinander auf einer Bank sitzend wie zwei Vögel auf einem Zweig, sahen Gunilla und Sitapanoki erwartungsvoll zu dem jungen Mann auf. Sein Gesicht rötete sich, doch Washington ließ ihm keine Zeit, sich zu fragen, ob das Wiedersehen ihm angenehm war oder nicht.

»Man hat aus ihnen nur herausbringen können, daß sie aus Sagoyewathas Lager geflohen sind und daß sie Euch um jeden Preis sehen wollten. Sonst nichts. Wollt Ihr so freundlich sein, mir zu sagen, wer sie sind? Vor allem diese Indianerin? Man hat mir häufig gesagt, die Franzosen seien die schlimmsten Schürzenjäger, aber Ihr scheint mir in dieser Hinsicht eine Art Rekord zu halten.«

Das Drama von West Point und der Tod Major Andrés hatten die Seneca-Stämme aus dem Vordergrund der Sorgen des Generalissimus verdrängt. Gilles hatte ihm zwar gemeldet, was an den Ufern des Susquehannah geschehen war, war aber nur sichtlich zerstreut angehört worden. Und als er eben berichten wollte, wie Tim und er Sitapanoki Cornplanters Männern wieder abgejagt hatten, hatte ihn eine sich öffnende Tür unterbrochen.

»Ausgezeichnet! Ausgezeichnet!« hatte Washington abgelenkt gemurmelt und sich sofort dem eintretenden Oberst Hamilton zugewandt. Verärgert hatte Gilles nicht weiter darauf bestanden . . .

»Ihr irrt Euch, Herr General«, entgegnete er trocken. »Ich habe diese Frauen nicht verführt, und wenn Ihr geruht hättet, mich neulich bis zum Schluß anzuhören, wüßtet Ihr genau, wer sie sind. Dieses junge Mädchen heißt Gunilla Söderstrom, seit mehreren Jahren Gefangene der Senecas. Sie hat mir bei der Flucht geholfen und wünscht, zu ihrer Tante nach New York zurückzukehren. Die Indianerin ist die Gattin Sagoyewathas, deren Entführung durch den Irokesen wir verhinderten. Erinnert Euch, daß Ihr uns beauftragt hattet, den Häuptling vor den verräterischen Absichten Cornplanters in bezug auf sie zu warnen . . .«

Washington wechselte die Farbe. Seine Faust donnerte auf

seinen Arbeitstisch und ließ die Papiere aufflattern.
»Und Ihr habt sie angestiftet, Euch zu folgen! Seid Ihr völlig verrückt? Wißt Ihr, daß Sagoyewatha nichts Eiligeres zu tun haben dürfte, als uns zu beschuldigen, wir hätten sie geraubt, und daß Cornplanter nur zu glücklich sein wird, ihn noch zu überbieten? Statt die irokesischen Stämme zu teilen, habt Ihr sie fester geeint als je.«
»Es blieb uns nichts anderes übrig. Herr General! Auch bei Rückkehr in ihr Dorf wäre diese Frau in Abwesenheit ihres Mannes nicht in Sicherheit gewesen. Der Medizinmann Hiakin war mit den Entführern im Bunde. Sie hätten ihr Vorhaben zwei Tage später wiederholt.«
»Und was hätte uns das anhaben können? Wäre es nicht der formelle Beweis für die Richtigkeit meiner Warnung gewesen? Die beiden Häuptlinge hätten sich bis auf den Tod bekämpft.«
Die goldenen Augen der Indianerin glitten mit wachsender Empörung von einem der beiden Männer zum anderen. Beim letzten Wort richtete sie sich auf.
»Das also verbirgt sich hinter den freundschaftlichen Worten der weißen Männer!« rief sie verächtlich. »Der heimtückische Wunsch, die indianischen Stämme sich untereinander zerfleischen zu sehen, um ihre eigene Macht zu festigen. Mein Gatte spricht weise, wenn er sagt, daß der rote Mann das Unglück erst kennenlernte, als der weiße zu ihm kam. Und ich habe an die Reden dieses da, deines Boten, geglaubt, als er mich drängte, mich unter deinen Schutz zu stellen! Ich hoffte, mit Ehren empfangen zu werden, wie es der Gattin eines großen Häuptlings zukommt, und ich höre hier nur Beleidigungen. Du wagst es zu bedauern, daß man mich nicht wie eine gefangene Sklavin zu Cornplanters Lager schleppte? Und du wagst es, das vor mir zu sagen?«
Ihre tiefe, ein wenig rauhe Stimme bebte vor Entrüstung und Schmerz. Ohne ein Wort wandte Washington sich um, trat zum Fenster, dessen geschlossene Läden er leicht zurückstieß. Ein dünner Sonnenstrahl filterte durch den Spalt, hüllte die junge Frau, die nicht einmal blinzelte, in warmes Licht. Während einiger Sekunden betrachtete der General sie schweigend.
Trotz ihrer offensichtlichen Erschöpfung und mitgenommenen, schmutzigen Kleidung strahlte ihre Schönheit in der Nüchternheit des Raums. Von neuem von der Faszination

ergriffen, die sie auf ihn ausübte, verschlang Gilles sie mit den Blicken, überwältigt und zu jeder Tollheit bereit.
Das Schweigen, das Sitapanokis Worten folgte, dauerte nur einen Moment. Schon verneigte sich Washington mit der Eleganz eines perfekten Kavaliers leicht vor der jungen Frau.
»Verzeih mir!« sagte er ruhig. »Meine Worte sind über meine Gedanken hinausgeschossen, und mein Zorn rührte daher, daß es mich betrübte, für immer eine Freundschaft zu verlieren, die ich zu gewinnen wünschte: die Sagoyewathas, den man weise unter den Weisen nennt. Während du dich in meinem Lager aufhältst, was kaum lange dauern dürfte, wirst du deinem Rang entsprechend behandelt werden. Sobald ich von der Rückkehr deines Gatten zu seinen Lagerfeuern erfahre, lasse ich dich ihm mit einer Eskorte und einem Brief von mir wieder zuführen, der ihm die Wahrheit darlegen wird. Ich bitte dich, dich von jetzt an als meinen Gast zu betrachten, ebenso dieses junge Mädchen. Solange die Belagerung währt, wird es ihr nicht möglich sein, nach New York zu gelangen. Ich werde euch sofort zu einem Haus bringen lassen, wo man für euch sorgen wird.«
Höflich geleitete er die beiden Frauen ins Zimmer nebenan und kehrte zu Gilles zurück, der sich schon zum Gehen anschickte, da seine Anwesenheit offenbar nicht mehr vonnöten war.
»Ich bin mit Euch noch nicht fertig«, sagte Washington kurz angebunden.
Er suchte unter den Papieren und Karten, die seinen Schreibtisch bedeckten, einen Brief heraus, an dessen Siegel die scharfen Augen des Bretonen sofort seine Herkunft erkannten: Er kam aus Newport. Und in der Tat:
»Monsieur de Rochambeau teilt mir einiges mit, das Euch interessieren dürfte«, sagte Washington. »Er war erfreut, von der wesentlichen Rolle zu erfahren, die Ihr bei der Aufdeckung der Umtriebe des Verräters Arnold gespielt habt, und ist durchaus einverstanden, daß Ihr von nun an unter meinem Befehl steht. Er schätzt sich sehr glücklich, daß sich ein Soldat des Regiments Royal-Deux-Ponts in einen amerikanischen Offizier verwandeln wird. Er ist überzeugt, daß Ihr Euch Eurer Beförderung würdig erweist. Darüber hinaus ist hier ein für Euch bestimmter eigenhändiger Brief von ihm. Ihr könnt jetzt von ihm Kenntnis nehmen . . . und disponieren!«
Gilles nahm den Brief, schob ihn unter sein Koppel, rührte sich jedoch nicht.

»Darf ich noch etwas sagen, Herr General?«
»Sprecht! Aber faßt Euch kurz!«
»Ich bitte um eine Gunst: die, zu der Eskorte zu gehören, die die Gattin Sagoyewathas zu seinem Lager zurückgeleiten wird.«
»Seltsame Bitte. Nennt den Grund.«
»Ganz einfach, weil ich es bin, der sie mitgenommen hat, und folglich derjenige sein werde, den man beschuldigen wird, sie entführt zu haben. Es scheint mir deshalb normal, daß ich sie wieder zurückgeleite, und wäre es nur deshalb, um Sagoyewatha Rechenschaft zu geben, wenn er es fordern sollte.«
Einen Moment musterte der Virginier den in tadellos straffer Haltung vor ihm stehenden jungen Mann. Dann umschritt er ihn langsam, die Hände auf dem Rücken, bevor er wieder seinen ernsten Blick auf ihn richtete.
»Hm, ich begreife! Empfindliches Ehrgefühl, nicht wahr? Sehr französisch! Aber, könnt Ihr mir auf eben diese Ehre schwören, daß der besagte Wunsch, Euch vor dem Seneca-Häuptling reinzuwaschen, der einzige Grund für Eure Bitte ist?«
»N . . ein, Herr General!«
»Das habe ich mir gedacht. Hört auf, die Läden anzustarren, und seht mich an, wenn ich bitten darf. Hört mir jetzt gut zu: Ihr werdet die indianische Fürstin nicht begleiten, weil ich keine Lust habe, einen Mann Eures Werts zu verlieren. Innerhalb von vierzehn Tagen wird diese Frau Tappan in Begleitung von Männern verlassen haben, von denen ich sicher sein kann, daß sie unempfindlich für ihren Zauber sind: eines Pastors und einer Abteilung alter Soldaten des indianischen Kriegs. Ihr seid für diese Rolle zu jung . . . und sie ist viel zu schön.«
Washingtons Entscheidung war von Weisheit diktiert. Trotzdem spürte Gilles beim Verlassen des Hauses von neuem, nur stärker, das Unbehagen, das ihn angesichts des Galgens ergriffen hatte. Es hatte ihm nicht gut getan, Sitapanoki wiederzusehen. Er hatte sich von der Faszination, die sie auf ihn ausübte, befreit geglaubt, fühlte sich aber vor ihr nach wie vor schwach wie ein Kind. Ein einziger Blick der großen goldenen Augen hatte wieder den Brand in seinem Blut entfacht, und jetzt kannte er nur noch einen Gedanken: sie wiederzusehen . . .
Fast zerstreut las er Rochambeaus Brief, obwohl er selbst wie auch Tim durch ihn rehabilitiert wurde. Der Chef des französischen Expeditionskorps teilte seinem einstigen Sekretär mit, daß er von der Anklage des Mordes entlastet sei.
Der unter dem Namen Samson la Rogne bekannte Soldat des

Husarenregiments Lauzun wurde in dem Moment gefaßt, als er in Gemeinschaft mit drei Kameraden die Goldladung kurz nach Verlassen Newports abzufangen versuchte. Zwei der Banditen wurden getötet. Unglücklicherweise ist es denen, die in unseren Händen geblieben waren, gelungen zu flüchten. Samson war einer von ihnen; wir haben ihn nicht wiedergefunden. Wißt also, daß Ihr mit Zustimmung des Herrn Herzogs de Lauzun die Achtung Eurer Kameraden wiedergewonnen habt und daß Ihr an dem Tage, an dem wir mit Gottes Hilfe nach Frankreich zurückkehren, Euren Platz bei mir wiederfinden werdet, den Euch zu nehmen ich nie beabsichtigt hatte ...

Gilles zerknüllte den Brief mit nervösen Fingern. Er war eher verstimmt als befriedigt. Gewiß war es angenehm, von den eigenen Leuten nicht mehr geächtet zu werden, aber er fühlte sich in seinem Stolz verletzt. Washington hatte ihn zum Offizier gemacht. Wenn er in die französischen Reihen zurückträte, wäre es nur, um wieder mit Tintenfaß und Feder zu hantieren. Nun, wenn Amerika ihn adoptieren wollte, würde es ihn ganz und gar adoptieren ...

Was ihn im Grunde in diesem Brief am meisten freute, war die Mitteilung, daß Morvan der Militärjustiz hatte entwischen können. Morvans Tod gehörte Gilles Goëlo. Niemand, nicht einmal der König, hatte das Recht, ihn darum zu bringen. Der zwischen ihnen aufgeflammte Haß saß zu tief.

»Diese Tölpel von der Feldgendarmerie sind nicht imstande gewesen, ihn zu erwischen«, murmelte er, an einem Grashalm kauend, vor sich hin, »aber mir wird es früher oder später gelingen, wo er auch sein mag. Ich weiß es ...«

Die Menge, die der Beerdigung des unglückseligen Majors André* auf dem kleinen Friedhof von Tappan beigewohnt hatte, kehrte zurück. Gilles bemerkte Tim in lebhaftem Gespräch mit drei oder vier Männern, die er erheblich überragte, und rief ihn an, um mit ihm auf ein paar Becher Rum zum Gasthof zu gehen. Rochambeaus Brief mußte ohnehin begossen werden, aber da er nach der Hinrichtung und dem unerwarteten Auftauchen der Indianerin gekommen war, weckte er in Gilles ein wütendes Verlangen, sich zu betrinken ...

Er bemühte sich gewissenhaft darum, durch Tim ermuntert, der Sitapanokis Wiedererscheinen alles andere als gern sah.

* Nach Kriegsende wurde er nach England überführt und in Westminster beigesetzt.

»Wenn du nur nicht wieder nüchtern würdest, bevor dieses verdammte Weibsbild das Fort verlassen hat«, knurrte er mürrisch, während er seinem Freund großzügig den Becher füllte. »Ich wäre viel ruhiger. Du hast deine Haut genügend für sie riskiert, und ich bin nicht sicher, ob du es nicht wiedertätest.«
»Nicht auf's Sterben hab ich Lust . . . nur auf sie! Mir scheint, wenn ich sie haben könnte . . . nur ein einziges Mal, wäre ich befreit.«
»Oder schlimmer verhext als je! Es gibt Frauen, die sind wie Alkohol: Wenn man davon gekostet hat, kann man nicht mehr aufhören. Versuch, an was anderes zu denken, das ist besser.«
Doch seltsamerweise wollte sich bei Gilles der Rausch nicht einstellen. Es war Tim, der schließlich mit dem Kopf auf dem Tisch liegend zu schnarchen begann. Der Bretone betrachtete ihn verdrossen: Es machte keinen Spaß, allein zu trinken, und wenn Tim ihn im Stich ließ, hatte er hier in der Herberge nichts mehr zu suchen. Er warf ein paar Münzen auf den Tisch, verließ mit leicht unsicherem Schritt die Taverne und stellte fest, daß es Nacht war.
In langen Zügen sog er die kalte Luft ein, die die Nebel aus seinem Hirn verjagte. Die Feuer der Postenstellungen rund um Tappan röteten die Nacht, aber alles war ruhig, obwohl New York, die belagerte Stadt, kaum zwei Meilen entfernt war. Die Kanonen schwiegen, und wenn zuweilen in der Ferne ein Gewehrschuß die Stille durchbrach, war es vielleicht nur ein verspäteter Jäger. Der Herbst war da, und wie die Erde würde auch der Krieg einschlafen, beide Seiten darauf bedacht, ihre Positionen in Erwartung des Frühlings zu halten. Was würde er bringen? . . . Neue Mittel zur Erlangung des Sieges, mehr Waffen, mehr Männer, mehr Geld? Auf beiden Seiten hätten die Soldaten wieder Bauern werden müssen, um die Felder neu bestellen zu können, und die Entscheidung fiel nicht in diesem Jahr.
Mit einem Seufzer machte sich Gilles auf den Weg zu seinem Quartier. Er hatte keine Lust zu schlafen, ja er wußte nicht einmal, worauf er Lust hatte, es sei denn vielleicht, sich eines Kopfes zu entledigen, in dem es wie in einer Schmiede hämmerte. Plötzlich stieß er gegen etwas, fluchte und entschuldigte sich sofort, als er bemerkte, daß es eine Frau war.
»Ich suchte Euch«, hörte er die ruhige Stimme Gunillas. »Aber schreit nicht so. Ihr alarmiert das Dorf.«

Im gelblichen Licht, das aus den Fenstern eines benachbarten Hauses fiel, starrte er sie ungläubig an.
»Ich hätte Euch nie wiedererkannt«, sagte er verblüfft.
»Vielleicht, weil Ihr mich nie richtig angesehen habt.«
Sie hatte recht. Seitdem er sie aus den Fängen des Falken gerettet hatte, war sie in seinen Augen nur ein grauer Schatten, ein Bündel unsauberer Lumpen unter einem strohigen Schopf schmutziggelben Haars gewesen, ein erbärmliches Etwas ungefähr auf der Mitte zwischen einer Ziege und einem Misthaufen, vorausgesetzt, beide hätten die Gabe des Wortes besessen. Und nun hatte er ein schlankes junges Mädchen vor sich, dessen schwarzes Kleid die Feinheit der Taille hervorhob. Die aus weißen Leinenmanschetten zum Vorschein kommenden Hände und das Gesicht unter der ordentlich gebügelten Haube waren vielleicht ein wenig dunkel getönt durch die Unbilden der Witterung und zu starke Sonne, aber die hellen Augen hatten die Farbe von Flachsblüten, und der dicke Haarknoten im Nacken wirkte wie aus blaßer Seide. Das Bild war so erfreulich, daß Gilles ihm zulächelte.
»Ich bin unverzeihlich, Gunilla. Ihr seid wirklich entzükkend . . .«
Das Kompliment zauberte kein Lächeln auf ihr Gesicht. Sie zuckte sogar gereizt die Schultern.
»Behaltet Eure Komplimente! Nicht, um derlei zu hören, habe ich Euch gesucht. Sie hat mich darum gebeten. Sie will Euch sehen.«
»Sie?«
»Tut nicht so dumm! Wer soll es schon sein? Sitapanoki natürlich! Sie kann nicht ins Dorf gehen, da General Washington sie gebeten hat, sich nicht zu zeigen. Und ich habe ihr versprechen müssen, Euch zu ihr zu führen. Kommt Ihr?«
»Ja. Wohin gehen wir?«
»Man hat uns bei der Frau des Pastors einquartiert. Sie ist großherzig, wenn auch streng in ihren Ideen. Sie nahm mich auf, als wäre ich ihre Tochter, aber sie ist nicht sehr glücklich darüber, eine Indianerin unter ihrem Dach zu haben.«
»Und da wollt Ihr einen Mann in dieses Haus bringen? Sie wird mich hinauswerfen!«
»Sie wird nichts davon erfahren. Mrs. Gibson gehört zu den Frauen, die für jedes Problem eine Lösung wissen. Vorgeblich aus Respekt vor ihrem Rang hat sie Sitapanoki in dem Nebengebäude untergebracht, in dem sich der Arbeitssaal der Ge-

meinde befindet . . . ohnedies hatte sie sich geweigert, unter demselben Dach wie der Priester des fremden Großen Geistes zu leben. Das Haus steht am Ende des Obstgartens. Niemand wird Euch eintreten sehen.«

»Was will Sitapanoki von mir?«

Gunilla hatte sich schon auf den Rückweg gemacht; sie ging vor ihm her. Seine Frage war harmlos, doch ihm entging nicht, daß ihr schmaler Rücken erstarrte, dann wandte sie ihm plötzlich ihre zornigen Augen zu.

»Ich weiß es nicht, und ich will es nicht wissen! Ich bin nur gekommen, weil sie gedroht hat, sonst selbst zu gehen . . . aber ich wollte, diese Indianerin wäre beim Teufel! Sie ist eine Dämonin . . . wie ihre Brüder!«

Und ohne weitere Erklärung raffte Gunilla ihre Röcke und begann zu laufen, von dem Bretonen gefolgt, der wohl oder übel die gleiche Gangart einschlagen mußte. Er kannte zwar das Haus des Pastors Gibson, aber er wußte nicht, welchen Weg seine Führerin einschlagen wollte. Sie führte ihn in der Tat um die Umzäunung herum, überstieg eine Kornelkirschenhecke und blieb endlich vor einer schmalen Holztreppe stehen.

»Ihr braucht nur hinaufzugehen. Es ist da oben«, sagte sie, auf ein erleuchtetes Fenster weisend. »Ihr könnt auf demselben Weg zurückkehren. Adieu!«

Sie verschmolz mit dem Dunkel des Obstgartens, während Gilles mit klopfendem Herzen, immer vier Stufen auf einmal nehmend, die wacklige Treppe hinauflief. Unter seiner ungeduldigen Hand schien sich die Tür wie von selbst zu öffnen. Das Zimmer dahinter war sauber und einfach mit ländlichen Möbeln eingerichtet, mit Volants gesäumte rührende Musselinvorhänge hingen vor den Fenstern und verliehen ihm ein jungfräuliches Aussehen. Die einzige Lichtquelle war das im Kamin brennende Feuer, und er sah Sitapanoki nicht sofort. Erst als er sich dem Bett in der am weitesten vom Kamin entfernten Ecke zuwandte, bemerkte er sie. Die Decken bis zum Kinn hochgezogen, schien sie zu schlafen.

Er näherte sich leise, die Tannenholzdielen des Fußbodens verfluchend, die unter seinen Schritten knarrten, und blieb einen Moment mit angehaltenem Atem stehen, um sich begierig an ihrer Schönheit zu weiden. Die ganze Fülle ihres gelösten Haars umgab sie mit einem dunklen Rahmen, in dem ihr Antlitz wie eine goldene Blume schimmerte. Ihre langen Wimpern waren wie zarte Schatten auf ihren von der Wärme rosig überhauchten Wangen, und ihre feuchten Lippen hatten sich im Schlaf halb geöffnet, als erwarte sie einen Kuß. Verwirrt vermochte Gilles es kaum zu glauben, daß er aus der kalten Nacht draußen in dieses köstliche weibliche Paradies versetzt worden war.

Er wollte sich über die Schlafende beugen, als sie ohne die Augen zu öffnen murmelte:

»Du bist schnell gekommen . . . Ich habe keine Zeit gehabt, einzuschlafen. Es ist sehr liebenswürdig von dir . . .«

Die Ironie des Tons zerstörte den Zauber. Gilles richtete sich steif auf.

»Du hast mich gerufen. Ich hatte keinen Grund, dich warten zu lassen. Was willst du von mir?«

»Eine einfache Auskunft. Wirst du mich zu meinem weisen Gatten Sagoyewatha geleiten?«

»Nein. General Washington will es nicht . . .«

Unversehens öffnete sie die Augen, umfing ihn mit ihrem warmen Leuchten, in dem ein Fünkchen Spott aufblitzte.

»Du hast ihn also gefragt?«

»Allerdings! Ich hielt es für meine Pflicht, dich selbst zurückzubringen und mich zugleich in den Augen deines Mannes von der Anklage der Entführung reinzuwaschen, die Hiakin gegen mich erhoben haben muß.«

Die Indianerin lächelte, schloß halb die Augen, heimlich den jungen Mann durch den Schleier ihrer Wimpern musternd, und gestand sich, daß ihr niemals ein Mann so gefallen habe wie dieser. Der Krieg bekam ihm gut. Die vergangenen Wochen hatten sein Gesicht gehärtet, hatten ihm die letzten Spuren des Jünglingsalters genommen; und Sitapanoki brauchte nur ein wenig in ihrer jüngsten Erinnerung zu graben, um unter dem dunklen Tuch der Uniform die Perfektion eines muskulösen, makellos gebauten Körpers zu sehen. Und dann war da dieser eisig-blaue Blick, waren da diese zugleich ironischen und skeptischen Fältchen in den Winkeln der harten Lippen. Wahrlich ein schönes Tier, ebenso schön wie Cornplanter, nur unendlich anziehender!

»War das der einzige Grund? Wolltest du mich wirklich nur zu meinem Gatten zurückgeleiten oder . . .?«

»Oder was?« fragte er, in der Defensive verharrend.

»Oh, nichts! . . . Ich muß wohl geträumt haben, daß du mich eines Abends in meinem Wigwam anflehtest, dir zu folgen . . . Mit Träumen ist es eine seltsame Sache, weißt du? Ich glaube

sogar, noch deine Worte zu hören. Du sagtest: ›Wenn du mir folgst, werde ich dich lieben, wie kein anderer Mann dich je wird lieben können . . .‹ «
»Du hast nicht geträumt. Diese Worte habe ich dir gesagt, und ich leugne sie nicht, aber . . .«
»Aber? Das ist ein Wort, das Frauen nicht mögen.«
»Verzeih mir. Ich war damals aufrichtig, aber so viele Dinge haben sich inzwischen verändert. Ich gehöre mir nicht mehr . . . ich bin ein Offizier General Washingtons . . .«
»Willst du sagen, daß du mich nicht mehr liebst? . . . Schade! Denn ich, siehst du, ich wäre bereit, dich zu lieben.«
Unvermittelt schob sie ihre Decken zurück und erhob sich nackt wie die Wahrheit vor dem jungen Mann, die dunkle Pracht ihres Haars mit einer brüsken Bewegung zurückwerfend, die die stolzen Hügel ihrer Brüste hüpfen ließ. Doch sie näherte sich ihm nicht. Als existiere er plötzlich nicht mehr für sie, schritt sie an ihm vorbei dem Feuer zu, auf langen Schenkeln runde, feste Hinterbacken balancierend, die unter dem schimmernden Vorhang ihres Haars erschienen.
Mit jäh wie ausgetrockneter Kehle und pulsenden Schläfen starrte Gilles ihr nach auf ihrem Weg zum Kamin, von dessen rötlichem Hintergrund sich die vollkommenen Formen ihres Körpers abhoben. Mit rauher Stimme, die ihm aus den Tiefen der Erde zu kommen schien, hörte er sich murmeln:
»Was für ein Spiel spielst du? Du sagst, du wärst bereit, mich zu lieben?«
»Warum sollte ich sonst bis hierher gekommen sein, obwohl es so einfach gewesen wäre, nach Hause zurückzukehren, nachdem die Skinner den Rächer getötet und die Farm verbrannt hatten?«
Sie wandte sich langsam zur Seite, um ihm das betörende Profil ihres Körpers zu bieten: die kühn vorspringende Linie der Brüste über der unendlich rührenden des flachen Leibs und der sanften Schwellung des sorgfältig enthaarten Venushügels . . . Ihre Stimme wurde tiefer und glitt wie eine Raspel über die Nerven des jungen Mannes.
»Ich begehrte dich im Lager meines Gatten, und ich begehre dich jetzt! Oh, ich weiß, was dich zurückhält! Du fürchtest, dem Mann zu mißfallen, dem du dienen willst . . . aber das ist nicht alles. Vielleicht habe ich mich überhaupt getäuscht . . . vielleicht bist du kein wirklicher Mann!«
Er riß sie an sich, bemächtigte sich ihrer brutal und restlos,

ebenso restlos, wie sie sich seiner Umarmung ergab, mit der er sie auf den gehäkelten Teppich, ein Werk der braven Mrs. Gibson, und in die Wärme der Flammen zwang. Das Fleisch der Indianerin glühte, aber Gilles' Hände waren eiskalt. Wie ein kleines wildes Tier verbiß sie sich sanft in seine Lippen, dann stieß sie ihn zurück, kniete sich neben ihn.
»Laß mich dir diese lächerliche Uniform ausziehen! Du bist viel schöner ohne sie.«
Ungeduldig, sie wieder in seinen Armen zu fühlen, riß er sich den Rock, die lange weiße Weste, die Halsbinde herunter, bis sie es ihm verwehrte.
»Nein! Ich will es selbst tun! Uns Töchtern des Waldes bringt man bei, wie man die Lust des Herrn, den wir uns erwählen, über lange Zeit ausdehnt.«
»Wie ihr auch die Qualen der Marter zu verlängern versteht?« fragte Gilles lachend. Doch sie blieb ernst.
»Es ist dasselbe. Die Liebe ist ein langsamer Tod, von dem man unaufhörlich aufersteht. Die Lust wie der Schmerz müssen sich bis zum Unerträglichen steigern . . .«
Vor dem Feuer begann nun ein subtiles, grausames und köstliches Spiel zwischen den beiden Körpern. Bevor sie sich ihm besiegt und delirierend endlich öffnete, trieb Sitapanoki mit raffinierter Wissenschaft das Verlangen ihres Partners bis zur Grenze einer Qual, von der er sich mit einem Raubtierröcheln befreite, das seinen Widerhall im keuchenden Schrei der Frau fand . . .
Gilles erwachte als erster aus der seligen Erschöpfung der Liebe und löste sich sanft von seiner Gefährtin. Das Feuer war nur noch ein Häufchen Glut. Er legte einige Scheite auf und fachte es an. Hohe, helle Flammen loderten auf und warfen ihren flackernden Schein auf die schlafende Frau. Schweißperlen zogen winzige glitzernde Bahnen über ihre matte Haut. Mit leichtem Finger folgte Gilles einer der Spuren, die sich zwischen den halbgeöffneten Schenkeln verlor. In ihrem leichten Schlaf spürte Sitapanoki die zärtliche Berührung, stöhnte leise, dehnte sich ihm entgegen, ohne die Augen zu öffnen.
Wieder wuchs das Verlangen des jungen Mannes, doch während endloser Minuten blieb er vor ihr auf den Knien, spielte auf dem unter seinen Fingern bebenden und zuckenden Körper wie auf einer Harfe, genoß ihr keuchendes Stöhnen, bis die Frau sich mit einer jähen Drehung über ihn wälzte, ihn mit ihren Armen und dem würzigen Duft ihres Haars umfing und

sie beide fast in die Flammen warf. Da hob Gilles sie auf, trug sie zum Bett und sank mit ihr auf die weißen Laken . . .

Noch dreimal liebten sie einander, ohne sich sättigen zu können. Ihre Körper schienen von Anbeginn der Zeiten an füreinander geschaffen; es war, als könnten sie sich nicht mehr voneinander trennen. Endlich jedoch schmiegte Sitapanoki ihren Kopf an den Hals des Geliebten und umfing ihn mit ihren Armen. Einen Moment bewahrte sie Schweigen, und er glaubte schon, sie sei eingeschlafen, als er plötzlich zarte Küsse auf seiner Haut spürte und sie raunen hörte:

»Bring mich fort!«

»Wohin soll ich dich bringen? Nach Hause? Ich habe dir schon gesagt . . .«

»Nach Hause . . . ja . . . aber nicht zu meinem Mann.«

Sie stützte sich auf einen Ellbogen hoch, küßte ihn lange, während ihre Finger, den Muskeln folgend, durch den leichten Flaum auf der Brust des jungen Mannes glitten.

»Hör zu . . . Viele Tagemärsche am Fluß entlang, der hier in der Nähe fließt, stößt man auf einen weit größeren Fluß, den die Franzosen Sankt Lorenz-Strom nannten. Einst herrschten die Meinen über riesige Gebiete im Norden dieses Stroms. Die Irokesen haben sie niedergemetzelt, und die wenigen, die zu entrinnen vermochten, sind westwärts geflüchtet. Der Stamm meines Vaters konnte länger ausharren als die anderen dank eines Zufluchtsortes, dessen Lage jetzt nur noch ich und einige andere kennen. An einem Unglückstag verließen sie ihn, in eine Falle gelockt. Nur wenige sind den irokesischen Pfeilen entkommen, und ich bin eine Gefangene geworden. Doch den Zufluchtsort hat der Feind nie entdeckt, und ich glaube, daß einige dort noch leben. Komm mit mir . . . Du wirst ihr Häuptling werden, und ich werde dir Söhne schenken.«

Sanft löste sich Gilles von ihr, zwang sie, sich wieder auszustrecken, und sah ihr lange in die Augen.

»Du bist verrückt, Sita . . . Du träumst mit offenen Augen. Wie könnten Leute deiner Rasse einen Weißen akzeptieren? Und ich will nicht desertieren, denn darauf liefe die Flucht mit dir hinaus.«

»Du behauptest, mich zu lieben«, sagte sie bitter, »und wenn ich dir anbiete, dir mein ganzes Leben zu schenken, sagst du, daß ich verrückt sei. Zweifellos bin ich es gewesen, als ich mich dir gab . . . dir, der bereit ist, meiner Rückkehr zu meinem Gatten ruhig zuzusehen.«

Blitzschnell glitt sie vom Bett und dehnte sich im Schein des erlöschenden Feuers wie eine Katze.
»Wer sagt dir, daß ich zusehe?« Gilles beobachtete sie, ans Kopfkissen gelehnt. »Aber ich habe keine Möglichkeit, es zu verhindern, ohne mich zu entehren.«
Sie antwortete nicht, schien seine Worte nicht einmal gehört zu haben. Mit geweiteten Augen in die Glut starrend, als gewahre sie dort seltsame Bilder, murmelte sie wie zu sich selbst:
»Sagoyewatha wird mich nicht bestrafen, weil er den Worten des großen weißen Häuptlings glauben wird, aber vielleicht will er mich nicht mehr als Gemahlin. Mein Dasein würde dann erbärmlich sein. Vielleicht könnte ich ihn auch zurückerobern, wenn ich ihm noch weit mehr Liebe schenkte, als du je von mir empfangen hast . . .«
Und sie begann mit leiser, vertraulicher Stimme wie im Selbstgespräch mit aufreizender Genauigkeit die Zärtlichkeiten zu beschreiben, die sie würde anwenden müssen. Es war ein schwebendes Murmeln, eine Art sinnlicher Beschwörung, eine Aufzählung von unwiderstehlicher erotischer Poesie, die die Atmosphäre mit elektrischer Spannung lud. Zugleich strichen ihre schmalen braunen Hände träumerisch über ihre Hüften, glitten zu den Brüsten hinauf, die sie umfingen.
Plötzlich glaubte Gilles, sie in den Armen des Indianers zu sehen, und sprang vom Bett, um sie an sich zu reißen. Doch sie stieß ihn zornig zurück.
»Du bist noch da? Worauf wartest du noch! Geh doch! Ich täuschte mich, als ich dich heute abend empfing, und du hast mir meinen Irrtum klargemacht. Ich darf nur noch an meinen Gatten denken. Geh!«
»Warum so böse? Kannst du nicht begreifen . . .?«
»Nein! Ich begreife nur eins: Der Mann, dem ich gehöre, muß auch mir gehören. Du willst es nicht, also gehöre ich nicht mehr dir . . .«
»Sei doch ein bißchen vernünftig! Was du von mir forderst, ist eine sehr ernste Sache, und du solltest das verstehen. Welcher Mann unter den Deinen wäre bereit, so, von einer Minute zur anderen, seine Brüder, seine Pflichten, seine Rasse im Stich zu lassen, um mit der Frau eines anderen zu fliehen? Vielleicht gibt es eine Lösung, aber laß mir wenigstens Zeit, darüber nachzudenken. Du kehrst nicht morgen zurück!«
Unmerklich hatte er sich ihr genähert, zog sie an sich, und diesmal wehrte sie sich kaum. Nach einer Weile begann sie

sogar zu lachen und bot ihm ihre Lippen.
»Du hast recht . . . aber, siehst du, ich liebe dich schon so, daß ich es mir nicht einmal mehr vorstellen kann, mich je von dir zu trennen.«
»Auch ich liebe dich. Hast du es noch nicht begriffen? Wie könnte ich leben ohne dich?«
Sie drängte sich an ihn, schmiegte sich ihm mit jedem Zoll ihres Körpers an, während ihre Hüften sich leise wellenförmig bewegten.
»Dann beweise es mir noch einmal!« hauchte sie. »Der Tag bricht bald an . . . und die Stunden bis zum Abend werden endlos sein.«
Als er eine Stunde später das stille Zimmer verließ und in die feuchte Kälte des frühen Morgens tauchte, fühlte Gilles die Seele eines Eroberers in sich und vergaß darüber seine Bedenken. Es war ihm mehr als schwergefallen, sich aus Sitapanokis Armen zu reißen. Die letzte Hingabe der schönen Indianerin erfüllte ihn mit maßlosem Stolz, denn sie hatte sich unendlich sanft, ja demütig gezeigt, um ihn vergessen zu lassen, daß sie versucht hatte, ihn von seinen soldatischen Pflichten abzubringen. Während dieser letzten Stunde hatte sie ihn mit Zärtlichkeiten und Küssen überschüttet, die noch auf seiner Haut brannten, während er, einen kriegerischen Marsch pfeifend, mit ein wenig schwachen Beinen, aber glücklichem Herzen zum Kern des Dorfs zurückkehrte. Die hinter ihm liegende Nacht hatte endgültig die letzten Spuren des Jünglingsalters in ihm getilgt, denn der Geliebte einer Frau wie Sitapanoki konnte nur ein wirklicher Mann sein.
Er ahnte nichts von der schmalen weißen Gestalt, die reglos hinter einem der schwarzen Fenster des Gibson-Hauses stand und ihn, Tränen in den Augen, die Hecke mit einem Sprung hatte überqueren sehen . . .
Den ganzen Tag über verrichtete der Leutnant Goëlo seine Arbeit in leicht abwesendem Zustand und mit einem völligen Mangel an Enthusiasmus. Praktisch denkend, aber ohne rechtes psychologisches Einfühlungsvermögen hatte General Washington ihn in Erinnerung an die einstmals bei Rochambeau von ihm ausgeübten Funktionen gebeten, wieder Ordnung in die Verwaltungsregister seiner Armeegruppe zu bringen und die leider recht mageren Reserven zu überprüfen, über die man im kommenden Winter verfügen konnte. Diese Bürokratenarbeit mißfiel außerordentlich einem jungen Mann, dessen Blick

reichlich oft zu der Pendüle auf dem Kaminsims glitt, während er, die Feder in der Luft, den Geist ganz woanders, in Gedanken Perspektiven überflog, die nicht viel mit Biergallonen und Mehlsäcken zu tun hatten.

Er tauchte aus seiner wollüstigen Träumerei nur auf, um sich zerstreut von seinem Freund Tim zu verabschieden. Der Waldläufer kehrte nach Newport zurück, von Washington mit einem Auftrag zum Oberkommando des französischen Expeditionskorps entsandt und im Grunde sehr glücklich, bei dieser Gelegenheit Miss Martha Carpenter huldigen zu können, die in letzter Zeit ein wenig vernachlässigt zu haben er sich vorwarf. Und der letzte Schlag der neunten Stunde fand ihn wieder beim Überqueren der Kornelkirschenhecke, ein Auge auf das rötlich erhellte Fenster gerichtet, hinter dem seine Geliebte ihn erwartete. Die Tür hatte sich noch nicht hinter ihm geschlossen, als sie auch schon in seinen Armen war . . . und alles begann von neuem.

Die folgenden Nächte verliefen ebenso wild und glutvoll. Sitapanoki liebte die Liebe. Sie kannte alle ihre Ab- und Umwege, alle die verführerischen Genüsse, deren Macht selbst über ihren doch so weisen, vernünftigen Gatten sie oft festgestellt hatte. Mit diesem prächtigen, jungen und heißblütigen Burschen erreichte sie sublime Höhepunkte. Zwischen den Momenten des Schlafs, die sie nicht trennten, liebten sich die beiden mit einer Glut, die sich mit jeder Nacht nur noch steigerte.

Die Indianerin hatte nicht mehr von ihrem Vorschlag einer gemeinsamen Flucht zu Gilles gesprochen, und als er selbst das Thema wieder anschnitt, hatte sie ihm den Mund mit einem langen Kuß geschlossen.

»Laß nur! Alles wird sich finden . . .«

Doch nach und nach lockte sie ihn immer tiefer in das unsichtbare Netz ihrer Zärtlichkeiten. Ihre durch die Leidenschaft noch gesteigerte Schönheit wurde allmählich zu einer gefährlichen Droge, nach der der junge Mann immer gieriger verlangte. Sitapanoki wußte sich abwechselnd glühend, herrisch oder fügsam bis zur Demütigung zu geben, ein prachtvolles dunkelhäutiges, gezähmtes Pantherweibchen, das sich schnurrend und lustvoll stöhnend in seinen Armen wand. Und jeder wiederkehrende Tagesanbruch machte die Trennung schwieriger, stimmte den jungen Mann düsterer. Das kleine Zimmer wurde für ihn zu einem göttlich-paradiesischen geschlossenen

Universum, in dem die schöne Indianerin, Eva und Schlange zugleich, in ihrer gloriosen Nacktheit herrschte . . . die schöne Indianerin, die sich geschworen hatte, ihn ganz für sich zu haben, und das für immer.
Sie wußte, daß sie gesiegt hatte, als er sie eines Morgens im Augenblick der letzten Küsse noch leidenschaftlicher umschlang als sonst. Er hatte sie die ganze Nacht mit einer Art verzweifelter Wut geliebt, ohne daß es ihr gelungen war, ihm eine Erklärung zu entlocken. Doch im Augenblick des Abschieds murmelte er dicht an ihrem Hals:
»Der General hat deinen Aufbruch beschlossen, Sita. In drei Tagen mußt du ins Lager deines Gatten zurück.«
Ein Zittern überlief sie.
»Drei Tage?« sagte sie mit leiser, schmerzlicher Stimme. »Nur drei Tage?«
Er preßte sie fester an sich, wie um mit ihr zu verschmelzen.
»Ja . . . aber heute nacht werden wir zusammen fliehen . . . wohin du willst . . . zu dem großen Strom, von dem du mir sprachst.«
Es kam so plötzlich, so unerwartet, daß sie fast erschrak. Sanft schob sie ihn zurück, durchforschte besorgt sein von Müdigkeit und Angst gezeichnetes Gesicht.
»Du willst . . . mich wirklich entführen? Dein ganzes Leben aufgeben?«
»Mein Leben bist du! Jede Stunde bindet mich mehr an dich. Ich liebe dich, Sita, ich liebe dich wie ein Narr. Ich kann nicht hierbleiben und ewig weiter Papier beschmieren, während du für immer fortgehst. Du kannst nicht wissen, wie sehr ich dich liebe!«
»Auch ich liebe dich«, sagte sie ernst. »Ich glaubte nicht, daß ich dich je so lieben könnte. Du gefielst mir, und ich hatte Lust auf dich, aber jetzt kann ich mir nicht mehr vorstellen, ohne dich zu leben: Du bist mein Herr. Aber wirst du nicht vermissen, was du aufgibst? Wirst du es ertragen können?«
»Es gibt nur eins, was ich nicht ertragen könnte, Sita: dich bei einem anderen zu wissen, in den Armen eines anderen, im Bett eines anderen.«
»Aber dein Land, deine Familie . . . deine Karriere?«
»Ich habe keine Familie mehr, ich bin nichts in meiner Heimat, und seit langem schon wünsche ich mir, von diesem Land hier adoptiert zu werden. Was meine Karriere betrifft . . . Washington hat mir Offizierstressen gegeben, doch meine Waffen

sind ein Federhalter und ein Tintenfaß. Wenn der Krieg zu Ende ist, werde ich nichts mehr sein! Nein, Sita, ich gehe ohne Bedauern, da ich dich habe. Heute abend werde ich zur gewohnten Stunde kommen, mit Männerkleidung, die du anziehen wirst, und dann werden wir beide fliehen.«
Sie wollte es selbst zu sehr, um sich noch länger zu wehren.
»Mein ganzes Leben lang werde ich versuchen, dich glücklich zu machen. Du wirst sehen, wie schön es ist, in Freiheit zu leben, in den Wäldern nahe dem großen Wasser, das über die Felsen springt. Der Krieg wird eines Tages zu Ende gehen, dann werden wir Kolonisten, wir werden Kinder haben, Land, das wir urbar machen, ein Haus, in dem ich mich bemühen werde, mich in eine Gattin nach der Art der Frauen deines Landes zu verwandeln, ein Reich vielleicht . . . Unser Land ist riesig, und alles ist in ihm möglich. Und dann werde ich dich lieben, werde ich dich lieben, wie niemals eine Frau einen Mann geliebt haben wird!«
Gilles nahm das schöne Antlitz mit den strahlenden Augen zwischen seine Hände und betrachtete es einen Moment mit unendlicher Zärtlichkeit.
»Vielleicht wird auch nichts aus all diesen Hoffnungen . . . vielleicht finden wir am Ende des Weges den Tod, wenn es deinem Gatten gelingt, uns einzuholen, aber vielleicht ist eben das das höchste Glück: zusammen zu sterben, da es dann weder Gewissensbisse noch Reue mehr gibt. Auf heute abend . . .«
Der Kuß, den sie einander gaben, war vollkommen keusch. Ein wahrer Verlobungskuß, der die heimlichen Berechnungen und das gierige Ungestüm des körperlichen Beieinanders beiseite fegte. Es gab keinen Sieger und keinen Besiegten mehr in diesem hitzigen Turnier, in dem jeder von ihnen unbewußt versucht hatte, aus dem anderen herauszuholen, was er von ihm wollte, sondern zwei Wesen, die sich darin gefunden hatten, alles beiseitezulassen, was sie trennte, all das, was letztlich weniger wichtig war als die Liebe, um ganz einfach einander zu gehören. Sie war nicht mehr die indianische Fürstin, er war nicht mehr Bretone, weder Soldat König Ludwigs XVI. noch Offizier in der Rebellenarmee der jungen Vereinigten Staaten: Sie waren zwei neue Wesen am Anbeginn der Welt. Die durch Begierde aneinandergeschweißten Körper hatten die Herzen mitgerissen, als ihre Besitzer sich dessen am wenigsten versahen.
Diesmal verging der Tag wie im Traum. Gilles widmete sich

seiner Aufgabe, die ihm vierundzwanzig Stunden zuvor noch äußerst unerfreulich erschienen war, wie er es nie zuvor getan hatte. Nebenbei bereitete er ein leichtes Bündel vor, das Männerkleidung für Sitapanoki, einige Lebensmittel und die für den Marsch durch die Wälder unentbehrlichen Waffen enthielt, und schrieb drei Briefe, die er zurücklassen wollte: einen an Washington, einen an Rochambeau, einen an Tim, auf dessen Hilfe er, wie er wußte, immer rechnen konnte. Statt die Mahlzeit der anderen Stabsoffiziere zu teilen, aß er endlich allein in einem Winkel des Gasthofs zu Abend und rauchte in aller Ruhe eine Pfeife, während er auf den Augenblick wartete, in dem er zu seiner Geliebten zurückkehren würde.

Er fühlte sich sonderbar erleichtert und befreit, wie es oft der Fall ist, wenn man eine schwierige Entscheidung getroffen hat. Alles war mit einem Schlage ganz einfach geworden! Es hatte genügt, dem Ehrgeiz, dem normalen Leben, der alten Welt, die ihm im starren Zwang lange bestehender Monarchien nur eine enge Existenz zu bieten hatte, und endlich auch Judith nein zu sagen, die vergebens auf ihn warten würde, vorausgesetzt, daß ihr Versprechen in Form einer Herausforderung überhaupt aufrichtig gewesen war. Die kleine rothaarige Sirene aus dem Blavet war zu den frühmorgendlichen Träumen zurückgekehrt, die die ersten Sonnenstrahlen verblassen lassen. Tief auf dem Grunde seiner Erinnerung war sie ein kaum noch körperliches Etwas, eine Blume ohne Duft, ein Reflex, den eine Welle davonträgt . . . Auch sie war überwunden!

Als die Nacht hereingebrochen war und die Trompeten den Zapfenstreich bliesen, verließ er die Herberge mit einem lässigen Gruß in die Runde, ging zum Friedhof, wo er sein Bündel unter einer Hecke verborgen hatte, lud es sich auf den Rücken und schlug den Weg zum Hause des Pastors ein. Er fühlte sich leicht wie ein Vogel. Die Dinge waren ihm in der Tat dadurch besonders erleichtert worden, daß er Washington während des ganzen Tages nicht gesehen hatte: Der Generalissimus war mit Oberst Hamilton zu einer Inspektion aufgebrochen, und Gilles war höchst zufrieden damit, denn er war sich nicht sicher, wie es ihm unter dem klaren, forschenden Blick des Generals ergangen wäre.

Er sah schon von fern das Fenster wie einen warmleuchtenden Stern durch die Nacht schimmern, betrat den Garten, stieg lautlos die Treppe hinauf, öffnete die Tür mit einer längst vertraut gewordenen Bewegung, im voraus dem glücklichen

Bild zulächelnd, das er erwarten durfte. Sita würde ihn wie jeden Abend halb liegend vor dem Feuer erwarten, doch heute würde sie angekleidet sein, denn Liebe stand nicht auf dem Programm der kommenden Stunden.
Weit stieß er die Tür auf, bereit, sie in seine Arme zu nehmen.
»Tretet nur ein!« sagte eine kühle Stimme.
Sitapanoki war auf geheimnisvolle Weise verschwunden. Stattdessen richtete sich die hohe Gestalt General Washingtons vor dem Kamin auf, dessen Feuer er geschürt hatte.
Das vertraute Knistern und Knacken der Scheite füllte das Schweigen. Alles war wie sonst. Der Duft nach warmem Harz und brennendem Tannenholz, die weißen Vorhänge mit ihren Volants und der gehäkelte Teppich, auf dem jetzt die Silberschnallen-Schuhe des Generals standen. Und trotzdem war es, als drehe sich die Welt verkehrt herum: Das Paradies ohne Eva ähnelte dem Fegefeuer.
»Schließt endlich die Tür!« befahl Washington »Es zieht. Und legt dieses Bündel in einen Winkel.«
Er hängte den Schürhaken wieder auf, rieb sich die Hände, um sie von eventuellem Staub zu befreien. Lang und schön, wirkten sie in der Umrahmung der makellosen Batistmanschetten überaus gepflegt.
»Wo ist sie?« fragte Gilles ohne weitere Förmlichkeiten.
»Die Gattin des Häuptlings Sagoyewatha ist unterwegs zu den Ihren. Ich habe sie in den frühen Morgenstunden ohne Aufsehen aufbrechen lassen und sie selbst eine Meile begleitet, um ihr die ihr gebührende Ehre zu erweisen. Habt Ihr irgend etwas dagegen einzuwenden? Oder habt ihr völlig vergessen, was diese Frau repräsentiert, unabhängig von der Tatsache, daß wir uns im Krieg befinden, und daß Ihr Soldat seid? Wie soll Euer Chef benennen, was Ihr mit diesem Bündel vorhattet?«
»Desertion«, entgegnete Gilles kühn.
»Und was steht darauf?«
»Der Tod. Laßt mich füsilieren . . . oder hängen, da das offenbar seit kurzem das Soldaten vorbehaltene Schicksal ist.«
»Ich rate Euch, nicht unverschämt zu sein. Was habt Ihr zu Eurer Verteidigung vorzubringen?«
»Nichts, außer daß ich diese Frau liebe, und daß sie mich liebt!«
»Und was weiter? Wer seid Ihr denn, daß Ihr mir nichts, dir nichts meine Pläne durchkreuzen zu können glaubt? In dem

Drama, das wir durchleben, können wir keinen zweiten Trojanischen Krieg brauchen, der alle sechs Stämme gegen uns vereinen würde. Ihr seid nicht Paris, sie ist nicht Helena! Was habt ihr Franzosen nur für eine verdammte Angewohnheit, Eurer Umwelt immer mit der Liebe zu kommen! Ihr schwenkt sie wie eine Fahne, ihr schmückt euch mit ihr wie mit einem Orden! Ich habe keine Zeit für Liebe! Mich interessiert die Freiheit, und ich glaubte, daß es bei Euch nicht anders sei, sonst hätte ich nicht aus Don Juan einen Offizier meiner Armee gemacht! Aber vielleicht seid Ihr auch nur ein Feigling trotz allem äußeren Anschein?«
Gilles erblaßte und ballte die Fäuste, nahe daran, sich auf Washington zu stürzen.
»Tötet mich, General, aber beleidigt mich nicht!«
»Und Ihr hört ein für allemal auf, mir die Ohren mit Eurer Exekution vollzuschreien. Ich brauche lebendige Männer, keine toten. Und jetzt paßt gut auf: Niemand außer mir wird wissen, daß Ihr im Begriff wart, Euch davonzumachen. Die Erfahrung beweist, daß ich recht damit hatte, Euch vom Geleit dieser Frau auszuschließen, denn Ihr wärt nicht zurückgekehrt, aber ich hatte unrecht damit, Euch bei mir arbeiten zu lassen. Ihr seid für Handstreiche geschaffen. Im Kampf seid Ihr an Eurem Platz und macht keine Dummheiten. Wollt Ihr kämpfen?«
»Ich habe mir nie etwas anderes gewünscht, wenn nicht . . .«
»Ich verbiete Euch, noch daran zu denken! Geht in Euer Quartier zurück und bereitet Euch vor. Durch einen Spion, einen gewissen Champ, haben wir den genauen Ort erfahren, an dem Arnold sich aufhält. General La Fayette, der wie Ihr über Andrés Tod nicht hinwegkommt, bricht im Morgengrauen mit einer Abteilung seiner *riflemen* auf, um zu versuchen, sich seiner zu bemächtigen. Meldet Euch bei ihm!«
Es war unmöglich, Washington zu widerstehen, wenn er sich eines gewissen Tons, gewisser Worte bediente, denn niemand kannte die Menschen so wie er. Den Tod in der Seele, doch bezwungen, nahm Gilles Haltung an, schlug die Hacken zusammen und salutierte vorschriftsmäßig.
»Ich bin Euch immer zu Diensten, General, und ich hoffe, Euch meine Dankbarkeit beweisen zu können, indem ich mein Leben für Euch gebe. Es bleibt mir nur noch, in meine Unterkunft zurückzukehren . . . und gewisse Briefe zu verbrennen, die

Euch kaum noch interessieren dürften.«
Plötzlich begann Washington zu lachen. Er trat zu dem jungen Mann und gab ihm mit geschlossener Faust einen Rippenstoß.
»Verdammter bretonischer Dickschädel! Dabei bemühe ich mich unentwegt, Euch zu erklären, daß ich Euch in lebendigem Zustand will! Und dann . . .« Seine Stimme sänftigte sich, wurde wieder ernst. Nur in seinen müden Augen verblieb ein Lächeln. »Und dann, glaubt mir, keine Frau, selbst die schönste, ist es wert, daß ein mit vielen Talenten begabter Mann sein Schicksal ihretwegen zerstört. Fragt nur Arnold, wenn Ihr ihn findet. Ohne die verrückte Liebe zu der entzückenden Peggy, seiner Frau, wäre er vielleicht noch ein ehrlicher Mann und ein Held.«

Pongo

Die arrogante rote Feder der Soldaten La Fayettes am Dreispitz, stürzte sich der Leutnant Goëlo in den Krieg, wie ein Gefangener sich in ein von Haien wimmelndes Meer wirft: um frei herauszukommen oder gar nicht. Von dem Spion Champ geführt, gelang es ihnen unter tausend Gefahren, sich dem Fort Constitution an der Bucht von New York zu nähern, in dem sich der Verräter verschanzt haben sollte, doch nur, um zu erfahren, daß ihr Wild ihnen entwischt war. Wütend und nach Rache dürstend, hatte Arnold die Vorstellung nicht ertragen können, den Winter eingeschlossen in einer Festung verbringen zu müssen. Er hatte von Lord Clinton die Erlaubnis erhalten, sich den englischen Truppen im Süden anzuschließen und war nach Virginien abgereist, fest entschlossen, Washingtons nähere Landsleute teuer für die demütigende Situation zahlen zu lassen, die er sich selbst eingebrockt hatte.
Der Expeditionstrupp kehrte unverrichteter Dinge und um so kampflustiger nach Tappan zurück. Gemeinsam bestürmten La Fayette und Gilles Washington, ihnen die Genehmigung zu erteilen, den Verräter bis nach Virginien zu verfolgen, doch der General lehnte ab.
»Ihr scheint zu vergessen, meine Herren, daß wir New York belagern, und ich habe nicht genug Truppen. Macht mir das

Vergnügen, hierzubleiben und nur das zu tun, was ich Euch sagen werden.«
Eine weit schmerzlichere Enttäuschung noch erwartete Gilles: Pastor Gibson und die Eskorte, die Sitapanoki zum Susquehannah geleiten sollte, waren während seiner Abwesenheit und viel früher zurückgekehrt als erwartet, denn sie waren nicht bis zum Ziel ihres Marschs gelangt. Die schöne Indianerin war ihnen eines Nachts entkommen, als sie in der Nähe von Dingmans Ferry am Delaware kampierten. Sie war verschwunden, ohne daß es gelungen wäre, sie wiederzufinden.
Als er diese Nachricht aus dem Munde des Generalissimus selbst erfuhr, erfüllte sie ihn im ersten Moment mit geheimer Freude. »Sie wollte nicht zu Sagoyewatha zurück«, erklärte er, seine Genugtuung kaum verbergend. »Sie wünschte sich, daß wir zusammenbleiben und fern im Norden leben sollten, an dem versteckten Ort, der dem Stamm ihres Vaters als Zuflucht gedient hatte, bevor fast alle massakriert wurden.«
»Und Ihr meint, nicht wahr, daß sie sich allein dorthin begeben hat . . . daß sie Euch vielleicht dort erwartet?«
»Warum nicht? Sie war meiner sicher, wie ich ihrer sicher bin.«
»Ihrer sicher? Oh, diese Jugend! . . . Es macht mir keinerlei Freude, mein armer Freund, Euch das Folgende mitzuteilen, aber ich fühle mich dazu verpflichtet, um Euch zu helfen, auch den letzten Rest von Bedauern aus Eurem Herzen zu tilgen. Wißt Ihr, was mir Spione berichteten, über die ich in den indianischen Gebieten verfüge? Die Gattin Sagoyewathas des Weisen, die Frau, für die Ihr sogar Euer Blut verleugnen wolltet, hat sich keineswegs in die großen Wälder begeben, wo einst der Algonquin lebte, sondern ganz einfach . . . zu den Lagerfeuern Cornplanters im Tal der Mohawk!«
Gilles blieb stumm, zu unglücklich plötzlich, um zu reagieren, denn nicht einen Moment lang kam ihm die Idee, die Worte des Generals in Zweifel zu ziehen. Der Name des Irokesenhäuptlings hatte ihn wie das Beil des Henkers getroffen und ihn zum Schweigen gebracht. Er begnügte sich mit einem kurzen Nikken, dann drehte er sich, ohne zu grüßen, jäh auf den Hacken um und schoß davon, zwischen zwei Gestalten hindurch, die sich eben dem Haus näherten: La Fayette und General Knox.
»Gott verzeih mir!« rief der Franzose. »War das nicht Leutnant Goëlo? Wohin läuft er so schnell? Man möchte meinen, er habe ein Gespenst gesehen.«

Washington, der ihm bis zur Schwelle des Hauses gefolgt war, zuckte mit einem melancholischen Lächeln die Schultern.
»Das Gespenst seiner letzten Enttäuschung, mein lieber Marquis. Ich habe ihn soeben von einer Frau amputiert, die ihm am Herzen lag.«
»Ah! Die berühmte indianische Prinzessin, die Ihr beim Pastor eingeschlossen hieltet und deren Geliebter zu werden ihm trotzdem gelang?«
»Sieh an! Ihr wußtet das?«
Der Marquis lachte.
»Wenn in irgendeinem Winkel eine hübsche Frau steckt, weiß ich immer alles, was sie betrifft. Ein häufig bei uns anzutreffendes kleines Talent, General. Unglücklicherweise habe ich sie nicht gesehen.«
»Ich bedauere es für Euch, denn sie ist von seltener Schönheit: eine wundervolle Wildkatze. Aber auch der junge Mann ist ein Rassetier, und ich möchte nicht, daß er Dummheiten macht.«
»Das würde mich wundern. Ich habe ihn kämpfen sehen, als uns die Engländer fast erwischt hätten. Er ist ein tapferer Bursche! Trotzdem werde ich mich auf die Suche nach ihm machen, sobald wir Eure Befehle erhalten haben.«
Um die Wahrheit zu sagen, war Gilles nicht weit gekommen. Mitten im Lauf sah er unversehens das Gasthaus »Zum großen Washington« vor sich und blieb stehen. Sein erster Gedanke war es gewesen, direkt zum Hudson hinunterzustürmen und dort seinen endgültig letzten Kopfsprung zu tun. Das in fröhlichen Farben gehaltene Schild der Herberge, auf dem ein reichlich phantasievolles Abbild seines Chefs zu sehen war, ließ ihn seine Absicht ändern. Die Vorstellung, daß sich Sitapanoki aus seinen Armen sofort Cornplanter an den Hals geworfen hatte, machte ihn krank vor Ekel, aber er würde sich deswegen nicht umbringen wie eine von ihrem Galan verlassene schwangere kleine Landpomeranze.
»Ein Weibchen!« knurrte er zwischen zusammengepreßten Zähnen. »Ein brünstiges Weibchen! Kein Tournemine hätte sich wegen so einer umgebracht! Schluß mit dem Ertränken, mein Junge! Wenn überhaupt, dann schon lieber im Rum.«
Und mit einer Viertelwendung stürmte er gesenkten Hauptes geradewegs auf die Tür zu, setzte sich an den erstbesten Tisch und machte sich daran, sich methodisch zu betrinken.
Zwei Stunden später entdeckten ihn dort General La Fayette und Oberst Poor, einer seiner Stellvertreter. Grandios betrun-

ken, stand er auf einem Tisch inmitten eines Kreises heiterer Infanteristen, die taktmäßig in die Hände klatschten, während er aus Leibeskräften eins jener Matrosenlieder sang, die alle Bretonen als rhythmische Untermalung von Segelmanövern oder des Ankeraufwindens kennen:

Singen wir, um uns die Zeit zu vertreiben,
von den Liebschaften eines hübschen Mädchens,
singen wir, um uns die Zeit zu vertreiben,
von den Liebschaften eines Mädchens
von fünfzehn Jahren . . .

Die Soldaten versuchten, die französischen Worte, von denen sie keine Silbe verstanden, im Chor aufzunehmen, und da der Rum den Wohlklang der Stimme des Sängers nicht gerade erhöhte, ergaben sich ziemlich scheußliche Dissonanzen, die La Fayette eine Grimasse entlockten.

Seine Reputation in der Armee war längst so gefestigt, daß es ihm leicht fiel, auf der Stelle Ruhe zu schaffen, aber viel schwieriger war es, Gilles zu bewegen, von seinem Tisch herunterzukommen. Der Bretone bestand darauf, zuerst eine wortreiche Philippika gegen die angeborene Untreue der Frauen vom Stapel zu lassen. Schließlich gelang es dem Marquis, ihn mit Hilfe Poors und zweier Soldaten wieder auf sicheren Boden zu bringen, worauf der Trunkenbold ihm schluchzend in die Arme sank und ihn »mein liebes kleines Generälchen« nannte, was den Letzten der La Fayettes in einiges Erstaunen versetzte, dann aber höchlichst amüsierte.

Es blieb ihm nur die Aufgabe, den Leutnant in sein Zelt schaffen zu lassen, wo er auf seinem Lager alsbald mit Hingabe zu schnarchen begann.

»Bis morgen wenigstens werden wir Ruhe haben«, seufzte der Marquis. »Die Zukunftsprognose ist ausgezeichnet, aber was für eine Teufelsidee hat dieser Bursche gehabt, sich ausgerechnet in eine rote Frau zu vergaffen?«

»Ich habe sie im Augenblick ihres Aufbruchs gesehen«, sagte Oberst Poor, »und wenn Ihr meine Meinung hören wollt, hat General Washington überaus weise gehandelt, sie aus der Sicht der Männer herauszuhalten. Sie hätte an die ganze Armee Feuer gelegt.«

»Teufel! Ihr werdet's mich noch bedauern lassen! Ich fange an, den jungen Goëlo zu begreifen . . . und zu beneiden.«

Indessen fand sich Gilles bei seinem Erwachen alles andere als beneidenswert. Er litt unter einem fürchterlichen Brummschädel und dem Eindruck, daß das Ende der Welt nahe sei. Zudem stellte er, als er sich aus dem Zelt wagte, fest, daß es wie mit Eimern schüttete, und daß das ganze Lager beinahe im Schlamm versank. Er war jedoch klug genug, selbst alle Reminiszenzen an die Verräterin Sitapanoki zu verscheuchen, denn wenn die gefühlsmäßige Seite seiner Liebe auch unwiederbringlich in Abscheu und Verachtung versunken war, war deswegen die Erinnerung an die mit ihr durchlebten heißen Nächte noch lange nicht geschwunden. Er mußte sein Verlangen nach ihr noch überwinden.

Nachdem er einen Anfall von Übelkeit siegreich bezwungen hatte und der Boden unter seinen Füßen ihm wieder einigermaßen stabil schien, begab er sich streng protokollarisch zu La Fayette, dessen Fürsorglichkeit er trotz allem durch die Alkoholnebel wahrgenommen hatte. Er tat es ohne jede Verlegenheit, denn ihre gemeinsame Expedition nach New York hatte ihn endlich den jungen General schätzen gelehrt, von dem er in Vannes geträumt hatte und auf Rhode Island so enttäuscht worden war. Trotz seiner durchdringend hohen Stimme und einer gewissen Selbstzufriedenheit fehlte es dem auvergnatischen Marquis nicht an Charme. Mutig und ritterlich, war er alles andere als arrogant. Darüber hinaus besaß er die Fähigkeit, Menschen zu gewinnen, und abgesehen von Washington, der ihn wie einen Sohn behandelte, hatte er sich die blinde Ergebenheit von einigen zweitausend Männern zu erwerben gewußt, regulären Soldaten und halbwilden Milizen, die seine Brigade bildeten. Er sorgte für sie mit der Achtsamkeit einer Mutter, indem er einen großen Teil seines Vermögens, eines der stattlichsten Frankreichs, für ihre Ausrüstung verwandte. Unablässig erhielt Madame de La Fayette Briefe voller Zärtlichkeiten und Geldforderungen. Washington schickte ihn mit Vorliebe zu den schönen Damen Philadelphias, wo es seinen Verführungskünsten gelang, sie zahllose Hemden nähen und ganze Berge von Strümpfen für seine »Legion« stricken zu lassen. Übrigens liebte er die Frauen (was ihn nicht hinderte, die eigene zu lieben) und verbarg es keineswegs.

»Ihr braucht Euch nicht zu entschuldigen«, sagte er zu seinem Leutnant, als dieser bei ihm erschien, um in aller Form Abbitte zu leisten. »Ich habe genau das gleiche gemacht wir Ihr, bevor ich Frankreich verließ. Ich war närrisch in eine sehr schöne Dame verliebt, aber da ich nicht der einzige war, behandelte sie

mich sehr schlecht, und ich habe mehr als einmal bei einer alten Flasche Burgunder Vergessen gesucht. Wie fühlt Ihr Euch heute morgen?«
»Beschämt, gereizt . . . und darauf versessen, zu kämpfen . . . am liebsten gegen die Irokesen.«
»Ausgezeichnete Sache! Aber die Irokesen scheinen mir ohne Interesse, wenn es so nah bei uns diese prächtige Kollektion von Engländern und Hessen gibt, an der wir uns einstweilen gütlich tun können. Habe ich Euch schon gesagt, daß Ihr mir mehr und mehr gefallt, Monsieur?«
»Ihr mir auch, General! Darf ich Euch jedoch daran erinnern, daß ich meinen Vater nicht gekannt habe und den Namen meiner Mutter trage?«
»Warum wollt Ihr, daß ich mich wählerischer zeige als General Washington? In diesem Land ist ein Name so gut wie der andere . . . und außerdem gehören wir beide zu alten Rassen, die mit den fränkischen Eindringlingen nicht viel zu tun haben, nach denen unser Land benannt ist. Ihr seid Bretone, also Kelte, ich bin Auvergnat, also Gallier!«
»Gallier?«
»Ich hoffe sehr, daß ich einer bin, da sich sehr wenige Franken in den Bergen der Auvergne niederließen. Vercingetorix, der seine Berge verteidigt, ist mir lieber als der Räuber Clovis und seine erbärmlichen Nachfolger.«
»Aber . . .«, stammelte Gilles verblüfft, »die erbärmlichen Nachfolger sind doch . . .«
»Die Könige Frankreichs und die meisten ihrer Kollegen? Gewiß doch. Ich liebe das Königtum nicht, Monsieur, und ich bin nur hierhergekommen, um die Lehren der Freiheit zu ziehen. Ich möchte noch hinzufügen, daß mein Großvater, der Marquis de La Rivière, hundertprozentiger Bretone ist. Haltet Euch also daran . . . und reden wir mit Washington, um zu sehen, zu welcher Art Expedition wir ihn überreden können. Ich bin wie Ihr, ich habe Lust, vom Leder zu ziehen . . .«
Doch trotz aller Beschwörungen La Fayettes lehnte Washington es ab, sich auf leichtfertige Attacken gegen die New York verteidigenden Forts einzulassen. So oft der Marquis auch wiederholte, daß kraftvolle Aktionen die französischen Minister zu weiteren Großzügigkeiten veranlassen würden – der Amerikaner hatte keine Lust, Truppen zu verlieren, die zu unterhalten ihm schwer genug fiel.
»Wenn wir nur während des ganzen Winters die eroberten

Positionen halten könnten, wäre schon viel gewonnen. Übrigens brauchen wir neue Verstärkungen. Graf de Rochambeau hat mich wissen lassen, daß sein Sohn an Bord der *Amazone* abgereist sei, um die Entsendung einer neuen Flotte zu erbitten. Die Engländer haben endlich die Zufahrt nach Newport freigegeben, aber der Chevalier de Ternay hat nicht genug Schiffe, um die Mündungen der wichtigsten Flüsse zu überwachen und die völlige Einschließung New Yorks zu gestatten. Wir müssen warten . . .«

Warten, warten! Weder La Fayette noch sein neuer Leutnant schätzten diese Worte. Alles, was ihnen zugestanden wurde, war der nächtliche Angriff auf zwei Hessen-Lager, die sie in recht bösem Zustand zurückließen.

Aber bald hatten sie sich einem neuen Feind zu stellen: dem Winter, der wie der Blitz mittem im Herbst über sie kam, sich einrichtete und nicht mehr weichen zu wollen schien. Er brach mit einem Schlag über den ganzen Kontinent herein, ohne ihm den üblichen herrlichen Aufschub des Indianersommers einzuräumen. Schneestürme begruben die riesigen Wälder, verschütteten Städte und Dörfer, während die Flüsse bis zum Meer gefroren und die Gewässer der großen Buchten allmählich erstarrten.

Wie Washington vorausgesehen hatte, überfiel nun das Elend die Armeen, vor allem bei den Rebellen. Die Reserven waren mager, und es fehlte an Geld, um das Notwendigste zu kaufen. Das Brot der Soldaten wie übrigens auch das der Offiziere bestand aus einer Mischung von Buchweizen, Roggen, Schrot und Mais, und es kam oft genug vor, daß man sich nicht nur ohne Fleisch behalf, das es nur gab, wenn die Jagd erfolgreich gewesen war, sondern auch ohne Brot. Mit der Kleidung stand es nicht besser.

Die Situation war nicht ganz so schlimm bei den in Newport verschanzten Franzosen, aber die aus Frankreich mitgebrachten Vorräte waren erschöpft, und alles für die Truppen Unumgängliche mußte für teures Geld erstanden werden. Mit höchster Ungeduld wurden Nachrichten aus Frankreich erwartet, wo Rochambeau außer weiteren Truppen und einem Betrag von fünfundzwanzig Millionen für Washington eine unglaubliche Menge verschiedenster Dinge angefordert hatte, von sechstausend Hemden, zehntausend Paar Schuhen und dreitausend Säcken Mehl bis zu vierundzwanzig kupfernen Wärmpfannen und zweiundsiebzig Klistierspritzen. Doch Versailles schien die

Armee am anderen Ende der Welt völlig vergessen zu haben und antwortete kaum.
Jede Armee schlug die Zeit tot, wie sie eben konnte, tatenlos in ihren Stellungen verschanzt, da die Jahreszeit jede militärische Aktivität unmöglich machte. Lediglich La Fayette unternahm häufig Fahrten nach Philadelphia, um die Mitglieder des Kongresses und ihre Gattinen zu mehr oder weniger freiwilligen Hilfsaktionen zu veranlassen, und es gelang ihm oft, Notwendiges locker zu machen.
Am Weihnachtsvorabend traf Tim Thocker, wie eine Seemöwe auf seinen Schneeschuhen über die Eisflächen gleitend, mit einer Trauerbotschaft im Hauptquartier ein: Das französische Admiralsschiff *Duc de Bourgogne* hatte am frühen Morgen des 15. Dezember, bald vom Rest der Flotte gefolgt, seine Flagge halbmast gesetzt und seine Rahen zum Zeichen der Trauer gebraßt, während seine Kanonen unter dem grauen Himmel zu dröhnen begannen. Der edle und mächtige Seigneur Charles-Henri-Louis d'Arsac, Chevalier de Ternay, Malteserritter, Geschwaderchef der Armeen des Königs, war zwei Stunden vor Sonnenaufgang um halb sechs Uhr morgens gestorben.

Die Nachricht traf Washington tief, der den Mut und die Größe des schweigsamen, von jüngeren Offizieren seiner Umgebung oft über die Schulter angesehenen kleinen Admirals schätzen gelernt hatte.
»Weiß man, woran er gestorben ist?« fragte er den Boten.
»Man hat mir gesagt, daß es sich um ein fauliges Fieber handelt, aber manche meinen auch, es sei Lungenentzündung gewesen.«
»Ich werde Euch sagen, woran er gestorben ist!« rief La Fayette, der die Kunde mit sichtlichem Schmerz aufgenommen hatte, zornig. »Er ist vor Kummer gestorben angesichts der tragischen Vernachlässigung der Armee durch das Kabinett von Versailles. Dieser Winter, dessen fatale Folgen er ahnte, hat seine Gesundheit untergraben. Monsieur de Sartines trifft zu drei Vierteln Schuld an seinem Tod, denn ich weiß, daß er aus der Ferne die unanständige Kabale seiner jungen Offiziere gegen ihn ermutigte. Wann werden wohl die doppelt vergoldeten Dummköpfe der Ministerien begreifen, was ein Krieg ist . . . und ein Chef!«
Der Waldläufer hatte die Überbringung der Botschaft vor allem als gute Gelegenheit angesehen, seinen Freund aufzusuchen,

und Gilles fand in der Anwesenheit Tims bei der bescheidenen Weihnachtsfeier, die Washington seinen Offizieren und seinen Männern gab, einen neuen Trost. Durch die erzwungene Untätigkeit im Lager war er verschlossener geworden. Seine Spontaneität, sein Bedürfnis, sich anderen mitzuteilen, ließen nach; er wurde stiller. Wenn er nicht wie ein kranker Wolf durchs Lager streifte, konnte man ihn stundenlang bei den Vorposten sehen, bis zu den Augen in seinen Uniformmantel gewickelt, den Blick auf das weiße Gewoge des Waldes und die verschneiten Berge dahinter gerichtet, als könne er über die Entfernung hinweg den genauen Ort erraten, wo sich die Frau verbarg, an die er geglaubt und die ihn verraten hatte. Er fragte sich immer wieder nach den Absichten, die Sita verfolgt haben mochte. Warum diese ganze Komödie? Warum hatte sie ihn zum Desertieren zu überreden versucht, wenn sie doch nur zu dem Irokesen wollte? Vielleicht, um den Mann, der sie daran gehindert hatte, schon früher mit ihm zusammenzukommen, als Geschenk zur frohen Ankunft Cornplanters Henkern auszuliefern? Die Hypothese war abscheulich, aber der junge Mann sah keine andere . . .

Obwohl nach und nach und fast ohne daß er sich darüber klar wurde, die Verachtung die einstige Liebe erstickte, vermochte er nichts gegen die unabweislichen Forderungen seiner Sinne. Die Enthaltsamkeit wurde ihm zur Qual, die er zu mildern suchte. Übrigens hatte er keinerlei Mühe, Gelegenheiten dazu zu finden. Seine stahlblauen Augen, die skeptischen Fältchen in seinen Mundwinkeln, seine zugleich lässige und arrogante Haltung zogen die Frauen unwiderstehlich an. Sein Charme und das Wissen, das er jetzt von der Liebe besaß, hielten sie bei ihm fest. Doch er band sich nicht mehr. War das Verlangen gestillt, ging er zu einer neuen Eroberung über, ohne sich um das Jammern und die Tränen zu kümmern, die seinen Rückzug regelmäßig begleiteten.

So verließ er die reichste Landbesitzerin von New Windsor, eine rothaarige, üppige Juno, die ihn heiraten wollte, für die Nichte des Pastors, ein zartes, verschlossenes Mädchen, das sich zwischen zwei Umarmungen zum Zeichen der Reue an die Brust schlug und ihre Verdammnis beweinte, sich aber zu kurtisanenhaften Liebkosungen aufschwang, um ihn zu sich zurückzulocken, wenn er sich entfernte. Es folgten die Frau eines Gastwirts und eine »Molly Pitcher« mit großen, leeren Augen, ein passives, schnurrendes Wesen, bei dem er vergebens eine Ähnlichkeit mit der reizenden Betty suchte, die sich in Peekskill zu ihm ins Zelt geschlichen hatte. Und trotz allem vergiftete die Erinnerung an Sitapanoki alle diese flüchtigen Lieben.

Ein einziges Mal blieb ihm der Erfolg versagt. Als er eines Abends einen Armvoll Holz zum Zelt brachte, um das Feuer zu belegen, sah er eine Frau in einem weiten Mantel eilig heraustreten und sich in Richtung auf das Dorf zu entfernen. Er ließ das Holz fallen, lief ihr nach und hielt sie an.

»Wenn der Hausherr nicht da ist, schickt es sich nicht, bei ihm einzudringen und wieder zu gehen, ohne auf ihn zu warten«, rief er, während seine Arme sich um die Stoffülle schlossen, die keinen Körper zu enthalten schien.

»Laßt mich los, Leutnant«, erwiderte Gunillas ruhige Stimme.

»Ich hatte eben deshalb keinen Grund, in Eurem Zelt zu bleiben, weil Ihr nicht da wart.«

Er gab sie frei, trat zurück und grüßte das junge Mädchen höflich.

»Entschuldigt, Gunilla. Ich hatte Euch in diesem Mantel nicht erkannt. Aber so kommt doch bitte zurück . . .«

»Ich habe keine Zeit mehr. Mrs. Gibson erwartet mich. Sie wird sich beunruhigen, wenn ich mich verspäte. Ich bin nur gekommen, um Euch einen Topf Eingemachtes zu bringen . . .«

»Eingemachtes? Wie reizend! Aber tretet doch ein, ich bitte Euch, nur einen Moment, damit ich Euch wenigstens sagen kann, wie gut es ist.«

Sie folgte ihm schweigend wie einst in den pennsylvanischen Bergen, betrat das Zelt, das eine Laterne erhellte.

Der Topf mit dem Eingemachten stand in ihrem Schein, und Gilles nahm ihn in die Hände, öffnete ihn, um den fruchtigen Duft zu schnuppern, doch ohne dabei das junge Mädchen aus den Augen zu lassen. Er hatte sie seit langem nicht mehr gesehen, da Gunilla ganz im Schatten Mrs. Gibsons lebte, die sie ihres Muts und ihrer Anmut wegen liebgewonnen hatte und sie wie die Tochter behandelte, die ihr versagt geblieben war. Sie führte ein ruhiges, zurückgezogenes Leben und verließ nur selten das Haus und den Garten, dessen Hecken Gilles so gut kannte.

Nun betrachtete er sie mit erstaunter Neugier. Im gelblichen Licht der Laterne stehend, das kleine, ernsthafte Gesicht

hübsch gerahmt vom Weiß der gefältelten Haube, aus der sich Locken von der Farbe blaßgoldener Seide ringelten, bot sie ein Bild von Frische und Ausgeglichenheit. Ihre Haut hatte die dunkle Tönung und Rauheit verloren, die sie der Sklaverei verdankte, war jetzt hell und zart, und ihre Augen unter den dichten Wimpern leuchteten blauer denn je.
Gilles überraschte sich bei dem Gedanken, daß sie sehr hübsch geworden sei. Doch in dem Blick, mit dem sie seiner Musterung standhielt, war etwas wie Zaghaftigkeit, ja wie Angst. Wie ein Junge tauchte er einen Finger in den rötlichen Gelee, leckte ihn ab und lächelte breit.
»Ich hab' seit langem nichts so Gutes gegessen!« rief er. »Danke, Gunilla!«
»Nicht mir müßt Ihr danken, sondern Mrs. Gibson.«
»Unsinn! Ihr könnt mir nicht einreden, daß diese würdige Person es sich plötzlich in den Kopf gesetzt hat, sich um mich zu kümmern! Wenn ich General Washington wäre, würde ich nichts sagen. Ich muß also annehmen, daß es Eure Idee war . . . eine charmante Idee.«
Er stellte den Topf zurück und trat langsam dicht an sie heran. Sie rührte sich nicht. Ihre weit geöffneten Augen waren wie bei einem gebannten Vogel auf die des jungen Mannes gerichtet. Er lächelte in diesen klaren Blick hinein.
»Auch Ihr selbst seid reizend, Gunilla. Wie konnte ich nur so dumm sein, es nicht schon früher zu bemerken?«
Der Vorwurf, an sich selbst gerichtet, war aufrichtig, obwohl er nicht recht begriff, was ihn veranlaßte, an diesem kleinen Mädchen seinen Charme zu erproben. Vielleicht dieser Sauberkeit, dieser Reinheit wegen, die von ihr ausging trotz allem, was sie bei den Senecas erlebt haben mußte. Sie war keine Jungfrau mehr, denn eine Sklavin hat schwerlich die Möglichkeit, sich den Wünschen ihrer Herren zu verweigern, wenn sie am Leben bleiben will, und die Unglückliche hatte sicher mehr als einmal den Krieger erdulden müssen, von dem sie erbeutet worden war. Doch kaum in ein mit ihrer Erziehung übereinstimmendes Dasein zurückgekehrt, war sie – mühelos in ihre frühere Persönlichkeit zurückgeschlüpft. Selbst ihre Jungfräulichkeit schien sie wiedergefunden zu haben . . .
Gilles beugte sich ein wenig tiefer, und seine Lippen berührten die des jungen Mädchens. Sie waren frisch und schmeckten nach Apfel. Einen Moment spürte er, daß sie sich belebten, seinen Kuß erwiderten, sich ihm überließen. Doch als er seine

Arme um die schlanke Gestalt schließen wollte, war ihm plötzlich, als umarme er einen Dornenstrauch. Gunilla wehrte sich wie eine wilde Katze, riß sich von ihm los und gab ihm eine schallende Ohrfeige.
»Flegel!« rief sie. »Wofür haltet Ihr mich? Ich bin nicht Eure Indianerin!«
Sie hatte mit aller Kraft zugeschlagen. Gilles nahm die Hand von der brennenden Wange, streckte sie nach ihr aus, aber sie verließ schon das Zelt und lief wie ein verfolgter Hase durch den Schnee.
Gilles zuckte die Schultern.
»Schade!« murmelte er gespielt gleichgültig. In Wirklichkeit war er wütend, und um sich zu entschädigen, verbrachte er den Rest der Nacht bei seiner rothaarigen Gutsbesitzerin, die sich alle Mühe gab, einen Liebhaber zu befriedigen, den sie noch nie so mürrisch erlebt hatte.
Da er sich ungern geschlagen gab, versuchte Gilles, Gunilla wiederzusehen, aber es gelang ihm nicht. Wenn er das junge Mädchen zufällig im Dorf bemerkte, machte sie sich aus dem Staube, sobald sie ihn sah . . . und es blieb bei dem einen Topf mit Eingemachtem.
Im übrigen vergaß er sie bald. Der Monat Januar ließ sich mehr als unerfreulich an. Bei den pennsylvanischen Truppen gab es Revolten. Die schlecht gekleideten, schlecht genährten und nie bezahlten Soldaten rebellierten in ganzen Gruppen. Washington schlug zu. Schreckliche Bestrafungen waren an der Tagesordnung. Mit jedem Tag verdüsterte sich die Stirn des Oberkommandierenden mehr und mehr . . .
Doch erreichte sie auch eine gute Nachricht: Sagoyewatha befand sich auf dem Kriegspfad gegen seinen einstigen Verbündeten Cornplanter. Die Clans zerfleischten sich gegenseitig wegen einer Frau, und die blutigen Spuren, die den Schnee südlich des Ontario-Sees und im Tal des Mohawk röteten, waren nicht nur auf erlegtes Wild und ausgerottete Wölfe zurückzuführen. Washington und die wenigen indianischen Stämme, die wie die Cakawangas nicht für die Engländer Partei genommen hatten, konnten aufatmen: Die irokesischen Stämme hatten Besseres zu tun, als sich mit ihnen zu beschäftigen. Was Gilles, der darauf brannte, seinen Säbel in das Blut des von Sitapanoki erwählten Mannes zu tauchen, nicht hinderte, seinen Chef um die Erlaubnis zu bedrängen, mit Tim zusammen auf Schneeschuhen aufzubrechen und die indianischen

Kämpfe zu »beobachten«. Doch die Genehmigung wurde ihm verweigert.
»Ihr seid im Dienst der Vereinigten Staaten«, sagte ihm Oberst Hamilton, »nicht in dem Eurer persönlichen Haßgefühle.«
Vielleicht hätte er das Verbot übertreten, wenn La Fayette eines Tages nicht mit der schmerzlichen Nachricht aus Philadelphia zurückgekehrt wäre, daß der Verräter Arnold den Feldzug in Virginien wieder aufgenommen hatte. Mit den englischen Truppen verwüstete und brandschatzte er alles, was ihm in die Klauen kam, ohne daß ihn die sehr geschwächte Armee General Greenes, der Gates ersetzt hatte, daran zu hindern vermochte, denn er zwang seinen einstigen Freunden die Kampfesart auf, die ihnen erlaubte, wahre Wunder zu vollbringen: den Guerillakrieg der plötzlichen Überfälle und Hinterhalte. Greene forderte Unterstützung an, und das um so mehr, als er sich nach Carolina werfen mußte, um zu versuchen, Cornwallis' Vormarsch aufzuhalten.
La Fayette wurde aufgefordert, sich unverzüglich nach Virginien zu begeben, und setzte sich am 20. Februar mit zwölfhundert Männern nach Hampton an der Chesapeake-Bucht in Marsch, wo ihn der Chevalier Destouches mit einigen Schiffen erwarten sollte, um ihn ans andere Ufer zu bringen. Mit ihm brach auch Leutnant Goëlo auf, seit langem zum erstenmal einigermaßen zufrieden: Wenn schon nicht Cornplanter, dann war Arnold das richtige Jagdwild für ihn.
La Fayette seinerseits war nur halbwegs zufrieden. Gewiß war er glücklich, dem Verräter auf den Leib zu rücken, aber er fürchtete vor allem, daß sich die große Frühjahrsschlacht, bei der es zweifellos um New York gehen würde, ohne ihn abspielen könnte. Washington mußte ihm erst schwören, ihn rechtzeitig zurückzurufen, bevor sich seine Miene wieder aufhellte. Fast fröhlich zeigte er sich jedoch, als einer seiner liebsten Freunde aus Newport zu ihm stieß, um an seiner Seite zu kämpfen: der Graf de Charlus, Zweiter im Kommando des Regiments Saintonge, dessen Vater, der Marschall de Castries, seit dem 13. Oktober anstelle des unerträglichen Monsieur de Sartines die Geschicke der Marine lenkte, während sich im Sessel des einstigen Kriegsministers, des Fürsten de Montbarrey, der Graf de Ségur einrichtete. Der König hatte seinen Haushalt bestellt!
Schließlich hatte auch Oberst Hamilton, des Reibens am schroffen Charakter Washingtons müde, auf seinen Posten als Adjutant verzichtet und sich der Legion La Fayette angeschlos-

sen. Er brauchte Luft und Aktionsspielraum. Das Expeditionskorps hatte dadurch nur gewonnen . . .
Die folgenden Monate waren für Gilles zweifellos die glücklichsten und miserabelsten, die er je durchlebt hatte. Es fehlte ihnen an allem: an Geld, an Lebensmitteln, an Hemden, zuweilen sogar an Schuhen. Pferde standen nicht einmal zur Diskussion, und Reiter wie Gilles mußten zu Fuß gehen. Übrigens war der Schnee Überschwemmungen gewichen. Die Hochwasser führenden Flüsse verwandelten den Boden in schwammigen Schlamm, aus dem man Schritt für Schritt die lehmverschmierten Füße herausziehen mußte. Dennoch konnte es keine besser zusammengeschweißte Truppe geben als dieses Gemisch aus Amerikanern und Franzosen, die sich oft genug nur durch Zeichensprache zu verständigen vermochten, aber praktisch alle sozialen Rangunterschiede in ihren Reihen beseitigt hatten.
Um seinem Freund zu folgen . . . und auch seiner lieben Miss Martha zu Gefallen, die ihm in aller Deutlichkeit ihre Gefühle betreffs ihrer eventuellen Situation als Gattin eines Waldläufers klargelegt hatte, war Tim Thocker schließlich bereit gewesen, sich für eine der fünf Connecticut-Kompanien anwerben zu lassen, die mit mehreren anderen aus Massachusetts, New Hampshire, Rhode Island und New Jersey die kleine Armee La Fayettes bildeten. Seine Kenntnis des Waldes und seine Treffsicherheit erwiesen sich im übrigen schon sehr bald als äußerst nützlich. Unterwegs vermehrte sich ihre Mannschaftsstärke noch um eine weitere Neuerwerbung. Als sie nach einer Möglichkeit fahndeten, den Hochwasser führenden Delaware, dessen Breite sich verdoppelt hatte, zu überqueren, vernahm Gilles jämmerliche Schreie, gewahrte im grauen Wasser einen Kopf und zog einen wie ein bratfertiges Hühnchen verschnürten mageren Indianer ans Ufer, der sich, kaum ein wenig zu Atem gekommen, vor ihm niederwarf, seine Knie umschlang und dabei zungenfertig eine wahre Flut von Wörtern von sich gab, die Tim sichtlich erheiterten.
»Er sagt, du seist der Sohn des Großen Geistes, der Bruder des Donnervogels, sein Vater, seine Mutter, seine nächsten Anverwandten plus einige andere Persönlichkeiten von geringerer Wichtigkeit. Er sagt auch, er sei von nun an dein Sklave, dein Hund, dein linker Arm und dein bester Freund . . . aber du müßtest ihn eigentlich wieder ins Wasser schmeißen.«
»Was soll das?« knurrte der junge Mann, vollauf damit be-

schäftigt, Stiefel und Rock wieder anzuziehen, deren er sich rasch entledigt hatte. »Warum sollte ich das tun?«
»Weil er ein Onondaga ist, ein Irokese also, und du seit Wochen schwörst, sie bis zum letzten Mann auszurotten. Zudem ist er ein Zauberer, der Pech gehabt hat, also ein schlechter Zauberer.« Die sich um die drei Männer drängenden Soldaten stimmten lauthals Tims Worten zu, aber Gilles war nicht in der Stimmung, Spaß zu verstehen.
»Wenn ich jemand rette, kommt es mir zu, zu entscheiden, was ich mit ihm anfange!« bellte er. »Und wenn ich euern Rat brauche, werde ich euch darum bitten. Was diesen Mann angeht . . .« Nachdenklich sah er auf ihn hinunter, der noch immer vor ihm kniete. Es war in der Tat eine kuriose Erscheinung, die nichts gemein hatte mit dem gewaltigen Hiakin unerfreulichen Angedenkens. Sein kräftiger Torso wurde von außerordentlich kurzen Beinen getragen, die ihm zusammen mit sehr langen Armen das Aussehen eines Schimpansen gaben. Die bemerkenswertesten Züge in dem von einem Paar kleiner, runder, wie Jettperlen glänzender Augen belebten Gesicht waren eine ziemlich lange Nase, ein so gut wie nicht vorhandenes Kinn und zwei weiße Zähne, lang wie Klaviertasten, die ihm, leicht unter der Oberlippe vorragend, eine frappante Ähnlichkeit mit einem Kaninchen verliehen.
»Sag ihm, daß er gehen kann, wohin er will«, erklärte Gilles. »Er ist frei. Für uns wird es Zeit, mit den andern zusammen weiter nach dieser verdammten Fähre zu suchen.«
Doch der Indianer wollte nichts von Freiheit wissen. In einem unwahrscheinlichen, mit englischen Wörtern durchsetzten Kauderwelsch versicherte er seine Absicht, sich an die Fersen seines Retters zu heften und ihm in den zweifellos zu erwartenden Kämpfen als lebendiger Schutzwall zu dienen. Dann zog er das an seinem Gürtel hängende Messer, schnitt sich leicht in den Arm und spritzte ein paar Blutstropfen auf den jungen Mann. »Er sagt, daß sein Blut dir gehört«, erklärte Tim, »und ich glaube allmählich, daß er es aufrichtig meint. Außerdem sieht es so aus, als ob du in seinen Augen eine Art letzte Rettung wärst.«
Während sie sich weiter auf die Suche nach der vom Hochwasser fortgerissenen Fähre machten, erzählte der Gerettete seine Geschichte. Medizinmann eines kleinen Onondaga-Stammes der näheren Umgebung, trug er einen absolut unaussprechlichen Namen, der »Biber, der die Zauberfeder des Adlers gefun-

den hat« bedeutete. Wie Tim schon gesagt hatte, hatte er wirklich Pech bei der Ausübung seines Berufs gehabt. Um die von einem Gehirnfieber heimgesuchte alte Mutter seines Häuptlings zu heilen, hatte er nichts Besseres zu tun gewußt, als ein Loch in den Kopf der armen Frau zu bohren, um den bösen Geist herauszulassen, worauf seine Patientin schleunigst gestorben war. Man hatte ihm keineswegs ihren Tod verübelt, nur die Tatsache, daß er eine verbotene Behandlungsmethode benutzt hatte, denn Chirurgie war bei den Indianern nicht gebräuchlich. Und da das große Hochwasser des Flusses unmittelbar dem Aufbruch der Mutter ihres Häuptlings ins Reich der Toten gefolgt war und zudem noch die Hälfte ihrer Wigwams mit allem, was sie enthielten, mitgerissen hatte, waren die Überlebenden der Ansicht gewesen, mit den Künsten ihres Zauberers sei es nicht weit her, und hatten ihn kurzerhand in den Fluß geworfen und ihn so um das Leichenbegräbnis gebracht, ohne das die Seele eines toten Kriegers keinen Frieden finden kann. Es war vor allem dieser letztere Umstand, der Gilles die uneingeschränkte Dankbarkeit eines Mannes einbrachte, der als guter Indianer an sich den Tod nicht übermäßig fürchtete.
»Schön«, entschied Gilles. »Wenn der General einverstanden ist, behalte ich ihn in meinem Dienst . . . aber nur unter der Bedingung, daß er mich nie zu behandeln versucht, wenn ich krank oder verwundet bin.«
Da er sich an dem Namen des einstigen Zauberers die Zunge zerbrach, entnahm er ihm zwei Silben und taufte ihn Pongo, worüber der Täufling entzückt war. Und sofort erwies sich Pongo von erstaunlicher Nützlichkeit. Er mochte ein schlechter Zauberer sein, aber er war ein unvergleichlicher Krieger und Jäger. Er konnte Rindenkanus und Zweighütten bauen, wußte erlegtes Wild wie kein anderer bis aufs Letzte zu verwerten und verstand die Kunst, eßbare Wurzeln zu finden. Trotz seiner kurzen Beine war er ungewöhnlich kräftig, außerordentlich behende und von seltener Geschicklichkeit; fehlte ihm etwas, was er brauchte, brachte er es zuwege, es zu stehlen, ohne daß je Verdacht auf ihn fiel. Schließlich übertraf sein Witterungsvermögen das eines Spürhunds.
»Bruder Fuchs und Pongo auf Fährte, Pongo Sieger!« verkündete er mit breitem Lächeln.
Gilles gewöhnte sich nach und nach an diesen kupferfarbenen Schatten, der ebenso an ihm klebte wie der wirkliche und nicht

viel mehr Geräusch verursachte. Pongo wurde von Luft satt, schien immer über sein Geschick entzückt, sprach wenig (Gilles brauchte gute sechs Monate, um zu einer Unterhaltung mit ihm zu kommen) und lächelte dafür viel, seine mächtigen Schneidezähne zeigend, die in der Armee bald ebenso populär wurden wie die Hutfeder La Fayettes.

Es dauerte lange, bis sie Virginien erreichten. Der ganze Frühling verging in einem endlosen Versteckspiel, in dem die Rollen des Jägers und des Gejagten unentwegt wechselten, ohne daß es ihnen je gelang, Hand auf den Verräter Arnold zu legen, der, inzwischen an die Stelle des plötzlich verstorbenen General Philipps getreten, stets von einer soliden Truppenmacht geschützt wurde. Die kleine Armee La Fayettes galoppierte unaufhörlich durch ganz Virginien, das sie fast allein zu halten hatte, da General Greene in Carolina gegen Lord Cornwallis kämpfte, einen der besten englischen Generäle.

Im Laufe des Mai traf eine neue beunruhigende Nachricht ein: Cornwallis sollte Greenes Truppen auseinandergetrieben haben und sich schon auf dem Marsch zu Arnold befinden. Es war kein Geheimnis, was er mit La Fayette anzustellen gedachte.

»Das Bürschchen samt seiner Beute wird mir nicht entkommen«, erklärte er verächtlich.

Man erwartete ihn besorgt. Trotz seines unzerstörbaren Optimismus machte sich der Auvergnat keine Illusionen und schrieb am 22. Mai an den Chevalier de La Luzerne, Botschafter Frankreichs beim Kongreß:

Wir sind noch am Leben, und unser kleines Korps hat bis heute nicht den erwarteten schrecklichen Besuch erhalten . . .

Aber er hatte unrecht, sich zu sorgen. Die Annäherung des Gefährlichsten seiner Feinde pulverte seine Männer auf. Die Kompanie, die der nun als Hauptmann diensttuende Leutnant Goëlo führte, war in Hochform. Sagte man nicht, daß Cornwallis nur nach New York durchbrechen wollte, um Clinton für die entscheidende Schlacht zu verstärken?

»Er hat gesagt, daß ihm das Bürschchen nicht entwischen würde, aber er will uns nur wie Strohhalme beiseitefegen«, erklärte Gilles in einer Ansprache an seine Leute. »Es ist also an uns, ihm den Weg zu versperren und zu zeigen, wozu wir fähig sind. Ohne Cornwallis könnte Clinton New York nicht lange halten, wenn die vom König von Frankreich versprochenen Verstärkungen kommen. Wir müssen Cornwallis also um jeden Preis daran hindern, New York zu erreichen . . .«

Die Verstärkungen trafen in der Tat ein. Vom Marschall de Castries gedrängt, hatten Vergennes und Ludwig XVI. endlich beschlossen, einen guten Teil der imposanten französischen Flottenmacht in den Dienst der Aufrührer zu stellen. Der Admiral de Barras de Saint-Laurent kreuzte bereits mit einigen Schiffen vor Newport. Darüber hinaus hatten am Morgen des 22. März in Brest die Kanonen das Abfahrtssignal für eine riesige Flotte unter dem Befehl des Admirals de Grasse gegeben, die über die Antillen an der amerikanischen Küste aufwärts fahren sollte. Vielleicht bedeutete ihr Kommen das Ende des Krieges, vielleicht bedeutete es den Sieg . . .
»Wir müssen standhalten, standhalten um jeden Preis, selbst wenn wir bis zum Letzten fallen sollten!« wiederholte Gilles als Echo La Fayettes.
Ihre Aufgabe war nicht einfach. Sie zählten nur rund zwölfhundert Mann zusammen mit den kleinen lokalen Einheiten, die vor allem aus Partisanen bestanden. Doch deren Anführer hießen Lee und Sumter. Auch einschließlich der Kräfte des Barons von Steuben kamen nicht mehr als fünfzehnhundert Soldaten zusammen, aber sie richteten es so ein, daß die ungefähr zehntausend Mann starken Engländer sie für weit zahlreicher halten mußten.
In Pongos Schule war Gilles völlig in die Finessen des indianischen Kriegs eingeweiht worden. Wie kein anderer verstand er es, sich lautlos anzuschleichen, wie der Blitz schnell und entscheidend zuzuschlagen und sofort wieder zu verschwinden, Opfer zurücklassend, die gefallen waren, ohne recht zu wissen, wie. In Hemd und Hosen aus Hirschleder gekleidet, die ihm der Indianer als Ersatz für seine längst zu Lumpen zerfallene schöne Uniform genäht hatte, und die ihn übrigens weit besser gegen Mücken schützte, hatte er in diesem tödlichen Spiel einen soliden Ruf erworben und sich ein furchterregendes, wildes Aussehen zugelegt, das Tim gelegentlich nachdenklich stimmte. Eines Tages sagte er ihm:
»Erinnerst du dich dieses Vogels, den du am Susquehannah getötet hast, und für den wir fast unsere Skalps lassen mußten?«
»Der Falke? Natürlich erinnere ich mich«, erwiderte Gilles mit einem Schulterzucken und einem leisen Stich im Herzen.
»Nun, ich finde, du ähnelst ihm. Er fällt vom Himmel wie der Blitz, stößt zu und verschwindet. Du fällst nur aus den Baumkronen, aber das kommt aufs selbe hinaus.«

»Übertreiben wir nicht. Ich schleppe meine Opfer nicht weg, um sie mit Schnabelhieben zu zerfleischen . . .«
Er lachte, aber er war glücklich. Ihre Freundschaft hatte Tim instinktiv den einzigen Vergleich finden lassen, der an sein verschlossenes Herz rühren konnte. Es war, als habe das unsichtbare Band, das ihn mit seinen Vorfahren verknüpfte, unversehens Form und Festigkeit angenommen. Und da Tim seine Überlegung nicht für sich behielt, da er sie mit dem Bericht ihres Abenteuers bei den Senecas unterstrich, hatte der junge Leutnant bald seinen Beinamen weg. Man totemisierte ihn nach indianischer Art im Verlaufe einer bizarren Zeremonie im engen Kreis der Kompanie, bei der Pongo zum erstenmal wieder für einen Moment als Zauberer waltete.
»Weißt du«, sagte er zu dem jungen Mann, der sich dagegen wehrte, bei einem Ritus mitzutanzen, der ihm irgendwie lächerlich schien, »weißt du, daß selbst dein Häuptling von meinen roten Brüdern einen Beinamen erhalten hat? Für sie heißt La Fayette Kayewla, ›Der furchtbare Reiter‹. Du wirst ›Der unerbittliche Falke, der im Nebel zuschlägt‹ sein . . .«
Unter dem Beifall der Kompanie zündete der mit rituellen Malereien von oben bis unten bedeckte Pongo ein Feuer an, warf Kräuter hinein, die dicken Rauch erzeugten, und umtanzte singend einen Kreis, der Gilles und das Feuer umschloß. Nach einer letzten Anrufung des Großen Geistes bemalte er den jungen Mann mit weißen und schwarzen Zeichen, die seinem neuen Namen entsprachen. La Fayette beglückwünschte seinen Leutnant, schenkte der Kompanie ein Fäßchen Rum, und das Fest endete im Rauch der Pfeifen, denn Tabak war das einzige, das ihnen seit Betreten des Landes der Pocahontas* und George Washingtons nie gefehlt hatte. Schon in der folgenden Nacht rechtfertigten die Männer des Falken das Totem ihres Anführers, indem sie eine Gruppe von Kundschaftern des Generals Cornwallis überfielen, die, der gründlichen Behandlung des Ex-Zauberers anvertraut, erstaunliche Dinge von sich gaben: Der englische General habe nach Aufgabe der Hauptstadt Richmond im vergangenen Jahr, deren Gründe La Fayette unverständlich geblieben waren, nun auch Williamsburg preisgegeben.
Diesmal begriff La Fayette. Müde, hinter ihm herzulaufen, überließ ihn Cornwallis seinem Geschick und nahm seinen

* Indianische Prinzessin, die sich im 17. Jahrhundert in einen Engländer verliebte, den sie gerettet hatte, ihn heiratete und ihm an den englischen Hof folgte.

ersten Plan wieder auf: In Eilmärschen New York zu erreichen, um Clinton zu helfen, einen definitiven Sieg davonzutragen oder ihn vielmehr statt seiner davonzutragen, denn die beiden Männer verabscheuten sich gegenseitig und waren im höchsten Maße eifersüchtig aufeinander.
Verzweifelt warf der Marquis seine ganze Truppenmacht auf die Spur der Engländer und zwang sie, sich in dem Ort Yorktown an der Mündung des York-Flusses in die riesige Chesapeake-Bucht zu verschanzen. Zugleich sandte er an Washington einen Brief, in dem er ihn inständig bat, ihm zu gestatten, zu ihm zu stoßen, oder ihm wenigstens mitzuteilen, was er tun solle. Die Hitze war drückend, die Mückenplage unerträglich, und trotz der Ankunft eines pennsylvanischen Bataillons wußte La Fayette kaum noch, welchen heiligen Schutzpatron er anrufen sollte. Cornwallis befestigte Yorktown, als wolle er den Rest seines Lebens dort bleiben, es war Mitte August, und noch hatte keine entscheidende Schlacht stattgefunden . . .
Die von einem französischen Offizier, dem General du Portail, überbrachte Antwort kam wie ein Donnerschlag: Washington befahl seinem lieben Marquis, sich nicht von der Stelle zu rühren und einstweilen Cornwallis zu überwachen, denn Rochambeaus Bedenken gegen eine Schlacht um New York nachgebend, habe er beschlossen, daß der berühmte entscheidende Kampf in Virginien stattfinden solle.
Halb erstickt von innerem Jubel, rief der junge General seinen Stab zusammen und warf ihm die letzten Neuigkeiten wie einen Strauß Blumen zu: Rochambeaus Truppen hatten Newport verlassen, sich in Philippsburg mit Washington vereinigt und marschierten zur Bewunderung der Amerikaner in perfekter Ordnung südwärts nach Virginien. Die Flotte des Admirals de Grasse sollte in kurzem vor dem Zug zur Chesapeake-Bucht Anker werfen, während Barras vor New York Clinton festhielt und ihn weiterhin über die Absichten der Amerikaner täuschte.
»Messieurs!« schrie La Fayette mit seiner schrill überkippenden Stimme. »Wir müssen Cornwallis, koste es, was es wolle, in Yorktowns Mauern zurückhalten, bis die Unseren eintreffen. Haltet stand bis zum letzten Mann, aber laßt keinen Engländer entrinnen. Es leben die Vereinigten Staaten von Amerika, es lebe General Washington, es lebe Frankreich . . .«
Ein kräftiges »Es lebe La Fayette!« belohnte ihn. Die Hoffnung war das beste aller Stärkungsmittel für diese geschundenen

Männer, die seit Monaten in einem verwüsteten Land kämpften und sich kaum mehr vorzustellen vermochten, daß all das eines Tages ein Ende hätte. Sie glaubten sich vergessen, zu Wachhunden degradiert, und nun sollten sie sich plötzlich mitten im Zentrum der Aktion befinden, sollten unentbehrlich sein und sich in der Gewißheit wiegen können, nicht für nichts zu sterben. An diesem Abend hatten die Kranken weniger Fieber, und die Sterbenden verschieden mit einem Lächeln.
»Was ich nicht begreife«, sagte Tim, sich den Kopf kratzend, »ist, was Cornwallis sich davon erhofft, wenn er sich in einem kleinen Fort wie Yorktown einschließt. Es ist nicht mal ein wichtiger Platz. Warum verliert er also Zeit damit, ihn zu befestigen, statt seinen Weg schleunigst fortzusetzen?«
»Weil er über die Bucht setzen muß, wenn er sich den riesigen Umweg ersparen will, den wir gemacht haben. Darum wartet er auf die Flotte Admirals Rodneys, die seine Leute frisch und munter bis nach New York bringen soll. Hoffen wir, daß Admiral de Grasse vorher erscheint.«
Die Würfel waren jetzt gefallen. Die zähen Wintermanöver, das Briefewechseln, die geheimen Zusammenkünfte, die geduldige Arbeit der Spione, alles fügte sich zusammen, damit die amerikanische Uhr endlich die Stunde des Schicksals schlagen konnte. Sie mußten in Yorktown siegen oder für immer auf den herrlichen Traum von Unabhängigkeit verzichten . . .

Zum Rendezvous des Schicksals . . .

Yorktown! . . . Unter dem roten und blauen Faltenwurf des Union Jack eine Festung aus Rundholz-Palisaden, gespickt mit Kanonen, errichtet auf einer in den York-Fluß vorstoßenden Landzunge und geschützt durch zwei feste Schanzen. Niedrige Häuser aus grau werdendem Holzwerk, Wachtürme, der schmale Glockenturm einer kleinen Kirche. Und ringsherum Sümpfe, Schilf, Seekiefern, einige bewaldete, als Beobachtungsposten gut geeignete Hügel und schließlich ostwärts der riesige, auf den weiten Ozean sich öffnende Einschnitt der Chesapeake-Bucht.
An einem der Bäume lehnend, die seinem Zelt Schutz boten, ließ Leutnant Goëlo nachdenklich seinen Blick über die gewal-

tige Kulisse gleiten, vor der sich das Geschick seines Volkes entscheiden sollte. Alles war für den letzten Akt des Dramas bereit. Von einem Ufer der Landzunge, auf der sich der Ort ausbreitete, zum andern hatte das wie nie zuvor einige Oberkommando einen wahren eisernen Vorhang gespannt. Von Wormley's Creek aus zogen sich die Linien der aus Carolina gekommenen Truppen General Greenes bis zu denen La Fayettes und General Lincolns unmittelbar unter den schweren Kanonen der amerikanischen Artillerie, dicht benachbart die beieinanderliegenden Hauptquartiere Rochambeaus und Washingtons, vor denen ein Teil der französischen Artillerie Stellung bezogen hatte. Anschließend bis zum anderen Ufer die Regimenter des Barons de Viomenil und seines Bruders, des Vicomte, und endlich die zu den Regimentern Gâtinais, Agenais und Touraine gehörenden dreitausend Mann unter dem Befehl des Marquis de Saint-Simon, die der von den Antillen eingelaufene Admiral de Grasse an Land gesetzt hatte.
Und dort hinten, zwischen Kap Henry und Kap Charles die Mündung sperrend, die hohen weißen Pyramiden der französischen Flotte rund um die *Ville de Paris*, das mächtige, hundertvier Kanonen tragende Flaggschiff des Admirals, eine Flotte, die sich auf den Lorbeeren ihres kürzlichen Sieges über die Admirale Graves und Hood hätte ausruhen können, aber weiterhin auf der Hut war, denn wer konnte sagen, ob der gefürchtete Rodney nicht doch noch versuchte, die Einfahrt in die Chesapeake-Bucht zu erzwingen und Cornwallis zu befreien?
»Nach all unseren Scharmützeln macht es immerhin Vergnügen, endlich einmal eine große Schlacht zu sehen«, bemerkte Tim, der sich zu seinem Freund gesellt hatte. »Man muß schon zugeben, es ist eindrucksvoll.«
»Eine Schlacht? Aber sie hat ja noch nicht mal angefangen.«
»Was du nicht sagst! Ich hätte gedacht . . .«, brüllte Tim, um sich über den Donner der Kanonen hinweg verständlich zu machen. Seit vier Tagen und Nächten dröhnten sie in der Tat ohne Unterbrechung, hüllten Ebene und Sümpfe in ihren weißen Rauch und schlugen Breschen, die alsbald wieder geschlossen wurden, während sich die Pioniere des Generals du Portail, Deckungslöcher und Laufgräben wühlend, methodisch und unaufhaltsam an die belagerte Stadt heranarbeiteten. Sicherlich konnte die wirkliche Schlacht erst beginnen, wenn der Befehl zum Angriff gegeben würde. Dennoch gab es schon Tote, und

zahlreiche Verletzte lagen in dem an der Straße nach Williamsburg eingerichteten und bereits zu klein gewordenen Feldlazarett.
Gilles zuckte seufzend die Schultern:
»Auch heute wird's noch nicht soweit sein . . .«
Wirklich sank schon der Abend. Hinter den Hügeln war die Sonne verschwunden. Irgendwo schmetterten Trompeten, und überall im Lager flammten Feuer auf. Einige Reiter kehrten im Gefolge zweier deutlich erkennbarer hoher Gestalten zum Hauptquartier zurück. Washington und Rochambeau hatten den ganzen Tag über das Schlachtfeld durchstreift. In kurzem würde es kalt werden . . .
Tim war gegangen, doch jemand anders näherte sich.
»Was willst du, Pongo?« fragte der Bretone, ohne sich umzudrehen. Sein an das Dasein im Freien gewöhntes Ohr konnte jetzt die winzigsten Geräusche wahrnehmen und erkennen. Diesmal ließ das schnelle Atmen des Indianers keinen Zweifel daran, daß er gerannt war. Er stieß nur ein einziges, aber magisch wirkendes Wort hervor:
»Hinterhalt!«
Der Offizier fuhr herum.
»Wo?«
»Dort hinten . . . im Wald . . . Straße nach Hampton!«
Seine gespreizten Hände zeigten, daß es sich um zehn Männer handelte.
»Wer sind sie? Franzosen? Amerikaner?«
»Amerikaner . . . aber keine Soldaten! Sie versteckt in Bäumen . . . Leute aus der Gegend . . . lauern auf weiße Offizier.«
»Ich verstehe nichts von deiner Geschichte, aber gehen wir trotzdem!«
Er lieh sich das Pferd des Obersten de Gimat, ließ Pongo hinter sich aufsitzen und sprengte dem Wald zu, durch den sich die Straße nach Hampton zog, vermied es jedoch, ihr zu folgen. Zur Lichtung gelangt, sprang er aus dem Sattel, band das Tier an einen Baum und gab Pongo durch ein Zeichen zu verstehen, daß er ihm den Weg zeigen solle. Die Nacht war hereingebrochen, aber sie war hell, und die beiden Männer hatten Katzenaugen. Ohne das leiseste Blätterrascheln kamen sie voran.
Der Wald war still. Von Zeit zu Zeit nur die flinke Flucht eines Kaninchens oder der Ruf eines Nachtvogels, sonst nichts. Plötzlich blieb Pongo, der sich tief gebückt vorwärtsbewegte,

stehen. Sie waren nahe dem Weg nach Hampton angelangt.
Vorsichtig hob der Indianer den Arm und wies auf etwas in den Bäumen, Umrisse, dunkler noch als ihre Umgebung, nur ungenügend durch das vom Herbst schon verdünnte Laub verdeckt. Männer lagen dort oben auf der Lauer, etwas oder jemanden erwartend. Gilles nickte Pongo zu, daß er verstanden habe, und schob sich langsam, ganz langsam weiter vor, bis ihn nur noch ein Brombeerstrauch vom Weg trennte. Dann zog er die beiden geladenen Pistolen, die zusammen mit einem Säbel seine Bewaffnung bildeten, und blieb stocksteif stehen, ohne sich um Pongo zu kümmern. Bei solchen Geschäften brauchte er ihm nie Befehle zu geben: Der Indianer wußte instinktiv, was er zu tun hatte.
Sie brauchten nicht lange zu warten. Der Trommelwirbel eines galoppierenden Pferdes ließ sich vernehmen und gleich darauf eine gedämpfte Stimme:
»Das ist er!«
Gilles reckte den Hals, gewahrte das Band der Straße, den hellen Fleck eines weißen, von einem schwarzen Reiter überragten Pferdes.
An der weißen Kokarde, die seinen schwarzen Dreispitz schmückte, identifizierte ihn Gilles als französischen Offizier, den er höchstwahrscheinlich kannte. Die in einen weiten schwarzen Mantel gehüllte Gestalt war zwar kaum zu erkennen, aber die Art, wie er mit kurzem Zügel ritt, weckte in ihm eine Erinnerung.
Alles vollzog sich sehr schnell. Der Reiter tauchte unter die Bäume, ritt ein paar Meter an Gilles vorbei und stieß plötzlich einen Wutschrei aus. Von einem der Bäume war ein großes Fischernetz über ihn gefallen, das ihn bis zu den Hufen des Pferdes einhüllte. Das Tier strauchelte und stürzte mit einem schrillen, schmerzlichen Wiehern. Zugleich kletterten die Männer des Hinterhalts von ihren Hochsitzen herunter, und jemand brüllte:
»Tötet ihn nicht! Ich will ihn lebendig! . . . Es wäre zu einfach so!«
Eine Detonation und zwei Aufschreie ertönten als Echo. Gilles hatte gleichzeitig mit beiden Pistolen auf die Beine derer geschossen, die er für Banditen hielt. Dann griff er mit erhobenem Säbel an, neben ihm Pongo, der den Kampfruf seines Stammes ausstieß.
Da er es nur mit langen Messern zu tun bekam, setzte der

Bretone mit wenigen Hieben zwei der Männer außer Gefecht, während Pongo sein zweites Opfer niederschlug. Der Rest ergriff die Flucht, die Verwundeten und den mit seinem gestürzten Pferd noch immer im Netz gefangenen Reiter zurücklassend. Gilles kniete neben ihm nieder.
»Seid Ihr verletzt, Monsieur?«
»In keiner Weise . . . dank Euch. Aber ich fürchte, mein Pferd hat sich ein Bein gebrochen.«
Der Unbekannte sprach Französisch mit einem auffallenden, eleganten Akzent, den Gilles mühelos erkannte.
»Sieh an! Es ist Monsieur de Fersen! Wie, zum Teufel, habt Ihr es fertiggebracht, diese Leute dazu zu bringen, mitten im Wald nach Euch zu fischen?«
Der Gefangene im Netz machte eine zornige Bewegung.
»Wer, zum Teufel, seid Ihr? Ein Franzose, nehme ich an, und übrigens sagt mir Eure Stimme etwas, aber man sieht nicht die Hand vor Augen, und Ihr tätet gut daran, mich von diesem Ding zu befreien!«
»Wir sind schon dabei. Vor allem hört auf, Euch zu bewegen. Pongos Dolch schneidet wie ein Rasiermesser. Es wäre mir peinlich, Euch nicht in einem Stück herauszuholen.«
Der Indianer hatte die Maschen schnell aufgetrennt, und Fersen fand seine Bewegungsfreiheit wieder. Er beugte sich sofort über sein Pferd und untersuchte es aufmerksam. Es war auf der Seite liegengeblieben, und krampfartige Schauer liefen über sein Fell.
»Ich fürchte, da ist nichts zu machen«, sagte der Bretone. »Das Bein ist gebrochen.«
Der Schwede fluchte in sich hinein, streichelte zärtlich den Hals des Tieres, das ihm seinen Kopf zudrehte, zögerte jedoch nur einen Moment. Seine am Gürtel hängende Pistole packend, näherte er den Lauf dem langen, seidigen Ohr, wandte das Gesicht ab und schoß . . . Ein Zucken, dann rührte sich das Pferd nicht mehr.
Stumm und erregt hatte Gilles es sterben sehen. Bis in die feinsten Verzweigungen seiner Nerven spürte er die innere Bewegung des Mannes, der da gezwungen war, seinen Gefährten zu töten. Der Krieg hatte ihm dem Tod gegenüber zu einer Art Gleichgültigkeit verholfen, aber nie würde er das Sterben eines Pferdes oder eines Hundes miterleben, ohne darunter zu leiden . . . Fersen hatte indessen einen trockenen Fichtenzweig aufgenommen und angezündet. Der flackernde Schein fiel auf

den großen weißen Kadaver, auf die rote Gestalt Pongos, der neben den beiden Verletzten stand, deren Augen in den rußgeschwärzten Gesichtern wütend funkelten, und schließlich auf Gilles' Gesicht, das Fersen einen freudigen Ausruf entlockte.
»Monsieur de Goëlo! Großer Gott! Welches Glück, von Euch gerettet zu werden! Euer Ruf ist bis zu mir gedrungen. Bei den Franzosen ist er ebenso groß wie bei den Aufrührern. Ihr macht Eurem Lande Ehre!«
»Ich danke Euch«, erwiderte Gilles lachend. »Aber so groß dieser Ruf, den Ihr mir zuschreibt, auch sein mag, vermöchte er mich doch gewiß nicht zu adeln. Das ›de‹ ist zuviel!«
»Ich werde es nie genug bedauern! Überdies wird es vielleicht nicht immer so sein. Wenn wir wieder in Frankreich sind, werde ich mich, darauf könnt Ihr zählen, bei Hof darum bemühen, daß mein Retter geehrt wird, wie er es verdient. Ihr habt mein Wort. Gebt mir jetzt Eure Hand, um nach Art dieses Landes eine Abmachung und eine Freundschaft zu besiegeln.«
Ein zugleich schmerzliches und gereiztes Stöhnen erinnerte sie an die Existenz der Verletzten. Einer hatte bei dem Versuch aufzustehen das Bewußtsein verloren, aber der andere schäumte vor ohnmächtiger Wut.
»Statt Euch zu gratulieren, tätet Ihr besser dran, uns den Rest zu geben!« brüllte er. »Ich leide wie ein Verdammter!«
»Nennt uns erst den Grund dieses Hinterhalts«, sagte der Bretone. »Ihr wart zehn gegen einen, und noch dazu gegen einen Mann, der großherzig genug ist, Eurem Land zu dienen.«
»Unserem Land dienen?« höhnte der Mann, der noch jung war und einem zornigen Faun ähnelte. »Erstens hat man Euch nicht darum gebeten. Und wenn Ihr gekommen seid, uns zu dienen, indem Ihr unsere Mädchen bespringt, hättet Ihr ebensogut zu Hause bleiben können.«
»Wie wär's, wenn Ihr mir erzähltet, was passiert ist?« sagte Gilles, der sich über das verletzte Bein beugte, um es näher zu untersuchen. Der Anblick war nicht schön. Das Schienbein war gebrochen, und ein langer weißlicher Knochensplitter stach durch die zerfetzte Haut. Der Mann würde sein Leben lang hinken.
»Ich heiße Arthur Collins. Ich bin Fischer und habe ein kleines Haus nicht weit von hier. Ich lebe da mit meiner jüngeren Schwester Margaret. Sie ist schön genug, um diesem Herrn da

zu gefallen, der sie seit mehreren Nächten besucht, während ich auf dem Meer bin. Gestern morgen kam ich gerade zur rechten Zeit, um ihn aus dem Fenster springen und verschwinden zu sehen . . . Ich dachte, ich würde verrückt! Meine Schwester! Dieser Schuft hat es gewagt, meine Schwester anzurühren. Als ob sie eine Hure wäre!«

»Er hat sie wohl doch nicht vergewaltigt, nehme ich an?«

»Nein. Diese dumme Gans hat sich durch schöne Worte einwickeln lassen. Er hat ihr erzählt, daß sie einer europäischen Dame ähnlich sähe . . . einer sehr vornehmen Dame. Sie hat es mir heulend gestanden, und jetzt hält sie sich für eine Prinzessin, beschimpft mich, und ich habe sie einsperren müssen, damit sie nicht zu ihm läuft . . . Was habt Ihr dazu zu sagen? Für mich jedenfalls heißt das Tod . . . und nicht irgendeiner. Ich wollte ihn den Haien zum Fraß vorschmeißen!«

Gilles zuckte angewidert die Schultern. Der Haß dieses Mannes war fast greifbar.

»Was ich dazu sage? Nichts. Es sei denn, daß Liebe überall Dummheiten macht, daß Ihr den blutrünstigen Irokesen um nichts nachsteht . . . und daß Eure Wunde dringend behandelt werden muß. Wir werden Euch auf mein Pferd setzen und zum Hospital der Armee bringen.«

»Damit man uns da ermordet? Niemals! Und außerdem will ich Eure Hilfe nicht. Wenn Ihr Euch nicht entschließt, uns den Rest zu geben, laßt uns hier und macht Euch fort. Sobald Ihr mit Eurem Wilden verschwunden seid, wird jemand zum Helfen kommen!«

»Wie Ihr wollt. Aber wenn Ihr in Zukunft Affairen dieser Art zu regeln habt, kommt bei Tage und fordert Rechenschaft, statt Euch wie Straßenräuber aufzuführen . . . Kommt, Monsieur!«

Er nahm den Arm des Schweden, um ihn fortzuziehen, doch Fersen löste sich noch einmal von ihm, kehrte zu dem auf dem Boden liegenden Mann zurück, zog seine Börse und legte sie neben ihn.

»Findet einen guten Arzt für Euch und Euren Freund. Und sagt Margaret, daß ich sie nicht getäuscht habe und die Erinnerung an sie bewahren werde.«

»Schert Euch zum Teufel! Ich will Euer Geld nicht!«

Aber Fersen hatte ihm schon den Rücken gekehrt. Zusammen mit seinen Gefährten erreichte er die Lichtung, wo Gilles das Pferd angebunden hatte.

»Nehmt es für die Rückkehr«, sagte er zu dem Schweden. »Ihr habt es weiter als ich. Nur schickt es mir gleich zurück. Ich habe es mir von Oberst de Gimat geliehen.«
Der Mond stand hoch am dunklen Himmel und erhellte das ruhige Gesicht des schönen Grafen unter dem zerzausten blonden Haar. Er hatte bei dem Abenteuer seine Perücke verloren, die in eine schlammige Wagenspur gefallen und völlig unbrauchbar geworden war, aber er wirkte so jünger. Der über die Schultern geworfene Mantel ließ die tadellose blaugelbe Uniform sehen, das Lederzeug und die schneeweißen Manschetten. Er war aus seinem Fischernetz so elegant herausgekommen, als ginge er zum Ball. Doch er weigerte sich, das Pferd anzunehmen.
»Nein, mein Freund. Ich werde zu Fuß zurückkehren.«
»In Stiefeln?«
»Ja, in Stiefeln. Meine Leichtfertigkeit verdient Bestrafung, und es gibt keinerlei Grund, daß Ihr an meiner Statt Buße tut. Außerdem ist ein kleiner Fußmarsch gut für die Gedanken. Die Nacht ist schön . . . Ich werde träumen.«
»Von der schönen vornehmen Dame, deren Erinnerung Ihr sogar bei den Schwestern virginischer Fischer sucht?« fragte Gilles kühn.
Fersens Blick, der sich immer gern in unbestimmte Fernen verlor, wandte sich ernst dem Fragenden zu.
»Sagt nicht Erinnerung . . . sagt Bild, mein Freund, denn sie ist nur ein Traum für mich . . . ein unerreichbarer Traum. Oder besser: Sprecht mir nie davon!« Und ohne Übergang brach er in Gelächter aus: »Sagt mir doch: Ich glaubte, Ihr wärt Offizier?«
»Ich bin's! Leutnant in der Legion des Marquis de La Fayette. Ich weiß, ich sehe nicht danach aus, aber meine schöne schwarze Uniform ist irgendwo in einem Gebüsch bei Richmond geblieben. Ich habe an die Schneidertalente meines Indianers appellieren müssen. Ihr wißt vielleicht nicht, wie arm wir Amerikaner sind.«
»Ich verstehe. Aber ich verwehre Euch das Recht, es in Zukunft zu sein. Frankreich wird Euch von nun an viel zu bieten haben. Übrigens hat man mir gesagt, daß Eure Männer Euch einen Beinamen gegeben haben . . . den Namen eines Vogels, glaube ich.«
»Stimmt. Sie nennen mich den Nebelfalken«, sagte Gilles lachend. »Und Ihr könnt Euch nicht vorstellen, wie stolz ich

darauf bin. Ich habe nie einen so schönen Namen gehabt.«
Einen Augenblick musterte Fersen den jungen Mann, seine schlanke, hohe, in derbes Hirschleder gezwängte Gestalt, die kräftigen Züge seines gebräunten Gesichts, seine arrogante Nase und die Härte seines Blicks, dem der Widerschein des Mondes Stahlglanz verlieh.
»Ihr habt recht«, sagte er nachdenklich, »er paßt besser zu Euch als jeder andere. Der Falke lebt gern in meinem Land, und ich habe feststellen können, daß Ihr ebenso schnell zuzustoßen versteht wie er. Er ist ein unerbittlicher Jäger. Aber . . . Ihr habt ein ziemlich schäbiges Gefieder, mein Herr Falke, eher eines Kauzes würdig als eines Königs der Wolken. Auf baldiges Wiedersehen . . .«
Und seinen Mantel um sich zusammenraffend, begann der Schwede entschlossen den holprigen Weg entlangzumarschieren, der den pompösen Namen »Straße nach Hampton« führte und seine eleganten Stiefel bei jedem Schritt aufquietschen ließ.
»Seine Träumerei könnte reichlich schmerzhaft werden«, murmelte Gilles spöttisch. »Bevor er ankommt, wird er Hühneraugen an den Füßen haben . . . Vorwärts, Pongo! Wir kehren zurück.«
Als Gilles am folgenden Morgen beim Weckruf erwachte, sah er den Indianer mit einem in feste graue Leinwand eingeschlagenen großen Paket höchst würdig sein Zelt betreten. An der Leinwand war ein Brief mit einer Nadel festgesteckt.
»Soldat bringen das für dich«, sagte er, das Paket quer über die Beine des jungen Mannes legend.
Der Brief war von Fersen.
Falls Ihr es vergessen haben solltet, mein Freund, möchte ich Euch daran erinnern, daß Euer Name noch immer in der Stammrolle des Regiments Deux-Ponts verzeichnet ist, und daß der Graf de Deux-Ponts, unser Generaloberst, Euch nicht freigibt. Er läßt Euch durch meine Feder mitteilen, daß Ihr dort in Zukunft mit dem Dienstrang eines Leutnants figuriert, der Euch durch General Washington verliehen wurde, dem Ihr wie übrigens auch dem Marquis de La Fayette darlegen wollt, daß wir Euch nur ausgeliehen haben.
Ihr werdet hier das Nötige für Euer Auftreten im Kampf oder in der Stunde des Sieges finden. Der Degen kommt aus meiner Familie, und ich weiß, daß Ihr ihn gut gebrauchen werdet. All dies ist ein Zeugnis der Freundschaft Axel de Fersens . . .

P.S. Der Angriff wird heute stattfinden.

Das Paket enthielt eine ganz neue Offiziers-Uniform des Regiments Royal-Deux-Ponts. Nichts fehlte: weder der königsblaue Rock mit gelbem Einsatz, das kupferne Halsschild mit dem Wappen des Regiments, noch die goldenen Epauletten und der Dreispitz mit gelber Feder. Ein prächtiger Degen mit vergoldetem Griff war beigefügt. Die feste Klinge aus blauem Stahl, mit der Gilles entzückt die Luft peitschte, trug eingraviert das Wort »Semper«.

Der erste Impuls des jungen Mannes war es, sich sofort mit diesem glänzenden Gefieder zu schmücken. Er faltete schon das Hemd aus feinem Batist auseinander, als er vor der Öffnung seines Zelts einen seiner Untergebenen, den Sergeanten Parker, vorbeigehen sah. Er trug gestreifte, viel zu kurze, geflickte Hosen, Strümpfe von undefinierbarer Farbe, die ihm auf die Schuhe fielen, von denen einer wie eine Auster klaffte, und eine grünliche Joppe, die weder Knöpfe noch Aufschläge aufwies, dafür aber eine ansehnliche Sammlung von Löchern . . .

Ohne zu zögern packte Gilles die elegante Uniform sorgfältig wieder in die graue Leinwand zurück und legte seine verschlissene Hirschlederkleidung an. Da der Sturm für heute angesetzt war, würde er seine Männer nicht in einem Aufputz ins englische Feuer führen, der ihn von ihnen trennte. Neben den prächtig weißen und blauen Regimentern der Franzosen, den leuchtend roten Waffenröcken der Engländer nahmen die amerikanischen Truppen sich wahrhaftig traurig aus, doch wenn die Sonne des Ruhms über ihnen strahlen sollte, würde dieses Elend einen erhabenen Akzent erhalten.

»Diese armseligen Lumpen, die soviel Mühsal ertragen mußten, haben das Recht, zu Ehren zu kommen . . . oder zum Tod!« murmelte er vor sich hin. »Fersen wird es schon verstehen.« Doch dankbar nahm er den Degen, denn es war keine Paradewaffe, sondern ein richtiges Rapier, stark und gefährlich, die echte Klinge eines Kriegers, die seine eigene Waffe mit ihrem verbogenen Stichblatt vorteilhaft ersetzen würde. Stolz befestigte er ihn an seinem alten Degengehänge aus rohem Leder, kniete zu einem schnellen Gebet nieder, um seine Seele Gott anzuvertrauen, falls der Tod zu ihm käme, und verließ das Zelt, um die Befehle des Generals einzuholen. Zum erstenmal seit langem fühlte er sich völlig glücklich und in Frieden mit sich selbst. Vielleicht, weil in dieser Stunde nichts mehr wirk-

lich wichtig war . . . außer dem Angriff, der bevorstand!
Draußen schien es ihm, als hebe sich eine Art Vorhang vor dem letzten Akt einer großen Tragödie, als sehe er zum erstenmal diese mit jedem Tage schrecklicher verunstaltete Landschaft. Vor sich gewahrte er jenseits eines von Truppen starrenden, von Gräben durchzogenen weiten freien Raums, in dem die grauen Flecken der Sümpfe wie Fallen lauerten, das rauchende Yorktown: eine Trümmerwüste, in der kein einziger Zivilist mehr verblieben war. Nur noch die zähen roten Ameisen wimmelten zur durchdringenden Musik der Dudelsäcke des 71. schottischen Infanterieregiments durcheinander. Und dann dort unten am Fluß die noch immer brennenden schwarzen Gerippe der Fregatten *Loyalist* und *Guadeloupe* neben der halbversunkenen *Charon*. Die Artilleristen des Grafen de Choisy und des Generals Knox hatten gute Arbeit geleistet und taten es weiterhin, denn das Duell der Artillerie war keineswegs beendet. Die Stadt wehrte sich wütend, obwohl ihre Verteidigungslinien eine nach der anderen zerschlagen wurden. Ihre beiden Schanzen hielten sich gut. Doch je mehr Rochambeaus geduldige Umklammerung sich zusammenzog, je mehr Minen aufflogen, desto lauter mischten sich die Schreie der Sterbenden und Verwundeten in das unaufhörliche Grollen der Kanonen. Trotz der Sonne, des blauen Meers, der fröhlichen Farben der im Morgenwind flatternden Fahnen ähnelte das Bild mehr einer Hölle, aber einer Hölle, in die hineinzutauchen Gilles glühend verlangte.
Im Zelt La Fayettes waren die Offiziere seines Stabs versammelt. Hamilton war da, Barber, Laurens, Poor und Gimat, nur der General selbst fehlte. Keiner von ihnen sprach. Jeder verharrte an seinem Platz, verschlossen in sein Schweigen, seine Gedanken, seine Ungeduld. Gerüchtweise hatte verlautet, daß der Angriff noch am selben Tag stattfinden sollte, doch niemand wagte daran zu glauben. Hamilton, der sich wieder einmal von Washington hatte herunterputzen lassen müssen, als er sich danach erkundigte, hockte verärgert in der Nähe des Eingangs und kaute an seinen Nägeln. Als der Leutnant eintrat, stürzte er sich förmlich auf ihn:
»Nun, und Ihr? Habt Ihr etwas gehört? Wird es heute oder morgen sein?«
»Heute, wenn ich einem Brief glauben darf, den ich eben von einem der Adjutanten Rochambeaus bekommen habe.«
Hamiltons Miene hellte sich auf, er strahlte förmlich und riß

den jungen Mann in seine Arme.
»Hoffentlich habt Ihr recht! Es ist zum Verrücktwerden, alle diese Männer fallen zu sehen und danebenzustehen und nichts zu tun. Wenn das so weitergeht, werden die Pioniere und Kanoniere Yorktown erobern, ohne daß wir auch nur den Degen gezogen haben.«
Im selben Moment sprang La Fayette vor dem Eingang von seinem Pferd und stürmte mit funkelnden Augen und schief sitzender Perücke herein, sichtlich in heftigster Erregung, doch niemand hätte zu sagen vermocht, ob vor Freude oder vor Wut. Dem Leutnant Goëlo schien es, als sei es beides.
»Messieurs«, rief er, seinen Hut in eine Ecke werfend, »wir werden heute die Ehre haben, eine der beiden Schanzen zu stürmen: die rechte, während die Franzosen die linke attakkieren!«
»Wir?« fragte Hamilton. »Was versteht Ihr darunter? Alle unsere Truppen?«
»Nein, Monsieur. Wenn ich sage ›wir‹, heißt das wir . . . die Division La Fayette . . . wie es für die Franzosen der Baron de Viomenil ist, der mit einem oder zwei Regimentern den Angriff durchführen wird . . .« Er verstummte jäh, lief ziegelrot an und fuhr plötzlich in jenem scheußlich überschnappenden, peinlich anzuhörenden Ton fort: ». . . Und ich erwarte, daß wir unsere Aufgabe erledigt haben, bevor dieser Hundsfott Viomenil auch nur die Brustwehren erreicht! Wißt Ihr . . . wißt Ihr, was er eben bei der Befehlsausgabe durch General Washington und General Rochambeau zu sagen gewagt hat?«
Sein erboster Blick glitt über die Anwesenden, während er vor Zorn vom Kopf bis zu den Füßen zitterte.
»Er hat den Wert meiner Soldaten anzuzweifeln gewagt, er hat zu sagen gewagt, daß wir nicht gut genug zu kämpfen verstünden, um die Schanze den Engländern zu entreißen! Also, Messieurs, sagt es Euren Leuten: Der erste, der auch nur zu zögern scheint, wird erschossen. Ich fordere, versteht Ihr, ich fordere, daß wir vor ihnen unser Ziel erreichen. Trefft jetzt Eure Dispositionen, wir greifen gegen Abend an! Die genaue Zeit werden wir später erfahren.«
Die Offiziere verließen wortlos das Zelt. Gilles schickte sich an, den anderen zu folgen, doch der junge General hielt ihn zurück: »Einen Moment, bitte!« sagte er trocken. »Ich darf Euch beglückwünschen, Leutnant. Bei den Herren Adjutanten des

Grafen de Rochambeau wird von nichts anderem als von Euren Heldentaten gesprochen. Ihr sollt diese Nacht den Grafen de Fersen gerettet haben.«
»Die Sache ist nicht der Rede wert, General . . .«
In La Fayettes Stimme schwang ein aggressiver Unterton mit, der ihm nicht gefiel und den er sich nicht zu erklären vermochte.
»Glaubt Ihr? Ich bin im Gegenteil der Meinung, daß Ihr da ein ausgezeichnetes Geschäft gemacht habt, zweifellos das beste Eures ganzen Lebens, denn Eure Zukunft ist nun gesichert. Die Königin wird Euch nichts verweigern können.«
»Die Kö . . .?«
»Starrt mich nicht so verdattert an! Ja, die Königin! Monsieur de Fersen zählt zu ihren besten Freunden . . . und unsere strahlende Souveränin verabscheut es, wenn ihren Freunden etwas angetan wird. Ah, ich beglückwünsche Euch! Dieses Hofmaiglöckchen ist ihr sehr teuer!«
War etwa dies das Geheimnis des Schweden? Es verbarg sich in zwei kleinen Wörtern, in zehn kurzen, furchtbaren Buchstaben: die Königin! Es war die Königin, die er liebte! Und plötzlich verspürte Gilles absurderweise das Verlangen, diese Margaret Collins zu sehen, um derentwillen der Schwede fast im Magen eines Hais geendet hätte.
Doch die Tatsache, daß Fersen anscheinend die Gemahlin seines Königs liebte, erklärte weder La Fayettes bissigen Ton noch den verächtlichen Ausdruck seines Mundes, noch den grollenden Blick. Was für Gefühle empfand er also für Marie-Antoinette? Dem Bretonen war bekannt, was er über Könige im allgemeinen dachte, aber er hatte bisher geglaubt, daß seine hitzigen Tiraden auf die Einflüsse des Abenteuers zurückzuführen seien, in dem sie alle seit Monaten lebten. Mit der Milch der Enzyklopädisten genährt und mit Freimaurerlogen verbunden, konnte La Fayette keine monarchischen Glaubenbekenntnisse äußern. Aber die Königin war eine Frau . . .
»Herr Marquis«, sagte Gilles frostig, bewußt den Titel betonend, »Ihre Majestät kennt mich nicht und wird mich zweifellos nie kennenlernen. Indessen erlaubt mir, mich darüber zu verwundern, ihren Namen von einem französischen Edelmann auf fremder Erde ohne Respekt ausgesprochen zu hören.«
Einen Moment schien es ihm, als müsse der Kopf des Generals vor jähem Blutandrang zerplatzen.
»Respekt? Armer Dummkopf! Man sieht, daß Ihr aus Eurer

Provinz kommt! Geht einmal, nur ein einziges Mal an den Hof, betrachtet den Kreis um die Königin und berichtet mir dann, wie viele dieser schönen Herren, die sie umgeben, an sie als ihre Souveränin denken oder ganz einfach davon träumen, mit ihr ins Bett zu gehen.«

Die eisblauen Augen musterten den zu äußerster Wut gereizten La Fayette, dann ließ der Falke verächtlich fallen:

»Es gebührt mir nicht, mehr davon zu hören. Ich komme in der Tat aus meiner Provinz, die übrigens die Eure wert ist, aber Eure Äußerungen sind dazu angetan, mich glauben zu lassen, daß Ihr zu jenen Herren gehört habt, von denen Ihr spracht . . . und daß Ihr ganz schlicht eifersüchtig auf Monsieur de Fersen seid! Denn wenn ich richtig verstehe, werft Ihr mir vor, einen Waffengefährten gerettet zu haben!«

Er verließ eben rechtzeitig das Zelt, um dem wohlgezielten Wurf eines Tintenfasses zu entgehen, dessen Spritzer ihn mit ein paar zusätzlichen Flecken schmückten, und trat draußen mit einem Gefühl physischer Erleichterung wieder in die Sonne. Die hinter ihm liegende Szene paßte ihm gar nicht, da er sich allmählich einem Chef verbunden gefühlt hatte, dessen Mut er bewunderte, und nur ungern seine Zuneigung revidierte.

»Was geht vor?« fragte Tim, der ihm entgegenkam. »Ich habe ihn schon unten am Hügel krakeelen hören. Was hast du ihm getan?«

Gilles lächelte provozierend, während er lässig seinen zerbeulten Dreispitz abnahm, um die rote Feder zu mustern.

»Gar nichts! Wir waren uns nur über eine protokollarische Frage nicht ganz einig. Mir scheint, Monsieur de La Fayette ist ein zu guter Amerikaner geworden, um noch ein ordentlicher Franzose zu sein. Ich hielt ihn für großherziger.«

Und wie aus Versehen öffnete er die Finger und überließ die rote Feder dem Wind, der sie taumelnd-schwebend davontrug.

Die Attacke begann gegen fünf Uhr. Mit Unterstützung der Kanonen von Knox und Choisy brachen die beiden Angriffswellen gegen die Schanzen los: die königlichen Truppen wie bei einer Parade straff und in eindrucksvoller Ordnung, geführt von Baron de Viomenil und Graf de Deux-Ponts. Zwei Regimenter nur, das Royal-Deux-Ponts und das Regiment Saintonge, zwei menschliche Mauern, weiß und rot die eine, blau und gelb die andere, die zum Klang der Querpfeifen und Trom-

meln ins englische Feuer hineinmarschierten, ohne daß ein schnellerer Schritt die Ordnung störte.
Ganz anders auf der amerikanischen Seite.
»Vorwärts!« brüllte La Fayette. »Greift an!«
Mit erhobenem Degen lief er voraus, gefolgt von Hamilton, de Gimat und seiner ganzen Bande. Die Männer griffen wütend an, gingen wie Löwen gegen die Brustwehren vor. Zum erstenmal lernte Gilles den Rausch des offenen Kampfes kennen. Während Tim sich abwechselnd mit dem Bajonett und dem wie eine Keule geschwungenen Gewehrkolben voranarbeitete, stürmte er mit hochgerissenem Degen die Schräge der Schanze hinauf, Pongo ihm unmittelbar auf den Fersen, virtuos sein Tomahawk spielen lassend, ohne sich um die pfeifenden Kugeln zu kümmern. Mit einem Triumphschrei tauchte Gilles von der Höhe der Brustwehr in ein wahres Ameisengewimmel spitzer Helme: Hessen des Regiments von Bose. Die ererbte Lust am Kampf, jäh aufsprudelnd aus der Nacht der Zeiten, trug ihn über alle Hemmungen der Vernunft hinaus, fegte den elementaren Selbsterhaltungsinstinkt beiseite. Mit unwiderstehlichem Elan durchbrach er die Reihen des zurückweichenden Feindes, bemerkte die von Kugeln durchlöcherte, aber noch aufrecht auf einem Trümmerhaufen flatternde Fahne und riß sie an sich.
Ein triumphales »Hurra!« antwortete seinem Siegesschrei. Mit einem Schlag erlosch der Kampf, die Schanze war genommen. Ihre Verteidiger waren tot oder gefangen.
Enttäuscht über das schnelle Ende, sprang er, die Fahne in der Hand, von seinem Trümmerhaufen und fand sich unmittelbar La Fayette gegenüber. Der General lächelte ihm zu, doch dieses Lächeln stieg nicht bis in seine kalten Augen.
»Gute Arbeit, Leutnant! Nur schade, daß Ihr in der Hitze des Kampfes Eure Feder verloren habt.«
»Ich habe sie nicht verloren, Monsieur, ich habe sie abgenommen.«
»Ah! . . . Ich verstehe! Nun, Leutnant, da Ihr darauf zu brennen scheint, Euch auszuzeichnen, und die königlichen Truppen Euch so sehr interessieren, werde ich Euch mit einer Mission betrauen . . .«
La Fayette wandte sich ab, trat an die Brustwehr und blickte zur anderen Schanze hinüber. Drüben wurde noch immer heftig geschossen, und die französischen Truppen kamen deshalb langsamer voran.

»Wie Ihr feststellen könnt, sind sie noch nicht am Ziel!«
»Die Verteidiger scheinen mir zahlreicher zu sein.«
»Möglich! Nichtsdestoweniger begebt Euch in meinem Auftrag zum Baron de Viomenil, richtet ihm meine Grüße aus ... und sagt ihm, falls er zufällig ein wenig Hilfe brauche, seien wir gern bereit, ihm unter die Arme zu greifen.«
»Ich richte Euren Auftrag mit Vergnügen aus, General ... wenn auch weniger, um dem Baron eins auszuwischen, als um der Freude willen, noch ein wenig zu kämpfen.«
Und die Brustwehr überspringend, begab er sich, wie immer von seinem indianischen Begleiter gefolgt, mit Begeisterung zurück in die Schlacht. Doch so sehr er sich beeilte, er kam zu spät: Auch die zweite Schanze war, als er den Schauplatz des Kampfes erreichte, gefallen. Die belagerte Stadt besaß keine Verteidigungslinien mehr, und ihre Übergabe war nur noch eine Frage der Zeit. Zum erstenmal seit Tagen schwiegen die Kanonen, während lange Züge von Verwundeten sich zu den überlasteten Feldlazaretten in Bewegung setzten.
Im Kreis der Offiziere um den Baron de Viomenil, dem Gilles, ohne ein Wort zu verändern, unerschütterlich die unverschämte Botschaft La Fayettes überbrachte, stieß der junge Mann wieder auf den pulvergeschwärzten, durch einen Bajonettstoß am Arm verletzten Fersen. Der Schwede lächelte ihm mühsam zu:
»Noch immer Euer schäbiges Gefieder? Was habt Ihr mit meinen Geschenken gemacht?«
»Ich hebe sie auf für die Sonne des endgültigen Sieges. Heute war es nicht möglich. Meine Männer hätten es nicht verstanden. Auch sie ähneln eher Käuzen als Soldaten.«
»Man findet es selten, daß ein Offizier so zartfühlend ist, aber ich kann Euch nur zustimmen.«
Fersens Lächeln verzerrte sich zu einer Grimasse, während er seinen verletzten Arm zu stützen versuchte.
»Ihr könnt so nicht hier bleiben«, sagte Gilles. »Laßt mich Euch zum Lazarett führen.«
»Auf keinen Fall. Meine Leute werden sich um mich kümmern. Eine Kugel ist nicht zu extrahieren, und die paar Ärzte sind überlaufen. Und außerdem würde Monsieur de La Fayette es Euch nie verzeihen, wenn Ihr ohne seine Genehmigung das Schlachtfeld verließet ... Wir werden uns bald wiedersehen.«
Zu den Seinen zurückgekehrt, glitt Gilles' Blick ernüchtert

über die Ebene und die Sümpfe. Das Dröhnen der Kanonen war verstummt, die Erregung der Schlacht geschwunden, es blieb, ohne Scham dargeboten, nur noch die schreckliche Kehrseite des Ruhms: Tod, Elend und Leid . . .

Die Nacht sank. Überall in der weiten Ebene leuchteten die Lichtpunkte der Feuer auf. In den eroberten Schanzen gingen die Sieger in Stellung, während die letzten Verwundeten fortgeschafft wurden. Oberst de Gimat und der schwer an den Beinen getroffene Chevalier de Lameth wurden auf Bahren davongetragen. Draußen auf See strichen die Schiffe ihre Segel, und auf der *Ville de Paris* schob der riesige Admiral de Grasse sein Fernrohr zusammen und kehrte, sich auf zwei Stöcke stützend, zu seinem Sessel zurück, auf den Anfall von Gicht in seinen Zehen fluchend. Über Yorktown breitete sich Schweigen, und im einen wie im andern Lager suchten die erschöpften Männer Schlaf. Die Finsternis brachte die ersehnte Waffenruhe . . .

In der Nacht jedoch hob der Kampf jäh wieder an, wie eine Flamme aus schlecht gelöschter Glut aufflackernd. Am Ende seiner Lebensmittel- und Munitionsreserven angelangt, versuchte Lord Cornwallis einen Verzweiflungscoup. Einer Handvoll Freiwilliger gelang es, Yorktown heimlich zu verlassen, ungesehen die französischen Vorpostenlinien zu passieren, an der ersten Artilleriestellung vorbeizukommen und dann wie ein Gewitter von rückwärts über sie herzufallen. Doch bevor noch das Oberkommando reagiert hatte, war der Chevalier de Chastellux den Artilleristen mit einem Teil des Regiments Bourbonnais und einigen Husaren Lauzuns zu Hilfe geeilt und stellte die Ordnung im Nu wieder her. Die letzte Chance der Belagerten war vertan, Hilfe nicht mehr zu erhoffen. Die Kapitulation würde kaum lange auf sich warten lassen.

Die aufgehende Sonne fand Leutnant Goëlo und seinen indianischen Schatten auf dem zum Lager der Franzosen führenden Weg. Bei Tagesanbruch war einer der Diener Fersens erschienen, um ihm zu sagen, daß sein Herr ihn dringlich erwarte.

Er traf den Schweden mit dem verletzten Arm in der Schlinge beim Kaffeetrinken an. Die Wunde schien ihn nicht übermäßig zu genieren, denn abgesehen davon, daß er seinen Rock nur auf einer Schulter trug, hatte er mit der gleichen Sorgfalt wie gewöhnlich Toilette gemacht, und seine Eleganz ließ nichts zu wünschen übrig. Er empfing den Franzosen mit dem ihm eigenen, ein wenig traurigen halben Lächeln.

»Verzeiht mir, daß ich Euch so früh rufen ließ«, sagte er, ohne zu fragen eine große Tasse mit Kaffee für ihn füllend, »aber ich glaube, daß Ihr begreifen werdet, wenn Ihr gesehen habt, was ich Euch zeigen möchte . . . und Ihr werdet zugeben, daß ich nicht länger warten konnte. Trinkt das trotzdem, denn es ist nicht gerade warm heute früh.«

Gilles schlürfte dankbar den Kaffee. Nach dem Nachtalarm hatte er nicht mehr einschlafen können, und die duftende Wärme des Getränks tat ihm gut. Aber warum musterte der Schwede ihn so eindringlich? Man hätte meinen können, er habe ihn noch nie gesehen und suche sich jetzt seine Züge einzuprägen.

»Warum seht Ihr mich so an?« konnte er sich nicht enthalten zu fragen, als er die leere Tasse niedersetzte.

»Ich denke, Ihr werdet es gleich verstehen. Folgt mir!«

Hinter ihm betrat Gilles das andere Abteil des Zeltes, das wie die Zelte aller höheren Offiziere der französischen Regimenter groß und weit komfortabler war als die der Amerikaner. Auf einem Feldbett lag dort ein Verwundeter unter Aufsicht eines schwarzgekleideten Mannes, der ihm von Zeit zu Zeit mit einem feuchten Lappen kühlend über die Stirn wischte.

Nur eine große Laterne erhellte das Innere dieses Teils, und der Kopf des Verletzten befand sich im Schatten. Sein angestrengtes Atmen füllte den Raum, aber er stöhnte nicht. Nur von Zeit zu Zeit verkrampfte sich seine Hand in die Decke. Eine blutige und zerrissene weiße Uniform lag in einem Winkel am Boden.

»Als ich gestern zurückkehrte, fand ich diesen Mann, der sich eben aus dem Schilf des Sumpfes schleppte«, erklärte Axel halblaut. »Fast vor meinen Füßen brach er ohnmächtig zusammen. Ich konnte gar nicht anders, ich mußte ihn ansehen. Und was ich sah, frappierte mich so, daß ich mich entschloß, ihn hierherbringen zu lassen. Seht selbst . . .«

Den Mann am Bettrand beiseite schiebend, nahm er die Laterne und hob sie über das Bett, so daß sie das Gesicht mit den geschlossenen Augen beleuchtete.

Obwohl er sich wie wenige zu beherrschen wußte, glaubte Gilles, den Boden unter seinen Füßen schwinden zu fühlen, denn was er sah, war im Grunde unvorstellbar: Mit einer Altersdifferenz von zwanzig oder fünfundzwanzig Jahren tauchte sein eigenes Gesicht aus dem Dunkel.

Ein Gesicht mit grauer Haut, geprägt durch Leiden, gezeichnet von den unheilvollen Schatten, die schon das Grab anzukündigen scheinen, doch ein so völlig identisches Gesicht, daß es die Sinne verwirrte. Es waren die gleichen ausgeprägten Kiefer, der gleiche Entwurf der Züge, die gleiche arrogante Nase, deren Krümmung das Profil eines Raubvogels nachzeichnete, der gleiche spöttisch-skeptische Zug um die Lippen, die gleichen geraden, leicht zu den Schläfen gezogenen Brauen . . . doch ohne die Jugend, statt ihrer drückte es Enttäuschung aus. Gilles hatte den erschreckenden Eindruck, als erblicke er sich selbst im Zauberspiegel irgendeiner Hexe, wie er nach zwanzig oder dreißig Jahren eines schwierigen Lebens aussehen würde . . .

»Wißt Ihr, wer . . . wer dieser Mann ist?« stammelte er.

Fersen zuckte die Schultern.

»Ein Soldat des Regiments Touraine, einer von denen, die die Flotte von den Antillen mitgebracht hat, aber deshalb nicht weniger Bretone als Ihr! Den Auskünften nach, die ich über ihn erhalten konnte, handelt es sich um einen gewissen Pierre Barac'h aus der Gegend von Retz.«

Gilles antwortete nicht. Aus seiner untrüglichen Erinnerung stieg die Seite eines alten bretonischen Wappenbuches auf, die ihm eines Abends in Hennebont im Hause seines Paten, des Pfarrers, vor Augen gekommen war.

»Herr über Botloy, Lézardrieux, du Plessis-Eon, Kermeno, Cretmeur, Barac'h«, hatte er da gelesen. Und zugleich vernahm er die Stimme des Abbés de Talhouët: »Er heißt Pierre . . .«

War es möglich, daß das Schicksal ihn endlich mit dem Mann zusammenbrachte, von dem er sein ganzes kurzes Leben lang geträumt hatte? Erschüttert beugte er sich über den leblosen Körper, gierig diese Spiegelung seiner selbst erforschend, dieses Spiegelbild, das so überzeugend den eigensinnigen Haß seiner Mutter erklärte, einen Haß, der mit jedem Jahr größer geworden war, das die Ähnlichkeit mit dem bestätigte, an den sie sich nur mit Abscheu erinnerte.

Vor diesem unbewegten Gesicht verspürte Gilles eine mit Verzweiflung gemischte Freude, und diese Verzweiflung verriet ihm, daß sein Herz sich nicht täuschte. Er hatte so sehr gewünscht, sich diesem Mann zu nähern, hatte so danach verlangt, ihm all die Liebe zu geben, die Marie-Jeanne nicht wollte . . . daß sein Sehnen erfüllt worden war! Und nun würde dieser Mann sterben und nicht einmal erfahren, daß er

einen Schmerz zurückließ. Nicht einmal ein Zeichen der Zärtlichkeit würde er ihm mitgeben können.
Axels Stimme drang zu ihm wie durch Nebel.
»Als wir uns in Brest schlugen . . . habt Ihr mir gesagt, daß Ihr Euern Vater nie gekannt habt, daß . . .«
»Daß ich ein Bastard sei! Habt keine Angst vor dem Wort, Herr Graf. Ich bin es gewöhnt.«
»Ich habe keine Angst davor. Es hat berühmte Bastarde gegeben. Wie hieß Euer Vater?«
»Pierre . . . Pierre de Tournemine!«
»Kennt Ihr sein Wappen?«
»Ein in vier goldene und blaue Felder geteiltes Wappenschild mit der Devise ›Keinen andern mehr‹.«
Wortlos legte der Schwede etwas in Gilles' Hand, deren Finger sich instinktiv um den Gegenstand schlossen. Es war ein schwerer goldener Ring, dessen emaillierte Platte genau das heraldische Symbol wiedergab, das er eben beschrieben hatte. Mit Tränen in den Augen betrachtete er es einen Moment, dann berührte er es unendlich respektvoll mit den Lippen, bevor er Fersen den Ring zurückgab.
»Wo habt Ihr ihn gefunden? An seinem Finger?«
»Nein. Er trug diesen Ring in einem kleinen Lederbeutel, der an seinem Hals hing. Ich tue ihn dorthin zurück.«
Er tat es mit so leichter Hand, daß der Verwundete es nicht zu bemerken schien. Erst einen Moment später bewegte er sich und ließ ein schwaches Stöhnen hören.
»Er ist schwer verletzt, nicht wahr?« fragte Gilles gepreßten Herzens. »Er wird sterben . . .«
»Ja. Eine Kugel hat ihm die linke Hüfte zerschmettert, aber er kann noch einige Stunden leben . . . vielleicht sogar Tage. Im Moment steht er unter dem Einfluß eines Beruhigungsmittels. Mein treuer Sven hat es ihm gegeben, der allerlei Kenntnisse in der Medizin besitzt.«
Erst jetzt betrachtete Gilles den Mann, den er am Bettrand sitzend gefunden hatte. Im Gegensatz zu den anderen Bediensteten trug er keine Livree, sondern einen einfachen schwarzen Anzug.
»Ihr kennt ihn nicht«, erklärte der Graf. »Er ist erst im Frühjahr zu mir gestoßen, von meiner Schwestet Sophie geschickt, die sich meinetwegen Sorgen machte. Er ist ein fähiger Mann. Euer Vater könnte in keinen besseren Händen sein.«
Das Wort rührte Gilles an, doch er wies es zurück.

»Nennt ihn nicht so, Monsieur. Er möchte es vielleicht nicht.«
Der Blick des Schweden hielt den seinen fest.
»In Anbetracht dessen, was Ihr seid, würde es mich erstaunen. Oder aber wir täuschen uns alle beide, und er ist nicht Euer Vater. Dann würde er es nicht verdienen.«
Der Verletzte wurde immer unruhiger, und Sven schob die beiden Männer sanft in den andern Teil des Zeltes.
»Er muß in Frieden ruhen können«, sagte er. »Ich werde ihm etwas geben, daß er bis zum Abend schläft.«
»Kann ich nicht bei ihm bleiben?« bat der junge Mann. »Ich werde mich nicht rühren, ich . . .«
»Nein. Es geht ihm ein wenig besser, und ich glaube, daß er heute abend vielleicht das Bewußtsein erlangen wird. Kommt dann zurück.«
»Speist mit mir zu Abend«, sagte Fersen. »Seid ohne Furcht. Wenn etwas geschieht, werde ich Euch rufen. Laßt mir Euren Indianer hier, damit ich ihn notfalls schicken kann. Ich glaube, Gottes Hand hat sich über Euch ausgestreckt, als sie diesen Verwundeten auf meinen Weg sandte. Zählt auf mich, ihr mit all meinen Kräften zu helfen. Auf jeden Fall werde ich einen Feldprediger zu mir bitten lassen . . . vorausgesetzt, daß er über die Schwelle eines Protestanten tritt.«
Mit brüderlicher Wärme umarmte er den jungen Mann und schob ihn hinaus, wo Pongo mit über der Brust gekreuzten Armen reglos wie eine Mahagonistatue wartete. Gleichmütig wie immer nahm er den Befehl entgegen, bis auf weiteres dem Grafen de Fersen zur Verfügung zu stehen. Er hockte sich in den Schatten des Zelts, um dort zu warten, ohne zu trinken, ohne zu essen, ja ohne eine Braue zu heben, so lange es dem gefiel, den er sich als Herrn erwählt hatte.
Gilles kehrte in fast schlafwandlerischem Zustand in sein Quartier zurück. Er sah und hörte nichts, obwohl auf seinem Wege die Truppen in Jubel ausgebrochen waren eines einfachen Stücks weißen Stoffes wegen, das nun statt der englischen Fahne über den Ruinen der belagerten Stadt flatterte. Es war die Kapitulation. Cornwallis gab die Partie auf und wünschte zu verhandeln. Es war vielleicht das Ende der fünf Jahre des Kampfes und Elends, aber zum erstenmal fühlte Gilles sich nicht betroffen. In sich selbst zurückgezogen, empfand er nur seine innere Erschütterung.
Sein blindes Dahinlaufen fand ein Ende in Tims Armen, der

ihm fröhlich entgegentrat.
»Nun, wohin läufst du mit solchem Katastrophenschädel? Überall Freude über den Sieg, und du siehst aus, als kämst du aus der anderen Welt!«
»Ich komme vielleicht daher! Ich frage mich sogar, ob ich nicht im besten Zuge bin, verrückt zu werden ... oder ob ich träume. Seit einer Stunde ... habe ich Unmögliches erlebt!«
Tims Gelächter verstummte. Er hatte den jungen Mann bei den Schultern gepackt. Ohne ihn loszulassen, musterte er sein verstörtes Gesicht.
»Ein Freund«, sagte er ernst, »muß alles verstehen können, selbst das Unmögliche. Und ich bin dein Freund. Erzähle!«
Er zog ihn in sein Zelt, flößte ihm eine tüchtige Portion Rum ein, von dem er einen unerschöpflichen Vorrat mit sich zu führen schien, und sah wohlgefällig Farbe in das graue Gesicht seines Freundes zurückkehren.
»Mir scheint, der schwedische Oberst hat dich rufen lassen«, sagte er. »La Fayette ist wütend, und vielleicht ist er im Recht, wenn Fersen dich in diesen Zustand versetzt hat!«
»Zum Teufel mit La Fayette und seinen verdrehten Ideen!« brüllte Gilles. »Was Fersen für mich getan hat, würde kein anderer auf der Welt für mich tun außer dir. Hör zu ...«
Tim lauschte schweigend dem atemlosen Bericht des jungen Mannes. Danach verriet seine Miene nicht mehr Gefühl als sonst, aber er nahm Gilles' Hand und führte ihn vor das kleine Kreuz aus rohem Holz, das der Bretone als guter Christ am Hauptpfahl seines Zelts angebracht hatte.
»Der Schwede hat recht«, sagte er endlich. »Die Hand Gottes ist über dir. Beten wir gemeinsam, damit er deinem Vater die Gnade gewährt zu erfahren, daß er einen Sohn besitzt ...«
»Wer sagt dir, daß er keine anderen Söhne hat? Wer sagt dir, daß er darüber glücklich sein wird, in mir seinen Sohn zu erkennen?«
»Niemand und nichts«, gab Tim schlicht zu, »... es sei denn, daß ein Mann mit Familie und ordentlicher Häuslichkeit sich nicht hinter einem angenommenen Namen versteckt. Beten wir, sage ich dir.«
Folgsam kniete Gilles neben seinem Freund nieder und sprach mit ihm die ihren unterschiedlichen Religionen gemeinsamen Gebete. Er fühlte sich danach besser, weigerte sich jedoch weiterhin, in die allgemeine Heiterkeit einzustimmen. Sein

Geist vermochte sich nicht von dem Zelt drüben im französischen Lager zu lösen, in dessen Schutz ein Leben seinem Ende entgegenging, das ihm in so kurzer Zeit teuer und kostbar geworden war.
»Bleib in deinem Zelt«, riet ihm Tim. »Ich werde sagen, daß du Fieber hast. Die Schlacht ist zu Ende, man braucht dich nicht mehr.«
Als Gilles gegen fünf Uhr Pongo auftauchen sah, begann sein Herz schneller zu klopfen, doch der Indianer beruhigte ihn durch eine Geste, bevor er noch den Mund öffnen konnte.
»Der Mann hat sich noch nicht zu seinen Ahnen begeben«, sagte er, ihm einen zusammengefalteten Zettel reichend, »und dein Freund schickt für dich das Papier, das spricht.«
Das Billet enthielt nur eine einzige Zeile:
Kommt, schrieb Fersen, *aber erweist mir den Gefallen, die Uniform anzulegen, die ich Euch geschickt habe.*
Eine halbe Stunde später verließ Gilles gewaschen, rasiert, gekämmt, gebürstet, mit einer Perücke versehen und wie durch Zauberei in einen schmucken Offizier des Königs verwandelt sein Zelt wie ein Schmetterling seine Verpuppung. Ein bewundernder Fluch empfing ihn auf der Schwelle:
»Bei Abraham und sämtlichen Propheten!« schrie Tim, der im Schatten einer zerzausten Fichte seine Pfeife rauchte. »Du überstrahlst die Sonne! Hier«, fügte er hinzu, ein schon gesatteltes Pferd am Zügel hinter dem Baum hervorziehend. »Oberst Hamilton hat mir gesagt, ich soll dir diesen Klepper übergeben, da du es sicherlich eilig hättest.«
»Woher weiß er das? Hat ihm jemand etwas gesagt?«
»Jedenfalls nicht ich. Ich habe ihn vorhin zum erstenmal heute gesehen, und er hatte es womöglich noch eiliger als du. Er hat mir diese Bestie fast in die Arme geworfen.«
Gilles war schon im Sattel. Es war sinnlos, den Vorfall verstehen zu wollen. Offenbar war es ein Tag der Wunder . . .
In wenigen Minuten strammen Galopps landete er vor dem Zelt. Die Leinwand vor dem Eingang war weit zurückgeschlagen, doch auf der Schwelle zögerte er, von einer seltsamen Befangenheit ergriffen, nahm seinen Dreispitz ab und schob ihn unter den Arm. Fersens vertraute Stimme drang ermutigend zu ihm:
»Tretet ein, mein Freund. Wir haben Euch erwartet.«
Er tat zwei Schritte und blieb stehen, erstarrt, mit zugeschnürter Kehle. Von Kissen und zusammengerollten Mänteln ge-

stützt, blickte ihm der Verwundete entgegen.
Das Bett war in den Hauptraum des Zelts getragen und wie ein Thron oder Altar in seiner Mitte aufgestellt worden. Der Spitzenbesatz eines weißen Hemdes bauschte sich über der keuchenden Brust des Sterbenden. Denn der Tod näherte sich offensichtlich. Pierre de Tournemine war bleicher als am Morgen, das Grau seiner Augenhöhlen hatte sich vertieft, doch die Augen selbst, Augen von hellem Blau wie die Gilles', waren weit geöffnet und sahen ihn an.
Sie bemächtigten sich der Erscheinung des jungen Mannes mit einer Art Gier, musterten sein Gesicht, seine athletische Gestalt, die ein wenig hochmütige Haltung seines Kopfes, seine Hände, deren eine, um den Rand des Hutes gekrampft, an den Knöcheln weiß geworden war. Es dauerte nur wenige Sekunden, aber für Gilles waren es Jahrhunderte. Er erhoffte und fürchtete zugleich die Worte, die dieser ausgedörrte, von Sven von Zeit zu Zeit befeuchtete Mund gleich sprechen würde. Und als sie endlich kamen, war ihm, als stiegen sie aus den Tiefen der Erde auf, so leise und schwer war die Stimme.
»So . . . bist du also Marie-Jeannes Kind? Monsieur de Fersen hat mir gesagt . . . Mein Gott! . . . Wenn ich es nur gewußt hätte . . . so vieles hätte anders werden können . . . so vieles . . . und ich habe nur noch so wenig Zeit . . . Komm zu mir! . . . Nähere dich . . . mein Sohn!«
Gilles' Beine gaben nach, und er sank neben dem Bett auf die Knie, die Augen voller Tränen.
»Vater! . . .« stammelte er, betört durch den Klang dieses kleinen Worts, das er nie hatte aussprechen dürfen. »Vater . . . ich habe soviel von Euch geträumt . . . ich habe so oft nach Euch gerufen!«
Die zitternde Hand des Sterbenden suchte die seine, klammerte sich an sie. Sie war trocken und kalt wie eine Klaue.
»Du haßt mich also nicht? Hat deine Mutter dich nicht gelehrt, mich zu hassen? Sie hat mich . . . verabscheut!«
»Sie hat nie von Euch gesprochen . . .«
»Wer dann . . . Wer? Mein Gott . . . ich möchte so viel wissen. Sag mir! Sprich zu mir . . . von dir . . . deiner Kindheit . . . Ein Bastard . . . das warst du . . . durch meine Schuld zweifellos . . . aber auch durch ihre. Ich liebte sie, weißt du, und auch sie hat mich geliebt! Oh, nicht lange! . . . Nur einen Moment, nur eine Nacht . . . die, die sie mir schenkte! Aber danach . . . hat sie alles zurückgenommen . . . und als ich sie anflehte, alles

zu verlassen . . . mir nach Afrika zu folgen . . . meine Frau zu werden, hat sie mich fortgejagt und mich Satan genannt . . . Sprich, mein Sohn . . . sprich mir von dir! Mir bleibt so wenig Zeit, dich kennenzulernen . . .«
Auf der anderen Seite des Lagers beugte sich Fersen zu ihm:
»Monsieur«, sagte er behutsam, »Ihr müßt es ein wenig aufschieben. Die, die Ihr erwartet, sind da. Alles ist bereit.«
Ein schwaches Lächeln kräuselte die grauen Lippen.
»Es ist nur zu berechtigt. Ich muß die Minuten, die mir noch bleiben, aufs beste nutzen . . . Bittet sie, zu mir zu kommen . . . Steh auf, mein Sohn.«
Das Zelt füllte sich mit einer von Orden und Tressen strotzenden schweigenden Gruppe. Stehend, doch noch immer die Hand seines Vaters umklammernd, sah der verblüffte Gilles sie eintreten: den Vicomte de Noailles, den Grafen de Charlus, den Herzog de Lauzun, prächtig in seinem roten Husarendolman, den Marquis de Saint-Simon, den Grafen de Deux-Ponts und schließlich General de Rochambeau selbst, zu dessen beiden Seiten sie sich aufstellten. Die braune Kutte eines Mönchs hob sich von der Pracht der Uniformen ab. Der Sterbende empfing sie mit einem Lächeln und einem leichten Neigen des Kopfes:
»Ich danke Euch, Messieurs, daß Ihr zu mir gekommen seid . . . um mir zu helfen, den schwersten meiner Fehler wiedergutzumachen . . . bevor ich vor Gott treten werde. Der Allmächtige hat mir die Gnade erwiesen, mein Geschlecht nicht mit mir, dem letzten und unwürdigsten Sproß, aussterben zu lassen. Ohne es zu ahnen, ließ ich in Frankreich einen Sohn zurück, bekannt unter dem Namen seiner Mutter und von ihr aufgezogen. Dieser Sohn . . . dies ist er. Messieurs, ich bitte Euch, Zeugen der feierlichen Erklärung zu sein, die . . . ich in dieser meiner Todesstunde abgebe . . .«
Er schwieg und sah zu Fersen auf, der ein Blatt Papier vor ihm entrollte.
»Durch diese Urkunde, die mangels eines Notars der hier anwesende Pater Verdier, Feldprediger des Regiments Touraine, aufgesetzt hat, erkenne ich an und erkläre für rechtmäßig meinen Bastardsohn Gilles Goëlo als einzigen und letzten Nachkommen des Hauses Tournemine de la Hunaudaye, damit er in Zukunft, wenn es dem König gefällt, den ihm durch natürliches Recht zufallenden Namen samt Wappen führen kann.« Sich Rochambeau zuwendend, fügte er hinzu: »Ich

glaube, Monsieur, daß Ihr ihn vor mir gekannt habt. Wollt Ihr mir wie ihm die Ehre erweisen, als erster Euren Namen hierherzusetzen?«

»Die Ehre ist auf meiner Seite, Monsieur! Alle, die wir hier sind, haben diesen jungen Mann kennen und schätzen gelernt. Zweifellos weniger, als unsere amerikanischen Freunde, bei denen er bereits seine Legende hat, aber genug, um Euch dazu zu beglückwünschen, in einem solchen Sohn fortzuleben. Sterbt in Frieden, denn, bei meiner Ehre, Eure Nachfolge ist in guten Händen.«

Zur Feder greifend, die ihm Sven reichte, unterzeichnete der General schnell. Die andern folgten. Als der Letzte zurücktrat, bat der Sterbende, ihn aufzurichten, damit er auch selbst seinen Namen daruntersetzen könne. Die Anstrengung verdoppelte seine Qualen, aber es gelang ihm, bevor die Feder wieder seiner Hand entfiel. Man legte ihn behutsam auf sein Lager zurück.

»Dank . . .«, flüsterte er, »Euch allen Dank! Gott . . . der den Sieg gegeben hat . . . möge Euch behüten und helfen . . .«

Einer nach dem andern grüßten die Offiziere und verließen das Zelt. Nur Fersen und sein Diener blieben. Gilles kniete von neuem neben dem Bett nieder und zog sanft die Hand des Verletzten an seine Lippen. Er versuchte nicht einmal, die über seine Wangen laufenden Tränen zu verbergen.

»Mein Vater!« murmelte er. »Wie kann ich Euch sagen . . .«

»Nichts! . . . Du brauchst nichts zu sagen. Es ist Gerechtigkeit . . . und ich bin froh darüber! Jetzt sprich zu mir . . . Ich spüre, daß mein Leben mich verläßt. Ich habe es so lange festgehalten, wie ich es vermochte . . . Die Nacht kommt . . . sie wird mich umfangen, aber wenn du bei mir bist, werde ich ruhiger einschlafen. Sprich . . . erzähle. Ich will dich bis zum Ende hören . . .«

Gilles sprach lange. Er sprach von seiner Mutter, seiner Kindheit, von all denen, die er gekannt hatte, von der Bretagne und auch von Amerika. Seine gedämpfte Stimme füllte das Zelt, auf dessen Wände die Kerzenflammen tanzende Schatten warfen. Er hätte viel darum gegeben, auch selbst seinen Vater fragen zu können, zu erfahren, wie sein Leben vor dieser Minute gewesen war, vom Drama seines Aufbruchs aus Frankreich zu hören, von jener zu spät in sein schon vom Vergnügen geprägtes Leben getretenen Liebe, die Marie-Jeanne schaudernd zurückgewiesen hatte . . . doch Pierre de Tournemine gab kaum noch Lebenszeichen von sich. Seine Augen öffneten sich nicht mehr,

und zeitweilig schien sein Atem zu erlöschen. Gilles schwieg dann, aber die Hand, die er noch immer hielt, drückte kaum merklich die seine.
»Fahr fort . . .«, hauchte der Sterbende.
Und er fuhr fort, immer langsamer, immer leiser, bis sich endlich die eisigen Finger in seiner Hand entspannten. Der Atem verhauchte und kehrte nicht wieder . . . Stille entstand . . . Pierre de Tournemine hatte aufgehört zu leben.
Irgendwo krähte ein Hahn. Der Morgen würde bald grauen. Im Osten verblaßte bereits der Himmel.
»In kurzem«, sagte die heisere Stimme Fersens, der die ganze Nacht mit Gilles gewacht hatte, »werden die englischen Truppen Yorktown verlassen und ihre Waffen den Generälen Washington und Rochambeau übergeben, aber heute abend werden wir der sterblichen Hülle Eures Vaters die Ehren erweisen, die wir einem vor dem Feind gestorbenen Soldaten schulden. Geht jetzt und ruht Euch aus . . . Monsieur de Tournemine.«
Gilles' müde Augen suchten die des Schweden. Er öffnete den Mund, um etwas zu sagen, aber seine Ergriffenheit hinderte ihn. Sein Blick kehrte zu dem nun für immer leblosen Körper zurück. Ein jäher Schmerz preßte sein Herz zusammen, und mit einem rauhen Aufschrei sank er schluchzend über den Leichnam des Mannes, den zu lieben ihm keine Zeit geblieben war . . .

Dritter Teil

Die Braut von Trecesson

Die Poststation von Ploermel

Das letzte Licht eines regnerischen Februartages lag über der weiten Einsamkeit des einstigen Waldes von Brocéliande. Der auf einem kraftvollen Braunen aus einer Senke zwischen zwei Hügeln aufgetauchte Reiter überquerte die Lichtung, vergilbtes Farnkraut, grau gewordenen Stechginster und ein paar bläulich schimmernde Felsbrocken mühelos überspringend, und hielt am Ufer eines Baches kurz an, um sich zu orientieren. Ein weiter blauer Mantel von militärischem Schnitt fiel in steifen Falten auf die Kruppe des Pferdes und ließ zwei am Sattelbogen befestigte lange Pistolen und das Ende einer Degenscheide sehen.
»Was machen wir, mein Sohn?« sagte der Mann, lächelnd den Hals des Tieres tätschelnd. »Du hast vielleicht Lust, in der Gegend zu bleiben, aber bedenke, daß Viviane sich seit langem hier nicht mehr sehen läßt.«
Die blauen Wachtürmchen eines kleinen Schlosses lugten über die Bäume, und zwischen ihnen stieg eine einladende helle Rauchfahne auf. Gilles zögerte kurz. Merlin hatte einen langen Ritt hinter sich, und sicherlich würde der Schloßherr dem Chevalier de Tournemine von den Dragonern der Königin nicht die Gastfreundschaft verweigern. Andererseits verspürte er aber keine Lust, an diesem Abend neue Bekanntschaften zu schließen. Obwohl er wenigstens noch zwei Meilen bis Ploermel zurückzulegen hatte, war es besser, dorthin zu reiten, wo Pferd und Reiter vermutlich eine gute Herberge finden würden, ohne daß er zu Gesprächen gezwungen wäre.
»Nur Mut!« beschloß er seine Überlegungen. »Wir reiten weiter! Ich verspreche dir eine tüchtige Haferration.«
Ohne daß er ihm die Sporen zu geben brauchte, preschte Merlin wie ein Pfeil davon, seinen Galopp durch Wald und Heide eher noch beschleunigend, bis sie vor den Toren der kleinen Stadt anlangten, die sich fröstelnd im Sprühregen duckte.
Der Ort wirkte verlassen. Nur ein paar flackernde Lichter und das Klappern der Holzpantinen einer alten Frau, die am Brunnen Wasser geholt hatte, zeugten von Leben. Gilles rief sie an.
»Könnt Ihr mir sagen, gute Frau, wo die Herberge ist?«

»Ein Stück weiter unten, edler Herr. Bei der Kirche. Ihr werdet sie ohne Mühe finden. Sie ist zugleich die Poststation.«
In der Tat zeichnete sich der massive Umriß eines von spitzbogigen Giebeln flankierten viereckigen Turms im Abenddunkel ab. Zur Linken erhellte neben einer gewölbten Toreinfahrt eine trübe brennende Funzel ein Schild, das den Namen des Gasthofs kündete: »Zur Herzogin Anne«. Darunter war das Wort »Pferdepost« zu lesen.
Gilles bog unter das Gewölbe ein. Der Hufschlag und das freudige Wiehern des Pferdes lockte einen Stallburschen herbei, der Roß und Reiter mit Kennerblick musterte.
»Weißt du, ob ich hier ein gutes Zimmer finden werde?« erkundigte sich Gilles.
»Gewiß doch, Herr Offizier! Und eine gute Mahlzeit obendrein. Seht, da kommt schon der Wirt!«
Ein kleiner Mann, der merkwürdigerweise unter einer großen weißen Schürze Rock und Stiefel eines Postillions trug, stürzte eilig herzu, um seinem Kunden zu Diensten zu sein, der sich endlich entschloß, aus dem Sattel zu springen.
»Du bringst mir meinen Sattel und die Satteltaschen herein«, sagte Gilles zu dem Burschen. »Achte darauf, daß er eine ordentliche Portion bekommt. Und vergiß nicht, ihn kräftig abzureiben . . . und eine dicke Lage Streu!«
Ein Geldstück wechselte aus Gilles' Hand in die des Mannes über, der es geschickt auffing.
»Seid ohne Sorge, edler Herr«, sagte der Wirt. »Hier weiß man mit Pferden umzugehen. Folgt mir, wenn's gefällig ist.«
Einen Moment darauf nahm der Chevalier von einem großen weißgekalkten Zimmer Besitz, dessen einziger Schmuck aus einem Kruzifix aus schwarzem Holz, einer Abbildung der wenig anmutigen Gesichtszüge König Ludwigs XVI. und einem gewaltigen roten Federbett bestanden, das sich wie eine riesige Erdbeere auf dem weißen Bett blähte. Es war kalt und reichlich feucht, aber der Wirt beeilte sich, das im Kamin schon vorbereitete Feuerholz anzuzünden, und in Minutenfrist nahm das Zimmer ein festliches Aussehen an.
»Wird Monsieur unten soupieren, oder zieht er es vor, sich hier oben servieren zu lassen?«
»Nein, ich gehe hinunter. Sagt mir, mein Freund, kennt Ihr hier in der Gegend einen Besitz, der sich ›Le Frêne‹ nennt?«
Das von Natur aus freundliche Gesicht des Wirts verschloß sich wie eine Auster.

»Er liegt fünf oder sechs Meilen von hier an der Straße nach Dinan am Rand des Waldes.«
Der Mann hatte sichtlich mit der Antwort gezögert und sie nur widerwillig gegeben.
»Man möchte meinen, daß Euch der Ort nicht gefällt«, bemerkte Gilles lässig.
»Er hat mir weder zu gefallen noch nicht zu gefallen, Monsieur. Es ist ein Herrensitz, und ich bin nur Wirt und Postmeister. Aber für nichts auf der Welt würde ich mich bei Nacht dorthin schicken lassen . . . nicht einmal bei hellichtem Tage!«
»Warum? Heißt das . . .«
Doch der Wirt grüßte schon tief, drehte sich auf den Hacken um und ging eilig zur Tür.
»Verzeiht, edler Herr, aber man erwartet mich in der Küche. Wenn das Abendessen schlecht ist, werdet Ihr nicht zufrieden sein . . . und ich auch nicht.«
Er verschwand, Gilles seinen Mutmaßungen überlassend, die alles andere als erfreulich waren. Entschieden war der Ruf der Saint-Mélaine noch genau so schlimm wie früher; die Zeit hatte nichts daran geändert. Einen Stuhl vor das knisternde Feuer rückend, das in der Kammer einen Duft nach Wald verbreitete, setzte er sich, streckte seine langen, gestiefelten Beine bis zu den Feuerböcken aus und zog wieder einmal aus seinem Rock Judiths Brief, dessen extravagante, fiebrig-nervöse Schrift er betrachtete. Er las ihn nicht. Er hatte ihn vor einer Woche erhalten und hätte ihn auswendig hersagen können.
Warum seid Ihr so weit fortgegangen? . . . Mir ist, als würfe ich diesen Brief ins Meer, als müsse er ewig auf dem Wasser umherirren, ohne Euch je zu erreichen. Auf jeden Fall wird er zu spät kommen, um mich zu retten. Ich hatte Euch versprochen, drei Jahre auf Euch zu warten, und ich hatte es mir geschworen! Leider werde ich nun Euch wie mir mein Wort nicht halten können. Wie konnte mein Vater auch nur einen Moment glauben, daß die Mauern eines Klosters und sein letzter Wille meine Brüder zurückhalten würden, wenn ihr Interesse im Spiel ist? Sie haben beschlossen, mich mit sich zu nehmen, und Madame de la Bourdonnaye, unsere Äbtissin, wissen lassen, daß sie mich morgen abholen werden. Morgen! . . . Ein paar Stunden noch, und ich werde in jenes Schloß Le Frêne zurückkehren, das mir so Angst macht. Es gibt keine Möglichkeit, es zu verweigern; sie haben das Gesetz für sich

und drohen, die Unterstützung der Gendarmerie anzufordern. Ich halte sie für fähig, selbst das Asyl der Kapelle zu verletzen, falls es mir in den Sinn käme, dort Zuflucht zu suchen. Aber ich werde es nicht tun, weil ich hier nicht zum Gegenstand eines Skandals und zur Ursache eines Unglücks werden möchte . . .

Morgen also werde ich ihnen folgen! Ich weiß, daß sie beschlossen haben, mich mit einem gewissen Monsieur de Vauferrier zu vermählen. Er ist ein alter Mann, und er soll der Kumpan ihrer Ausschweifungen sein, aber er ist reich und besitzt Schiffe. Morvan, der, wie es scheint, in Amerika gewesen ist, hat ihn auf den Inseln kennengelernt und ist auf einem seiner Schiffe zurückgekommen. Ich werde ihnen folgen, sagte ich, aber ich werde mich nicht diesem Mann ausliefern lassen, von dem mir eine meiner Gefährtinnen hier, die mit ihm verwandt ist, ein scheußliches Bild entworfen hat. Ich bin keine Sklavin, die für Gold feil ist. Und dann habe ich so lange davon geträumt, Euch zu gehören. Ich glaube, schon seit dem Tage, an dem Ihr mich aus dem Fluß gezogen habt. Jetzt, da man uns trennen wird, ohne große Hoffnung, uns eines Tages wiederzusehen, kann ich Euch gestehen, daß ich Euch vom ersten Moment, vom ersten Blick an liebte, und wenn ich mich trotzdem so widerwärtig und abscheulich zeigte, dann nur, weil mein Stolz sich weigerte, sich dieser Liebe zu unterwerfen.

O mein Gott, wie konnte ich so dumm sein, so töricht hochmütig! Ich nannte Euch ›den kleinen Pfarrer‹, mein Liebster, und dennoch gehörte ich im Grunde meiner selbst schon ganz Dir. Ich wäre Dir so gern gefolgt, wäre mit Dir irgendwohin gegangen . . . selbst in eine Köhlerhütte im Wald, um dort mit Dir zusammenzusein. Ich glaube, wenn Du mich damals, als Du mich zum Kloster zurückbrachtest, gebeten hättest, mit Dir fortzugehen, ich wäre ohne Zögern mit Dir gegangen. Ich hätte, als Junge verkleidet, nach Amerika fliehen, irgend etwas dort tun können . . . Aber es hätte Dich vielleicht gehindert, ein anderes Schicksal zu finden . . . Und jetzt ist alles zu Ende! Es bleibt mir niemand, an den ich mich klammern könnte, nicht einmal Gott, der nichts für mich tut!

Adieu. Ich weiß nicht, wo ich sein werde, wenn Du diesen Brief lesen wirst. Wenn Du ihn eines Tages liest! Vielleicht weiter entfernt als diese Erde, wenn mir nur diese Zuflucht bleibt, aber ich weiß, daß ich Dich lieben werde, so lange mein Herz schlägt, so lange ich atme . . . Judith.

Mit den Fingerspitzen strich Gilles ganz zart über das zerknitterte Papier, auf dem die Schrift zuweilen durch Tränen verschmiert war. Nie würde er den Augenblick vergessen, in dem dieser Brief ihn wie ein Blitz getroffen hatte, im selben Moment, in dem er die Welt in seinen Händen zu halten glaubte. Er hatte ihn aus der langen Verzauberung Amerikas herausgerissen, und angesichts dieses trostlosen Gekritzels hatte er unter der Uniform des glücklichen Soldaten die unversehrte Seele des kleinen Sirenenfischers wiedergefunden, dessen Träume noch schneller gewachsen waren als er selbst. Wie hatte er nur einen Moment Judith zwar nicht vergessen, aber sich einbilden können, daß sie an einem nebligen Abend aus seiner romantischen Phantasie und seinem Liebesbedürfnis geboren sei? Wie hatte er vor Liebe zu einer anderen Frau rasen können?
Drüben, jenseits der Meere, war er ein anderer geworden, ein wirklicher Mann. Er hatte Freundschaft, Elend, Gefahr, Krieg, einen Geschmack von Freiheit und endlich Leidenschaft und Verrat kennengelernt, all das verschmolzen in einem gigantischen Tiegel, einem fabulösen Hexenkessel, aus dem ein neues Wesen hervorgegangen war. Von seiner Liebe zu Sitapanoki blieb nur noch ein vages Sehnen, eine Wärme in seinen Lenden, wenn er sich der schönen Indianerin erinnerte, und eine kuriose und ziemlich egoistische Befriedigung, irgendwie einer tödlichen Versuchung entronnen zu sein. Wäre er ihr in ihre Wälder des Nordens gefolgt, hätte er das ihm vom Schicksal auf dem Schlachtfeld von Yorktown angebotene großartige Geschenk nie erhalten. Irgendwo am Ufer eines Sees hätte ihn ein Dasein nicht allzu weit entfernt von dem der wilden Tiere erwartet . . . falls seine Knochen nicht schon längst am Fuße eines Marterpfahls bleichten . . .
Er verjagte das unerfreuliche Bild mit einer gereizten Schulterbewegung, griff nach seiner Pfeife, stopfte sie mit virginischem Tabak, den er schätzen gelernt hatte und von dem er einen Vorrat mit sich führte, und zog einen brennenden Zweig aus dem Kamin, um die Pfeife anzuzünden. Darauf nahm er seine lässige Haltung wieder ein und versuchte rauchend, die Probleme zu lösen, die sich ihm stellten, und sich über seine Situation klar zu werden.
Was ihn selbst betraf, war das Schicksal überaus freundlich zu ihm gewesen, seitdem er vor vier Monaten die Ufer der Chesa-

peake-Bucht verlassen hatte. Und alles war sehr schnell gegangen.

Zuerst die fast unmittelbar erfolgende Rückkehr in Gesellschaft Lauzuns. Der junge Herzog war von Rochambeau beauftragt worden, die Nachricht des Sieges nach Versailles zu bringen, und mit gänzlich unerwarteter Großmut, wenn man ihre früheren Beziehungen bedachte, hatte er auf Begleitung durch den einstigen Leutnant Goëlo gedrungen.

»Man muß das Eisen schmieden, so lange es heiß ist«, sagte er zu ihm. »Euer Vater hat Euch so offiziell anerkannt, wie es ihm unter diesen Umständen möglich war, aber der König muß es jetzt sanktionieren. Und außer ihm, vor allem, möchte ich sagen, Monsieur Chérin. Ihr kennt Monsieur Chérin nicht?«

»Mein Gott, nein, Herr Herzog. Versailles ist für mich eine unbekannte Welt, ein anderer Planet. Und natürlich weiß ich nichts von diesem Mann.«

»Ihr seid in Wahrheit nicht der einzige, denn er zeigt sich kaum unter Menschen und reserviert seine Gunst alten Pergamenten, Siegeln, heraldischen Symbolen, Wappenschildern, Wappensprüchen und allem, was das komplizierte, vielverzweigte Gestrüpp der Verwandtschaftslinien und der Wappenkunde ausmacht. Er ist Stammbaumforscher und Historiograph der Orden des Königs, von geradezu fanatischer Integrität, und er zerpflückt die Ahnen mit unermüdlicher Aufmerksamkeit, die ihm schon zahlreiche Feinde geschaffen hat. Dazu ist er unnachgiebig, und wenn er entscheidet, daß Ihr kein Recht auf Adel habt, vermöchte selbst der König nichts. Nutzt es also, daß alle Unterzeichner Eures Dokuments glücklicherweise noch am Leben sind, um es in Versailles vorzulegen. Wenn Ihr wollt, könnt Ihr später immer noch zurückkehren: Der Krieg wird vielleicht noch nicht beendet sein.«

Das war richtig . . . Der Fall Yorktowns war ein wichtiger Sieg für die jungen Vereinigten Staaten, ein vielleicht entscheidender Sieg, aber die Engländer verfügten noch über beachtliche Kräfte und mochten es für nützlich halten, die Feindseligkeiten bis zur Vernichtung der einen oder anderen Seite fortzusetzen.

Mit lebhafter Zustimmung seines Chefs drückte Gilles also Fersens Hand, der ihn mit Empfehlungen überhäufte, und umarmte seinen Freund Tim, dem er Pongo bis zu seiner Rückkehr anvertraute. Den Indianer zu überreden, sich auch nur vorübergehend von einem Herrn zu trennen, den er ver-

ehrte, war keine kleine Angelegenheit gewesen.
»Und wenn du nicht zurückkommst?« sagte er mit zugleich bekümmerter und beleidigter Miene.
»Es gibt keinen Grund, warum ich nicht zurückkommen sollte, aber wenn es so wäre, verspreche ich dir, daß du zu mir kommen kannst, obwohl ich nicht sicher bin, ob du in Europa glücklich wärst.«
»Pongo kann nur da glücklich sein, wo du bist. Wenn du ihn verläßt, wird er sterben.«
»Du bist mein Waffenbruder. Ich werde dich nie verlassen. Hab Vertrauen und warte auf mich!«
Drei Tage nach Cornwallis' Kapitulation gingen Lauzun und der junge Mann an Bord des schnellen Seglers *Surveillante*, der die Fahrt nach Brest, für die sie in umgekehrter Richtung mehr als zwei Monate gebraucht hatten, in drei Wochen bewältigte. Ohne daß Gilles auch nur Muße fand, heimatliche Luft zu atmen, hatten sie von dort aus die Post bis Versailles benutzt, wo beide inmitten allgemeinen Jubels eintrafen: Am 22. Oktober, einige Tage nach der Schlacht von Yorktown, hatte die Königin einem Dauphin das Leben geschenkt. Paris schäumte vor Begeisterung, Versailles versank in Freudenfeuern, unter Fahnen und im Getöse der großen Drehorgeln.
Das Stadtpalais bezauberte den Bretonen, der an königlichem Prunk bisher nur Schiffe und Waffen kannte. Die Stadt und ihre Gärten, der riesige, schöne Palast, seine reichgekleideten Insassen versetzten ihn in eine Bewunderung, die zu zeigen er sich aus Stolz hütete. Neben alldem war Brest nur ein Dorf und Hennebont ein Maulwurfhügel.
Dennoch sollte er nie seine Vorstellung beim König vergessen. Er war auf den bedrückenden Prunk eines Thronsaals gefaßt, statt dessen ließ man ihn bis unters Dach des Schlosses klettern und führte ihn in eine Werkstatt, in der ein Schmiedefeuer brannte und klirrende Hammerschläge von den Wänden widerhallten. Er erwartete, einen mit Brokaten und Diamanten geschmückten hochmütigen Potentaten vorzufinden, und sah sich einem fast schüchternen, ein wenig zu dicken Mann von achtundzwanzig Jahren mit matten, kurzsichtigen Augen und über der hohen Stirn schon dünn werdendem Haar gegenüber, dessen einfache Kleidung eine große Lederschürze verbarg. Ohne eine gewisse natürliche Majestät hätte man ihn leicht für irgendeinen seiner Untertanen halten können. Indessen empfing ihn der königliche Schlosser aufs beste.

»Man hat mir von Eurer Geschichte und Euren Taten berichtet, Monsieur«, sagte er, sorgfältig den Blick Lauzuns vermeidend, den er nicht sehr zu lieben schien. »Sie machen Euch zu einer äußerst interessanten Person, und wir werden uns hüten, uns dem Willen Gottes zu widersetzen, der sich so deutlich manifestierte, als er Euch Euren Vater finden ließ. Graf Tournemine de la Hunaudaye hat Euch öffentlich als seinen Sohn anerkannt – wir tun also desgleichen.«
»Sire«, wagte sich Lauzun mit an Unverschämtheit grenzender Ironie einzumischen. »Glaubt Eure Majestät, daß ihr Ahnenforscher der gleichen Ansicht sein wird?«
Der König, eben dabei, sich in der ihm von einem Pagen gereichten Schüssel die Hände zu waschen, hob den Kopf. Sein kurzsichtiger Blick fiel wie ein Stein auf den jungen Herzog, der sein Erröten nicht hindern konnte.
»Muß ich Euch daran erinnern, Herr Herzog, daß Monsieur Chérin mein Diener ist, und daß sich ein guter Diener nie über den Befehl seines Herrn hinwegsetzen würde?« sagte er kalt. »Es geht hier weder um genealogische Forschungen, noch sind Beweise für Adelstitel vonnöten, die zu den ältesten des Königreichs Frankreich zählen. Monsieur Chérin wird, wie erforderlich, die Abstammung dieses jungen Mannes registrieren, in dem ich von nun an gleichfalls einen guten Diener zu finden hoffe. Ist es nicht so, Monsieur?«
»Sire«, murmelte Gilles bewegt, »als Untertan Eurer Majestät bin ich von Geburt an Euer Diener, und ich schäme mich, Euch nur etwas bieten zu können, was Euch schon immer gehört: mein Leben!«
Ludwig XVI. lächelte ihm herzlich zu. Dann reichte er dem jungen Mann die Hand, während er, ohne es zu ahnen, Washingtons Ausspruch in anderen Worten wiederholte:
»Bewahrt es sorgsam, Monsieur de Tournemine. Ein toter Diener hat Anrecht auf meinen vollen Respekt . . . aber er ist nicht mehr von großer Nützlichkeit.«
Gilles kniete nieder, um die nach Eisenkrautseife duftende Hand zu küssen, und zog sich, tief grüßend, zur Tür zurück. Die königliche Stimme folgte ihm:
»Es scheint, daß Ihr ein gewaltiger Mann der Wälder seid, ein Schütze ersten Ranges, und daß Ihr die Jagd der Indianer Amerikas gelernt habt. Wir müssen eines Tages zusammen jagen. Ihr werdet es mich lehren! Monsieur de Lauzun, wenn es an der Zeit ist, werdet Ihr diesen jungen

Mann der Königin vorstellen!«
»Donnerwetter!« rief Lauzun, kaum daß sie die königliche Werkstatt verlassen hatten. »Welch ein Erfolg! Ihr seid nicht nur anerkannt, sondern zudem noch in Gunst. Ihr habt offenbar besonders gefallen. Ich beglückwünsche Euch dazu, denn das ist nicht so leicht.«
Zwei Tage darauf erhielt Gilles in der Tat von der königlichen Kanzlei das Dokument der Anerkennung, das ihm den erblich übertragbaren Titel eines Chevaliers verlieh. Ferner das Patent eines Leutnants »zu besonderer Verfügung« im Regiment der Dragoner der Königin und endlich eine Anweisung für den Schatzmeister des Regiments, ihm unverzüglich sein erstes Soldviertel auszuzahlen. Das war für ihn Ruhm und Reichtum zugleich.
Außer sich vor Freude, stürzte sich der neugebackene Chevalier unverzüglich auf seine Feder, um dem Abbé de Talhouët endlich seine Rückkehr und das ihm dank der von der Vorsehung herbeigeführten Begegnung mit Pierre de Tournemine widerfahrene erstaunliche Glück zu melden. Er hatte seit mehreren Monaten nicht mehr geschrieben, und so wurde der Brief besonders lang. An seinem Ende drückte er die Hoffnung aus, bald alle die, die er liebte, umarmen und seine Heimat wiedersehen zu können, spätestens auf dem Rückweg nach Amerika, wenn er die Erlaubnis erhalte, zurückzukehren.
Die Antwort war in dreifacher Gestalt gekommen: ein junger Bursche, ein Pferd und ein Brief, das zweite die beiden anderen tragend. Der junge Bursche hieß Pierrot und entpuppte sich als einer der Söhne Guillaume Briants. Das Pferd war niemand anders als der einstige Magnus Fersens, von Gilles in Merlin umgetauft, und der Brief stammte vom Pfarrer von Hennebont. Ein Brief, dessen Aufschrift Gilles nicht ohne einen leisen Freudenschauer lesen konnte, denn er war adressiert an den »Herrn Chevalier de Tournemine de la Hunaudaye im Palais des Herrn Herzogs de Lauzun, Rue des Réservoirs . . .«
Der gute Abbé beschrieb in ihm des langen und breiten seine zärtliche Freude, so gute Nachrichten von ihm zu erhalten. Sodann erklärte er, der Graf de Fersen habe Guillaume Briant in einem persönlichen Schreiben wissen lassen, daß er das Pferd seinem jungen Freund schenke. Schließlich übermittelte er ihm den Brief, den Judith de Saint-Mélaine ihm am Tage ihrer Abreise nach Le Frêne durch die Schwester Pförtnerin des Klosters habe zustellen lassen.

Er ist schon drei Monate alt, schrieb der Pfarrer, *und es tut mir weh, ihn Dir schicken zu müssen, denn es fehlte so wenig, daß ihr einander hättet gehören können. Wenn ich richtig rechne, ist Judith am gleichen oder fast gleichen Tage von ihren Brüdern abgeholt worden, an dem Du wieder französischen Boden betratest. Aber wir müssen uns in diesem wie in allen Dingen dem Willen Gottes beugen, der so viel für Dich getan hat. Man kann in dieser gemeinen Welt nicht alles Glück erlangen, und die Weisheit will, daß man sich mit dem begnügt, was man hat. Adieu, mein lieber Chevalier, ich übernehme es, Deine Mutter wissen zu lassen, was aus Dir geworden ist. Vergiß nicht, daß Du immer in meinen Gebeten wie in meinem Herzen bist . . .*

Das Feuer erlosch allmählich. Gilles faltete Judiths Brief wieder zusammen, um ihn an seinem Herzen zu bergen, und stand, sich reckend, mit einem Seufzer auf. Die von Schmerz und Tränen erfüllte Epistel hatte ihn tief bewegt. Doch er dachte nicht daran, zu resignieren und die tyrannischen Entschlüsse der Brüder de Saint-Mélaine hinzunehmen. Wenn er sich beeilte, kam er vielleicht noch zurecht, um Judith ihrem Schicksal zu entreißen. Der Himmel war offenbar mit ihm im Bunde, denn das Regiment der Dragoner der Königin lag zur Zeit in Pontivy in Quartier. Gilles machte sich also auf die Suche nach Lauzun, um ihn zu bitten, seine Vorstellung bei der Königin auf später zu verschieben, und eröffnete ihm seinen Wunsch, sich so schnell wie möglich in die Bretagne zu begeben. Dann stopfte er Pierrot in die Pferdepost nach Brest, packte seine Satteltaschen, schwang sich auf Merlin und schlug den Weg in seine Heimat ein.

Er wußte noch nicht, was er tun würde, aber dafür wußte er um so besser, daß sein Leben keinen Sinn mehr hätte, so lange er nicht in Erfahrung brachte, was Judith geschehen war. Zumindest würde er die Befriedigung haben, einige Zoll Eisen in Morvans Leib zu jagen und bei dieser Gelegenheit auch Tudal zu durchlöchern, falls das junge Mädchen den Tod gewählt haben sollte, um einer widerlichen Ehe zu entgehen. Das allein war schon die Reise wert . . .

Gilles zog seine Uhr, ein Geschenk Washingtons, und stellte fest, daß es Zeit war, zum Abendessen hinunterzugehen. In diesem Punkt war sein Magen übrigens noch untrüglicher. Er wusch sich die Hände, schob die Perücke zurecht, bürstete den dunkelblauen Rock von fast militärischem Schnitt, den er trug,

und suchte mit der festen Absicht das Gastzimmer auf, seinen Wirt über die Saint-Mélaine auszufragen, selbst wenn der Mann einigen Widerwillen zeigen sollte. Vielleicht, wenn er ihn dazu brachte zu trinken . . . obwohl die Fähigkeiten eines Gastwirts in dieser Hinsicht sicherlich respektabel waren.
Sein Tisch war in einer Ecke nahe dem großen, granitenen Kamin gerichtet, vor dem eine Magd in Pantoffeln damit beschäftigt war, Eierkuchen auf der Pfanne springen zu lassen. Gilles' Nasenlöcher weiteten sich genüßlich bei dem vertrauten Duft: Es war lange her, daß er bretonische Pfannkuchen gegessen hatte. Er setzte sich an den mit einem karierten Tuch, dickem, buntem Fayencegeschirr und einem Zinnbecher gedeckten Tisch. Ein hübsch geformtes Stück gesalzener Butter, Brot mit knuspriger Kruste und ein Krug jenes moussierenden Ziders, der der Stolz Ploermels war, ergänzten das Couvert.
Der Chevalier machte sich an die Mahlzeit mit dem Appetit eines Mannes, der einen Tagesritt hinter sich hat und den Wert eines gut instand gehaltenen Organismus kennt.
Nach dem letzten Eierkuchen stieß er einen befriedigten Seufzer aus, griff nach seiner Pfeife, und während er sie stopfte, hielt er nach dem Wirt Ausschau. Er sah ihn einige Schritte entfernt an einem Tisch stehen, beide Fäuste auf die Platte gestemmt, im Gespräch mit zwei Postillionen, offenbar die Ankunft der Postkutsche aus Rennes erwartend.
»Wenn man so guten Zider hat, muß man auch den dazugehörigen Apfelschnaps haben«, sagte er.
Der Mann lächelte, sichtlich in seinen heimlichen Neigungen getroffen.
»Ganz sicher, edler Herr! Und vom allerbesten!«
»Dann bringt mir davon . . . und zwei Becher dazu. Wir trinken zusammen.«
Der Wirt verschwand geschäftig und kehrte mit einem Tönnchen und zwei Gläsern zurück, da, wie er erklärte, Zinn für ein solches Wunder nicht passe.
Gilles kostete von dem Calvados, schnalzte mit der Zunge und schob seinen Tabaksbeutel dem Wirt zu, der, den Blick zur Decke gerichtet, den Branntwein mit der Miene eines Seligen im Paradiese genoß:
»Setzt Euch einen Moment, und wenn Ihr Raucher seid, probiert diesen Tabak. Ich möchte Euch eine Frage stellen. Wie heißt Ihr übrigens?«
Augenblicks fand der selige Wirt in die rauhe irdische Wirk-

lichkeit zurück. Seine Mundwinkel, eben noch von einem selbstvergessenen Lächeln angehoben, senkten sich mürrisch.

»Le Coz . . . Yvon Le Coz. Aber wenn Eure Frage Le Frêne betrifft, möchte ich Euch mit Eurer Erlaubnis lieber nicht antworten.«

»Dieser Besitz gefällt Euch entschieden nicht. Nein, ich wollte Euch nur fragen, ob Ihr von einer großen Hochzeit gehört habt, die . . . sagen wir, in den letzten zwei Monaten in dieser Gegend stattgefunden hat.«

Die Augen des Wirts wurden so starr, daß Gilles einen Moment glaubte, er würde zu weinen anfangen. Dann ließ er sich schwer auf einen Schemel seinem Gast gegenüber sinken, zog das Tönnchen zu sich heran und füllte noch einmal sein Glas, das er mit einem Zug leerte.

»Nun, ich ahnte nicht, daß meine Frage so auf Euch wirken könnte«, bemerkte Gilles. »Schließlich ist eine Hochzeit nicht gerade eine tragische Angelegenheit.«

»Es sollte nicht so sein, aber es gibt trotzdem Fälle . . . Hört, Monsieur, Ihr seht mir wie ein Ehrenmann aus, und auf jeden Fall seid Ihr ein guter Gast. Deshalb will ich Eure Frage beantworten, aber nehmt's mir nicht krumm, wenn meine Antwort Euch nicht klar erscheint. Ich habe seit wenigstens drei Monaten von keiner großen Hochzeit gehört . . . dafür habe ich von einer Braut gehört, einer Braut aus der vornehmen Gesellschaft, der ein Unglück zugestoßen ist. Nur weiß man weder, wer sie war, noch woher sie kam!«

Der Chevalier runzelte die Stirn.

»Was soll das heißen? Könntet Ihr Euch nicht klarer ausdrücken?«

»Nein. Ich bin früher viel in der Welt herumgekommen, Monsieur, und ich habe allerlei gesehen, aber diese Geschichte hat mich krank gemacht. Ich könnte sie Euch nicht erzählen. Überdies bin ich auch nicht der, der dabeigewesen ist . . .«

»Es ist also jemand dabeigewesen? Es gibt einen Zeugen?«

»Ja. Ein Holzschuhmacher aus Campénéac, der oft im Wald von Paimpont wildert. Er war auf einem Baum versteckt und hat alles gesehen. Und da es ihm schwerfällt, sich davon zu erholen, erzählt er jedem, der ihm was zu trinken spendiert, gern seine Geschichte.«

»Wie heißt dieser Mann?«

»Guégan. Und er ist nicht schwer zu finden . . .«

Einer der Postillione, der dem Gespräch des Wirts mit dem unbekannten Reisenden gelauscht hatte, stand auf und trat an den Tisch.
»Entschuldigt, Monsieur, aber ich hörte, daß Le Coz Euch von Guégan erzählte. Er ist noch leichter zu finden, als Ihr glaubt, weil ich ihn vorhin mit einem Sack voller Holzschuhe ankommen sah, die er morgen auf dem Markt verkaufen will, und da verbringt er die Nacht immer bei seinem Neffen, dem Bäcker. Wenn Ihr geneigt seid, ihm einen Schluck zu zahlen, wird er Euch von dem großen Unglück des schönen rothaarigen Mädchens erzählen.«
Gilles' Herzschlag setzte für einen Moment aus.
»Rothaarig? Hatte die Braut rotes Haar?«
»Ja. Guégan sagt, ihr Haar hätte wie Kupfer geglänzt. Aber ich will Euch nicht mehr verraten, es wäre nicht ehrlich gegen Guégan . . . und außerdem erzählt er die Geschichte viel besser als ich . . .«
». . . und du hast Lust, sie nochmals zu hören«, fiel Le Coz ein, »und dich zugleich mit Guégan innerlich anfeuchten zu lassen. Stimmt's nicht, Joël? Dafür bist du auch gern bereit, Guégan zu holen!«
Der Postillion schielte zu dem Branntweintönnchen und grinste. »Ich bin gern gefällig . . . und dann ist es schon wahr, daß ich einem Schlückchen nicht abgeneigt wäre. Um so mehr, als die Postkutsche aus Rennes bestimmt nicht vor einer guten Stunde hier sein wird.«
»Geht und holt diesen Mann!« befahl Gilles. »Ich gebe für jeden, der möchte, etwas aus, um diese Geschichte zu hören.«
»Oh!« rief Le Coz. »Habt keine Angst, daß nicht genug da wären! Guégan kommt bestimmt nicht allein. Er hatte damals in der Nacht solche Angst, daß er sich im Dunkeln nicht mehr allein aus dem Haus traut.«
Joël war schon mit seinen schweren Stiefeln polternd verschwunden, während Gilles mit einer Art Verbissenheit wieder zu rauchen begann, um zu versuchen, gegen die in ihm aufsteigende Angst anzukämpfen. Es war wie eine Vorahnung, die er mit allen Kräften seines Verstandes abweisen wollte, ohne daß es ihm gelang. Es gab, bei Gott, auch andere rothaarige Mädchen auf der Welt als Judith de Saint-Mélaine und andere Mädchen aus guter Familie in der Bretagne, die in den letzten drei Monaten ihr Brautkleid angelegt haben konnten, aber

irgend etwas sagte ihm, daß Judith im Mittelpunkt dieser Geschichte stand, auf die er sich gefaßt machen mußte, einer makabren Geschichte, wenn man den spärlichen Andeutungen des Wirts glauben wollte.
Der Postillion kam nach zehn Minuten mit zwei Männern zurück, von denen der eine, der wie ein Bauer in einer Joppe aus Ziegenleder steckte, durch eine Nase von schönstem Rot in seinem von zahlreichen Wintern gegerbten Gesicht auffiel. Der andere in leicht weißlich überstäubter Kleidung mußte der Bäckerneffe sein. Die beiden Ankömmlinge grüßten Gilles linkisch.
»Joël hat uns gesagt«, erklärte der mit der roten Nase, zweifellos Guégan, »daß Ihr diese unglückselige Geschichte hören wollt, mein edler Herr . . . aber ich frage mich, ob ich da nicht ein Risiko eingehe.«
»Warum? Wenn Ihr nur Zuschauer gewesen seid, habt Ihr nichts von mir zu fürchten.«
»Er will damit sagen«, unterbrach Le Coz, »ob Ihr nicht zufällig Beziehungen zu den Pächtern habt, da er in dieser Nacht gewildert hat.«
Der Chevalier zuckte die Schultern und brachte eine Münze aus seiner Tasche zum Vorschein.
»Sehe ich etwa wie ein Schnüffler aus? Sprich ohne Furcht, guter Mann! Bestelle, was du trinken willst, und darüber hinaus gebe ich dir das . . . für deine Mühe.«
»Ich weiß, was er gern möchte«, sagte Le Coz. »Rum!«
»Also Rum für die ganze Runde!«
Die Krüge wurden mit allgemeiner Befriedigung in Empfang genommen. Auch der zweite Postillion gesellte sich zu der Runde, die sich vor dem Kamin um den Erzähler gebildet hatte, wie das bei solchen abendlichen Unterhaltungen der Fall zu sein pflegt. Als Einleitung goß Guégan einen vollen Becher hinunter, wischte sich mit dem Ärmel den Mund, und den Becher, den der Wirt auf ein Zeichen Gilles' neu gefüllt hatte, in den Händen wärmend, begann er inmitten tiefen Schweigens seine Geschichte.
»Es war am Abend vor Weihnachten. Mit der Idee, einen schönen Hasen oder ein paar Kaninchen oder vielleicht gar ein größeres Stück Wild zu fangen, für das mir Meister Le Coz hier einen guten Preis bezahlt hätte, hatte ich im Wald nahe dem Teich am Schloß Trecesson zwei gute Meilen von hier, aber nicht weit von meinem Dorf Campénéac Fallen gestellt. Es ist

eine gute Ecke dafür: Nachts kommen die Tiere an den Teich zur Tränke, und ich kenne ihre Gewohnheiten.
An diesem Abend bin ich losgegangen, sobald es ganz finster war. Es war kalt und schwarz, aber ich hab' ein zähes Fell, und vor Dunkelheit habe ich mich nie gefürchtet. Tüchtig ausschreitend, war ich schnell beim Schloß angelangt. Alles war ruhig, und nirgends brannte Licht. Mir war's mehr als recht, weil das bedeutete, daß nicht viele im Schloß sein konnten. Der Herr Graf de Châteaugiron-Trecesson, dem es durch Heirat gehört, hatte vielleicht beschlossen, Weihnachten in seinem Stadthaus in Rennes zu verbringen. Ich war also ganz beruhigt und so gut wie sicher, daß man mich nicht schnappen würde.
Ich war gerade dabei, meine kleinen Geräte aufzustellen, als ich plötzlich Pferde hörte, Pferde, die sich rasch näherten. Ich hab' Angst gekriegt, und weil mir die Idee kam, daß es vielleicht der Schloßherr wäre, bin ich, um nicht erwischt zu werden, schleunigst auf den nächstbesten Baum geklettert. Das Herz schlug mir ein bißchen. Nicht, weil der Graf etwa ein harter oder geiziger Mann wäre, das nicht, aber wie alle Schloßherren seit ewigen Zeiten ist er Jäger, und Jäger und Wilderer vertragen sich seit denselben ewigen Zeiten nun einmal nicht. Dabei brauchte ich mir nicht allzu viele Sorgen zu machen. Es waren zwar nicht mehr viele Blätter an den Bäumen, aber die Nacht war finster . . . Als ich dann aber oben war, hab' ich mich einen Moment gefragt, ob ich nicht geträumt hätte: Nichts war mehr zu hören.
Schon wollte ich runter, um meine Arbeit wieder aufzunehmen, als ich vorsichtige Schritte und das Knarren von Wagenachsen vernahm. Dann hab' ich vor dem Wassergraben des Schlosses zwei maskierte Männer auftauchen sehen, die ihre Pferde am Zügel führten. Hinter ihnen fuhr eine Kalesche mit dicht geschlossenen Fensterläden.
Die beiden Männer vorne blieben kurz stehen, um die dunkle Fassade des Schlosses zu mustern.
›Das hatte ich gehofft‹, sagte der eine. ›Nur die Domestiken sind da, und die schlafen um diese Zeit wie die Murmeltiere. Und selbst wenn sie irgendwas hörten, kämen sie nicht heraus, solche Angst haben sie vor Geistern, Feen und Kobolden.‹
›Trotzdem werden wir's nicht gerade direkt vor dem Schloß erledigen‹, antwortete der andere. ›Gehen wir ein bißchen weiter. Das wird klüger sein.‹
Sie gingen ein Stück am Teich entlang. Die Kalesche, von deren

Kutscher man nicht mal die Nasenspitze sah, so hatte er sich in seinen Mantel gewickelt, folgte ihnen. Schließlich blieben sie genau unter dem Baum stehen, auf dem ich mich versteckt hielt, jetzt übrigens halbtot vor Angst, denn diese Männer, diese Masken, diese Kalesche, dieser Kutscher, der wie ein Gespenst aussah, all das sagte mir nichts Gutes. Mich überlief eine Gänsehaut, und ich fing an, zu meinem Schutzengel zu beten.

›Hier wird's gehen‹, sagte der größere der beiden Männer.

Er holte eine der Laternen der Kalesche, zündete sie an und reichte sie seinem Kumpan.

›Leuchte uns!‹

Der Kutscher stieg nun auch vom Bock. Wie die beiden andern war er maskiert. Er trug auch Werkzeuge, Schaufeln und Hakken, mit denen sie sich zu zweit ans Graben machten. Sie gruben lange, und ich auf meinem Baum begriff nicht, warum diese Männer mitten in der Nacht im Wald ein Loch gruben. Aber ich gebe ehrlich zu, daß es anfing, mich zu interessieren, denn wenn sie sich soviel Mühe machten, mußten sie irgendwas Kostbares zu verbergen haben . . . Gold vielleicht. Oder Schmuggelware . . . Als ihnen das Loch, das mehr lang als breit war, tief genug schien, hörten sie auf, und der, der mir wie der Anführer vorkam, der Größere und Kräftigere, nahm seinen Hut ab, um sich die Stirn zu wischen. Ich sah, daß er rotes Haar hatte. Dann setzte er den Hut wieder auf, zog eine Flasche aus der Tasche und nahm einen ordentlichen Schluck.

›Stell die Laterne hin!‹ befahl er dem, der nur geleuchtet hatte. ›Und bring sie her!‹

Und da sah ich dann, was in der Kalesche war. Es war kein Gold und kein Schatz . . . es war etwas viel Kostbareres, und ich wäre fast vom Baum gefallen. Eine Frau! . . . Eine Frau, schön wie eine Märchenfee, in weißem Brautkleid mit Spitzen und Blumen aus Seide. Sie war so weiß wie ihr Kleid, mit großen dunklen Augen voller Angst. Unter den Orangenblüten war ihr Haar fast rot, glänzend wie Kupfer. Ihren Mund konnte ich nicht sehen, ein Knebel verdeckte ihn. Ihre Hände waren gefesselt . . . Sie wand sich, um sich dem groben Griff der Hände dessen zu entziehen, der sie aus dem Wagen gezerrt hatte.

Der größere der beiden zeigte ihr das Loch.

›Da ist Euer Hochzeitsbett, Schwester. Ich hoffe, es gefällt Euch . . .‹

Sie befreiten sie von ihrem Knebel, damit sie ihr Gebet spre-

chen konnte, aber sie weinte so, bat sie so flehentlich . . . Mein ganzes Leben lang werd' ich ihr Jammern im Schlaf hören . . . Sie flehte so laut, daß sie ihr den Knebel wieder in den Mund stopften.
›Wenn die Leute vom Schloß sie hören, werden sie sich aus Angst vor Gespenstern nicht rühren, aber man weiß ja nie. Es könnte einen Köhler anlocken . . . Bringen wir's zu Ende!‹
Darauf packten sie sie, einer bei den Füßen, der andere bei den Schultern, und legten sie in das Loch, ohne ihr vorher die Barmherzigkeit anzutun, sie zu erdrosseln oder durch einen Dolchstich zu töten. Von da, wo ich war, konnte ich sie sehen, ganz weiß in der schwarzen Erde, die gefesselten Hände auf der Brust und ihre Augen über dem Knebel . . . ihre Augen . . . zwei schwarze Teiche voller Entsetzen . . .«
Guégan verstummte, sein Blick suchte nach etwas Trinkbarem. Gilles füllte ihm den Becher und leerte den seinen mit einem Zug.
»Fahr fort!« befahl er hart.
»Ich hab' sie nicht mehr lange gesehen. Sie warfen ihren Schleier über sie und fingen an, das Grab zuzuschaufeln, immer vollere Schaufeln, immer schneller und schneller, bis von dem Mädchen nichts mehr zu sehen war! Ich klammerte mich an meinen Baum, um nicht hinunterzufallen. Mir war nach Erbrechen zumute. Ich war krank vor Abscheu und Grauen! Ich begriff nicht, wie der liebe Gott solche Ungeheuer auf Erden lassen konnte.«
»Und danach?« knurrte Gilles. »Was geschah danach?«
»Sie blieben noch einen Moment da, um Moos und trockene Blätter über ihr Werk zu streuen. Es sah so aus, als fiele es ihnen schwer, wegzugehen. Und dann haben sie trotzdem die Kalesche gewendet, sind auf ihre Pferde gestiegen und in der Nacht verschwunden wie Dämonen, die sie ja auch waren. Gleich hinterher bin ich von meinem Baum geklettert und zum Schloß gerannt. Ich mußte jemand Bescheid sagen, dem Wächter, einem Diener, ganz gleich wem . . . trotz der Fragen, die man mir hätte stellen können. Ich hab' mich an die Türglocke gehängt und mit aller Kraft geläutet und um Hilfe geschrien, bis jemand gekommen ist. Der Pförtner hat mich zuerst glatt für einen Verrückten gehalten. Ich wußte nicht, was ich sagte, und könnte es Euch darum auch nicht wiederholen, aber plötzlich fand ich mich einem Edelmann in Nachtmütze und Hausmantel gegenüber, der einen Degen unter dem Arm trug. Es

war der Herr Graf de Châteaugiron, der sich im Gegensatz zu dem, was ich dachte, mit seiner Familie im Schloß aufhielt. Sie waren nur früh schlafen gegangen, weil sie im Morgengrauen nach Rennes fahren wollten. Ihn vor mir zu sehen, machte mir den Kopf wieder klar, und so schnell ich konnte, erzählte ich ihm, was ich eben beobachtet hatte.
›Ich bitte Euch, kommt, Herr Graf, kommt rasch! Ich werde Euch die Stelle zeigen! Vielleicht ist es noch nicht zu spät.‹
Gott sei Dank hat er mir sofort geglaubt. Er rief seine Diener, ließ sie Schaufeln und Hacken mitnehmen, und wir liefen zu dem Ort des Verbrechens. Die noch ganz frischen, deutlich sichtbaren Spuren der Wagenräder zeigten an, daß ich kein Märchen erzählt hatte. Zu sechst haben sie sich dann sofort ans Graben gemacht, zuerst mit Schaufeln, dann auf Befehl des Herrn Grafen mit den Händen, um die junge Dame nicht zu verletzen, falls sie nach Gottes Willen da unten in ihrem Grab noch lebte. Endlich gelang es ihnen, sie aus der Erde zu holen! Oh, mein edler Herr, wenn Ihr sie in ihrem Kleid gesehen hättet, das weiße Gesicht und das Haar ganz verdreckt. Im Schein der Fackeln sah's furchtbar aus.
›Schnell! Ein Bote zu Pferd soll einen Arzt holen!‹ hat der Herr Graf befohlen. ›Das Herz schlägt noch schwach! Wir werden sie ins Schloß tragen.‹
Wir sind im Zug zurück, und im Schloßhof hab' ich die Frau Gräfin und ihre Mägde und den Schloßkaplan herauskommen sehen und ein Gejammere anstimmen hören. Dann wurde die junge Dame ins Haus getragen, und der Herr Graf ist zu mir gekommen. Er hat mir ein Goldstück gegeben und gesagt, daß ich ein braver Mann sei, daß er mir das Wildern nicht übelnehme, und daß ich jetzt in Frieden nach Hause gehen könne. Aber ich habe um Erlaubnis gebeten, mich noch ein Weilchen aufhalten zu dürfen, um zu erfahren, ob das arme Geschöpf ins Leben zurückgekehrt sei. Doch als der Morgen zu dämmern begann, hat man mir dann gesagt, es sei alles zu Ende. Trotz der Mühen der Dame vom Schloß und des Kaplans war sie hinübergegangen. Der Arzt aus Ploermel, den man durch einen berittenen Diener hatte holen lassen, kam gerade zurecht, um zu erfahren, daß man ihn nicht mehr brauchte. Darauf bin ich nach Hause gegangen. Aber seitdem seh' ich die schöne Braut und ihr Grab immer vor mir . . . Eine sehr traurige und sehr garstige Geschichte, nicht wahr, Monsieur?«
Schweigen folgte. Die Männer der Runde sahen einander an,

und in den Augen aller stand das gleiche Grauen. Nervös öffnete Gilles seinen Kragen, in dessen Zwang er zu ersticken glaubte.
»Kennt man den Namen dieser jungen Frau . . . und den ihrer beiden Mörder?« fragte er.
»Nein, Monsieur«, erwiderte Guégan. »Niemand im Schloß kannte die junge Dame. Ich hab' die Frau Gräfin sagen hören, sie habe sie nie gesehen und habe auch von keiner Hochzeit an diesem Tag in der Gegend gehört. Was die Männer betrifft, trugen sie Masken. Mit Eurer Erlaubnis, edler Herr, werde ich noch ein Schlückchen trinken, bevor ich heimkehre. Es wird spät . . . und ich bin nachts nicht mehr gern draußen.«
Einer nach dem andern verschwanden die Männer, nachdem sie den Chevalier gegrüßt hatten. Doch er beachtete sie nicht. Ihnen den Rücken zuwendend, stand er mit gespreizten Beinen und über der Brust gekreuzten Armen vor dem Feuer, zupfte mit nervösen Fingern am Batist seiner Krawatte und kämpfte gegen das in ihm aufsteigende Gefühl wilder Verzweiflung an. In den Flammen des Kamins glaubte er Judith vor sich zu sehen, wie er sie sich in der von Guégan beschriebenen schauerlichen Szene vorstellte. Judith im Brautkleid, Blüten in ihrem flammenden Haar, Judith lebendig begraben auf dem Grunde eines dreckigen Lochs! Denn für ihn bestand über die Identität der Braut von Trecesson kein Zweifel: Judith war es, die ihre elenden Brüder auf so schändliche Weise umgebracht hatten! Er hatte sie in der Beschreibung des Wilddiebs wiedererkannt . . . und auch an der Erregung seines eigenen Herzens. Aber warum hatten die beiden Banditen sie am Abend ihrer Hochzeit getötet, einer Hochzeit, um derentwillen sie sie aus dem Kloster geholt, die sie gewollt hatten? Und der Gatte? Wo war er gewesen, während sie seine Frau verscharrten? Schon tot vielleicht?
Die gedämpfte Stimme des Wirts unterbrach seine düsteren Überlegungen.
»Ihr solltet schlafen gehen, Monsieur. Hier, trinkt noch das: Das ist meine Runde.«
Gilles drehte sich um. Le Coz stand hinter ihm und reichte ihm einen Becher. In seinen grauen Augen glaubte der junge Mann Sympathie, ja eine Spur Mitleid zu finden . . . Er nahm den Becher, leerte ihn, ohne abzusetzen. Der Rum brannte in seiner Kehle, seinen bis ins Herz eisig erstarrten Körper erwärmte er nicht.

»Und du?« fragte er schroff. »Hast auch du keine Idee, wer die Akteure dieses schändlichen Verbrechens sein könnten?«
Das Gesicht des Wirts blieb steinern.
»Ein Wirt darf keine Ideen haben, wenn er lange leben will! Aber irgend etwas sagt mir, daß Ihr, edler Herr, eine habt. Vorhin, als Guégan von der schönen jungen Frau mit dem kupferfarbenen Haar sprach, saht Ihr aus wie ein lebendiger Toter.«
»Ja, vielleicht habe ich eine . . . aber ich bin mir nicht sicher. Deshalb bitte ich dich: Wenn du etwas weißt, das mir den Weg zu einer Möglichkeit zeigen kann, ihre Mörder zu vernichten, wenn du sie kennst . . . mußt du's mir sagen.«
»Ich kenne sie nicht. Vor Gott, der mich hört, schwöre ich, daß ich sie nie gesehen habe. Aber ein Bandit mit rotem Haar und einem Bruder, der die gleiche Haarfarbe haben dürfte . . . ich meine, daß Ihr und ich erraten können, um wen es sich handelt. Warum hättet Ihr mich sonst gefragt, ob ich Euch sagen könnte, wo Le Frêne zu finden ist? Nur wußte ich nicht, daß es ein Mädchen in der Familie gibt. Wahrscheinlich hat sie anderswo gewohnt . . . Aber wollt Ihr mir erlauben, Euch einen Rat zu geben?«
»Wenn du willst. Allerdings kann ich dir nicht versprechen, ihn zu befolgen.«
Der Wirt lächelte und begann, mit einem Lappen den Tisch abzuwischen.
»Ihr könnt natürlich machen, was Ihr wollt, aber statt morgen in aller Frühe nach Le Frêne zu reiten, worauf Ihr, wie ich's Euch ansehe, förmlich brennt, solltet Ihr zuerst Trecesson aufsuchen. Ich weiß, daß der Herr Graf sich zur Zeit dort aufhält. Er könnte Euch vielleicht Einzelheiten mitteilen, die Euch zur Gewißheit verhelfen würden. Denn trotz allem bleibt noch ein Zweifel, so klein er auch sein mag.«
Vom Kirchturm schlug es neun Uhr, doch das Glockengeläute wurde unversehens vom Getöse eines in schneller Fahrt ankommenden schweren Gefährts übertönt. Der Platz füllte sich mit Hufgeklapper, dem Klingeln der Glöckchen, den Rufen der Postillione . . . Die Pferdepost aus Rennes war eingetroffen.
»Gute Nacht«, sagte Gilles und wandte sich zur Treppe.
»Gute Nacht, Herr Offizier! Gott schenke Euch einen Schlaf ohne Träume!« rief Le Coz. Dann hastete er geschäftig den eingetroffenen Reisenden entgegen.
In sein Zimmer zurückgekehrt, zog der Chevalier de Tourne-

mine seine Pistolen aus ihren Halftern und machte sich kühl daran, sie zu überprüfen. Darauf nahm er seinen Degen zur Hand, musterte auch ihn mit größter Aufmerksamkeit, mit dem Finger Spitze und Schneide betastend. Endlich drehte er sich dem an der Wand hängenden Kruzifix aus schwarzem Holz zu und sprach hart zu ihm:

»Wenn Du dieses gräßliche Verbrechen erlaubt hast, Herr, wisse, daß morgen zur gleichen Stunde die Saint-Mélaine tot sein werden . . . oder ich. Und Du wirst kein Recht haben, mir etwas vorzuwerfen, was es auch sei.«

»Keinen anderen mehr . . .«

Reglos im Sattel sitzend, während Merlin ungeduldig mit einem Huf den Boden scharrte, betrachtete Gilles Trecesson mit einer Mischung aus Bewunderung und Schmerz, überrascht, trotz des furchtbaren Geschehnisses, das sich mit diesem Schloß verknüpfte, so viel Charme an ihm zu finden.

Trotz der Kargheit des durch den Winter entlaubten Waldes, der es umgab, trotz der noch feudalen Strenge des Torgebäudes mit seinem sechseckigen Turm und dem tiefen Spitzbogengewölbe, trotz des niedrigen Himmels und der regenschweren Wolken, die über seine Schieferdächer zogen, träumte das Schloß mit seinen efeuüberwachsenen karminfarbenen Mauern am Rande seines Teichs mit der hochmütigen Anmut eines Prinzen der Legende. Es bewahrte keine Spur der furchtbaren Nacht, deren Kulisse es gewesen war, als könne nichts es hinter dem Schutzwall seiner von Enten und lärmenden Fröschen bevölkerten schlafenden Wasser berühren.

Der Chevalier verweilte einen Moment am Rande der weiten Lichtung wie am Rande einer Gewißheit, vielleicht um der Erregung, die ihn erfüllte, Zeit zur Beruhigung zu lassen. In der schlaflosen Nacht, die hinter ihm lag, hatte er Höllen des Jammers vermischt mit Haß und Rachedurst durchlebt. Er hatte sich für die Saint-Mélaine tausend Tode in der blutrünstigsten Tradition der Irokesen vorgestellt. Eine Pistolenkugel, ein Degenstoß, das war wahrhaftig zu wenig für diese Ungeheuer, die imstande gewesen waren, unter schwarzer Erde die Anmut eines Kindes zu ersticken, seine in Sonnenglanz gehüllte kleine Sirene der Flußmündung grauenvoll zu morden. Bei der Vorstellung ihres Todeskampfes in der Tiefe ihres Grabes träumte er davon, die beiden Brüder in ihren Qualen heulen zu hören . . .

Müde der Untätigkeit, die ihm mißfiel, warf Merlin wiehernd den feinen Kopf hoch und zerriß damit den makabren Traum.

»Du hast recht«, seufzte Gilles, »wir verlieren Zeit! Wir müssen hinüber . . . und wissen. Sicher sein. Vielleicht täusche ich mich . . .« Aber er glaubte es nicht.

Der Klang der Glocke rief einen Stallburschen herbei, der sich angesichts der hochmütigen Miene des Edelmanns ehrerbietig verneigte. Nein, der Herr Graf sei nicht im Schloß, aber die Frau Gräfin sei anwesend . . .

»In diesem Fall bitte sie, dem Chevalier de Tournemine de la Hunaudaye die Gunst eines kurzen Gesprächs in einer ernsten Angelegenheit zu erweisen.«

Von dem Mann geführt, überquerte Gilles die steinerne Brücke, durchritt das Torgewölbe und gelangte in einen architektonisch reizvollen Hof, der sich auf einen schönen, die dichte Masse des Waldes im Hintergrund einbeziehenden Terrassengarten öffnete. Der Stallbursche ergriff Merlins Zügel und übergab dessen Herrn einem Majordomus, der es übernahm, ihn anzumelden. Gleich darauf wurde Gilles in einen kleinen Salon im Erdgeschoß geleitet, einen hübschen, getäfelten Raum, dessen Fenster sowohl zum Garten wie zum Teich hinausgingen. Im Kamin prasselte ein großes Feuer unter den starren Blicken einiger Familienporträts.

Neben dem Kamin, in einem mit blumengemustertem Gobelinstoff bezogenen Lehnsessel, saß eine junge Dame in einer Robe aus braunem Samt, dessen Fülle geschickt eine vorübergehend umfänglicher gewordene Taille verbarg. Sie war damit beschäftigt, einen dicken Strang Wolle aufzuwickeln, den eine zu ihren Füßen auf einem Schemel hockende kleine Magd zwischen ihren Händen ausgespannt hielt. Die Dame grüßte den Eintretenden mit einem Neigen des Kopfes.

»Man sagt mir, Monsieur, daß Ihr über wichtige Dinge mit mir zu sprechen wünscht, und ich verberge Euch nicht, daß Ihr mich darum in einiger Verlegenheit seht. Monsieur de Châteaugiron hat sich heute früh in einer Grenzsteinangelegenheit nach Coëtquidan begeben. Ich weiß nicht, wann er zurückkehren wird, und unglücklicherweise bin ich durchaus nicht sicher,

ihn vertreten zu können. Aber ich bitte Euch, tretet ein und nehmt Platz«, fügte sie mit einer Handbewegung zu einem Sessel in ihrer Nähe hinzu.
Gilles verneigte sich und folgte ihrer Aufforderung.
»Ich bitte Euch, mir zu glauben, Madame, daß ich mir nicht erlaubt hätte, Euch in dieser Weise zu belästigen, wenn es sich nicht um sehr ernste Dinge handelte, die nicht aufgeschoben werden können. Wollt mir verzeihen . . . und bedenken, daß es um das geht, was mir am wichtigsten auf der Welt ist.«
Agathe de Trecesson, Gattin René Joseph Le Prestres, Grafen de Châteaugiron und Marquis d'Espinay, mochte fünfundzwanzig oder sechsundzwanzig Jahre alt sein. Sie war nicht regelrecht schön, aber ihr kleines, ernsthaftes, von herrlichem kastanienfarbenem Haar gerahmtes Gesicht verriet sanfte Anmut wie übrigens auch Müdigkeit, sichtbar an den matten Ringen, die ihre Augen umgaben. Augen, die den Besucher mit einer ein wenig verdutzten Aufmerksamkeit musterten.
»Ist es denn so ernst?« fragte sie endlich.
»Mehr als ich zu sagen vermöchte, Frau Gräfin.«
»Gut«, seufzte die junge Frau. »Laß uns allein, Perrine. Die Wolle kann warten.«
Das Mädchen erhob sich, ungewiß, wohin sie den Wollestrang in ihren Händen legen sollte. Gilles bot spontan die seinen.
»Wenn Ihr erlaubt? Ich habe das oft gemacht, als ich Kind war.«
Ein heiterer Glanz huschte durch den müden Blick der künftigen Mutter, während Gilles sich mit gekreuzten Beinen auf dem Schemel niederließ.
»Es ist gewiß das erstemal, daß meine Garnwinderin ein Soldat ist«, sagte sie lächelnd. »Denn Ihr seid doch Soldat, nicht wahr, Herr Chevalier? Man sieht es an Eurer Haltung.«
»In der Tat, Madame. Leutnant zu besonderer Verfügung bei den Dragonern der Königin.«
Die Gräfin griff wieder nach ihrem Knäuel und begann von neuem den dicken graubraunen Wollfaden aufzuwickeln.
»Wißt Ihr, daß Euer Name mich vorhin überrascht hat?« nahm sie nach einem Weilchen das Gespräch wieder auf. »Ich wußte nicht, daß es noch Angehörige der Familie Tournemine gibt. Ich glaubte den Namen erloschen.«
»Er war es, Madame, oder vielmehr, er wäre mit meinem Vater, dem Grafen Pierre, erloschen, wenn er mich nicht, auf dem

Schlachtfeld von Yorktown zu Tode verwundet, in Gegenwart aller Chefs der Armee feierlich anerkannt hätte. Der König hat geruht, diese Anerkennung eines jungen Burschen zu bestätigen, der bis zu diesem Augenblick nur ein . . . Unfall war!«
Im Gesicht der jungen Frau erwachte plötzlich Interesse.
»Yorktown? Wo befindet sich das?«
»In Amerika, Madame . . . genauer gesagt, in Virginien. Habt Ihr nicht von den Erfolgen unserer Waffen gegen die Engländer dort drüben gehört?«
»Amerika? Ihr wart also dort, Monsieur?«
»Vor zwei Monaten erst bin ich im Gefolge des Herrn Herzogs de Lauzun zurückgekehrt, den Graf de Rochambeau und General Washington beauftragt hatten, die Nachricht von ihrem Sieg nach Versailles zu bringen.«
»Ein Sieg? In Amerika? Wahrhaftig, wir sind hier unwissend wie Wilde! Ah, Chevalier, Ihr werdet die Rückkehr meines Gatten erwarten müssen! Er wäre mir unendlich böse, wenn ich einen so interessanten Menschen nicht zurückhielte. Ich lasse Euch nicht mehr los.«
»Leider, Madame . . . fürchte ich, nicht länger bleiben zu können. Darf ich Euch daran erinnern, daß ich in einer ernsten und dringlichen Angelegenheit hier bin.«
Die Schloßherrin errötete.
»Verzeiht mir, ich hatte es vergessen. Ihr wart so liebenswürdig, daß ich Euch schon als alten Freund behandelte.«
»Ich hoffe, Ihr werdet mich noch ebenso behandeln, wenn ich gesprochen habe. Obwohl ich eine böse Erinnerung in Euch wachrufen muß. Madame . . . Vor kurzem erst, in der Nacht vor Weihnachten, ist die unmittelbare Umgebung dieses Schlosses der Schauplatz einer schrecklichen Tragödie gewesen. Eine junge Frau in einem Brautkleid . . .«
Madame de Châteaugiron erhob sich jäh und ließ das Knäuel fallen, das bis zur Mitte des Salons rollte. Sie war so bleich geworden, daß Gilles einen Moment fürchtete, sie würde ohnmächtig werden. Sie preßte beide Hände auf ihre Ohren, als höre sie aus nur ihr bekannter Ferne Schreie.
»Um Himmels willen, Monsieur, sprecht mir nicht von dieser entsetzlichen Geschichte! Ich will nichts mehr davon hören . . . könnte es nicht ertragen . . . Sie verfolgt mich in den Nächten . . .«
»Verzeiht, aber habt Mitleid mit mir, Madame. Ich ahne, wie sehr Euch diese Erinnerung schmerzlich sein muß, doch be-

denkt auch, daß mich diese Geschichte tötet. Seitdem ich sie hörte, fürchte ich . . . mein Gott, ich müßte sagen, sterbe ich vor Angst zu erfahren, daß das Opfer das junge Mädchen war, das ich liebte, das Mädchen, um dessentwillen ich in Amerika kämpfte und jetzt zurückkam. Hört mich, Madame! Weigert Euch nicht, mich anzuhören! Ihr müßt mir helfen!«

Er war vom Schemel gerutscht und verharrte halb kniend zu Füßen der Gräfin, während ihre Hände langsam herabsanken und schwaches Rot in ihre Wangen stieg.

»Wenn man Euch die Geschichte erzählt hat, Monsieur, weiß ich nicht, was ich Euch noch sagen könnte«, murmelte sie mit erloschener Stimme. »Übrigens, wo habt Ihr sie her?«

»Von einem gewissen Guégan, dem Holzschuhmacher aus Campénéac.«

»Der Mann auf dem Baum? Ich verstehe.«

»Auch dieser Unglückliche kann nicht mehr schlafen. Er trinkt, und wenn er getrunken hat, spricht er. Madame, ich bitte Euch, mir zu glauben. Es liegt nicht in meiner Absicht, Euch leiden zu lassen, aber es ist notwendig, daß Ihr eine Frage beantwortet . . . eine einzige!«

»Welche?«

»Nach dem Bericht Guégans war das Opfer noch nicht ganz tot, als man es herauszog aus . . . Es verging eine ganze Weile, bevor Euer Gatte die endgültige Todesnachricht brachte. Es könnte sein, daß das Mädchen einen Augenblick ihr Bewußtsein wiedererlangte . . . daß sie Euch ihren Namen nannte . . .«

»Wenn das Eure Frage ist, Herr Chevalier, werde ich sie nicht beantworten.«

Langsam richtete Gilles sich auf, um den Blick der Schloßherrin festzuhalten.

»Nein, das ist nicht meine Frage. Ihr würdet sie gewiß nicht beantworten, denn es kann sein, daß Ihr noch einiges Mißtrauen gegen mich bewahrt. Meine Frage werde ich gleich stellen. Ich werde Euch einen Namen sagen, Frau Gräfin. Im Austausch erbitte ich mir von Euch nur ein Wort, ein kurzes Wort: ja . . . oder nein! Nicht mehr!«

Sie um einen Kopf überragend, suchte er ihrem Blick zu begegnen, den sie ihm verweigerte und der sich dennoch nach und nach fangen ließ. Das Grauen, das er in ihm las, war nicht gespielt, auch nicht die Angst.

»Aber was läßt Euch glauben, Chevalier, daß ich auf diese Frage antworten könnte? Wer sagt Euch, daß dieses arme Kind noch . . .?«

»Nichts, Madame, wenn nicht mein Herz und mein Glaube an Gott. Er konnte eine so infame Freveltat nicht geschehen lassen, ohne daß eine Spur geblieben wäre, so klein sie sei, für die Rache . . .«

»Die Rache! Soll das besagen, daß Ihr, wenn ich Eure Frage beantworten . . . und mit ja beantworten könnte . . .«

». . . daß ich vor diesem Abend noch Gerechtigkeit üben würde! Ich habe es auf das Andenken meines Vaters geschworen. Wollt Ihr antworten?«

Madame de Châteaugiron senkte den Kopf und kehrte sich ab, wie um diesem forschenden Blick zu entgehen, der sie bis auf den Grund ihres Gewissens durchforschen zu wollen schien. Einen Moment bewahrte sie Schweigen. Dann wandte sie sich zur Tür des Salons.

»Kommt!« sagte sie nur.

Aus den Händen einer Magd nahm sie im Vestibül einen weiten Kapuzenumhang, in den sie sich hüllte.

»Wohin gehen wir?« fragte Gilles.

»Zur Kapelle. Jenseits des Hofs, wie Ihr sehen könnt.«

Er sah sie in der Tat durch den feinen Regen, der seit kurzem eingesetzt hatte und sie wie mit einem hauchdünnen feuchten Schleier umgab.

Es war eine kleine Kapelle aus der Zeit der Renaissance, schmal und kostbar wie ein Schmuckkästchen trotz der beiden mächtigen Strebepfeiler. Nur ein Fenster unterbrach die Fassade, dessen flammendes Fensterkreuz eine Lilie schmückte. Die von einem Spitzbogen überragte Tür öffnete sich leicht unter der Hand der Gräfin, im Inneren dunkle Fliesen, einige geschnitzte Bänke und den schlichten Altar enthüllend, vor dem ein weißhaariger Priester betete.

Um seine Andacht nicht zu stören, führte Madame de Châteaugiron Gilles auf Zehenspitzen zur winzigen Sakristei. Dort öffnete sie eine Truhe, nahm einen beschmutzten Schleier und einen Büschel vertrockneter Blumen heraus, bei deren Anblick der Chevalier trotz seiner Selbstbeherrschung erblaßte.

»Wir haben sie unter den Fliesen der Kapelle bestattet, aber wir behielten dies als Beweis«, murmelte die Gräfin. »Jetzt bin ich bereit, Eure Frage zu beantworten . . . Doch wißt, ich antworte nur auf eine einzige.«

»Dabei bleibt es. Ich will nur wissen, ob das unglückliche

Mädchen, das Ihr in jener Nacht aufgenommen habt, Judith de Saint-Mélaine hieß?«

»Ja.«

Der junge Mann mochte dieses »ja« noch so sehr erwartet haben – der Schock ließ ihn dennoch schwanken. Er biß die Zähne zusammen, mußte für einen Moment die Augen schließen. Als er sie wieder öffnete, sah er das überraschte Gesicht der Gräfin vor sich.

»Tut es so weh?« fragte sie.

»Mehr, als ich geglaubt hätte . . . mehr, als ich zu sagen vermöchte! Ich liebte sie sehr, ohne es recht zu wissen! Verzeiht mir, Madame . . .«

Mit einer heftigen Bewegung griff er nach den verwelkten Blumen, die Judiths Haar geschmückt hatten, dem Schleier, Leichentuch dieses bezaubernden Körpers, dessen Bild, das wußte er jetzt, ihn von nun an immer verfolgen würde. Leidenschaftlich preßte er die Lippen darauf, dann legte er beides wieder in die Hände der Gräfin zurück und floh ohne ein Wort, ohne Abschied mit einem rauhen Aufschluchzen aus der Kapelle, lief über den Hof. Die Stimme der jungen Frau verfolgte ihn:

»Chevalier! Ich bitte Euch, wartet! . . . Geht nicht so fort! . . . Kehrt zurück!«

Doch er hörte nur die Schreie seines eigenen Herzens und die Klagen einer Verzweiflung, in die sich Gewissensbisse mischten. Er gelangte zum Torgewölbe, schwang sich mit einem Sprung auf Merlin, den der Stallbursche dort untergestellt hatte, und verließ im Galopp das Schloß, ohne auch nur daran zu denken, Mantel und Hut mitzunehmen.

Er spürte weder Kälte noch Regen, fühlte nur die glühende Hölle in seiner Brust, und ihm war, als müsse er wie ein überhitzter Dampfkessel explodieren. Selbst die weiße Perücke riß er herunter, sein Haar befreiend, das im Wind des wilden Ritts flatterte. Nur ein Ziel hatte er, eine fixe Idee: nach Le Frêne zu gelangen und dort Judiths Henker wie stinkende Bestien zu töten.

Er durchquerte den Wald wie im Schlaf, übersprang Felsen, Hohlwege, Bäche. Vor seinem Aufbruch aus Ploermel am Morgen hatte ihm Le Coz genau den Weg beschrieben.

»Es ist viel näher von Trecesson als von hier«, hatte er ihm gesagt. »Sucht ein Dorf, das sich Néant* nennt!«

* Zu deutsch: Nichts.

Das Wort hatte ihm ein grimmiges Lächeln entlockt. Jetzt erhielt es für ihn einen fast süßen Geschmack. Es war das Nichts, in das er die Mörder schicken wollte, und wenn er selbst in diesem Kampf fiele, wenn der Tod ihn in diesem Haus ereilte, das Judiths Kindheit gesehen hatte, würde er mit Freuden die beiden Saint-Mélaine ins Nichts begleiten, und sei es auch nur, um von Gott ihre Verdammung zu fordern. Seit Guégans Bericht hatte das Leben seinen Wert für ihn verloren. Was nützten ihm ein alter Name, ein Titel, Rang, Ruhm und Vermögen, wenn sie zu nichts anderem dienten, als seine Einsamkeit zu bemänteln?

Am Ufer eines Teichs traf er auf zwei Schilf schneidende Männer und hielt mit beiden Fäusten Merlin zurück.

»Der Weg nach Néant?« schrie er.

»Geradeaus bis zur nächsten Gabelung! Dann rechterhand!«

Er suchte in der Tasche, warf ihnen auf gut Glück eine Münze zu und nahm seinen stürmischen Ritt wieder auf, während einer der Männer seine blaue Wollmütze zog und sich bekreuzigte, überzeugt, dem Wilden Jäger auf seinem Weg zu den Schlünden der Hölle begegnet zu sein. Nichtsdestoweniger suchte er nach dem ins Gras gefallenen Geldstück . . .

Nach dem Dorf, in dem er bei einer Schar aus der Kirche quellender Frauen in schwarzen Mänteln Panik auslöste, erkannte Gilles ohne Mühe die Merkmale, die Le Coz ihm beschrieben hatte, und bog von der Straße nach Dinan in einen von Wagenspuren gefurchten Hohlweg ab, der ihn rasch zwang, sein Tempo erheblich zu mäßigen, wenn er nicht riskieren wollte, daß Merlin stürzte. Übrigens war das Räubernest nicht mehr fern. Er mußte erst die Örtlichkeiten auskundschaften, um nicht unvorsichtig in eine der Fallen zu geraten, durch die die beiden Lumpen sicherlich ihre Höhle geschützt hatten. Er bemerkte sie bald durch ein Loch in der Hecke.

Es war ein massiges Haus aus hefefarbenem Stein, dessen Rückseite sich an einen schwarzen Wald lehnte. Schöne Dachfenster und eine breite steinerne Treppe bis zum ersten Stock verliehen ihm einen Hauch von Noblesse. Kein Widerschein des Tages glänzte auf den zweifellos staubigen Scheiben, einige der Fensterläden waren geschlossen, doch eine dünne Rauchfahne stieg aus einem der Schornsteine.

Der Regen hatte aufgehört. Gilles hob den Kopf und betrachtete prüfend den Himmel. Er war von blassem Grau, eintönig und traurig, Wolken waren nicht zu sehen. Die Nacht war noch weit. Dann glitt sein Blick zu dem Wald hinüber, der die Rückfront des Hauses schützte. Vielleicht war es besser, einen kleinen Umweg zu machen und von dort zu kommen, um vom Überraschungseffekt zu profitieren.

Ihm blieb keine Zeit, sich länger mit dieser Frage zu beschäftigen. Das schnelle Klappern von Holzschuhen ließ sich vernehmen, und eine vom Kopf bis zu den Füßen in einem weiten Kapuzenmantel steckende Frau erschien an der Biegung des Hohlwegs, die Wasserlachen mit der Leichtigkeit einer Bachstelze überspringend. Als sie Pferd und Reiter gewahrte, blieb sie einen Moment stehen, setzte dann aber ohne Eile und mit wiegenden Hüften ihren Weg fort.

Als sie den Kopf hob, zeigte sich ihr Gesicht in der ovalen Umrahmung ihrer schwarzen Kapuze. Ein breites, starkknochiges Gesicht mit flacher Stirn unter einem Schwall weißblonden Haares. Der üppige Mund war rot wie eine frische Frucht, und man hätte das Mädchen fast schön nennen können, wenn eines der Augen, verschwollen und bläulich angelaufen, nicht halb geschlossen gewesen wäre. Sie musterte Gilles frech.

»Ich hab' dich noch nie gesehen. Gehörst du zu ihren Freunden?«

»Sehe ich so aus?«

»N. . . ein. Nein, du kommst mir nicht so vor. Dann tätest du besser dran, zu verschwinden. Fremde sind hier unbeliebt.«

»Behalte deine Ratschläge für dich. Beantworte mir nur eine Frage: Sind beide Brüder da?«

Das Mädchen zuckte mit einem spöttischen Lächeln die Schultern und wollte seinen Weg fortsetzen. Doch Gilles war schon aus dem Sattel gesprungen und riß sie so brutal an ihrem Mantel zurück, daß sie erschrocken aufschrie und fast gefallen wäre, wenn er sie nicht am Arm gepackt hätte.

»Ich habe dir eine Frage gestellt. Beantworte sie! Ich bin nicht sehr geduldig.«

»Du tust mir weh«, jammerte sie. »Und außerdem . . . starr mich nicht so an! Deine Augen sind kälter als ein Dolch . . . Laß mich gehen. Ich habe von diesem Haus und denen da drin genug.«

»Sie sind also da? Antworte! Ich lasse dich nicht vorher los!«

»Was willst du von ihnen?«

»Ich könnte dir sagen, daß es dich nichts angeht, aber da du sie nicht gerade zu lieben scheinst, werde ich es dir verraten: Ich bin gekommen, um sie zu töten. Beide! Und wenn du mir sagst,

was du weißt, gebe ich dir eine Silbermünze.«
Das unversehrte grüne Auge des Mädchens funkelte plötzlich in wilder Freude.
»Sagst du die Wahrheit? Du willst sie töten?«
»Bei meiner Ehre!«
»Dann komm! Ich werde dir nicht nur antworten, ich werde dir sogar helfen! Ich weiß, wie man ins Haus kann, ohne durch den Hof zu müssen, wo ständig drei Männer Wache halten. Auch einen Zwinger gibt's da mit Hunden, die einen in Stücke reißen. Führ dein Pferd am Zügel. Ich werde dir zeigen, wo du es verstecken kannst, sonst bringen sie dich um, nur um es stehlen zu können.«
Er wollte ihr eine Münze in die Hand drücken, aber sie stieß sie zurück.
»Behalte dein Geld, schöner Reiter! Ich träume schon zu lange davon, diese beiden Säcke voller Unrat tot zu sehen. Schau«, fuhr sie fort, auf ihr Auge weisend, »wer, glaubst du, hat mir das angetan?«
»Einer von ihnen?«
»Ja! Dieses Schwein Tudal, der ältere. Seit zwei Jahren bin ich seine Geliebte. Seine Geliebte!« wiederholte sie bitter. »Ich müßte sagen, sein Hund, seine Sklavin. Wenn er Lust auf ein anderes Mädchen hat, jagt er mich mit Schlägen fort. Hier, sieh dir auch das an.«
Den Ärmel hochschiebend, zeigte sie ihm ihren durch einen schlecht verheilten Bruch verunstalteten Arm.
»Warum kommst du zu ihm zurück, wenn es so ist? Zwei Jahre . . . das ist eine lange Zeit.«
»Ich komme nicht zurück! Er läßt mich holen, wenn er keine andere zur Hand hat. Und wehe mir, wenn ich nicht gehorche oder ihn auch nur warten lasse. Ich habe im Dorf eine gebrechliche Mutter, und er droht, sie umzubringen, wenn ich nicht gehorche. Manchmal läßt er mich einen Monat oder auch zwei in Ruhe, das hängt von dem Mädchen ab, das er gerade hat. Diesmal ist es ein junges Ding von noch nicht fünfzehn Jahren, das man ihm gestern zugeführt hat. Ich weiß nicht, wo er sie gefunden hat. Aber schweig jetzt, wir sind gleich da.«
Querfeldein, ohne dabei die Deckung der Hecke zu verlassen, umgingen sie die Besitzung und erreichten den Wald. Die rötlichen Mauern des Hauses erschienen jetzt ganz nah.
»Du wirst dein Pferd hier anbinden. Niemand wird es sehen, und ich lasse dich durch die Kellertür ein«, flüsterte das Mäd-

chen. »Richtig, ich habe vergessen, es dir zu sagen: Tudal ist allein im Haus. Du wirst nicht viel Mühe mit ihm haben. Er hat einen Gichtanfall, der ihn brüllen läßt, sobald er den Fuß auf den Boden setzt, aber das hindert ihn nicht, mit dem Mädchen zu schäkern und wie ein Schwamm zu saufen.«

Gilles runzelte die Stirn.

»Und Morvan? Wo ist er? Die Abrechnung, die ich vorhabe, betrifft alle beide.«

»Er ist heute früh mit zwei Männern fortgeritten. Ich weiß nicht, wohin, aber sicherlich zu irgendeinem bösen Streich. Alles, was ich dir sagen kann, ist, daß er heute abend zurückkommen wird. Du brauchst nur auf ihn zu warten.«

Gilles band Merlin an einen Baum, nahm seine Pistolen aus ihren Halftern, befestigte sie an seinem Gürtel, steckte ein Pulverhorn und Kugeln zu sich und überzeugte sich, daß sein Degen locker in der Scheide saß.

»Übrigens . . . wie heißt du?«

»Für meine Mutter bin ich Corentine«, murmelte sie, »aber die anderen nennen mich . . .«

»Ich will's nicht wissen. Morgen wirst du wieder für alle Corentine sein. Vorwärts jetzt!«

Er hatte sie Judiths wegen fragen wollen, aber etwas wie Scham hielt ihn zurück: Die von Entsetzen überwältigte kleine Gestalt der kleinen Braut von Trecesson hatte zwischen ihm und dieser Unglücklichen, deren Reinheit nur noch eine ferne Erinnerung war, nichts zu suchen. Später vielleicht, wenn das Blut der Saint-Mélaine den Schmutz von ihr abgewaschen hätte . . .

Von Corentine geführt, zwängte er sich durch eine Stechpalmenhecke und näherte sich einer sehr niedrigen Tür in der Tiefe einer Art trockenen Grabens, in den sie sich hinabgleiten ließen. Das Mädchen öffnete diese Tür ganz langsam, damit sie nicht knarrte. Ein widerlicher Gestank nach verschüttetem Wein und verfaulten Früchten schlug ihnen entgegen. Sie befanden sich in einem Weinkeller, der außer zwei Fässern von respektabler Größe mehr zerbrochene als volle Flaschen zu enthalten schien. Wortlos wies Corentine auf ein paar zu einer anderen Tür hinaufführende Stufen, zu denen sie ihn zog, sorgfältig Glasscherben meidend, die unter ihren Schritten hätten knirschen können. Oben angelangt, blieb sie stehen:

»Hier geht es in den Flur. Die Tür gegenüber führt direkt in den Saal. Tudal ist da . . .«

»Allein?«

»Sicher. Wenn er ein Mädchen hat, teilt er seine Vergnügungen nicht gern, und er hat sie erst seit dieser Nacht.«
Wie um sie zu widerlegen, ließen sich plötzlich die schrillen Töne eines bretonischen Dudelsacks vernehmen, so nah, daß Corentine zusammenfuhr. Nervös klammerte sie sich an Gilles' Arm und zog ihn hastig in den Keller zurück.
»Nein! Ich hab' mich geirrt. Yann Kugelkopf ist auch da. Er ist es, der da spielt.«
»Wer ist das?«
»Die verdammte Seele der beiden. Sie nennen ihn so seines Kahlkopfs wegen. Er rekrutiert die Männer, er schafft die Mädchen an, und er bestiehlt alle Welt. Keine schmutzige Arbeit schreckt ihn ab. Er ist bei allem dabei.«
»Auch als Kutscher?«
Verstört sah ihn das Mädchen an.
»Ja . . . es ist noch nicht lange her. Wie kannst du das wissen?«
»Genauso, wie ich auch eine Menge anderer Dinge weiß. Man kommt nicht einfach so daher, ohne Grund, um Menschen zu töten. Wann hast du Yann den Wagen fahren sehen?«
»Vergangene Weihnacht kamen die Brüder mitten in der Nacht mit einer Kutsche zurück, die sie irgendwo gestohlen haben müssen. Yann lenkte sie.«
»Und wo haben sie die Kutsche gelassen? In einer Remise vermutlich.«
»Nein. Das ist das Merkwürdigste: Sie haben sie verbrannt. Nur die Eisenreifen der Räder sind übriggeblieben.«
Nun hielt Gilles die ihm auf den Lippen brennende Frage nicht mehr länger zurück.
»Sag mir: Hast du vor dieser Nacht ihre Schwester hierher zurückkehren sehen?«
Die sich in Corentines Augen malende Überraschung war total und aufrichtig.
»Ihre Schwester? . . . Mein Gott, nein! Ich weiß, daß sie eine haben, weil man sie vor dem Tod der Baronin und der Abreise des alten Barons hier in der Gegend oft sah. Ein hübsches kleines Mädchen . . . und eine richtige Wildkatze. Aber sie ist seit langem fort. Sie soll irgendwo Nonne sein.«
Gilles verlor keine Zeit damit, sich zu fragen, was die Saint-Mélaine mit ihrer Schwester zwischen dem Kloster von Hennebont und dem Grab von Trecesson angestellt haben mochten. Auf diese Fragen würde Tudal freiwillig oder unter Zwang die

Antwort liefern. Oben schrillte der Dudelsack noch immer, begleitet von taktmäßigem Holzschuhklappern. Corentine ließ ein kurzes, verächtliches Lachen hören.

»Tudal scheint das Mädchen tanzen zu lassen. Er liebt das.«

»Schön, dann werden wir das Fest ein bißchen stören . . .«

Seine beiden Pistolen packend, lief Gilles die Stufen hinauf, öffnete die knarrende Pforte, überquerte den Flur und stieß die gegenüberliegende Tür mit einem kräftigen Fußtritt auf: Ein weiter niedriger Saal mit geschlossenen Fensterläden lag vor ihm, nur von Kerzen und dem Feuer im Kamin erhellt.

In einem Sessel neben dem mit Speiseresten und halbleeren Flaschen bedeckten Tisch, den mit einem dicken, schmutzigen Verband umwickelten Fuß auf einen Schemel gelegt, klatschte Tudal de Saint-Mélaine in die Hände, den Tanz eines jungen Mädchens begleitend. Nur mit einer Leinenhaube und Holzschuhen bekleidet, drehte es sich vor den Flammen des Kamins. In einem Winkel glänzte der Kahlkopf des Musikanten im Widerschein des Feuers auf.

Der Eintritt des Chevaliers ließ die drei Personen augenblicks in der Haltung erstarren, in der sie sich gerade befanden: Der Dudelsack gab einen ersterbenden Laut von sich, das Mädchen, das eben ein Bein gehoben hatte, schien zu fürchten, daß die auf die Anwesenden gerichteten Pistolen losgehen würden, wenn sie den Fuß niedersetzte. Saint-Mélaines Hände schwebten in der Luft, während seine untere Kinnlade heruntersank wie bei einem Mechanismus, dessen Triebfeder ihren Dienst versagt. Doch er erholte sich rasch und runzelte die Stirn, während sein ohnehin schon stark gerötetes Gesicht die Farbe dunklen Purpurs annahm.

»Wer seid Ihr?« bellte er. »Was wollt Ihr?«

»Plaudern . . . alles weitere wird sich finden.«

»Komische Art, zum Plaudern zu kommen, die Pistolenschnauzen vorweg.«

»Sehr richtig. Ich habe mich schlecht ausgedrückt. Ich hätte sagen sollen, ich bin gekommen, um Fragen zu stellen . . . Fragen an dich, Tudal de Saint-Mélaine, über den Tod deiner Schwester, die du schändlich ermordet hast!«

Hinter sich hörte Gilles, daß Corentine scharf den Atem einzog, dann ging der zischende Laut unvermittelt in einen Schrei über: »Paß auf!«

Aus dem Winkel, in dem der Musikant saß, pfiff, von sicherer Hand geschleudert, ein Messer haarscharf an Gilles' unwillkürlich zur Seite zuckendem Kopf vorbei, doch immer noch nahe genug, um ihm die Wange zu ritzen. Seine Reaktion folgte unmittelbar: Eine der Pistolen feuerte, und der Mann mit dem Dudelsack sank in sich zusammen, während ein Strom von Blut aus seinem Mund quoll.

»Das war der erste!« bemerkte Gilles kalt.

Die trüben Augen weit aufgerissen, hatte Tudal dem Sterben seines Kumpans stumpfsinnig zugesehen, zweifellos eine Folge des genossenen Alkohols. Doch plötzlich beugte er sich in jäh auflodernder Wut zum Tisch, um die Pistole zu packen, die dort lag. Corentine war schneller als er. Wie eine Schlange zwischen Tisch und Sessel gleitend, griff sie nach der Waffe und verschwand unter der dicken eichenen Tischplatte.

Tudal fluchte wie ein Rasender. Entwaffnet, sah er in seinem Sessel wie ein in die Enge getriebener Keiler aus.

»Hure! Drecksweib! Das wirst du mir bezahlen, mein Herzchen! Deine Mutter wird krepieren!«

»Dir wird keine Zeit dazu bleiben«, sagte Gilles lässig. »Corentine, schließ mir diese Türen und verbarrikadiere sie, damit die braven Untertanen dieses dicken Schweines ihm nicht zu Hilfe kommen. Und du da, die Tänzerin in Holzschuhen, du kannst dich anziehen. Du bist zu jung für solche Art Zurschaustellung. Warum weinst du eigentlich?«

»Ich . . . mir ist kalt! Und ich hab' Hunger! Er hat mir seit gestern nichts geben wollen.«

»Zieh dich also an und iß. Es ist noch genug übriggeblieben.«

Während Corentine mit ungeahnter Kraft eine Truhe vor eine der Türen schob und die zum Hof führende mit ihren soliden Riegeln schloß, beobachtete Tudal sie mit bösem Blick. Doch die letzten Ereignisse hatten ihn erheblich ernüchtert, und er ließ nur ein höhnisches Gelächter hören.

»Nur zu! Verbarrikadiert euch ruhig! Ihr müßt doch bald hier raus! Ich habe drei Männer und Hunde draußen, und mein Bruder wird bald mit noch mehr Leuten kommen.«

»Wir werden uns später mit ihm beschäftigen. Jetzt zu uns beiden. Ich sagte dir, daß ich dir Fragen zu stellen habe.«

»Mit welchem Recht? Ich kenne dich nicht. Wer bist du?«

»Mein Name ist Gilles de Tournemine, Seigneur de la Hunaudaye! Was den Grund betrifft, der mich herführt: Ich habe Judith geliebt . . . und sie liebte mich!«

Dröhnende Schläge an die Tür unterbrachen ihn. Saint-Mélaines Leute kamen ihrem Herrn zu Hilfe. Der Pistolenschuß

mußte sie aufgescheucht haben.
»Weniger Lärm, ihr da draußen!« schrie Gilles auf bretonisch. »Ich habe euern Herrn vor meiner Pistole. Wenn ihr euch nicht ruhig verhaltet, schieße ich ihn auf der Stelle nieder!«
Der Lärm verstummte augenblicks. Nur das Knistern des Feuers und das gierige Kauen des Mädchens war zu hören, das einen Rest gebratenen Wildfleisches verschlang.
»Hörte nie von dir«, knurrte Tudal. »Wo kommst du her?«
»Aus Amerika, wo ich beobachten konnte, wie dein feiner Bruder sich benahm. Aber das geht dich schließlich nichts an. Ich bin es übrigens, der die Fragen stellt.«
»Spiel dich nur auf, wenn's dir Spaß macht, aber irgendwas sagt mir, daß es mir keinen Spaß machen wird, zu antworten.«
»Wir werden sehen. Du hast Madame de La Bourdonnaye gezwungen, Judith herauszugeben, angeblich weil du sie mit einem sehr reichen alten Mann verheiraten wolltest. Dann erkläre mir, wie es kommt, daß du es am Abend ihrer Hochzeit für richtig gehalten hast, sie zu ermorden . . . Ermorden? Das Wort reicht nicht aus, um das Grauen deiner Untat zu beschreiben, denn du hast sie lebendig begraben, nicht wahr, lebendig im Schoß der schwarzen Erde, mit ihrem Brautkleid als Leichentuch? Ich will wissen, warum.«
Der Rotkopf begann zu lachen, ein Gebiß preisgebend, das ohne die Verwüstungen der Zahnfäule hätte eindrucksvoll sein können. Unter seinen rötlichen Brauen glänzten die granitfarbenen Augen in boshafter Freude.
»Sieh einer an! Du bildest dir also ein, daß du hier mit deinen Pistolen herumschießen und danach den superschlauen Tugendbold und Richter spielen kannst?«
»Sogar den Henker! Wirst du reden?«
»Wenn du willst, kannst du mich . . .«
»Sehr schön!«
In aller Ruhe schob Gilles die noch nicht gebrauchte Pistole in den Gürtel zurück und reichte die andere mit dem Kugelbeutel und dem Pulverhorn Corentine.
»Kannst du laden?«
»Gewiß. Gib her . . .«
Mit nun freien Händen begab sich der junge Mann zum Kamin, nahm eine lange Fuhrmannspeitsche vom Sims, die er beim Eintritt bemerkt hatte, wog sie in der Hand, packte sie fest am Griff und schlug blitzschnell zu . . . Dem Pfeifen des Riemens folgte unmittelbar ein Aufheulen wie im Todeskampf. Mit

diabolischer Präzision hatte sich die Schmitze um das kranke Bein Tudals geschlungen, der aus seinem Sitz gerissen und auf den Boden geschleudert worden war. Der dicke Bursche versuchte, sich wieder aufzurichten, aber der Schmerz strahlte in seinen ganzen Körper aus, und zudem war Gilles schon über ihm, drehte ihn um und hielt ihn, das Knie in sein Kreuz gestemmt, fest.

»Such eine Schnur«, befahl er Corentine, deren unversehrtes Auge den Vorgang mit Vergnügen verfolgt hatte.

Sie stürzte zu einer Truhe, aus der sie eine ganze Auswahl von Stricken zum Vorschein brachte. Im Nu waren Tudals Hände auf dem Rücken gebunden. Die Nase am Boden, schluchzte und tobte er, halb verrückt vor Wut und Schmerz.

»Du wirst hier nicht lebendig herauskommen, Bandit!« brüllte er. »Mein Bruder wird dir's besorgen . . .«

»Dein Bruder macht mir keine Angst. Ich hatte schon Gelegenheit, ihn zu züchtigen, und er bekommt auch noch seine Strafe. Jetzt sprich, sonst halte ich deinen Fuß ins Feuer!«

Und da Tudal weiterhin eine Flut von Beschimpfungen ausstieß, schleifte Gilles seinen massigen Körper so nah zum Kamin, daß er dessen Hitze spüren konnte.

Von draußen ließen sich indessen gedämpfte dumpfe Schläge hören.

»Paß auf!« flüsterte Corentine. »Die Männer nutzen sein Geschrei, um die Läden aufzubrechen.«

»Wenn die Pistole, die du ihm abgenommen hast, geladen ist, schieß auf den ersten, der sich zeigt. Und du, Tudal, beeil dich, den Mund aufzumachen, sonst werfe ich dich ganz ins Feuer, und das sofort!«

»Schon gut! . . . Ich werde dir sagen, was passiert ist. Schließlich hab' ich keinen Grund, es zu verheimlichen. Ich hatte jedes Recht über diese Hure, die uns reingelegt hat. Dabei hatten wir eine Prachtpartie für sie gefunden, einen sehr reichen Mann, der sie im Empfangszimmer des Klosters gesehen hatte, in dem auch eine Kusine von ihm war.«

»Vauferrier, ich weiß! Und weiter?«

»Er hatte sich närrisch in sie vergafft. Er wollte sie um jeden Preis, und er bot uns ein Vermögen, um sie zu heiraten. Deshalb haben wir sie geholt. Ihm gehört ein großes Schloß in der Gegend von Malestroit. Dort sollte die Hochzeit sein, und dorthin haben wir die Braut natürlich gebracht. Vauferrier empfing sie wie eine Königin. Er hatte für sie Toiletten und

Schmuck bestellt . . . ein Vermögen hat er ihr vor die Füße geschmissen, für das sie nur einen verächtlichen Blick übrig hatte. Sie sagte, daß sie ihn nicht heiraten wolle, daß nichts und niemand sie dazu zwingen könne, diese Idiotin . . .«

»Wenn du sie noch einmal beleidigst, beschäftige ich mich mit deinem Fuß«, grollte Gilles.

»Geh zum Teufel! . . . Ich wollte sie sofort zum Altar schleppen, aber dieser Dummkopf von Vauferrier hält sich noch für einen Adonis. Er wollte sie auf die sanfte Tour dazu bringen. Er meinte, mit der Zeit würde sie schon freundlicher werden, er sei schon mit Schwierigeren fertig geworden, man müsse ihr nur ein wenig Zeit lassen, und dann hat er sie im schönsten Appartement des Schlosses einquartiert, von einer Gouvernante und einer Armee von Dienern bewacht. Aber sie ist gerissen wie eine Füchsin. Sie hat getan, als ob sie sich allmählich überzeugen ließe, um die Bewachung zu lockern, und als sie eines Morgens mit der Gouvernante zur Messe in eine kleine Kapelle im Park ging, hat sie die brave Frau mit einem dicken Ast niedergeschlagen und sich aus dem Staub gemacht . . . Wir haben sie lange gesucht, ohne Erfolg. Es war, als hätte sie sich mit dem Morgennebel im Park aufgelöst. Vauferrier ist schließlich böse geworden und hat Morvan und mich hinausgeworfen. Und erst bei der Rückkehr hierher haben wir durch einen glücklichen Zufall erfahren, was aus ihr geworden ist. Sie war von einem Arzt aus Vannes, einem gewissen Job Kernoa, aufgelesen worden, der sie halbtot vor Hunger gefunden hatte. Sie hat ihm ihre Geschichte erzählt, und er versteckte sie in einem Haus, das er in der Heide bei Lanvaux besaß. Auch er hatte sich in ihr rotes Haar verliebt. Er war wohlhabend, er war jung . . . nicht häßlich. Er hat sie überzeugt, die einzige Möglichkeit für sie, sich vor unseren Pfoten in Sicherheit zu bringen, sei, ihn zu heiraten. Es scheint, er sagte, er hätte Beziehungen im Parlament und zu hochgestellten Leuten. Jedenfalls hat sie eingewilligt . . . Ja, sie hat eingewilligt! Das ärgert dich, was? . . . Du prahlst hier herum, daß ihr beide euch liebtet und daß du alle Rechte hättest? Es lohnt sich nicht, den Richter zu spielen, Tournemine! Sie hat sich einen feuchten Dreck aus dir gemacht.«

»Fahr fort!« befahl Gilles kalt.

Tudals spöttischer Blick konnte weder auf seinem hart wie Stein gewordenen Gesicht noch in seinen eiskalten Augen eine Reaktion entdecken, aber in seiner Brust war der Schmerz neu erwacht, verbunden mit einer bitteren Eifersucht, die er sich schon als Sakrileg vorwarf. Enttäuscht zuckte der Rotkopf die Schultern.

»Wir hatten gerade noch rechtzeitig ihre Spur erwischt. Am Hochzeitstag waren wir in der Heide, Morvan, Yann, ich und die andern. Wir haben sie die Zeremonie hinter sich bringen lassen. Es waren nicht viele dabei, bloß der Priester und zwei Zeugen. Es war eine diskrete Hochzeit. Und als wir dann sicher waren, daß niemand mehr da war . . . als die Turteltäubchen allein waren, sind wir zu Taten übergegangen. Es war weder schwierig, noch hat's lange gedauert. Die Braut war noch in ihrem Staat. Sie trank ein Glas Champagner mit ihrem Gatten. Der Arme hat nicht mal Zeit gehabt, es zu leeren: Mein Degen ging durch seinen Körper wie eine Nadel durch Seide. Er fiel, ohne piep zu sagen . . . In der Remise war eine Kutsche. Wir ließen Madame Kernoa einsteigen, die wie ein Springbrunnen plärrte . . . und in der Nacht drauf . . . nun, du weißt ja, was ihr passiert ist.«

»Warum in der folgenden Nacht? Warum im Wald von Tresson?«

Tudals Gelächter rieb wie eine Feile über die bloßliegenden Nerven des Chevaliers.

»Um zwei Fliegen mit einer Klappe zu schlagen. Einmal, weil niemand auf die Idee gekommen wäre, sie da zu suchen, und dann, weil es uns amüsierte, dem Sieur de Châteaugiron, mit dem wir letztes Jahr gewisse Scherereien hatten, dieses Geschenk zu machen. Jetzt weißt du genug davon, hoffe ich . . . und etwas sagt mir, daß du gleich Ärger haben wirst.«

In der Tat wurde mit einem Schlag einer der Läden aus seinen Angeln gerissen. Ein Schuß krachte und verfehlte Corentine nur um ein Haar. Sie stieß einen Schrei aus, dem Tudals wahnwitziges Gelächter ein Echo lieh. Doch Gilles war schon an der Tür zum Hof, riß die Riegel zurück, nahm hinter einem Flügel Deckung, stieß den andern weit auf und schoß, als unmittelbar vor ihm ein Mann erschien. Der Mann brach schwer zusammen. Inzwischen war Corentine mutig zu dem gewaltsam geöffneten Fenster geglitten, und Tudals Pistole mit beiden Händen haltend, richtete sie sich plötzlich auf und feuerte auf gut Glück. Ein in einem Gurgeln endender Aufschrei belohnte sie.

»Getroffen!« rief Gilles. »Bravo, Mädchen!«

Zum erstenmal sah er sie richtig lächeln, ein drolliges, schüch-

ternes Lächeln, das einen Moment ihr verunstaltetes Gesicht erhellte.
»Mit einem Burschen wie dir, Chevalier, fällt es nicht schwer, die Seele einer Heldin in sich zu entdecken!« rief sie. »Wenn du mal in der Bretagne etwas vor hast, denk an Corentine! Mein Vater hat im Schiffsregiment gedient. Er hat mir beigebracht zu schießen . . . Aber schlafen wir nicht ein. Einer ist noch draußen, und Morvan ist vielleicht nicht mehr weit.«
»Die Hunde!« brüllte Tudal. »Worauf warten die Idioten noch, um die Hunde zu holen?«
Gilles stand bereits in der Tür. Er sah einen Mann zu einer Scheune laufen, aus der vielstimmiges rasendes Gebell drang.
»Halt!« schrie er. »Wirf dein Gewehr weg und bleib stehen, oder du stirbst!«
Der Mann, ein in eine Ziegenlederjoppe und weite, faltige Hosen gekleideter Bauer, auf dessen struppigsteifem Haar ein runder Hut saß, hielt sofort an, doch ohne das Gewehr loszulassen. Dann drehte er sich jäh um und feuerte, die Kugel bohrte sich in den Türsturz, aber schon hatte Gilles' zweite Pistole ihr tödliches Werk getan. Der letzte von Tudals Helfern schwankte, brach in die Knie und fiel mit dem Gesicht vornüber in den Schmutz.
Ruhig kehrte der Chevalier ins Haus zurück und verschloß sorgfältig die Tür, an die er sich rücklings lehnte. Sein kalter Blick glitt durch den Raum, verharrte einen Moment bei dem jungen Mädchen, das nach ihrem heißhungrig verschlungenen Mahl jetzt verschwommenen Blicks mit einem Schinkenknochen in der Hand unter dem Tisch versteckt kauerte, und wandte sich seiner seltsamen Verbündeten zu, die ihn bewundernd ansah, als sei er der Erzengel Michael in Person.
»Nimm diese Kleine mit, Corentine, und geh nach Hause. Was ich jetzt tun werde, ist kein Schauspiel für Frauen.«
Das Mädchen brach in Gelächter aus.
»War das, was du bisher getan hast, etwa eins? Weißt du, Chevalier, mein verstorbener Vater hat mich etwas gelehrt: Ein guter Soldat geht nicht mitten aus der Schlacht weg, um sich schlafen zu legen.«
»Er hatte recht, und du bist ein guter kleiner Soldat. Aber die Schlacht ist zu Ende. Jetzt kommt die Stunde des Gerichts, und ich will aus dir keinen Henkersknecht machen.«
Die Hände in die Hüften gestemmt, pflanzte sie sich mit einem

breiten Lächeln ihres großen roten Mundes vor ihm auf.
»Ich glaube, für dich täte ich noch weit Schlimmeres, Chevalier. So leicht schaffst du mich dir nicht vom Halse! Ich bleibe! Ich will es bis zum Ende sehen. Was die dort betrifft . . .«
Sie zerrte das Mädchen unter dem Tisch hervor und stellte es auf die Füße. Als sie es losließ, sank es mit einem rülpsenden Laut wieder zu Boden.
»Puh!« rief Corentine. »Sie ist total betrunken. Während wir anderweitig beschäftigt waren, muß sie alle Flaschen geleert haben. Es wird nichts anderes übrigbleiben, als sie auf eine Bank zu legen, damit sie ihren Rausch ausschlafen kann.«
Gilles zuckte die Schultern und näherte sich dem noch immer vor dem Kamin liegenden Tudal. Er sagte nichts mehr, aber sein graues Gesicht, der Schweiß, der ihm in dicken Tropfen über die Wangen rann, verrieten deutlich genug seine Angst. Der Tod seiner Leute hatte ihm seine Großmäuligkeit genommen, und er sah der hohen, düsteren Gestalt mit einer Mischung aus Haß und Furcht entgegen.
»Wenn du ein Gebet kennst, Tudal de Saint-Mélaine, dann ist es nun an der Zeit, es zu sprechen«, sagte Gilles ernst.
»Du kannst mich doch nicht einfach umbringen! Nicht so, ohne mir eine Möglichkeit zur Verteidigung zu geben!«
»Hast du Judith die Möglichkeit gegeben, sich zu verteidigen?«
»Ich hatte das Recht zu tun, was ich getan habe!« brüllte Tudal. »Sie hat dem Gehorsam zuwider gehandelt, den sie mir schuldete . . . hat unseren Namen durch den eines Burschen von niedriger Herkunft entehrt. Ich habe sie gerichtet. Eine Saint-Mélaine wird nicht Madame Kernoa!«
Eine Welle des Abscheus stieg in Gilles auf. Dieser Lump bewahrte noch immer Kastenhochmut genug, um sich als Richter aufzuspielen.
»Auch ich werde richten«, sagte er nur.
Von Tudals entsetztem Blick gefolgt, nahm er die vor kurzem von Corentine aus der Truhe geholten Stricke auf, wählte den längsten und festesten aus, maß mit den Augen die Höhe des Raums, sprang auf den Tisch, mit dem Fuß die Speisereste beiseiteschiebend, und warf den Strick über einen der Balken.
»Was . . . was willst du tun?« stammelte Saint-Mélaine. »Du wirst doch nicht . . .?«
»Dich hängen? Doch! Ich habe dir gesagt, daß ich dein Henker

bin. Und du verdienst nicht den Tod eines Edelmanns. Ein guter Degen würde sich in deinem Blut beschmutzen.«

»Feigling . . . Du bist nur ein Feigling! Schlag dich wenigstens, statt meine Ohnmacht auszunutzen!«

»Ich werde deinem Bruder die Ehre erweisen, den Degen mit mir zu kreuzen, sobald er kommt. Das ist mehr, als deine ganze Familie verdient! Denk an dein Gebet!«

Er sprang vom Tisch und begann gelassen, eine Schlinge in den Strick zu knüpfen. Corentine entriß sie fast seinen Händen.

»Gib!« sagte sie hart, offen seinem Blick begegnend. »Es ist meine Sache, sie ihm um den Hals zu legen. Ich liebe es, meine Schulden zu bezahlen. Du hast mich befreit. Ich will nicht, daß du deine Hände an ihm besudelst. Laß es dir genügen, am Strick zu ziehen.«

Wenige Minuten später baumelte Tudal de Saint-Mélaine wie eine verdorbene große Frucht am Hauptbalken seines Hauses. Blaß und keuchend sahen Gilles und Corentine einander an. Der Tod des Rotkopfs war ebenso wie sein Leben gemein und widerwärtig gewesen. Er hatte seine wüsten Beschimpfungen nur eingestellt, um zu schluchzen und um Gnade zu betteln, aber keinen Augenblick hatte der Letzte der Tournemine auch nur einen Anflug von Mitleid in seinem erstarrten Herzen verspürt. Das Bild der lebend in die Tiefe ihres Grabes geworfenen Judith verließ ihn nicht mehr. Äußerlich völlig ruhig, trat er zum Tisch, griff nach einer noch halbvollen Flasche Rum und nahm einen tiefen Zug.

»Zwei!« sagte er, während er die Flasche zurückstellte. »Nun brauchen wir nur noch auf Morvan zu warten.«

Und ohne das leiseste Zittern in seinen Händen machte er sich daran, seine Pistolen in aller Ruhe neu zu laden. Dann entriegelte er die Tür, öffnete sie halb, setzte sich ihr gegenüber in den zuvor von seinem Opfer benutzten Sessel, eine Pistole in jeder Hand, während Corentine, in ihren weiten Kapuzenmantel gehüllt, sich wie ein seltsamer häuslicher Geist auf den Kaminstein niederkauerte . . . Nun brauchte nur noch der Letzte der Saint-Mélaine zu kommen. Danach . . . Gilles wußte noch nicht, was er danach tun würde. Er empfand nur eine unendliche Müdigkeit. In vierundzwanzig Stunden war er um zehn Jahre gealtert. Und um mehr noch in der letzten Stunde . . .

Seine so zarte und reine Jünglingsliebe, eines Septemberabends im Glanz der untergehenden Sonne geboren, endete in Nacht,

Grauen und Blut. Seine Rache hatte den herben Geschmack noch nicht ausgereifter Früchte, aber er wußte, daß er, wenn Morvan erschiene, keine Sekunde zögern würde, von neuem davon zu kosten. Er hatte der abgeschiedenen Seele derer, die er nie aufgehört hatte zu lieben, ohne sich dessen immer bewußt zu sein, fünf Sühneopfer dargebracht. Eines fehlte noch, doch selbst wenn er hundert Männer opferte, würde es sein Leid nicht mindern, da er Judith auf dieser Erde nie wiedersähe. Selbst ihr Abschiedsbrief war sinnlos geworden, denn sie hatte in anderen Armen Zuflucht gesucht . . .
Er zog den Brief aus der Tasche, ließ ihn achtlos in die Flammen fallen. Dabei blieb sein Blick an seiner linken Hand haften, an dem goldgefaßten blauen Emaillesiegel des Ringes, der seinem Vater gehört hatte. Mit der Fingerspitze strich er sanft über das Wappen, verharrte auf den gotischen Buchstaben der Devise »Keinen anderen mehr . . .« Plötzlich hob er den Ring mit einer jähen Bewegung zum Mund, biß auf das Metall, gegen das aus seiner Kehle drängende Schluchzen ankämpfend. Doch er konnte nicht hindern, daß sich Tränen unter seinen Lidern lösten und ihm über die Wange rollten.
»Als dich, mein Liebstes«, murmelte er ganz leise, »keine andere als dich . . . wenn du es wirklich gewollt hast.«
Er würde nicht nach Versailles zurückkehren, auch nicht nach Hennebont oder Pontivy . . . Morgen, wenn alles getan und gesagt wäre, würde er Merlins Kopf Brest zuwenden, würde sich mit ihm nach Amerika einschiffen, zurück ins Leben der Männer unter sich, zu Krieg und Gefahr. Er würde wieder der Falke werden, kühner als je zuvor, bis der Tod käme, um eine Legende zu krönen . . .
Corentines Stimme, obwohl nur flüsternd, drang bis in die Tiefen seiner Versunkenheit und brachte ihn in die Wirklichkeit zurück.
»Hör doch! . . . Pferde nähern sich! . . . Es muß Morvan sein!«
»Versteck dich unter dem Tisch. Ich will, daß du möglichst außer Sicht bleibst.«
Sie gehorchte ohne Widerrede, aber er sah, daß sie noch immer Tudals Pistole unter ihrem Mantel versteckt hielt. Er selbst erhob sich aus dem Sessel, reckte sich einen Moment, pflanzte sich dann fest auf gespreizten Beinen gegenüber der Tür auf und wartete. Der Tag ging seinem Ende zu, die Nacht war nicht mehr fern. Das Feuer füllte den niedrigen Saal mit tanzenden

Schatten. Wirklich näherten sich Reiter, der Hufschlag der Pferde war jetzt deutlich zu hören. Es mußten drei oder vier sein. Bald waren sie vor dem Haus angelangt. Eins der Tiere wieherte, während die Geräusche kräftig mit dem Boden in Berührung kommender Reitstiefel in den Saal drangen. Schritte kamen die Treppe herauf, die Schritte eines einzelnen Mannes.

»Komm herein, Morvan!« rief Gilles. »Ich erwarte dich seit langem . . .«

Eine Hand stieß die sich knarrend bewegende Tür vollends auf. Ein Mann erschien.

»Morvan wird nicht kommen«, sagte eine liebenswürdige Stimme. »Ich habe ihn bemerkt, als ich eben eintraf: Er floh dieses Haus, als sei ihm der Teufel auf den Fersen. Was er im Hof sah, hat ihn vermutlich zu sehr erschreckt, zumal er allein war.«

Ohne die Pistolen zu senken, musterte Gilles den Unbekannten und runzelte die Stirn. Es war sonnenklar, daß es sich um einen Edelmann handelte. Man hörte es an seiner kultivierten Stimme, sah es an der Eleganz seines Jagdanzugs aus grauem Samt und an der lässigen Ungezwungenheit seiner Haltung. Er mochte dreißig Jahre alt sein, und sein offenes Gesicht war recht sympathisch. Aber was, zum Teufel, tat er hier?

»Darf ich Euch fragen, wer Ihr seid, Monsieur?«

»Natürlich. Ich heiße René Le Prestre de Châteaugiron. Ihr seid heute morgen zu mir gekommen, und ich nehme an, daß Ihr dort eine starke Gemütserregung verspürt haben müßt . . . wenn ich nach dem, was ich hier sehe, schließe. Eure Rechtsprechung ist fürchterlich, Chevalier . . . und beachtlich prompt.«

Mit der Lässigkeit eines sich in einem Museum ergehenden Liebhabers seltener Stücke umwandelte der Schloßherr von Trecesson Tudals noch immer an ihrem Balken hängende Leiche und warf sodann einen Blick auf den Dudelsackspieler, der in seiner gerinnenden Blutlache schon erstarrt war. Gilles reagierte mißtrauisch.

»Findet Ihr angesichts der Tragödie, die sich auf Eurem Besitz abgespielt hat, daß meine Hand zu schwer gewesen ist?«

»In keiner Weise, mein Freund . . . Ihr erlaubt, daß ich Euch so nenne? Diese Halunken haben seit langem den Tod verdient. Ich meine sogar, daß ich es bedauert hätte, wenn es meiner Frau gelungen wäre, Euch zurückzurufen. Übrigens bin ich nur hergekommen, um Euch Beistand zu leisten, nicht etwa, um mich in welcher Art auch immer Euren Absichten zu widersetzen.«

»Und dennoch habt Ihr Morvan entkommen lassen, wenn ich Euch recht verstanden habe?«

»Mein Gott, ja! Ich wollte durch seine Verfolgung keine möglicherweise kostbare Zeit verlieren. Ich konnte ja nicht wissen, was in diesem Haus inzwischen geschehen ist. Und dann glaube ich aufrichtig, daß der . . . momentane Tod dieses armen und entzückenden Kindes jetzt gebührend gerächt ist. Laßt also Morvan sich hängen lassen, wo er will. Es wird ohnehin nicht allzu lange dauern.«

»Der . . . momentane Tod? Bedenkt Ihr, was Ihr da sagt, Monsieur? Euer Ton ist recht leicht für dieses Drama.«

»Ich bedenke es, Chevalier, ich denke sogar nur daran. Es ist ein . . . Sandsack, den wir auf ausdrücklichen Wunsch Mademoiselle de Saint-Mélaines in der Kapelle bestattet haben . . . Sie hat uns schwören lassen, das Geheimnis zu wahren, um ein Leben zu schützen, das Gott ihr durch ein Wunder erhalten hatte. Angesichts Eurer Erschütterung wollte meine Frau, die Euch in die Kapelle geführt hatte, um Euch auf die Probe zu stellen, Euch die Wahrheit sagen. Sie lief Euch nach, rief Euch zurück . . . doch Ihr wart schon fern.«

Mit schwindelndem Kopf, halb erstickt durch die zu jähe, zu starke Freude nach so viel Schmerz, mußte Gilles sich gegen den Kaminsims lehnen, einer Ohnmacht nahe. Judith! Judith . . . sollte sie wirklich noch leben?

»Nun«, sagte der Graf lachend, »Ihr werdet mir doch nicht wie ein Jungfräulein ohnmächtig werden? Kommt! Es wird jetzt das beste sein, diesen schlimmen Ort zu verlassen. Meine Leute, die draußen warten, werden sich ums . . . Aufräumen kümmern, und wir kehren nach Hause zurück. Meine Frau erwartet Euch mit einem guten Souper und einem guten Bett. Wir werden unterwegs plaudern . . . Aber was sucht Ihr unter diesem Tisch? Falls es ein recht hübsches Mädchen mit einem blau geschlagenen Auge sein sollte, das mit einer gewaltigen Pistole da unten kauerte, kann ich Euch verraten, daß es vor guten fünf Minuten hervorgekrochen und wie eine Närrin laufend verschwunden ist. Ich habe ihr vielleicht Angst gemacht . . .«

Allmählich kehrte die Farbe in Gilles' blasses Gesicht zurück. Er lächelte schwach.

»Nein. Aber sie ist wie ein guter Soldat. Wenn der Kampf beendet ist, kehrt er in sein Quartier zurück, ohne etwas von jemandem zu fordern. Ich werde sie aufsuchen, bevor ich die Gegend verlasse!«

Wieder einmal setzte die Ebbe ein. Eine starke Ebbe nach einer mächtig schwellenden Flut wie so häufig gegen Ende des Winters, die die bläulichen Wasser des Blavet unwiderstehlich zum Ozean zog. Nahe der Stelle stehend, wo einst ein kleiner barfüßiger Bauernjunge geangelt hatte, beobachtete der Chevalier de Tournemine die Fischerboote, die eins nach dem andern unter ihren roten Segeln zum Nachtfang ausliefen. Alles war wie früher und dennoch ganz anders.
Von der anderen Seite dieser grenzenlosen Wasserfläche aus hatte er alles erobert, was zu erobern ihm möglich gewesen war . . . alles, ausgenommen die Liebe, die das Schicksal ihm hier geschenkt hatte. Alles war wie früher, doch kein flammendes Haar würde roten Algen gleich im schnell strömenden Wasser treiben, keine helle, arrogante Stimme würde ihm Schimpfworte an den Kopf werfen.
»Judith«, murmelte er zärtlich, »hochmütige und bemitleidenswerte, artige und wilde, zärtliche und grausame Judith, wo bist du, Judith, meine Geliebte, in dieser Stunde, in der ich dich rufe?«
Wer konnte es sagen, ohne Furcht, sich zu irren? Sehr fern vielleicht oder auch ganz nah? Niemandem hatte sie ihre Absichten anvertraut. Als sie Trecesson unter strengster Geheimhaltung verließ, hatte sie den Ort verschwiegen, wo sie eine Zuflucht zu finden hoffte, versteckt genug, um sie den Verfolgungen ihrer Brüder zu entziehen. Doch ein Satz war ihr entschlüpft, ein winziger Satz, der bedeutsam sein konnte.
»Die beste Zuflucht muß sich im Herzen der größten Stadt finden . . .«
Und Madame de Châteaugiron hatte daraus geschlossen:
»Ich glaube, sie hat sich Paris gewählt!«
Vielleicht war es dort, wo er sie suchen mußte.
Entschlossen ging Gilles den Strand hinauf zurück zu dem Baum, wo Merlin ihn erwartete. Spontan beugte er sich zu ihm und küßte die seidige Wange des Tieres, das zärtlich seinen Kopf an ihm rieb und seine großen Zähne zeigte.
»Was sagst du dazu, mein Sohn? Uns beiden ist nichts unmöglich und wenn wir bis ans Ende der Welt wandern müßten, um

sie wiederzufinden, nun schön, dann würden wir es eben tun. Aber fürs erste erwartet uns Pontivy. Schließen wir also Bekanntschaft mit den Herren Dragonern der Königin, bei denen wir den unentbehrlichen und so überaus wichtigen Rang eines Leutnants ›zu besonderer Verfügung‹ innehaben. Danach ... nun, wir werden sehen, ob es möglich sein wird, bald in Paris Umschau zu halten. Schließlich haben wir unserem Chef, der Königin, noch nicht unsere Huldigung dargebracht, eine Unterlassungssünde, die schleunigst wieder gut zu machen ein Edelmann sich schuldig ist.«

Und mit Schwung auf den Rücken seines freudig wiehernden Pferdes springend, drückte der Chevalier de Tournemine seinen Hut fester in die Stirn und galoppierte quer durch die Heide davon, die so oft die nackten Füße eines kleinen Bastards namens Gilles Goëlo durchwandert hatten ...

Die ersten Triebe des Ginsters zeigten ihr zartes Grün, das Grün der Hoffnung, und von weither wehten die sanften, melancholischen Klänge des Angelusläutens durch die salzige Luft, die der Frühling bald mit Wohlgeruch erfüllen würde ...

Literatur der Gegenwart

Ilse Aichinger
Die größere Hoffnung (1423)
Meine Sprache und ich (2081)

Emile Ajar
Du hast das Leben noch vor dir (2126)

Wolfgang Bächler
Traumprotokolle (2041)

Johannes Bobrowski
Levins Mühle (956)

Beat Brechbühl
Nora und der Kümmerer (1757)
Kneuss (1342)

Joseph Breitbach
Bericht über Bruno (1752)
Die Rabenschlacht und andere Erzählungen (1914)

Günter de Bruyn
Buridans Esel (1880)

Charles Bukowski
Aufzeichnungen eines Außenseiters (1332)

Hermann Burger
Schilten (2086)

Elias Canetti
Die Blendung (696)
Die gerettete Zunge (2083)

Truman Capote
Andere Stimmen, andere Räume (1941)
Eine Weihnachtserinnerung / Chrysanthemen sind wie Löwen (1791)
Die Grasharfe (1086)

Ingeborg Drewitz
Wer verteidigt Katrin Lambert? (1734)

Hubert Fichte
Mein Lesebuch (1769)
Versuch über die Pubertät (1749)

Ota Filip
Die Himmelfahrt des Lojzek aus Schlesisch Ostrau (2012)

Bruno Frank
Tage des Königs und andere Erzählungen (1708)

Marianne Fritz
Die Schwerkraft der Verhältnisse (2304)

Gerd Gaiser
Schlußball (402)

Lars Gustafsson
Eine Insel in der Nähe von Magora (1401)
Herr Gustafsson persönlich (1559)

Peter Härtling
Eine Frau (1834)
Zwettl (1590)

Peter Handke
Der Hausierer (1125)

Joseph Heller
Catch 22 (1112)
Was geschah mit Slocum? (1932)

Stefan Heym
Der König David Bericht (1508)
5 Tage im Juni (1813)
Der Fall Glasenapp (2007)
Die richtige Einstellung und andere Erzählungen (2127)

Aldous Huxley
Schöne neue Welt (26)

Eyvind Johnson
Träume von Rosen und Feuer (1586)

Erica Jong
Angst vorm Fliegen (2080)

Peter Stephan Jungk
Stechpalmenwald (2303)